LE LIVRE DES TRÉPASSÉS

DES MÊMES AUTEURS

Supersitition (Relic), Robert Laffont, 1996 ; rééd. L'Archipel, 2008.
Cauchemar génétique, Robert Laffont, 1997.
Le Grenier des enfers, Robert Laffont, 1999.
Le Piège de l'architecte, Robert Laffont, 2000.
Ice Limit, L'Archipel, 2002.
Les Sortilèges de la cité perdue, Robert Laffont, 2003.
La Chambre des curiosités, L'Archipel, 2003.
Les Croassements de la nuit, L'Archipel, 2005.
Le Violon du diable, L'Archipel, 2006.
Danse de mort, L'Archipel, 2007.

DE DOUGLAS PRESTON

Jennie, Robert Laffont, 1997.
Le Codex, L'Archipel, 2007.
T-Rex, L'Archipel, 2008.

DOUGLAS PRESTON
& LINCOLN CHILD

LE LIVRE DES TRÉPASSÉS

traduit de l'américain
par Sebastian Danchin

l'Archipel

Ce livre a été publié sous le titre
The Book of the Dead
par Warner Books Inc., New York, 2006.

Si vous désirez recevoir notre catalogue et être tenu au courant de nos publications, envoyez vos nom et adresse, en citant ce livre, aux Éditions de l'Archipel,
34, rue des Bourdonnais 75001 Paris.
Et, pour le Canada,
à Édipresse Inc., 945, avenue Beaumont,
Montréal, Québec H3N 1W3.

ISBN 978-2-8098-0047-0

1

La lumière du petit matin jetait un éclat doré sur les gravillons du chemin conduisant à l'entrée du personnel, les premiers rayons du soleil se reflétant sur la guérite de verre postée devant le porche de granit du Muséum d'histoire naturelle de New York. À l'intérieur de la guérite, une silhouette prostrée trahissait la présence d'un gardien âgé. Le vieil homme tirait d'un air satisfait sur une pipe Calabash, profitant pleinement de ces fausses journées de printemps que connaissent parfois les New-Yorkais en février, incitant jonquilles et crocus à pointer le bout du nez pour mieux s'étioler sous l'effet du gel quelques jours plus tard.

— 'Jour, professeur, disait invariablement Curly à tous ceux qui défilaient devant son refuge, du plus humble employé au scientifique le plus diplômé. Les conservateurs se succédaient, les plus intrigants connaissaient un bref moment de gloire à la tête de la vénérable institution avant de disparaître dans les oubliettes de l'Histoire, les anonymes labouraient la terre de leur quotidien avant d'y reposer à jamais, mais Curly restait là, fidèle au poste. Il faisait partie des meubles, au même titre que le dinosaure géant accueillant les visiteurs dans le grand hall d'entrée.

— Salut, grand-père !

Les sourcils froncés, Curly se redressa, choqué par tant de familiarité, et eut tout juste le temps de voir un coursier glisser un paquet à travers l'ouverture de la guérite où il atterrit sur une tablette, à côté du tabac et des moufles du vieil homme.

— Une seconde ! s'exclama Curly en adressant de grands gestes au coursier qui s'éloignait. Attendez !

Mais le coursier chevauchait déjà sa grosse moto, les sacoches remplies des courses de la journée.

— Sacrebleu, grommela Curly en examinant le paquet.

Un colis de vingt centimètres sur trente, moyennement épais, enveloppé dans un méchant papier kraft entouré de ficelle à l'ancienne. Il était si abîmé que Curly se demanda un instant si le coursier n'était pas passé sous les roues d'un camion. L'adresse était rédigée d'une écriture enfantine : *À l'attention du conservateur du département des roches et minéraux, Muséum d'histoire naturelle.*

Curly dégagea d'un doigt le culot de sa pipe en examinant le paquet d'un air dubitatif. Chaque semaine, des enfants faisaient parvenir au Muséum de précieuses « donations », le plus souvent des insectes écrasés et des pierres sans intérêt, des pointes de flèche ou des animaux à demi momifiés. Curly quitta le confort de sa chaise en soupirant et glissa le paquet sous son bras. Il posa sa pipe, ouvrit la porte de la guérite et sortit dans le soleil du matin en clignant des yeux avant de se diriger vers le local du courrier, quelques dizaines de mètres plus loin, de l'autre côté de l'entrée de service.

— Que nous amenez-vous là, monsieur Tuttle ? fit une voix derrière lui.

Curly se retourna et vit Digby Greenlaw, le nouveau directeur adjoint des services administratifs, déboucher du tunnel reliant le Muséum au parking du personnel.

Curly ne répondit pas immédiatement. Il n'aimait guère Greenlaw et ses *Monsieur Tuttle* paternalistes. Quelques semaines auparavant, Greenlaw lui avait reproché de mal vérifier l'identité des visiteurs, prétendant qu'il ne « regardait pas assez attentivement les papiers qu'on lui tendait ». Pourquoi diable les aurait-il regardés *attentivement* ? Il connaissait de vue tous les employés du Muséum.

— Un paquet, grommela-t-il en guise de réponse.

— Les paquets doivent être déposés directement au service du courrier. Et vous n'êtes pas censé quitter votre poste, répliqua Greenlaw d'une voix sentencieuse.

Curly poursuivit son chemin. Il avait atteint l'âge où l'on sait que le meilleur moyen de traiter les importuns est encore de les ignorer.

Derrière lui, l'administrateur accéléra le pas en haussant la voix, comme s'il croyait son interlocuteur dur d'oreille.

— Monsieur Tuttle ! Je vous ai demandé de ne pas quitter votre poste.

Curly s'arrêta net et se retourna.

— Merci, professeur. C'est gentil à vous de me le proposer, dit-il en tendant à l'autre le mystérieux paquet.

Greenlaw regarda le colis en fronçant les sourcils.

— Je ne vous ai jamais dit que j'avais l'intention de le déposer au courrier.

Mais Curly restait immobile, le bras tendu.

— Ah, là là ! s'énerva Greenlaw en avançant la main.

Il s'arrêta brusquement.

— Drôle de paquet. De quoi s'agit-il ?

— Aucune idée, professeur. Un coursier vient de l'apporter.

— On dirait qu'il a été longuement manipulé.

Curly haussa les épaules.

Greenlaw, plus réticent que jamais, se pencha en avant, les paupières plissées.

— Il est tout déchiré. Et même troué… Regardez, il y a quelque chose qui dépasse.

Curly regarda à son tour. L'un des coins du paquet était effectivement déchiré et une fine poudre brune s'en échappait.

— Je me demande bien… fit Curly.

Greenlaw recula d'un pas.

— On dirait de la poudre…

Soudain, sa voix se fit plus aiguë.

— Seigneur ! Qu'est-ce que c'est que ça ?

Curly se figea.

— Mon Dieu, Curly ! Lâchez ça tout de suite ! C'est de l'anthrax ! s'exclama Greenlaw en reculant d'un pas mal assuré, le visage paniqué. Une attaque terroriste ! Vite ! La police ! Je suis contaminé ! Mon Dieu, je suis contaminé !

L'administrateur trébucha et s'étala sur le dos. Il se releva précipitamment en s'écorchant les mains sur le gravier et s'éloigna à toutes jambes. Deux gardiens sortirent en courant de leur poste de garde. Le premier intercepta Greenlaw tandis que son collègue se précipitait sur Curly.

— Qu'est-ce que vous faites ?!! hurla Greenlaw. Lâchez-moi ! Appelez police secours !

Son paquet à la main, Curly ne bougeait pas, incapable de faire un geste, dépassé par les événements.

Les gardiens reculèrent, Greenlaw sur leurs talons. L'espace d'un instant, le temps sembla s'arrêter, puis une alarme retentit dont le hululement assourdissant se répercuta sur les murs du bâtiment. Moins de cinq minutes plus tard, plusieurs sirènes déchiraient l'air et des policiers en uniforme se précipitaient dans une débauche de gyrophares et de crachotements de radio, déroulant de la bande plastique jaune afin de délimiter un périmètre sanitaire, hurlant des ordres dans leurs mégaphones pour maintenir la foule à distance tout en ordonnant à Curly de lâcher le paquet et de reculer.

Mais Curly ne lâchait pas sa proie et ne reculait pas. Transformé en statue de sel, on l'aurait dit hypnotisé par la mystérieuse poudre brune qui s'écoulait inexorablement du paquet, formant un petit tas à ses pieds.

Deux personnages étranges revêtus d'amples combinaisons blanches, le visage protégé par une capuche munie d'une visière transparente, s'approchèrent lentement, les bras écartés. Curly se souvint brusquement d'un vieux film de science-fiction vu autrefois. L'un des hommes le saisit par les épaules tandis que son collègue lui prenait des mains l'étrange paquet et le déposait avec d'infinies précautions dans une boîte en plastique bleue. Puis le premier type dirigea Curly à l'écart et lui passa longuement sur le corps un curieux aspirateur. Tout en l'aidant à se glisser dans une combinaison semblable à la sienne, il tentait de le rassurer d'une voix synthétique en lui précisant qu'on allait le conduire à l'hôpital pour une série d'examens. Ce n'est qu'au moment où ses sauveurs lui enfilaient la capuche que Curly recouvra ses esprits.

— 'Scusez moi, docteur, demanda-t-il tandis qu'on l'emmenait en direction d'une camionnette garée à l'intérieur du périmètre de sécurité, toutes portes ouvertes.

— Oui ?

— Ma pipe, répondit le vieil homme en montrant la guérite du menton. N'oubliez pas de m'apporter ma pipe.

2

Sous le regard curieux du docteur Lauren Wildenstein, l'équipe de première urgence déposa précautionneusement la boîte bleue sous la hotte à fumée du laboratoire. L'appel leur était parvenu vingt minutes plus tôt, laissant le temps au docteur Wildenstein et à son assistant, Richie, de se préparer. Un paquet anonyme contenant de la poudre brune, envoyé au Muséum d'histoire naturelle... au départ, tout laissait croire à une attaque bactériologique classique, mais les premiers tests effectués sur place avaient permis de déterminer qu'il ne s'agissait pas d'anthrax et le docteur Wildenstein penchait pour une fausse alerte. Depuis deux ans qu'elle dirigeait le laboratoire du Département de la Santé et des Affaires sociales de New York, elle avait reçu plus de quatre cents poudres suspectes aux fins d'analyse ; grâce au ciel, aucune d'entre elles ne s'était révélée dangereuse. Elle jeta machinalement un œil aux statistiques punaisées au mur : le plus souvent, elle avait eu affaire à du sucre, du sel, de la farine, de la levure, de l'héroïne, de la cocaïne, du poivre et de la poussière, par ordre de fréquence. Une nouvelle preuve de la paranoïa qui accompagnait l'explosion des alertes terroristes depuis 2001.

L'équipe de première urgence partie, elle commença par observer longuement le boîtier hermétiquement fermé. Le paquet avait été déposé au Muséum une demi-heure plus tôt et il avait déjà fallu mettre en quarantaine un gardien et un membre de l'administration avant de les bourrer d'antibiotiques et de les confier à une cellule d'aide psychologique. D'après ce qu'elle avait cru comprendre, le type des services administratifs avait piqué une crise de nerfs.

Elle secoua la tête en soupirant.

— Votre verdict ? fit une voix dans son dos. Le cocktail terroriste du jour ?

Wildenstein ne répondit pas. Richie était l'assistant rêvé, à condition de se faire à l'idée qu'il avait l'âge mental d'un élève de CE2.

— Commençons par passer l'échantillon aux rayons X.

— Ça roule.

Une image colorée apparut sur l'écran, révélant un paquet sans lettre d'accompagnement.

— Pas de détonateur, remarqua Richie.

— Je vais ouvrir la boîte.

Wildenstein décolla les scellés et sortit prudemment le paquet. Elle remarqua l'écriture enfantine sur le papier kraft et la ficelle qui maintenait le tout tant bien que mal. Aucune indication d'expéditeur. On aurait dit que celui-ci avait tout fait pour attirer les soupçons. Une poudre beige ressemblant à du sable s'échappait du paquet qui avait fini par se trouer à force de passer de main en main. Curieusement, la poudre ne ressemblait à aucune de celles qu'elle avait pu analyser dans des circonstances analogues. Gênée par ses gants épais, elle découpa maladroitement la ficelle et ouvrit le colis, laissant apparaître un sac plastique.

— Un cadeau du marchand de sable, plaisanta Richie.

— Tant qu'on n'en sait pas davantage, on prend les précautions d'usage, répondit Wildenstein.

Tout en partageant l'avis de son adjoint, elle n'avait pas l'intention de courir de risques inutiles.

— Le poids ?

— Un kilo deux. Pour mémoire, je note que tous les indicateurs bactériologiques de la hotte indiquent zéro.

Le docteur Wildenstein ramassa une poignée de grains à l'aide d'une cuillère, puis elle les répartit dans une demi-douzaine de tubes à essai qu'elle tendait l'un après l'autre à son assistant. Sans un mot, Richie les soumit aux tests habituels.

— C'est super d'avoir un échantillon aussi important, gloussa-t-il. On a tout ce qu'il faut pour le brûler, le cuire et le dissoudre, et il en restera assez pour faire un château de sable.

Wildenstein ne le quittait pas des yeux tandis qu'il procédait aux différents tests.

— Tous négatifs, finit-il par conclure. Je me demande vraiment ce que c'est.

Wildenstein préleva une nouvelle quantité de poudre.

— Essayez de le faire chauffer en atmosphère oxydante et analysez les gaz qui se dégagent.

— À vos ordres.

Richie s'empara d'une autre éprouvette qu'il obtura à l'aide d'un bouchon muni d'une pipette reliée à un analyseur de gaz, puis il la fit chauffer sur un bec Bunsen. Sous les yeux étonnés de Wildenstein, le mélange s'enflamma aussitôt et se consuma rapidement sans laisser de résidus.

— Trois p'tits pompiers, ma chemise brûle, chantonna Richie.

— Que dit l'analyseur ?

Il se pencha sur l'appareil.

— Du dioxyde et du monoxyde de carbone quasiment purs avec un soupçon de vapeur d'eau.

— Ça tendrait à prouver qu'il s'agit de carbone pur.

— Attendez une minute, patron. Depuis quand le carbone ressemble à du sable brun clair ?

Wildenstein examina les grains reposant au fond de l'un des tubes à essai.

— J'ai bien envie de regarder ce truc-là avec un stéréozoom.

Sans attendre, elle déposa une dizaine de grains sur une lamelle qu'elle plaça sur la platine du microscope, puis elle alluma l'appareil et approcha ses yeux des loupes.

— Qu'est-ce que vous voyez ? s'enquit Richie.

Wildenstein, perplexe, ne répondit pas. Sur la platine du microscope venaient d'apparaître des grains de toutes les couleurs : du bleu, du rouge, du jaune, du vert, du brun, du noir, du violet, du rose... Sans les quitter des yeux, elle s'empara d'une cuillère métallique à l'aide de laquelle elle pressa l'un des grains qui raya le verre de la lamelle avec un léger crissement.

— Qu'est-ce que vous faites ? s'étonna Richie.

Wildenstein se releva.

— On a un réfractomètre quelque part ?

— Ouais, un vieux machin qui doit dater du Moyen Âge, réagit Richie en fouillant dans un placard dont il finit par extraire un appareil poussiéreux protégé par une housse jaunie.

Il le posa sur la table et le brancha.

— Vous savez comment ça marche, ce truc-là ?

— Je crois m'en souvenir, oui.

Elle prit sur la platine un grain de la substance inconnue et le déposa sur une goutte d'huile minérale qu'elle venait de verser sur une lamelle, puis elle glissa le tout dans le module de lecture du réfractomètre. Après quelques tâtonnements, elle parvint à mettre la machine en route.

Elle releva la tête, un sourire aux lèvres.

— C'est bien ce que je pensais. On a un indice de réfraction de deux virgule quatre.

— Ouais ? Et alors ?

— Alors on tient la clé de l'énigme.

— Mais encore, patron ?

Elle le regarda.

— Richie, qu'est-ce qui est constitué de carbone pur et qui raye le verre, avec un indice de réfraction supérieur à deux ?

— Le diamant ?

— Bravo.

— Vous voulez dire que ce paquet contient de la poussière de diamant industriel ?

— Ça m'en a tout l'air.

Richie retira la cagoule de sa tenue de protection et s'essuya le front.

— On ne me l'avait encore jamais fait, celle-là, dit-il en décrochant le téléphone. Je vais tout de suite prévenir l'hôpital pour leur dire de lever l'alerte. D'après ce que j'ai cru comprendre, le rond-de-cuir du Muséum a fait dans son froc.

3

Le directeur du Muséum d'histoire naturelle, Frederick Watson Collopy, sortit de l'ascenseur avec un soupçon d'agacement. Il n'avait pas eu l'occasion de descendre dans les sous-sols de son établissement depuis plusieurs mois et il se demanda quelle mouche avait bien pu piquer Wilfred Sherman. Au lieu de venir le trouver dans son grand bureau du quatrième étage, le chef du département de minéralogie avait réclamé sa venue avec insistance dans ce laboratoire souterrain.

Collopy s'engagea dans le couloir d'un pas alerte, les semelles de ses chaussures crissant sur le sol rugueux, et trouva la porte du laboratoire de minéralogie fermée. Il tourna la poignée mais le battant était verrouillé et son agacement monta d'un cran.

La porte s'ouvrit presque aussitôt sur la silhouette de Sherman qui s'empressa de refermer et de donner un tour de clé après avoir fait entrer son visiteur. Le chercheur était littéralement décomposé. *C'est bien le moins, pour avoir osé me déranger*, pensa Collopy. Il embrassa le laboratoire du regard et ses yeux s'arrêtèrent sur le vieux paquet tout déchiré, emprisonné dans un sac plastique transparent muni d'une double fermeture. Une demi-douzaine d'enveloppes blanches étaient posées un peu plus loin.

— Professeur Sherman, commença Collopy. La façon pour le moins désinvolte dont ce colis nous est parvenu a jeté le discrédit sur cet établissement. C'est tout simplement scandaleux. J'exige le nom de son expéditeur et j'entends savoir au plus vite pourquoi ce paquet ne nous a pas été livré conformément aux usages. Comment un produit aussi précieux a-t-il pu être livré dans de telles conditions, qui plus est en créant un mouvement de panique ? J'ai cru comprendre qu'il s'agissait de poudre de diamant industriel, un produit qui doit coûter plusieurs milliers de dollars la livre.

Sherman ne répondit pas. Il suait à grosses gouttes.

— Je vois déjà la une des journaux de demain : *Alerte bactériologique au Muséum d'histoire naturelle.* Croyez-moi, ça ne m'amuse pas du tout. Je viens de recevoir un coup de fil d'un journaliste du *Times*, un certain Harriman, et je suis censé le rappeler dans une demi-heure afin de lui fournir des explications.

Sherman, toujours muet, avala sa salive. Une goutte de sueur roula sur son front qu'il essuya précipitamment à l'aide d'un mouchoir.

— Alors ? Sans doute avez-vous une explication, pour m'avoir *convoqué* de la sorte dans votre laboratoire.

— Oui, balbutia péniblement Sherman.

D'un mouvement de tête, il désigna un microscope à son visiteur.

— Je voulais... vous montrer quelque chose.

Collopy se dirigea vers l'appareil, retira ses lunettes et approcha ses yeux des oculaires. Une masse floue lui apparut.

— Je ne vois rien du tout, oui !

— Il vous suffit de tourner la molette de mise au point.

Collopy s'exécuta d'une main maladroite et une myriade de cristaux de toutes les couleurs lui apparut enfin, éclairée par l'arrière à la façon d'un vitrail.

— De quoi s'agit-il ?

— C'est un échantillon de la poudre qui nous a été livrée ce matin.

Collopy se redressa.

— Et alors ? De la poudre de diamant commandée par vous ou l'un de vos collaborateurs, sans doute ?

Sherman hésita.

— C'est-à-dire que... non.

— Dans ce cas, professeur Sherman, expliquez-moi comment plusieurs milliers de dollars de poudre de diamant ont pu vous parvenir de la sorte.

— J'ai bien une explication…

Sherman ne termina pas sa phrase. D'une main tremblante, il saisit l'une des enveloppes blanches. Collopy attendait une explication, mais Sherman était comme pétrifié.

— Professeur Sherman ?

Sherman ne répondit pas. Sortant son mouchoir, il s'essuya une nouvelle fois le visage.

— Vous ne vous sentez pas bien, professeur ?

Sherman avala sa salive.

— Je ne sais pas comment vous dire ça.

— Écoutez, rétorqua sèchement Collopy. Je dois rappeler ce Harriman d'ici vingt-cinq minutes, dit-il en regardant sa montre. Alors dites-moi ce que vous avez à me dire et finissons-en.

Sherman acquiesça bêtement en s'essuyant le front. En dépit de son agacement, Collopy avait pitié du pauvre homme. Un adolescent mal grandi que sa passion pour les pierres n'avait jamais quitté… Mais Collopy s'aperçut brusquement que l'autre ne transpirait plus, il pleurait !

— Ce n'est pas de la poudre de diamant industriel, finit par balbutier Sherman.

Collopy fronça les sourcils.

— Je vous demande pardon ?

Le chercheur poussa un soupir à fendre l'âme, tentant désespérément de se reprendre.

— La poudre de diamant industriel est faite de diamants noirs ou bruns sans aucune valeur esthétique. Au microscope, elle ne présente que des particules translucides foncées, alors que vous voyez de la couleur quand vous regardez celle-ci, chevrota-t-il.

— J'ai bien vu, oui.

Sherman hocha la tête.

— Des fragments et des cristaux de toutes les couleurs. Après m'être assuré qu'il s'agissait effectivement de diamants, je me suis posé la question de savoir…

Sa voix se brisa.

— Professeur ?

— Je me suis posé la question de savoir d'où pouvait bien provenir une telle quantité de poudre de diamant de toutes les couleurs. Il y en a plus d'un kilo.

Un silence pénible tomba sur le laboratoire. Collopy se figea.

— Je ne comprends pas.

— Il ne s'agit pas de poudre de diamant, déclara soudain Sherman. Il s'agit de la collection de diamants du Muséum.

— Qu'est-ce que vous êtes en train de me dire ?

— Le vol des diamants le mois dernier. Le cambrioleur les aura pulvérisés. Tous !

De grosses larmes coulaient sur les joues de Sherman, qu'il ne prenait même plus la peine d'essuyer.

— Pulvérisés ? s'étrangla Collopy en regardant de tous côtés, affolé. Comment peut-on pulvériser des diamants ?

— À l'aide d'un marteau.

— Mais... je croyais le diamant inaltérable.

— Le diamant est effectivement d'une dureté exceptionnelle, mais cela ne l'empêche pas d'être *fragile.*

— Comment pouvez-vous être sûr de ce que vous avancez ?

— Une grande partie des diamants issus de nos collections possédaient des teintes exceptionnelles. Prenez la Reine de Narnia, par exemple. Nul autre diamant au monde n'a un tel bleu, teinté de violet et de vert. J'ai pu en identifier les fragments. C'est ce que j'étais en train de faire. J'essayais de les trier.

Il prit l'enveloppe blanche dont il versa le contenu sur une feuille de papier. Une pluie de fragments bleus s'éparpilla sur la feuille.

— Voici la Reine de Narnia, dit-il en désignant le petit tas.

Puis il saisit une autre enveloppe qu'il vida un peu plus loin.

— Le Cœur de l'Éternité, laissa-t-il tomber en montrant un tas violet.

L'une après l'autre, il fit de même avec les autres enveloppes.

— Le Fantôme Indigo. L'Ultima Thule. Le Quatre Juillet. Le Vert de Zanzibar.

Chaque nom de pierre résonnait comme un coup de massue aux oreilles de Collopy qui regardait avec une horreur grandissante les petits monticules de sable coloré.

— C'est une mauvaise plaisanterie, finit-il par dire. Il ne peut pas s'agir des diamants du Muséum.

— La coloration exacte de chacune de ces pierres uniques est très précisément quantifiable, répliqua Sherman. Je possède toutes leurs données. J'ai testé ces fragments, ils sont conformes aux indications dont je dispose. Aucune erreur possible, *il ne peut s'agir d'autre chose.*

— Mais enfin, pas *tous*, réagit Collopy. Il ne les a tout de même pas tous détruits.

— Ce paquet contenait 2,42 livres de poudre de diamant, c'est-à-dire l'équivalent d'à peu près 5 500 carats. Si l'on y ajoute le poids de la poudre qui s'est échappée du paquet, l'envoi devait contenir quelque chose comme 6 000 carats. En additionnant le poids des diamants qui nous ont été dérobés…

Il laissa mourir sa phrase.

— Eh bien ? insista Collopy, au bord de l'implosion.

— Cela faisait un total de 6 042 carats, répondit Sherman dans un souffle.

Un silence étouffant s'abattit sur le laboratoire, que seul venait troubler le grésillement des néons. Enfin, Collopy releva la tête et posa les yeux sur Sherman.

— Professeur Sherman… commença-t-il.

Sa voix se brisa et il dut recommencer.

— Professeur Sherman. Ce que vous venez de me dire ne doit pas quitter cette pièce.

Sherman, déjà très pâle, devint livide. Au bout de quelques instants, il hocha la tête en silence.

4

William Smithback poussa la porte des Vieux Os, aussitôt assailli par l'odeur caractéristique du lieu, et regarda autour de lui. Il était cinq heures du soir et le vieux pub regorgeait d'employés du Muséum venus se rincer le gosier de la poussière accumulée toute la journée dans le vénérable bâtiment dont on apercevait la silhouette de granit, de l'autre côté de la rue. Smithback n'avait jamais compris ce qui pouvait les attirer dans cet antre sombre aux murs couverts d'ossements. Lui-même ne fréquentait les Vieux Os que pour une seule raison : le whisky de quarante ans d'âge que le barman gardait jalousement sous le comptoir. À 36 dollars le verre, ce n'était pas exactement une affaire, mais autant se ruiner que de se brûler l'estomac avec du Cutty Sark.

À sa chevelure flamboyante, il repéra sa jeune épouse, Nora Kelly, assise tout au fond à leur table habituelle. Il lui adressa un signe de la main, s'approcha nonchalamment et se planta devant elle en prenant une pose théâtrale.

— « Mais doucement ! Quelle lumière jaillit par cette fenêtre[1] ? » récita-t-il.

Puis il lui fit un baisemain furtif, s'attarda plus longuement sur ses lèvres et s'installa en face d'elle.

— Comment va la vie ?

— Le Muséum est toujours aussi passionnant.

— Tu veux parler de l'attaque bactériologique de ce matin ?

---

1. *Roméo et Juliette* de Shakespeare, (II, 2). Cette phrase de Roméo fait référence à Juliette, apparaissant à sa fenêtre. *(N.d.T.)*

Elle hocha la tête.

— Un coursier a déposé un paquet dont s'échappait une poudre mystérieuse. Tout le monde a cru que c'était de l'anthrax ou un truc du même style.

— C'est ce que j'ai entendu dire. Ce cher Bryce a même fait un papier à ce sujet pour le journal.

Au *Times*, Bryce Harriman était à la fois le collègue et l'ennemi intime de Smithback qui lui avait récemment damé le pion en signant quelques scoops fumants.

Le serveur habituel s'approcha de la table avec son air de chien battu et attendit leur commande en silence.

— Je prendrai deux doigts de votre Glen Grant, demanda Smithback. Le spécial.

— Un verre de vin blanc, s'il vous plaît.

Le serveur s'éloigna en traînant des pieds.

— Je suppose que ça a fait un foin du diable ?

Nora pouffa.

— Tu aurais dû voir la tête de Greenlaw, le type qui a découvert le paquet. Il s'est si bien vu en train de mourir qu'ils ont dû l'emporter sur une civière après lui avoir enfilé une combinaison de protection.

— Greenlaw ? Connais pas.

— C'est le nouveau directeur adjoint des services administratifs. Ils l'ont débauché de chez Con Ed.

— Et alors, c'était quoi en fin de compte ? Je parle de ton anthrax.

— De la poudre abrasive.

Smithback gloussa tandis que le serveur apportait la commande.

— De la poudre abrasive ? Elle est bien bonne, ricana-t-il en faisant tourner le liquide ambré dans le verre ballon avant d'y tremper les lèvres. Raconte-moi exactement ce qui s'est passé.

— D'après ce que j'ai compris, le paquet est arrivé abîmé et de la poudre s'en échappait. C'est Curly qui l'a réceptionné au moment où Greenlaw arrivait au Muséum.

— Curly ? Le vieux qui fume toujours la pipe ?

— Oui.

— Il travaille encore au Muséum ?

— Il y travaillera jusqu'à sa mort.
— Comment a-t-il réagi ?
— Tranquillement, comme toujours. Il était de retour dans sa guérite quelques heures plus tard, comme si de rien n'était.
Smithback secoua la tête.
— Pourquoi diable a-t-on fait livrer de la poudre abrasive au Muséum par coursier ?
— Aucune idée.
Smithback avala une nouvelle gorgée de whisky.
— Tu crois que quelqu'un a voulu faire peur à la direction ? demanda-t-il machinalement.
— Tu vois le mal partout.
— On connaît l'expéditeur du paquet ?
— J'ai cru comprendre que c'était un envoi anonyme.
Smithback regrettait déjà de n'avoir pas lu l'article de Harriman sur le réseau interne du journal.
— Tu sais combien coûte un coursier à New York de nos jours ? Quarante dollars.
— C'était peut-être de la poudre abrasive spéciale.
— Sans indication d'expéditeur ? fit-il avec une moue dubitative. À qui était adressé le paquet ?
— Au département de minéralogie, je crois.
Smithback, les yeux perdus dans le vague, trempa les lèvres dans son verre. Son intuition lui disait que cette histoire n'était pas aussi anodine qu'il y paraissait. Il se demanda si Harriman avait trouvé le fin mot de l'histoire, mais il en doutait.
— Ça t'ennuie si je passe un coup de fil ? demanda-t-il en sortant son téléphone portable.
Nora fronça les sourcils.
— Si c'est vraiment urgent.
Smithback composa le numéro du Muséum et demanda le département de minéralogie. La chance était avec lui car quelqu'un lui répondit, malgré l'heure tardive, et il s'empressa d'entamer la conversation en avalant la moitié des mots.
— C'est monsieur Hummmhmn dans le bureau de Grmhmhmn. J'ai une petite question à vous poser : quelle était la composition exacte de la poudre de ce matin ?
— Je n'ai pas bien compris…

— Écoutez, mon vieux, je n'ai pas vraiment le temps. Le directeur a besoin d'une réponse tout de suite.

— Je ne sais pas ce que c'était.

— Qui pourrait me répondre ?

— Le professeur Sherman est encore là.

— Passez-le-moi.

Quelques instants plus tard, une voix essoufflée grésillait à l'autre bout du fil.

— Professeur Collopy ?

— Non, non, répliqua Smithback sur un ton amène. William Smithback, journaliste au *New York Times.*

Sherman laissa s'écouler un court silence.

— Oui ? dit-il d'une voix tendue.

— C'est au sujet de l'alerte bactériologique de ce matin...

— Je n'ai rien à vous dire, le coupa l'autre. J'ai déjà dit tout ce que je savais à votre collègue, M. Harriman.

— Simple vérification de routine, professeur. Ça vous ennuie ?

Nouveau silence.

— Le paquet vous était-il adressé ?

— Il était adressé au département, répondit Sherman, mal à l'aise.

— Sans indication d'expéditeur ?

— Aucune.

— Et le paquet contenait de la poudre abrasive, c'est bien ça ?

— Oui.

— Quel type de poudre abrasive ?

L'autre hésita.

— De la poudre de corindon.

— Quel est le prix moyen de la poudre de corindon ?

— Je ne sais pas exactement. Pas grand-chose.

— Très bien. Ce sera tout, je vous remercie.

Il mit fin à la communication sous le regard courroucé de Nora.

— C'est très mal élevé de téléphoner dans un lieu public.

— Tu oublies que je suis journaliste. Je suis mal élevé de nature.

— Tu es satisfait, maintenant ?

— Non.

— On a livré de la poudre abrasive au Muséum. Le paquet fuyait, tout le monde a paniqué, et c'est tout.

— Je n'en suis pas si sûr, fit Smithback en avalant une gorgée de Glen Grant. Le type que je viens d'avoir au téléphone m'a semblé particulièrement nerveux.

— Le professeur Sherman ? Il est toujours comme ça.

— Il était plus que nerveux. On aurait dit qu'il avait peur.

Nora poussa un grognement en le voyant déplier à nouveau son portable.

— Si tu es venu ici pour téléphoner, je préfère rentrer à la maison.

— Nora, je t'en prie. Rien qu'un seul coup de fil et je t'emmène dîner au Rattlesnake Café. C'est urgent. Il est plus de cinq heures et il faut que je me dépêche si je veux encore trouver quelqu'un.

Il commença par appeler les renseignements et nota un numéro qu'il composa dans la foulée.

— Département de la Santé et des Affaires sociales ?

Après avoir été renvoyé de service en service, il tomba enfin sur le bon laboratoire.

— Laboratoire d'urgence, lui répondit une voix.

— À qui ai-je l'honneur ?

— Richard. Et à *qui* ai-je l'honneur ?

— Bonjour, Richard. Bill Smithback du *Times*. C'est vous qui dirigez le labo ?

— Pour l'instant, oui. Ma patronne vient de partir.

— Tant mieux pour vous. Je peux vous poser quelques questions ?

— Vous êtes journaliste, c'est ça ?

— Exactement.

— Alors allez-y.

— C'est bien votre laboratoire qui a été chargé d'analyser le paquet reçu par le Muséum ce matin ?

— Tout à fait.

— Quel était le contenu exact du paquet ?

Smithback entendit son interlocuteur rire sous cape.

— De la poudre de diamant.

— Ce n'était pas de la poudre de corindon ?

— Non, de la poudre de diamant.

— C'est vous-même qui l'avez examinée ?

— Ouais.

— À quoi ressemblait cette poudre ?

— À première vue, on aurait dit du sable brun.

Smithback réfléchit un instant avant de poursuivre.

— Comment avez-vous pu déterminer qu'il s'agissait de poudre de diamant ?

— Grâce à l'indice de réfraction des particules.

— Je vois. Aucune confusion possible avec du corindon ?

— Aucune.

— Je suppose que vous avez procédé à un examen au microscope.

— Ouais.

— Et alors, ça ressemblait à quoi ?

— C'était magnifique, des cristaux minuscules de toutes les couleurs.

Un courant électrique parcourut la colonne vertébrale de Smithback.

— De toutes les couleurs ? Comment ça ?

— Des grains et des fragments de diamant aux couleurs de l'arc-en-ciel. J'aurais jamais pensé que le diamant en poudre puisse être aussi beau.

— Vous n'avez pas trouvé ça bizarre ?

— Vous savez, il y a plein de trucs qui sont moches à l'œil nu et qui sont magnifiques au microscope. La mie de pain moisie, par exemple. Le sable aussi, d'ailleurs.

— Vous m'avez pourtant bien dit que ce sable avait l'air brun.

— La masse avait l'air brune, oui.

— Je vois. Qu'avez-vous fait du paquet ?

— On l'a renvoyé au Muséum en leur disant que c'était une fausse alerte.

— Je vous remercie.

Smithback replia lentement son téléphone. *Non. C'est impossible.*

Il releva la tête et constata que Nora le regardait avec le même air courroucé. Il lui prit la main.

— Je suis sincèrement désolé, mais il faut que je passe encore un coup de téléphone.

Elle croisa les bras.

— Et moi qui croyais passer une soirée tranquille avec toi.

— Un tout dernier coup de fil. Je t'en prie. Tu n'auras qu'à écouter, et je peux t'assurer que tu ne vas pas t'ennuyer.

Les joues de Nora s'empourprèrent. Smithback connaissait suffisamment sa femme pour savoir qu'elle bouillait intérieurement.

Il composa le numéro du Muséum à la hâte et mit le haut-parleur.

— Professeur Sherman ?

— Oui ?

— C'est à nouveau Smithback, du *Times.*

— Monsieur Smithback, s'énerva l'autre. Je vous ai déjà dit tout ce que je savais. Maintenant, si ça ne vous dérange pas, j'ai un train à prendre.

— Je sais que le paquet livré ce matin au Muséum ne contenait pas de la poudre de corindon.

Un silence lui répondit.

— Je sais *exactement* de quoi il s'agissait.

Nouveau silence.

— Il s'agissait de la collection de diamants du Muséum.

Nora lui lança un regard ahuri.

— Professeur Sherman, je viens tout de suite vous voir au Muséum. Si le professeur Collopy se trouve encore là, il serait préférable qu'il assiste à notre conversation. Ou du moins que je puisse le joindre par téléphone. Je ne sais pas ce que vous avez raconté à mon collègue Harriman, mais je ne suis pas aussi crédule que lui. C'est déjà suffisamment grave que le Muséum se soit laissé voler sa collection de diamants. Je suis convaincu que le conseil d'administration du Muséum n'apprécierait guère qu'on lui dissimule le fait que cette collection a été réduite en poudre. Suis-je assez clair, professeur Sherman ?

Ce fut d'une toute petite voix que l'interlocuteur de Smithback finit par répondre :

— Nous n'avons rien cherché à dissimuler, je vous l'assure. Nous souhaitions juste... euh, prendre notre temps avant d'en faire l'annonce officielle.

— Je vous retrouve d'ici dix minutes. N'essayez pas de me faire faux bond.

Sans attendre, Smithback appela son rédacteur en chef.

— Fenton ? Vous savez, ce papier de Harriman sur l'alerte à l'anthrax au Muséum ? Ne le passez pas. Je sais ce qui s'est vraiment passé et c'est une bombe. Gardez-moi la une.

Il referma son téléphone et regarda Nora. La colère de la jeune femme était passée, elle était livide.

— Diogène Pendergast, murmura-t-elle. Il a *détruit* les diamants ?

Smithback acquiesça.

— Mais pourquoi ?

— C'est toute la question. Maintenant, ma chérie, avec toutes mes excuses et un bon pour un dîner au Rattlesnake Café, je suis obligé de filer. Je dois faire quelques interviews et rendre mon papier avant minuit si je ne veux pas rater l'édition nationale. Je suis très sincèrement désolé. Ne m'attends pas, conclut-il en se levant et en l'embrassant.

— Tu es extraordinaire, murmura-t-elle d'une voix admirative.

Smithback, ressentant une impression inhabituelle, mit quelques instants à comprendre qu'il était en train de rougir.

5

Seul dans son bureau de la tour sud-est du Muséum, le professeur Frederick Watson Collopy réfléchissait, debout derrière sa majestueuse table de travail habillée de cuir. Rien ne traînait sur l'énorme bureau, à l'exception d'un exemplaire du *New York Times* du jour. Collopy n'avait même pas eu besoin de le déplier pour découvrir à la une l'information qu'il redoutait, étalée en grosses lettres.

Le secret n'en était plus un.

Collopy était convaincu d'occuper le poste le plus éminent d'Amérique pour un scientifique, celui de directeur du Muséum d'histoire naturelle de New York, et l'article du *Times* s'effaça provisoirement de son esprit tandis que résonnaient dans sa tête les noms de ses illustres aînés : Ogilvy, Scott, Throckmorton. Son seul but, son unique ambition étaient de voir son nom s'ajouter à ce registre prestigieux, en évitant de sombrer dans les bas-fonds ignominieux réservés par le destin à ses deux prédécesseurs, le peu regretté Winston Wright et la très incompétente Olivia Merriam.

Et voilà que s'étalait à la une du *Times* un titre qui pourrait bien sonner l'heure de sa déchéance. Collopy avait récemment affronté des scandales qui auraient abattu des chênes moins puissants, mais il avait su faire face avec calme et détermination, et il n'était pas question pour lui de faiblir dans la tourmente actuelle.

Une main discrète frappa à la porte.

— Entrez.

Le visage barbu de Hugo Menzies, le chef du département d'anthropologie, dont l'élégance coutumière tranchait avec les tenues négligées de la plupart de ses collègues, se dessina dans l'entrebâillement de la porte. Il prit une chaise sans un mot tandis que la responsable de la communication, Joséphine Rocco, et l'avocate attitrée du Muséum, Beryl Darling – de l'agence Wilfred, Spragg et Darling – pénétraient dans la pièce à sa suite.

Debout, Collopy observa longuement ses trois visiteurs en se caressant le menton d'un air pensif avant de prendre la parole :

— Je vous ai demandé de venir ici de toute urgence pour des raisons évidentes, déclara-t-il en posant machinalement les yeux sur le journal. Vous aurez certainement lu le *Times* ?

Tous hochèrent la tête en silence.

— Nous avons commis une erreur en cherchant à étouffer cette affaire, même provisoirement. Lorsque j'ai pris mes fonctions à la tête de cette maison, je me suis promis de rompre avec l'attitude de mutisme, parfois même de paranoïa, qui caractérisait les directions précédentes. Le Muséum me paraissait une institution suffisamment solide pour survivre aux vicissitudes des scandales et des polémiques.

Il marqua une pause.

— J'ai commis une erreur en tentant de minimiser, et même de dissimuler, la destruction de notre collection de diamants. Ce faisant, j'ai violé le principe que je m'étais imposé.

— Nous prenons bonne note de votre contrition, l'interrompit l'avocate de sa voix tranchante, mais pourquoi ne pas nous avoir consultés avant de prendre une décision aussi mal venue ? Vous auriez dû savoir que votre position n'était pas tenable. Le Musée sera le premier à en pâtir et mon rôle s'en trouve compliqué d'autant.

Collopy s'obligea à se souvenir que le Muséum payait Darling quatre cents dollars de l'heure précisément pour sa franchise.

Il leva la main.

— Je vous l'accorde. Sachez toutefois que jamais, dans mes pires cauchemars, je n'ai pu envisager une éventualité aussi tragique. Comment imaginer qu'on puisse réduire nos diamants en...

Sa voix se brisa et il ne put achever sa phrase, laissant une impression de gêne s'installer dans la pièce.

Collopy avala sa salive avant de reprendre :

— Il nous faut agir, et même réagir. Sans attendre. C'est pour cette raison que je vous ai demandé de venir ce matin.

De l'extérieur leur parvenaient assourdis les cris et les récriminations de la foule des mécontents massés devant l'entrée du Muséum, sur fond de sirènes de police et de mégaphones.

Joséphine Rocco prit la parole :

— Les téléphones n'arrêtent pas de sonner dans mon bureau. Il est tout juste neuf heures et nous avons une heure devant nous, deux tout au plus, pour publier une déclaration officielle. Depuis le temps que je fais ce métier, jamais je n'ai connu ça.

Menzies s'agita sur sa chaise.

— Puis-je intervenir ? demanda-t-il en lissant sa crinière blanche.

— Je vous en prie, Hugo, approuva Collopy.

Menzies s'éclaircit la voix et ses yeux d'un bleu intense se posèrent un instant sur la fenêtre avant de revenir sur Collopy.

— Tout d'abord, Frederick, acceptons de reconnaître que cette catastrophe dépasse toute proportion. Écoutez ces gens amassés sous vos fenêtres. Le simple fait d'avoir *envisagé* de leur cacher la vérité aura suffi à déclencher leur colère. Il nous faut donc assumer ce qui nous arrive sans chercher à nous dérober. Reconnaissons nos erreurs. Nous n'avons que trop tergiversé.

Il lança un coup d'œil en direction de Joséphine Rocco avant de poursuivre :

— C'est mon premier point, j'espère que nous sommes tous d'accord.

Collopy approuva de la tête.

— Et votre second point ?

Menzies se pencha légèrement en avant.

— Il ne suffit pas de réagir. Il nous faut reprendre l'offensive.

— Que voulez-vous dire ?

— Nous devons impérativement entreprendre une action d'éclat. Annoncer quelque chose d'enthousiasmant, lancer un projet susceptible de convaincre les New-Yorkais et le reste du monde que nous demeurons malgré tout un très grand musée.

Montons une expédition scientifique de tout premier plan, ou bien lançons-nous dans un projet de recherche hors du commun.

— Vous ne craignez pas qu'on nous accuse de faire diversion ? interrogea Rocco.

— Sans doute certains le feront-ils, mais de telles critiques s'éteindront d'elles-mêmes au bout d'un jour ou deux, nous laissant toute latitude de fédérer l'intérêt du public autour de notre projet.

— À quel type de projet pensez-vous ? demanda Collopy.

— Je ne suis pas allé plus avant dans mes réflexions.

Rocco hocha lentement la tête.

— Votre idée pourrait marcher. Il faudrait combiner ça avec une soirée de gala réunissant tout le gratin, l'événement mondain de la saison. Cela aurait le mérite de faire taire tous les journalistes et les politiques qui critiquent le Muséum, et qui seront les premiers à vouloir être invités.

— L'idée n'est pas mauvaise, réagit Collopy.

Après un court silence, Beryl Darling prit la parole.

— Tout ça est bien beau, mais encore faut-il déterminer la nature exacte de l'événement en question.

L'avocate fut interrompue par un grésillement que Collopy fit taire en appuyant d'un doigt agacé sur une touche de son interphone.

— Madame Surd, j'avais demandé à ne pas être dérangé.

— Je suis désolée, professeur, mais... en fait, il s'agit d'une urgence.

— Tout à l'heure.

— Malheureusement, ça ne peut pas attendre. Nous devons donner une réponse immédiatement.

Collopy poussa un soupir.

— Dieu du ciel, ça ne peut pas attendre dix minutes ?

— Il s'agit d'un versement bancaire, un don de dix millions d'euros pour...

— Dix millions d'euros ? !! Apportez-moi ça tout de suite.

Avec son efficacité coutumière, la très ronde Mme Surd pénétra dans la pièce et tendit une feuille à Collopy.

— Excusez-moi un instant, s'excusa le directeur en arrachant le papier des mains de sa secrétaire. De qui émane cet argent, et où dois-je signer ?

— La somme est versée par le comte Thierry de Cahors, qui fait don de dix millions d'euros au Muséum à condition de remettre en état et de rouvrir le tombeau de Senef.

— Le tombeau de Senef ? De quoi diable s'agit-il ? s'exclama Collopy en posant négligemment le papier sur son bureau. Je m'occuperai de ça plus tard.

— Oui, monsieur le directeur, mais le bordereau précise que l'argent se trouve sur un compte bloqué et qu'il doit être accepté dans l'heure pour que le virement définitif puisse intervenir.

Pour un peu, Collopy s'en serait arraché les cheveux.

— Mais enfin, pourquoi faut-il que les donateurs nous imposent des conditions impossibles ! s'emporta-t-il. Ce dont nous avons besoin, c'est d'argent frais pour payer nos charges. Envoyez un fax à ce comte Machinchose et tentez de le convaincre de nous donner cet argent sans obligation d'affectation. Signez de mon nom, avec les amabilités d'usage. Encore un qui part en croisade contre des moulins à vent.

— Très bien, professeur.

Sans attendre que sa secrétaire soit sortie, Collopy se tourna vers son auditoire.

— Beryl, je crois que vous aviez quelque chose à nous dire.

L'avocate ouvrait déjà la bouche lorsque Menzies l'arrêta d'un geste.

— Madame Surd ? Attendez encore quelques instants avant de prendre langue avec le comte de Cahors.

Mme Surd hésita, attendant une confirmation de la part de Collopy. Ce dernier hocha la tête et elle quitta la pièce en refermant la porte derrière elle.

— Très bien, Hugo. Où voulez-vous en venir ?

— J'essaie de me souvenir des détails, mais ce nom… le tombeau de Senef… ça me dit quelque chose. Tout comme le nom du comte de Cahors.

— Pourriez-vous être plus précis ? insista Collopy.

Menzies se redressa brusquement.

— Mais bien sûr ! Frederick, vous qui connaissez bien l'histoire du Muséum, le tombeau de Senef était cette sépulture égyptienne ouverte au public de l'ouverture du Muséum jusqu'à la Dépression.

— Mais encore ?

— Si je me souviens bien, il s'agit d'une sépulture pillée et démontée par les armées napoléoniennes lors de son expédition en Égypte, puis récupérée par les Anglais. Elle a finalement été achetée par des bienfaiteurs du Muséum qui l'ont reconstituée dans les sous-sols afin de la rendre accessible au public. Elle doit toujours s'y trouver.

— Et qui est ce Cahors ? demanda Darling.

— Napoléon s'était entouré de naturalistes et d'archéologues lors de la campagne d'Égypte, et le chef de son expédition archéologique se nommait Cahors. Je ne serais pas surpris que ce comte soit l'un de ses descendants.

Collopy fronça les sourcils.

— Je ne vois pas en quoi toute cette histoire nous concerne.

— Vous ne comprenez pas ? C'est exactement ce que nous attendions !

— Une sépulture poussiéreuse ?

— Mais oui ! Nous pourrions monter en épingle le don du comte, fixer une date d'inauguration avec soirée de gala et tout le toutim afin d'en faire un événement médiatique de premier ordre.

Menzies adressa un regard interrogateur à Rocco.

— Oui, approuva Rocco. Ça pourrait fonctionner. L'égyptologie fait toujours recette.

— Ça pourrait marcher ? Mais ça va marcher, vous voulez dire ! Le plus beau est que ce tombeau existe déjà. L'exposition Images du Sacré a fait son temps, il est temps de passer à autre chose. Je suis convaincu que nous pourrions réaliser un tel projet en moins de deux mois.

— Tout dépend de l'état de cette tombe.

— Quoi qu'il en soit, elle est là et bien là. Peut-être suffit-il de la nettoyer. Nos réserves débordent d'objets égyptiens dont nous pourrions habiller cette tombe afin de donner davantage de relief à notre exposition. La donation du comte suffira largement à couvrir les frais de restauration nécessaires.

— J'ai du mal à comprendre comment cette sépulture a pu rester fermée pendant soixante-dix ans, au point d'être complètement tombée dans l'oubli.

— Il est probable qu'elle aura été rebouchée, comme cela se pratiquait souvent autrefois à des fins de conservation, expliqua Menzies avec un sourire empreint de tristesse. Cette institution a bien trop d'objets, et pas assez de personnel. C'est bien pourquoi je milite depuis des années pour la création d'un poste d'historien du Muséum. Qui sait quels autres trésors inconnus dorment encore dans nos réserves ?

Un silence s'installa, que Collopy rompit en frappant du poing sur son bureau.

— Adopté ! s'exclama-t-il en actionnant l'interphone. Madame Surd ? Dites au comte de débloquer les fonds. Nous acceptons ses conditions.

6

Le front barré d'un pli, Nora Kelly examinait des fragments de poteries Anasazi posés sur une table au centre de son laboratoire. Brillamment éclairés par des projecteurs, les tessons brillaient d'une lueur dorée très particulière, due à la présence de cristaux de mica dans la terre de cuisson. La jeune femme avait recueilli ces spécimens elle-même lors d'une expédition dans le Sud-Ouest américain, et elle avait veillé à les disposer en fonction de leur origine précise sur une carte de la région de Four Corners.

Absorbée par son travail, elle tentait de découvrir une logique dans leur éparpillement géographique. Son principal sujet de recherche au Muséum était précisément la diffusion de ces poteries micacées à travers le Sud-Ouest et même au-delà, depuis leur lieu de production dans le sud de l'Utah. Il s'agissait d'objets religieux liés aux esprits kachinas hérités du Mexique aztèque ; en suivant le parcours de ces vases, Nora était convaincue de pouvoir retracer le parcours de ce culte très particulier.

La chose était complexe car les tessons étaient nombreux et leurs datations au carbone 14 multiples, autant de variables qui rendaient le problème particulièrement ardu. Nora était loin de détenir la clé de l'énigme, mais elle savait que la réponse se trouvait là, quelque part sous ses yeux. Encore lui fallait-il la découvrir.

Elle soupira et but une gorgée de café, heureuse d'échapper à la tourmente que traversait le Muséum, seule dans le refuge de son laboratoire. La fausse alerte à l'anthrax de la veille n'était rien comparée au scandale d'aujourd'hui. Un scandale dont son propre mari était en grande partie responsable, avec sa mauvaise habitude de fourrer son nez partout. Son article avait fait l'effet d'une bombe comme Nora n'en avait jamais connue au Muséum. Le maire, acculé par une nuée de caméras de télévision dans l'antichambre de son bureau, n'avait pas mâché ses mots sur l'incompétence du directeur dont il exigeait le départ immédiat.

Nora tenta de se replonger dans le mystère de ses tessons. Tous les indices la ramenaient en un seul et même lieu : l'endroit, situé au pied du plateau des Kaiparowit en Utah, d'où provenait la terre glaise recueillie, tournée et cuite par les habitants d'un village troglodyte dissimulé dans les falaises d'un canyon. On retrouvait ensuite des morceaux de poterie jusque dans le nord du Mexique et l'ouest du Texas. Restait à savoir comment, quand, et grâce à qui ils s'étaient retrouvés là.

Elle se dirigea vers le placard où était entreposé le dernier sac renfermant ses précieux tessons. À l'exception d'un léger souffle en provenance du système de climatisation, la pièce était parfaitement silencieuse. Le laboratoire jouxtait de vastes réserves dans lesquelles s'alignaient des vitrines munies de verre cathédrale pleines de poteries, de pointes de flèche, de haches et autres trésors archéologiques. Une faible odeur de paradichlorobenzène filtrait de la réserve de momies indiennes voisine. Nora disposa ses ultimes fragments sur la carte, s'assurant à l'aide des numéros de référence que chacune se trouvait à sa place.

Elle s'arrêta net en entendant grincer la porte du laboratoire et en entendant des pas étouffés sur le sol poussiéreux. Elle était pourtant persuadée d'avoir refermé à clé derrière elle. Une habitude idiote, sans doute, mais les immenses sous-sols du musée, avec leurs couloirs sombres et leurs réserves obscures pleines d'objets effrayants, lui donnaient la chair de poule. Sans parler de l'agression dont avait été victime son amie Margo Green quelques semaines plus tôt dans le hall d'exposition, deux étages plus haut.

— Il y a quelqu'un ? appela-t-elle en se retournant.

Une silhouette barbue surmontée d'une crinière argentée sortit de la pénombre et Nora poussa un soupir de soulagement en reconnaissant son chef direct, Hugo Menzies. Il avait encore les traits tirés et les yeux cernés suite à des calculs à la vésicule.

— Bonjour, Nora, dit-il en lui adressant un sourire bienveillant. Ça vous ennuie si je vous dérange un instant ?

— Pas du tout.

Menzies se percha sur un tabouret.

— C'est tellement plus agréable ici, dans ce calme. Vous êtes seule ?

— Oui. Comment évolue la situation, là-haut ?

— La foule ne cesse de grossir.

— J'ai vu ça.

— Les choses ne s'arrangent pas. Les gens bloquent la circulation sur Museum Drive en insultant les employés qui arrivent. Et ce n'est que le début. Passe encore que le maire et le gouverneur fassent des déclarations intempestives, la colère des New-Yorkais me paraît autrement plus inquiétante. Dieu nous préserve de la fureur du *mobile vulgus.*

Nora secoua la tête.

— Je suis désolé que Bill soit responsable...

Menzies posa la main sur son épaule.

— Bill n'était qu'un simple instrument. Il a rendu service au Muséum en l'obligeant à sortir du bois quand il en était encore temps. La vérité finit toujours par se savoir.

— Je n'arrive pas à comprendre que ce type ait pu détruire ces diamants après s'être donné tant de mal pour les voler.

Menzies haussa les épaules.

— Allez savoir ce qui se passe dans la tête d'un déséquilibré. C'est bien la preuve que notre cambrioleur voue au Muséum une haine implacable.

— Mais pour quelle raison ?

— Il est le seul à pouvoir répondre à cette question. Mais je ne suis pas ici pour disserter sur l'esprit criminel. Je viens vous voir dans un but bien précis, qui n'est d'ailleurs pas étranger à ce qui se passe là-haut.

— Je ne comprends pas.

— Je sors d'une réunion dans le bureau du professeur Collopy. Nous avons pris une décision qui vous concerne.

Nora attendait la suite, légèrement inquiète.

— Avez-vous entendu parler du tombeau de Senef ?

— Non, jamais.

— Je n'en suis pas étonné outre mesure. Peu d'employés du Muséum en connaissent l'existence. Il s'agit d'une sépulture de la Vallée des Rois exposée ici dans les premiers temps du Muséum. Elle a été murée dans les années trente et personne n'y a pénétré depuis.

— Quel rapport avec aujourd'hui ?

— Le Muséum a le plus grand besoin de faire parler de lui de façon positive. Nous devons montrer au grand public de quoi nous sommes capables. Faire diversion, en quelque sorte. Le tombeau de Senef constitue la diversion idéale. Nous allons procéder à sa réouverture et je compte sur vous pour diriger le projet.

— Moi ? Mais j'ai déjà pris un retard énorme dans mes recherches à cause de l'exposition Images du Sacré !

Un sourire amusé s'afficha sur le visage de Menzies.

— C'est exact, et c'est même pour cette raison que je fais appel à vous. J'ai vu ce que vous avez fait pour Images du Sacré et vous êtes la seule personne dans ce département capable de réussir.

— De combien de temps disposons-nous ?

— Collopy est pressé. Nous avons six semaines devant nous.

— C'est une plaisanterie !

— Il y a urgence, Nora. Cette institution se porte mal financièrement depuis longtemps et la mauvaise publicité qui nous est faite aujourd'hui pourrait nous être fatale.

Nora ne répondit pas.

— Le déclencheur de ce projet a été l'arrivée d'une donation de dix millions d'euros. Treize millions de dollars, insista Menzies. L'argent n'est pas un problème et nous aurons l'appui unanime de tout le Muséum, depuis le conseil d'administration jusqu'aux syndicats. Le tombeau de Senef n'a jamais été rouvert, il est probablement en assez bon état.

— Je vous prie, ne me demandez pas ça. Confiez cette expo à Ashton.

— Ashton n'est pas assez diplomate. J'ai vu la facilité avec laquelle vous avez géré ces Indiens le soir de l'inauguration d'Images du Sacré. Nora, l'existence même de ce musée est menacée. J'ai besoin de vous. Le Muséum a besoin de vous.

La plaidoirie de Menzies fut accueillie par un nouveau silence. Nora eut un pincement au cœur en regardant ses tessons de poterie.

— Je ne connais rien à l'égyptologie.

— Nous avons décidé de faire appel à un égyptologue de premier plan pour vous seconder.

— Très bien, j'accepte, soupira Nora, comprenant qu'elle n'avait pas le choix.

— Bravo ! Je n'en attendais pas moins de vous. Pour tout vous dire, nous ne savons pas encore exactement ce que nous allons faire, mais cette tombe est murée depuis soixante-dix ans et il faudra certainement la rénover de fond en comble. Vous savez comme moi que les expositions traditionnelles ne font plus recette de nos jours, le recours au multimédia est indispensable. Et puis nous comptons mettre sur pied une soirée d'inauguration grandiose à laquelle le tout-New York se devra d'assister.

Nora secoua la tête.

— Tout ça en six semaines ?

— Je comptais sur vous pour me faire des propositions concrètes.

— Pour quand ?

— Tout de suite, j'en ai bien peur. Le professeur Collopy a prévu une conférence de presse dans une demi-heure afin d'annoncer l'exposition.

— Oh, non ! s'exclama Nora en se laissant tomber sur un tabouret. Êtes-vous certain de vouloir des effets spéciaux ? Je déteste tous ces trucs programmés par ordinateur qui détournent l'attention des objets exposés.

— C'est malheureusement la loi du genre aujourd'hui. Tenez, prenez la nouvelle bibliothèque Abraham Lincoln. C'est un peu vulgaire par certains côtés, je vous le concède, mais nous sommes au XXIe siècle et il nous faut bien faire face à la concurrence de la télévision et des jeux vidéo. Je vous en prie, Nora. J'ai besoin d'idées neuves. Le directeur va être assailli de questions et il doit pouvoir y répondre.

Nora avala sa salive. L'idée de repousser ses recherches, de devoir travailler soixante-dix heures par semaine et de ne plus avoir le temps de voir son mari la rendait malade. Toutefois, quitte à se lancer dans une telle aventure, autant donner le meilleur d'elle-même. D'autant qu'elle ne semblait guère avoir le choix…

— Je ne veux rien de kitsch, déclara-t-elle. Pas question de faire sortir les momies de leur sarcophage ou ce genre de chose. Il nous faut quelque chose d'éducatif.

— Je suis pleinement d'accord.

Les sourcils froncés, Nora réfléchissait.

— Vous m'avez bien dit que cette tombe avait été pillée ?

— Elle a été pillée pendant l'Antiquité, à l'instar de la plupart des tombes égyptiennes. Sans doute par le prêtre chargé de l'enterrement de Senef. À propos, Senef n'était pas un pharaon ; c'était le vizir et le régent de Thouthmôsis IV.

Nora, consciente de l'honneur qui lui était fait d'assurer la coordination d'une telle exposition, se laissait emporter malgré elle par le projet.

— Puisque vous voulez du spectaculaire, reprit-elle, pourquoi ne pas reconstituer l'arrivée des pillards ? Nous pourrions mettre en scène la chose : leur peur de se faire attraper, les conséquences si jamais ils se laissent surprendre, ce genre de chose, avec un commentaire replaçant Senef dans son contexte historique.

— Excellent ! approuva Menzies.

Emportée par son élan, la jeune femme poursuivait déjà :

— Bien réalisé, avec des éclairages pilotés par ordinateur et tout le reste, on pourrait faire quelque chose d'inoubliable pour le visiteur en faisant resurgir le passé à l'intérieur de la tombe.

— Croyez-moi, Nora. Un jour, c'est vous qui dirigerez ce musée.

La jeune femme se sentit rougir.

— J'avais également pensé à une sorte de son et lumière. C'est formidable ! poursuivit Menzies en saisissant la main de la jeune femme avec une exubérance inhabituelle. Cette exposition sera la planche de salut du Muséum, et elle pourrait bien assurer définitivement votre avenir ici. Ainsi que je vous l'ai dit, vous aurez tout l'argent et les moyens nécessaires. En ce qui concerne les effets spéciaux, laissez-moi faire. Vous aurez déjà assez de pain sur la planche avec le choix des pièces à exposer. Les six semaines qui nous restent ne seront pas de trop pour organiser tout le battage médiatique autour de l'événement, sans parler des invitations. Les journalistes n'oseront jamais nous critiquer de peur de ne pas être conviés au gala d'inauguration.

Il regarda brièvement sa montre.

— Il est temps que j'aille briefer le professeur Collopy avant la conférence de presse. Merci infiniment, Nora.

Sur ces mots, il s'éclipsa en laissant la jeune femme seule dans le laboratoire silencieux. Nora regarda avec un soupçon de nostalgie les tessons soigneusement disposés sur la table, puis elle les ramassa un à un et les rangea dans leurs sacs d'origine.

7

L'inspecteur en chef Spencer Coffey avançait d'un pas martial dans le couloir menant au bureau du directeur de la prison, le bruit de ses fers à talon sur le sol de ciment immaculé trahissant son assurance. L'inspecteur Rabiner, un personnage trapu à moustache, marchait obséquieusement deux pas derrière son chef. Coffey s'arrêta devant la lourde porte en chêne, frappa et entra sans attendre la réponse.

La secrétaire du directeur, une petite blonde platinée avec des cicatrices d'acné sur le visage et l'air de ne pas s'en laisser conter, l'examina de la tête aux pieds.

— Oui ?

— Inspecteur Coffey, FBI, dit-il en sortant son badge. J'ai rendez-vous et je suis pressé.

— Je vais prévenir le directeur de votre arrivée, répondit-elle avec un accent rural prononcé.

Coffey, qui s'était déjà pris le bec avec elle quelques heures plus tôt au téléphone, toisa Rabiner en levant les yeux au ciel. Une péquenaude arriviste : tout ce qu'il méprisait.

— Inspecteur Coffey et monsieur... ? demanda-t-elle en regardant Rabiner.

— Inspecteur *en chef* Coffey et inspecteur Rabiner.

La femme saisit son téléphone avec une lenteur calculée parfaitement exaspérante.

— Les inspecteurs Coffey et Rabiner sont là. Ils disent qu'ils ont rendez-vous.

Elle écouta quelques instants et raccrocha. Prenant son temps, histoire de bien montrer à Coffey qu'elle n'était pas pressée, elle se tourna vers lui :

— M. Imhof va vous recevoir.

Coffey allait pénétrer dans le bureau du directeur lorsqu'il se retourna.

— Tout va comme vous voulez à la ferme ? demanda-t-il.

— La saison n'est pas vraiment terrible pour les porcs, répliqua-t-elle du tac au tac, sans même lever les yeux.

Coffey, perplexe, se demanda un instant si elle n'avait pas voulu l'insulter.

Il poussa la porte et Gordon Imhof, un petit homme avec une barbiche et un regard bleu pénétrant, se leva en voyant entrer ses visiteurs. Coffey ne s'attendait pas à découvrir un personnage aussi jeune. Il était tiré à quatre épingles et ses cheveux blonds formaient un casque impeccable sur sa tête. Coffey aurait été bien en peine de le cataloguer. Autrefois, les directeurs d'établissement pénitentiaire étaient d'anciens gardiens montés en grade, mais cet oiseau-là avait plutôt l'air d'avoir passé une thèse quelconque sur l'univers carcéral et il n'avait manifestement jamais eu le plaisir de tâter du taulard avec une matraque. Ses lèvres minces trahissaient pourtant une certaine cruauté qui rassura Coffey.

Imhof fit signe à ses visiteurs de s'asseoir.

— Messieurs, je vous en prie.

— Merci.

— Comment s'est déroulé l'interrogatoire ?

— Notre enquête avance, répondit Coffey. Si le tribunal fédéral ne le condamne pas à mort, je veux bien me faire moine. Mais l'affaire n'est pas jouée, il y a des complications.

Coffey oubliait de dire que l'interrogatoire s'était mal passé. Très mal passé. Comme Imhof restait impassible, il enchaîna :

— Je voudrais qu'on se comprenne bien. L'une de ses victimes était un collègue et un ami à moi, l'un des trois fonctionnaires les plus décorés de toute l'histoire du FBI.

Il marqua une pause afin de bien insister, oubliant de préciser que la victime en question, l'inspecteur en chef Mike Decker, était personnellement responsable de sa rétrogradation sept ans plus tôt, lors de l'affaire des meurtres du Muséum. Rien ne lui avait plus fait plaisir que d'apprendre la mort de Decker.

— Vous avez affaire à un prisonnier tout à fait particulier, monsieur Imhof. Un tueur en série et un sociopathe de la pire espèce, coupable d'au moins trois meurtres, même si l'enquête du Bureau se limite à celui du fonctionnaire fédéral dont je viens de vous parler. Libre à l'État de New York de s'occuper du reste, en espérant que le prisonnier aura été exécuté avant.

Imhof opina.

— Ce type-là est une ordure pleine d'arrogance. J'ai eu l'occasion de travailler avec lui il y a des années de ça. Il se croit supérieur à tout le monde, se fiche éperdument du règlement et n'a aucun respect pour le système.

Le mot « respect » tira Imhof de son mutisme.

— S'il y a bien une chose que j'exige en tant que responsable de cet établissement, c'est le respect. La discipline passe obligatoirement par le respect.

— Je ne vous le fais pas dire, approuva Coffey, désireux de pousser son avantage. À propos de respect, le prisonnier ne s'est pas privé de nous faire savoir ce qu'il pensait de vous.

Imhof mordait visiblement à l'hameçon.

— Je préfère ne pas vous répéter ce qu'il a dit, continua Coffey, d'autant que vous devez accorder relativement peu d'importance à ce genre de broutille.

Imhof se pencha vers son interlocuteur.

— En dehors de toute considération personnelle, si le prisonnier a manqué de respect vis-à-vis de cette institution, il est de votre devoir de me le dire.

— Toujours les mêmes conneries, je ne voudrais pas vous faire perdre votre temps.

— J'insiste.

Le prisonnier n'avait évidemment rien dit. C'était bien ce qui énervait Coffey.

— Il vous a traité de salaud de nazi élevé à la bière, de Boche, de Schleu, vous connaissez la chanson.

Coffey sut qu'il avait fait mouche en voyant le regard d'Imhof se durcir.

— Autre chose ? s'enquit le directeur d'une voix anormalement calme.

— Toutes sortes d'horreurs, des trucs sur la taille de votre... ah, je ne veux même pas en parler.

Un silence glacial lui répondit. Coffey remarqua que la barbiche d'Imhof tremblait légèrement.

— Je vous l'ai dit, rien que des conneries, mais tout ça prouve une chose : ce type-là n'a pas compris l'intérêt de se montrer coopératif. Et vous savez pourquoi ? Il est persuadé que tout ça n'a aucune importance. Il est grand temps de lui faire comprendre que son attitude ne sera pas sans conséquence. Autre chose : il est indispensable de l'isoler au maximum. Il est hors de question qu'il puisse faire passer des messages à l'extérieur. On dit qu'il est en cheville avec un frère qui court toujours. Ni coups de fil, ni entretien avec son avocat, aucune communication avec le monde extérieur. Pas question qu'il y ait d'autres… euh, comment dire ? d'autres dommages collatéraux par manque de vigilance. Je me suis bien fait comprendre, monsieur le directeur ?

— Absolument.

— Bien. Il faudrait aussi lui faire savoir qu'il a tout intérêt à coopérer. Je ne serais pas hostile à le faire parler à coups de matraque électrique, il n'aurait que ce qu'il mérite, mais vous comme moi savons que ce n'est pas possible. Pas question de laisser le moindre vice de procédure nous entraver au moment du procès. Ce type-là est peut-être fou, mais il n'est pas idiot. Il sauterait sur la première occasion, sans compter qu'il a les moyens de se payer Johnnie Cochran[1] comme avocat.

Coffey s'arrêta en voyant Imhof sourire pour la première fois, avec un regard qui lui fit froid dans le dos.

— Je saisis très bien votre problème, inspecteur Coffey. Il est indispensable d'inculquer au prisonnier un minimum de sens du respect. Je m'en chargerai personnellement.

---

1. Redoutable avocat d'assises, Johnnie Cochran (1937-2005) s'est rendu célèbre en obtenant l'acquittement de l'ancien footballeur américain O. J. Simpson en 1995. *(NdT.)*

8

Le matin du jour où était prévue l'ouverture du tombeau de Senef, Nora trouva Menzies dans son bureau, en grande conversation avec un homme d'une trentaine d'années. Le professeur et son visiteur se levèrent en la voyant pénétrer dans la pièce.

— Nora, fit Menzies. Je vous présente le professeur Adrian Wicherly, l'égyptologue dont je vous ai parlé. Adrian, je vous présente le professeur Nora Kelly.

Wicherly la gratifia d'un sourire. Une mèche brune rebelle apportait une touche frondeuse à son allure aristocratique. D'un coup d'œil, Nora enregistra le costume d'une élégance discrète manifestement coupé chez un tailleur de Savile Row, les chaussures anglaises, la cravate chic. Le chercheur avait un visage extrêmement séduisant : des joues à fossettes, des yeux d'un bleu intense, des dents parfaites.

— Ravi de faire votre connaissance, professeur, lui dit-il avec un accent d'Oxford patricien.

Tout en lui prenant la main, il intensifia son sourire ravageur.

— Tout le plaisir est pour moi. Mais soyez gentil, appelez-moi Nora.

— Bien volontiers, Nora. Vous me trouvez sans doute bien guindé, les restes d'une éducation un peu vieux jeu qui me handicape de ce côté-ci de l'Atlantique. Que cela ne m'empêche pas de vous dire à quel point je trouve ça chouette de travailler avec vous sur un tel projet.

Chouette... Nora se mordit les lèvres pour ne pas rire. Cet Adrian Wicherly était une vraie caricature de jeune Anglais fringant comme on en trouve seulement dans les romans de P.G. Wodehouse.

— Adrian nous arrive avec un pedigree impressionnant, intervint Menzies. Il a soutenu son doctorat en philosophie à Oxford, a dirigé les fouilles de la tombe KV 42 dans la Vallée des Rois, occupe une chaire de professeur d'égyptologie à Cambridge, et il est l'auteur d'une monographie consacrée aux *Pharaons de la XXe dynastie.*

Nora regarda Wicherly d'un autre œil à l'énoncé de ce palmarès. Il semblait étonnamment jeune pour un archéologue de cette envergure.

— Très impressionnant, en effet.

Wicherly afficha un visage faussement modeste.

— Vous savez ce que c'est, l'université adore se gargariser de titres ronflants.

— Pas du tout, le contredit aussitôt Menzies en regardant sa montre. Cela dit, nous avons rendez-vous avec quelqu'un des Services techniques à dix heures. J'ai cru comprendre que personne ne savait précisément où se trouve le tombeau de Senef. On sait juste qu'il a été muré et que personne n'y a pénétré depuis. Nous allons devoir faire appel à des démolisseurs.

— Comme c'est passionnant, réagit Wicherly. J'ai l'impression de me trouver dans la peau de lord Carter.

Un vieil ascenseur habillé de cuivre les conduisit au sous-sol en grinçant. Ils sortirent de la cabine à l'entrée des Services techniques et traversèrent plusieurs ateliers avant d'arriver devant une petite pièce dont la porte était ouverte. Un petit bonhomme assis derrière un bureau feuilletait d'épaisses liasses de plans. Il se leva en entendant Menzies toquer à la porte.

— Laissez-moi vous présenter M. Seamus McCorkle, fit Menzies. C'est sans doute celui ici qui connaît le mieux les coins et les recoins du Muséum.

— Et encore, je suis loin de tout connaître, répliqua McCorkle.

Il avait tout d'un lutin avec ses traits taillés à la serpe et sa voix haut perchée.

Les présentations faites, Menzies se tourna vers McCorkle.

— Alors ? Avez-vous retrouvé notre tombe égyptienne ?

— Je crois, répondit McCorkle en montrant d'un mouvement de tête les plans étalés sur sa table. Le Muséum est constitué de

34 bâtiments reliés les uns aux autres, ce qui représente une surface au sol de près de trois hectares, une superficie totale de 200 000 mètres carrés sillonnée par 30 kilomètres de couloirs. Sans compter les tunnels souterrains dont personne n'a jamais pris la peine d'effectuer le relevé précis. J'ai voulu m'amuser un jour à calculer le nombre de pièces de ces bâtiments et je me suis arrêté à mille. Il faut dire que pas une année ne s'écoule depuis cent quarante ans sans que de nouveaux travaux soient entrepris. C'est le propre d'un musée. Les collections n'arrêtent pas d'évoluer et de s'agrandir, on ouvre de nouvelles salles, on en cloisonne d'autres et on les rebaptise, sans toujours prendre le temps de faire les relevés nécessaires.

— Tout de même, intervint Wicherly. De là à perdre la trace d'une tombe égyptienne !

McCorkle émit un petit rire.

— C'est vrai qu'il faudrait y mettre de la bonne volonté, même dans un musée comme celui-ci. Cette fichue tombe n'est pas vraiment perdue, mais le problème est d'en trouver l'entrée, murée en 1935 lors de la construction du passage reliant le Muséum à la station de métro de la 81e Rue. Vous êtes prêts ? demanda-t-il en ramassant ses plans et en prenant le vieux sac de cuir qui traînait sur son bureau.

— Nous vous suivons, répondit Menzies.

Sous la conduite de leur guide, ils empruntèrent un premier couloir couleur vomi à travers une longue succession de locaux techniques et de réserves dans lesquels s'affairaient de nombreux employés.

— Voici l'atelier ferronnerie. Et voici la chaufferie où se trouvaient autrefois les énormes chaudières du Muséum. Elles ont été remplacées depuis par les collections de squelettes de baleines. Cette porte conduit aux réserves de dinosaures du Jurassique… celles du Crétacé… les mammifères de l'Oligocène… les mammifères du Pléistocène… les dugongs et les lamantins…

Les réserves laissèrent place à des laboratoires dont les portes métalliques rutilantes tranchaient avec les couloirs miteux traversés de tuyaux de chauffage, chichement éclairés par des ampoules emprisonnées dans des cages grillagées.

Nora avait renoncé à compter les portes que McCorkle déverrouillait sur leur passage à l'aide de vieilles clés attachées à un grand anneau, se servant d'une carte magnétique pour celles qui se trouvaient reliées au système de sécurité du Muséum. À mesure qu'ils s'enfonçaient dans les entrailles du bâtiment, les couloirs se vidaient et un silence pesant les enveloppait.

— Cet endroit est aussi grand que le British Museum, dit Wicherly.

La remarque fit réagir McCorkle.

— Plus grand, vous voulez dire. Beaucoup plus grand, ricana-t-il d'un air méprisant.

Ils s'arrêtèrent enfin devant une double porte blindée que McCorkle ouvrit avec une grande clé en fer. Il tourna un interrupteur, éclairant un long couloir qui avait visiblement connu son heure de gloire, à en juger par les fresques passées que l'on devinait sur les murs. Nora reconnut avec étonnement un paysage de désert entouré de montagnes, avec une reproduction de ruines amérindiennes qu'elle identifia aussitôt comme celles de Taos Pueblo au Nouveau-Mexique.

— Des fresques signées Fremont Ellis, expliqua Menzies. Ceci était autrefois le hall du Sud-Ouest, fermé depuis les années quarante.

— Ces peintures sont extraordinaires, dit Nora.

— Et très précieuses.

— Elles auraient bien besoin d'être restaurées, remarqua Wicherly. J'aperçois là-bas une tache qui ne me dit rien qui vaille.

— Question d'argent, répondit Menzies. Si notre comte ne nous avait pas fait une donation d'une telle importance, le tombeau de Senef serait probablement resté dans l'oubli soixante-dix ans de plus.

McCorkle ouvrit une autre porte et ils pénétrèrent dans une immense salle mal éclairée transformée en réserve, garnie d'étagères débordant de superbes poteries peintes. De vieux meubles en chêne étaient alignés le long des murs, le verre cathédrale des vitrines laissant deviner une profusion d'objets de toutes sortes.

— Les collections du Sud-Ouest, précisa McCorkle.

— Je ne connaissais même pas leur existence, s'étonna Nora. Il faudrait prendre le temps de les étudier.

— Ainsi que le faisait remarquer Adrian, il faudrait commencer par les restaurer, réagit Menzies. Mais, là encore, c'est une question d'argent.

— Ce n'est pas uniquement ça, rectifia McCorkle dont la mine s'était rembrunie.

Nora échangea un regard avec Wicherly.

— Je ne comprends pas... fit-elle.

Menzies toussota.

— Notre ami Seamus fait sans doute référence au fait que... euh, que les meurtres du Muséum ont eu lieu tout près d'ici.

Un silence gêné accueillit la remarque du professeur, mais Nora se promit de revenir examiner ces collections, de préférence accompagnée de plusieurs collègues. Peut-être même pourrait-elle demander une subvention de manière à ce que tous ces trésors soient stockés ailleurs ?

La porte suivante donnait sur une salle nettement moins vaste dans laquelle s'étageaient des centaines de casiers métalliques noirs. Des affiches des années vingt et trente, reconnaissables à leur typo Art déco, s'étalaient sur les murs, à demi cachées par les meubles de rangement. Sans doute ce lieu avait-il servi d'antichambre autrefois. Il y régnait une odeur de paradichlorobenzène et de quelque chose d'indéfinissable. Un peu comme du saucisson, songea Nora.

La pièce s'ouvrait à l'autre extrémité sur un immense hall plongé dans l'obscurité. Dans la pénombre, la jeune femme distingua d'énormes fresques murales représentant les pyramides et le sphinx de Gizeh à l'époque de leur construction.

— Nous arrivons dans les anciennes galeries égyptiennes, expliqua McCorkle.

L'immense pièce servait désormais de réserve, ses étagères protégées par des housses en plastique couvertes de poussière.

McCorkle déroula ses plans qu'il examina péniblement, les yeux plissés.

— Si je ne me suis pas trompé dans mes calculs, l'entrée de la tombe doit se trouver de l'autre côté, dans ce qui sert aujourd'hui d'annexe.

Wicherly se dirigea vers l'une des étagères dont il souleva l'écran plastique et Nora découvrit des rayonnages métalliques pleins à craquer de poteries, de sièges et de lits dorés, d'appuis-tête, de vases canopes et de statuettes en albâtre, en faïence ou en céramique.

— Mon Dieu ! C'est l'une des plus belles collections d'ushabtis qu'il m'ait jamais été donné de voir ! s'exclama Wicherly en se tournant vers Nora, tout excité. Rien qu'ici, nous avons de quoi remplir deux tombes comme celle de Senef.

Il saisit un ushabti et l'examina sur toutes ses faces avec respect.

— IIe dynastie, sous le règne du pharaon Hotepsekhemoui, à la veille de l'Ancien Empire.

McCorkle crut bon d'intervenir d'une voix ferme.

— Professeur Wicherly, le règlement interdit formellement de toucher aux…

— Aucun problème, le coupa Menzies. Le professeur Wicherly est égyptologue, j'en prends l'entière responsabilité.

— Très bien, répliqua McCorkle.

À son ton légèrement contrarié, Nora comprit qu'il considérait ces vieilles collections comme ses enfants. À force d'être le seul à les voir, il avait fini par se les approprier.

Les yeux écarquillés, Wicherly allait d'une étagère à l'autre, l'écume aux lèvres.

— Seigneur ! Il y a même des objets du Haut-Nil datant du néolithique ! Et regardez-moi ce *thatof* rituel ! s'enthousiasma-t-il en brandissant un long couteau de pierre taillé dans du silex.

McCorkle lui jeta un regard courroucé. L'archéologue reposa le couteau avec mille précautions avant de remettre en place la housse en plastique.

Une autre porte blindée se dressait devant eux, que McCorkle mit quelques minutes à ouvrir, le temps de trouver la bonne clé. Le battant finit par reculer dans un long grincement en soulevant des nuages de rouille au niveau des charnières.

De l'autre côté se trouvait une petite pièce contenant des sarcophages peints en bois et en carton. Certains n'avaient pas de couvercle et Nora distingua les formes de plusieurs momies. Certaines étaient encore enrobées de bandelettes, d'autres pas.

— La salle des momies, déclara McCorkle.

Wicherly s'y précipita aussitôt.

— Dieu du ciel ! Mais il y en a plus d'une centaine !

Écartant d'un geste une housse en plastique, il mit au jour un grand sarcophage de bois.

— Regardez-moi ça !

Nora s'approcha et examina la momie. Les bandelettes de lin avaient été arrachées au niveau du visage et du torse, la bouche du mort était grande ouverte, ses lèvres noircies tirées en arrière dans un rictus terrible, comme s'il protestait contre l'intrusion des violeurs de sépulture. Sa poitrine n'était plus qu'un trou béant, le sternum et les côtes écartés sans ménagement.

Wicherly se tourna vers Nora, les yeux brillants d'excitation.

— Vous voyez cette momie ? murmura-t-il non sans une certaine humilité. Cette momie a été dépouillée. Les voleurs ont déchiré les bandelettes afin de prendre les précieuses amulettes dissimulées dans les replis du tissu. Et là, à l'endroit où vous apercevez ce trou au niveau de la poitrine, le mort portait un scarabée d'or et de jade en symbole de renaissance. Les Égyptiens considéraient l'or comme la chair des dieux car il ne s'altérait pas. Les voleurs ont tout arraché pour s'en emparer.

— Nous pourrions fort bien nous servir de cette momie pour la tombe, suggéra Menzies. Notre idée, ou plutôt celle de Nora, consistait à montrer la tombe au moment où surviennent les violeurs de sépulture.

— Excellente idée, approuva Wicherly en adressant à Nora un sourire radieux.

— Je n'en suis pas certain, les interrompit McCorkle, mais je crois que l'entrée de la tombe se trouve à hauteur de ce mur.

Sans attendre, il posa son sac par terre, retira les toiles en plastique qui recouvraient les étagères du fond, dévoilant une multitude de pots, de plats et de paniers remplis d'objets non identifiables noircis par le temps.

— De quoi s'agit-il ? demanda Nora.

Wicherly se pencha sur les paniers. Après un silence, il se redressa.

— Il s'agit de nourriture séchée destinée au défunt. Du pain, de la viande d'antilope, des fruits, des légumes, des dattes, afin que le pharaon puisse poursuivre son voyage dans l'au-delà.

Une rumeur sourde leur parvint à travers la paroi, suivie par un grincement métallique étouffé.

— La ligne de métro de Central Park West, expliqua McCorkle dans le silence retrouvé. La station de la 81e Rue est tout près.

— Il nous faudra trouver le moyen d'étouffer ce bruit, dit Menzies. Cela nuirait à l'atmosphère du lieu.

McCorkle grommela une réponse indistincte, puis il tira de son sac un appareil électronique et le dirigea vers le mur du fond avant de recommencer un peu plus loin et de faire une marque à la craie. Prenant un autre appareil dans sa poche de chemise, il le posa contre le mur, les yeux rivés sur le cadran.

— Bingo, dit-il en reculant d'un pas. Aidez-moi à déplacer ces étagères.

Sous sa direction, tous entreprirent de transporter les objets jusqu'à une autre étagère. Une fois le mur dégagé, McCorkle saisit une pince et arracha du plâtre fatigué les équerres soutenant les étagères qu'il posa un peu plus loin.

— Prêts pour l'heure de vérité ? demanda-t-il d'un ton enjoué, sa bonne humeur enfin retrouvée.

— Plus que prêts, lui répondit Wicherly.

McCorkle puisa dans son sac un burin et un marteau à l'aide desquels il entreprit de percer le mur. Les coups résonnaient autour d'eux et le plâtre tombait par plaques, révélant des rangées de briques. McCorkle continua son travail dans un nuage de poussière jusqu'à ce que le burin s'enfonce soudain jusqu'à la garde. Il le fit tourner sur lui-même, donna quelques coups de marteau de chaque côté afin d'écarter les briques. Quelques instants plus tard, un rectangle noir se dessinait dans le mur. Il se recula et Wicherly en profita pour se ruer en avant.

— Le privilège de l'explorateur ! s'écria-t-il. Sauf si vous y voyez un inconvénient ? ajouta-t-il avec un sourire charmeur à l'adresse de ses compagnons.

— Je vous en prie, répliqua Menzies tandis que McCorkle faisait la moue.

Wicherly prit une torche électrique qu'il glissa à travers l'ouverture avant de coller son œil au bord du trou. Un long silence suivit, troublé par le bruit d'une rame de métro.

— Vous voyez quelque chose ? finit par demander Menzies.

— Des animaux étranges, des statues et de l'or. Des reflets d'or partout.

— Comment se fait-il... s'étonna McCorkle.

Wicherly jeta un coup d'œil dans sa direction.

— Simple facétie de ma part. Ce sont les premiers mots de Howard Carter lorsqu'il a vu pour la première fois l'intérieur de la tombe de Toutankhamon.

McCorkle serra les lèvres.

— Si vous voulez bien vous pousser, je vais achever de dégager l'entrée.

En quelques coups de marteau et de burin bien placés, McCorkle dégagea rapidement plusieurs rangées de briques et, moins de dix minutes plus tard, le trou était assez gros pour laisser passer un homme. Il se glissa à l'intérieur de l'ouverture et revint peu après.

— L'électricité ne fonctionne plus, comme on pouvait s'y attendre. Nous utiliserons les lampes de poche. Je suis censé ouvrir la voie, ajouta-t-il en croisant brièvement le regard de Wicherly. C'est le règlement. Il pourrait y avoir du danger.

— La momie du Lagon noir, peut-être, plaisanta Wicherly en lançant un coup d'œil à Nora.

Ils franchirent l'un après l'autre l'étroite ouverture et s'arrêtèrent de l'autre côté du mur afin de se repérer. Un majestueux portail de pierre leur apparut à la lueur des torches, au-delà duquel descendait un escalier grossièrement taillé dans le calcaire.

McCorkle posa le pied sur la première marche. Il eut une dernière hésitation et demanda avec un rire forcé :

— Êtes-vous prêts, mesdames et messieurs ?

9

Debout dans son bureau, Laura Hayward regardait sans mot dire la forêt de dossiers, de papiers, de photos, de bouts de ficelle de toutes les couleurs, de CD, de télex jaunis, d'enveloppes et d'étiquettes éparpillés sur la table, les chaises, et même par terre. Un vrai champ de bataille dont le désordre reflétait parfaitement son état d'esprit.

Le savant faisceau de preuves qu'elle s'était évertuée à réunir contre l'inspecteur Pendergast, avec toutes ses photos et tous ses détails accusateurs, s'était écroulé. Tout collait pourtant si bien. Des preuves ténues, mais convaincantes. Une tache de sang récupérée sur le lieu d'un crime, des fibres de tissu microscopiques, une poignée de cheveux, une corde nouée de façon très particulière, une arme appartenant à l'inspecteur... Les tests ADN étaient formels, les indices aussi, tout comme les rapports d'autopsie. Tout indiquait que Pendergast était coupable. Une enquête aux conclusions imparables.

Peut-être même un peu *trop* imparables, et c'était bien là le *hic*.

On frappa à la porte. Elle se retourna et reconnut de l'autre côté de la vitre la silhouette de son collègue le capitaine Glen Singleton, chef du secteur de Manhattan dans lequel se trouvaient les bureaux de la Criminelle. Proche de la cinquantaine, grand, le visage allongé, un profil aquilin, une allure de maître nageur, Singleton portait des costumes sombres trop chers et trop bien coupés pour un simple capitaine du NYPD et il laissait 120 dollars tous les quinze jours chez le coiffeur du Carlyle pour entretenir sa chevelure poivre et sel. Il ne fallait pas voir dans la prestance du capitaine le fruit de pots-de-vin, mais le signe d'une méticulosité vestimentaire poussée à son paroxysme. En dépit des apparences, Singleton était un excellent flic, l'un des plus décorés du service.

— Je peux vous voir un instant, Laura ? dit-il en exhibant deux rangées de dents parfaites.

— Bien sûr.

— Nous avons regretté votre absence hier soir au dîner du service. Vous étiez déjà prise ?

— Prise ? Non, pas du tout.

— Alors je ne comprends pas ce qui a pu vous empêcher de passer un bon moment avec nous autour d'un excellent repas.

— Je ne sais pas. Je n'étais pas vraiment d'humeur à m'amuser.

Un silence gêné ponctua sa réponse et Singleton en profita pour se mettre en chasse d'une chaise libre.

— Excusez-moi pour tout ce fatras. J'étais en train de faire…

Elle laissa sa phrase en suspens.

— Vous étiez en train de faire ?

Elle haussa les épaules.

— C'est bien ce que je craignais.

Singleton sembla hésiter un instant, puis il prit une décision, referma la porte derrière lui et s'avança.

— Tout ça ne vous ressemble pas, Laura, dit-il à mi-voix.

J'aurais dû m'y attendre, pensa Hayward.

— En tant qu'ami, je ne vais pas tourner autour du pot, poursuivit-il. J'ai ma petite idée sur ce que vous étiez en train de faire et vous avez tort de le faire.

Hayward attendait la suite.

— Vous avez mené cette enquête à la perfection. Un vrai cas d'école. Alors pourquoi battre votre coulpe de la sorte ?

Elle regarda son visiteur droit dans les yeux, désireuse de réfréner la bouffée de colère qui s'adressait davantage à elle-même qu'à son visiteur.

— Pourquoi ? Parce qu'un innocent se trouve en prison. L'inspecteur Pendergast n'a pas assassiné Torrance Hamilton, il n'a pas assassiné Charles Duchamp et il n'a pas assassiné Michael Decker. Le véritable coupable est son frère, Diogène Pendergast.

Singleton poussa un soupir.

— Écoutez, il ne fait aucun doute que Diogène est responsable du vol des diamants du Muséum et de l'enlèvement de lady Maskelene. Nous disposons des témoignages du lieutenant D'Agosta, du gemmologue Kaplan et de lady Maskelene en personne. Mais ça ne fait pas de lui un meurtrier. Vous n'avez aucune preuve de ce que vous avancez. En revanche, vous avez démontré avec brio que l'inspecteur Pendergast avait bien commis ces crimes. Il est temps de l'accepter.

— J'ai fait ce que je devais faire et c'est bien ça qui me mine. Je me suis fait piéger. Pendergast est victime d'un coup monté.

Singleton fronça les sourcils.

— Croyez-moi, Laura, j'ai vu pas mal de coups montés au cours de ma carrière, mais celui-ci est beaucoup trop compliqué pour en être un.

— D'Agosta m'a dit dès le début que Diogène Pendergast voulait faire porter le chapeau à son frère. Diogène a réuni tous les éléments physiques dont il avait besoin pendant la convalescence de Pendergast en Italie. Son sang, ses cheveux, des fibres textiles, tout. D'Agosta m'avait prévenue que Diogène était bien vivant, qu'il avait enlevé Viola Maskelene et qu'il était derrière le vol des diamants. Le lieutenant a raison depuis le début et il pourrait bien avoir raison pour le reste.

— D'Agosta a fichu une pagaille invraisemblable ! rétorqua vertement Singleton. Il a trahi votre confiance et il a trahi la mienne. Il a toutes les chances d'être démis de ses fonctions par le conseil de discipline et vous voudriez vous raccrocher à cette planche pourrie ?

— Je veux me raccrocher à la vérité. Pendergast est passible de la peine de mort à cause de moi et c'est à moi de le sauver.

— Le seul moyen d'y parvenir serait de prouver que quelqu'un d'autre est coupable. Avez-vous seulement l'ombre d'une preuve contre Diogène ?

Hayward fronça les sourcils.

— Margo Green a décrit son assaillant sous les traits…

— Margo Green a été attaquée dans l'obscurité la plus complète. Son témoignage ne vaut rien.

Singleton hésita un instant.

— Écoutez, Laura, ajouta-t-il d'une voix plus conciliante. Inutile de nous mentir, tous les deux. Je sais ce que vous ressentez. Ce n'est déjà pas facile de se mettre en ménage avec quelqu'un du service et c'est encore plus dur de se séparer. Le fait que Vincent D'Agosta soit impliqué dans toute cette histoire ne vous facilite pas la t...

— D'Agosta et moi, c'est de l'histoire ancienne et je n'apprécie pas vraiment vos insinuations, l'interrompit Laura. Pas plus que votre visite, d'ailleurs.

Singleton prit les dossiers empilés sur la chaise réservée aux visiteurs, les posa en vrac par terre et s'assit. Il baissa la tête, cala les coudes sur ses genoux, soupira et plongea son regard dans celui de son interlocutrice.

— Laura, dit-il. Vous êtes la plus jeune femme capitaine de l'histoire du NYPD. Vous êtes deux fois plus douée que n'importe quel autre de vos collègues masculins. Le préfet Rocker vous adore. Le maire vous adore. Vos hommes vous adorent. C'est bien simple, vous serez préfet de police un jour. Personne ne m'envoie vous voir, je suis venu ici, de ma propre initiative, vous dire qu'il est temps de tourner la page. Le FBI est en train de boucler son enquête sur Pendergast. Ils sont persuadés qu'il a tué Decker et les détails ne les intéressent pas le moins du monde. Vous avez une simple intuition, rien d'autre, et vous auriez tort de jeter votre carrière aux orties sur une simple intuition. Je peux vous dire que c'est clairement ce que vous risquez si vous vous opposez au FBI et que vous perdez la partie.

La jeune femme le regarda droit dans les yeux, inspira longuement et laissa tomber :

— Dans ce cas, ainsi soit-il.

10

Le petit groupe entreprit la descente des marches poussiéreuses du tombeau de Senef, laissant derrière lui des empreintes aussi nettes que celles de souliers dans la neige fraîche.

Wicherly s'arrêta quelques instants, le temps d'éclairer le décor qui l'entourait à l'aide de sa lampe électrique.

— Ah ! Voici ce que les Égyptiens appelaient le « Premier Passage du Dieu sur le chemin du soleil ».

Il se tourna vers Nora et Menzies avant de poursuivre :

— Mais je vous ennuie peut-être avec mes commentaires.

— Bien au contraire, le rassura Menzies. Nous sommes tout ouïe.

Le visage de Wicherly s'éclaira dans la pénombre.

— La difficulté, voyez-vous, c'est que la signification profonde de telles sépultures nous échappe en grande partie. En revanche, il n'est pas difficile de dater ces tombes. Celle-ci est assez caractéristique du Nouvel Empire, elle remonte probablement à la fin de la XVIIIe dynastie.

— Très précisément, approuva Menzies. Senef était le vizir et le régent de Touthmôsis IV.

— Je vous remercie, se rengorgea Wicherly. La plupart des sépultures du Nouvel Empire se composaient de trois parties : une partie extérieure, un secteur intermédiaire et la tombe proprement dite, soit un total de douze chambres figurant la descente aux enfers du Dieu Soleil au cours des douze heures de la nuit. Le pharaon était enterré au crépuscule et son âme accompagnait le Dieu Soleil sur sa barque solaire tandis qu'il effectuait son périlleux périple à travers les enfers avant de renaître à l'aurore dans toute sa gloire.

Il fit courir le faisceau de sa lampe devant lui, découvrant la silhouette d'un portique.

— Cet escalier avait initialement été comblé à l'aide de gravats avant d'être muré.

Ils poursuivirent leur descente et atteignirent un portail massif surmonté d'un linteau dans lequel était gravé un énorme œil d'Horus. Wicherly s'arrêta et fit courir le pinceau de sa torche sur l'œil et les hiéroglyphes qui l'entouraient.

— Pourriez-vous déchiffrer cette inscription ? s'enquit Menzies.

Wicherly afficha un petit sourire.

— Avec le plus grand plaisir. Il s'agit d'une malédiction, dit-il en adressant un clin d'œil complice à Nora. *À celui qui franchira cette porte, qu'Ammout dévore son cœur.*

Ses paroles jetèrent un froid que McCorkle rompit en poussant un petit gloussement aigu.

— Et c'est tout ?

— Croyez-moi, cela suffisait amplement à refroidir les ardeurs des pilleurs de sépulture de l'époque, répondit Wicherly. Pour un Égyptien d'autrefois, c'était une malédiction terrible.

— Qui est Ammout ? demanda Nora.

— La dévoreuse des damnés.

Wicherly fit courir le rayon de sa lampe sur une fresque à demi effacée représentant un monstre à tête de crocodile avec un corps de léopard et des membres inférieurs d'hippopotame. Accroupi dans le sable, la bouche grande ouverte, il s'apprêtait à dévorer une rangée entière de cœurs humains.

— Les paroles et les actes impurs alourdissent le cœur. Après la mort, Anubis pèse le cœur du défunt à l'aide d'une balance sur le plateau duquel est posée la plume de Maât. Si le cœur est plus lourd que la plume, le dieu à tête de singe, Thot, le jette à Ammout afin qu'elle le dévore. Comme Ammout partait déféquer dans les sables de l'Ouest, c'est là que finissaient ceux qui avaient mené une mauvaise vie, sous la forme d'un étron cuit par le soleil du désert.

— Merci, professeur, commenta McCorkle. Inutile de nous en dire davantage.

— Piller la tombe d'un pharaon était sans nul doute une expérience terrifiante pour un citoyen de l'Égypte ancienne. Les malédictions à l'adresse des violeurs de sépulture leur semblaient bien réelles. Le meilleur moyen d'annihiler les pouvoirs du défunt pharaon était encore de tout détruire dans la tombe, ce que faisaient les pillards afin d'anéantir les pouvoirs maléfiques des objets qu'ils ne volaient pas.

— Voilà du grain à moudre pour l'exposition, Nora, murmura Menzies.

Après une hésitation à peine perceptible, McCorkle franchit le seuil du tombeau, aussitôt imité par ses compagnons.

— Le Second Passage du Dieu, commenta Wicherly en faisant courir sa lampe sur les hiéroglyphes. Les murs sont couverts d'inscriptions tirées du *Reu Nu Pert Em Hru*, le Livre des trépassés des Égyptiens.

— Comme c'est intéressant ! s'exclama Menzies. Je vous en prie, Adrian, traduisez-nous quelques lignes.

Sans se faire prier, Wicherly entonna d'une voix grave :

Ainsi s'est exprimé le régent Senef, porteur de vérité : Loué et béni sois-tu, Râ, toi qui nous inondes de l'or de tes bienfaits, toi qui illumines les Deux Terres depuis le jour de ta naissance. Toi que ta mère a enfanté à quatre pattes, toi qui éclaires de ta splendeur la course circulaire de ton Disque divin. Ô Lumière toute-puissante qui traverse le royaume de Nout, toi qui fais naître des sources de tes eaux les générations des hommes...

— Il s'agit d'une invocation adressée par le défunt à Râ, le Dieu Soleil. C'est assez caractéristique du Livre des trépassés.

— J'ai entendu parler de ce Livre des trépassés, répliqua Nora, mais j'avoue ne pas en savoir grand-chose.

— Il s'agissait principalement d'invocations, d'imprécations et d'incantations magiques qui aidaient le défunt dans sa traversée des enfers jusqu'aux Champs des Roseaux, c'est-à-dire la version égyptienne du paradis. Une fois le pharaon enfermé dans son tombeau, les gens attendaient toute la nuit dans l'angoisse de ne jamais revoir le jour. Il suffisait que le pharaon ne réussisse pas sa traversée des enfers pour que le soleil ne se lève jamais plus. Il fallait donc que le défunt connaisse les incantations, les noms secrets des serpents et quantité d'autres arcanes pour être en mesure d'achever son périple. Ce qui explique la présence de ces inscriptions tirées du Livre des Trépassés sur les murs du tombeau, un peu comme des antisèches pour réussir l'examen de passage de la vie éternelle.

Wicherly gloussa en faisant glisser le faisceau de sa lampe sur quatre séries de hiéroglyphes peints en rouge et blanc. Tous s'approchèrent en soulevant des nuages de poussière grise.

— Voici la Première Porte de la Mort, poursuivit l'égyptologue. Le pharaon est représenté alors qu'il prend place sur la barque solaire avant sa traversée des enfers où l'attend la foule des défunts... Ici, à la Quatrième Porte, ils se trouvent dans le terrible désert de Sokor et la barque se transforme en serpent comme par magie pour leur permettre de traverser les sables brûlants... Et là ! Un épisode très spectaculaire : à minuit, l'âme de Râ, le Dieu Soleil, s'unit avec son corps que l'on voit ici sous la forme d'une silhouette momifiée...

— Désolé de vous interrompre, professeur, le coupa McCorkle, mais il nous reste huit chambres à parcourir.

— Vous avez raison, je vous prie de m'excuser.

Le petit groupe traversa la salle jusqu'à l'entrée d'un escalier qui s'enfonçait dans l'obscurité.

— À l'origine, ce passage était rempli de gravats afin de gêner les pillards, expliqua Wicherly.

— Faites attention, les avertit McCorkle en ouvrant la marche.

Wicherly se tourna vers Nora et lui tendit une main soigneusement manucurée.

— Puis-je vous aider ?

— Je crois pouvoir me débrouiller, répondit-elle, amusée par les manières désuètes de son compagnon.

Wicherly s'engagea dans l'escalier. Le voyant prendre mille précautions, ses chaussures anglaises noyées dans la poussière, Nora se fit la réflexion qu'il avait beaucoup plus de risques qu'elle de glisser et de se casser la figure.

— Faites attention ! s'écria Wicherly à l'adresse de McCorkle. Si cette tombe est conçue de façon traditionnelle, vous n'allez pas tarder à rencontrer un puits.

— Un puits ? lui répondit la voix étouffée de McCorkle.

— Oui, un trou extrêmement profond conçu pour piéger les pillards, qui servait également à empêcher l'eau de noyer le tombeau lorsque la Vallée des Rois subissait des inondations, ce qui arrivait parfois.

— Même s'il n'a pas été bouché, ce puits aura certainement été recouvert d'une passerelle, intervint Menzies. N'oubliez pas qu'il s'agissait autrefois d'un lieu d'exposition.

Ils avançaient avec circonspection et les torches dévoilèrent bientôt un pont de bois branlant jeté au-dessus d'une fosse d'au moins cinq mètres de profondeur. Nora sursauta en entendant un grand *crac*. McCorkle s'agrippa désespérément à la rambarde, mais c'était un simple craquement de planches fatiguées et le pont tint bon.

— Il est encore en bon état, les rassura McCorkle, mais il est plus prudent de passer l'un après l'autre.

Nora s'avança timidement.

— J'ai du mal à croire qu'il ait pu s'agir d'une exposition. Comment ont-ils fait pour creuser un puits aussi profond dans les sous-sols du Muséum ?

— Sans doute cette fosse a-t-elle été creusée dans le sol de Manhattan, suggéra la voix de Menzies dans son dos. Il faudra veiller à remettre tout ça aux normes.

Le seuil d'une autre pièce les attendait de l'autre côté du petit pont.

— Nous atteignons la tombe intermédiaire, expliqua Wicherly. Il devait y avoir ici une autre porte scellée. Regardez-moi ces fresques ! On voit ici Senef accueilli par les dieux. Et d'autres versets du Livre des trépassés.

— Encore des malédictions ? demanda Nora en apercevant à nouveau un œil d'Horus en bonne place au-dessus de l'ancienne porte.

Wicherly l'éclaira à l'aide de sa lampe.

— Euh… C'est curieux, je n'ai jamais rien vu de semblable… *Celui qui repose dans ce sanctuaire condamné verra son âme Ba renaître, mais celui qui y pénétrera se verra privé à jamais de son âme Ba. Par l'œil d'Horus, délivre-moi ou damne-moi à jamais, Ô puissant dieu Osiris.*

— Ça m'a tout l'air d'une nouvelle malédiction, déclara McCorkle.

— Sans doute s'agit-il d'un passage obscur du Livre des trépassés. Ce satané grimoire compte plus de deux cents chapitres qui n'ont pas tous été déchiffrés.

La porte s'ouvrait sur une crypte stupéfiante dont la voûte était soutenue par six énormes piliers de pierre recouverts de fresques et de hiéroglyphes. Nora n'arrivait pas à comprendre qu'un trésor aussi fabuleux ait pu rester enfermé dans les entrailles du Muséum pendant plus d'un demi-siècle, oublié de tous.

Wicherly examina les peintures à la lueur de sa lampe.

— C'est tout à fait extraordinaire. Il s'agit de la Salle des Chars, que les anciens baptisaient la Salle des Ennemis. C'est là qu'était entreposé le matériel de guerre dont le pharaon pourrait avoir besoin dans l'au-delà : des chars, des arcs et des flèches, des chevaux, des épées, des poignards, des bâtons et des gourdins, un casque et une cuirasse en cuir.

Le faisceau de la torche s'arrêta sur une frise représentant des centaines de corps décapités, leurs têtes alignées un peu plus loin sur le sol rouge de sang. Le peintre avait poussé le réalisme jusqu'à dessiner des langues pendantes.

Ils poursuivirent la visite en empruntant plusieurs couloirs jusqu'à une pièce nettement plus petite que les précédentes. Une fresque murale figurait la pesée du cœur déjà représentée en amont, mais de façon beaucoup plus détaillée, la silhouette hideuse d'Ammout accroupie un peu plus loin.

— La Chambre de la Vérité, commenta Wicherly. Tout le monde était jugé au moment de la mort, même le pharaon. Ou Senef, dans le cas présent, qui était presque aussi puissant que le pharaon.

McCorkle répondit par un grognement et disparut dans la pièce voisine, entraînant ses compagnons à sa suite. Il s'agissait d'une grande salle voûtée dont le plafond peint en bleu était troué d'étoiles, les murs tous couverts de hiéroglyphes. Un énorme sarcophage vide trônait au milieu de la pièce et quatre portes noires trouaient les murs.

— Cette tombe est absolument extraordinaire, s'exclama Wicherly en regardant autour de lui avec sa torche. J'étais loin de m'en douter. Lorsque vous m'avez appelé, professeur Menzies, j'étais persuadé que c'était simplement une jolie petite sépulture. Comment le Muséum s'est-il procuré une telle merveille ?

— L'histoire mérite qu'on s'y arrête un instant, répliqua Menzies. Lorsque Napoléon a conquis l'Égypte en 1798, il est entré en possession de cette tombe qu'il a fait démolir pierre par pierre afin de la rapporter en France. Mais, au lendemain de la défaite de la flotte française face à Nelson lors de la bataille du Nil, un capitaine de navire écossais s'est emparé discrètement de la tombe qu'il a fait remonter dans son château des Highlands. Au XIXe siècle, son dernier descendant, le septième baron de Rattray, s'est vu contraint par manque d'argent de la céder à l'un des premiers bienfaiteurs du Muséum. Ce dernier a fait traverser l'Atlantique au tombeau avant de l'installer dans ce musée qui était alors en pleine construction.

— En tout cas, ce baron aura privé l'Angleterre de l'un de ses trésors les plus précieux.

Menzies répondit à l'égyptologue par un sourire.

— Il l'a vendu pour mille livres.

— Quelle horreur ! Qu'Ammout dévore le cœur de ce baron cupide pour avoir vendu une telle splendeur ! rit Wicherly.

Il posa son regard bleu sur Nora et celle-ci lui sourit poliment. Son intérêt pour elle commençait à devenir un peu trop évident et l'alliance qu'elle portait au doigt n'avait pas l'air de refroidir ses ardeurs.

De son côté, McCorkle s'impatientait.

— Ceci est la chambre funéraire, reprit Wicherly, ce que les anciens appelaient la Chambre d'Or. Ces antichambres sont probablement la salle des ushabtis, la salle des vases canopes dans lesquels étaient préservés les viscères du pharaon, la salle du Trésor et le Dernier Refuge des dieux. Tout cela est remarquable, vous ne trouvez pas, Nora ? Je sens que nous allons bien nous amuser.

Nora ne répondit pas tout de suite, brusquement consciente de l'ampleur de la tâche qui les attendait.

Menzies devait penser la même chose car il posa sur elle un regard en demi-teinte.

— Je ne sais pas quel est votre avis, dit-il, mais nous ne risquons pas de nous ennuyer au cours des six prochaines semaines.

11

Gerry Fecteau claqua brutalement la porte de la cellule d'isolement 44 et le bruit assourdissant se répercuta à travers le deuxième étage du centre pénitentiaire de Herkmoor 3. Un sourire narquois aux lèvres, Fecteau adressa un clin d'œil à son collègue en attendant que l'écho, amplifié par les murs de béton, finisse par s'éteindre.

Les gardiens discutaient d'autant plus volontiers du détenu de la cellule 44 que personne ne savait rien de lui. Quelqu'un d'important, de toute évidence. Des agents du FBI lui avaient rendu visite à plusieurs reprises et le directeur lui-même s'y intéressait de près. Le plus curieux aux yeux de Fecteau était le mystère qui entourait le prisonnier. D'habitude, il ne fallait pas longtemps pour apprendre par la bande quel crime avait commis tel ou tel, avec tous les détails croustillants en prime ; ce n'était pas le cas du détenu mystère dont on ignorait le nom et que tout le monde appelait par la lettre A.

En plus, ce type-là donnait la chair de poule. Non pas qu'il soit particulièrement impressionnant physiquement, avec sa silhouette longiligne et son teint blafard, comme s'il avait passé sa vie en cellule d'isolement. Il parlait à peine et, quand il ouvrait la bouche, il fallait tendre l'oreille pour comprendre ce qu'il disait. Non, ce qui effrayait chez lui, c'étaient ses yeux. Depuis vingt-cinq ans que Fecteau faisait ce boulot, il n'avait jamais croisé un regard aussi froid. Ce type-là avait des glaçons à la place des yeux, on s'attendait presque à ce qu'ils fassent de la fumée.

Rien que d'y penser, Fecteau en frissonnait.

Il fallait que ce gars-là ait commis un crime atroce, ou même plusieurs crimes. Sans doute un tueur en série de la trempe de Jeffrey Dahmer. Il faisait peur à ce point-là, et c'est même pour ça que Fecteau avait été soulagé qu'on lui demande de l'enfermer dans la cellule 44. Une décision qui parlait d'elle-même. Un traitement de faveur réservé aux fortes têtes, le temps de les amadouer un peu. La 44 n'était pas pire que les autres cellules d'isolement de Herkmoor 3, elles étaient toutes pareilles : un lit en fer, une cuvette de WC sans lunette, un lavabo avec un robinet d'eau froide. Non, ce qui la rendait différente des autres, c'était la présence d'un détenu un peu particulier dans la 45 : le batteur.

Fecteau et son collègue, Benjy Doyle, avaient décidé d'attendre devant la porte de la cellule 44 sans bouger, sans faire de bruit, jusqu'à ce que le batteur recommence. Il s'était arrêté provisoirement, comme toujours quand on installait un nouveau à côté, mais le répit ne durait jamais longtemps.

Soudain, comme à un signal donné, Fecteau entendit un léger rythme de claquettes à l'intérieur de la 45. Puis un claquement de bouche, suivi d'un battement de doigts sur le cadre métallique du lit. Un nouveau bruit de claquettes, un fredonnement... et, tout d'un coup, l'équivalent d'une batterie qui se met en route. Lentement tout d'abord, puis de plus en plus vite, un roulement endiablé suivi de riffs saccadés, ponctués de claquements de bouche et de bruits de claquettes, un flot continu de rythmes inépuisables.

Fecteau adressa un large sourire à son collègue.

Le batteur était un détenu modèle. Il ne criait pas, ne hurlait pas, n'envoyait jamais promener ses plateaux-repas. Il ne jurait jamais, n'insultait pas ses gardiens et ne salissait pas sa cellule. Il était propre sur lui, se lavait et se coiffait, mais deux raisons expliquaient sa présence à l'isolement : il ne dormait pratiquement jamais, et il passait son temps, *tout* son temps, à imiter le bruit d'une batterie. Jamais fort, ni de façon agressive. Le batteur n'accordait pas la moindre attention au monde extérieur, aux menaces et aux insultes qu'on pouvait lui adresser. C'était à se demander s'il *savait* qu'il y avait un monde extérieur car il continuait inlassablement à jouer les mêmes rythmes, parfaitement concentré, sans jamais se laisser détourner de son obsession. Paradoxalement, le fait qu'il battait la mesure sans faire beaucoup de bruit était le plus insupportable. Un peu comme le supplice chinois de la goutte d'eau.

Lorsqu'il avait transféré le détenu A dans la cellule 44, le directeur avait bien recommandé à Fecteau et Doyle de lui retirer tout ce qu'il possédait, y compris – et surtout – ce qui lui aurait permis d'écrire : ses livres, ses dessins, ses photos, ses journaux, ses calepins, ses stylos. Le détenu n'avait plus rien, et rien d'autre à faire que d'écouter en permanence :

Ba-da-da-didi-didi-bop-bop-bop-boppa-boppa-be-bop-be-bop-didi-didi-didi-boum ! Didi-boum ! Didi-boum ! Didi-bada-boum-bada-boum-ba-ba-ba-boum ! Ba-da-ba-da-pop ! Ba-pop ! Ba-pop ! Didi-didi-dati-chawa-chawa-didi-da-da-da-did ! Didi-chawa-tap-chawa-tap-da-da-dadadada-pop ! Dit-didi-dit-didi-dap ! Did-didi...

Fecteau en avait assez entendu pour aujourd'hui, ça commençait déjà à lui taper sur les nerfs. Du menton, il montra la sortie à son collègue et les deux hommes reprirent le couloir en sens inverse, laissant derrière eux les élucubrations infernales du batteur.

— Je lui donne une semaine, déclara Fecteau.

— Une semaine ? ricana Doyle. Le pauvre bougre tiendra pas vingt-quatre heures.

12

Le lieutenant Vincent D'Agosta était allongé sur le ventre au milieu des collines désolées surplombant le pénitencier fédéral de Herkmoor, dans l'État de New York. Le dénommé Proctor était accroupi à ses côtés dans l'obscurité, sous une pluie glaciale. Il était tout juste minuit et l'immense prison, éclairée par une armée de projecteurs aveuglants, dressait sa masse en contrebas, tel un complexe industriel géant.

D'Agosta porta à ses yeux des jumelles numériques hyperpuissantes afin de mémoriser une nouvelle fois la disposition des lieux. Le pénitencier, constitué de trois énormes blocs de béton trapus disposés en U, s'étendait sur plusieurs hectares. Les trois bâtiments étaient enserrés dans un labyrinthe de cours goudronnées, de miradors, d'annexes techniques et de corps de garde. D'Agosta savait que le premier bâtiment renfermait l'Unité fédérale de sécurité maximum dans laquelle croupissait la lie des criminels du pays. Ce qui n'était pas peu dire. Le deuxième bloc, beaucoup plus petit, abritait le Centre fédéral de détention des condamnés à mort. L'État de New York avait beau ne pas recourir à la peine capitale, ce n'était pas le cas de l'État fédéral qui enfermait là les rares détenus condamnés à mort par une cour fédérale.

La troisième unité de Herkmoor portait un nom à coucher dehors, comme seuls savent en inventer les bureaucrates de l'administration pénitentiaire : le Centre fédéral de détention des prévenus à haut risques en attente de procès. C'est là que végétaient les détenus ayant commis des délits fédéraux particulièrement graves, à qui toute mesure de mise en liberté sous caution avait été refusée et que l'on soupçonnait de vouloir s'évader. De gros bonnets de la drogue, des terroristes américains, des tueurs en série ayant laissé des victimes dans plusieurs États, ainsi que les assassins de fonctionnaires fédéraux. Dans le vernaculaire de Herkmoor, ce bloc était baptisé le Trou noir.

C'est là qu'était détenu l'inspecteur A.X.L. Pendergast.

Herkmoor était le seul établissement pénitentiaire fédéral se targuant, à l'instar de prisons d'État telles que Sing Sing ou Alcatraz, de n'avoir jamais connu d'évasion.

D'Agosta continuait d'observer les lieux à l'aide de ses jumelles, enregistrant dans leurs moindres détails les éléments appris sur plan au cours des trois semaines précédentes. Il regarda longuement les trois blocs l'un après l'autre, puis les bâtiments annexes, avant de faire des yeux le tour du centre.

À première vue, le pénitencier de Herkmoor n'avait rien d'exceptionnel, avec son triple périmètre de protection. Le premier était un grillage de huit mètres de haut, coiffé de barbelés et placé sous la protection de projecteurs au xénon comme on en trouve dans les stades. Le deuxième, installé vingt mètres plus loin, de l'autre côté d'un chemin de gravillon, était un mur de parpaings de douze mètres de hauteur surmonté de pointes et de barbelés ; tous les cent mètres se dressait un mirador occupé par des gardiens armés dont D'Agosta pouvait suivre les mouvements à chaque instant, preuve qu'ils ne se tournaient pas les pouces. Enfin, au-delà d'un no man's land de trente mètres de large parcouru par des dobermans, se dressait un grillage semblable à celui du premier périmètre de sécurité. De l'autre côté, cent mètres de pelouse séparaient l'ultime enceinte du pénitencier de l'orée d'un bois.

La spécificité de Herkmoor, invisible à l'œil nu, tenait à son système de surveillance électronique, réputé être le plus sophistiqué du pays. D'Agosta en avait lu la description complète, il en avait même étudié à fond chaque détail, mais il n'arrivait toujours pas à en comprendre le fonctionnement exact. Cela n'avait qu'une importance relative dans la mesure où Eli Glinn – son étrange associé dans cette entreprise, tapi dans une camionnette high-tech deux kilomètres plus loin – maîtrisait parfaitement le sujet.

La sécurité à Herkmoor était bien plus qu'un simple système de surveillance, c'était un véritable état d'esprit. Plusieurs détenus avaient bien tenté de s'évader, parfois de façon brillante, mais aucun n'y était parvenu. Du directeur au dernier des employés de bureau, le personnel en tirait la plus grande vanité et son dévouement à la cause de la prison était totale. Les gardiens de Herkmoor n'étaient pas du genre à somnoler pendant le service et les caméras ne tombaient jamais en panne.

C'était bien ce qui ennuyait D'Agosta.

Il abaissa ses jumelles et lança un coup d'œil en direction de la silhouette sombre de Proctor. Le chauffeur de Pendergast, allongé un peu plus loin, prenait des photos à l'aide d'un Nikon numérique posé sur un pied, équipé d'un téléobjectif de 2 600 mm et de cartes spéciales ultrasensibles lui permettant quasiment de photographier dans le noir.

D'Agosta parcourut la liste de questions fournie par Glinn. Certains points étaient essentiels : le nombre de chiens, le nombre de gardiens dans leurs miradors ou postés près des grilles d'entrée. Glinn lui avait également demandé de décrire le plus précisément possible tous les véhicules qui entraient et sortaient de la prison. Il voulait aussi des clichés de toutes les antennes et autres paraboles disséminées sur les toits. D'autres requêtes étaient plus confuses. Par exemple, Glinn voulait savoir si le no man's land situé entre le mur d'enceinte et le grillage extérieur était en terre battue, ou bien recouvert de gazon ou de gravier. Il avait demandé à D'Agosta de prélever un peu d'eau dans le petit ruisseau qui passait tout près. Plus étrange encore, il lui avait dit de récupérer tous les détritus échoués sur les rives du cours d'eau à un endroit bien précis. Il avait exigé le relevé de toutes les activités de la prison sur une période de vingt-quatre heures : les temps de promenade des détenus, les allées et venues des gardiens, des fournisseurs et des livreurs. Enfin, il voulait savoir à la seconde près à quelle heure les projecteurs s'allumaient et s'éteignaient.

D'Agosta marqua une pause afin de confier ses observations au petit enregistreur numérique que lui avait confié Glinn. Seuls le ronronnement de l'appareil photo de Proctor et le bruit de la pluie sur les feuilles troublaient le silence de la nuit.

— Pétard, ça me tue de penser que Pendergast est enfermé là-dedans, chuchota-t-il en s'étirant.

— Cela doit être infiniment pénible pour lui, monsieur, répondit Proctor, toujours aussi impénétrable.

Proctor n'était pas un chauffeur ordinaire. D'Agosta en avait eu la confirmation en le voyant démonter et ranger un fusil-mitrailleur CAR-15/XM-177 Commando en moins d'une minute, mais il n'avait jamais réussi à percer le mystère de ce personnage étrange derrière ses allures de majordome modèle. À côté de lui, à en juger par les clics de l'appareil, Proctor poursuivait imperturbablement sa mission.

La radio accrochée à la ceinture de D'Agosta grésilla.

— Véhicule, nasilla la voix de Glinn.

Quelques instants plus tard, deux phares trouaient la nuit à travers les branches des arbres sur la seule route d'accès à Herkmoor depuis le bourg situé derrière la colline, à trois kilomètres de là. Proctor pivota et braqua son objectif sur le véhicule tandis que D'Agosta se ruait sur ses jumelles dont la vision s'ajusta automatiquement à l'obscurité.

La silhouette d'un camion émergea du petit bois à la lueur des projecteurs de la prison. À première vue, il s'agissait d'un camion de livraison. D'Agosta en eut la confirmation en découvrant sur son flanc l'inscription *Helmer's – Viandes et Salaisons.* Le véhicule stoppa à hauteur du poste de garde, son conducteur produisit une liasse de documents et les gardiens lui firent signe de passer. Les trois portails de sécurité successifs coulissèrent automatiquement l'un après l'autre, à la façon d'un sas, le suivant ne s'ouvrant qu'une fois le précédent refermé. À côté de D'Agosta, Proctor prenait cliché sur cliché. Le lieutenant regarda sa montre, glissa quelques mots dans son enregistreur et se tourna vers son compagnon.

— Voilà le rata de demain midi, plaisanta-t-il, conscient que son humour tombait à plat.

— Oui, monsieur.

D'Agosta savait à quel point Pendergast était fin gourmet et il n'osait penser au contenu du camion, se demandant comment l'inspecteur supportait son sort.

Le camion pénétra à l'intérieur de la dernière enceinte, exécuta un demi-tour et s'approcha en marche arrière de la plate-forme de déchargement avant de disparaître, caché par le bâtiment. D'Agosta le nota sur son enregistreur et attendit la suite. Seize minutes s'étaient écoulées lorsque le camion réapparut.

D'Agosta regarda sa montre. Bientôt une heure du matin.

— Je vais jusqu'au ruisseau prélever les échantillons d'eau et d'air, et je mesure le champ magnétique en même temps.

— Soyez prudent.

D'Agosta enfila son petit sac à dos et contourna la colline en veillant à rester à couvert, protégé par les arbres, les broussailles et les buissons de lauriers sauvages. La végétation était détrempée, de grosses gouttes coulaient le long des feuilles et des plaques de neige humide luisaient çà et là. Il éteignit sa torche une fois passée la colline, les projecteurs de Herkmoor suffisant à éclairer les montagnes alentour.

D'Agosta n'était pas mécontent de se dégourdir les jambes et de se changer les idées. À force de rester immobile depuis son poste d'observation, il finissait par gamberger et il n'avait pas envie de penser au passage en conseil de discipline qui l'attendait, avec à la clé l'éventualité de son renvoi du NYPD. Il s'était passé tellement de choses depuis quelques mois : sa réintégration au sein de la police new-yorkaise, sa relation avec Laura Hayward, le retour de l'inspecteur Pendergast, jusqu'à ce que tout s'écroule d'un seul coup. Sa carrière de flic était probablement foutue, il avait quitté Hayward et son ami Pendergast moisissait dans un cul-de-basse-fosse en attendant une probable condamnation à mort.

D'Agosta trébucha et se rattrapa à une branche. Tournant son visage vers le ciel, il attendit que la pluie glacée le réveille tout à fait.

Il s'essuya le visage et poursuivit sa route. Prélever un échantillon d'eau ne serait pas chose facile car le ruisseau courait tout près de l'enceinte de la prison, dans le champ de vision des gardiens postés sur les miradors. Mais ce n'était rien comparé à la seconde partie de sa mission. Glinn lui avait demandé de s'approcher au plus près du grillage extérieur en rampant, armé d'un magnétomètre, afin de repérer d'éventuels capteurs et autres champs magnétiques, puis d'enterrer ce foutu appareil avant de repartir. Si des capteurs étaient effectivement dissimulés dans le sol, il risquait fort de les déclencher et Dieu sait ce qui se passerait ensuite.

Il acheva de descendre la colline et sentit le sol s'aplanir sous ses pas. Malgré son ciré et ses gants, les jambes de D'Agosta étaient glacées de pluie et l'humidité lui remontait par les interstices de ses bottes. L'orée du bois se trouvait une centaine de mètres plus loin et il entendait déjà le murmure du petit cours d'eau. Il avançait courbé en deux entre les massifs de lauriers et finit par se mettre à quatre pattes afin de parcourir les derniers mètres.

Quelques minutes plus tard, il atteignait le bord du ruisseau. Une forte odeur de feuilles mouillées monta jusqu'à lui et il aperçut des restes d'eau gelée coincés dans une anfractuosité de la rive.

Il releva la tête en direction de la prison. Les miradors se trouvaient à moins de deux cents mètres à présent, leurs projecteurs aveuglants dans l'obscurité. Il fouilla dans sa poche à la recherche de la fiole que lui avait confiée Glinn lorsqu'il se pétrifia en voyant l'un des gardiens scruter les alentours du bois à l'aide de puissantes jumelles. Lui qui croyait les occupants des miradors occupés à surveiller l'intérieur de la prison...

Il s'aplatit au pied d'un laurier. Il se trouvait déjà dans le périmètre interdit, avec la fâcheuse impression de faire tache au milieu du paysage.

Le gardien ne semblait pas l'avoir vu et il en profita pour ramper jusqu'à l'eau afin de remplir sa fiole avant de la reboucher soigneusement. Il rampait à présent le long du ruisseau dont il extrayait tout ce qu'il trouvait : de vieux gobelets à café en polystyrène, quelques boîtes de bière, des papiers de chewing-gum, qu'il plaçait au fur et à mesure dans son sac à dos. Glinn lui avait bien recommandé de ramasser tout ce qu'il trouvait. Une mission d'autant plus pénible qu'il était parfois obligé de plonger le bras jusqu'à l'épaule dans l'eau glacée. Un peu plus loin, un barrage de branches mortes lui permit de récupérer d'un coup plusieurs kilos de détritus détrempés.

Il ne tarda pas à atteindre l'endroit où Glinn lui avait demandé de planter le magnétomètre. Il attendit que le gardien soit occupé à regarder ailleurs et traversa péniblement le ruisseau en rampant.

Le champ entourant la prison, de l'autre côté de l'eau, offrait un refuge précaire et D'Agosta se cachait du mieux qu'il le pouvait entre les touffes d'herbe à demi aplaties par la neige, se figeant sur place chaque fois que le gardien scrutait de son côté avec ses jumelles.

Les minutes s'écoulaient avec une lenteur infinie et un méchant crachin glacé lui coulait le long du dos. Le grillage était encore loin, mais il ne pouvait pas non plus y passer la nuit, le risque était trop grand que l'un des gardiens finisse par le repérer.

Le pré laissa enfin place à la pelouse bordant le grillage. Il tira le petit appareil de sa poche et l'enfonça au ras du sol entre deux touffes d'herbe avant de battre en retraite.

Le retour se révéla encore plus délicat car il faisait dos aux miradors et se trouvait dans l'incapacité de surveiller les mouvements des gardiens. Il avançait lentement et régulièrement, s'arrêtant souvent, et trois quarts d'heure s'écoulèrent avant qu'il traverse le ruisseau en sens inverse et retrouve enfin le couvert des bois. Lorsqu'il rejoignit enfin le poste d'observation où l'attendait Proctor, D'Agosta était complètement transi et il avait mal au dos à cause du sac rempli de détritus mouillés.

— Mission accomplie ? l'interrogea son compagnon.

— Ouais, mais j'aurai de la chance si je n'y laisse pas un ou deux doigts de pied.

Proctor était penché sur le cadran d'un petit appareil.

— Le signal nous parvient parfaitement. Vous étiez à moins de quinze mètres du grillage. Beau travail, lieutenant.

D'Agosta posa sur lui un regard fatigué.

— Appelez-moi Vinnie.

— Bien, monsieur.

— Je serais le premier ravi de vous appeler par votre prénom, mais je ne le connais même pas.

— Proctor suffira.

D'Agosta hocha la tête. Pendergast aimait décidément s'entourer de personnages aussi énigmatiques que lui. Proctor, Wren, sans parler de Constance Greene qui était encore plus mystérieuse. Il regarda sa montre : bientôt deux heures.

Encore quatorze heures à tirer.

13

Une pluie diluvienne cinglait la façade de brique et de marbre usée du 891 Riverside Drive. Des éclairs zébraient la nuit au-dessus du belvédère niché sur le faîte de la vieille demeure de style Beaux-Arts. Les fenêtres du rez-de-chaussée étaient aveuglées par des tôles ondulées et celles des étages, soigneusement calfeutrées, ne laissaient filtrer aucune lumière. Le parc abandonné était envahi de sumac et de buissons d'ailante, et, l'allée et le péristyle protégeant la lourde porte d'entrée, infestés de détritus chassés par le vent. Tout laissait à penser que la vieille maison était abandonnée, à l'image de la plupart des propriétés voisines le long de cette portion sinistre de Riverside Drive.

Pendant de nombreuses années – et même de *très* nombreuses années –, la maison avait servir de refuge, de retraite, de laboratoire, de bibliothèque, de musée et d'entrepôt à un certain docteur Enoch Leng. À la mort de Leng, et après bien des péripéties[1], elle était revenue de droit à l'un de ses descendants, l'inspecteur Aloysius Pendergast. Au passage, ce dernier avait également hérité de la charge de Constance Greene, la pupille de Leng.

À cela près que l'inspecteur Pendergast se trouvait dans une cellule d'isolement du pénitencier de Herkmoor où il attendait d'être jugé pour meurtre, que Proctor et le lieutenant D'Agosta surveillaient cette même prison et que le gardien légal de Constance Greene en l'absence de Pendergast, un pittoresque

1. Voir *La Chambre des curiosités* (2003) chez le même éditeur.

personnage du nom de Wren, travaillait comme chaque nuit dans les sous-sols de la bibliothèque municipale de New York.

Constance Greene se trouvait donc seule.

Installée dans un fauteuil devant un feu mourant dans la bibliothèque de la vieille demeure où le bruit de la pluie et la rumeur de la ville ne pouvaient l'atteindre, elle lisait *L'Histoire de ma vie* de Giacomo Casavecchio. Constance s'intéressait tout particulièrement au compte rendu qu'avait donné le célèbre espion de la Renaissance de son évasion des Plombs, la terrible prison du palais des Doges à Venise dont personne ne s'était jamais échappé auparavant, ni depuis. Des ouvrages de la même veine étaient empilés sur une petite table à côté d'elle : des récits d'évasion de toutes sortes, relatifs pour la plupart à des institutions carcérales fédérales. Elle lisait en silence, s'arrêtant régulièrement pour prendre des notes dans un cahier de cuir.

Elle venait de tracer quelques lignes sur le papier lorsqu'une bûche à demi consumée fit entendre un craquement sonore. Constance releva vivement la tête, les yeux écarquillés. De grands yeux violets dont la maturité contrastait avec les traits fins d'une jeune femme à laquelle on aurait donné vingt et un ans. Constance se décontracta peu à peu.

Elle ne se sentait pas nerveuse à proprement parler. Après tout, la demeure était une véritable forteresse ; elle en connaissait les secrets mieux que quiconque et il lui aurait suffi de quelques instants pour s'évanouir dans l'une de ses nombreuses retraites secrètes. Mais Constance vivait là depuis si longtemps que les humeurs mêmes de la vénérable bâtisse lui étaient familières et son instinct lui disait que quelque chose clochait. La demeure tentait de la prévenir d'un danger.

Une théière remplie de camomille attendait sur une petite table à côté de son fauteuil. Elle repoussa son livre, remplit sa tasse, se leva en lissant le devant de sa robe à tablier couleur ivoire et se dirigea vers les rayonnages à l'autre extrémité de la pièce. De splendides tapis persans étouffaient le bruit de ses pas.

Les yeux plissés, elle déchiffra les titres des ouvrages gravés au fer. La bibliothèque n'était éclairée que par les flammes qui dansaient dans l'âtre et la lampe Tiffany posée près de son fauteuil, de sorte que ce côté de la pièce était plongé dans la pénombre. Elle trouva enfin ce qu'elle cherchait – un traité relatif à la gestion des prisons pendant la Dépression – et retourna s'asseoir. Elle ouvrit le livre et le feuilleta à la recherche de la table des matières, trouva le chapitre qui l'intéressait et saisit sa tasse dont elle but une gorgée.

Elle s'apprêtait à reposer la tasse lorsqu'elle leva machinalement les yeux.

Un personnage élancé au maintien aristocratique, le nez aquilin et le front bombé, vêtu d'un costume sombre qui faisait ressortir son teint pâle, était assis dans la bergère voisine, de l'autre côté de la petite table. L'inconnu avait les cheveux roux et une barbe soigneusement taillée. Il l'observait attentivement et le feu qui illuminait son regard faisait briller le vert noisette de l'un de ses yeux, l'autre étant d'un bleu laiteux et morne.

Il souriait.

Constance ne l'avait jamais vu, mais elle sut immédiatement qui il était. Elle se leva précipitamment en poussant un cri tandis que la tasse de camomille lui échappait des doigts.

L'homme la rattrapa au vol avec une agilité surprenante, juste avant qu'elle ne se brise sur le sol. Il la reposa sur le plateau d'argent et se rassit. Pas une goutte de la tisane ne s'était répandue et tout était allé si vite que Constance se demanda un instant si elle n'avait pas rêvé. Elle restait là, debout, incapable de faire un geste. En dépit de son émotion, elle avait compris que le visiteur était assis entre elle et la porte.

— Vous n'avez aucune raison d'avoir peur, Constance, dit-il d'une voix douce, comme s'il avait lu dans ses pensées. Je ne vous veux aucun mal.

Debout devant son fauteuil, immobile, elle balaya la pièce du regard avant de reposer les yeux sur lui.

— Vous savez qui je suis, n'est-ce pas, ma petite ? demanda-t-il.

Même son accent sudiste onctueux lui était familier.

— Oui, je sais qui vous êtes.

Elle n'en revenait pas de la ressemblance étonnante entre cet homme et celui qu'elle connaissait si bien. À l'exception bien sûr de ses cheveux. Et de ses yeux.

Il hocha la tête.

— Vous m'en voyez honoré.

— Comment êtes-vous entré ici ?

— Le *comment* n'a guère d'importance. C'est le *pourquoi* qui compte, ne trouvez-vous pas ?

Constance sembla réfléchir.

— En effet, vous avez raison.

Elle fit un pas en avant, ses doigts quittant la bergère pour glisser sur la petite table.

— Fort bien : pourquoi êtes-vous là ?

— Parce qu'il est temps que nous ayons tous les deux une petite conversation. Vous me devez bien cela.

Constance fit un autre pas dans sa direction sans quitter des doigts l'appui de la petite table, puis elle s'arrêta.

— Je vous dois quelque chose ?

— Oui. Après tout, je...

Sans crier gare, Constance se saisit du coupe-papier posé sur la petite table et se rua sur son interlocuteur. Elle avait agi avec une fulgurance remarquable, sans rien faire ni dire qui puisse lui laisser soupçonner quoi que ce soit.

En vain. L'homme s'écarta au dernier instant et le coupe-papier s'enfonça jusqu'à la garde dans le cuir usé de la bergère. Constance le retira aussitôt et, toujours sans un bruit, se précipita à nouveau sur son visiteur, l'arme levée.

Il évita calmement cette nouvelle attaque et saisit au vol le poignet de son adversaire. Elle se débattit avec l'énergie du désespoir et ils roulèrent à terre, mais l'homme avait le dessus et la clouait au sol de tout son poids, la forçant à lâcher le coupe-papier qui tomba un peu plus loin sur le tapis.

L'homme approcha ses lèvres de l'oreille de Constance.

— *Du calme, du calme*, lui dit-il en français.

— Je vous dois quelque chose ! s'exclama-t-elle. Comment *osez-vous* prétendre une chose pareille ? Vous assassinez les amis de mon tuteur, vous le déshonorez, vous l'arrachez à cette maison !

Elle s'arrêta brusquement, décidée à lutter jusqu'au bout. Un léger grognement traduisit aussitôt sa frustration, à laquelle se mêlaient des sentiments plus complexes.

Imperturbable, l'autre poursuivait de la même voix douce :

— Essayez de me comprendre, Constance. Je ne suis pas venu ici avec l'intention de vous faire mal. Je vous retiens dans le seul but de me protéger.

Elle voulut à nouveau lutter.

— Je vous déteste !

— Constance, je vous en prie. J'ai quelque chose à vous dire.

— *Jamais !* hoqueta-t-elle. Jamais je ne vous écouterai !

Mais il la maintenait plus que jamais clouée par terre, doucement mais fermement. Peu à peu, elle cessa de résister. Elle restait là, immobile, le cœur battant. Elle sentit soudain contre sa poitrine le battement calme de son cœur à lui. Il continuait de vouloir la calmer en lui murmurant dans le creux de l'oreille des paroles apaisantes qu'elle refusait d'écouter.

Il relâcha légèrement son étreinte.

— Si je vous laisse, me promettez-vous de ne plus tenter de m'attaquer ? Me promettez-vous de m'écouter calmement ?

Constance ne répliqua pas.

— Tout condamné a le droit qu'on l'écoute et vous pourriez bien vous apercevoir que la vérité n'est pas celle que vous croyez.

Constance ne disait toujours rien. Après un long silence, l'homme se releva, puis il relâcha lentement les poignets de sa prisonnière.

Celle-ci se remit aussitôt debout. Le souffle court, elle lissa sa robe tablier et son regard fit à nouveau le tour de la pièce, mais l'homme se tenait toujours entre elle et la porte. D'une main, il lui désigna la bergère.

— Je vous en prie, Constance, asseyez-vous.

Elle s'exécuta à contrecœur.

— Peut-on parler calmement à présent, comme deux êtres civilisés ?

— Comment pouvez-vous utiliser le mot civilisé ? Vous n'êtes qu'un assassin et un voleur, répondit-elle avec un rire méprisant.

Il hocha lentement la tête, comme s'il réfléchissait.

— Mon frère vous aura bien évidemment expliqué les choses à sa manière. Après tout, cela lui réussit depuis si longtemps. Il a toujours su se montrer persuasif et convaincant.

— N'allez pas vous imaginer que je puisse croire un instant ce que vous me dites. Vous êtes fou. Et si vous ne l'êtes pas, c'est encore pire.

Tout en parlant, elle lança un coup d'œil en direction de la porte donnant sur la grande salle de réception.

Mais lui ne la quittait pas des yeux.

— Non, Constance, je ne suis pas fou. Bien au contraire, je crains la folie, tout comme vous. Curieusement, vous et moi avons beaucoup de choses en commun, et pas uniquement nos peurs.

— Nous n'avons rien en commun.

— C'est sans doute ce que mon frère aimerait vous faire croire.

Constance crut lire sur les traits de son interlocuteur une tristesse sincère.

— Il est vrai que je suis loin d'être parfait. Je comprends que vous ne me fassiez pas confiance, poursuivit-il. Je voudrais pourtant vous faire comprendre que je ne vous veux aucun mal.

— Je me fiche de ce que vous voulez. Vous me faites penser à ces enfants qui adorent les papillons un jour pour mieux leur arracher les ailes le lendemain.

— Que savez-vous des enfants, Constance? Vos yeux respirent une sagesse qui ne vient qu'avec l'âge. Même d'ici, je peux lire l'immensité terrible de votre expérience. Je n'ose imaginer ce que vous avez pu voir! Ce regard pénétrant me remplit de tristesse. Non, Constance, je crois savoir... je *sais* que le luxe de l'enfance vous a été dénié. Tout comme j'en ai moi-même été privé.

Constance se figea.

— Tout à l'heure, je vous ai dit que j'étais venu vous parler. Il est temps que vous sachiez la vérité. La *vraie* vérité.

Les dernières paroles avaient été prononcées d'une voix si faible qu'elles en étaient à peine audibles.

Bien malgré elle, Constance demanda :

— La vérité ?

— Sur mes relations avec mon frère.

Dans la pénombre ambiante, à la lueur du feu qui se mourait, l'étrange regard de Diogène Pendergast lui donnait un air d'immense vulnérabilité. Il se raviva quelque peu en se posant sur elle.

— Ah, Constance ! Vous devez trouver tout cela bien étrange. Mais, à vous voir, je ferais tout ce qui est en mon pouvoir pour vous soulager de la souffrance et de la peur que je lis dans vos yeux. Et vous savez pourquoi, Constance ? Tout simplement parce qu'en vous voyant, je me vois *moi-même.*

Constance, parfaitement immobile, ne répondit pas.

— Je vois une femme qui rêve de vivre et d'appartenir au monde des humains tout en sachant que la solitude est son destin. Je vois une femme qui comprend le monde tellement mieux qu'elle ne saurait l'admettre… y compris à elle-même.

Constance se mit à trembler.

— Je sens chez vous de la douleur comme de la colère. La douleur d'avoir été abandonnée, à plusieurs reprises. La colère d'être le jouet de dieux capricieux. Pourquoi moi ? Pourquoi cette fois encore ? Car, vous avez raison, on vous abandonne une fois de plus. Pas tout à fait de la façon que vous imaginiez, sans doute. Tout comme moi. Je me suis senti abandonné lorsque mes parents sont morts, brûlés vifs par une foule ignare. J'ai réussi à échapper aux flammes. Pas eux. Je m'en suis toujours voulu d'avoir survécu, alors qu'ils étaient morts. Je me sentais coupable. Vous aussi, vous vous sentez coupable de la mort de votre sœur Mary, car c'est vous qui auriez dû mourir, pas elle. Plus tard, j'ai été abandonné par mon frère. Oui, je lis l'incrédulité dans vos yeux, mais vous connaissez si mal mon frère. Tout ce que je vous demande, c'est de m'écouter sans préjugé.

Comme il se levait, Constance voulut l'imiter en prenant sa respiration.

— Non ! l'arrêta Diogène d'une voix lasse. N'ayez crainte, je vais prendre congé. Mais nous poursuivrons bientôt cette conversation et je vous en dirai davantage sur l'enfance que l'on m'a volée. Sur ce frère aîné qui ne m'offrait que haine et mépris lorsque je lui offrais mon amour. Qui prenait un malin plaisir à détruire tout ce que je créais, les vers naïfs que je consignais dans mon journal, mes traductions de Tacite et de Virgile. Qui torturait et tuait mon animal préféré avec une cruauté qui me fait frémir aujourd'hui encore. Qui se donnait pour mission de m'aliéner le reste du monde à force de mensonges et d'insinuations, en me dépeignant sous les traits d'un jumeau malfaisant. Et, lorsqu'il a fini par comprendre qu'il ne viendrait jamais à bout de ma détermination, c'est lui qui m'a… c'est lui qui m'a…

La voix de Diogène se brisa et il eut tout juste la force d'ajouter :

— Regardez mon œil, Constance. Mon œil *mort* ! Ce n'est qu'une infime partie de ce qu'il m'a fait subir…

Les efforts pénibles de Diogène pour reprendre sa respiration meublaient le silence oppressant qui s'était installé dans la bibliothèque. De son œil opaque, il semblait regarder Constance sans vraiment la fixer.

Il finit par s'essuyer le front.

— Je dois m'en aller à présent. Non sans vous laisser quelque chose, en signe de reconnaissance de ce qui nous rapproche, de la souffrance qui nous unit. J'ose espérer que vous accepterez ce présent pour ce qu'il représente.

— Je ne veux rien de vous, répliqua Constance d'un ton dont la haine avait disparu, laissant place à une grande confusion de sentiments.

Il soutint son regard quelques instants encore, puis il se retourna lentement, très lentement, et se dirigea vers la porte de la bibliothèque.

— Au revoir, Constance, lui dit-il par-dessus son épaule. Prenez soin de vous. Je retrouverai la sortie tout seul.

Incapable du moindre mouvement, Constance entendit ses pas décroître dans le lointain. Elle ne reprit ses esprits qu'avec le silence et se leva de son fauteuil.

Elle sursauta en sentant quelque chose dans la poche de sa robe. Quelque chose qui bougeait.

Un minuscule nez apparut soudain, un nez rose habillé de moustache qui frétillait sous des yeux tout noirs, entre deux oreilles rondes. Stupéfaite, elle glissa la main dans sa poche et saisit la petite créature qui se réfugia sur sa paume où elle s'assit aussitôt, les pattes implorantes, les moustaches tremblantes, les yeux suppliants. Le cœur de Constance fondit à la vue de cette minuscule souris blanche apprivoisée et elle en eut les larmes aux yeux.

14

Des particules de poussière flottaient dans l'air immobile de la salle de lecture, au milieu d'une odeur assez agréable de vieux carton, de toile et de cuir. Les murs lambrissés de chêne s'élevaient jusqu'au plafond rococo orné de dorures lourdement travaillées, duquel pendaient deux lustres en cristal aux armatures de cuivre. Une cheminée de marbre rose de près de trois mètres de haut et de large ouvrait son âtre de brique sur le mur du fond et trois immenses tables en chêne massif, recouvertes de tapis matelassés, se dressaient au centre de la pièce sur leurs pattes de lions. C'était l'une des plus belles salles de tout le Muséum, également l'une des moins connues.

Cela faisait plus d'un an que Nora n'y était pas revenue car, en dépit de son charme, des souvenirs particulièrement pénibles y restaient attachés. Malheureusement pour elle, il s'agissait du seul endroit où consulter les archives du Muséum.

Quelqu'un frappa doucement à la porte et la silhouette trapue d'Oscar Gibbs apparut sur le seuil, ses bras musclés chargés d'une pile de documents retenus ensemble à l'aide de ficelle.

— Je n'ai pas trouvé grand-chose concernant le tombeau de Senef, s'excusa-t-il en déposant son fardeau sur la table avec un soulagement manifeste. C'est curieux, mais je n'en avais jamais entendu parler jusqu'à hier.

— Très peu de gens sont au courant.

— En tout cas, on ne parle plus que de ça, répondit-il en secouant la tête qu'il avait aussi lisse qu'une boule de billard. À part celui-ci, je ne vois pas quel musée aurait pu perdre une tombe égyptienne.

Essoufflé, il reprit sa respiration.

— Vous vous souvenez des consignes, professeur ? Conformément au règlement, je suis obligé de vous enfermer. Vous n'aurez qu'à me joindre à mon poste quand vous aurez terminé. Ni papier ni crayon, uniquement ceux qui se trouvent dans le porte-crayons en cuir. Et n'oubliez pas les gants, ajouta-t-il en voyant l'ordinateur portable de la jeune femme.

— Oui, merci, Oscar.

— Je serai aux archives si vous avez besoin de moi. Poste 4240.

La lourde porte se referma sur Gibbs et Nora entendit la clé tourner dans une serrure bien huilée. Elle se pencha sur la pile de documents. Il s'en échappait une forte odeur de moisi. Elle les passa rapidement en revue afin d'avoir une idée du travail qui l'attendait. Faute de pouvoir tout lire, il lui fallait faire un tri.

Elle avait demandé tout ce qui touchait de près ou de loin au tombeau de Senef, depuis sa découverte à Thèbes jusqu'à ce qu'elle soit murée en 1935. Oscar n'avait visiblement rien laissé au hasard. Les documents les plus anciens étaient rédigés en français et en arabe, les premiers textes en anglais coïncidant avec le moment où les Britanniques avaient succédé aux armées napoléoniennes en Égypte. On trouvait là des lettres, des dessins de la tombe, des plans, des bordereaux d'expédition, des polices d'assurance, des extraits de journaux, de vieilles photos ainsi que diverses monographies scientifiques. Le nombre de documents explosait à compter de l'arrivée de la tombe au Muséum. De volumineux dossiers réunissaient les dessins et les plans des travaux, les rapports signés de plusieurs conservateurs, des éléments de correspondance et une multitude de factures datant de l'époque de la construction, jusqu'à l'inauguration. Par la suite, on trouvait des lettres de visiteurs et de chercheurs, des rapports internes mais aussi des procès-verbaux des différents conservateurs concernés. Nora découvrit également de nombreux papiers relatifs à la nouvelle station de métro, la direction du musée ayant demandé à la mairie de l'époque d'aménager un accès piéton direct entre la nouvelle entrée du Muséum et la station de la 81e Rue. Enfin, elle dénicha tout au fond de la pile un rapport laconique en date du 14 janvier 1935, rédigé par un conservateur oublié depuis longtemps, précisant que l'exposition avait été murée et condamnée.

La jeune femme poussa un soupir face à l'ampleur de la tâche qui l'attendait. Menzies lui avait demandé un premier rapport d'évaluation pour le lendemain afin de pouvoir entamer la mise en œuvre du « scénario » de l'exposition et l'écriture des premiers textes de présentation. Elle regarda sa montre et constata qu'il était déjà treize heures.

Dans quel guêpier s'était-elle encore fourrée ?

Elle alluma son ordinateur. Sur les conseils de son mari, elle avait récemment renoncé à son PC pour adopter un Mac et la mise en route était dix fois plus rapide qu'auparavant. C'était un peu comme passer d'une Ford Fiesta à une Mercedes SL. La pomme apparut sur l'écran et Nora se donna du courage en se disant qu'elle avait au moins cet atout dans sa manche.

Elle enfila une paire de gants en lin et s'empara d'une première liasse, mais elle n'eut pas le temps d'en dénouer la ficelle car celle-ci se rompit dans un soupir de poussière.

Avec mille précautions, elle ouvrit le premier dossier. Elle en sortit une feuille jaunie rédigée en français qu'elle lut attentivement tout en prenant des notes sur son PowerBook. L'écriture en pattes de mouche était difficile à déchiffrer et son français était un peu rouillé, mais elle se laissa rapidement entraîner dans l'histoire rocambolesque du tombeau, brièvement évoquée la veille par Menzies.

Napoléon s'était lancé dans la campagne d'Égypte avec l'intention de suivre les traces d'Alexandre le Grand à travers le Moyen-Orient. Dès 1798, il envahissait le pays des pharaons à la tête d'une flotte de 400 bateaux et d'une armée de 55 000 hommes. Très en avance sur son temps, il avait adjoint à son expédition plus de 150 savants, chercheurs et ingénieurs afin de procéder à une évaluation scientifique complète de l'Égypte et de son passé prestigieux.

L'un de ces savants, un jeune archéologue particulièrement entreprenant nommé Bertrand Magny de Cahors, avait été l'un des premiers à examiner la plus grande découverte de tous les temps en matière d'égyptologie : la fameuse pierre de Rosette, déterrée par des soldats chargés de construire un fortin sur la rive du Nil. Cette découverte avait laissé entrevoir des lendemains glorieux à Cahors qui avait suivi les armées napoléoniennes dans leur remontée du fleuve jusqu'aux temples de Louxor et la faille désertique dans laquelle allait être découverte la plus célèbre nécropole au monde, la Vallée des Rois.

La plupart des tombes de cette vallée légendaire étaient taillées à même la roche et ne pouvaient donc être démontées, mais quelques sépultures attachées à des dignitaires de moindre importance avaient été construites en calcaire taillé sur les hauteurs. C'était l'une d'entre elles, celle de l'ancien régent de Touthmôsis IV, que Cahors avait décidé de démonter dans l'espoir de la ramener en France. L'opération était aussi complexe que dangereuse car il fallait descendre les blocs de plusieurs tonnes un par un depuis le haut d'une falaise de soixante mètres avant de les rouler jusqu'au fleuve.

Le projet avait été frappé par le destin dès le début. Les autochtones avaient commencé par refuser de travailler sur un chantier qu'ils croyaient maudit, de sorte que Cahors avait été contraint de faire appel à des soldats français. Le premier drame était survenu lorsque les hommes avaient pénétré dans le tombeau intérieur, condamné depuis l'Antiquité après le passage des pillards. Neuf soldats étaient morts dans un accident attribué par la suite à du dioxyde de carbone produit par des émanations acides dues à des infiltrations d'eau à travers le calcaire. Les trois premiers soldats à entrer dans la tombe étaient morts asphyxiés, et un sort identique attendait la demi-douzaine d'autres envoyés leur porter secours.

Cette tragédie n'avait pas entamé la détermination de Cahors et la tombe avait été entièrement démontée, les blocs soigneusement numérotés et expédiés par le Nil jusqu'à la baie d'Aboukir où ils avaient été stockés dans le désert en attendant d'être transportés en France.

La bataille du Nil avait ruiné les plans de Cahors. Dans la foulée de la sévère défaite de la flotte napoléonienne contre Horatio Nelson, Bonaparte avait pris la fuite dans un petit navire, laissant ses armées sans chef. Les troupes françaises n'avaient pas tardé à se rendre, abandonnant aux Anglais leurs fabuleuses collections d'antiquités égyptiennes, parmi lesquelles la pierre de Rosette et le tombeau de Senef. Le lendemain de la capitulation, Cahors s'était donné la mort en s'enfonçant une épée dans le cœur, agenouillé parmi les blocs de calcaire dans les sables d'Aboukir. Sa réputation de pionnier de l'égyptologie lui avait survécu puisque l'un de ses descendants finançait aujourd'hui, à distance, la réouverture du tombeau.

Nora passa à une deuxième pile de documents, impatiente de connaître la suite. Dans la foulée de transactions douteuses – il était fait mention d'une partie de cartes et de deux prostituées –, la tombe était devenue la propriété d'un officier de la Royal Navy d'origine écossaise, le capitaine Alisdair William Arthur Cumyn, devenu par la suite baron de Rattray. Ce dernier avait fait transporter la sépulture jusqu'à la propriété de ses ancêtres dans les Highlands où il l'avait fait reconstruire, au prix de sa fortune et d'une bonne partie de ses terres. Puis la lignée des barons de Rattray avait vivoté tout au long du XIXe siècle jusqu'à ce que le dernier héritier du nom, dans l'espoir de sauver ce qui restait du patrimoine familial, vende le tombeau au roi du rail américain William C. Spragg. En qualité de bienfaiteur du Muséum, Spragg l'avait alors expédié à New York où il avait été réassemblé dans les sous-sols du musée. Le magnat considérait ce projet comme son bébé et il passait ses journées sur le chantier à houspiller les ouvriers et à ennuyer le monde. Ironie du sort, il était mort en 1872 deux jours avant l'ouverture, écrasé par une ambulance à chevaux.

Nora décida de faire une pause. Il n'était pas encore trois heures et elle avançait plus vite qu'elle ne l'espérait. Avec un peu de chance, elle aurait fini avant huit heures, ce qui lui laisserait le temps de dîner rapidement aux Vieux Os avec Bill. Son mari allait adorer cette histoire désuète et poussiéreuse à souhait. Qui sait si ça ne lui fournirait pas matière à un papier dans les pages culturelles ou dans la locale du *Times* à la veille de l'inauguration ?

Nora s'attaqua à la troisième pile, constituée de documents internes nettement mieux conservés. Les premiers concernaient l'ouverture de l'exposition initiale et elle tomba sur quelques exemplaires de l'invitation originale, imprimée en relief :

Le président des États-Unis d'Amérique,
l'honorable général Ulysses S. Grant
Le gouverneur de l'État de New York,
l'honorable John T. Hoffman
Le président du Muséum d'histoire naturelle de New York,
Le professeur James K. Moreton
Les membres du conseil d'administration et le directeur
du Muséum
Vous invitent cordialement au dîner et au bal donnés
en l'honneur de l'inauguration du
TOMBEAU DE SENEF
régent et vizir du pharaon Touthmôsis IV
maître de l'Égypte antique
1419-1386 avant J.-C.

La cantatrice Eleonora de Graff Bolkonsky interprétera des arias
tirées du nouveau chef-d'œuvre de Giuseppe Verdi
Aïda

Tenue égyptienne de rigueur

Nora n'en revenait pas. Il fallait que le Muséum ait été une institution de premier plan pour que le président soit présent en personne. En fouillant, elle découvrit un autre document amusant, le menu du dîner de gala.

Hors-d'œuvre variés
Consommé Olga

Kebab égyptien
Filet mignon Lili
Courgette farcie

Rôti de pigeonneau sur lit de cresson
Pâté de foie gras en croûte
Caviar d'aubergines

Pudding Waldorf
Pêches en gelée de Chartreuse.

Le dossier contenait une douzaine d'invitations vierges. Elle en mit une de côté, avec le menu, dans une bannette spéciale marquée « À photocopier ». Il fallait absolument montrer ça à Menzies. Et pourquoi ne pas reproduire à l'identique l'inauguration originale, peut-être sans le bal costumé, mais avec le même menu ?

Nora se plongea dans la lecture des comptes rendus publiés dans la presse de l'époque. L'inauguration du tombeau de Senef relevait de ces événements mondains de la fin du XIXe siècle comme New York n'en verrait jamais plus. La liste des invités était un véritable who's who de ces glorieuses années et l'on pouvait y lire les noms des Astor et des Vanderbilt, de William Butler Duncan, de Walter Langdon, de Ward McAllister ou de Royal Phelps. Les gravures du *Harper's Weekly* montraient le bal et ses participants, déguisés avec toute l'extravagance attachée à leur vision exotique de l'Égypte...

Mais Nora perdait son temps. Elle repoussa les coupures de presse et s'intéressa au dossier suivant. Elle y trouva un autre article de journal, tiré cette fois du *New York Sun*, l'une des feuilles à scandale de l'époque. On y découvrait le visage d'un homme très brun coiffé d'un fez ; il avait un regard limpide et portait un ample burnous. Elle parcourut rapidement l'article.

En exclusivité pour le *Sun*

Le tombeau exposé au Muséum frappé par une malédiction !

Un bey égyptien lance un avertissement

La malédiction de l'œil d'Horus

New York – Lors de son récent passage à New York, son éminence Abdul El-Mizar, bey de Balbossa en Haute-Égypte, terre des pharaons, s'est déclaré stupéfait en découvrant l'exposition du Muséum consacrée au tombeau de Senef.

En visite au musée, le dignitaire égyptien et son entourage n'ont pas dissimulé leur horreur et leur consternation. Affolés, ils ont aussitôt entrepris d'avertir les autres visiteurs qu'ils couraient à une mort aussi certaine qu'effroyable en pénétrant dans cette sépulture. « Ce tombeau est frappé par une malédiction bien connue dans mon pays », expliquait El-Mizar au *Sun* peu après.

Un petit sourire éclaira le visage de Nora. Le reste de l'article était du même tonneau, mêlant allègrement menaces terrifiantes et affirmations historiques fantaisistes. Le journaliste précisait que le prétendu « bey de Balbossa exigeait la restitution immédiate de cette tombe à l'Égypte ». L'auteur concluait son article sur une interview d'un responsable du Muséum. Ce dernier affirmait que plusieurs milliers de visiteurs pénétraient chaque jour dans cette tombe et qu'aucun « incident fâcheux » n'avait été constaté.

L'article avait suscité bon nombre de lettres adressées au Muséum, émanant pour la plupart de farceurs qui disaient avoir ressenti des « impressions étranges » et des « présences anormales » en visitant le tombeau. Plusieurs prétendaient avoir été victimes de bouffées de chaleur, de palpitations ou de troubles nerveux. Une chemise du dossier était entièrement consacrée au cas d'un enfant tombé dans le puits ; il s'était cassé les deux jambes et l'une d'elles avait dû être amputée. Un échange de courriers entre avocats s'en était suivi, qui s'était conclu par le règlement de la somme de deux cents dollars aux parents du blessé.

Nora passa ensuite à un dossier nettement moins volumineux. À sa grande surprise, elle découvrit en l'ouvrant une simple fiche jaunie sur laquelle avait été apposée une étiquette avec la mention :

Contenu transféré aux Archives protégées
22 mars 1938
Signé : Lucien P. Strawbridge
Conservateur du département d'Égyptologie

Nora tourna et retourna la fiche cartonnée entre ses doigts. Les Archives protégées ? Il devait s'agir de l'ancienne appellation du Secteur protégé dans lequel le Muséum entreposait ses objets les plus rares. Mais pourquoi y enfermer un dossier ? Que pouvait-il contenir de si précieux ?

Elle remit la fiche à sa place et referma le dossier en se promettant d'y revenir plus tard. Il ne lui restait plus qu'une liasse de documents à examiner : celle consacrée à la construction d'un tunnel d'accès entre le Muséum et la station de métro de la 81e Rue.

La correspondance entre la direction du musée et la ville était volumineuse, mais elle permit à Nora de constater que le tombeau de Senef n'avait pas été muré à cause de ce tunnel, contrairement à ce que les dirigeants du Muséum affirmaient. C'était même l'inverse. Pour des raisons de facilité et d'argent, la ville avait initialement souhaité creuser un passage à partir de la tête de station, loin de la tombe, mais, pour une raison inexpliquée, la direction du musée avait insisté pour que le tunnel s'ouvre en queue de station, ce qui obligeait à murer l'entrée du tombeau. Tout laissait croire que le Muséum avait pris *volontairement* cette décision afin de condamner la sépulture égyptienne.

Nora poursuivit sa lecture. Elle arrivait au bout de ses peines lorsqu'elle tomba sur un courrier de la ville demandant à connaître la raison exacte du déplacement du passage piéton, étant donné le surcoût que cela entraînait. Lucien P. Strawbridge, celui-là même qui avait demandé le transfert du dossier précédent aux Archives protégées, avait noté dans la marge :

Répondez-leur ce que vous voulez. Il est impératif de murer cette tombe, ne laissons pas passer une aussi belle occasion de nous débarrasser une fois pour toutes de ce problème infernal.

L.P. Strawbridge.

Un problème infernal ? De quoi pouvait-il bien s'agir ? Nora feuilleta à nouveau le dossier sans rien découvrir qui puisse l'éclairer, en dehors des allégations du bey de Balbossa et de l'abondant courrier qu'elles avaient déclenché.

La clé du mystère se trouvait sans doute dans le dossier transféré aux Archives protégées, mais ce n'était pas le moment de s'en occuper. Il serait toujours temps de voir plus tard ; à moins de s'atteler à son rapport sans tarder, jamais elle n'aurait terminé à temps pour dîner avec Bill.

Sans attendre, elle tira son ordinateur à elle, ouvrit un nouveau dossier électronique et se mit à taper.

15

À peine s'était-elle présentée que le capitaine Laura Hayward de la Brigade criminelle se trouva introduite avec déférence dans le bureau de Jack Manetti. La jeune femme fut agréablement surprise de constater que le responsable de la sécurité du Muséum s'était choisi un petit bureau aveugle au fond des locaux réservés à ses services. La pièce était meublée très simplement avec des tables et des chaises fonctionnelles, ce qui en disait long sur la modestie de son occupant, surtout au sein d'une institution aussi pétrie de hiérarchie que le Muséum.

Manetti n'avait pas l'air très heureux de la voir, mais il se montra courtois, lui offrant un siège, ainsi qu'un café qu'elle refusa.

— Je viens vous voir au sujet de l'agression dont a été victime Mlle Green, dit-elle. Je vous aurais volontiers demandé de m'accompagner jusqu'à l'exposition Images du Sacré, histoire de voir ensemble quelques points de détail sur les mesures de sécurité.

— Mais nous avons déjà fait le tour de la question il y a plusieurs semaines. J'étais persuadé que l'enquête était bouclée.

— *Mon* enquête ne l'est pas, en tout cas.

Manetti passa la langue sur ses lèvres sèches.

— Vous vous êtes adressée à la direction ? Nous sommes censés coordonner les relations avec l'ensemble des forces de…

Hayward l'interrompit en se levant, agacée.

— Je n'ai pas de temps à perdre et vous non plus. Allons-y.

Elle traversa à sa suite un dédale de couloirs et de salles poussiéreuses jusqu'à l'entrée de l'exposition. Ce n'était pas encore l'heure de la fermeture et les portes de l'exposition étaient grandes ouvertes, mais les galeries étaient quasiment vides.

— Reprenons tout depuis le début, commença Hayward. J'ai beau avoir lu et relu le dossier, certains éléments ne collent pas. L'agresseur ne pouvait pénétrer dans l'exposition que par cette porte, c'est bien ça ?

— Oui.

— La porte à l'autre extrémité ne s'ouvre que de l'intérieur, il est donc impossible de l'ouvrir de l'extérieur.

— Exactement.

— Quant au système de sécurité, il est censé faire le relevé exact de toutes les allées et venues, chaque personne équipée d'une carte magnétique possédant un code différent.

Manetti acquiesça.

— Pourtant, à en croire le relevé, Margo Green est la seule à avoir pénétré dans l'exposition ce soir-là. Son agresseur lui aurait alors pris sa carte et il s'en serait servi pour sortir par l'autre porte.

— C'est ce qu'on en a déduit.

— Reste à savoir comment il est entré. Green aurait-elle pu déverrouiller cette porte et la laisser ouverte ?

— Non, pour deux raisons : d'abord, c'est contraire au règlement, et ensuite le système nous montre qu'elle ne l'a pas fait. La porte s'est refermée quelques secondes après son passage. Le relevé électronique en apporte la preuve.

— De sorte que l'agresseur a dû rester caché dans le hall de la fermeture à dix-sept heures jusqu'au moment de l'attaque, vers deux heures du matin.

Manetti hocha la tête.

— À moins de court-circuiter le système, suggéra Hayward.

— Ce qui est plus qu'improbable, de notre point de vue.

— Je crois au contraire que c'est la seule solution. J'ai traversé ce hall des dizaines de fois depuis l'agression et je ne vois pas où le coupable aurait pu se cacher.

— L'exposition était en cours d'aménagement, il y avait du bazar de tous les côtés.

— L'agression a eu lieu deux jours avant l'inauguration, tout était quasiment prêt.

— Notre système de sécurité est invulnérable.

— Tout comme la salle des diamants.

Hayward n'avait pas l'habitude des coups bas et elle eut mauvaise conscience en voyant Manetti serrer les dents. Décidément, cette histoire la rendait nerveuse.

— Je vous remercie, monsieur Manetti. Si ça ne vous dérange pas, je voudrais traverser l'exposition une nouvelle fois.

— Avec plaisir.

— Je vous tiendrai au courant.

Manetti s'éloigna et Hayward, pensive, fit le tour de la pièce où Margo avait été attaquée, tentant de reconstituer le film des événements au ralenti. Elle s'efforça de faire taire dans sa tête la petite voix qui l'accusait de perdre son temps alors que des dizaines de milliers de visiteurs étaient passés par là depuis les faits, la même petite voix qui lui reprochait d'agir pour le mauvais motif et lui conseillait de poursuivre tranquillement sa carrière avant d'y laisser des plumes.

À force de tourner en rond, la voix finit par s'effacer derrière le claquement de ses talons sur le sol. Elle approchait de la vitrine au pied de laquelle on avait retrouvé une tache de sang lorsqu'elle entrevit une silhouette accroupie, prête à fondre sur elle.

Elle sortit son arme et la pointa sur l'inconnu.

— Ne bougez pas ! Police !

L'inconnu se redressa en étouffant un cri de peur et en agitant les bras dans tous les sens. À son épi rebelle, elle reconnut William Smithback, du *Times.*

— Ne tirez pas ! s'écria le journaliste. J'étais là par hasard... je regardais si je ne trouvais rien ! Vous devriez ranger c-c-ce truc, v-v-vous savez...

Hayward, penaude, rengaina son arme.

— Désolée, je crois que je suis à cran.

Smithback l'observait attentivement.

— Vous ne seriez pas le capitaine Hayward ?

Elle fit oui de la tête.

— C'est moi qui couvre l'affaire Pendergast pour le *Times.*

— Oui, je sais.

— Eh bien, figurez-vous que je voulais vous parler.

Elle regarda sa montre.

— Je suis très occupée. Vous n'aurez qu'à prendre rendez-vous avec mon secrétariat.

— J'ai déjà essayé, mais on m'a répondu que vous refusiez de recevoir les journalistes.

— C'est vrai, reconnut-elle d'un air maussade.

Elle fit mine de s'en aller, mais il se planta devant elle.

— Si ça ne vous dérange pas, je souhaiterais m'en aller.

— Écoutez, lui dit-il à toute vitesse. Je suis persuadé que nous pouvons nous aider mutuellement. Échanger des informations, si vous voyez ce que je veux dire.

— Si vous avez en votre possession des informations susceptibles d'intéresser l'enquête, vous feriez mieux de me les communiquer tout de suite si vous ne voulez pas vous retrouver avec une accusation d'entrave à la justice sur les bras, répliqua-t-elle sèchement.

— Non, non, ce n'est pas ça. C'est que… je crois savoir pourquoi vous êtes ici. Vous n'êtes pas convaincue que Pendergast soit vraiment l'agresseur de Margo. J'ai tort ?

— Qu'est-ce qui vous fait dire ça ?

— Un ponte de la Criminelle comme vous ne perd pas son temps à se balader sur le lieu d'un crime si l'enquête est bouclée. C'est donc que vous avez des doutes.

Hayward fit de son mieux pour ne pas avoir l'air étonnée.

— Vous vous dites que le tueur est peut-être Diogène Pendergast, le frère de l'inspecteur. C'est pour ça que vous êtes là.

De plus en plus surprise, Hayward ne répondait toujours pas.

— Si vous voulez tout savoir, je suis venu ici pour les mêmes raisons.

Il l'observait avec curiosité, comme pour mieux juger de l'effet de ses paroles.

— Qu'est-ce qui vous fait dire que l'inspecteur Pendergast n'est pas le coupable ? demanda-t-elle prudemment.

— Je le connais. Je le suis… enfin, je suis sa carrière depuis les meurtres du Muséum il y a sept ans. Et je connais aussi Margo Green. Elle m'a appelé depuis sa chambre d'hôpital et elle est persuadée que ce n'était pas Pendergast. Elle dit que son agresseur avait les yeux de deux couleurs différentes, l'un vert et l'autre d'un bleu laiteux.

— Pendergast est le roi du déguisement.

— Sauf que la description correspond à son frère. Pourquoi chercher à se faire passer pour son frère ? D'autant que son frère est responsable du vol des diamants et de l'enlèvement de cette femme, lady Maskelene. En suivant la logique jusqu'au bout, on en arrive à la conclusion que Diogène a attaqué Margo et qu'il a voulu mettre son crime sur le dos de son frère. CQFD.

Une fois de plus, Hayward s'appliqua à masquer son étonnement en constatant que le raisonnement du journaliste était identique au sien.

— Eh bien, monsieur Smithback, dit-elle en souriant. Je vois que vous méritez votre réputation de journaliste d'investigation.

— Je ne vous le fais pas dire, répondit-il précipitamment en tentant une fois de plus d'aplatir son épi.

Elle réfléchit un court instant.

— Après tout, finit-elle par déclarer, vous avez peut-être raison. Nous pouvons sans doute nous aider réciproquement. Tout ceci doit bien évidemment rester confidentiel et ne vous attendez pas à ce que je dévoile le moindre secret.

— Bien sûr.

— En échange, je vous demanderai de me dire en priorité ce que vous avez découvert. Avant même d'en parler à votre journal. C'est à cette condition, et à cette condition seulement, que j'accepte votre marché.

Smithback hocha la tête à plusieurs reprises.

— Bien sûr, bien sûr.

— Très bien. Diogène Pendergast semble s'être totalement évanoui. Nous perdons sa trace dans sa cachette de Long Island, la maison où lady Maskelene était retenue prisonnière. De nos jours, on ne disparaît pas aussi brutalement, à moins d'adopter une autre identité. Une identité établie de longue date.

— Vous avez votre petite idée ?

— Nous sommes au point mort. D'un autre côté, si vous écriviez un article dans ce sens… qui sait si ça ne ferait pas bouger les choses ? Un tuyau quelconque refilé par un voisin un peu trop curieux, par exemple. Bien sûr, mon nom ne doit apparaître nulle part.

— Évidemment. Et... qu'est-ce que vous me donnez en échange ?

Cette fois, un large sourire s'afficha sur le visage d'Hayward.

— Je crois que vous prenez le problème à l'envers. C'est *moi* qui viens de vous rendre service. C'est donc à *vous* de me dire ce que vous pouvez faire pour moi. Je sais que vous enquêtez sur le vol des diamants. Je veux tout savoir, même les faits les plus insignifiants en apparence. Parce que vous avez raison : je suis persuadée que Diogène est bien l'agresseur de Margo Green et le meurtrier de Charles Duchamp. J'ai besoin de détails qu'il m'est difficile de me procurer à la Criminelle.

Hayward oubliait de dire que Singleton était chargé de l'enquête sur le vol des diamants et qu'il n'avait aucune raison de partager avec elle les résultats de son enquête.

— Pas de problème. Nous sommes d'accord.

Elle s'éloignait déjà lorsque Smithback la héla.

— Attendez !

Elle tourna la tête, l'air interrogateur.

— Quand se revoit-on ? Et où ?

— On ne se revoit pas. Appelez-moi si, ou plutôt dès que vous avez quelque chose.

— D'accord.

Elle traversa le hall à demi plongé dans l'obscurité, laissant derrière elle un Smithback fébrile, occupé à prendre des notes à toute vitesse sur un vieux bout de papier.

16

Le temps de s'accoutumer à la pénombre et Jay Lipper, un spécialiste des effets spéciaux pilotés par ordinateur, arpentait la chambre funéraire vide. Un mois s'était écoulé depuis que la direction du Muséum avait annoncé son intention de rouvrir le tombeau de Senef, et Lipper travaillait sur le projet depuis trois semaines. Une importante réunion de coordination était prévue et il s'était accordé dix minutes pour visualiser une dernière fois la mise en scène élaborée sur le papier. Il s'agissait de savoir comment dissimuler les câbles de fibre optique, où placer les diodes lumineuses, disposer les haut-parleurs, accrocher les spots et les écrans holographiques. L'inauguration avait lieu dans quinze jours et il restait un millier de choses à faire.

Des bribes de conversation, répercutées par le dédale des chambres de la tombe, lui parvenaient depuis l'entrée, dans un brouhaha de coups de marteau et de scies électriques. Les ouvriers travaillaient sans relâche et le Muséum ne lésinait pas à la dépense, y compris dans son cas personnel : à raison de 120 dollars de l'heure pour un minimum de 80 heures par semaine, Lipper était en train de se faire une petite fortune. Il ne volait pourtant pas son argent, surtout avec le clown que le Muséum lui avait adjoint comme tireur de câble et homme à tout faire. Une espèce de grand singe avec un teint de brique et autant de cellules grises qu'un épagneul, qui devait passer ses week-ends à faire de la musculation au lieu de potasser son électronique : si le Muséum en avait beaucoup des comme ça, bonjour les dégâts.

Tiens, quand on parle du loup...

— Il fait noir comme dans une tombe ici, pas vrai, Jayce ? fit la voix du clown à l'autre bout du couloir.

Teddy DeMeo pénétra dans la chambre funéraire, les bras chargés de schémas électroniques à moitié froissés.

Lipper serra les dents, s'efforçant de penser au chèque qui l'attendait à la fin de l'opération. Le pire, c'était qu'avant de savoir à qui il avait affaire, Lipper avait bêtement parlé à DeMeo du jeu de rôle auquel il participait sur Internet, *Land of Darkmord*, et DeMeo s'était immédiatement connecté pour s'inscrire. Grâce à son personnage, un sorcier retors à moitié elfe avec une cape onyx +5 et toute une panoplie de malédictions offensives, Lipper avait mis des semaines à monter une expédition punitive. Au moment de recruter des mercenaires, voilà que déboulait DeMeo sous les traits d'un Ork armé d'un gourdin qui faisait copain-copain avec lui en multipliant les blagues imbéciles ; non seulement ça, mais il lui posait toutes sortes de questions idiotes en faisant passer Lipper pour un con aux yeux des autres participants.

DeMeo se posta à côté de lui, suant et soufflant comme un phoque, puant la transpiration.

— Alors, voyons voir..., dit-il en déroulant un schéma.

Bien sûr, il le tenait à l'envers et mit quelques instants à s'apercevoir de son erreur.

— Donne-moi ça, s'impatienta Lipper en lui arrachant le papier des mains.

Il regarda sa montre. Encore cinq minutes avant le début de la réunion de chantier. Aucun problème. À deux dollars la minute, Lipper aurait même attendu Godot.

Le nez en l'air, il renifla.

— Il faudra faire quelque chose au sujet de cette humidité. Mon matériel électronique n'est pas fait pour marcher dans un sauna.

— Ouais, approuva DeMeo en regardant autour de lui. Dis, t'as vu ce truc ? Qu'est-ce que ça peut bien être ? Putain, j'en ai la chair de poule.

Lipper jeta un coup d'œil à la fresque que lui montrait l'autre, une silhouette humaine dans un costume de pharaon avec une tête d'insecte toute noire. DeMeo n'avait pas tout à fait tort. Cette chambre funéraire foutait les jetons avec ses murs couverts de hiéroglyphes, son faux ciel au plafond, la lune et les étoiles d'un drôle de jaune sur un fond indigo. Mais Lipper ne détestait pas avoir les jetons. C'était un peu comme le monde de Darkmord, mais en vrai.

— C'est le dieu Khépri, expliqua-t-il. Un homme à tête de scarabée. C'est lui qui pousse le soleil à travers le ciel.

Lipper trouvait cet univers fascinant, il avait même effectué des recherches sur la mythologie égyptienne au cours des dernières semaines, à la recherche d'idées et d'images.

— *La Momie* face à *La Mouche*, répondit DeMeo en riant.

Leur conversation fut interrompue par un bruit de voix et un petit groupe de conservateurs pénétra dans la chambre funéraire, sous la direction de Menzies.

— Ravi de voir que vous êtes déjà là, messieurs. Nous n'avons pas beaucoup de temps, s'exclama le professeur en tendant la main aux informaticiens. Tout le monde connaît tout le monde, je crois ?

DeMeo et Lipper hochèrent la tête. Comment ne pas connaître les autres membres du comité alors qu'ils vivaient ensemble quasiment 24 heures sur 24 depuis plusieurs semaines ? Lipper reconnut Nora Kelly, une fille sympa, cet Anglais prétentieux de Wicherly, et George Ashton, vedette incontestée du département d'anthropologie.

Les nouveaux arrivants reprenaient déjà leurs conversations lorsque Lipper sentit un doigt lui enfoncer les côtes. Il se retourna et DeMeo, un sourire bête aux lèvres, lui adressa un clin d'œil.

— Putain, lui glissa-t-il dans un murmure en montrant du menton Nora Kelly. Il faudrait pas me payer cher pour lui grimper dessus.

Lipper détourna la tête et leva les yeux au ciel.

— Bien ! fit Menzies d'une voix sonore. Tout le monde est prêt pour la visite ?

— Et comment, m'sieur Menzies ! claironna DeMeo.

Lipper le fusilla du regard. Ce projet était son bébé, le résultat de son imagination et de son savoir-faire ; DeMeo n'était là que pour dérouler du câble, brancher les machines et s'assurer qu'il y avait du courant dans les prises.

— Je vous propose de commencer par le début, suggéra l'informaticien en dirigeant les nouveaux venus vers l'entrée de la tombe tout en faisant les gros yeux à DeMeo.

Ils traversèrent en sens inverse les salles dans lesquelles s'affairaient des nuées d'ouvriers. Arrivé à l'entrée de l'exposition, Lipper, trop heureux de présenter son travail, avait quasiment oublié la présence de DeMeo. Le scénario du son et lumière avait été écrit par Wicherly, avec l'aide de Kelly et de Menzies, et le résultat était assez intéressant. Très intéressant, même, surtout avec les améliorations techniques que Lipper y avait apportées. Cette expo allait faire du bruit.

Il s'arrêta dans la salle du Premier Passage et se tourna vers son auditoire.

— Le son et lumière se déclenchera automatiquement. Il est donc essentiel que le public pénètre dans l'exposition par groupes successifs et que les gens se déplacent ensemble. En avançant, ils passeront devant des détecteurs cachés qui déclencheront les différentes séquences du show. À la fin de chaque séquence, ils passeront dans la salle suivante et ainsi de suite. Le spectacle terminé, ils auront un quart d'heure pour regarder ce qu'ils veulent dans l'exposition avant de ressortir et de laisser la place au groupe suivant.

D'un doigt, il montra le plafond.

— Le premier capteur sera placé dans ce coin, là-haut. Il enregistrera le passage des visiteurs et la première séquence, que j'appelle l'Acte I, se mettra en route au bout de trente secondes, le temps que les traînards rattrapent le reste du groupe.

— Comment comptez-vous dissimuler les câbles ? l'interrogea Menzies.

— Facile, s'interposa DeMeo. On a prévu des goulottes noires de deux centimètres de section. Les gens y verront que du feu.

— Rien ne doit être fixé sur les fresques, précisa Wicherly.

— Ben non. C'est des goulottes rigides en acier, il faut juste les fixer à chaque coin. Elles passent à deux millimètres du mur, ça craint rien.

Wicherly hocha la tête.

Lipper poussa intérieurement un ouf de soulagement, heureux que DeMeo ne se soit pas ridiculisé. Pas encore, en tout cas. D'un geste, il invita ses compagnons à rejoindre la salle voisine.

— Lorsque les visiteurs arriveront ici, c'est-à-dire dans la salle du Deuxième Passage, la lumière s'éteindra progressivement. On entendra des bruits de pelle, de pioche et des chuchotements. Rien que des sons dans un premier temps, aucune image. Une voix expliquera qu'on se trouve dans le tombeau de Senef et que la sépulture s'apprête à être violée par les prêtres qui ont enterré le vizir deux mois plus tôt. Les bruits de pioche vont en s'amplifiant à mesure que les voleurs atteignent la première porte murée. Un dernier coup de pioche et un pillard franchit la porte. C'est là qu'apparaissent les premières images.

— L'instant où ils franchissent cette porte est essentiel, l'interrompit Menzies. Les dernières pierres s'écroulent avec fracas et un rai de lumière aveuglant traverse la pièce, comme un éclair. C'est un moment crucial, il faut que la tension soit à son comble.

— Elle *sera* à son comble, le rassura Lipper en s'efforçant de dissimuler son agacement.

Menzies était quelqu'un de plutôt sympa, mais il s'était mêlé du moindre détail technique depuis le début et Lipper n'avait pas envie qu'il vienne l'emmerder à tout bout de champ pendant l'installation du système.

— La lumière s'allume progressivement, reprit-il, et la voix dirige les visiteurs vers le puits.

Sans attendre, il leur fit traverser le premier couloir et le petit groupe descendit les marches à sa suite. Un pont suffisamment large pour accueillir la masse des visiteurs avait été construit au-dessus du puits.

— Lorsqu'ils arrivent ici, ils déclenchent un capteur situé dans ce coin-là, et c'est le début de l'Acte II.

— Exactement, insista DeMeo. Chacun des Actes est piloté individuellement par deux PowerMac G5 à double processeur couplés à un troisième G5 qui sert de back-up et de Master Controller.

Lipper leva les yeux au ciel. Ce crétin de DeMeo ne faisait que répéter mot pour mot ce qu'il avait lu sur la fiche technique établie par ses soins.

— Où se trouveront ces ordinateurs ? demanda Menzies.

— On fera passer des câbles à travers les murs et...

— Attendez une seconde, le coupa Wicherly. Il est hors de question de faire le moindre trou dans les murs de cette tombe.

DeMeo se tourna vers lui.

— Il se trouve que quelqu'un a déjà percé des trous dans ces murs il y a très longtemps. À cinq endroits différents. Les trous avaient été rebouchés, mais je les ai retrouvés et je les ai vidés.

DeMeo croisa ses bras musclés d'un air satisfait, comme s'il venait de faire avaler un seau de sable à un avorton de quarante kilos sur une plage.

— Qu'y a-t-il de l'autre côté ? s'enquit Menzies.

— Une réserve actuellement vide. On est en train de l'aménager en salle technique.

Lipper s'éclaircit la voix, histoire de faire taire DeMeo.

— Au cours de l'Acte II, les visiteurs vont voir des images numériques des pillards en train de jeter une passerelle au-dessus du puits pour accéder à la seconde porte murée. Un écran se déroule de l'autre côté du puits – sans que les visiteurs le voient, bien évidemment – et un projecteur holographique situé dans un renfoncement projette des images des pillards qui longent le couloir à la lueur de leurs torches. Ils arrachent les scellés, démolissent la porte et se dirigent ensuite vers la chambre funéraire. L'idée est de donner l'impression aux gens qu'ils accompagnent les voleurs. Ils les suivent ensuite jusqu'à la tombe proprement dite où se déroule l'Acte III.

— Lara Croft n'a qu'à bien se tenir ! s'exclama DeMeo en riant grassement de sa plaisanterie.

Le petit groupe s'avança jusqu'à la chambre funéraire et Lipper reprit ses explications.

— Les visiteurs entendront du bruit dans un premier temps, avant même de voir quoi que ce soit. Des cris, des coups. Ils pénétreront dans la pièce de ce côté-là et seront arrêtés par une barrière située ici. Et c'est là que commence le spectacle. On entend tout d'abord des voix affolées dans le noir. Des bruits d'objets brisés. Un premier éclair, un second, et la pièce apparaît à la lueur des torches. On distingue les visages des prêtres, à la fois inquiets, couverts de sueur et affolés par la vue de l'or. De l'or qu'on voit briller partout. Exactement comme c'est écrit dans votre scénario, ajouta Lipper à l'adresse de Wicherly.

— Formidable !

— Les torches s'allument et la lumière ambiante, pilotée par ordinateur, augmente progressivement en dévoilant les différents recoins de la chambre funéraire. Les pillards soulèvent le couvercle en pierre du sarcophage, ils le jettent à terre où il se brise. Ils soulèvent ensuite le couvercle du sarcophage en or qui se trouve à l'intérieur et l'un d'entre eux se rue sur la momie dont il arrache les bandelettes. Il pousse un cri de joie en exhibant fièrement le scarabée qu'il brise en mille morceaux pour annihiler ses pouvoirs protecteurs.

— Le clou de la visite ! l'interrompit Menzies, le regard brillant d'excitation. À ce moment-là, je veux des grondements de tonnerre et des éclairs.

— Vous en aurez pour votre argent, le rassura DeMeo. On a un système Dolby surround relié à un ampli Pro Logic II, avec en prime quatre stroboscopes Chauvet Mega II de 750 watts et toute une tripotée de spots. Tout ça piloté par une console d'éclairage DMX 24 pistes entièrement automatisée.

Il regarda fièrement son auditoire, comme s'il savait de quoi il parlait alors qu'il se contentait une fois encore de réciter l'une des fiches techniques de Lipper. Quel crétin, non mais quel crétin... Lipper l'aurait volontiers étranglé. Il fit un effort sur lui-même et reprit son exposé.

— Après le tonnerre et les éclairs, les projecteurs holographiques se remettent en route et on voit Senef en personne sortir de son sarcophage. Les prêtres reculent, terrifiés. Tout ça est censé figurer ce qu'ils voient dans leur tête, comme le veut le scénario.

— Le tout est de savoir si ce sera suffisamment réaliste, s'interposa Nora, perplexe. Vous n'avez pas peur que ça fasse bidon ?

— Les hologrammes en 3-D sont assez fantomatiques. On voit à travers, mais uniquement s'il y a derrière des lumières assez fortes. On veillera à moduler la lumière ambiante de façon à entretenir l'illusion. Les images seront moitié vidéo, moitié 3-D. Bref, on voit Senef se relever et tendre le doigt. Nouveaux éclairs, nouveaux coups de tonnerre, il parle de sa vie, de son action de vizir sous le règne de Touthmôsis, ce qui permet de glisser pas mal de trucs didactiques.

— Pendant ce temps-là, enchaîna DeMeo, on a un Gem Glaciator de 500 watts planqué dans le sarcophage qui envoie de la fumée au ras du sol à raison de vingt mètres cubes par minute.

— Je n'avais pas prévu de fumigènes dans mon scénario, s'étonna Wicherly. Cela risquerait d'endommager les fresques.

— Le système Gem dont nous nous servons n'utilise que des liquides inoffensifs pour l'environnement, le rassura Lipper. Aucun élément chimique susceptible d'abîmer quoi que ce soit.

Nora Kelly fronça les sourcils.

— Excusez-moi de poser la question, mais est-il vraiment indispensable d'aller jusque-là ?

Menzies se tourna vers elle.

— Mais enfin, Nora ! C'était votre idée de départ !

— J'avais imaginé quelque chose de plus discret, sans fumigènes et lumières stroboscopiques.

Menzies gloussa.

— Quitte à faire dans le spectacle, Nora, autant aller jusqu'au bout. Croyez-moi, cette exposition aura des vertus pédagogiques formidables. Nous tenons là un merveilleux moyen d'apprendre quelque chose au *vulgum pecus* sans qu'il s'en aperçoive.

Nora, une moue dubitative aux lèvres, ne releva pas et Lipper en profita pour reprendre.

— Tandis que Senef s'explique, les prêtres se jettent à terre, terrifiés. Et, au moment où Senef disparaît à nouveau dans son sarcophage, les silhouettes des pillards s'évanouissent, les écrans holographiques remontent discrètement et le tombeau redevient tel qu'il était avant l'arrivée des voleurs. La barrière coulisse et les visiteurs peuvent faire le tour de la chambre funéraire comme si de rien n'était.

Menzies leva un doigt sentencieux.

— Ils auront ainsi appris quelque chose tout en assistant à un spectacle. À présent, je me vois contraint de poser la question qui fâche : serez-vous prêt à temps ?

— On a déjà sous-traité une bonne partie du programme informatique et les électriciens mettent les bouchées doubles. À mon avis, tout devrait être prêt pour un premier test d'ici à quatre jours.

— Voilà qui est parfait.

— Ensuite, il nous reste encore à faire le débogage.

— Le débogage ? répéta Wicherly d'un air interrogateur.

— Oui, c'est indispensable. En règle générale, le débogage prend deux fois plus de temps que la programmation proprement dite.

— C'est-à-dire huit jours ?

Lipper hocha la tête. Il vit le visage de Menzies s'assombrir.

— Huit et quatre, douze... En clair, cela signifie que nous n'avons que deux jours de battement avant la soirée d'inauguration. Pensez-vous pouvoir faire ce débogage en cinq jours ?

Au ton de Menzies, Lipper comprit qu'il s'agissait d'un ordre, et non d'une requête. Il avala sa salive, conscient que le planning était déjà difficilement tenable tel quel.

— On fera tout pour.

— Bien. Maintenant, prenons quelques instants pour parler de l'inauguration. Le professeur Kelly nous a suggéré de reproduire à l'identique la soirée de gala originale de 1872 et j'applaudis des deux mains. Nous avons donc prévu un cocktail et quelques airs d'opéra avant que les invités puissent assister au son et lumière. La soirée se terminera par un dîner.

— De combien de personnes parlons-nous ? demanda Lipper.

— Six cents.

— Il est clair qu'on ne peut pas faire visiter la tombe à six cents personnes d'un seul coup. Le son et lumière accueille normalement un maximum de deux cents personnes à la fois et le spectacle dure vingt minutes, mais je suppose qu'on pourrait aller jusqu'à trois cents pour l'inauguration.

— Très bien, approuva Menzies. Nous ferons donc deux groupes. Les principales personnalités feront partie du premier : je pense au maire, au gouverneur, aux sénateurs et aux autres élus, aux dirigeants du Muséum et à nos plus fidèles donateurs, avec quelques stars de cinéma pour faire bonne mesure. En s'y prenant en deux fois, une heure devrait suffire pour la visite.

Regardant tour à tour Lipper et DeMeo, il ajouta :

— Tout repose sur vous deux. Vous n'avez donc pas droit à l'erreur si nous voulons que tout soit prêt à temps. Quatre et cinq… je vous accorde donc neuf jours pour l'installation du son et lumière.

— Pas de problème, réagit aussitôt le tireur de câbles, tout sourire, avec beaucoup d'assurance.

Menzies posa son regard bleu inquisiteur sur le chef de DeMeo.

— Et vous, monsieur Lipper ?

— On y arrivera.

— Ravi de vous l'entendre dire. Je compte sur vous pour me tenir au courant de l'avancement des travaux, n'est-ce pas ?

L'informaticien acquiesça.

Menzies regarda sa montre.

— Ne m'en veuillez pas de vous abandonner, Nora, mais j'ai un train à prendre. Nous reparlerons de tout ça un peu plus tard.

Les membres du comité d'organisation partis, Lipper regarda sa montre à son tour.

— On ferait mieux de s'y mettre, DeMeo. Pour une fois, j'aimerais bien me coucher avant quatre heures du matin.

— Et Darkmord ? demanda DeMeo. T'avais pourtant promis d'être prêt avec tes guerriers à minuit pour l'attaque.

Et merde… Les autres n'auraient qu'à se débrouiller sans lui pour attaquer la Forteresse du Crépuscule.

17

Lorsque Margo Green ouvrit les yeux, le soleil de l'après-midi brillait à travers les fenêtres de sa chambre à la clinique Feversham. Quelques cumulus joufflus glissaient dans le ciel bleu azur et le chant lointain d'un vol d'oiseaux aquatiques flottait jusqu'à elle en provenance des eaux de l'Hudson.

Elle bâilla et s'étira longuement avant de se mettre en position assise. Un coup d'œil à son réveil lui indiqua qu'il était quatre heures moins le quart. L'infirmière n'allait pas tarder à lui apporter son thé à la menthe.

Sa table de nuit débordait de revues, de livres et d'objets divers : plusieurs numéros de *Natural History*, un roman de Tolstoï, un lecteur de CD, un ordinateur portable et le *New York Times* du jour. Elle prit le journal avec l'intention de finir les mots croisés avant l'arrivée de Phyllis.

Sa vie n'était plus en danger et une période de convalescence proche de la routine s'était installée. Margo appréciait beaucoup ses discussions quotidiennes avec Phyllis. Elle recevait très peu de visites, et même aucune si l'on exceptait celles de sa mère et du capitaine Hayward. La solitude lui pesait et son métier lui manquait.

Elle saisit un crayon et se pencha sur le journal. Comme toujours à l'approche du week-end, les mots croisés du *Times* regorgeaient de références obscures et de définitions alambiquées. Margo se fatiguait très vite et elle finit par renoncer au bout de quelques minutes. Elle repensa à la dernière visite de Laura Hayward et aux angoisses que les questions de la jeune femme avaient fait resurgir.

Elle s'en voulait de ne pas mieux se souvenir des circonstances du drame. Son agression lui revenait par bribes éparses, sans véritable cohérence, comme dans un cauchemar. Elle se trouvait à l'intérieur de l'exposition Images du Sacré, occupée à vérifier la disposition de masques indiens, lorsqu'elle avait senti une présence étrangère. Un inconnu, tapi dans l'ombre, qui l'avait suivie avant de l'acculer dans un coin et de l'attaquer. Elle se souvenait clairement s'être défendue à l'aide d'un cutter. Avait-elle réussi à blesser son agresseur ? Les détails de l'attaque étaient flous, elle avait gardé le souvenir d'une douleur fulgurante dans le dos, rien d'autre, et elle s'était réveillée dans cette chambre.

Elle replia le journal et le reposa sur la table de nuit. Elle savait que son agresseur lui avait parlé, mais elle aurait été incapable de répéter ce qu'il lui avait dit et elle s'en voulait. Ses paroles avaient définitivement sombré dans les oubliettes de sa mémoire. Curieusement, l'étrange regard et l'horrible ricanement de son adversaire étaient restés gravés dans sa tête.

Elle se tourna dans son lit, impatiente de voir Phyllis afin de ne plus penser à la visite de Laura Hayward. La jeune femme lui avait posé toutes sortes de questions sur Pendergast et son frère, qui portait le curieux prénom de Diogène. Tout ça était si étrange ; Margo n'avait pas vu Pendergast depuis des années, elle n'avait même jamais su qu'il avait un frère.

La porte s'ouvrit enfin sur Phyllis, mais l'infirmière avait les mains vides et elle affichait une mine grave.

— Vous avez de la visite, Margo, annonça-t-elle.

Margo avait tout juste enregistré la nouvelle lorsque la silhouette familière de son responsable au Muséum, le professeur Hugo Menzies, s'encadra dans la porte. Habillé avec son élégance coutumière, sa crinière blanche soigneusement coiffée en arrière, il pénétra dans la pièce qu'il examina rapidement avant de poser sur elle ses yeux bleus.

— Margo ! s'écria-t-il en approchant, son beau visage éclairé par un large sourire. Quel plaisir de vous revoir !

— Le plaisir est partagé, professeur, répondit-elle.

L'étonnement passé, Margo se sentit soudain gênée de recevoir son patron dans une tenue aussi négligée. Comme s'il percevait son malaise, Menzies s'appliqua à la rassurer. Il remercia l'infirmière et attendit qu'elle soit sortie pour s'asseoir à côté du lit.

— Quelle jolie chambre ! s'exclama-t-il. La vue sur l'Hudson est splendide. À part Venise, je ne connais aucun endroit où la lumière soit plus belle qu'ici ; sans doute est-ce pour cette raison que cette région a toujours attiré les peintres.

— Oui, je suis très bien traitée ici.

— C'est la moindre des choses. Ma chère, si vous saviez à quel point je me suis fait du souci à votre sujet. En cela, je me fais le porte-parole de tout le département. Nous attendons tous votre retour avec impatience.

— J'ai hâte de rentrer, moi aussi.

— Le lieu de votre retraite est quasiment un secret d'État. Jusqu'à hier, je ne connaissais même pas l'existence de cette clinique. Il a fallu que je fasse du charme à la moitié du personnel pour parvenir jusqu'à vous, dit-il avec un sourire.

Margo sourit à son tour. Si quelqu'un était bien capable de charmer son monde, c'était Menzies. Elle avait beaucoup de chance de l'avoir comme supérieur. Il faisait tache au milieu de conservateurs habitués à se comporter en potentats avec leurs subalternes. D'un naturel affable, toujours ouvert aux idées des autres, Menzies apportait un soutien sans faille aux chercheurs de son département. Margo était impatiente de retourner travailler, d'autant que *Muséologie*, le journal scientifique dont elle était la rédactrice en chef, partait à la dérive depuis son agression. Mais elle se fatiguait encore trop vite pour envisager de reprendre son poste.

S'apercevant brusquement que son esprit était ailleurs, elle posa les yeux sur son visiteur et constata que Menzies la regardait d'un air inquiet.

— Je suis désolée, s'excusa-t-elle. J'ai encore du mal à me concentrer.

— C'est tout à fait normal. Sans doute est-ce la raison de cet appareil, la rassura-t-il en désignant la perfusion attachée au bras de Margo.

— Le docteur dit qu'il s'agit d'une simple précaution. Tous les liquides vitaux se régénèrent normalement à présent.

— Bien, très bien. Vous avez perdu beaucoup de sang, vous savez. Tellement de sang. Ce n'est pas sans raison qu'on parle de liquide vital, vous ne croyez pas ?

Une onde électrique traversa le corps de Margo. D'un seul coup tous ses sens étaient en éveil.

— Que dites-vous ?

— Je vous demandais s'ils avaient évoqué une date de sortie.

Margo se décontracta.

— Les médecins sont très contents des progrès que je fais. Je devrais sortir d'ici une ou deux semaines.

— Ensuite, vous terminerez votre convalescence chez vous, je suppose.

— Oui. Le docteur Winokur, qui s'occupe de moi, m'a déjà dit que j'aurais besoin d'un mois de repos avant de pouvoir retravailler.

— Alors, il faut lui faire confiance.

Menzies s'exprimait d'une voix douce et Margo sentit sa torpeur la reprendre. Sans même s'en apercevoir, elle bâilla.

— Oh, je vous demande pardon, s'excusa-t-elle.

— Je vous en prie. De toute façon, je ne vais pas rester longtemps. Dites-moi, Margo, vous sentez-vous fatiguée ?

Elle lui adressa un sourire timide.

— Un peu, je l'avoue.

— Vous dormez bien ?

— Oui, oui.

— Bien. J'avais peur que vous ne fassiez des cauchemars.

Tout en parlant, Menzies avait tourné la tête en direction de la porte.

— Non, pas vraiment.

— Vous êtes une fille courageuse. C'est bien !

Elle ressentit le même courant électrique que quelques instants auparavant. Le ton de Menzies avait changé, sa voix rappelait à Margo quelque chose d'étrangement familier.

— Professeur, dit-elle en se relevant brusquement.

— Allons, allons, reposez-vous.

D'une main douce, mais ferme, il l'obligea à reposer la tête sur l'oreiller.

— Je suis heureux d'apprendre que vous dormez bien. À votre place, beaucoup de gens auraient du mal à oublier un tel traumatisme.

— Je ne l'ai pas vraiment oublié, répondit-elle. Je ne me souviens pas exactement de ce qui s'est passé, c'est tout.

Menzies posa une main réconfortante sur celle de la jeune femme.

— C'est aussi bien comme ça, fit-il en glissant l'autre main dans la poche intérieure de sa veste.

Margo se sentit brusquement inquiète. Elle devait être fatiguée. Elle aimait beaucoup Menzies et sa visite lui faisait plaisir, mais elle avait besoin de dormir.

— Après tout, qui voudrait se souvenir d'une chose pareille ? Tous ces bruits bizarres dans le hall d'exposition désert. Le fait d'être traquée, les planches qui tombent, les bruits de pas. L'obscurité soudaine.

Margo fut prise de panique. Les yeux écarquillés, elle ne quittait pas Menzies du regard, incapable de comprendre vraiment ce qu'il lui disait. Mais l'anthropologue poursuivait d'une voix douce :

— Ce rire dans le noir. Et puis le couteau qui s'enfonce... Non, Margo. Personne ne voudrait se souvenir de tout ça.

Menzies éclata de rire. Un rire qui n'était pas son rire, un ricanement sinistre.

Sa torpeur se déchira sous l'effet d'un choc atroce. *Non ! Oh non, c'est impossible...*

Assis sur sa chaise, Menzies l'observait attentivement, comme pour mieux juger de l'effet de ses paroles.

Soudain, il lui fit un clin d'œil.

Margo tenta d'échapper à son regard. Elle voulut crier, mais une infinie lassitude s'était emparée d'elle, paralysant ses membres, l'empêchant de prononcer la moindre parole. Elle comprit que cette torpeur était anormale, qu'il était en train de se passer quelque chose...

Menzies lui lâcha la main et elle découvrit avec horreur son autre main et la minuscule seringue avec laquelle il avait injecté un liquide incolore dans sa perfusion. Sous son regard terrifié, il retira la seringue et la remit tranquillement dans sa poche.

— Ma chère Margo, lui dit-il de cette voix terrible en se calant confortablement sur son siège. Vous pensiez vraiment pouvoir m'échapper ?

Un sentiment de panique, une irrépressible envie de vivre montèrent simultanément en elle, mais comment lutter contre la drogue qui circulait déjà dans ses veines, l'empêchait de parler ou de faire un geste ? Menzies se leva d'un coup et posa un doigt sur ses lèvres.

— Il est l'heure de dormir, Margo, murmura-t-il.

L'obscurité tant redoutée s'abattit sur elle, fermant ses yeux et ses pensées. L'horreur et l'incrédulité s'estompaient déjà, le simple fait de respirer était un supplice. Totalement paralysée, Margo vit dans un brouillard Menzies quitter la pièce et appeler l'infirmière. La voix de son bourreau ne tarda pas à se noyer dans la rumeur qui rugissait dans sa tête, son regard se voila définitivement, emporté par le tourbillon d'une nuit sans fin.

18

Le son et lumière était enfin installé, prêt pour le débogage. Quatre jours après la réunion avec Menzies, les derniers branchements venaient d'être effectués. Accroupi dans la Salle des Chars, Jay Lipper écoutait d'une oreille distraite les grognements et les jurons qui lui parvenaient par un trou dans le mur. C'était le troisième soir de suite qu'ils travaillaient jusqu'à l'aube et il n'en pouvait plus. L'exposition lui bouffait littéralement tout son temps. Sur le site de *Land of Darkmord*, ses copains continuaient le jeu sans lui. À l'heure qu'il était, ils étaient sûrement passés au niveau supérieur et il ne pourrait jamais rattraper son retard.

— Tu l'as ? fit la voix étouffée de DeMeo.

Lipper vit apparaître un bout de câble.

— C'est bon.

Il le tira à lui et DeMeo ne tarda pas à le rejoindre en soufflant, un rouleau de fil autour de l'épaule. Lipper lui tendit l'extrémité du câble et DeMeo le brancha à l'arrière d'un PowerBook posé sur une petite table. Plus tard, quand tout serait en place, l'ordinateur serait savamment dissimulé derrière un coffre doré recouvert de hiéroglyphes.

DeMeo épousseta les jambes de son pantalon en souriant et tendit la main à son collègue.

— Serre-m'en cinq, mon pote. On y est arrivé.

Lipper, incapable de masquer son agacement, dédaigna la main tendue. Il commençait à en avoir sa claque, de ce crétin. Les deux électriciens du Muséum avaient refusé de travailler au-delà de minuit et il se retrouvait à jouer les assistants de l'autre abruti, à quatre pattes par terre.

— On est encore loin d'avoir fini, remarqua-t-il d'une voix boudeuse.

DeMeo laissa retomber son bras.

— N'empêche qu'on a tiré les câbles et chargé le logiciel dans les temps. Je vois pas ce qu'on pourrait demander de mieux. Pas vrai, Jayce ?

Lipper mit l'ordinateur en marche, sûr que jamais la machine ne reconnaîtrait le réseau et l'ensemble des relais. Ça aurait été trop simple, sans compter que ce putain de réseau avait été câblé par DeMeo. Dieu seul savait ce qu'il avait pu fabriquer.

Lipper, inquiet, commença à envoyer des pings sur tout le réseau afin de voir combien des deux douzaines de relais seraient reconnus par le Mac, conscient qu'il lui faudrait ensuite rechercher un par un tous ceux qui manquaient. Si l'ordinateur en identifiait déjà la moitié, il pourrait se vanter d'avoir de la chance. Personne n'y pouvait rien, c'était la loi du genre.

Au fur et à mesure qu'il cliquait sur l'écran, les relais apparaissaient l'un après l'autre. Il consulta sa check-list. Si incroyable que ça puisse paraître, le réseau était opérationnel dans son intégralité. Tous les relais, tous les projecteurs et les amplis du son et lumière répondaient à l'appel, parfaitement synchronisés, comme si quelqu'un s'était déjà chargé de corriger toutes les erreurs.

Lipper vérifia à nouveau la liste. Aucun doute, tout était en place. L'incrédulité céda rapidement la place à un sentiment de jubilation. C'était la première fois de sa carrière qu'un programme aussi complexe fonctionnait du premier coup. Pas uniquement le programme, d'ailleurs. Depuis le début du projet, tout fonctionnait comme sur des roulettes. Il y avait passé ses jours et ses nuits, c'est vrai, mais un truc aussi sophistiqué aurait dû prendre nettement plus de temps. Il poussa un long soupir de soulagement.

— Qu'est-ce que ça donne ? demanda DeMeo en se plantant derrière lui pour regarder l'écran par-dessus son épaule.

Il se tenait si près que des relents d'oignon parvenaient jusqu'à Lipper.

— Tout a l'air en ordre de marche, dit-il en tentant d'échapper à l'haleine de DeMeo.

— Génial !

DeMeo marqua son enthousiasme d'un hourra assourdissant qui se répercuta à travers les salles de la tombe.

— Je suis un *champion* ! Une putain de bête informatique ! cria-t-il en dansant avec la légèreté d'un ours, les bras levés. On devrait faire un essai tout de suite, suggéra-t-il.

— J'ai une meilleure idée. Pourquoi n'irais-tu pas nous chercher des pizzas ?

DeMeo le regarda avec des yeux ronds.

— Quoi... maintenant ?!! T'as pas envie de faire un alpha-test ?

Lipper était impatient de tester le système, mais il n'avait aucune envie de le faire en présence de ce clown de DeMeo. Il avait besoin de tranquillité pour profiter pleinement de son chef-d'œuvre et il aurait donné n'importe quoi pour se débarrasser de l'autre crétin.

— On fera un alpha après avoir mangé nos pizzas. C'est moi qui régale.

DeMeo l'observait d'un air dubitatif.

— Très bien, dit-il enfin. Qu'est-ce que tu veux sur la tienne ?

— Prends-moi une Napolitaine avec un thé glacé extra-large.

— Je sens que je vais me prendre une Hawaïenne jambon au miel avec double dose d'ail et d'ananas, le tout arrosé de deux Dr. Pepper.

Quel con... comme si Lipper en avait quelque chose à foutre de ses goûts en matière de pizza. L'informaticien tira deux billets de vingt dollars de son portefeuille et les tendit à DeMeo.

— Merci, vieux.

Quelques instants plus tard, la silhouette épaisse du technicien disparaissait en haut des marches, avalée par l'obscurité.

Lipper soupira d'aise dans le silence retrouvé. Avec un peu de chance, l'autre crétin se ferait peut-être écraser par un bus...

Et, comme l'espoir fait vivre, Lipper recentra son attention sur l'écran en se frottant les mains. Cliquant sur les périphériques l'un après l'autre, il s'assura que tout fonctionnait normalement, plus que jamais étonné de ne pas rencontrer le moindre bogue. En dépit de ses vannes à la con, DeMeo avait assuré comme une bête.

Lipper s'arrêta soudain, les sourcils froncés. L'icône d'un logiciel faisait des bonds sur le dock. De façon incompréhensible, le son et lumière s'était enclenché automatiquement alors qu'il l'avait au contraire programmé pour être activé manuellement. Du moins, pendant l'alpha-test, histoire de vérifier successivement chacun des modules.

Il y avait donc un pépin malgré tout. Aucune importance, il verrait ça plus tard. Comme le logiciel avait démarré tout seul et que tout était prêt, des écrans aux fumigènes, autant voir si tout fonctionnait correctement.

Il soupira de satisfaction une nouvelle fois, savourant le silence. Il allait appuyer sur la touche de démarrage lorsqu'il entendit un bruit provenant des profondeurs de la tombe, peut-être de la Chambre de la Vérité. Ou bien alors de la chambre funéraire. Ce n'était pas DeMeo puisqu'il était parti de l'autre côté. En plus, il en avait au moins pour une demi-heure avec ses pizzas, peut-être même quarante minutes.

Il devait s'agir d'un gardien.

Le bruit se répéta. Un frottement étrange, comme si quelqu'un ou quelque chose courait. Ça ne pouvait pas être un gardien. Une souris, peut-être ?

Lipper se leva, perplexe. Ce n'était sans doute rien. Voilà qu'il se laissait gagner par ces histoires de malédiction colportées par les gardiens. C'était sûrement une souris. D'ailleurs, il y avait tellement de souris dans ces sous-sols que les services d'entretien du Muséum avaient disposé des pièges à glu un peu partout. Pourvu qu'un rongeur ne se soit pas introduit dans la tombe par l'un des trous de DeMeo, il suffirait qu'il grignote un câble pour tout faire sauter. En cas de panne, il faudrait des heures, voire des jours, pour tout vérifier, centimètre par centimètre.

À nouveau le même bruit, comme une rafale de vent dans un tas de feuilles mortes. Veillant à laisser les lumières baissées, Lipper prit le manteau de DeMeo pour le jeter sur la souris si c'en était une et se dirigea à pas de loup vers la chambre funéraire.

Gêné par les pizzas, Teddy DeMeo fouilla ses poches à la recherche de sa carte magnétique et la glissa dans la fente du nouveau portier électronique menant à la galerie égyptienne. Ces vacheries de pizzas étaient froides, tout ça à cause des gardiens qui avaient mis une éternité à le laisser passer à l'entrée alors qu'ils l'avaient déjà fouillé vingt-cinq minutes plus tôt. Quelle bande de crétins...

La porte se referma derrière lui dans un soupir et il se dirigea vers l'entrée de la tombe qu'il trouva fermée.

Surpris, il se demanda un instant si Lipper n'aurait pas lancé le test sans lui. Mais non, Lipper était un drôle d'artiste et il avait un caractère de chiotte, mais ce n'était pas un mauvais cheval.

DeMeo introduisit sa carte et la porte s'entrouvrit avec un clic. Les pizzas et les boissons en équilibre instable, il glissa un coude dans l'entrebâillement et tira le battant à lui. Quelques instants plus tard, la porte se refermait dans son dos.

Les lumières avaient été baissées au niveau 1, comme après un essai, et DeMeo fut assailli par un nouveau soupçon.

— Hé, Jayce ! appela-t-il. Livraison de pizzas !

L'écho de sa voix résonna longtemps à l'intérieur de la tombe.

— Jayce !

Il descendit les marches, remonta le couloir et s'arrêta au bord du pont placé au-dessus du puits.

— Jayce ! Pizzas !

Personne ne répondit. Non, jamais Lipper n'aurait testé le système pendant son absence. Pas après toutes ces heures passées ensemble, il n'était pas assez salaud pour ça. Si ça se trouve, il avait enfilé ses écouteurs pour vérifier une plage sonore ou un truc du même style. Ou alors il écoutait de la musique sur son iPod, comme ça lui arrivait souvent. DeMeo traversa le pont et pénétra dans le PC provisoire installé dans la Salle des Chars.

Au même moment, il crut entendre un bruit de pas dans le lointain. Ou quelque chose qui ressemblait à un bruit de pas, avec un battement bizarre. On aurait dit que ça venait des profondeurs de la tombe, et même de la chambre funéraire.

— C'est toi, Jayce ?

DeMeo ressentit pour la première fois quelque chose qui ressemblait à de la peur. Il posa les pizzas sur la table et effectua quelques pas en direction de la Salle de la Vérité. L'éclairage était réglé sur le niveau 1, comme partout ailleurs, et on n'y voyait pas grand-chose.

Il fit demi-tour et retourna jusqu'au pupitre afin de voir ce que disait l'ordinateur. Le Mac était allumé, le logiciel en stand-by. Il déplaça la souris jusqu'à l'icône du système d'éclairage en essayant de se souvenir comment ça marchait. Lipper l'avait fait des centaines de fois devant lui, mais il n'y avait jamais prêté beaucoup d'attention. Une série de curseurs s'alignaient sur la fenêtre ouverte et il cliqua sur celui de la Salle des Chars.

Saloperie ! Les lumières se mirent à baisser, plongeant les statues et les bas-reliefs dans une obscurité quasi totale. Il s'empressa de remonter le curseur et la lumière revint, puis il s'appliqua à faire de même avec les autres curseurs.

Il se retourna d'un bloc en entendant un coup sourd dans son dos.

— Jayce ?

Aucun doute, le bruit venait de la chambre funéraire.

DeMeo éclata de rire.

— Allez, Jayce, arrête tes conneries. Les pizzas sont prêtes.

Le même bruit se répéta, un long frottement suivi d'un coup sourd, comme quelqu'un qui traînait la patte... *ffffft-boum. ffffft-boum.*

— Tu veux me faire le coup de *La Malédiction de la momie*, c'est ça ? Ha, ha, très drôle.

Pas de réponse.

DeMeo se dirigea vers la Salle de la Vérité, un grand sourire aux lèvres, tout en évitant soigneusement de regarder la silhouette accroupie de Ammout, cette espèce de dieu dévoreur de cœurs humains, avec sa tête de crocodile et sa crinière de lion, qui lui foutait encore plus la trouille que le reste de cette putain de tombe.

Il s'arrêta un instant face à l'entrée de la chambre funéraire.

— Tu sais que t'es un petit rigolo, Jayce ?

Il s'attendait à ce que l'autre éclate de rire en surgissant de derrière un pilier, mais rien ne se produisit. La gorge serrée, il coula un regard prudent à l'intérieur de la pièce.

Elle était vide. Les autres issues de la chambre funéraire étaient plongées dans le noir, ce qui était normal puisque l'éclairage des pièces voisines n'était pas piloté par ordinateur. Lipper s'était sûrement caché dans l'une de ces salles, décidé à lui foutre la trouille.

— Allez, Jayce, c'est bon. Les pizzas vont être complètement froides.

Les lumières s'éteignirent brusquement.

— Hé !

DeMeo se retourna d'un bloc, mais le couloir faisait un coude après la Salle de la Vérité, et la Salle des Chars était trop éloignée pour qu'il puisse apercevoir ses lumières, ou même la lueur rassurante de l'écran du Mac.

Il se retourna de nouveau en entendant tout près le même pas traînant.

— Jay, c'est pas drôle.

Il voulut prendre sa lampe de poche, mais il avait dû l'oublier sur la table. À bien y réfléchir, il aurait tout de même dû entrevoir la lueur bleutée de l'écran. L'obscurité était totale et il pensa à une panne d'électricité.

— Écoute, Jay, arrête tes conneries, je rigole plus.

Il tenta de rebrousser chemin dans le noir, se cogna contre un pilier qu'il contourna en direction de l'escalier.

ffffft-boum... ffffft-boum...

— Jay, putain ! C'est pas drôle !

Au moment où il s'y attendait le moins, il reconnut le bruit caractéristique d'une respiration rauque tout près de lui. Presque un sifflement haineux.

— Oh, putain !

DeMeo fit un pas en arrière et donna un grand coup de poing dans le vide. Sa main rencontra quelque chose qui recula sous le choc avec le même sifflement de serpent.

— Arrête ! Arrête !

Il entendit la chose se ruer sur lui en même temps qu'il ressentait le choc. Il voulut s'écarter, mais une douleur violente l'en empêcha. Un coup de couteau en pleine poitrine. Il tomba en arrière en hurlant. Quelque chose de lourd et de froid le prit à la gorge, l'étouffant de tout son poids. Il voulut se débattre, les os de son cou craquèrent avec un bruit sinistre, il entrevit un ultime éclair d'un jaune pisseux, et puis plus rien.

19

La bibliothèque de la vieille demeure de l'inspecteur Pendergast sur Riverside Drive était le dernier endroit où l'on aurait pu s'attendre à découvrir un tel désordre. Les tables et les chaises débordaient de papiers divers, jusqu'au plancher couvert de schémas et de plans. Une demi-douzaine de *paperboards* complétaient le tableau, sur lesquels s'étalaient des dessins et des cartes. La surveillance effectuée à Herkmoor quelques nuits auparavant se trouvait à présent complétée par un dispositif infiniment plus sophistiqué, réalisé à l'aide d'images satellitaires transmises par radar. Des caisses s'alignaient le long des murs, pleines de données piratées sur le réseau informatique de Herkmoor et de photographies aériennes de la prison.

Eli Glinn, immobile dans sa chaise roulante, trônait au centre de ce chaos organisé et dirigeait la manœuvre de sa voix monocorde. Il avait entamé la réunion par une analyse extrêmement détaillée de la centrale technique de Herkmoor et, plus généralement, des mesures de sécurité du pénitencier. D'Agosta n'avait pas besoin qu'on lui fasse un dessin : s'il y avait bien une prison dont on ne s'évadait pas, c'était Herkmoor. Aux enceintes et postes de garde traditionnels s'ajoutaient des équipements high-tech : un quadrillage à rayons laser de chaque point d'entrée, des centaines de caméras numériques, ainsi qu'un réseau de capteurs sonores passifs installés dans les murs et le sol, susceptibles de détecter n'importe quel bruit anormal, qu'il s'agisse d'un détenu en train de creuser un tunnel ou de marcher sur la pointe des pieds. En outre, chaque prisonnier portait à la cheville un bracelet électronique équipé d'un GPS de façon à pouvoir suivre chacun de ses mouvements depuis une unité de contrôle centrale. Si quelqu'un s'avisait de couper le bracelet, un signal d'alarme se déclenchait automatiquement, actionnant le bouclage de tous les bâtiments.

Du point de vue de D'Agosta, Herkmoor était une forteresse parfaitement hermétique.

Glinn continuait néanmoins à exposer son plan d'évasion et D'Agosta bouillait intérieurement. Non seulement l'idée de Glinn était simpliste et inepte, mais tout reposait sur D'Agosta, et lui seul.

Le lieutenant fit le tour de la pièce du regard, impatient que l'autre achève son exposé. Wren les avait rejoints un peu plus tôt dans la soirée, armé d'une série de plans architecturaux de la prison « empruntés » à la bibliothèque municipale de New York, et il s'était installé près de Constance Greene. Avec ses yeux clairs et son teint diaphane, plus pâle encore que celui de Pendergast, on aurait dit un monstre des cavernes.

Les yeux de D'Agosta se posèrent sur Constance. Elle était assise à une petite table en face de Wren, une pile d'ouvrages devant elle, et elle écoutait sagement Glinn en prenant des notes. Elle portait une robe noire austère, fermée dans le dos par une rangée de boutons de nacre, de la nuque aux reins. D'Agosta se demanda qui avait bien pu l'aider à fermer sa robe. Plus d'une fois, il l'avait surprise en train de se caresser machinalement la main, ou bien les yeux perdus dans les flammes de la cheminée, perdue dans ses pensées.

Elle est probablement aussi sceptique que moi, se dit-il. En l'absence de Proctor, disparu pour des raisons qui lui étaient inconnues, ils formaient un quatuor particulièrement improbable pour exécuter une tâche aussi ardue. D'Agosta n'avait jamais beaucoup aimé Glinn dont il détestait l'arrogance et il se demanda si, pour une fois, il ne s'attaquait pas à plus fort que lui en cherchant la faille à Herkmoor.

Glinn se tourna vers D'Agosta.

— Des commentaires ou des questions, lieutenant ?

— Un commentaire, oui. Votre plan est complètement cinglé.

— J'aurais dû formuler ma question différemment. Avez-vous des commentaires *utiles* à faire ?

— Parce que vous croyez peut-être que je peux arriver là, faire mon petit numéro et m'en tirer sans une égratignure ? Je ne sais pas si vous êtes au courant, mais il s'agit du pénitencier de Herkmoor. Avec un plan comme ça, j'aurai de la chance si je ne me retrouve pas dans la cellule voisine de celle de Pendergast.

Glinn restait imperturbable.

— Tant que vous vous en tenez au scénario, tout fonctionnera comme prévu et vous vous en tirerez sans une égratignure, comme vous dites. Toutes les éventualités ont été envisagées. Nous savons exactement quelle sera la réaction des gardiens et du personnel de la prison face au problème que vous allez leur poser.

Glinn étira ses lèvres minces en un sourire sans joie.

— Voyez-vous, c'est précisément là que réside le point faible de Herkmoor. Sans parler de ces bracelets GPS qui permettent de savoir où se trouve chacun des détenus à tout moment. Une invention particulièrement idiote.

— Vous ne pensez vraiment pas que ça risque de leur mettre la puce à l'oreille, si je me pointe là-bas et que je leur fais tout ce cinéma ?

— Pas si vous vous en tenez au scénario et que vous vous entraînez convenablement.

— Un entraînement ? Quel entraînement ?

— J'y viendrai dans un instant.

D'Agosta sentit une bouffée de colère monter en lui.

— Je suis désolé de vous le faire remarquer, mais votre plan ne vaudra pas un clou une fois que je serai à l'intérieur. Malgré toutes vos théories, les gens sont imprévisibles par nature. Vous ne pouvez pas savoir comment ils vont réagir.

Glinn posa sur lui un regard terne.

— Excusez-moi de vous contredire, lieutenant, mais les êtres humains sont désespérément prévisibles, au contraire. Tout particulièrement dans un environnement tel que Herkmoor, où le comportement de chacun est planifié dans ses moindres détails. Ce plan vous paraît sans doute très simple, et même idiot, mais c'est là notre meilleur atout.

— En attendant, je vais me retrouver dans une merde encore pire que celle dans laquelle je suis déjà.

Se souvenant de la présence de Constance, D'Agosta se mordit la langue, mais la jeune femme regardait le feu fixement et le gros mot lui avait apparemment échappé.

— Nous ne connaissons jamais l'échec, répondit Glinn avec le même calme énervant. C'est notre garantie. Contentez-vous de suivre les instructions, lieutenant.

— Je vais vous dire ce qu'il nous faudrait : quelqu'un à l'intérieur de la prison. Ne me dites pas qu'il n'y a aucun moyen de s'assurer la complicité d'un gardien quelconque, en le faisant chanter si nécessaire. Croyez-en mon expérience, les gardiens de prison sont loin d'être des saints.

— Pas ceux-là. Il serait au contraire très dangereux de tenter d'acheter l'un d'eux.

Glinn fit rouler sa chaise jusqu'à une table.

— Cela vous rassurerait-il si je vous disais que nous avons quelqu'un à l'intérieur ?

— Vous voulez rire ? Bien sûr !

— Cela suffirait-il à faire taire vos doutes ?

— Si votre homme est quelqu'un de fiable, oui.

— Je suis convaincu que notre complice sera irréprochable à vos yeux.

Sur ces mots, Glinn prit une feuille de papier qu'il tendit à D'Agosta.

Le lieutenant y jeta un coup d'œil. Il s'agissait d'une longue liste de chiffres et d'heures.

— Qu'est-ce que c'est ? demanda-t-il.

— Ce sont les horaires des patrouilles chargées de garder les prisonniers à l'isolement entre dix heures du soir et six heures du matin. Et ce n'est qu'une petite partie des informations dont nous disposons.

— Comment avez-vous fait pour vous procurer ça ? demanda D'Agosta, les yeux écarquillés.

Glinn lui adressa un sourire. Si l'on pouvait qualifier de sourire le léger mouvement qui étirait les lèvres de l'étrange personnage.

— Notre complice à l'intérieur de la prison.

— Et je peux savoir de qui il s'agit ?

— C'est quelqu'un que vous connaissez bien.

D'Agosta ne cherchait plus à contenir son étonnement.

— Tout de même pas...

— Mais si, lieutenant. L'inspecteur Pendergast en personne.

D'Agosta se laissa tomber sur une chaise.

— Comment a-t-il fait pour vous faire parvenir ces informations ?

Cette fois, un vrai sourire illumina les traits de Glinn.

— Mais enfin, lieutenant, vous ne vous en souvenez pas ? C'est *vous* qui nous les avez transmises.

— Moi ? !!

Glinn saisit une boîte en plastique qu'il posa sur la table. D'Agosta se pencha en avant et reconnut quelques-uns des déchets ramassés lors de son expédition nocturne, notamment des emballages de chewing-gum et des bouts de tissu soigneusement séchés, étalés entre deux feuilles de plastique transparent. En regardant de plus près, il distingua des signes à peine lisibles.

— Comme la plupart des anciennes cellules de Herkmoor, celle de Pendergast n'est pas reliée au tout-à-l'égout. Ses eaux usées rejoignent un bassin de rétention, situé à l'extérieur de l'enceinte, qui se jette à son tour dans le ruisseau. Il suffit à Pendergast d'écrire les informations qu'il souhaite nous transmettre sur de vieux papiers ou des morceaux de tissu avant de les évacuer. Simple et efficace. Nous avons découvert cette faille dans le système de Herkmoor en apprenant que les services de l'environnement avaient récemment porté plainte contre la direction du pénitencier pour non-respect de la législation sur la qualité de l'eau.

— Avec quoi peut-il écrire ? Je vois mal les autorités de la prison lui laisser son stylo.

— Très franchement, je n'ai pas la réponse à votre question.

D'Agosta réfléchit quelques instants avant de poursuivre.

— Vous étiez donc sûr qu'il chercherait à entrer en communication avec nous, dit-il d'une voix douce.

— Naturellement.

D'Agosta n'était pas prêt à se l'avouer, mais il était impressionné.

— Si seulement on pouvait lui répondre, dit-il à regret.

Une lueur d'amusement s'alluma dans le regard de Glinn.

— Rien n'a été plus simple une fois que nous avons su dans quelle cellule il était enfermé.

La conversation entre les deux hommes fut interrompue par un couinement étrange. D'Agosta tourna la tête et vit Constance ramasser sur le tapis une petite souris blanche manifestement tombée de sa poche. La jeune femme tenta de calmer l'animal avec des paroles douces en la caressant, puis elle la remit dans sa cachette. Dans le silence qui s'était installé, elle leva les yeux et rougit en constatant que tout le monde la regardait.

— Quel charmant petit animal, finit par dire Wren. Je ne vous connaissais pas cette passion pour les souris.

Constance lui répondit par un sourire crispé.

— Où l'avez-vous trouvée ? insista Wren de sa voix aiguë.

— Je... je l'ai trouvée au sous-sol.

— Vraiment ?

— Oui, elle se promenait au milieu des collections.

— C'est curieux. Cette petite bête n'a pas l'air bien sauvage, et puis les souris blanches ne se promènent pas comme ça dans la nature.

— Sans doute s'agit-il d'une souris domestique qui se sera perdue, répliqua-t-elle en se levant, agacée. Vous ne m'en voudrez pas, mais je suis fatiguée. Bonne nuit.

Son départ fut suivi d'un silence que Glinn se décida enfin à rompre.

— J'ai trouvé dans ces papiers un autre message de Pendergast, dit-il à voix basse. Un message urgent, sans rapport aucun avec notre affaire.

— À quel propos ?

— Au sujet de cette jeune personne. Il vous suggérait, monsieur Wren, de la surveiller pendant la journée. Lorsque vous ne dormez pas, naturellement. Il vous demandait de veiller tout particulièrement à ce qu'elle ne quitte pas la maison pendant votre absence, lorsque vous partez travailler.

— Mais bien sûr ! s'exclama Wren, ravi. Je m'acquitterai de cette tâche avec le plus grand plaisir.

Glinn posa les yeux sur D'Agosta.

— Il sait que vous dormez ici, mais il vous demande de vous assurer régulièrement de ses faits et gestes dans la journée, même pendant vos heures de service.

— On dirait qu'il est inquiet.

— Extrêmement inquiet.

Glinn se tut, puis il ouvrit un tiroir dont il sortit plusieurs objets : une flasque de bourbon, un Flash Drive d'ordinateur, un rouleau de gaffeur, une feuille de Mylar réfléchissante, une capsule contenant un liquide brun indéfinissable, une seringue hypodermique, une petite pince coupante, un stylo et une carte de crédit.

— À présent, lieutenant, il s'agit de vous entraîner en vue de ce qui vous attend à Herkmoor...

La séance de travail terminée et les accessoires soigneusement rangés, D'Agosta raccompagnait Glinn et Wren jusqu'à l'entrée de la vieille demeure lorsque le vieux bibliothécaire le prit à part.

— J'ai quelque chose à vous dire, murmura-t-il en tirant D'Agosta par la manche.

— De quoi s'agit-il ? s'enquit le lieutenant.

— Lieutenant, lui glissa-t-il à l'oreille. Vous n'êtes pas au courant des... des *détails* du passé de Constance. Je dirai simplement que son histoire est plutôt... inhabituelle.

D'Agosta hésita, surpris par l'agitation dont faisait preuve son curieux interlocuteur.

— Bon, et alors ?

— Je connais bien Constance, pour être celui qui a découvert sa présence dans cette maison où elle se tenait terrée. Elle s'est toujours montrée scrupuleusement honnête à mon endroit. Parfois trop, d'ailleurs. Mais ce soir, pour la première fois, elle m'a menti.

— Au sujet de cette souris blanche ?

Wren acquiesça.

— Je ne sais pas ce que cela signifie, mais je suis convaincu qu'elle est en danger. Psychiquement parlant, Constance est un château de cartes qu'un souffle de vent suffirait à balayer. Il nous faut la surveiller de très près.

— Merci de m'en avoir parlé, monsieur Wren. Je ferai tout mon possible.

Wren regarda longuement D'Agosta au fond des yeux, puis il hocha la tête, lui serra furtivement les doigts d'une main osseuse et disparut dans la nuit.

20

Le détenu connu sous le nom de A était assis sur sa couchette de la cellule 44, dans les entrailles du Centre fédéral de détention de Herkmoor. Une cellule monacale de deux mètres cinquante sur trois, aux murs blanchis à la chaux et au sol cimenté percé d'un trou, équipée d'une cuvette de WC, d'un lavabo, d'un radiateur et d'une couchette étroite. La pièce était éclairée par un néon installé dans un renfoncement du plafond et protégé par un grillage. Aucun interrupteur : le néon s'allumait à six heures du matin et s'éteignait à dix heures du soir. L'unique fenêtre, une meurtrière de cinq centimètres de large sur quarante de haut, s'ouvrait tout en haut du mur extérieur.

Le prisonnier, vêtu d'une combinaison grise soigneusement repassée, se tenait immobile depuis des heures. Son visage d'une pâleur extrême était sans expression, ses yeux bleu argenté à demi filtrés par ses paupières, ses cheveux d'un blond presque blanc coiffés en arrière. Le regard fixe, il écoutait attentivement les rythmes filtrant de la cellule voisine.

Une rumeur d'une extraordinaire complexité rythmique qui montait et descendait, accélérait et ralentissait, se déplaçait du lit au matelas, parcourait les murs, la cuvette des toilettes, le lavabo et les barreaux de la fenêtre avant de recommencer. À cet instant précis, le détenu de la cellule 45 frappait en rythme les montants métalliques du lit, insérant çà et là des roulements étouffés sur la paillasse tout en multipliant les bruits de bouche et les claquements de langue. Les rythmes se diffusaient à travers l'espace en pleins et en déliés, passant d'un *staccato* frénétique à un *shuffle* paresseux. Parfois, le détenu donnait l'impression de s'arrêter, jusqu'à ce que la pulsation lente d'un *ostinato* apporte la preuve qu'il n'en était rien.

Un spécialiste n'aurait pas manqué de s'extasier sur l'extraordinaire diversité de ces figures rythmiques : il aurait reconnu un *kassagbe* congolais suivi d'un funk lent qui finissait par se transformer en pop'n lock avant de se métamorphoser successivement en *shakeout*, en *worm-hole*, en *glam*. Au moment où l'on pouvait croire qu'il concluait sur un riff electroclash, le détenu de la cellule 45 enchaînait avec une figure eurostomp avant de se lancer dans une acrobatie hip-hop ponctuée par un rythme tom club. Le temps d'un bref silence et le back beat caractéristique d'un Chicago blues lent prenait le relais, suivi de figures plus ou moins obscures qui s'entrelaçaient à l'infini.

En dépit de l'étendue de sa culture, le détenu A ne connaissait rien aux rythmes, ce qui ne l'empêchait pas de se passionner pour ce qu'il entendait.

Finalement, à une demi-heure de l'extinction des feux, le détenu A sortit brusquement de son immobilisme. Se tournant légèrement, il frappa la tête de lit d'un doigt prudent, puis il répéta son geste, exécutant un simple rythme 4/4. Après quelques minutes de ce régime, il décida d'apporter quelques touches de couleur à son martèlement en frappant à tour de rôle le matelas, le mur et le lavabo avant de revenir à la tête de lit. Tout en continuant à marquer les temps de la main gauche, il s'aventura à des variations rythmiques à l'aide de l'index droit, sans jamais cesser de se concentrer sur les improvisations virtuoses de son voisin de cellule.

À dix heures précises, le néon s'éteignit, plongeant la cellule 44 dans le noir. Une heure s'écoula, puis une autre, jusqu'à ce que le détenu A finisse par opérer quelques modifications subtiles dans son jeu. Toujours sous la direction de son voisin, il s'aventura à introduire une syncope ici et un rythme 3/2 là. Son accompagnement s'insérait à présent en complément de la trame rythmique dense en provenance de la cellule voisine, sur laquelle il calquait invariablement son tempo.

Il était minuit passé et les deux détenus se répondaient dans un ensemble parfait. Le détenu A, persuadé depuis toujours que la batterie était un instrument fruste et primitif, découvrait sa richesse avec un plaisir non dissimulé. Par leur complexité et leur précision mathématique, les rythmes lui offraient un moyen inattendu d'échapper à la réalité sinistre de sa cellule. Guidé par son voisin, poussé par la curiosité de figures toujours plus sophistiquées, il se laissait emporter par le rythme.

Les rares autres détenus placés à l'isolement dormaient depuis longtemps à l'autre bout du couloir, mais les occupants des cellules 44 et 45 ne donnaient aucun signe d'épuisement. Grâce à ses explorations rythmiques, le détenu A parvenait au but qu'il s'était fixé : mieux comprendre les troubles mentaux dont souffrait son voisin. Des troubles indicibles, trop éloignés du langage pour que la psychiatrie, ou même la chimie, puissent les pénétrer.

À force de suivre et de reproduire les rythmes complexes du batteur, le détenu de la cellule 44 s'immisçait peu à peu dans l'univers de son compagnon. Il commençait même à le comprendre, à pénétrer les raisons qui le poussaient à s'enfermer dans un tel monde. Lentement, avec prudence, le détenu A entreprit alors de modifier légèrement le rythme afin de voir s'il lui était possible d'inverser les rôles en entraînant l'autre à sa suite. La réussite de cette première expérience l'autorisait à présent à changer de tempo. Il s'agissait d'agir avec délicatesse, de ne jamais rien brusquer, d'introduire des modifications calculées dans l'espoir de parvenir au résultat qu'il espérait.

En l'espace d'une heure, le rapport qui s'était établi naturellement entre les deux détenus commençait à se modifier. Sans même s'en apercevoir, le batteur ne dirigeait plus la manœuvre et suivait son voisin.

Le détenu A changeait constamment de tempo, accélérant et ralentissant de façon à peine perceptible, décidé à s'assurer qu'il avait bien la main. Avec mille précautions, il s'appliqua alors à ralentir la cadence, par petites touches, veillant à intercaler régulièrement des moments d'accélération à l'aide de figures et de breaks empruntés à son voisin, jusqu'à obtenir un rythme lent et paresseux qui finit par s'éteindre.

Après avoir tenté en vain de le faire repartir, le détenu de la cellule 45 s'arrêta également.

Au terme d'un long silence, une voix rauque traversa le mur.

— Qui… qui êtes-vous ?

— Je m'appelle Aloysius Pendergast, lui répondit le détenu A. Enchanté de faire votre connaissance.

Une heure plus tard, le silence avait enfin repris ses droits. Allongé sur sa couchette, les paupières fermées, Pendergast ne dormait pas. Soudain, il ouvrit les yeux et regarda le cadran faiblement éclairé de sa montre, le seul bien que la loi autorisait les détenus à conserver. Quatre heures moins deux. Les yeux toujours ouverts, il attendit. À quatre heures très précises, un point vert se mit à danser sur le mur de sa cellule avant de s'immobiliser. Pendergast reconnut sans peine le rayon d'un laser vert DPSS 532nm, un module sophistiqué dirigé sur l'ouverture de sa cellule depuis une cachette à l'extérieur de l'enceinte de la prison.

En s'immobilisant, le point vert s'était mis à clignoter, composant un code que l'émetteur répéta à quatre reprises afin d'attirer l'attention de Pendergast. Le temps d'une pause et la transmission proprement dite commença.

MESSAGE REÇU.

CHERCHONS ENCORE MEILLEUR MOYEN D'ENTRER

CHANGEMENT DE LIEU PEUT-ÊTRE NÉCESSAIRE POUR VOUS

VOUS TIENDRONS AU COURANT TRÈS VITE

QUELQUES QUESTIONS-RÉPONDEZ PAR LA VOIE HABITUELLE

AVONS BESOIN DESCRIPTION ET HORAIRES PROMENADE

AVONS BESOIN ÉCHANTILLONS UNIFORMES GARDIENS, PANTALON ET CHEMISE

D'autres demandes suivaient, parfois étranges, que Pendergast enregistrait mentalement au fur et à mesure.

La dernière question le fit néanmoins sursauter.

ÊTES-VOUS PRÊT À TUER ?

Le point vert s'éteignit sur ces mots inquiétants. Pendergast s'assit sur sa couchette et extirpa de son matelas un morceau de tissu et une tranche de citron subtilisée lors d'un repas. Il retira l'une de ses chaussures, s'approcha du lavabo, fit couler l'eau en veillant à ce que quelques gouttes tombent dans le réceptacle à savon et humidifia sa chaussure, puis il pressa le citron au-dessus de l'eau. À l'aide du morceau de tissu, il préleva sur le cuir de la chaussure un peu de cirage qu'il mélangea à l'eau afin d'obtenir un liquide sombre. Il s'arrêta, le temps de s'assurer que personne ne le surveillait dans le noir, puis il défit son lit et arracha une bande de toile au pied du drap et l'étala sur le rebord du lavabo. Il retira l'un de ses lacets dont l'extrémité métallique avait été préalablement taillée en pointe et trempa celle-ci dans le liquide avant de rédiger ses réponses d'une écriture minuscule sur la bande de tissu.

À cinq heures moins le quart, le message était prêt. Il posa la bande de toile sur le radiateur pour la faire sécher, faisant apparaître le message, puis il la roula en boule. Au dernier moment, il la déplia à nouveau et ajouta une dernière recommandation : « Continuez à veiller sur Constance. Et ayez confiance, mon cher Vincent. »

Il reposa le morceau de coton sur le radiateur, attendit qu'il soit à nouveau sec, le roula et le glissa dans le trou qui s'ouvrait au milieu de sa cellule. Enfin, il remplit au lavabo sa petite poubelle dont il déversa le contenu dans le trou et recommença l'opération une dizaine de fois.

Il lui restait une heure. S'allongeant sur le lit, il croisa les mains sur sa poitrine et s'endormit instantanément.

21

Mary Johnson franchit la grande porte de la galerie des antiquités égyptiennes et pénétra dans l'exposition plongée dans le noir, cherchant à tâtons la rangée d'interrupteurs. Ces derniers temps, les techniciens travaillaient tard à l'aménagement de la tombe, mais il était six heures et il n'y aurait plus personne. Mary arrivait toujours la première le matin, c'était à elle que revenait la tâche d'ouvrir l'exposition, d'allumer les lumières et de veiller à ce que tout soit prêt pour l'arrivée des ouvriers.

Elle trouva enfin les interrupteurs qu'elle bascula d'un index boudiné. Des dizaines de vieilles lampes en cuivre s'allumèrent, baignant la galerie en réfection dans une lumière ouatée. Elle s'immobilisa un instant, les poings sur ses hanches larges, et s'assura que tout était en ordre avant de s'avancer, un trousseau de clés à la main, son énorme popotin ondulant au rythme des vieux hymnes disco qu'elle chantonnait en permanence. Le cliquetis des clés, le martèlement de ses talons et sa voix criarde se répercutaient à travers le grand hall, tissant autour d'elle un cocon de bruit rassurant qui l'aidait à affronter la solitude des petites heures du matin depuis trente ans qu'elle faisait ce métier.

Elle pénétra dans l'annexe, alluma les lumières, traversa la pièce et glissa sa carte magnétique dans la serrure électronique nouvellement installée à l'entrée du tombeau de Senef. Le verrou se désengagea et les portes coulissèrent en bourdonnant. Mary fronça les sourcils. La tombe était éclairée comme en plein jour alors qu'elle aurait dû se trouver plongée dans l'obscurité.

Ces idiots de techniciens auront oublié d'éteindre en partant.

Elle s'arrêta sur le seuil. Rejetant la tête en arrière d'un mouvement décidé, elle refusa de se laisser impressionner. Certains gardiens dont les parents travaillaient au Muséum avant la guerre avaient bien fait allusion à une malédiction, affirmant que la tombe n'avait pas été condamnée pour rien et que c'était une erreur de vouloir la rouvrir. Mais quelle tombe égyptienne n'était pas maudite ? Mary Johnson avait toujours mis un point d'honneur à faire son boulot sans se poser de questions. *Dites-moi ce que je dois faire et je le ferai sans rechigner.*

Malédiction, mon cul.

Elle émit un petit gloussement et s'engagea en fredonnant dans l'escalier conduisant au tombeau.

Stayin' alive, stayin' alive...

Elle traversa le petit pont jeté au-dessus du puits, faisant craquer les planches sous son poids, et pénétra dans la salle suivante. C'est là que les informaticiens avaient installé tout leur matériel et Mary veilla à ne pas se prendre les pieds dans les câbles qui zigzaguaient sur le sol. Elle posa un regard réprobateur sur les boîtes de pizza grasses abandonnées sur une table, les canettes de Coca et les emballages de barres en chocolat qui traînaient. Bah ! Après tout, ce n'était pas son problème, mais celui des équipes de nettoyage.

Depuis trente ans qu'elle travaillait au Muséum, Mary avait tout vu, ou presque. Elle avait travaillé sous plusieurs directeurs successifs, connu l'époque des meurtres du musée et celle des meurtres du métro, la disparition mystérieuse du professeur Frock, l'assassinat du vieux monsieur Puck, l'agression de Margo Green. Être employée dans le plus grand musée du monde n'était pas toujours de la tarte, mais elle avait une bonne assurance maladie et la garantie d'une retraite correcte. Sans parler du prestige attaché à une telle institution.

Elle traversa la Salle des Chars et passa la tête dans la chambre funéraire. Tout avait l'air normal. Elle allait rebrousser chemin lorsqu'une odeur nauséabonde lui chatouilla les narines. Elle fronça machinalement le nez, perplexe, avant d'apercevoir une flaque au pied d'un pilier.

Elle saisit sa radio sans attendre.

— Mary Johnson pour Central. Vous me recevez ?

— Central bien reçu, Mary.

— J'ai besoin d'une équipe de nettoyage dans le tombeau de Senef. C'est pour la chambre funéraire.

— Qu'est-ce que c'est ?

— Quelqu'un a vomi par terre.

— Putain. J'espère au moins que c'est pas encore les gardiens de nuit.

— Va savoir ? Ou alors les techniciens qui ont fait la fête.

— Très bien, j'envoie une équipe de nettoyage.

Mary Johnson éteignit sa radio et décida de faire rapidement le tour de la pièce. D'expérience, elle savait qu'une tache de vomi est rarement isolée, alors, autant se préparer au pire. Elle marchait vite en dépit de son embonpoint et se trouvait à mi-parcours lorsqu'elle glissa et s'étala sur le sol.

— Vacherie !

Elle ne s'était pas fait mal, mais elle resta un moment assise, secouée par sa mésaventure. Elle avait glissé dans une flaque sombre qui exhalait une odeur acide. En regardant ses mains, elle s'aperçut qu'elles étaient couvertes de sang.

— Seigneur Jésus !

Elle se releva péniblement, cherchant des yeux quelque chose pour s'essuyer les mains. En désespoir de cause, elle les frotta contre son pantalon déjà taché et décrocha à nouveau sa radio.

— Johnson pour Central. Vous me recevez ?

— Cinq sur cinq.

— Je viens de tomber sur une flaque de sang.

— Qu'est-ce que vous dites ? Une flaque de *sang* ? Beaucoup ?

— Pas mal, oui.

Un silence gêné accueillit sa réponse. Des traces sanglantes partaient de la flaque en direction de l'énorme sarcophage de granit posé au milieu de la pièce. Une large traînée de sang maculait les hiéroglyphes, comme si quelque chose de lourd avait été hissé le long du sarcophage avant d'y être déposé.

Mary n'avait pas la moindre envie de regarder à l'intérieur mais, poussée par quelque chose de plus fort qu'elle, elle s'approcha lentement. Le haut-parleur de sa radio la rappela à la réalité.

— Pas mal? fit la voix du préposé au central. Ça veut dire quoi, *pas mal*?

Elle tendit le cou afin de regarder à l'intérieur du sarcophage et découvrit un corps allongé sur le dos. Il s'agissait d'un être humain, elle en était persuadée, mais elle aurait été incapable d'en dire davantage car le cadavre était littéralement défiguré. Le sternum était ouvert sur toute sa longueur, les côtes écartées sur une cavité rouge béante à l'endroit où les poumons et les viscères auraient normalement dû se trouver. Mais l'image la plus atroce, celle qui allait hanter les cauchemars de Mary jusqu'à la fin de ses jours, était celle du bermuda bleu électrique que portait la victime.

— Mary? grésilla la radio.

Johnson avala sa salive, incapable de prononcer une parole. Elle venait de remarquer un chemin de gouttes de sang se dirigeant vers l'une des pièces voisines, plongée dans l'obscurité.

— Mary? Mary, vous me recevez?

Elle porta lentement la radio à ses lèvres, la gorge nouée, et finit par trouver la force de répondre.

— Oui, je vous reçois.

— Que se passe-t-il?

Incapable d'en dire davantage, elle s'éloigna du sarcophage à reculons, hypnotisée par l'entrée noire de la petite pièce. Elle en avait assez vu comme ça. Lentement, elle fit demi-tour, mais, à l'instant où elle allait sortir de la chambre funéraire, ses jambes la lâchèrent.

— Mary! On envoie du renfort tout de suite! Mary!!!

Johnson voulut se rattraper, mais elle s'écroula, emportée par son poids. Assise par terre, sans force, elle s'adossa au chambranle de la porte.

Lorsque les secours arrivèrent huit minutes plus tard, c'est là qu'ils la découvrirent, sous le choc, les yeux noyés de larmes.

22

Lorsque Laura Hayward arriva sur le lieu du crime, le travail des techniciens était quasiment terminé. Pour avoir gravi les échelons de la Criminelle un à un, elle savait que les équipes de l'identité judiciaire se passent fort bien de la présence encombrante d'un supérieur.

Elle franchit le périmètre de sécurité mis en place à l'entrée de la galerie des antiquités égyptiennes, derrière lequel plusieurs gardiens discutaient gravement avec des policiers. Elle reconnut Jack Manetti, le responsable de la sécurité du Muséum, et lui fit signe de la suivre à l'intérieur de l'exposition. Elle franchit le seuil et s'arrêta afin de humer l'atmosphère confinée du lieu.

— Dites-moi, monsieur Manetti. Qui se trouvait ici hier soir ?

— J'ai fait établir la liste des sous-traitants et des employés autorisés à travailler dans la tombe. Il y en a beaucoup, mais tout le monde était reparti au moment des faits et il n'y avait plus que deux techniciens : la victime et l'informaticien que nous n'avons pas encore retrouvé, Jay Lipper.

Hayward hocha la tête et s'avança, enregistrant machinalement la disposition des lieux tout en dressant dans sa tête le plan général du tombeau. Quelques minutes plus tard, elle pénétrait dans une vaste salle garnie de piliers. D'un regard, elle remarqua les ordinateurs, les boîtes de pizza, les fils et les câbles courant dans tous les sens. Chaque objet avait été soigneusement étiqueté par ses équipes.

Un sergent plus âgé qu'elle s'avança. Eddie Visconti, si elle se souvenait bien. Un type compétent, l'œil alerte, bien habillé, poli sans être obséquieux. Elle savait à quel point la présence d'un supérieur plus jeune, mieux formé et de sexe féminin dérangeait certains de ses hommes. Ce n'était apparemment pas le cas de Visconti.

— C'est vous qui êtes arrivé le premier sur les lieux, sergent ?

— Oui, madame. Avec mon équipier.

— Bien. Faites-moi un topo rapide.

— Deux informaticiens travaillaient ici la nuit dernière : un certain Jay Lipper et un Theodore DeMeo. À cause de l'exposition, ils travaillaient tard presque tous les soirs.

— Quand cette exposition ouvre-t-elle ses portes ? demanda la jeune femme en se tournant vers Manetti.

— Dans huit jours exactement.

— Continuez.

— DeMeo est parti chercher des pizzas vers deux heures du matin et Lipper est resté tout seul. On a vérifié auprès de la pizzeria...

— Inutile de me dire comment vous avez pu recueillir vos informations, sergent. Contentez-vous d'énoncer les faits.

— Bien, capitaine. DeMeo est revenu avec les pizzas et des boissons. On ne sait pas si Lipper était déjà parti ou bien s'il a été attaqué pendant l'absence de son collègue, on sait juste qu'il n'a pas eu le temps de manger.

Hayward hocha la tête.

— DeMeo a posé les pizzas et les boissons sur la table avant de se rendre dans la chambre funéraire. Le meurtrier devait déjà se trouver là et il lui est tombé dessus.

Sans attendre, il se dirigea vers le cœur du tombeau et Hayward lui emboîta le pas.

— L'arme ? demanda-t-elle.

— On ne sait pas encore. Une arme peu acérée, en tout cas, à en juger par les lacérations.

Ils pénétrèrent dans la chambre funéraire et Hayward aperçut tout de suite la flaque de sang, les traces sur le rebord du sarcophage, les gouttes conduisant à la pièce voisine, les étiquettes jaune vif éparpillées un peu partout. Elle regarda autour d'elle en examinant attentivement la forme et la dimension de chacune des gouttes de sang.

— L'analyse des taches montre que le meurtrier venait de la gauche. En abattant son arme, il a déchiré le cou de la victime, tranchant la veine jugulaire. La victime s'est effondrée, mais le meurtrier a continué à le frapper à de nombreuses reprises alors qu'il était déjà mort. On dénombre plus d'une centaine de coups au niveau de la tête, des épaules, de l'abdomen, des jambes et des fesses de la victime.

— Il pourrait s'agir d'une agression sexuelle ?

— Aucune trace de sperme ou de liquides corporels. Les organes sexuels sont intacts, pas de pénétration anale.

— Continuez.

— Il semble que le meurtrier ait tailladé le sternum de la victime tant bien que mal à l'aide de son arme. Il en a ensuite tiré les organes internes et les a portés jusqu'à la salle Canope où il les a déposés dans des urnes.

— Vous avez bien dit *tiré* ?

— Les viscères ont été arrachés, et non coupés.

Hayward s'approcha de la petite pièce qui jouxtait la chambre. À quatre pattes, un technicien photographiait le sol à l'aide d'un objectif macro. Plusieurs boîtes étaient posées le long d'un mur, attendant que quelqu'un vienne les chercher.

Elle reprit son examen, cherchant à comprendre comment les choses avaient pu se passer. Elle savait déjà qu'ils avaient affaire à un tueur désorganisé et mentalement perturbé, sans doute un sociopathe.

— Après avoir retiré les organes, poursuivit Visconti, le meurtrier est retourné près du corps, il l'a traîné jusqu'au sarcophage et l'a hissé à l'intérieur, puis il est reparti par la porte principale.

— Il devait être couvert de sang.

— Oui. On a fait venir un chien de la brigade canine et on a même pu établir qu'il s'était rendu au quatrième étage.

Hayward releva la tête, intriguée.

— Il n'est pas ressorti du Muséum ?

— Non.

— Vous en êtes certain ?

— On ne peut pas en avoir la certitude absolue, mais on a retrouvé autre chose au quatrième : l'une des chaussures de Lipper, l'informaticien qui a disparu.

— Vous croyez que le meurtrier pourrait le garder en otage ?

Visconti fit la grimace.

— Ce n'est pas exclu.

— Ou alors il aurait pu emporter son corps ?

— C'est une autre possibilité. Lipper n'était pas un gros gabarit. Un mètre soixante-dix pour soixante kilos.

Hayward se demanda un instant quel calvaire ce Lipper pouvait bien subir. S'il était encore vivant. Elle se tourna vers Manetti.

— Faites boucler le Muséum, dit-elle.

Le responsable de la sécurité transpirait à grosses gouttes.

— Vous plaisantez. Les portes ouvrent dans dix minutes. On a 200 000 mètres carrés d'exposition et plus de deux mille employés.

Hayward lui répondit sans même élever la voix.

— Si vous préférez, je peux appeler le préfet Rocker. Il appellera à son tour le maire dont la décision passera par la voie hiérarchique, avec tous les emmerdements que vous pouvez imaginer.

— Ce ne sera pas la peine, capitaine. Je fais provisoirement fermer le musée.

La jeune femme se retourna vers le sergent.

— Il faudrait faire venir un spécialiste pour établir le profil psychologique du tueur.

— C'est déjà fait.

Hayward le regarda d'un œil nouveau.

— Nous avons déjà travaillé ensemble ?

— Non, madame.

— En tout cas, c'est un plaisir.

— Je vous remercie.

Hayward sortit de la pièce, les deux autres sur ses talons, et retraversa l'exposition en sens inverse. Arrivée à l'entrée de la galerie des antiquités égyptiennes, elle fit un petit signe à Visconti.

— Les chiens dont vous m'avez parlé sont encore là ?

— Oui.

— Réunissez le maximum de monde, nos hommes comme les gardiens. Il s'agit de fouiller ce musée de fond en comble.

Objectif numéro un : retrouver Lipper, en partant du principe qu'il est toujours en vie et retenu en otage. Objectif numéro deux : retrouver le meurtrier. Je les veux tous les deux d'ici ce soir. Compris ?

— Oui, capitaine.

Elle sembla réfléchir un instant avant d'ajouter :

— Qui est le responsable de cette exposition ?

— L'une des conservatrices, Nora Kelly, répondit Manetti.

— Vous serez gentil de la contacter. J'aurais besoin de lui parler.

Elle fut interrompue par une bousculade et des cris aigus à l'entrée du périmètre de sécurité. Un petit homme voûté en tenue de conducteur de bus échappa aux deux agents qui le retenaient et se précipita vers Hayward, les traits brouillés.

— Madame ! s'écria-t-il. Aidez-moi à retrouver mon fils !

— Qui êtes-vous ?

— Larry Lipper, le père de Jay Lipper. Personne ne sait où est mon fils ! Avec ce tueur qui se balade dans la nature, il faut le retrouver tout de suite, pleurnicha-t-il. Je vous en prie, faites quelque chose !

La sincérité de son chagrin suffit à arrêter dans leur élan les deux agents qui s'apprêtaient à le ceinturer.

Hayward prit la main du malheureux.

— Ne vous inquiétez pas, monsieur Lipper. Nous allons le retrouver.

— *Tout de suite ! Retrouvez-le tout de suite !*

Hayward repéra l'une de ses subordonnées.

— Sergent Casimirovic ? fit-elle en lui faisant signe de l'aider à se débarrasser de Lipper.

La policière s'approcha et prit gentiment Larry Lipper par les épaules.

— Allons, monsieur. Venez avec moi, nous allons trouver un endroit tranquille où nous installer.

Quelques instants plus tard, elle s'éloignait en compagnie de Lipper qui continuait à pousser des cris.

Manetti, une radio à la main, s'approcha de Hayward.

— J'ai Mme Kelly, dit-il.

Hayward prit la radio en le remerciant d'un mouvement de tête.

— Professeur Kelly ? Capitaine Hayward du NYPD.

— En quoi puis-je vous aider ? lui répondit une voix.

— J'aurais besoin d'un renseignement. À quoi sert la salle Canope située dans le tombeau de Senef ?

— C'est là que l'on conservait les organes momifiés des dignitaires égyptiens.

— Vous pourriez me donner davantage de précisions ?

— Lorsqu'un pharaon était momifié, on prélevait ses organes internes que l'on momifiait séparément avant de les placer dans des vases canopes.

— Les organes internes, dites-vous ?

— Oui.

— Très bien, je vous remercie.

L'air pensif, Hayward tendit machinalement sa radio à Manetti.

23

Wilson Bulke coula un regard prudent dans le couloir du dernier étage, sous les toits du Bâtiment 12. Une lumière brunâtre pénétrait péniblement à travers les tabatières de verre renforcé, obscurcies par un siècle de crasse new-yorkaise. Une forêt de tuyaux et de conduits de ventilation courait au ras du sol à l'endroit où la pente du toit rejoignait le sol. L'immense grenier était rempli d'objets de toutes sortes (des animaux flottant dans des bocaux de formol, des piles de vieux journaux jaunis par le temps, des moulages en plâtre de créatures bizarres), au point qu'il était difficile de circuler. Un espace biscornu et confiné, délimité par les caprices du toit comme par ceux du sol, rythmé par des marches. Une sorte de terrain vague tirant avant tout sur le vague.

— Putain, j'ai mal aux pattes. Allez, on fait une pause, grogna Bulke en posant ses fesses sur une vieille caisse en bois, les jambes de son pantalon tendues à craquer autour de ses cuisses grasses.

Son collègue Morris l'imita aussitôt.

— Quelle vie de merde, reprit Bulke. Il va faire nuit et on y aura passé la journée. Qu'est-ce que tu veux qu'on trouve dans ces vacheries de grenier?

Morris opina, toujours prêt à se rallier à l'avis des autres.

— Passe-moi un coup de Jim Beam.

Morris sortit de sa poche arrière une flasque qu'il tendit à son collègue. Bulke la porta à ses lèvres, en avala une lampée, s'essuya la bouche du revers de la main et la lui rendit. Morris but à son tour et rempocha la flasque.

— Si tu veux savoir, on devrait même pas bosser aujourd'hui, fit Bulke. On était censés être en congé, alors on peut au moins prendre le temps de boire un coup.

— C'est bien mon avis, approuva Morris.

— T'as eu le nez creux d'apporter c'te flasque.

— Elle me suit partout.

Bulke regarda sa montre. Cinq heures moins vingt. Le peu de lumière qui filtrait à travers les tabatières faiblissait déjà, plongeant les recoins du grenier dans l'obscurité. Il ne tarderait pas à faire nuit et, comme cette partie du musée était en travaux, l'électricité avait été coupée et il leur faudrait poursuivre les recherches à la lueur des lampes de poche, ce qui n'avait rien de réjouissant.

Bulke, ragaillardi par l'alcool qui commençait à lui réchauffer la panse, posa les coudes sur les genoux et regarda autour de lui en soupirant.

— T'as vu tout ce bazar ? dit-il en désignant des étagères métalliques sur lesquelles reposaient des dizaines de bocaux contenant des méduses. Tu crois vraiment qu'ils *étudient* ces saloperies ?

Morris haussa les épaules.

Bulke tendit le bras et saisit l'un des bocaux afin de l'examiner de plus près. Une masse gélatineuse blanchâtre flottait au milieu d'un liquide ambré, dans une débauche de tentacules. Il secoua le bocal, réduisant la méduse en miettes.

— Il en reste plus grand-chose, ricana-t-il en montrant le bocal à son collègue. J'espère que c'était pas un truc trop important.

Il partit d'un rire épais et reposa le bocal sur son étagère en levant les yeux au ciel.

— Tu sais qu'en Chine ils bouffent les méduses ? réagit l'autre.

Chez les Morris, on était gardien de père en fils depuis trois générations et il était persuadé d'en savoir beaucoup plus que ses collègues.

— Qu'est-ce qu'ils bouffent, les Chinois ? Des méduses ?

Morris hocha la tête d'un air pénétré.

— Ces putains de Chinetoques, ils boufferaient n'importe quoi.

— Il paraît que ça croque sous la dent, précisa Morris en reniflant avant de s'essuyer le nez.

— Beurk. Dégueulasse...

Bulke observa à nouveau les alentours.

— Tout ça, c'est des conneries. Y a personne ici.

— Ce que je comprends pas, c'est pourquoi ils veulent rouvrir cette tombe. Je t'ai raconté ce que disait mon grand-père ? Il disait toujours qu'il s'était passé un truc bizarre dans cette tombe, avant la guerre.

— Oui, tu me l'as déjà dit cent fois.

— Un truc très grave.

— Tu me raconteras ça une autre fois, le coupa Bulke en regardant à nouveau sa montre. S'ils pensaient vraiment qu'y a quelque chose de bizarre ici, ils auraient demandé aux flics, au lieu de nous envoyer. On est même pas armés.

— Tu crois pas que le tueur aurait pu amener le corps ici ? demanda Morris.

— Bien sûr que non. Pourquoi voudrais-tu qu'il ait fait ça ?

— Pourtant, les chiens...

— Comment veux-tu que ces chiens puissent sentir quoi que ce soit ici ? Ça pue trop. En plus, ils ont perdu la trace du tueur au quatrième, pas ici.

— Tu dois avoir raison.

— Bien sûr, que j'ai raison. Si tu veux que je te dise, on a plus rien à foutre ici.

Sur ces mots, Bulke se releva en époussetant le siège de son pantalon.

— Et les autres greniers ?

— T'as déjà oublié qu'on les avait fouillés ? lui répondit Bulke avec un clin d'œil complice.

— Bien sûr ! Où j'avais la tête, moi.

— Y a pas de sortie plus loin, mais y a un escalier par-derrière. On n'a qu'à passer par là.

Bulke rebroussa chemin d'un pas traînant. Le couloir du grenier était si encombré qu'il lui fallait régulièrement se mettre de profil pour passer. Le Muséum était constitué de dizaines de bâtiments reliés les uns aux autres. Les étages des uns ne correspondaient pas nécessairement à ceux des autres, de sorte qu'il avait fallu construire des escaliers métalliques à plusieurs endroits. Les deux gardiens traversèrent un grenier rempli d'idoles grimaçantes, réunies sous la mention : « Statuettes funéraires Nootka. » Plus loin, c'étaient des centaines de moulages de bras et de jambes qui se trouvaient entassés dans une pièce, tandis que le grenier voisin regorgeait de visages moulés.

Bulke s'arrêta pour reprendre son souffle. Le crépuscule éclairait d'une lueur diffuse les têtes de plâtre aux yeux fermés, toutes surmontées d'une étiquette. À en juger par leurs noms imagés, il devait s'agir d'Amérindiens : Tueur d'Antilope, Ongle de Petit Doigt, Deux Nuages, Herbe de Givre...

— Tu crois que c'est des masques mortuaires ? s'enquit Morris.

— Des masques comment ?

— Mais si, tu sais. Les moulages en plâtre qu'on fait quand t'es mort.

— Jamais entendu parler. Tu crois pas qu'on a mérité un petit coup de Jim Beam ?

Morris sortit sa flasque et Bulke en avala une gorgée avant de la rendre à son collègue.

— Tiens... Qu'est-ce que c'est que ça ? demanda brusquement Morris en tendant la main qui tenait la flasque.

Bulke tourna la tête. Des cartes de crédit sortaient d'un portefeuille jeté dans un coin. Il s'approcha et le ramassa.

— Oh, putain ! Y a au moins deux cents dollars, là-dedans. Qu'est-ce qu'on fait ?

— Regarde voir à qui c'est.

— Et alors ? C'est sûrement celui d'un conservateur, grommela Bulke en fouillant le portefeuille dont il sortit un permis de conduire.

— Jay Mark Lipper... Merde ! C'est le type qu'on cherche.

S'apercevant brusquement que le portefeuille était poisseux, il regarda sa main. Elle était couverte de sang.

Bulke lâcha le portefeuille d'un geste dégoûté et le repoussa du pied.

— Vacherie de merde... s'écria-t-il d'une voix aiguë.

— Tu crois que le tueur a pu le laisser tomber ?

Le cœur de Bulke battait à tout rompre. Il jeta un regard prudent dans les recoins sombres et passa en revue les étagères sur lesquelles s'étalaient les masques grimaçants.

— On ferait mieux d'appeler Manetti, suggéra Morris.

— Attends une seconde, laisse-moi le temps de réfléchir, fit Bulke en tentant de dominer sa peur. Comment ça se fait qu'on a rien vu en arrivant ?

— Peut-être que le portefeuille était pas là.

— Alors ça veut dire que le tueur est dans le coin.

Morris hésita.

— J'avais pas pensé à ça...

Les tempes de Bulke bourdonnaient.

— S'il est devant nous, on est coincés puisqu'il y a pas d'autre sortie.

Le visage blême, Morris ne disait rien. Il finit par prendre sa radio.

— Morris pour le Central, Morris pour le Central. Vous me recevez ?

Seul un grésillement lui répondit.

Bulke prit à son tour sa radio, sans plus de résultat.

— Y a plein d'endroits où ça passe pas dans cette saloperie de musée. Avec tout le pognon qu'ils ont foutu dans leur système de sécurité, tu crois pas qu'ils auraient mieux fait d'installer des relais ?

— On devrait pas rester ici. Si ça se trouve, ça passera mieux un peu plus loin, proposa Morris en se dirigeant vers l'escalier.

— Pas par là ! lui cria Morris. Il est sûrement devant nous !

— On n'en sait rien. On a peut-être pas vu le portefeuille en venant.

Bulke regarda ses doigts maculés de sang, le cœur au bord des lèvres.

— En tout cas, on peut pas rester ici éternellement, insista Morris.

Bulke acquiesça.

— D'accord, mais vas-y mollo.

Il faisait quasiment nuit dans les greniers et Bulke tira sa lampe de l'étui qu'il portait à la ceinture. Prudemment, ils pénétrèrent dans le grenier suivant, précédés par le rayon de la torche. La pièce contenait des centaines de têtes allongées, taillées dans de la pierre de lave noire, et c'est tout juste s'ils avaient la place de circuler.

— Essaie voir ta radio, murmura Bulke.

Le signal ne passait toujours pas.

Le couloir faisait un coude à angle droit et traversait un dédale de petites pièces pleines de rayonnages métalliques chargés à craquer de cartons contenant de minuscules boîtes en verre. Bulke les éclaira à l'aide de sa lampe, découvrant d'énormes scarabées noirs. Ils atteignaient la troisième pièce lorsqu'un fracas se fit entendre dans le noir, qui se perdit dans un bruit de verre brisé.

Bulke sursauta violemment.

— Merde ! Qu'est-ce que c'est que ça ?

— J'en sais rien, répondit Morris d'une voix tremblante.

— Il est devant nous.

Le même vacarme se répéta.

— Putain ! On dirait qu'il casse tout !

Un cri animal monta des ténèbres, accompagné d'un nouveau bruit de verre cassé.

Bulke recula précipitamment, le poing crispé autour de sa radio.

— Bulke appelle Central ! Est-ce que vous me recevez ?

— Central, on vous reçoit cinq sur cinq.

Un craquement, suivi d'un cri inarticulé.

— On est face à un fou et on est coincés !

— Donnez-nous votre position, Bulke, demanda calmement la voix.

— On est dans les greniers, Bâtiment 12, secteur 5 ou 6. Y a un type qui est en train de tout casser ! Et on a retrouvé le portefeuille de la victime. Le portefeuille de Lipper. Qu'est-ce qu'on fait ?

La réponse se perdit dans un grésillement inaudible.

— Répétez, je ne vous reçois plus !

— ... broussez chemin... ne pas essayer d'engag...

— Rebrousser chemin pour aller où ? On est coincés, je vous dis !

— ... approchez pas...

Un nouveau bruit de verre écrasé se fit entendre, tout près cette fois. Une forte odeur de formol et d'échantillons préservés dans l'alcool envahit le couloir. Bulke recula en hurlant dans sa radio :

— Envoyez les flics tout de suite ! On est coincés !

Mais la communication ne passait plus.

— Morris, essaie ta radio !

Comme son collègue ne répondait pas, Bulke se retourna et vit Morris s'enfuir, abandonnant sa radio sur place.

— Morris ! Attends-moi !

En voulant raccrocher sa radio à la hâte, Bulke la fit tomber. Sans même tenter de la ramasser, il se lança à la poursuite de son collègue aussi vite que le permettait son embonpoint. Dans son dos, leur ennemi invisible détruisait tout sur son passage.

— Morris ! Attends-moi !

Une étagère pleine de bocaux s'effondra derrière lui dans un bruit de fin du monde, accompagné d'une odeur pestilentielle de poisson pourri et de formol.

— Non !

Le gros Bulke avançait tant bien que mal, soufflant et suant, râlant de peur et d'épuisement, son corps obèse secoué de tremblements à chaque pas.

Un cri abominable, inhumain, déchira les ténèbres. Bulke eut tout juste le temps de tourner la tête avant de voir un éclair de métal dans le noir.

— Noooooooooon !

Sous le coup de l'émotion, il s'étala sur le sol, lâchant sa lampe qui alla rouler plus loin en éclairant dans sa course folle les rangées de récipients transparents avant de s'arrêter devant un poisson qui flottait dans un bocal, la bouche ouverte. Le gardien griffait le sol, décidé à se relever, mais son adversaire ne lui en laissa pas le temps et s'abattit sur lui en hurlant. Bulke roula sur lui-même, tenta de se débattre, mais l'autre déchirait déjà son uniforme et lui labourait les chairs.

— *Nooooooooooooon… !*

24

Assise à une petite table recouverte de tissu matelassé dans une salle blindée du Secteur protégé, Nora attendait, étonnée d'avoir eu accès aussi facilement à ce saint des saints. Sans Menzies qui l'avait aidée à mener toutes les démarches nécessaires, elle n'y serait sans doute pas arrivée. Très peu de cadres du Muséum, même au plus haut niveau, étaient autorisés à venir ici sans subir une multitude de tracasseries administratives. Le Secteur protégé ne servait pas seulement à entreposer les collections les plus précieuses, c'était également là que le Muséum conservait ses archives secrètes. Le fait qu'on l'autorise aussi facilement à y accéder était bien la preuve que l'exposition était l'une des priorités de la direction.

L'archiviste ressortit d'une petite pièce mal éclairée avec un dossier jauni qu'elle déposa devant Nora.

— J'ai trouvé.

— Formidable.

— Je vous demanderai de signer ici.

— J'attends un collègue, le professeur Wicherly, précisa-t-elle en paraphant le document que lui tendait son interlocutrice.

— Oui, les papiers qui le concernent sont déjà prêts.

— Je vous remercie.

L'archiviste hocha la tête.

— À présent, je suis tenue de vous enfermer dans cette pièce.

Elle sortit de la pièce et la porte blindée se referma derrière elle. Dans le silence ouaté qui l'entourait, Nora examina le petit dossier posé devant elle, sur le rabat duquel figurait la mention : *Tombeau de Senef – Correspondance et documents divers, 1933-35.*

Elle l'ouvrit et découvrit une lettre tapée à la machine sur un luxueux papier à en-tête rouge et or, signée du bey de Bolbassa. Sans doute s'agissait-il de la lettre à laquelle faisaient allusion les articles que Nora avait lus. Dans son courrier, le bey affirmait que la tombe était maudite, mais on devinait entre les lignes que son but était de la rapporter en Égypte.

Elle se pencha sur les documents suivants, de fastidieux rapports de police établis par un sergent Gerald O'Bannion, rédigés d'une belle écriture ronde caractéristique de l'époque. Elle les étudia en détail avant de passer en revue le reste du dossier : des notes et des courriers adressés à la police ou aux édiles de la ville, manifestement destinés à taire l'affaire dont il était question dans les rapports du sergent O'Bannion. Fascinée par la lecture de ces derniers, Nora comprenait enfin pourquoi le Muséum avait tenu à condamner l'entrée du tombeau.

Elle sursauta en entendant la porte de la pièce s'ouvrir dans son dos. Elle se retourna et découvrit l'élégante silhouette d'Adrian Wicherly, nonchalamment appuyé contre le chambranle de la porte, un sourire aux lèvres.

— Bonjour, Nora.

— Bonjour.

Il se redressa en rajustant sa cravate impeccablement nouée.

— Que peut bien faire une jeune femme aussi charmante dans un tel nid à poussière ?

— Vous avez rempli les papiers ?

— *Je suis en règle*, répondit-il dans un français parfait avec un petit rire.

Il s'avança et se pencha par-dessus l'épaule de la jeune femme.

— Qu'avez-vous trouvé ? demanda-t-il.

Il se tenait si près qu'elle sentait son after-shave et son haleine sur sa nuque.

La scène fut interrompue par l'archiviste.

— Je peux fermer la porte ?

— J'allais vous en prier, répliqua Wicherly en adressant un clin d'œil à Nora.

— Vous devriez vous asseoir, Adrian, lui dit-elle sur un ton glacial.

— Excellente idée.

Il approcha de la table une vieille chaise en bois qu'il épousseta à l'aide d'un mouchoir de soie et s'installa à côté d'elle.

— Vous avez trouvé un cadavre dans le placard ?

— Vous ne croyez pas si bien dire.

Wicherly la serrait de près et Nora éloigna discrètement sa chaise de quelques centimètres. Pour quelqu'un d'aussi bien élevé, Wicherly lui donnait surtout l'impression de laisser parler ses glandes, à en juger par les œillades énamourées et les caresses du bout des doigts dont il la gratifiait à tout bout de champ. Il avait néanmoins eu la décence de ne pas aller plus loin et Nora espérait qu'il s'en tiendrait là.

— Dites-moi tout, fit Wicherly.

— Je me suis contentée de lire le dossier en diagonale et je n'ai pas tous les détails, mais voici en gros de quoi il s'agit. Le matin du 3 mars 1933, les gardiens qui venaient prendre leur service ont constaté que l'entrée de la tombe avait été fracturée. De nombreux objets avaient été vandalisés et la momie avait disparu. Ils ont fini par la retrouver dans une petite pièce voisine, extrêmement abîmée. En regardant dans le sarcophage, ils y ont découvert le corps d'une personne fraîchement assassinée.

— Étonnant ! Exactement comme ce garçon, comment s'appelait-il, déjà ? DeMeo.

— Oui, mais la ressemblance s'arrête là. Le corps n'était pas celui d'un homme, mais d'une riche héritière de la bonne société new-yorkaise, Julia Cavendish. Il se trouve qu'elle était la petite-fille de William C. Spragg.

— Spragg ?

— Celui qui avait racheté la tombe au dernier baron Rattray et qui en avait fait cadeau au Muséum.

— Je vois.

— Julia Cavendish était l'une des bienfaitrices du musée, mais elle était surtout connue pour son comportement... comment dire ? Son comportement douteux.

— Mais encore ?

— Eh bien, elle avait la réputation de fréquenter les bars des quartiers populaires et d'y ramasser des ouvriers, des dockers et autres.

— Pour en faire quoi? s'enquit Wicherly d'un air canaille.

— Faites marcher votre imagination, Adrian, lui répondit-elle sèchement. Quoi qu'il en soit, son corps avait été mutilé, mais les rapports de police n'en disent pas davantage.

— Une histoire qui a dû faire du bruit dans les années trente, j'imagine.

— Pas vraiment. La famille comme le musée ont tout fait pour étouffer l'affaire. Pas pour les mêmes raisons, évidemment, mais la manœuvre a fort bien réussi.

— La presse était sans doute plus coopérative à l'époque. Pas comme les fouille-merde actuels.

Nora se demanda si Wicherly savait que son mari était journaliste.

— Quoi qu'il en soit, l'enquête sur le meurtre de Julia Cavendish était toujours en cours lorsque la chose s'est reproduite. Cette fois, le corps retrouvé était celui de Montgomery Bolt, un lointain descendant de John Jacob Astor, qui était un peu le mouton noir de cette grande famille. Le tombeau de Senef était pourtant gardé de nuit depuis le premier drame, mais le meurtrier a assommé le gardien avant de déposer le corps de Bolt dans le sarcophage. Une lettre a été retrouvée sur le corps, dont une copie figure au dossier.

Tout en parlant, elle avait sorti une feuille jaunie ornée d'un œil d'Horus et de hiéroglyphes que Wicherly déchiffra aussitôt d'un air amusé.

— « Que la malédiction d'Ammout frappe ceux qui pénètrent ici. » En tout cas, je puis vous dire que celui qui a rédigé ça était ignare et ne connaissait pas grand-chose aux hiéroglyphes. Regardez comme ils sont mal dessinés. Il s'agit d'un faux grossier.

— Oui, c'est également ce qui a frappé la police. Voici le rapport d'enquête, dit-elle en désignant des papiers posés devant elle.

— Le mystère s'épaissit, plaisanta Wicherly avec un nouveau clin d'œil, tout en rapprochant sa chaise.

— La police a tout de suite fait le rapprochement avec le fait que John Jacob Astor avait en partie financé l'aménagement du tombeau de Senef, et les enquêteurs se sont demandé si quelqu'un ne cherchait pas à se venger de ceux qui avaient fait entrer la tombe au Muséum. Leurs soupçons se sont tout naturellement portés sur le bey de Bolbassa.

— Ce garçon qui prétendait la tombe maudite.

— Exactement. Son intervention avait fait beaucoup de bruit dans les journaux. En fait, on s'est aperçu qu'il n'était pas plus bey que vous et moi. Vous trouverez ici une note sur ses origines réelles.

Wicherly parcourut le document.

— Un ancien marchand de tapis qui avait fait fortune.

— Cette fois encore, le Muséum et la famille Astor ont réussi à ne pas ébruiter l'affaire, mais il devenait difficile de faire taire les rumeurs qui circulaient à l'intérieur du musée. Dans le même temps, les autorités apprenaient que le bey de Bolbassa était rentré en Égypte juste avant les meurtres. Ils l'ont soupçonné d'avoir engagé des hommes de main, mais personne n'a rien pu prouver, et lorsqu'est survenu le troisième meurtre...

— Encore ?

— Cette fois, ce fut le tour d'une vieille dame du quartier. Ils ont mis du temps à trouver un rapport avec la tombe, mais il s'agissait en fait d'une lointaine descendante de Cahors, le découvreur du tombeau. Comme vous pouvez vous en douter, les rumeurs allaient bon train au Muséum, et même à l'extérieur. Les spirites, médiums et autres liseurs de tarot se sont tous précipités ici, tandis que les New-Yorkais se délectaient de cette histoire de malédiction.

— Des idiots crédules.

— Peut-être. En tout cas, le grand public boudait le Muséum, l'enquête n'avançait pas et la direction de l'époque a décidé de prendre des mesures. Sous prétexte de construire une entrée souterraine à partir de la station de métro de la 81e Rue, ils ont condamné la tombe. Les meurtres se sont arrêtés, la rumeur s'est éteinte et tout le monde ou presque a oublié le tombeau de Senef.

— Et le meurtrier ?

— On n'a jamais pu mettre la main dessus. La police était convaincue que le bey était derrière toute cette histoire, mais ils n'ont jamais pu en apporter la preuve.

Wicherly se leva.

— Quelle histoire !

— Ce n'est pas moi qui vous dirai le contraire.

— Comment comptez-vous l'exploiter ?

— Je ne sais pas. D'un côté, ce serait intéressant d'évoquer cette affaire lorsqu'on retrace l'histoire mouvementée du tombeau, mais je ne suis pas certaine que le Muséum serait d'accord. Moi non plus, d'ailleurs. Je préfère me concentrer sur les enjeux archéologiques.

— Je suis tout à fait d'accord avec vous, Nora.

— Il y a une autre raison, peut-être plus essentielle. Le meurtre qui vient d'avoir lieu ressemble trop à ceux d'avant-guerre, on risquerait de relancer la rumeur.

— Elle est déjà relancée.

— Oui, d'une certaine façon. Plusieurs choses me sont déjà venues aux oreilles. Il ne faudrait pas que cette histoire mette en péril notre inauguration.

— Vous avez raison.

— Très bien. Je vais donc rédiger un rapport à l'intention de Menzies en lui recommandant de laisser dormir le passé. Affaire réglée ! ajouta-t-elle en refermant le dossier.

Wicherly s'était placé derrière la jeune femme, apparemment dans le but de regarder les papiers éparpillés devant elle. Il tendit la main, saisit un document qu'il compulsa avant de le remettre en place. Nora se raidit en sentant la main de Wicherly se poser sur son épaule.

Un instant plus tard, elle sentait sur sa nuque la caresse d'un baiser aussi léger que les ailes d'un papillon.

Elle se leva d'un bond et se retourna. Il se tenait à quelques centimètres d'elle, les yeux brillants.

— Je suis désolé de vous avoir fait peur, s'excusa-t-il en affichant son sourire de porcelaine. Je n'ai pas pu résister. Vous êtes tellement attirante, Nora.

Il lui souriait toujours avec une suffisance désarmante, plein de charme et d'élégance.

— Au cas où vous ne l'auriez pas remarqué, je suis mariée.

— Nous pourrions passer d'excellents moments ensemble. Qui le saurait ?

— *Moi*, je le saurais.

Il posa une main caressante sur l'épaule de la jeune femme.

— J'ai envie de faire l'amour avec vous, Nora.

Elle prit sa respiration.

— Adrian, vous avez beaucoup de charme et vous êtes un garçon intelligent, je me doute que beaucoup de femmes seraient sensibles à votre proposition.

Elle vit le sourire de son interlocuteur s'épanouir.

— Malheureusement, ce n'est pas mon cas.

— Mais, ma ravissante Nora…

— Vous avez besoin que je vous fasse un dessin ? Je n'ai aucune envie de faire l'amour avec vous, Adrian. Et ce serait la même chose si je n'étais pas mariée.

Stupéfait, Wicherly se changea en statue de sel. Seuls ses traits trahirent sa confusion alors que son sourire ravageur se transformait en grimace.

— Je n'avais pas l'intention de me montrer désagréable, mais je voulais mettre les choses au point puisque vous n'avez pas eu l'air de comprendre jusqu'ici. Soyez gentil, Adrian, ne me compliquez pas la tâche.

Elle le vit blêmir. Sa belle assurance l'avait brusquement quitté, confirmant ce que Nora soupçonnait déjà depuis quelque temps : Adrian n'était qu'un enfant gâté, persuadé que rien ni personne ne pouvait lui résister.

Lorsqu'elle l'entendit bégayer une phrase qui ressemblait à des excuses, Nora s'adoucit.

— Écoutez, Adrian. Oublions ce qui s'est passé. N'en parlons plus, d'accord ?

— Oui, bien sûr. C'est très élégant de votre part, Nora, je vous remercie.

Rouge de honte, il faisait peine à voir, au point que Nora se demanda si ce n'était pas la première fois qu'une femme résistait à ses avances.

— Il faut que je rédige mon rapport, lui dit-elle le plus gentiment possible, et vous avez besoin de prendre l'air. À votre place, je ferais le tour du Muséum.

— Oui, c'est une excellente idée.

— À plus tard.

— Oui, à plus tard.

Comme un zombie, Wicherly se dirigea vers l'interphone et appuya sur le bouton. La porte s'ouvrit et il sortit de la pièce sans un mot, laissant Nora rédiger son rapport en paix.

25

D'Agosta, installé derrière le volant d'une camionnette de boucher, ralentit en sortant du bois. La silhouette de Herkmoor se dressait devant lui, ses miradors et ses enceintes successives se découpant dans la lumière irréelle des projecteurs. Il freina en passant devant une forêt de panneaux avertissant les conducteurs de sortir leurs autorisations et de se préparer à une fouille en règle. Suivait une liste longue comme le bras de tout ce qu'il était interdit de faire pénétrer dans le périmètre de la prison, de l'héroïne aux feux d'artifice.

D'Agosta s'obligea à respirer lentement afin de calmer ses nerfs. Comme n'importe quel flic, il connaissait bien l'univers des prisons, mais c'était la première fois qu'il se rendait dans un établissement pénitentiaire en dehors du cadre de ses fonctions. Non seulement sa mission n'avait rien d'officiel, mais elle risquait de lui attirer des ennuis. De gros ennuis.

Il s'arrêta à hauteur du premier grillage. Un gardien sortit de sa guérite et s'approcha, un bloc à la main.

— Vous êtes en avance.

D'Agosta haussa les épaules.

— C'est la première fois que je fais ça. Je suis parti tôt, j'avais pas envie de me perdre.

Le gardien lui répondit par un grognement et lui tendit le bloc à travers la vitre. D'Agosta y glissa tous ses papiers et le rendit à l'autre. Le gardien regarda les documents l'un après l'autre en les feuilletant du bout de son crayon tout en hochant la tête.

— Vous connaissez la consigne ?

— Pas vraiment, répliqua D'Agosta d'autant plus spontanément que c'était la vérité.

— On garde toutes les autorisations ici, vous les récupérez au retour. En attendant, ils vont vérifier votre identité au contrôle suivant.

— Compris.

La porte grillagée coulissa sur ses galets avec un bruit de casserole.

D'Agosta s'avança, le cœur battant. Glinn prétendait avoir tout prévu jusqu'à la moindre virgule, et c'est vrai qu'il avait facilement réussi à lui obtenir ce boulot sous une fausse identité. N'empêche, on ne sait jamais comment réagissent les gens, et c'est bien là que résidait son désaccord avec Glinn. Leur petite virée pouvait partir en vrille au premier grain de sable.

Il s'arrêta devant la deuxième enceinte et un autre gardien vint à sa rencontre.

— Pièce d'identité.

D'Agosta lui tendit son faux permis de conduire que l'autre examina soigneusement.

— Z'êtes nouveau ?

— Ouais.

— Vous savez où vous allez ?

— Redites-moi toujours, ça peut pas faire de mal.

— Vous allez tout droit et vous prenez ensuite à droite. En arrivant à l'aire de déchargement, vous vous garez en marche arrière devant la première plate-forme.

— C'est bon.

— Vous êtes autorisé à sortir du véhicule pour surveiller la manœuvre, mais il est rigoureusement interdit de toucher à la marchandise et d'aider le personnel de la prison. Mettez-vous à côté du véhicule et ne bougez plus. Dès qu'ils ont fini de décharger, vous repartez. Compris ?

— Pas de problème.

Le gardien donna des instructions dans sa radio et la barrière s'écarta.

Tout en prenant à droite, comme on le lui avait indiqué, D'Agosta sortit de la poche de sa veste une bouteille de bourbon Rebel Yell dont il dévissa le bouchon, puis il en prit une gorgée qu'il garda longtemps en bouche avant de l'avaler. Il sentit l'alcool lui brûler la trachée avant de lui réchauffer l'estomac. Il versa quelques gouttes de bourbon sur son manteau pour faire bonne mesure et remit la bouteille dans sa poche.

Quelques instants plus tard, il amenait sa camionnette en marche arrière jusqu'à la première plate-forme. Deux manutentionnaires en bleu l'attendaient et il avait à peine déverrouillé le compartiment frigorifique que les deux hommes commençaient à décharger les caisses de viande surgelée.

D'Agosta les observa par les observer en sifflotant, les mains dans les poches, puis il regarda subrepticement sa montre et s'approcha du premier manutentionnaire.

— Vous pourriez me dire où sont les toilettes ?

— Désolé, c'est interdit.

— Interdit ? C'est que j'ai vraiment envie.

— C'est contraire au règlement.

Sans plus s'attarder, le type chargea deux caisses de viande sur son épaule et disparut à l'intérieur de l'entrepôt.

D'Agosta décida d'alpaguer son collègue.

— Écoutez, je peux plus me retenir.

— Vous avez entendu ce que vous a dit mon collègue ? C'est contraire au règlement.

— Allez, soyez sympa…

L'homme reposa la caisse qu'il venait de soulever et regarda D'Agosta d'un air las.

— Vous aurez qu'à vous arrêter pisser dans les bois en repartant, okay ?

Et il reprit sa caisse sans autre forme de procès.

— Mais j'ai pas envie de pisser.

— C'est pas mon problème, répliqua le type en s'éloignant.

L'autre manutentionnaire revenait les mains vides et D'Agosta se planta devant lui, lui bloquant l'accès à la camionnette, l'haleine chargée d'alcool.

— On arrête de rigoler une minute. Je dois couler un bronze et j'ai pas l'intention d'attendre.

Son interlocuteur fronça le nez et recula d'un pas avant de se tourner vers son collègue.

— Il a bu, lui dit-il.

— Quoi ? fit D'Agosta agressivement. Qu'est-ce que vous avez dit ?

— J'ai dit que vous aviez bu, rétorqua l'autre froidement.

— N'importe quoi.

— Je le sens d'ici, insista le manutentionnaire avant de se tourner vers son collègue : Appelle le chef.

— Pour quoi faire ? Pour me faire un alcootest, peut-être ?

Le second manutentionnaire s'éloignait et il ne tarda pas à revenir accompagné d'un personnage à l'allure austère vêtu d'un blazer noir, une panse bien garnie débordant largement de sa ceinture.

— Quel est le problème ? s'enquit-il.

— J'ai l'impression que cet homme a bu, chef, lui expliqua le premier manutentionnaire.

Le gardien-chef glissa les pouces dans sa ceinture et s'avança vers D'Agosta.

— C'est vrai, ça ?

— Bien sûr que non, c'est pas vrai, rétorqua D'Agosta en soufflant d'énervement son haleine à la figure de l'autre.

Le gardien-chef recula de quelques pas et décrocha sa radio.

— Puisque c'est comme ça, je m'en vais, réagit aussitôt D'Agosta, nettement moins fanfaron. J'ai des kilomètres à faire, moi, avec votre trou du bout du monde, et il est déjà six heures du soir.

— Non, mon vieux, vous n'allez nulle part.

Le gardien-chef prononça quelques mots dans sa radio, puis il se tourna vers le premier manutentionnaire.

— Conduisez-le jusqu'à la cantine du personnel et faites-le attendre.

— Par ici, monsieur.

— Arrêtez vos conneries, je vais nulle part.

— Par ici, monsieur, insista l'homme.

D'Agosta le suivit de mauvais gré à l'intérieur de l'entrepôt. L'un derrière l'autre, ils traversèrent un immense office qui sentait l'eau de Javel, puis ils franchirent le seuil d'une petite pièce où le personnel des cuisines prenait ses repas en dehors des heures de service.

— Asseyez-vous.

D'Agosta s'installa devant une table en inox tandis que son accompagnateur s'asseyait à une autre table et attendait, les bras croisés, les yeux dans le vague. Quelques minutes s'écoulèrent avant que le chef ne les rejoigne, un gardien armé à ses côtés.

— Levez-vous.

D'Agosta s'exécuta.

— Fouillez-le, ordonna le gardien-chef à l'un de ses hommes.

— Vous n'avez pas le droit ! Je connais la loi et…

— Vous êtes dans une prison fédérale. Le règlement est clairement indiqué à l'extérieur si vous avez pris le temps de le lire. Nous sommes libres de fouiller qui nous voulons.

— Je vous interdis de me toucher.

— À votre place, monsieur, j'éviterais d'aggraver ma situation et je me montrerais plus coopératif, sinon ça pourrait vous coûter cher.

— Comment ça, me coûter cher ?

— Refus d'obéissance à un officier fédéral, ça vous dit quelque chose ? Allez, pour la dernière fois, levez les bras.

Après une ultime hésitation, D'Agosta obtempéra. Une fouille rapide permit de découvrir la bouteille de Rebel Yell.

Le gardien secoua la tête d'un air navré.

— Qu'est-ce qu'on fait de lui ? demanda-t-il à son chef.

— Appelez la police locale et dites-leur de passer le prendre. Conduite en état d'ivresse, c'est de leur ressort, pas du nôtre.

— J'ai à peine bu une gorgée !

Le gardien-chef le regarda.

— Asseyez-vous et taisez-vous.

D'Agosta s'exécuta d'un pas chancelant en bougonnant.

— Et la camionnette ? questionna le gardien.

— Téléphonez à sa boîte et dites-leur d'envoyer quelqu'un la chercher.

— Après six heures, ça m'étonnerait qu'on trouve encore quelqu'un de la direction et…

— Vous n'aurez qu'à les appeler demain matin. Sa camionnette n'ira pas loin.

— Bien, chef.

— En attendant, restez ici avec lui jusqu'à ce que la police arrive.

— Bien, chef.

Le gardien-chef quitta la pièce et le garde en profita pour s'installer à la table la plus éloignée en jetant un regard noir à D'Agosta.

— J'ai besoin d'aller aux chiottes.

Le gardien soupira longuement sans répondre.

— Alors ?

Le gardien se leva à contrecœur, la mine sombre.

— C'est bon, je vais vous emmener.

— Vous comptez me tenir la main pendant que je chie une brique ou bien je peux encore espérer faire ça tout seul ?

La mine du gardien s'assombrit encore davantage.

— Dans le couloir, deuxième porte à droite. Dépêchez-vous.

D'Agosta se leva et se dirigea d'un pas hésitant vers la porte qu'il franchit péniblement en prenant appui sur la poignée. La porte à peine refermée, il bifurqua à gauche et remonta le couloir désert au pas de course en passant devant plusieurs salles à manger aux portes blindées grandes ouvertes. Il se précipita dans la dernière et retira à la hâte sa blouse blanche de chauffeur-livreur, découvrant la chemise beige qui composait, avec son pantalon marron, l'uniforme des gardiens de Herkmoor, puis il ressortit de la pièce après avoir jeté sa blouse roulée en boule dans une poubelle. Poursuivant son chemin, il passa devant un poste de garde éclairé en faisant un petit signe de tête aux deux gardiens en faction.

L'obstacle franchi, il sortit de sa poche un stylo dissimulant une caméra vidéo miniature dont il retira le capuchon, et continua à remonter le couloir en tenant le stylo à la main de façon à filmer les lieux. Il avançait tranquillement, comme un gardien effectuant sa ronde en orientant le stylo d'un côté et de l'autre, veillant tout particulièrement à filmer les caméras de sécurité et autres capteurs électroniques.

Arrivé au milieu du couloir, il repéra des toilettes dont il poussa la porte et se dirigea vers l'avant-dernière cabine dans laquelle il s'enferma, puis il sortit de l'intérieur de son pantalon un petit sachet en plastique et un minuscule rouleau de scotch. Debout sur la cuvette, il souleva l'une des dalles du plafond et fixa le sachet en plastique à l'aide du scotch au-dessus de la dalle avant de la remettre en place.

Un but à zéro pour Eli Glinn.

Glinn lui avait assuré que la fouille au corps s'arrêterait dès qu'ils auraient trouvé la bouteille, l'expérience lui avait donné raison.

D'Agosta ressortit des toilettes et poursuivit son chemin. Quelques instants plus tard, une alarme se déclencha. Une alarme discrète, un simple bip aigu. Il arrivait à l'extrémité du couloir où l'attendait une double porte munie d'une serrure électronique. Il ouvrit son portefeuille et sortit une carte de crédit truquée qu'il passa dans le lecteur.

La diode vira au vert et un clic lui indiqua que le verrou se désengageait.

Deux à zéro pour Glinn.

Sans attendre, D'Agosta se glissa de l'autre côté.

Il se trouvait à présent dans une petite cour de promenade, déserte à cette heure, ceinturée par de hauts murs de parpaings de trois côtés, et par un épais grillage sur le quatrième. Il s'assura qu'aucune caméra de sécurité ne l'observait ; Glinn le lui avait affirmé, la prison la mieux sécurisée ne peut placer des caméras partout.

D'Agosta fit le tour de la cour en la filmant à l'aide de son stylo. Il remit celui-ci en poche, s'approcha de l'un des murs, déboucla sa ceinture, fit glisser la fermeture Éclair de son pantalon et retira un petit rouleau de Mylar fixé à l'intérieur de sa cuisse. Après un dernier coup d'œil par-dessus son épaule, il introduisit le rouleau de Mylar dans une grille d'égout en veillant à bien l'accrocher à l'aide d'une pince à cheveux tordue. Enfin, il s'approcha du grillage qu'il secoua légèrement afin d'en éprouver la solidité. Le moment le plus périlleux de sa mission était arrivé.

Sortant de sa chaussette une petite pince coupante, D'Agosta découpa le grillage sur un mètre cinquante de hauteur, juste derrière l'un des poteaux métalliques. Il s'assura que l'opération ne se voyait pas et envoya la pince sur le toit le plus proche où personne ne la trouverait de sitôt. Il longea ensuite le grillage sur quatre ou cinq mètres. De l'autre côté, les miradors découpaient leur silhouette dans la nuit. Il prit sa respiration plusieurs fois, se frotta les mains et entama l'escalade du grillage.

À mi-hauteur, il découvrit un fil de couleur imbriqué dans le grillage. Une alarme se déclencha à l'instant où il franchissait le fil tandis qu'une demi-douzaine de lampes au sodium s'allumaient dans son dos. Des faisceaux de lumière furent aussitôt braqués dans sa direction et il ne tarda pas à se retrouver sous les feux des projecteurs. Loin de s'arrêter, il poursuivit son escalade et finit par s'arrêter, le temps de filmer, le stylo à demi dissimulé par un bras, le no man's land situé de l'autre côté du grillage dont on distinguait à présent tous les détails grâce aux projecteurs.

— Vous êtes repéré ! fit une voix amplifiée par un mégaphone en provenance du mirador le plus proche. Ne bougez plus !

En tournant la tête, D'Agosta vit six gardiens débouler en courant dans la cour et se précipiter vers lui. Il remit discrètement le stylo dans sa poche et leva les yeux : deux fils, un rouge et un blanc, couraient le long du grillage. Il tira sur le fil rouge et l'arracha, déclenchant une seconde sirène.

— Halte !

Les gardiens escaladaient le grillage à leur tour et il ne tarda à se sentir agrippé par une main, puis deux, puis dix, qui lui tiraient les bras et les jambes. Opposant un semblant de résistance pour la forme, il finit par se laisser tirer en arrière et se retrouva rapidement allongé dans la cour, entouré d'une meute de gardiens armés qui le visaient avec leurs armes.

— Qu'est-ce que c'est que ce type-là ? s'exclama un gardien. Qui êtes-vous ?

D'Agosta se mit en position assise.

— Le chauffeur de la camionnette, répondit-il d'une voix pâteuse.

— Quoi ?!! s'exclama un autre gardien.

— On m'en a parlé tout à l'heure. Un type qui venait livrer de la viande. Il paraît qu'il était soûl.

D'Agosta se recroquevilla sur lui-même.

— Vous m'avez fait mal, geignit-il.

— T'as raison, il est soûl comme un cochon.

— J'avais à peine bu.

— Allez, lève-toi !

D'Agosta tenta de se relever en titubant et l'un des gardiens dut l'aider à se remettre debout.

— Il croyait sans doute pouvoir s'évader, railla l'un des gardiens.

— Allez, mon vieux. Viens avec nous.

Sous bonne escorte, D'Agosta regagna la cuisine où le gardien censé le surveiller, rouge de colère, l'attendait en compagnie de son chef.

Ce dernier se précipita vers lui.

— Dites donc, vous jouez à quoi ?

— J'ai pas trouvé les chiottes, répliqua D'Agosta d'une voix pâteuse. Alors j'ai décidé de me faire la belle.

Il ponctua sa réponse d'un rire épais, provoquant des réactions narquoises autour de lui.

Le gardien-chef n'avait pas l'air de trouver la chose amusante.

— Comment êtes-vous entré dans la cour ?

— Quelle cour ?

— À l'extérieur ?

— Sais pas, moi. Faut croire que la porte était ouverte.

— C'est faux.

D'Agosta haussa les épaules et s'écroula sur une chaise où il fit mine de s'assoupir.

— Vérifiez tout de suite l'accès à la cour 4, ordonna le gardien-chef à l'un de ses hommes. Quant à vous, ajouta-t-il à celui qui aurait dû surveiller D'Agosta, vous ne le quittez pas des yeux. C'est compris ? Il ne quitte pas la pièce, vous le laissez faire dans son froc s'il le faut.

— Bien, chef.

— Vous avez de la chance qu'il n'ait pas eu le temps de franchir le grillage. Je ne vous dis pas la paperasse qu'il aurait fallu remplir s'il avait réussi à pénétrer dans le no man's land.

— Oui, chef. Désolé, chef.

Au grand soulagement de D'Agosta, personne n'avait remarqué qu'il avait changé de tenue dans la confusion générale. *Trois à zéro pour Glinn.*

Deux agents de la police locale pénétraient au même moment dans la cuisine.

— C'est lui ? demanda le premier d'un air surpris.

— Oui, grommela le gardien en poussant D'Agosta avec sa matraque. Allez, connard, réveille-toi.

D'Agosta ouvrit les yeux et se leva.

— Qu'est-ce qu'on doit faire ? s'enquit l'un des agents. Il faut vous signer une décharge ?

Les gardiens se regardèrent d'un air perplexe.

— Non, finit par répondre le gardien-chef. Contentez-vous de nous débarrasser de ce boulet. Après tout, c'est vous que ça regarde. Et qu'il ne s'avise pas de remettre les pieds ici, je ne veux plus jamais le revoir.

— Bon, ben on va l'emmener en ville et on lui fera passer un alcootest. Allez, en route !

— Je m'en fous, j'ai presque rien bu !

— Si c'est vrai, t'as rien à craindre, mon petit gars, répliqua le flic d'un air las en escortant D'Agosta hors de la pièce.

26

Le capitaine Hayward arriva sur place moins de deux minutes après les premiers secours. Les cris aigus de la victime se répercutaient à travers l'enfilade des greniers, ce qui la rassura : pour qu'il pousse de pareils vagissements, le malheureux n'était pas près de mourir.

Elle franchit plusieurs portes basses en baissant la tête et parvint à l'endroit du drame où l'attendaient Visconti et son coéquipier, un certain Martin.

— Expliquez-moi ce qui s'est passé, demanda-t-elle en s'approchant.

— C'est nous qui étions le plus près au moment de l'attaque et nous avons fait fuir le meurtrier, répondit Visconti. Il était penché sur la victime, prêt à l'achever, mais il s'est enfui en nous voyant.

— Vous avez eu le temps de le voir ?

— Rien qu'une silhouette.

— L'arme ?

— On ne sait pas.

La jeune femme hocha la tête.

— On a également retrouvé le portefeuille de Lipper, ajouta Visconti en montrant du menton l'une des boîtes destinées à recueillir les indices.

Hayward se pencha et ouvrit la boîte.

— Faites faire tous les tests possibles et imaginables sur ce portefeuille. ADN, empreintes, fibres textiles, tout le tremblement. Faites également congeler une dizaine de prélèvements sanguins. On ne sait jamais.

— Bien, capitaine.

— Comment s'appelle l'autre gardien, déjà… Morris ! S'il est encore là, je voudrais lui parler.

Visconti donna quelques ordres dans sa radio et un flic en uniforme pénétra dans la pièce en compagnie du gardien. Ses cheveux, habituellement ramenés sur le dessus du crâne, étaient dans tous les sens et son uniforme était chiffonné. Une odeur de formol flottait autour de lui.

— Ça va aller ? lui demanda Hayward. Vous pouvez répondre à quelques questions ?

— Je… je crois, répondit-il d'une voix sifflante.

— Vous avez assisté à l'attaque ?

— Non. Je… je me trouvais trop loin et je tournais le dos.

— Vous avez pourtant bien dû voir ou entendre quelque chose au cours des secondes qui ont précédé l'attaque.

Morris faisait manifestement un effort pour se concentrer.

— C'est-à-dire que… on a entendu des cris. On aurait dit un animal. Et un grand bruit de verre cassé. Et puis quelque chose a surgi de l'obscurité…

Il n'acheva pas sa phrase.

— Quelque chose ? Vous voulez dire qu'il ne s'agissait pas de quelqu'un ?

Les yeux de Morris ne restaient pas en place.

— J'ai juste vu une ombre se précipiter en hurlant.

Hayward se tourna vers l'un de ses hommes.

— Emmenez M. Morris au rez-de-chaussée et demandez à l'inspecteur Whittier de recueillir son témoignage.

— Bien, capitaine.

Deux ambulanciers apparurent derrière une montagne de caisses de rangement. Ils poussaient une civière sur laquelle reposait une énorme silhouette gémissante.

— Comment va-t-il ? demanda Hayward.

— Il a reçu de nombreuses lacérations, probablement avec un couteau artisanal. Ou alors à l'aide d'une griffe.

— Une griffe ?

Son interlocuteur haussa les épaules.

— Certaines coupures sont très irrégulières. Il a eu de la chance qu'aucun organe vital n'ait été touché. C'est l'avantage d'être gros. Il a perdu beaucoup de sang et il est très choqué, mais il s'en remettra.

— Il est en état de parler ?

— Vous pouvez toujours essayer, mais on lui a administré un sédatif.

Hayward se pencha sur la civière et une horrible odeur de formol, à laquelle se mêlaient des effluves de poisson pourri, lui monta aux narines. Le visage poupin du gardien était hagard.

— Wilson Bulke ? demanda-t-elle d'une voix douce.

Il posa brièvement les yeux sur elle en papillonnant des paupières.

— J'aurais quelques questions à vous poser.

L'autre balbutia des syllabes inintelligibles.

— Monsieur Bulke, avez-vous vu votre agresseur ?

Les yeux bougèrent à nouveau et il ouvrit une bouche humide.

— Son… visage.

— Quel visage ? À quoi ressemblait-il ?

— Ses grimaces… Mon Dieu…

La suite se perdit dans un marmonnement incompréhensible.

— Que pouvez-vous me dire de plus précis ? Était-ce un homme ou une femme ?

Bulke gémit en secouant brièvement la tête.

— Il était seul, ou bien étaient-ils plusieurs ?

— Seul, répondit le gardien d'une voix rauque.

Hayward se tourna vers l'ambulancier qui haussa les épaules. Elle fit signe à l'un de ses inspecteurs d'approcher.

— Restez avec lui pendant son transfert à l'hôpital. S'il reprend ses esprits, demandez-lui de décrire son agresseur. J'ai besoin de savoir à qui on a affaire.

— Bien, capitaine.

Elle se redressa et se tourna vers ses hommes.

— Quel que soit l'agresseur, il est coincé ici. Partons à sa recherche.

— Vous ne pensez pas qu'on ferait mieux de faire appel à une unité d'élite ?

— Ils vont mettre des heures à se préparer, sans parler des autorisations nécessaires. Le sang qu'on a retrouvé sur ce portefeuille était frais, nous avons encore une chance que Lipper soit vivant. Visconti et Martin, vous venez avec moi, ainsi que l'inspecteur O'Connor.

Un grand silence accueillit son ordre. Les policiers se regardèrent.

— Un problème, messieurs ? Je vous signale que nous sommes quatre et qu'il est tout seul.

Leur hésitation n'échappa pas à Hayward qui soupira.

— Ne me dites pas que vous croyez à toutes ces histoires de fantômes ? Vous avez peur d'être attaqués par une momie, c'est ça ?

Visconti, rougissant, sortit son arme, aussitôt imité par les deux autres.

— Éteignez vos radios et vos portables. À partir de maintenant, plus une sonnerie de téléphone. Je n'ai pas envie que le meurtrier soit alerté par la Cinquième de Beethoven au moment de lui mettre le grappin dessus.

Les trois hommes hochèrent la tête.

Hayward sortit de sa poche la photocopie d'un plan fourni par le Muséum et la posa sur une caisse.

— Bon. Cette partie des greniers comporte seize petites pièces qu'on voit ici. Huit de chaque côté du toit, avec un sas au bout, le tout formant un U. À part l'escalier, il n'y a qu'une seule autre issue : le toit auquel on accède uniquement en passant par cette rangée de fenêtres devant lesquelles j'ai fait poster des hommes. Les tabatières sont théoriquement impossibles à ouvrir, de sorte que le meurtrier est forcément coincé.

Elle s'arrêta afin de les regarder chacun à leur tour.

— Nous avançons deux par deux en vérifiant chacune des pièces avant de passer à la suivante. Je fais équipe avec O'Connor. Visconti et Martin, vous nous couvrez. Ne restez pas trop près. Et souvenez-vous, nous partons du principe que Lipper est encore en vie et qu'il est retenu en otage. On ne prend donc aucun risque. Nous n'aurons recours à des moyens extrêmes que si nous avons la preuve que Lipper est mort, et seulement en cas d'absolue nécessité. C'est bien clair ?

Les trois policiers acquiescèrent.

— Je passe devant.

Comme aucun de ses hommes ne lui proposait de prendre sa place, Hayward se fit la réflexion que l'égalité des sexes avait fini par entrer dans les mœurs au NYPD. À moins d'attribuer ce manque de galanterie à la peur.

Le petit groupe se mit en route. Le sol était taché de sang et une étagère de bocaux, en s'écroulant, avait semé dans la pièce une pluie de morceaux de verre parmi lesquels gisaient des restes d'anguilles nageant dans des flaques malodorantes.

Hayward et O'Connor se postèrent des deux côtés de la première porte. La jeune femme coula un regard rapide à l'intérieur de la pièce, fit signe à O'Connor que tout était normal et ils poursuivirent leur exploration dans la pénombre.

La pièce suivante était également déserte. Là aussi, des étagères avaient été renversées et des débris de verre jonchaient le sol dans des relents d'alcool. Cette fois, les spécimens éparpillés étaient de petits rongeurs. Une pile de dossiers avait été jetée par terre au milieu d'un capharnaüm d'objets divers. Hayward repensa au rapport d'autopsie préliminaire de DeMeo : à en croire le légiste, le tueur avait arraché les organes internes au hasard, avec une violence proche du vandalisme et confinant à la folie.

Elle s'aplatit contre le chambranle de la porte suivante en attendant que les autres soient prêts, puis elle passa vivement la tête. La pièce avait été saccagée, comme les précédentes. La vitre de l'une des tabatières était cassée, mais les barreaux qui la protégeaient étaient intacts. Le meurtrier n'avait donc pas pu s'échapper par là.

Elle s'immobilisa soudain en entendant un léger bruit un peu plus loin.

— Chut ! chuchota-t-elle. Vous avez entendu ?

Un bruit de pas traînant, une sorte de frottement suivi d'un coup sourd : *ffffft-boum... ffffft-boum...*

Hayward passa dans la pièce suivante. L'éclairage installé à la hâte dans la pièce où le gardien avait été attaqué se trouvait trop loin pour qu'on puisse distinguer grand-chose. La jeune femme sortit sa lampe de poche et balaya les recoins de la pièce à l'aide du puissant faisceau. Des milliers de masques mortuaires en plâtre l'observaient de tous côtés. Certains montraient des signes de mutilation récents. Quelqu'un, le meurtrier sans doute, les avait taillés en pièces et leur avait arraché les yeux, laissant des traces de sang un peu partout.

La pièce suivante était entièrement plongée dans le noir et Laura Hayward fit signe à ses hommes de se tenir prêts.

Elle tendit l'oreille. Le frottement étrange s'était arrêté : le tueur devait les attendre, prêt à bondir. Il était là, tout proche, elle le sentait.

La tension était montée d'un cran chez ses hommes, le mieux était encore de passer à l'action sans leur laisser le temps de réfléchir.

Elle se rua en avant, la torche pointée, avant de se remettre vivement à couvert : une silhouette était accroupie au milieu de la pièce. Un être bestial, tout nu et couvert de sang. Pourtant, le doute n'était pas possible, il s'agissait d'un humain, et même d'un humain de petite taille.

Elle fit signe aux autres, le doigt levé en direction de la pièce, leur signalant la présence d'une seule personne dans la pièce.

Les nerfs tendus, les trois policiers firent bloc autour d'elle. Soudain, la jeune femme déclara d'une voix ferme :

— Police, ne bougez pas. Nous sommes armés et nous vous tenons en joue. Approchez-vous de la porte les mains en l'air.

Elle entendit un bruit étrange, comme celui d'un animal courant à quatre quattes.

— Il s'enfuit !

L'arme au poing, Hayward passa la tête et eut juste le temps de voir une silhouette sombre s'enfuir dans le grenier suivant. La fuite du tueur s'accompagna d'un grand fracas.

— Allons-y !

Elle traversa la pièce en un éclair et s'arrêta à l'entrée du grenier suivant qu'elle éclaira avec sa lampe. Aucun signe du tueur.

— On passe à la suivante ! cria-t-elle, et l'opération se répéta dans la pièce voisine.

Il s'agissait d'un grenier nettement plus vaste, parcouru d'étagères métalliques grises pleines de bocaux. Chacune des verrines contenait un œil de la taille d'un melon, les nerfs optiques semblables à des tentacules. Plusieurs bocaux gisaient sur le sol et des dizaines d'yeux avaient éclaté en une myriade de morceaux gélatineux au milieu des débris de verre.

Une fouille rapide permit de constater que le grenier était vide et Hayward rassembla sa petite équipe.

— On est en train de l'acculer progressivement. N'oubliez jamais que les hommes, comme les animaux, sont toujours plus dangereux quand ils sont acculés.

Ses acolytes acquiescèrent.

— J'ai comme l'impression qu'on a trouvé la réserve d'yeux de baleine du Muséum, ajouta-t-elle.

Quelques rires nerveux lui répondirent.

— Bien. On continue, pièce par pièce. Inutile de se presser.

Hayward s'approcha de la pièce voisine qu'elle éclaira brièvement avec sa lampe. Rien.

Ils venaient d'investir la pièce lorsqu'un cri déchirant retentit de l'autre côté de la cloison, suivi d'un bruit de verre brisé. Les policiers sursautèrent violemment. Une forte odeur d'alcool éthylique envahit l'espace.

— Ce genre de truc prend feu au moindre prétexte, les avertit Hayward. Si jamais il a des allumettes, tenez-vous prêts à courir.

Elle s'avança, la torche à la main, afin d'éclairer le grenier suivant.

— Je le vois ! cria O'Connor.

Ffffft-boum ! Un hurlement inhumain déchira l'air et une silhouette sombre à la curieuse démarche en crabe se rua sur eux, un couteau en silex dans son poing levé. Hayward n'eut que le temps de se jeter en arrière et la lame de pierre lui siffla aux oreilles.

— Police ! cria-t-elle. Lâchez votre arme !

Sans se soucier de son avertissement, il se précipita sur eux en fendant l'air de son couteau artisanal.

— Ne tirez pas ! hurla Hayward. Servez-vous des bombes lacrymogènes !

Elle évita de justesse son agresseur, l'obligeant à lui faire face, tandis que les autres se regroupaient autour de lui, matraques et bombes lacrymogènes prêtes à servir. D'un bond, Visconti fondit sur le tueur et lui envoya un jet de gaz dans les yeux. L'autre se mit à hurler comme un possédé en donnant des coups de couteau à l'aveuglette. D'un croc-en-jambe bien placé, Hayward le déstabilisa et il roula à terre où elle n'eut plus qu'à le désarmer d'un coup de pied.

— Passez-lui les menottes !

Sans attendre son ordre, Visconti lui avait déjà menotté un poignet en attendant que l'inspecteur O'Connor fasse de même avec l'autre.

Le tueur se débattait et criait comme un possédé.

— Attachez-lui les jambes ! suggéra Hayward.

Un peu plus tard, l'homme se retrouvait allongé sur le ventre au milieu de la pièce.

— Demandez aux secours de lui faire une piqûre, suggéra Hayward.

En dépit de ses bras et de ses jambes entravés, l'homme poussait des hurlements suraigus et se tordait dans tous les sens avec une énergie telle que Hayward et ses hommes avaient toutes les peines du monde à le maintenir, malgré sa petite taille.

— C'est pas croyable. Il est drogué ou quoi ? s'étonna l'un des flics.

— Même s'il était drogué, je n'ai jamais vu ça.

Un infirmier ne tarda pas à les rejoindre, qui calma les ardeurs de l'inconnu en lui faisant une injection dans la fesse. Le temps que le sédatif agisse, ses soubresauts s'atténuèrent. Hayward en profita pour se relever et s'épousseter.

— Seigneur, fit O'Connor. On dirait qu'il a pris un bain de sang.

— En plus, il pue.

— Sans compter qu'il est à poil.

Hayward recula. L'assassin, la tête maintenue au sol par Visconti, tentait encore de se débattre.

Elle se pencha en avant.

— Où est Lipper ? demanda-t-elle. Qu'avez-vous fait de lui ?

Il lui répondit par un gémissement.

— Retournez-le, je suis curieuse de voir la tête qu'il a.

Visconti s'exécuta. Le visage et les cheveux du tueur étaient maculés de sang séché. Il multipliait les grimaces, les traits déformés par de nombreux tics.

— Nettoyez-le.

L'infirmier ouvrit un paquet de compresses stériles et lui nettoya le visage.

— Mon Dieu ! s'exclama Visconti.

Bouche bée, Hayward n'en croyait pas ses yeux : le tueur n'était autre que Jay Lipper.

27

Spencer Coffey se laissa tomber dans un fauteuil en tirant sur le pli de son pantalon d'un geste impatient. En face de lui, le directeur de la prison de Herkmoor était égal à lui-même : calme, tiré à quatre épingles, avec le même casque blond dompté au sèche-cheveux. Gordon Imhof avait pourtant dans le regard un soupçon de nervosité qui n'échappa pas à Coffey. Quant à l'inspecteur Rabiner, il avait préféré rester debout, adossé au mur, les bras croisés.

Coffey laissa volontairement le silence s'installer avant de prendre la parole.

— Monsieur Imhof, commença-t-il. Vous m'aviez promis de vous occuper personnellement de cette affaire.

— C'est ce que j'ai fait, se défendit froidement Imhof d'une voix neutre.

Coffey s'enfonça dans son fauteuil.

— L'inspecteur Rabiner et moi-même venons tout juste d'interroger le prisonnier et je suis au regret de vous dire que la notion de respect lui est toujours aussi étrangère. Je crois vous avoir déjà dit que la *manière* dont vous vous y preniez m'importait peu, que seul comptait le *résultat*. Votre méthode est manifestement inefficace car nous avons toujours affaire au même connard arrogant et sûr de lui qu'auparavant. Il a refusé de répondre à nos questions et s'est même payé le luxe de se montrer insolent. Quand je lui ai demandé comment il vivait l'isolement, il m'a répondu qu'il préférait ça.

— Qu'il préférait l'isolement à quoi ?

— Au fait d'être mêlé à ses « anciens clients ». Ce sont les termes de ce prétentiard sarcastique. Il a même insisté sur le fait qu'il ne souhaitait pas se mêler aux autres détenus. Je suis désolé de vous dire ça, mais il est loin de faire amende honorable.

— Vous savez, inspecteur, ce genre de chose prend du temps.

— Le problème, monsieur Imhof, c'est que nous sommes pressés. Sa demande de libération sous caution doit bientôt être réexaminée et je peux vous dire que Pendergast va s'en donner à cœur joie. On ne peut pas éternellement l'empêcher de voir son avocat. Il faut impérativement qu'il ait craqué d'ici là. J'ai besoin d'une confession.

Coffey oublia de préciser que le FBI était en train de s'apercevoir que son dossier reposait sur du vent, ce qui augmentait d'autant les chances de Pendergast d'être libéré sous caution. Une confession aurait grandement simplifié le problème.

— Comme je vous l'ai dit, ça prend du temps.

Coffey prit sa respiration avant d'en venir aux choses sérieuses. Avec Imhof, c'était la carotte ou le bâton.

— Pendant ce temps, notre homme passe son temps à dire tout le mal qu'il pense de vous et de Herkmoor à tous ceux qui sont prêts à l'écouter. À commencer par ses gardiens et le personnel. Croyez-moi, Imhof, ce type-là sait se montrer convaincant.

Le directeur ne répondit pas, mais Coffey nota avec satisfaction qu'un tic nerveux agitait la bouche de son interlocuteur. Il n'avait pourtant pas l'air décidé à prendre des mesures plus radicales.

Il eut soudain un éclair de génie. L'expression « anciens clients » venait de faire tilt. Et si Pendergast avait peur de se retrouver face à « d'anciens clients » ?

— Monsieur Imhof, reprit-il d'une voix innocente. Votre ordinateur serait-il relié à la banque de données du ministère de la Justice, par hasard ?

— Bien sûr.

— Très bien. Dans ce cas, nous pourrions nous intéresser aux « anciens clients » de Pendergast.

— Je ne comprends pas.

— Il vous suffit de rechercher la liste des arrestations effectuées par Pendergast et de la comparer à celle de vos détenus.

— Vous voulez dire, pour voir si certains des détenus arrêtés par Pendergast sont incarcérés à Herkmoor ?

— Exactement, fit Coffey en jetant un coup d'œil à Rabiner par-dessus son épaule.

L'inspecteur affichait un sourire carnassier.

Imhof tira à lui le clavier posé sur son bureau et entama ses recherches sous l'œil impatient de Coffey.

— C'est curieux, murmura Imhof. On remarque un taux de mortalité particulièrement élevé chez les malfaiteurs arrêtés par Pendergast. La plupart n'ont même pas eu le temps de passer en jugement.

— Vous n'allez pas me dire qu'aucun d'entre eux n'a atterri en prison.

Imhof pianota quelques minutes de plus sur son ordinateur, puis il se tourna vers ses visiteurs.

— Nous en avons deux actuellement à Herkmoor.

— Donnez-moi les détails, demanda Coffey, le regard brillant.

— Le premier s'appelle Albert Chichester.

— Allez-y.

— C'est un tueur en série.

Coffey se frotta les mains en se tournant à nouveau vers Rabiner.

— Il a empoisonné douze personnes dans la maison de retraite où il était employé, poursuivait Imhof. Infirmier de métier, soixante-treize ans.

Le visage de Coffey se rembrunit.

— Ah, fit-il, dépité.

— Et l'autre ? demanda Rabiner.

— Un criminel endurci, Carlos Lacarra, dit « El Pocho ».

— Lacarra, répéta Coffey.

Imhof hocha la tête.

— Un ancien gros bonnet de la drogue. Un individu dangereux. Il a commencé par faire son trou dans le ghetto d'East L.A. avant de s'installer sur la côte Est où il a pris la direction des opérations à Newark et dans le comté d'Hudson.

— Tiens, tiens…

— Il a assassiné tous les membres d'une même famille après les avoir torturés, les trois enfants y compris, pour se venger d'une opération ratée. Son dossier précise que Lacarra a été appréhendé par l'inspecteur Pendergast. C'est curieux, je ne le savais pas.

— Comment se comporte ce Lacarra à Herkmoor ?

— Il dirige un gang de détenus, les Dents cassées, qui donnent beaucoup de fil à retordre à mes hommes.

— Les Dents cassées, fit Coffey à mi-voix.

Sa bonne humeur était en train de revenir au galop.

— Dites-moi, monsieur Imhof. Dans quelle cour de promenade est affecté ce Pocho Lacarra ?

— Dans la cour 4.

— Que se passerait-il si l'inspecteur Pendergast effectuait désormais sa promenade dans la cour 4 ?

Imhof fronça les sourcils.

— Si Lacarra le reconnaissait, ça ferait des dégâts. Même s'il ne le reconnaissait pas, d'ailleurs.

— Pourquoi ça ?

— C'est-à-dire que Lacarra… Je ne vois pas trente-six moyens de vous dire ça : Lacarra choisit exclusivement des détenus de race blanche pour en faire ses putes personnelles.

— Je vois, poursuivit Coffey d'un air pensif. Dans ce cas, il ne vous reste plus qu'à faire transférer Pendergast dans la cour 4.

Imhof ne cherchait plus à dissimuler son inquiétude.

— Vous ne trouvez pas que la mesure est un peu forte, inspecteur ?

— J'ai bien peur que notre homme ne nous laisse pas le choix. J'ai déjà vu pas mal de détenus récalcitrants au cours de ma carrière, mais celui-ci dépasse les bornes. Sa façon de se moquer de la justice, de cette prison et plus particulièrement de vous est proprement scandaleuse. Je pèse mes mots.

Coffey nota avec satisfaction que son interlocuteur avait marqué le coup.

— Je vous assure, Imhof, transférez-le là-bas. Tout en veillant à ce qu'il ne lui arrive rien de grave. Il suffit de le sortir de là en cas de besoin. Mais ne le faites pas trop tôt, si vous voyez ce que je veux dire.

— Je ne voudrais pas avoir d'ennuis s'il lui arrivait quelque chose. J'aurai besoin de votre soutien.

— Vous pouvez compter sur moi, Imhof. Je vous suis à cent pour cent.

Sur ces mots, Coffey se leva, fit signe à Rabiner de le suivre et sortit du bureau.

28

Assise à son bureau, Laura Hayward regardait d'un œil morne les piles de paperasses qui l'attendaient. Elle détestait le désordre, les dossiers mal rangés et les formulaires entassés n'importe comment. Mais elle avait beau faire, les documents finissaient invariablement par s'accumuler, comme si son bureau devait refléter la confusion et le désordre qui régnaient dans sa tête. Elle était censée rédiger un rapport sur le meurtre de DeMeo, mais elle s'en sentait incapable. Comment se lancer dans une nouvelle enquête tout en ayant le sentiment d'avoir raté la précédente ? Comment oublier qu'elle avait probablement envoyé un innocent en prison, peut-être même à la mort ?

Elle tenta de se concentrer à nouveau avec l'espoir de mettre un peu d'ordre dans son esprit. Elle avait toujours organisé sa pensée de façon logique en dressant des listes et elle n'arrivait pas à passer à une autre affaire alors que celle de Pendergast n'était toujours pas résolue dans son esprit.

Elle soupira et recommença à zéro.

Primo : un innocent se trouvait peut-être en prison, accusé d'un crime passible de la peine de mort.

Deuxio : le frère du coupable présumé venait de refaire surface alors qu'on le croyait mort depuis longtemps, et il avait kidnappé une femme sans aucune raison apparente avant de voler la plus belle collection de diamants au monde… et de la détruire. Pourquoi ?

Tertio…

Elle fut interrompue par un coup discret à la porte.

Hayward avait pourtant demandé à ne pas être dérangée et son premier réflexe fut un mouvement de colère incontrôlé. Surprise de sa propre réaction, elle s'efforça de recouvrer son calme.

— Entrez, dit-elle d'une voix glaciale.

La porte s'ouvrit lentement sur la silhouette de Vincent D'Agosta.

Son arrivée jeta un froid.

— Laura... tenta D'Agosta, mais il n'alla pas plus loin.

Hayward se sentit rougir malgré le masque de froideur qu'elle affichait.

— Assieds-toi.

Elle l'observa tandis qu'il pénétrait dans la pièce et prenait une chaise, veillant à étouffer les sentiments que sa vue engendrait chez elle. Il était étonnamment mince et plutôt bien habillé, en costume et cravate, ses cheveux clairsemés ramenés en arrière.

Comme le silence s'éternisait, D'Agosta finit par demander :

— Alors... comment ça va ?

— Bien, et toi ?

— Je dois passer en conseil de discipline début avril.

— Bien.

— Tu parles. Si je suis reconnu coupable, je perds mon boulot, mes droits à la retraite et tout le reste.

— Je voulais dire, autant en avoir fini le plus vite possible, répliqua-t-elle avec brusquerie.

Et d'abord, pourquoi venait-il la voir ? Pour se plaindre ? Elle attendait qu'il en vienne au fait.

— Écoute, Laura. Je voudrais te dire quelque chose.

— Je t'écoute.

Elle voyait bien qu'il avait du mal.

— Je suis désolé, finit-il par dire. Sincèrement désolé. Je sais que je t'ai fait souffrir et que tu m'en veux... Je donnerais n'importe quoi pour me faire pardonner.

Hayward ne dit rien, préférant le laisser poursuivre.

— Quand j'ai pris la décision de te quitter, j'étais vraiment persuadé d'agir dans ton intérêt, pour te protéger de Diogène. Je savais qu'en partant de chez toi, il te laisserait tranquille. Je ne voulais pas te faire mal. Je naviguais à vue, tout allait très vite et je n'ai pas réfléchi à toutes les conséquences de mes actes. J'y ai beaucoup pensé depuis. Tu as dû trouver que j'étais un beau salaud de te quitter comme ça, sans un mot. Tu as dû te dire que je ne te faisais pas confiance, mais ce n'était pas ça du tout.

Il hésita avant de poursuivre en se mordillant la lèvre.

— Écoute, je voudrais qu'on se remette ensemble. Je tiens énormément à toi et je sais que tout peut s'arranger si...

Il n'acheva pas sa phrase. Hayward ne lui facilitait pas la tâche en ne disant rien.

— Bref, je voulais te demander pardon, balbutia-t-il.

— Eh bien, c'est fait.

Un silence douloureux ponctua la réponse de la jeune femme.

— Autre chose ? s'enquit Hayward.

Mal à l'aise, D'Agosta changea de position sur sa chaise. Le soleil qui traversait les stores dessinait des stries sur son costume.

— J'ai entendu dire...

— Tu as entendu dire quoi ?

— Que tu continuais à t'intéresser à l'affaire Pendergast.

— Vraiment ? dit-elle d'une voix glaciale.

— Ouais. J'ai appris ça par un copain qui travaille dans l'équipe de Singleton, expliqua-t-il, toujours aussi mal à l'aise. Quand j'ai su ça, j'ai repris espoir. Je me suis dit que je pourrais peut-être t'aider. Je ne t'ai pas tout dit à l'époque, j'étais persuadé que tu ne me croirais pas. Mais si tu n'as pas refermé l'enquête après tout ce qui s'est passé... je me disais que je devrais peut-être t'en parler. Histoire de te donner des munitions.

Hayward veillait à rester impassible, décidée à ne pas l'encourager. Il avait pris un coup de vieux, ses traits étaient tirés, mais il portait un costume neuf, une chemise repassée. Un court instant, elle se demanda qui s'occupait de ses affaires.

— L'enquête est bouclée, finit-elle par dire.

— Officiellement, oui. Mais mon copain me disait que...

— Je ne sais pas ce qu'on a pu te raconter et je m'en contrefiche. Je suis étonnée que tu prêtes autant d'attention aux rumeurs colportées par de prétendus copains.

— Mais enfin, Laura...

— Je préférerais que tu ne m'appelles pas Laura.

D'Agosta laissa passer un long silence avant de poursuivre.

— Écoute-moi. Toute cette histoire a été orchestrée par Diogène : les meurtres, le vol des diamants, l'enlèvement, tout. Il avait planifié son coup de longue date et il s'est joué de tout le monde. Il a commencé par tuer ces gens pour mieux faire porter le chapeau à Pendergast. Il a organisé le cambriolage du musée, il a enlevé lady Maskelene...

— Tu m'as déjà raconté tout ça.

— Oui, mais il y a une chose que je ne t'ai jamais dite...

Hayward faillit perdre son sang-froid.

— Ravie d'apprendre que vous me cachez des choses, lieutenant, grinça-t-elle.

— Non, ce n'est pas ça que je voulais...

— C'est *exactement* ça que tu voulais dire.

— Bon sang, écoute-moi. Lady Maskelene a été enlevée parce qu'elle et Pendergast... eh bien, figure-toi qu'ils s'aiment.

— Oh, arrête tes histoires !

— J'étais là quand ils se sont rencontrés l'an dernier sur l'île de Capraia. Il était allé l'interroger dans le cadre de l'affaire Bullard. Leurs regards se sont croisés et j'ai tout de suite vu qu'il se passait quelque chose entre eux. D'une manière ou d'une autre, Diogène l'a appris.

— Ils s'étaient revus ?

— Pas vraiment, mais Diogène l'a attirée à New York en se faisant passer pour Pendergast.

— Je trouve curieux qu'elle ne m'en ait rien dit au moment de l'enquête.

— Elle cherchait à se protéger et à protéger Pendergast. Si jamais on apprenait qu'il y avait quelque chose entre eux...

— Alors qu'ils s'étaient à peine croisés sur une île.

D'Agosta hocha la tête.

— Exactement.

— L'inspecteur Pendergast et lady Maskelene, amoureux l'un de l'autre, laissa-t-elle tomber sur un ton dubitatif.

— Je ne peux pas garantir à cent pour cent les sentiments de Pendergast mais, en ce qui concerne lady Maskelene, je suis persuadé d'avoir raison.

— Comment Diogène aurait-il été au courant de cette charmante idylle ?

— Je ne vois qu'une seule possibilité. Quand Pendergast a été soigné par Diogène en Italie, après avoir failli mourir à Castel Fosco, il a dû parler sous l'effet du délire. Tu comprends ? Diogène aura ensuite voulu kidnapper Viola pour occuper Pendergast pendant qu'il volait la collection de diamants du Muséum.

D'Agosta se tut. Hayward en profita pour se calmer en prenant longuement sa respiration.

— Tu es en train de me raconter un roman à l'eau de rose. Les choses ne se passent pas comme ça, dans la vie.

— Elles se sont bien passées comme ça pour nous.

— Ce qui s'est passé entre nous était une erreur que je m'efforce d'oublier.

— Laura, écoute-moi, je t'en prie...

— Tu m'appelles encore une fois Laura et je te fais raccompagner par un de mes hommes jusqu'en bas de l'immeuble.

D'Agosta accusa le coup.

— Il y a autre chose que tu dois savoir. Tu as déjà entendu parler d'une boîte spécialisée dans l'analyse comportementale criminelle, Effective Engineering Solutions, dirigée par un certain Eli Glinn ? Je passe presque tout mon temps là-bas en ce moment, je fais des piges pour eux.

— Jamais entendu parler. Je connais pourtant tous les profileurs sur la place de New York.

— Glinn s'occupe principalement de problèmes d'ingénierie et il n'aime pas trop faire parler de lui, mais il a récemment établi un profil de Diogène qui confirme tout ce que je t'ai dit.

— À la demande de qui ?

— De l'inspecteur Pendergast.

— Tu parles d'une référence, rétorqua-t-elle sur un ton sarcastique.

— Leur étude a montré que Diogène n'avait pas fini.

— Pas fini ? C'est-à-dire ?

— Tout ce qu'il a fait jusqu'à présent – les meurtres, l'enlèvement, le vol des diamants – n'est que le préambule d'une opération plus importante. Probablement *beaucoup* plus importante.

— Mais encore ?

— On n'en sait pas plus.

— Quelle histoire, railla Hayward en ajustant une pile de dossiers sur son bureau.

— Ce n'est pas une histoire, s'énerva D'Agosta. Tu peux quand même me croire, Laura !

— Je t'avais prévenu, répliqua Hayward en appuyant sur l'interphone. Fred ? Vous serez gentil de venir jusqu'à mon bureau et de veiller à ce que le lieutenant D'Agosta quitte les lieux.

— Ne fais pas ça, Laura...

La jeune femme perdit brusquement son calme.

— Eh bien si, je fais ça. Tu m'as menti et tu m'as prise pour une idiote par-dessus le marché. J'étais prête à te donner tout ce que j'avais, et toi...

— Et j'en suis très sincèrement désolé. Si je pouvais revenir en arrière, je m'y prendrais différemment. J'ai fait ce que j'ai pu, en essayant de rester fidèle à Pendergast tout en te restant fidèle. Je suis parfaitement conscient d'avoir merdé dans les grandes longueurs et je reste persuadé que tout n'est pas fichu entre nous. Je te demande de me pardonner.

La porte du bureau s'ouvrit et un sergent apparut sur le seuil.

— Lieutenant, si vous voulez bien me suivre.

D'Agosta se leva, tourna le dos à Hayward et sortit sans un regard pour elle. Le sergent s'en alla à son tour et referma la porte, laissant la jeune femme tremblant de tous ses membres derrière ses piles de dossiers, les yeux perdus dans le vide absolu.

29

Une nuit froide et sombre était tombée sur les hauteurs de Manhattan, mais la journée la plus éclatante n'aurait pas suffi à faire pénétrer un rayon de soleil dans la bibliothèque du 891 Riverside Drive. Les fenêtres à meneaux de la pièce étaient aveuglées par des volets métalliques que protégeaient à leur tour de lourds rideaux de brocart. Le seul éclairage provenait d'un candélabre dont la lumière tamisée se mêlait à celle d'un feu mourant.

Assise dans une bergère de cuir patiné par les ans, Constance se tenait anormalement raide, comme prête à prendre la fuite. Diogène Pendergast, installé sur un canapé en face d'elle, tenait un recueil de poésie russe entre les mains et lui faisait la lecture d'une voix sucrée, la nonchalance de son accent sudiste s'accordant curieusement avec le flot de la langue russe.

— « **Память о солнце в сердце слабеет. Желтей трава** », prononça-t-il en achevant sa lecture.

Il referma le recueil et regarda Constance.

— « Le cœur perd peu à peu la mémoire du soleil tandis que l'herbe jaunit. » Anna Akhmatova, précisa-t-il avec un rire silencieux. Personne d'autre n'a jamais su traduire le chagrin avec une telle élégance douce-amère.

Un court silence ponctua sa phrase.

— Je ne pratique pas le russe, répondit enfin Constance.

— Une langue magnifique, Constance. Infiniment poétique. C'est dommage car je suis convaincu qu'entendre Akhmatova décliner son chagrin dans sa propre langue vous aiderait à apprivoiser le vôtre.

— Je n'ai aucun chagrin à apprivoiser, répliqua-t-elle.

Diogène haussa les sourcils en reposant son livre.

— Je vous en prie, mon enfant, dit-il d'une voix douce. Vous pouvez vous permettre d'offrir aux autres un visage lisse, mais vous n'avez aucune raison de me dissimuler quoi que ce soit. Je vous connais. Nous sommes si semblables.

— Semblables ? réagit Constance avec un rire amer. Vous n'êtes qu'un criminel. Quant à moi... vous ne savez rien de moi.

— Je sais beaucoup de choses, au contraire, rétorqua-t-il sans se départir de son calme. Vous êtes différente des autres. Comme moi. Notre différence fait de nous des êtres solitaires. Je sais que le destin vous a dotée d'un fardeau à la fois terrible et merveilleux. Combien vous jalouseraient ce don reçu de mon grand-oncle Antoine ? Mais aussi, combien en comprendraient la portée réelle ? Car il ne s'agit pas d'une libération, de beaucoup s'en faut. Une enfance si longue, et pourtant si dépourvue des joies de l'enfance...

Il posa sur elle ses yeux bicolores auxquels le feu donnait un éclat étrange.

— Ainsi que je vous l'ai dit, j'ai moi-même été privé d'enfance. Grâce à mon frère, à la haine compulsive qu'il a toujours entretenue à mon endroit.

Constance fit mine de protester, mais les mots qu'elle allait prononcer s'arrêtèrent sur ses lèvres. Dans la chaleur ouatée de sa poche, la souris blanche se cala confortablement, prête à s'endormir, et Constance caressa machinalement le tissu de sa robe au-dessus du petit animal.

— Mais je vous ai déjà parlé de ces années tragiques, du mal qu'il m'a fait.

Il porta à ses lèvres le verre de pastis qu'il s'était servi plus tôt dans la soirée et en avala une gorgée d'un air pensif.

— Mon frère est-il entré en contact avec vous ? demanda-t-il.

— Comment le pourrait-il ? Vous savez bien où il est en ce moment puisque c'est à vous qu'il le doit.

— Dans les mêmes circonstances, d'autres trouveraient bien le moyen de faire passer un mot à ceux qu'ils aiment.

— Il ne souhaite sans doute pas ajouter à ma détresse, le contra-t-elle d'une voix qui s'éteignit d'elle-même.

Ses yeux se posèrent sur la main qui caressait la souris endormie, puis elle les leva à nouveau vers le visage, beau et paisible, de Diogène.

— Comme je le disais il y a un instant, reprit-il après un moment de silence, nous avons beaucoup de choses en commun.

Constance ne répondit pas et continua de caresser la souris.

— Il y a tant de choses que je pourrais vous apprendre.

À nouveau sur le point de réagir, elle préféra garder pour elle ses remarques acides.

— Je serais curieuse de savoir ce que vous pourriez m'apprendre, préféra-t-elle répondre.

Diogène lui adressa un sourire amène.

— Votre vie est pour le moins morne et c'est là un euphémisme. On vous retient prisonnière dans cette demeure austère, et pourquoi ? N'êtes-vous pas une femme de chair et de sang ? N'êtes-vous pas capable de décider par vous-même, d'aller et venir à votre guise ? On vous a longtemps tenue enfermée dans le passé et voilà qu'on vous confie à des gardiens dont la pitié à votre endroit n'est motivée que par le remords. Wren, Proctor, ce D'Agosta qui se mêle de tout. Des geôliers qui ne vous aiment pas.

— Aloysius m'aime.

Un sourire triste anima le visage de Diogène.

— Vous croyez vraiment mon frère capable d'aimer ? Dites-moi, Constance : vous a-t-il jamais dit qu'il vous aimait ?

— Il n'avait pas besoin de le faire.

— Quelle preuve avez-vous de son affection ?

Constance aurait voulu lui répondre, mais elle se sentit rougir. D'un geste de la main, Diogène lui fit comprendre qu'il avait raison.

— Rien ne vous oblige à vivre de la sorte. Le monde, dans toute sa beauté et sa diversité, est à votre porte. Je pourrais vous montrer mille moyens de mettre à profit votre incroyable érudition et vos talents immenses afin de mieux satisfaire vos envies.

Bien malgré elle, le cœur de Constance se mit à battre plus fort. Sur sa robe, les doigts caressants s'étaient figés.

— La vie ne se limite pas aux choses de l'esprit, elle consiste aussi à combler les sens. Derrière votre cerveau se dissimule un corps. Ne laissez plus cet horrible Wren vous surveiller comme une enfant. Libérez-vous. Vivez, voyagez, aimez ! Prenez le temps de parler ces langues que vous avez apprises ! Apprenez à connaître le monde pour ce qu'il est et non pour ce que vous avez pu en lire entre les pages moisies des livres ! La vie est un monde de couleurs, Constance, pas une gravure grise et passée.

Écartelée par des sentiments contradictoires, Constance l'écoutait de toute son âme. Elle connaissait assez peu le monde, et même pas du tout. Son existence tout entière n'avait été qu'un prélude. Mais un prélude à quoi ?

— Puisque nous parlons de couleurs, de quelle couleur est le plafond de cette pièce ?

Constance leva les yeux.

— Il est bleu Wedgwood.

— A-t-il toujours été ainsi ?

— Non, Aloysius l'a fait repeindre au moment… au moment des travaux.

— Pensez-vous qu'il ait mis longtemps à choisir la couleur de ce plafond ?

— Sûrement pas, la décoration intérieure n'est pas son fort.

Diogène afficha un large sourire.

— Vous voyez bien. Il aura pris sa décision à la hâte, alors que vous passez ici le plus clair de votre temps. N'est-ce pas une preuve éclatante de sa désinvolture ?

— Je… je ne comprends pas.

Diogène se pencha vers elle.

— Peut-être comprendrez-vous mieux lorsque je vous aurai expliqué comment je choisis *personnellement* les couleurs qui m'entourent. Chez moi, dans ma *vraie* maison, la seule qui compte à mes yeux, j'ai une bibliothèque semblable à celle-ci. J'avais d'abord pensé l'habiller de toile bleue, mais après mûre réflexion et toute une série d'essais, je me suis aperçu que le bleu avait une fâcheuse tendance à tirer sur le vert à la lueur de la bougie. Or vous vous éclairez toujours à la bougie. J'ai ensuite constaté que le bleu foncé, que ce soit l'indigo ou le bleu cobalt, tournait au noir dans la semi-obscurité. Quant au bleu clair, il devenait gris tandis que le turquoise donnait une impression de froideur. Mon premier réflexe avait beau être le bleu, cela n'allait pas. Le gris perle ne convenait pas davantage car il perdait tout son bleuté dans la pénombre. Il n'était pas davantage question de vert foncé, qui réagit à la lueur de la bougie comme le bleu nuit, et je me suis finalement rabattu sur un vert tendre très estival qui vous plonge, le soir venu, dans la torpeur onirique d'une eau paisible.

Le temps d'une légère hésitation, et il poursuivit.

— Je vis au bord de la mer. Le soir, toutes lumières et bougies éteintes, je passe des heures à écouter la rumeur du ressac et je me transforme en pêcheur de perle, à l'unisson des eaux lumineuses de la mer des Sargasses. Croyez-moi, Constance, lorsque je vous dis que ma bibliothèque est la plus belle au monde.

Il se tut, comme emporté par la force de ses souvenirs. Enfin, il se pencha en avant, un sourire aux lèvres.

— Vous voulez que je vous dise, Constance ?

— Quoi ? balbutia-t-elle.

— Vous *adoreriez* cette bibliothèque.

La gorge nouée, Constance était incapable de prononcer une parole.

Il lui lança un coup d'œil.

— Les cadeaux que je vous ai apportés la dernière fois. Les livres et le reste... avez-vous eu le temps de vous y pencher ?

Constance hocha la tête.

— Fort bien. Ils vous montreront qu'il existe bien d'autres univers sur cette terre. Des univers parfumés, pleins de surprises et de ravissements, qui attendent qu'on veuille bien s'y arrêter. Monte-Carlo, Venise, Paris, Vienne. Ou bien alors Katmandou, Le Caire, le Machu Picchu.

Diogène embrassa d'un geste les murs de la pièce tapissés de volumes en cuir.

— Regardez ces livres. Bunyan, Milton, Bacon, Virgile. Des ascètes austères. On ne fait pas fleurir une orchidée en la nourrissant de quinine, ajouta-t-il en posant une main caressante sur le recueil d'Anna Akhmatova. C'est la raison pour laquelle j'ai tenu à vous lire des poèmes ce soir, afin de vous ouvrir les yeux et de vous montrer que rien ne vous oblige à choisir l'ombre plutôt que la lumière.

Il tira un volume de la pile de livres posée à côté de lui.

— Avez-vous déjà lu Theodore Roethke ?

Constance fit non de la tête.

— Ah ! Dans ce cas, attendez-vous à découvrir un monde de délices insoupçonnés.

Il feuilleta le livre à la recherche de la bonne page et entama sa lecture.

Je crois à la tendresse des morts.
Pourquoi ne pas nous embrasser ?...

Un sentiment troublant se fit jour au plus profond de l'âme de Constance, une impression inconnue et pourtant familière, une émotion que venait enrichir le sens de l'interdit.

Nous chantons ensemble ;
nous chantons bouche contre bouche...

Elle se leva brusquement, réveillant en sursaut la souris lovée au creux de sa poche.

— Il est plus tard que je ne le pensais, dit-elle d'une voix tremblante. Vous devriez partir.

Diogène l'observa avec douceur, puis il referma le recueil d'un geste calme et se leva à son tour.

— Oui, vous avez raison, dit-il. Ce rabat-joie de Wren ne va pas tarder à rentrer et je ne voudrais pas qu'il me trouve ici. Ce qui vaut aussi pour vos autres geôliers, D'Agosta et Proctor.

Constance se sentit rougir et elle s'en voulut aussitôt.

— Je vous laisse ces quelques livres, ajouta Diogène en lui désignant le canapé. Bonne nuit, ma chère Constance.

Il fit un pas en avant et, sans qu'elle puisse réagir, saisit la main de la jeune femme et la porta à ses lèvres.

Le geste, d'une pudeur exemplaire, était celui d'un homme bien élevé. Mais la façon dont il l'avait effleurée de son souffle sans jamais laisser sa bouche la toucher provoquait chez Constance un curieux sentiment de malaise.

L'instant d'après, Diogène avait disparu, s'éclipsant sans bruit de la bibliothèque où ne résonnait plus que le craquement des bûches dans l'âtre.

Elle resta un moment interdite, consciente que son cœur battait plus vite que de coutume. À l'exception des quelques ouvrages sur le canapé, il n'avait laissé aucune trace de son passage, pas même son parfum.

Elle s'approcha de la pile de livres et prit le premier qui se présentait à elle, un charmant volume toilé de soie, doré sur tranche et recouvert de papier reliure, qu'elle manipula longuement avec un plaisir non dissimulé.

Elle le reposa enfin, saisit le verre de pastis et sortit de la pièce. S'enfonçant dans la maison, elle pénétra dans la cuisine de service et rinça le verre avant de l'essuyer, puis elle reprit le chemin du grand escalier.

La vieille demeure était silencieuse. Proctor, comme les soirs précédents, aidait Eli Glinn à la mise en œuvre de son plan, et D'Agosta avait fait une courte apparition plus tôt dans la soirée afin de s'assurer que tout allait bien. Quant à ce « rabat-joie » de Wren, il avait rejoint son poste à la bibliothèque municipale, comme chaque nuit. Grâce à Dieu, ses devoirs de « baby-sitter » se limitaient aux heures de la journée. Inutile de s'assurer que la porte d'entrée était verrouillée, elle le serait forcément.

Constance gravit les marches d'un pas lent jusqu'à ses quartiers du deuxième étage. Arrivée dans sa chambre, elle commença par sortir délicatement la souris blanche de sa cachette avant de la mettre dans sa cage, puis elle se déshabilla en veillant à plier soigneusement ses vêtements. En temps ordinaire, elle aurait procédé à sa toilette du soir, aurait passé une chemise de nuit et lu une heure ou deux dans un fauteuil près de son lit avant de se coucher.

En ce moment, Constance était prise par la lecture du *Rôdeur* de Samuel Johnson, mais elle décida de faire une entorse à ses habitudes en se faisant couler un bain chaud dans l'immense baignoire de marbre. Sur un plateau de cuivre, elle prit une ravissante boîte en carton dans laquelle étaient alignées une demi-douzaine de flacons d'huile de bain d'un fabricant parisien, cadeau de Diogène lors de sa visite précédente. Elle sélectionna l'un des flacons dont elle vida le contenu dans la baignoire et une forte odeur de lavande et de patchouli envahit la pièce.

Constance s'approcha d'un miroir en pied et contempla longuement sa silhouette nue avant de caresser doucement ses côtes et son ventre, puis elle se glissa dans son bain.

C'était la quatrième fois que Diogène lui rendait visite. Il lui avait parlé à plusieurs reprises de son frère, faisant allusion plus particulièrement à un événement tragique dont il ne pouvait se résoudre à donner les détails, sinon en lui précisant qu'il y avait perdu un œil. Il avait également évoqué l'opiniâtreté avec laquelle son frère s'évertuait à monter les autres contre lui, à commencer par elle, en multipliant les mensonges et les insinuations afin de le faire passer pour le diable en personne. Elle avait réagi avec véhémence dans un premier temps, accusant Diogène de travestir la vérité pour mieux servir ses propres intérêts. Mais il faisait preuve d'un tel calme face à ses récriminations, il se défendait avec tant de conviction qu'elle finissait par ne plus savoir qui croire. Comment nier que Pendergast pouvait parfois se montrer froid et distant ? C'était dans sa nature, ou bien alors… Et cherchait-il vraiment à lui épargner des souffrances inutiles en gardant le silence depuis sa prison ? Elle avait beau l'aimer de loin, en silence, il avait toujours feint de ne rien voir.

Elle aurait tant aimé avoir de ses nouvelles.

Et si Diogène n'avait pas tout à fait tort ? Sa tête lui disait qu'il était fourbe, que c'était un voleur et peut-être même un assassin, mais son cœur ne parlait pas le même langage. Diogène se montrait si compréhensif avec elle, il paraissait si vulnérable, si doux. Il avait été jusqu'à lui apporter de vieilles photos et des lettres qui semblaient contredire ce qu'Aloysius avait pu lui dire à son sujet. Il n'avait d'ailleurs pas tout nié, avait volontiers reconnu certaines faiblesses.

Tout était si confus…

Constance avait toujours su garder la tête froide, tout en étant consciente de sa fragilité. C'était la première fois qu'elle laissait son cœur gouverner ses pensées. Diogène était-il sincère en lui disant qu'il la comprenait ? Au fond d'elle-même, elle n'était pas loin de le croire. Pis encore, elle commençait aussi à le comprendre.

Harcelée par des pensées contradictoires, elle finit par sortir de l'eau et se sécha avant de se préparer pour la nuit. Mais au lieu de choisir l'une de ses tenues de coton habituelles, elle opta pour une chemise de nuit en soie retrouvée au fond d'un tiroir. Enfin prête, elle se glissa entre ses draps, arrangea ses oreillers de duvet et se plongea dans la lecture de Samuel Johnson.

Les mots dansaient devant ses yeux sans qu'elle parvienne à leur donner un sens. Agacée, elle sauta à l'essai suivant dont elle parcourut l'introduction avant de refermer le livre. Elle se releva et se dirigea vers une grande armoire Duncan Phyfe qu'elle ouvrit, découvrant une boîte tendue de velours contenant une série de volumes in-octavo apportés par Diogène lors de sa visite précédente. Elle se remit au lit avec la boîte et commença à examiner les livres l'un après l'autre. Des livres dont elle connaissait l'existence, mais qu'elle n'avait jamais lus car ils n'avaient jamais fait partie de la bibliothèque d'Enoch Leng : le *Satyricon* de Pétrone, *À rebours* de Huysmans, les lettres d'Oscar Wilde à lord Alfred Douglas, les odes de Sappho, le *Décaméron* de Boccace, autant d'œuvres au fort parfum de passion et de décadence. Constance en choisit un au hasard, puis un autre, les feuilletant d'une main hésitante avant de s'y plonger avec un intérêt qui ressemblait à de la faim, au point de lire tard dans la nuit.

30

Gerry Fecteau choisit un coin ensoleillé de la passerelle surplombant la cour 4 et s'empressa de remonter la fermeture Éclair de sa veste d'uniforme. Le soleil de cette fin d'hiver ne suffisait pas à faire disparaître les rares plaques de neige sale qui n'avaient pas encore fondu. De l'endroit où il se tenait, Fecteau avait une vue plongeante sur l'ensemble de la cour. Il leva les yeux et constata que son collègue Doyle s'était installé stratégiquement face à lui.

Personne ne leur avait expliqué pourquoi on les affectait là. Ils avaient simplement reçu l'ordre de surveiller la cour d'en haut, mais, depuis le temps qu'il faisait ce métier, Fecteau avait appris à lire entre les lignes. Le détenu mystère, celui qu'ils avaient conduit eux-mêmes à l'isolement, avait droit à une promenade pour bonne conduite. Une promenade obligatoire dans la même cour que Pocho et ses sbires. Fecteau savait déjà ce qui attendait le malheureux, d'autant qu'il était blanc. Et même plus blanc que blanc avec son teint cadavérique. De l'endroit où il était posté, il faudrait deux ou trois minutes à Fecteau pour redescendre et se précipiter dans la cour en cas de pépin.

Il n'y avait qu'une seule explication : on avait jugé en haut lieu qu'il était temps de passer aux choses sérieuses, le coup du batteur n'ayant pas marché. Pour une raison inexplicable, l'occupant de la cellule 45 ne faisait plus un bruit.

Fecteau s'humecta les lèvres et vérifia que tout était en ordre dans la cour encore vide : l'anneau de basket sans filet, les barres parallèles, les mille mètres carrés d'asphalte réglementaires. Encore cinq minutes avant l'heure de la promenade. Cette mission ne disait rien de bon à Fecteau. S'il y avait mort d'homme, ça lui retomberait dessus. Il n'avait surtout aucune envie de se colleter avec Lacarra en cas de bagarre. D'un autre côté, la vue du sang n'était pas pour lui déplaire, de sorte qu'à son appréhension se mêlait une certaine dose d'excitation.

À l'heure dite, à la seconde près, un bruit de verrou se fit entendre, la double porte de la cour s'ouvrit et deux gardiens se postèrent de chaque côté de l'entrée dans le soleil pâle. Noblesse oblige, Pocho fit son entrée le premier, les yeux plissés, en caressant la touffe de poils qu'il laissait pousser sous sa lèvre inférieure. Il était vêtu d'une combinaison standard, sans manteau malgré le froid. Il pivota sur lui-même tout en avançant, les doigts dans sa touffe de poils, les muscles saillants sous sa chemise. Son crâne rasé luisait faiblement, faisant ressortir les cratères d'acné incrustés sur ses joues.

Lacarra se dirigea d'un pas nonchalant vers le centre de la cour tandis que six autres détenus s'éparpillaient lentement dans toutes les directions en observant les alentours d'un œil terne tout en mâchant du chewing-gum.

L'un des gardiens lança un ballon de basket en direction de l'un des prisonniers qui le rattrapa du pied et le fit rebondir paresseusement.

Quelques instants plus tard, un détenu de grande taille venait les rejoindre. Le nouveau venu s'arrêta un instant à l'entrée de la cour et regarda autour de lui sans se douter de ce qui l'attendait.

S'ils n'avaient pas tous serré les mâchoires sur leurs chewing-gums, on aurait pu croire que Pocho et son gang ne l'avaient pas vu. Le ballon de basket reprit sa course avec un bruit régulier de grosse caisse. *Bom, bom, bom...* N'importe quel observateur extérieur aurait pensé que tout était normal.

Le détenu anonyme commença son tour de cour en longeant les murs de parpaing. Il avançait d'un air dégagé, les traits impassibles, le regard neutre. Sept paires d'yeux suivaient chacun de ses mouvements.

La cour était entourée de bâtiments, à l'exception du quatrième côté que fermait un épais grillage surmonté de fil de fer barbelé. Le détenu avançait à présent le long du grillage, les yeux perdus dans le lointain. Fecteau s'en était souvent fait la remarque, les prisonniers regardent toujours vers le ciel ou l'extérieur, jamais en direction des bâtiments. Un mirador se dressait un peu plus loin et l'on apercevait les cimes des arbres de l'autre côté du mur d'enceinte.

L'un des gardiens de faction dans la cour aperçut Fecteau. Il haussa les épaules, comme pour lui demander ce qu'il faisait là. Fecteau lui répondit en haussant les épaules à son tour et lui fit signe qu'il pouvait s'en aller. Peu après, les gardiens qui avaient amené les prisonniers quittaient la cour, refermant la double porte derrière eux.

Fecteau prit sa radio.

— Tu me reçois, Doyle ? demanda-t-il à mi-voix.

— Je te reçois.

— Tu penses comme moi ?

— Ouais.

— On se prépare à descendre en quatrième vitesse à la moindre alerte, okay ?

— Reçu.

En contrebas, le martèlement du ballon rythmait la scène. Personne ne bougeait, à l'exception du prisonnier anonyme qui marchait de long en large près du grillage.

Bom, bom, bom...

La voix de Doyle grésilla dans la radio.

— Dis, Gerry. Ça te rappelle rien ?

— Quoi ?

— Tu te rappelles le début du film dans *Le Bon, la brute et le truand* ?

— Ouais.

— On s'y croirait.

— C'est vrai. À un détail près.

— Lequel ?

— Le résultat final.

Doyle poussa un ricanement.

— T'inquiète pas. Pocho aime la viande tendre, mais vivante.

Lacarra retira les mains de ses poches, se redressa et s'approcha du grillage d'une démarche chaloupée. Il passa les doigts dans le treillis de la clôture et regarda le prisonnier qui s'avançait vers lui. Loin de ralentir le pas ou de chercher à l'éviter, l'autre se planta devant Lacarra et entama la conversation. Fecteau tendit aussitôt l'oreille.

— Bonjour, fit le prisonnier.

Lacarra détourna le regard.

— T'as une cigarette ?

— Désolé, je ne fume pas.

Lacarra hocha la tête, les yeux perdus dans le vague, les paupières mi-closes. Il tira sur sa lèvre inférieure, dévoilant une rangée de dents jaunies et cassées.

— Tu fumes pas, répondit calmement Lacarra. T'as raison, c'est mauvais pour la santé.

— Il m'arrivait de fumer un cigare de temps en temps, mais j'ai arrêté lorsque l'un de mes amis a eu un cancer. Il a fallu enlever au malheureux une bonne partie de la mâchoire inférieure.

Lacarra tourna lentement la tête en direction de son interlocuteur, comme au ralenti.

— J'imagine la gueule qu'il devait avoir après ça.

— Vous seriez surpris de voir ce qu'on peut faire aujourd'hui avec la chirurgie esthétique.

Lacarra apostropha l'un de ses hommes.

— Hé, Rafe, t'as entendu ça ? Ce mec a un pote qu'a plus de bouche.

À ce signal, les acolytes de Lacarra s'approchèrent, à l'exception de celui qui faisait rebondir le ballon de basket. On aurait dit une meute de loups.

— Vous ne m'en voudrez pas si je poursuis ma promenade, dit le prisonnier.

Il tenta de contourner Lacarra, mais ce dernier lui bloqua le passage.

Le prisonnier s'arrêta et posa sur Lacarra un regard argenté en prononçant à voix basse quelques mots qui échappèrent à Fecteau.

Lacarra ne faisait toujours pas mine de bouger. Après un long silence, il demanda :

— Qu'est-ce que t'as dit ?

Cette fois, l'autre lui répondit d'une voix claire.

— J'espère que vous n'allez pas commettre la deuxième plus grosse bourde de votre existence.

— La deuxième bourde ? Mais de quoi tu me parles ? C'était quoi, la première ?

— Le meurtre de trois enfants innocents.

Un silence électrique accueillit sa réponse. Fecteau n'en revenait pas. Le prisonnier venait de briser l'un des tabous les plus sacrés de l'univers carcéral. Et pas avec n'importe qui, avec Pocho Lacarra. Fecteau se demanda comment l'inconnu avait pu entendre parler de Lacarra, puisqu'il avait passé tout son temps en cellule d'isolement. Tout ça ne présageait rien de bon...

Pour la première fois, Lacarra regarda son interlocuteur en face, affichant un large sourire qui mettait en valeur un trou entre deux dents du haut. Il se racla la gorge et envoya par le trou un énorme crachat qui atterrit sur le pied du prisonnier avec un bruit mat.

— Qui t'a raconté ça ? demanda-t-il calmement.

— En bon macho courageux, vous avez commencé par les attacher. Il serait tout de même dommage qu'une fillette de sept ans s'amuse à griffer un aussi beau visage. Pas vrai, Pocho ?

Fecteau n'en croyait pas ses oreilles. Ce type-là avait envie de mourir, ou quoi ? Les sbires de Lacarra, éberlués, ne savaient plus comment réagir, attendant visiblement un signal de leur chef.

Pocho partit d'un rire menaçant.

— Hé, Rafe ! dit-il par-dessus son épaule. J'ai l'impression que cet enculé m'aime pas des masses. Tu crois pas ?

Rafe s'approcha.

— Ah ouais ?

Le prisonnier ne disait rien et les autres en profitèrent pour l'entourer. Le cœur de Fecteau cognait de plus en plus vite.

— Tu sais quoi, mec ? fit Pocho. Tu me fais mal au cœur.

— Ah oui ? s'étonna le prisonnier. Quel cœur ?

Pocho recula d'un pas et Rafe s'approcha avec nonchalance. Au moment où l'on s'y attendait le moins, il décocha un grand coup de poing dans le ventre du prisonnier. Réagissant à la vitesse de l'éclair, l'autre esquiva le coup et envoya son adversaire rouler à terre d'un mouvement de jambe. L'instant d'après, Rafe vomissait ses tripes avec un hoquet douloureux.

— Arrêtez tout de suite ! leur cria Fecteau en prenant sa radio pour appeler Doyle.

Mais Pocho s'était déjà éloigné d'un pas et laissait aux autres le soin de faire le sale boulot. Fecteau, abasourdi, vit alors le prisonnier virevolter dans tous les sens avec une agilité dont il ne l'aurait jamais cru capable, multipliant les figures d'un art martial inconnu. Un autre détenu s'écroula à côté de Rafe, à moitié assommé par un coup au menton, mais la partie était trop inégale, le prisonnier ayant affaire à six loubards entraînés par des années de combats de rue.

Fecteau avait déjà quitté son poste d'observation à toute vitesse et demandait du renfort par radio. Même avec Doyle, jamais ils n'arriveraient à reprendre le contrôle de la situation.

Quelques mètres plus bas, il entendit Lacarra crier à ses hommes :

— Putain, vous allez vraiment laisser cette lopette vous casser la gueule ?

Les autres se regroupèrent. L'un d'eux fit mine de frapper le prisonnier qui se rua sur lui, mais il s'agissait d'une feinte et l'inconnu ne tarda pas à succomber sous le nombre alors qu'un deuxième agresseur l'immobilisait et qu'un troisième le frappait à l'estomac. Quelques instants plus tard, il s'écroulait sous une grêle de coups de poing et de coups de pied.

Fecteau dévala les escaliers, déverrouilla une première porte et traversa en courant un couloir, aussitôt rejoint par Doyle et quatre gardiens accourus du poste de garde le plus proche, la matraque à la main. Il débloqua la double porte et le petit groupe pénétra en trombe dans la cour.

— Arrêtez vos conneries ! hurla-t-il en se précipitant vers les hommes de main de Lacarra qui s'acharnaient sur la silhouette prostrée du prisonnier. Ce dernier n'avait pas dû se laisser faire car deux autres détenus étaient allongés à côté de Rafe. Quant à Lacarra, il avait disparu.

— Ça suffit ! cria Fecteau en dispersant la meute des agresseurs à coups de matraque. Arrêtez ! Ça suffit !

Doyle se précipita à la rescousse, son Taser à la main, imité par ses collègues. En moins d'une minute, les derniers hommes de Lacarra étaient maîtrisés. Quant au prisonnier anonyme, il gisait à terre, inconscient, le visage blême couvert de sang, le pantalon à moitié arraché à hauteur de la ceinture, la chemise déchirée sur le côté.

L'un des détenus se mit à pousser des hurlements hystériques.

— Putain, vous avez vu ce cinglé ? Vous avez vu ça ?

— Que se passe-t-il, Fecteau ? fit la voix du directeur dans la radio. On vient de me dire qu'il y avait eu une bagarre ?

Comme s'il n'était pas au courant...

— Oui, monsieur le directeur. Ils ont tabassé le nouveau.

— Que lui est-il arrivé ?

— Des secours ! Faites venir des secours de l'infirmerie, fit la voix d'un gardien derrière Fecteau. Il y a au moins trois blessés graves. Vite, des secours !

— Vous êtes toujours là, Fecteau ? reprit la voix de Gordon Imhof.

— Oui. Le nouveau a été blessé, je ne sais pas encore si c'est grave.

— Allez vous renseigner tout de suite !

— Bien, monsieur le directeur.

— Une dernière chose. Quand les secours seront là, veillez à ce qu'ils s'occupent du nouveau en priorité. C'est compris ?

— Compris, monsieur le directeur.

Fecteau fit des yeux le tour de la cour, à la recherche de Pocho.

Il l'aperçut soudain, prostré dans un coin reculé.

— Putain, marmonna-t-il. Où sont les secours ? Ici, vite !

— Quelle espèce d'enculé ! résonna une voix en arrière-plan. Vous avez vu ce qu'il a fait ?

— Emmenez les autres ! ordonna Fecteau. Vous m'entendez ? Passez-leur les menottes et enfermez-les tout de suite !

Ses collègues n'avaient pas attendu ses instructions et plusieurs d'entre eux s'éloignaient en emmenant les détenus encore en état de marcher. Les cris s'estompèrent et seul résonnait encore le gémissement aigu de l'un des blessés. À genoux dans son coin, le visage à moitié enfoui dans une plaque de neige, Lacarra ne bougeait plus, le cou tordu dans une position qui ne disait rien qui vaille à Fecteau.

Deux infirmiers pénétrèrent dans la cour, suivis par deux collègues poussant une civière.

Fecteau leur désigna le détenu anonyme.

— Le directeur demande qu'on le prenne en charge en priorité.

— Et celui-là ? l'interrogea l'un des infirmiers qui regardait Lacarra d'un air horrifié.

— Le nouveau en premier.

Fecteau n'arrivait pas à détacher son regard de Lacarra. Soudain, le corps de Pocho tangua, puis il s'abattit sur le côté où il resta immobile, un sourire grimaçant aux lèvres et les yeux grands ouverts tournés vers le ciel.

Fecteau prit sa radio, ne sachant trop comment annoncer la nouvelle au directeur. Une chose était sûre, en tout cas : Pocho Lacarra n'aurait plus jamais besoin de recruter des putes.

31

En cette froide journée de mars, la pointe de Long Island ne méritait guère sa réputation de refuge balnéaire de la jet-set. Du moins était-ce le sentiment de Smithback à la vue des champs de patates qui s'étendaient de part et d'autre de la route, sous le regard lugubre d'un vol de corbeaux.

Depuis sa rencontre avec Laura Hayward, Smithback avait usé de toutes les ficelles du métier pour en apprendre davantage sur Diogène. Il avait multiplié les articles, suggérant des rebondissements imminents et sollicitant l'aide du public, avait passé des journées entières au Muséum à poser des questions et à prêter une oreille attentive aux rumeurs les plus folles, sans aucun résultat. Le journaliste enrageait car Pendergast croupissait en prison, accusé de meurtre, et Diogène restait libre de mettre au point quelque forfait effrayant.

Smithback ne savait plus très bien comment il en avait eu l'idée, mais le fait est qu'il se trouvait à Long Island, en route pour une maison qu'il espérait inoccupée.

Il avait toutes les chances de revenir bredouille et il le savait. Comment espérer trouver un indice alors que la police avait longuement fouillé les lieux ? Il n'en avait pas moins décidé de tenter sa chance.

— À deux cents mètres, tournez à droite sur Springs Road, lui ordonna une voix mélodieuse sortant du tableau de bord.

— Merci, chère Lavinia, répondit Smithback avec un entrain forcé.

— Tournez à droite sur Springs Road.

Smithback obéit et se retrouva sur une vieille route goudronnée, coincée entre des champs de pommes de terre, des maisons de plage fermées pour l'hiver et des bouquets d'arbres dépouillés. Un peu plus loin, des roseaux et des herbes folles laissaient deviner la présence de marécages. Il passa devant un vieux panneau en bois qui avait vu des jours meilleurs et sur lequel s'étalait une inscription en lettres passées : *Bienvenue dans les Springs.* Cette partie de Long Island, moins prétentieuse que les communes voisines, respirait le parfum discret d'un confort bourgeois.

— Une petite ville paisible et normale, ma chère Lavinia, mais non dénuée de charme, commenta Smithback. Dommage que tu ne puisses pas voir ça.

— À cinq cents mètres, tournez à droite sur Glover's Box Road.

— D'accord.

— Tournez à droite sur Glover's Box Road, poursuivit imperturbablement la voix.

— Avec une voix comme ça, tu ferais fortune dans une boîte de téléphone rose, tu sais ça ?

Sans se l'avouer, Smithback n'était pas mécontent d'être seul. Au moins la voix de son GPS ne pouvait-elle constater à quel point il était anxieux.

Il circulait à présent au milieu des dunes, des cabanes de plage, des pins, des roseaux et des ajoncs. Gardiners Bay étendait ses eaux ternes sur la gauche, face à une marina déserte.

— Vous arrivez à destination dans trois cents mètres.

Smithback ralentit en apercevant une allée sablonneuse conduisant à une maison grise protégée par quelques chênes. Des barrières de police en bois barraient le chemin, mais la maison était vide, à en juger par l'absence de lumière aux fenêtres.

La route faisait un coude un peu plus loin avant de se terminer en cul-de-sac à l'entrée d'une plage publique. Smithback se gara sur le parking désert et descendit de voiture, aussitôt accueilli par un vent glacial. Il remonta la fermeture Éclair de sa veste, enfila un sac à dos, ramassa un gros caillou qu'il glissa dans l'une de ses poches et s'engagea sur la plage que de petites vagues caressaient à intervalles réguliers. Smithback jouait les promeneurs, traînant des pieds dans le sable et ramassant des coquillages qu'il rejetait aussitôt.

Les quelques maisons entraperçues un peu plus tôt se dressaient derrière une rangée de dunes et d'ajoncs, leurs fenêtres barricadées pour l'hiver. Celle qui l'intéressait était facile à identifier grâce aux morceaux de bande jaune accrochés à des piquets à l'entrée d'un jardin mal entretenu. C'était une grande bâtisse à pignon datant des années vingt, battue par les vents, avec un vaste porche aménagé face à la mer. Smithback la dépassa, histoire de vérifier qu'elle n'était pas gardée par la police. Rassuré, il traversa la dune d'un air dégagé, sauta par-dessus une barrière, se glissa sous les bandes jaunes et traversa le jardin au pas de course jusqu'à la maison.

Il s'aplatit contre un mur, dissimulé aux regards par un vieil if, et enfila des gants de cuir. S'attendant à ce que la maison soit fermée, il fit le tour du bâtiment jusqu'à une petite porte vitrée à travers laquelle il distinguait une petite cuisine à l'ancienne, dépourvue de tout ustensile.

Smithback sortit le caillou de sa poche, l'enveloppa d'un mouchoir et tenta de casser un carreau.

La vitre résista. Il frappa plus fort, mais le carreau tenait bon.

En y regardant de plus près, il s'aperçut que la vitre était épaisse et de couleur bleu-vert.

Du verre blindé ?

Après tout, cela n'avait rien de surprenant. Diogène aurait veillé à ce que la maison soit protégée des assauts extérieurs comme des tentatives d'évasion.

Il prit le temps de réfléchir, espérant n'avoir pas perdu trois heures pour rien. Il aurait dû se douter que Diogène ne laisserait rien au hasard. Inutile de chercher une faille dans la forteresse, il n'en trouverait aucune.

Restait à vérifier que la police n'ait pas laissé une porte ouverte par mégarde.

Dissimulé aux regards extérieurs par les buissons, il contourna la maison jusqu'au porche. La porte principale était barrée de bandes plastiques jaunes. Il se glissa sous le porche, jeta un coup d'œil des deux côtés et s'approcha de la porte. La police était passée par là pour pénétrer à l'intérieur de la maison, forçant le battant à l'aide d'un pied de biche : à en juger par l'état du chambranle et la serrure explosée, l'opération n'avait pas été simple. La porte avait ensuite été refermée à l'aide d'un cadenas que Smithback examina longuement. Un cadenas en acier renforcé, trop épais pour que l'on puisse en venir à bout avec une pince coupe-boulons, mais dont les attaches étaient simplement vissées dans le montant métallique de la porte.

Smithback tira un tournevis cruciforme de son sac à dos. Cinq minutes plus tard, il ne lui restait plus qu'à tirer la porte et il se glissait à l'intérieur de la maison.

Il s'arrêta un instant en se frottant les mains. Le chauffage fonctionnait encore et il faisait chaud. Il se trouvait dans le salon caractéristique d'une villa de bord de mer, avec ses meubles en rotin, ses tapis de tissu tressé, sa table de jeu sur laquelle reposait un échiquier, son piano à queue et une immense cheminée en galets roulés s'ouvrant sur le mur du fond. La pièce baignait dans une curieuse lueur verte du fait des vitres blindées.

Smithback ne savait pas très bien ce qu'il était venu chercher. Sans doute quelque indice de l'endroit où s'était réfugié Diogène, ou bien alors une indication quelconque sur son identité d'emprunt. Il fut pris d'un sentiment de découragement, soudain persuadé que Diogène n'aurait rien laissé au hasard. C'est vrai, il s'était enfui en laissant derrière lui suffisamment d'éléments pour permettre à la police de l'identifier comme le cambrioleur du Muséum, mais il n'en avait pas moins pris un luxe de précautions. Diogène n'était pas homme à commettre la plus petite erreur.

Smithback se dirigea silencieusement vers une salle à manger lambrissée de chêne, meublée d'une table et de lourdes chaises Chippendale. Des tableaux et des gravures ornaient les murs peints en rouge. À l'autre extrémité de la pièce, une porte donnait sur une petite cuisine immaculée. Les enquêteurs n'ayant certainement pas pris la peine de nettoyer derrière eux, Diogène avait dû la laisser en l'état.

De retour dans le salon, Smithback s'approcha du piano dont il effleura les touches. L'instrument était parfaitement accordé, les marteaux soigneusement entretenus.

Cela prouvait donc que Diogène jouait du piano.

Il déchiffra les titres des partitions posées sur le lutrin : les *Impromptus* opus 90 de Schubert, le *Clair de lune* de Debussy, les *Nocturnes* de Chopin. Peut-être pas un concertiste, mais de toute évidence un pianiste accompli.

Le piano jouxtait l'entrée de la bibliothèque, que Smithback trouva sens dessus dessous, des livres empilés par terre, certains encore ouverts, avec de nombreux trous dans les rayonnages. Le tapis était froissé et à demi retourné, une lampe cassée en mille morceaux. Une rampe de spots lumineux était accrochée au-dessus d'une grande table recouverte d'une nappe de velours noir.

Smithback eut froid dans le dos en apercevant dans un coin une enclume en acier inox, de vieux chiffons et un curieux marteau d'un métal gris qui devait être du titanium.

Il sortit de la pièce et monta à l'étage. L'escalier s'ouvrait au premier sur un long palier aux murs recouverts de marines. Un petit singe capucin empaillé attendait sur une console, à côté d'un globe de verre protégeant un arbre artificiel recouvert de papillons.

Toutes les portes donnant sur le palier étaient ouvertes.

La première chambre en haut des marches était certainement celle dans laquelle Viola Maskelene avait été retenue prisonnière. Le lit était défait, des morceaux de verre gisaient sur le sol, quelqu'un avait même arraché le papier de l'un des murs, découvrant des feuilles de tôle.

De la tôle !!! Smithback s'approcha et tira sur un lambeau de papier. La cloison avait été renforcée à l'aide de feuilles d'acier.

Il frissonna, soudain inquiet. La fenêtre, munie de barreaux, était équipée de verre Securit comme au rez-de-chaussée. Smithback examina ensuite la porte. Extrêmement lourde, également blindée, elle pivotait sans bruit sur d'énormes gonds soigneusement huilés. Quant au verrou, il s'agissait d'un modèle renforcé en laiton et acier inox.

Le sentiment d'angoisse qui étreignait Smithback se fit plus pressant. Et si Diogène décidait de revenir? Mais non, jamais il ne lui viendrait une idée aussi saugrenue. À moins d'avoir oublié quelque chose…

Il fit rapidement le tour des autres chambres. Sur une impulsion, il prit son tournevis et le planta dans un mur. Là aussi, des tôles renforçaient la cloison.

Diogène aurait-il prévu d'emprisonner quelqu'un d'autre ? Ou bien alors avait-il fortifié toute la maison pour plus de sécurité ?

Il redescendit au rez-de-chaussée, le cœur battant. Cet endroit lui donnait la chair de poule. Il avait perdu son temps en venant ici sans même savoir ce qu'il recherchait. Il hésita à prendre des notes, mais à quoi bon ? Il ferait sans doute mieux de laisser tomber et de rendre une petite visite à Margo Green, puisqu'il avait une voiture. Non, c'était idiot. D'après ce qu'il avait compris, Margo avait fait une rechute et se trouvait dans un état comateux.

Smithback s'immobilisa en entendant un bruit de pas assourdi sur le porche.

Terrifié, il disparut dans une penderie au pied de l'escalier et se glissa tout au fond, au milieu d'une forêt de manteaux de cachemire, de poil de chameau et de tweed. À peine était-il installé dans sa cachette qu'il reconnut le bruit de la porte d'entrée.

Diogène ?

Une forte odeur de laine flottait dans la penderie, mais c'est tout juste s'il osait respirer, paralysé par la peur.

Les pas traversèrent le hall d'entrée, étouffés par la moquette, puis ils s'arrêtèrent dans le salon, suivis d'un silence angoissant.

Smithback retint son souffle.

Les bruits de pas reprirent, en direction de la salle à manger cette fois, avant de disparaître dans la cuisine.

Le journaliste hésita à s'enfuir en courant, mais les pas revenaient déjà. Le visiteur se déplaçait lentement, sans faire de bruit. Il traversa la bibliothèque et monta l'escalier.

Maintenant !

Smithback sortit à toute allure de sa cachette, traversa en courant le salon et sortit par la porte ouverte. Au coin de la maison, il aperçut une voiture de police garée dans l'allée, la porte ouverte côté conducteur, le moteur au ralenti.

Smithback se glissa dans le jardin de la villa voisine et courut jusqu'à la plage, riant presque de soulagement. Celui qu'il avait pris pour Diogène n'était qu'un simple flic, venu surveiller les lieux.

Il monta dans sa voiture et reprit son souffle. La journée était perdue, mais du moins était-il sorti de la maison sain et sauf.

Il démarra l'auto et brancha le GPS.

— Où souhaitez-vous aller ? lui demanda la voix aux accents sensuels. Veuillez indiquer une adresse.

Smithback surfa sur le menu jusqu'à ce qu'il trouve la touche « Bureau ». Il savait comment rentrer au bercail, mais la voix de Lavinia n'était pas pour lui déplaire.

— Nous nous rendons au Bureau, fit la voix. Prenez Glover's Box Road vers le nord.

— Tout de suite, ma chérie.

Il passa nonchalamment devant la maison. Le flic se tenait à côté de sa voiture de patrouille, un micro à la main. Il vit la voiture de Smithback passer devant lui sans chercher à l'arrêter.

— À deux cents mètres, prenez Springs Road à gauche.

Smithback opina machinalement. D'une main, il chassa un brin de tweed qui lui chatouillait le nez. Soudain, il se figea sur son siège.

— Mais oui ! C'est ça, ma bonne Lavinia ! s'écria-t-il. Les manteaux dans la penderie !

— Tournez à gauche sur Springs Road.

— Il y avait deux sortes de manteaux ! Des manteaux super chers en cachemire et mohair d'un côté, et de vieux manteaux en tweed de l'autre. Tu connais quelqu'un qui aurait deux garde-robes aussi différentes, toi ? Bien sûr que non !

— Poursuivez sur Springs Road pendant un kilomètre six.

— Celui qui a l'habitude des manteaux en cachemire et mohair, c'est Diogène. En clair, ça veut dire que l'amateur de manteaux en tweed est son alter ego. Et qui met des manteaux en tweed ? Un universitaire ! Mais oui, Lavinia ! Tout s'enchaîne ! Hé… attends une petite seconde ! Un universitaire, oui, mais pas n'importe lequel. Diogène est un familier du Muséum. La police a conclu que celui qui avait volé les diamants avait des complices, mais je vois mal Diogène avoir des complices. Mais oui ! C'est visible comme le nez au milieu du visage ! Putain de bordel de merde, Lavinia, on le tient ! Je le tiens !

— Tournez à gauche sur Old Stone Highway dans deux cents mètres, lui répondit imperturbablement la voix.

32

Ce n'était pas tant les couloirs carrelés et les portes blindées qui dérangeaient Laura Hayward lorsqu'elle se rendait dans le service de psychiatrie de l'hôpital Bellevue, ni même l'odeur de désinfectant, de vomi et d'excrément qui prenait à la gorge. C'était le bruit. Une cacophonie de gémissements, de plaintes, de cris, d'exclamations monotones, un brouhaha de murmures, une symphonie de misère ponctuée à intervalles réguliers par des hurlements déchirants qui lui serraient le cœur.

Sans se douter de son trouble intérieur, le docteur Goshar Singh marchait à côté d'elle en lui parlant d'une voix calme et rationnelle, comme sourd à la rumeur qui l'entourait. Sans doute était-ce le meilleur moyen pour lui de ne pas devenir fou.

Le médecin poursuivait imperturbablement sa péroraison.

— Je n'ai jamais vu ça de toute ma carrière. On essaie de comprendre. Nous faisons des progrès, mais pas autant qu'on le voudrait.

— C'est arrivé si soudainement.

— La rapidité avec laquelle la chose s'est déclenchée est effectivement l'un des aspects les plus troublants de cette affaire. Mais nous y voilà, capitaine.

Singh ouvrit une porte à l'aide d'une clé et fit pénétrer Hayward dans une pièce quasiment vide, séparée en deux par un comptoir surmonté d'une vitre épaisse, à la façon des parloirs de prison. Un interphone permettait aux visiteurs de communiquer avec ceux qui se trouvaient de l'autre côté.

— Docteur, s'étonna Hayward, j'avais demandé à le voir face à face.

— J'ai bien peur que ce ne soit pas possible, répliqua tristement le médecin.

— Mais il le faut. Comment voulez-vous que je puisse interroger le suspect dans de telles conditions ?

Singh secoua la tête du même air triste, faisant trembler ses bajoues.

— Non, capitaine. La responsabilité m'en revient, ne l'oubliez pas. D'ailleurs, vous pourrez constater par vous-même en voyant le malade que ça ne changerait rien.

Laura Hayward ne répondit pas, jugeant le moment mal venu de s'accrocher avec son interlocuteur. Autant évaluer la situation dans un premier temps, quitte à revenir par la suite.

— Mettez-vous à l'aise, je vous en prie, insista Singh.

Hayward s'assit face au comptoir et le médecin s'installa à côté d'elle en regardant sa montre.

— Le malade sera là d'ici cinq minutes.

— Quels résultats avez-vous obtenus jusqu'à présent ?

— Comme je vous le disais, nous avons affaire à un cas très étrange. Je dirais même, extrêmement étrange.

— C'est-à-dire ?

— L'électroencéphalogramme signale d'importantes anomalies focales du lobe temporal, et les résultats de l'IRM font apparaître de petites lésions au niveau du cortex frontal. Ce sont ces lésions qui auraient servi de déclencheur à des distorsions cognitives conduisant à un état psychopathologique.

— Ce qui signifie, en langage courant ?

— Eh bien, notre malade semble avoir été touché dans la partie du cerveau qui contrôle le comportement et les émotions. Les dégâts sont particulièrement importants dans la zone cérébrale que nous autres psychiatres appelons la région d'Higginbottom.

— Higginbottom ?

Singh sourit à ce qui devait être un sujet de plaisanterie dans sa spécialité.

— Eugénie Higginbottom travaillait à la chaîne dans une usine de roulements à billes de Linden, dans le New Jersey. Un jour de 1913, l'explosion d'une chaudière a provoqué l'éclatement d'une machine, des billes se sont trouvées projetées de tous côtés et six personnes ont été tuées. Eugénie Higginbottom a survécu à l'accident par miracle, mais une vingtaine de billes s'étaient logées dans le cortex frontal de son cerveau.

— Poursuivez.

— Du jour au lendemain, la malheureuse a vu son comportement changer du tout au tout. Cette femme douce et paisible s'est transformée en une souillon mal embouchée sujette à des crises de violence. Elle s'est mise à boire et elle est même devenue… comment dirais-je ?… de mœurs faciles. Son entourage ne la reconnaissait plus, mais ce cas est venu conforter la théorie selon laquelle la personnalité d'un individu est intimement liée à la nature de son cerveau. Il suffit donc que le cerveau soit atteint pour que la personne change radicalement de comportement. Ces billes avaient détruit le cortex frontal ventromédian d'Eugénie Higginbottom, c'est-à-dire la même zone atteinte chez notre malade.

— Sauf qu'il n'a pas reçu de billes dans la tête, que je sache. Comment expliquer ces lésions ?

— C'est là tout le problème. Dans un premier temps, j'ai privilégié l'overdose de drogue, jusqu'à ce que les analyses apportent la preuve du contraire.

— Un coup sur la tête ? Une chute ?

— Non. Nous ne trouvons aucune trace d'œdème ou de traumatisme. Nous avons également écarté la possibilité d'un accident vasculaire cérébral car les lésions apparaissent simultanément dans des endroits séparés. La seule explication plausible resterait un choc électrique administré directement au cerveau. Si le patient était mort, l'autopsie nous en apprendrait bien davantage, mais ce n'est malheureusement pas le cas.

— Un choc électrique ne laisserait-il pas des traces de brûlure ?

— Pas si nous avions un voltage faible et un ampérage élevé, ce qui est le cas des équipements électroniques ou des ordinateurs. Mais, en l'absence de lésion ailleurs qu'au cerveau, je vois mal comment un tel accident aurait pu survenir, sauf si le malade avait tenté une expérience inhabituelle.

— Le malade est informaticien, il était chargé de l'installation technique d'une exposition au Muséum.

— Oui, c'est ce qu'on m'a dit.

Une sonnerie interrompit leur conversation tandis qu'une voix douce sortait d'un interphone.

— Docteur Singh ? Le malade arrive.

Une porte s'ouvrit de l'autre côté de la vitre et Jay Lipper, sanglé dans une chaise roulante poussée par un infirmier, fit son entrée. Il décrivait des cercles avec la tête et agitait les lèvres sans qu'aucun son sorte de sa bouche.

L'informaticien était méconnaissable. Ses traits s'étaient creusés, il avait une mine de déterré, ses yeux tournaient dans tous les sens et sa langue pendait misérablement, humide comme celle d'un chien revenant d'une longue course.

— Mon Dieu... ne put s'empêcher de murmurer Hayward.

— Pour son propre bien, nous sommes contraints de lui administrer de puissants sédatifs. Nous n'avons pas encore trouvé le bon dosage.

Hayward consulta ses notes, se pencha en avant et appuya sur le bouton de l'interphone.

— Jay Lipper ?

La tête poursuivait son mouvement incessant.

— Jay ? Vous m'entendez ?

Hayward, croyant discerner une hésitation chez le malheureux, insista d'une voix douce.

— Jay ? Je m'appelle Laura Hayward. Je suis ici pour vous aider. Je suis venue en amie.

Aucune réaction.

— Pouvez-vous me dire ce qui s'est passé cette nuit-là au Muséum ?

Le roulement de tête ne donnait aucun signe de ralentissement. Un long filet de bave lui coula de la bouche, retenu à l'extrémité de la langue par un fil brillant.

Hayward se tourna vers le médecin.

— Ses parents sont venus le voir ?

Singh hocha la tête.

— Une scène très pénible.

— A-t-il eu une réaction en les voyant ?

— Il n'a réagi que très brièvement, sortant brusquement de son monde l'espace d'une ou deux secondes.

— Qu'a-t-il déclaré ?

— Il a simplement dit : « Ce n'est pas moi. »

— « Ce n'est pas moi » ? Vous avez une idée de ce qu'il voulait dire ?

— Eh bien… je suppose qu'il a dû avoir un éclair de lucidité, un vague souvenir de ce qu'il était auparavant.

— Et ensuite ?

Singh paraissait gêné.

— Il a été pris d'un accès de violence. Il a menacé de les tuer… et même de leur ouvrir le ventre. Il a fallu lui administrer des calmants.

Hayward regarda longuement le médecin, puis elle se tourna vers Lipper d'un air songeur. La tête en mouvement, les yeux perdus dans le vague, il se trouvait à des millions de kilomètres de là.

33

— Il s'est battu avec Carlos Lacarra.

Gordon Imhof avançait dans l'un des couloirs de la prison de Herkmoor, l'inspecteur-chef Coffey à ses côtés. L'écho de leurs pas enveloppait les deux hommes.

— Les amis de Lacarra s'y sont mêlés, poursuivit-il, mais le temps que les gardiens interviennent et le mal était fait.

Coffey, suivi de son fidèle Rabiner, écoutait en silence. Deux gardiens fermaient la marche. Le petit groupe tourna au coin d'un autre couloir.

— Le mal était fait ?

— Lacarra a été tué. Vertèbres cervicales brisées. Je ne sais pas encore ce qui s'est passé exactement. Aucun des détenus n'accepte de parler.

Coffey acquiesça.

— Votre homme s'est fait malmener. Une légère commotion cérébrale, quelques contusions dont une à un rein, plusieurs côtes cassées, ainsi qu'une perforation.

— Une performation ?

— Quelqu'un lui a donné un coup de couteau. C'est d'ailleurs la seule arme retrouvée sur place. En fin de compte, il a de la chance d'être toujours en vie.

Imhof s'éclaircit la gorge avant d'ajouter :

— À le voir, on ne se douterait pas qu'il sait se battre.

— On l'a remis dans sa cellule, conformément à mes ordres ?

— Oui, contre l'avis du médecin.

Ils franchirent une grille et Imhof sortit la clé de l'ascenseur dont l'accès se trouvait là.

— Quoi qu'il en soit, il devrait se montrer nettement plus coopératif à présent.

— Vous ne lui avez pas fait administrer de calmant, au moins ? s'inquiéta Coffey au moment où un carillon signalait l'arrivée de l'ascenseur.

— Nous n'avons pas l'habitude de donner ce genre de chose à Herkmoor. Les détenus pourraient en abuser.

— Bien. Je ne voudrais pas perdre mon temps à interroger un légume.

L'ascenseur les conduisit au deuxième étage où les attendait une double porte blindée. Imhof introduisit une carte magnétique dans la fente, composa un code et les battants coulissèrent sur un couloir aux murs de parpaing peints en blanc, troués à intervalles réguliers de portes également blanches munies d'un hublot et d'une trappe au niveau du sol.

— Le quartier d'isolement de Herkmoor, annonça Imhof. Il se trouve dans la cellule 44. En temps normal, je l'aurais fait conduire au parloir, mais vous verrez qu'il n'est pas en état de se déplacer.

— De toute façon, j'aime autant l'interroger dans sa cellule. En présence de vos hommes, au cas où il se montrerait agressif.

— Ça ne risque pas, répondit Imhof avant d'ajouter sur un ton confidentiel : loin de moi l'idée de vous apprendre votre métier, inspecteur, mais il devrait se montrer plus loquace si vous le menacez de le renvoyer en promenade dans la cour 4.

Coffey hocha la tête.

Ils s'arrêtèrent devant une porte.

— C'est le moment de vous pomponner, vous avez de la visite, fit le gardien en ponctuant son annonce de quelques coups de matraque.

Bang ! Bang !

Le gardien sortit son arme de service et se mit de côté tandis que son collègue déverrouillait le battant et jetait un coup d'œil à l'intérieur.

— C'est bon, dit-il.

Le premier gardien rangea son arme et pénétra dans la cellule.

— De combien de temps avez-vous besoin ? s'enquit Imhof.

— Une heure devrait suffire. Je demanderai à vos hommes de vous prévenir quand j'aurai terminé.

Coffey attendit que le directeur se soit éloigné avant de pénétrer dans la pièce, Rabiner sur les talons. L'autre gardien referma la porte à clé dans leur dos et monta la garde.

Le détenu était allongé sur sa couchette, la tête posée sur un maigre oreiller. Sa tenue orange toute neuve formait une tache aveuglante à la lumière du néon. Coffey ne s'attendait pas à découvrir un homme au crâne entouré de pansements. Le visage du prisonnier était marbré de bleu et de vert, il avait un œil au beurre noir et l'autre était si tuméfié qu'il ne pouvait le garder ouvert. À travers la fente de l'œil qui l'observait, Coffey reconnut un regard d'acier qu'il connaissait bien.

— Vous voulez vous asseoir, inspecteur? demanda le gardien.

— Non, je préfère rester debout. Prêt, Rabiner?

— Oui, monsieur, répondit l'autre en sortant de sa poche un petit enregistreur.

Coffey croisa les bras et toisa le prisonnier, un sourire aux lèvres.

— Que vous est-il arrivé? Vous avez voulu embrasser un type qui n'aimait pas ça?

Ainsi que Coffey s'y attendait, le prisonnier ne répliqua pas.

— Passons aux choses sérieuses, dit-il en sortant de sa poche une feuille de papier. Vous pouvez enregistrer. Inspecteur-chef Coffey, actuellement dans la cellule C3-44 du pénitencier fédéral de Herkmoor, en vue de procéder à l'interrogatoire du détenu A.X.L. Pendergast. Nous sommes le 20 mars.

Un court moment de silence suivit ce préambule.

— Vous pouvez parler?

Contre toute attente, le prisonnier répondit.

— Oui, murmura-t-il d'une voix que ses lèvres tuméfiées rendaient indistincte.

Ce début prometteur fit naître un sourire sur le visage de Coffey.

— J'aimerais aller vite.

— Moi aussi.

La manœuvre avait apparemment réussi au-delà des espérances de Coffey.

— Très bien, alors allons-y. Je voudrais revenir à mes questions de la dernière fois et je compte sur vous pour me répondre. Comme je vous l'ai dit, tout indique que vous vous trouviez au domicile de Decker lorsqu'il a été assassiné. Vous aviez donc toute latitude d'agir, sans parler de l'arme du crime qui vous appartenait.

Le prisonnier ne disait rien et Coffey poursuivit son réquisitoire.

— Premièrement : les équipes de l'identité judiciaire ont retrouvé sur place une demi-douzaine de fibres textiles noires dont nous avons pu établir qu'elles provenaient d'un mélange très rare de laines mérinos et cachemire, fabriqué en Italie dans les années cinquante. L'analyse de votre garde-robe a montré que vos costumes étaient non seulement du même tissu, mais aussi du même coupon. Deuxièmement : trois cheveux ont été retrouvés sur le lieu du crime, dont un avec sa racine. L'analyse ADN desdits cheveux a prouvé qu'ils vous appartenaient, avec une marge d'erreur d'un pour seize milliards. Troisièmement : un témoin, l'un des voisins de Decker, a vu un individu au teint pâle portant un costume noir pénétrer dans la maison de Decker quatre-vingt-dix minutes avant le meurtre. Il vous a catégoriquement identifié lors de trois confrontations photographiques différentes. En sa qualité de parlementaire, membre de la Chambre des représentants, son témoignage est totalement irréprochable.

L'espace d'un instant, Coffey crut voir le prisonnier ricaner. Une impression si fugace qu'il se demanda s'il n'avait pas rêvé. Il scruta longuement son interlocuteur, mais il était impossible de lire quelque émotion que ce soit sur un visage aussi tuméfié. En revanche, l'imperturbable œil d'acier, derrière la paupière mi-close, ne cessait de mettre Coffey mal à l'aise.

— Vous appartenez au FBI, vous connaissez la chanson, reprit-il en agitant sa feuille sous le nez de Pendergast. Vous serez condamné. Le seul moyen d'éviter la condamnation à mort est encore de coopérer avec nous, et tout de suite.

Debout, le souffle court, Coffey observait le prisonnier. Ce dernier le regarda un moment avant de se décider à répondre.

— Toutes mes félicitations, déclara Pendergast sur un ton servile, presque obséquieux.

— Juste un conseil, Pendergast. Vous feriez mieux d'avouer et de vous en remettre à la clémence du tribunal. C'est la seule solution qui vous reste, vous le savez bien. Une confession nous évitera la honte de voir l'un des nôtres traîné devant la justice. Une confession vous évitera aussi de retourner en promenade dans la cour 4.

Un court silence accueillit la proposition de Coffey.

— Si j'avoue, vous accepteriez le principe d'une remise de peine ? demanda Pendergast.

Coffey sourit, ravi du tour que prenait l'interrogatoire.

— Avec autant de preuves ? N'y comptez pas. Je vous le répète, Pendergast, votre seul espoir d'attendrir les juges est d'avouer. C'est le moment ou jamais.

Pendergast réfléchit à la proposition, puis il s'agita sur sa couchette.

— Très bien, dit-il enfin.

Un sourire triomphal illumina le visage de Coffey.

— Spencer Coffey, poursuivit Pendergast d'une voix mielleuse. Depuis près de dix ans que je suis votre carrière au FBI, je dois *avouer* que vous me surprenez au plus haut point.

Il reprit sa respiration.

— J'ai tout de suite su que vous étiez différent des autres. Comment dire cela en termes simples ? Vous m'avez « scotché », voilà le mot que je cherchais.

Le sourire de Coffey s'élargit. Peu de gens dans la vie ont la chance de pouvoir humilier autant un rival détesté.

— Vous avez fait un travail remarquable, Spencer. Si je puis me permettre de vous appeler Spencer. Un travail unique.

Coffey attendait impatiemment que l'autre avoue enfin. Si ce con s'imaginait l'amadouer en lui passant de la pommade, il se trompait lourdement. Les criminels sont bien tous les mêmes : *Il faut que vous soyez drôlement fort pour avoir réussi à me pincer.* Coffey fit signe à Rabiner de s'approcher avec son enregistreur. Il ne s'agissait pas d'en perdre une miette. Le plus beau, c'est que Pendergast s'enfonçait tout seul. Jamais les juges n'accorderaient quoi que ce soit à l'assassin d'un ponte du FBI au prétexte qu'il avait avoué. Mieux, une confession en bonne et due forme ne ferait qu'accélérer la date de son exécution, en l'empêchant de faire traîner les choses en appel pendant dix ans.

— J'ai eu la chance d'assister personnellement à plusieurs de vos enquêtes. À commencer par ce soir tragique où a eu lieu le massacre du Muséum, lorsque vous dirigiez l'unité d'intervention mobile. Quel moment inoubliable !

Coffey fronça les sourcils. Il n'avait pas gardé un souvenir ému de cette nuit épouvantable. À vrai dire, ce n'était pas l'une de ses heures les plus glorieuses. Mais peut-être se montrait-il trop dur avec lui-même, comme toujours.

— Je me souviendrai toute ma vie de ce soir-là, continuait Pendergast. Faisant preuve d'une volonté à toute épreuve au cœur de l'action, vous donniez des ordres d'un air viril.

Coffey dansa d'un pied sur l'autre. Qu'attendait-il donc pour avouer ? Il en faisait décidément un peu trop. Coffey n'aurait jamais cru que l'autre loque ramperait devant lui si facilement.

— J'ai mauvaise conscience de ce qui est arrivé ensuite. Vous envoyer en pénitence à Waco était profondément injuste. Sans compter que vous n'avez pas eu de chance. L'erreur est humaine et n'importe qui aurait pu confondre cet adolescent qui rentrait d'un concours de pêche avec un membre de la secte des davidiens. Heureusement, vous l'avez raté et votre coéquipier a eu le temps de vous plaquer à terre avant que vous ne tiriez une seconde fois. Remarquez, l'adolescent en question ne risquait pas grand-chose, car j'ai cru comprendre que vous aviez fini bon dernier à l'épreuve de tir à l'école du FBI.

Pendergast n'avait jamais cessé de s'exprimer d'une voix doucereuse tout au long de sa tirade. La transition était intervenue de façon si insidieuse, Coffey ne comprit enfin qu'en voyant le gardien étouffer un ricanement.

— Je suis tombé un jour sur un rapport relatif au bureau de Waco, à l'époque où il se trouvait sous votre brillante direction. Waco obtenait la palme dans toutes sortes de domaines. Votre service avait le plus faible pourcentage d'enquêtes résolues au cours de trois années successives, le plus grand nombre de demandes de mutation, le plus grand nombre d'enquêtes internes pour incompétence et violation des règles de déontologie les plus élémentaires. Au point de se demander si votre mutation à New York n'est pas intervenue à temps. C'est tout de même bien pratique d'avoir un beau-père qui est un ancien sénateur, pas vrai, Spencer ?

Coffey se tourna vers Rabiner, tentant de garder son sang-froid du mieux qu'il le pouvait.

— Éteignez-moi ça.

— Oui, monsieur.

Mais Pendergast n'avait pas l'intention d'en rester là, même s'il ne cherchait plus à dissimuler son ironie.

— À propos, comment se passe ce traitement contre les troubles de stress post-traumatique dont vous souffrez ? J'ai entendu dire qu'on a fait des progrès incroyables dans ce domaine.

Coffey, à la limite de l'implosion, adressa un signe de la main au gardien.

— Inutile de poursuivre l'interrogatoire. Faites-nous sortir, je vous prie.

Le temps que le gardien signale à son collègue d'ouvrir la porte, Pendergast continuait.

— Dans un autre registre, et connaissant votre amour immodéré de la littérature, je vous conseille la lecture d'une merveilleuse comédie de Shakespeare intitulée *Beaucoup de bruit pour rien.* Je vous suggère de vous intéresser tout particulièrement au personnage du constable Dogberry. Vous trouverez son attitude particulièrement édifiante, Spencer. Je vous assure.

La porte de la cellule s'ouvrit enfin. Coffey s'assura que les deux gardiens restaient impassibles, puis il sortit dans le couloir qu'il remonta d'un air digne, Rabiner toujours derrière lui.

Il fallut près de dix minutes au petit groupe pour rejoindre le bureau de Gordon Imhof, situé dans un coin ensoleillé du bâtiment administratif. Cette longue traversée des couloirs de Herkmoor avait rendu quelques couleurs au visage de Coffey.

— Attendez-moi ici, ordonna-t-il à Rabiner avant de pénétrer dans le bureau du directeur après avoir traversé celui de sa peste de secrétaire.

— Comment s'est…

Imhof n'acheva pas sa phrase en découvrant le visage de son visiteur.

— Renvoyez-le dans la cour 4, gronda Coffey. Dès demain.

Imhof ne chercha pas à dissimuler son étonnement.

— Mais enfin, inspecteur, je disais ça uniquement pour lui faire peur. Si on le remet là-bas, ils le tueront.

— Les problèmes entre prisonniers ne nous regardent pas. Vous l'avez affecté à la cour 4 et il y restera. Le changer de cour de promenade lui donnerait raison.

Imhof voulut répondre, mais Coffey le coupa d'un geste.

— Écoutez-moi bien, Imhof. Je vous l'ordonne officiellement. Le détenu reste affecté à la cour 4. Le FBI en prend la pleine et entière responsabilité.

— Dans ce cas, j'aurai besoin d'un ordre écrit, finit par répliquer Imhof après un long silence.

Coffey hocha la tête.

— Je vous le signe tout de suite.

34

Adrian Wicherly traversa la galerie des antiquités égyptiennes d'un pas alerte, satisfait que Hugo Menzies l'ait chargé de cette mission au lieu de la confier à Nora Kelly. Rouge de honte, il repensa à la façon dont cette petite allumeuse l'avait humilié. On l'avait bien prévenu que les Américaines avaient la mauvaise habitude de casser les couilles des gentlemen, mais il en avait à présent la preuve. Une fille de rien.

N'importe. Il rentrerait bientôt à Londres où la petite mission en question serait du plus bel effet sur son CV. Il songea à toutes les petites doctorantes croisées au British Museum qui avaient été trop heureuses de se montrer arrangeantes. La peste soit de ces maudites femelles américaines et de leur puritanisme hypocrite.

Pour couronner le tout, cette Nora Kelly était autoritaire. Il avait beau être l'égyptologue en titre de l'équipe, elle refusait de lui laisser la bride sur le cou. Elle avait absolument tenu à relire son scénario alors que c'était lui qu'on avait engagé pour mettre au point le son et lumière. D'ailleurs, elle fourrait son nez partout. C'était à se demander ce qu'elle faisait dans un musée de cette importance, alors que sa place était manifestement dans un pavillon de banlieue à s'occuper d'une tripotée de chiards. Et qui était donc ce mari auquel elle prétendait se montrer fidèle ? Si ça se trouvait, cette mijaurée accordait déjà ses faveurs à un autre… À bien y réfléchir, ça devait être ça…

Wicherly s'arrêta à l'entrée de la tombe. Le Muséum était désert à cette heure-là, mais Menzies avait bien insisté sur l'heure. Il tendit l'oreille. Un bruit troublait le silence, dont il aurait été bien incapable de déterminer la nature. Le souffle de… de quoi, exactement ? Un système de ventilation, peut-être ? Un souffle rythmé par un cliquetis méthodique toutes les deux ou trois secondes : *tic... tic... tic...* Comme un tic-tac d'horloge moribonde.

Wicherly passa la main dans sa toison épaisse et jeta autour de lui un coup d'œil inquiet. Le tueur s'était fait prendre la veille, il n'y avait donc plus rien à craindre. Plus rien du tout. Curieuse histoire, tout de même, que celle de ce Lipper... Le type même du petit malin new-yorkais. De là à le croire capable de perdre ses nerfs de la sorte... Néanmoins, à force d'accumuler les heures, tout le monde se tuait au travail dans ce pays. Jamais il ne serait venu à l'idée du British Museum d'en demander autant à ses employés. Ces Américains, quel manque de savoir-vivre ! Pas besoin d'aller bien loin pour s'en apercevoir. Il était trois heures du matin et il était encore debout. La nature de la mission confiée par Menzies l'exigeait, il est vrai.

Wicherly glissa sa carte dans le lecteur électronique, composa un code, et la toute nouvelle porte en inox du tombeau de Senef s'ouvrit dans un soupir de métal bien lubrifié. Une odeur de pierre sèche, de colle, de poussière et de composants électroniques montait de la tombe. Les lumières s'allumèrent automatiquement. Rien n'avait été laissé au hasard, preuve que tout était prêt. Le pauvre Lipper avait déjà été remplacé, mais l'informaticien qui lui succédait n'avait rien eu à faire. L'inauguration devait avoir lieu dans cinq jours et, si certains des objets exposés n'étaient pas encore en place, l'éclairage comme les réglages électroniques du son et lumière étaient prêts.

Wicherly eut une dernière hésitation en apercevant les marches qui s'enfonçaient dans les profondeurs du tombeau, pris d'une appréhension soudaine qu'il s'appliqua à chasser de son esprit. Quelques instants plus tard, il descendait les marches en faisant crisser ses Oxford impeccablement cirées.

Il s'arrêta face à la première porte et ne put s'empêcher de poser les yeux sur l'œil d'Horus et les hiéroglyphes qui l'accompagnaient. *À celui qui franchira cette porte, qu'Ammout dévore son cœur.* Une malédiction somme toute assez ordinaire. Wicherly avait visité des centaines de tombes protégées par des menaces de la même veine et jamais il n'y avait regardé à deux fois. La représentation d'Ammout sur le mur extérieur était néanmoins assez déplaisante, et puis, il y avait le sinistre passé de cette sépulture, sans même parler de ce qui venait d'arriver à Lipper...

Dans l'Antiquité, les Égyptiens croyaient aux pouvoirs surnaturels des incantations et autres avertissements graphiques inscrits sur les murs des sépultures, particulièrement ceux tirés du Livre des trépassés. Ce n'étaient pas de simples motifs décoratifs, mais bien des malédictions dotées de pouvoirs contre lesquels les vivants ne pouvaient rien. À force d'étudier l'Égypte, de lire des hiéroglyphes et de se plonger dans ces croyances anciennes, Wicherly finissait presque par y croire. Il avait beau savoir que tout ça était ridicule, il pratiquait l'égyptologie de manière trop intime pour ne pas être sensible au réalisme de ces représentations.

Et jamais elles ne lui avaient paru plus réalistes qu'à cet instant précis. C'était particulièrement vrai de la silhouette grotesque d'Ammout avec son énorme gueule de crocodile brillante de bave, son corps tavelé de léopard et son arrière-train d'hippopotame. Un arrière-train effrayant, boursouflé et visqueux qui s'étalait largement sur le sol. Les trois animaux étaient de terribles prédateurs à l'époque des pharaons, et le mélange des trois ne pouvait que figurer un monstre terrible aux yeux des Égyptiens de l'époque.

Wicherly poursuivit son chemin avec un petit ricanement contrit, mécontent de se laisser impressionner par sa propre érudition comme par les folles rumeurs qui circulaient dans le musée. Après tout, il n'était pas dans une tombe perdue au fin fond du Haut-Nil, mais au cœur de l'une des métropoles les plus modernes de la planète. Au même instant, le grondement lointain d'un métro de nuit le lui confirma. C'était d'ailleurs ennuyeux car, malgré tous leurs efforts, les équipes du Muséum n'étaient pas parvenues à étouffer complètement le bruit des rames de la ligne Central Park West.

Il franchit le puits et leva les yeux sur l'inscription du Livre des trépassés qu'il avait si cavalièrement repoussée lors de leur première visite :

Celui qui repose dans ce sanctuaire condamné verra son âme Ba renaître, mais celui qui y pénétrera se verra privé à jamais de son âme Ba. Par l'œil d'Horus, délivre-moi ou damne-moi à jamais, Ô puissant dieu Osiris.

À l'instar de nombre de citations du Livre des trépassés, celle-ci n'était pas d'une clarté lumineuse. Il commençait pourtant à comprendre en la déchiffrant à nouveau. Les Égyptiens croyaient à l'existence de cinq âmes distinctes. L'âme Ba figurait le pouvoir et la personnalité de chacun ; en tant que telle, elle flottait constamment entre la tombe et l'au-delà, permettant au défunt de rester en contact avec l'empire des morts. L'âme Ba devait toutefois reprendre place chaque nuit dans le corps momifié, sous peine de voir le défunt disparaître à jamais.

Cette malédiction avertissait donc les violeurs de sépulture qu'ils couraient le risque de perdre leur âme Ba et d'encourir les foudres de l'œil d'Horus. Dans l'Égypte ancienne, on disait couramment que les fous avaient perdu leur âme Ba : en d'autres termes, celui qui franchissait ce seuil courait le risque de devenir fou.

Wicherly frissonna. C'était exactement ce qui était arrivé au malheureux Lipper.

Il éclata de rire, provoquant un écho étrange qui se répercutait de pièce en pièce. Il n'allait tout de même pas se mettre à croire à toutes ces superstitions, comme un cochon d'Irlandais ! Il secoua la tête et s'enfonça au cœur de la tombe. Ce n'était pas tout ça, mais il avait du pain sur la planche. Le professeur Menzies lui avait confié une mission bien particulière.

35

Nora ouvrit la porte de son bureau, posa son ordinateur portable et son courrier sur la table, puis elle se débarrassa de son manteau en l'accrochant à une patère. Il faisait froid, mais beau, une belle lumière pénétrait à flots dans la pièce, dessinant une barre horizontale dorée sur les reliures des livres rangés face à la fenêtre.

Plus que quatre jours avant l'inauguration, pensa-t-elle avec soulagement, ravie de pouvoir bientôt ressortir ses chères poteries et passer plus de temps avec son mari. À cause de l'exposition, si prenante, ils n'avaient plus fait l'amour depuis des semaines et Bill, agacé au début, ne songeait même plus à s'en plaindre. *Plus que quatre jours.* Elle sortait d'une période particulièrement pénible, même à l'aune des habitudes du Muséum où rien n'était jamais simple. Bah... tout ça ne serait bientôt plus qu'un mauvais souvenir. Et puis l'inauguration s'annonçait prometteuse. Nora avait prévu de s'y rendre en compagnie de son mari. Bill était une fine gueule et Dieu sait que le musée, malgré tous ses défauts, savait recevoir.

Elle s'installait à son bureau pour ouvrir le courrier lorsqu'on toqua à la porte.

— Entrez, dit-elle en se demandant qui pouvait bien venir la déranger à huit heures du matin.

La silhouette rassurante de Menzies apparut sur le seuil. Le front barré d'un pli, il avait l'air soucieux.

— Si ça ne vous ennuie pas... dit-il en désignant une bergère.

— Je vous en prie.

Il referma la porte et s'assit en face de Nora, croisa les jambes et tira sur le pli de son pantalon à chevrons.

— Vous n'auriez pas vu Adrian, par hasard ?

— Non, mais il est encore tôt, il n'est sans doute pas encore arrivé.

— C'est précisément ce qui me préoccupe. Il est arrivé à trois heures du matin et s'est fait reconnaître des services de sécurité avant de se rendre dans le tombeau de Senef, à en croire le journal électronique. Il en est ressorti à trois heures et demie en refermant la porte, mais il ne semble pas avoir quitté le musée depuis. Le relevé des services de sécurité indique qu'il est toujours sur place, mais je ne le trouve ni dans son bureau ni dans son laboratoire. Ni nulle part ailleurs, à vrai dire. Alors j'ai pensé qu'il aurait pu vous dire quelque chose.

— Non, rien du tout. Savez-vous pourquoi il est venu à trois heures ?

— Il a pu vouloir s'avancer dans son travail. Comme vous le savez, nous commençons le déménagement des collections à neuf heures. Tout le monde est déjà sur le pont, depuis les menuisiers jusqu'à la Direction des expositions, mais toujours pas d'Adrian. Je n'arrive pas à comprendre comment il a pu s'évanouir de la sorte.

— Il finira par nous rejoindre. Il ne nous a jamais fait faux bond jusqu'à présent.

— Je l'espère.

— Moi aussi, fit une voix derrière le professeur.

Nora leva la tête et découvrit Wicherly sur le seuil de la pièce, les yeux rivés sur elle.

La surprise passée, Menzies sourit d'un air soulagé.

— Ah ! Vous voilà ! Je commençais à m'inquiéter.

— C'était inutile.

Menzies se leva.

— Tout est bien qui finit bien. Dites-moi, Adrian, j'aurais aimé discuter un instant avec vous dans mon bureau du placement exact des collections. Une longue journée nous attend.

— Cela vous ennuierait que je dise un mot à Nora auparavant ? Je vous rejoins tout de suite.

— Bien sûr.

Menzies quitta aussitôt la pièce en refermant la porte derrière lui et Wicherly prit sa place sans y être invité. Nora, agacée, eut peur un instant qu'il ne recommence ses âneries de la semaine précédente.

Wicherly l'observait d'un air ironique.

— Vous avez peur que je me glisse dans votre petite culotte, peut-être ?

— Ce n'est pas vraiment le moment de plaisanter, Adrian. Vous et moi avons du pain sur la planche, alors laissez-moi tranquille.

— Pas après la manière abominable dont vous m'avez traité.

— La manière dont *je* vous ai traité ?

Nora décida de rester calme.

— La porte est derrière vous. Je ne vous retiens pas, ajouta-t-elle.

— Pas tant que nous n'aurons pas réglé nos comptes.

Nora le regarda d'un œil inquiet. Elle n'avait pas remarqué jusqu'alors à quel point il avait l'air épuisé. Le teint pâle, les traits tirés, il avait des poches sous les yeux et la crinière en bataille. Plus surprenant encore, le très élégant Adrian Wicherly était débraillé. Un voile de sueur perlait sur son front.

— Vous vous sentez bien ?

— Très bien !

Un violent tic nerveux vint aussitôt le contredire.

— Adrian, je crois vraiment que vous avez besoin d'une petite pause. Vous avez beaucoup travaillé ces temps derniers, déclara Nora d'une voix posée.

Dès qu'il aurait quitté son bureau, elle comptait bien appeler Menzies pour lui suggérer de renvoyer Wicherly chez lui. Adrian était un égyptologue de tout premier plan dont la compétence leur était indispensable et ils ne pouvaient se permettre de le voir perdre ses nerfs à quelques heures de l'inauguration.

Un tic plus prononcé que le précédent déforma brièvement les traits du chercheur.

— Pourquoi me demandez-vous cela, Nora ? Je n'ai pas l'air d'aller bien ?

Il s'était exprimé avec une certaine agressivité, en élevant la voix. Nora remarqua qu'il serrait les accoudoirs de son fauteuil avec une telle force que ses ongles s'enfonçaient dans le tissu.

— Après tout ce que vous avez fait, dit-elle en se levant, vous avez bien mérité une journée de repos.

Il n'était plus question d'obtenir l'assentiment de Menzies. Après tout, c'était elle la commissaire de l'exposition et elle décida de le renvoyer chez lui. Wicherly n'était pas en état de surveiller la mise en place de collections d'une valeur inestimable.

L'horrible tic se répéta.

— Vous n'avez toujours pas répondu à ma question, Nora.

— Vous êtes épuisé, c'est tout. Prenez votre journée. C'est un ordre. Rentrez chez vous et reposez-vous.

— Un ordre ? Depuis quand est-ce vous la patronne ici ?

— Depuis le jour où vous nous avez rejoints. Maintenant, rentrez chez vous ou bien je me verrai dans l'obligation d'appeler la sécurité.

— La sécurité ? Quelle plaisanterie !

— Je vous demanderai de bien vouloir sortir, insista Nora en décrochant son téléphone.

Wicherly bondit hors de son siège et lui arracha des mains l'appareil qu'il jeta à terre, puis il piétina le combiné et arracha le fil de sa prise.

Nora restait comme pétrifiée.

— Calmez-vous, Adrian, tenta-t-elle d'une voix impassible en se levant.

— Espèce de petite *traînée* ! répondit-il d'un ton menaçant. Ses doigts crispés, agités de tremblements, se contractèrent pour former des poings. Il n'était pas loin de l'hystérie. Nora fit le tour de son bureau d'un pas lent et décidé.

— Je m'en vais, dit-elle d'une voix qu'elle voulait ferme.

Elle était prête à se battre en cas de besoin. Le mieux était encore de lui griffer les yeux si jamais il faisait mine de s'en prendre à elle.

— Mon cul, oui !

Tout en donnant à la porte un tour de clé derrière son dos, il lui bloqua le passage.

— Laissez-moi partir !

Mais Adrian, les yeux injectés de sang, les pupilles dilatées, ne bougeait pas d'un pouce. Nora sentit un vent de panique l'envahir. Valait-il mieux tenter de le calmer ou bien adopter une attitude autoritaire ? Une odeur de sueur âcre, proche de l'acidité de l'urine, émanait de Wicherly dont le poing droit s'ouvrait et se contractait de manière spasmodique tandis que son visage était agité de tics convulsifs. On l'aurait dit possédé par des forces démoniaques.

— Tout va bien, Adrian, tenta-t-elle de le rassurer d'une voix qui tremblait. Vous avez besoin d'aide, c'est tout. Laissez-moi appeler un médecin.

Les nerfs de son cou, agités de spasmes, étaient tendus comme des cordes à piano.

— J'ai peur que vous ne soyez en train de faire une attaque, poursuivit Nora. Vous comprenez, Adrian ? Vous devez voir un médecin sans tarder. Je vais vous aider.

Il voulut répondre, mais les mots se bousculaient dans sa bouche et un filet de bave lui coula sur le menton.

— Adrian, je dois sortir pour aller chercher un médecin...

En guise de réponse, il lui envoya une droite foudroyante. Nora s'y attendait et elle parvint à éviter le coup, mais elle perdit l'équilibre et tomba en arrière.

— À l'aide ! À moi ! Appelez la sécurité !

— Ta gueule, pouffiasse !

Il s'avança vers elle d'un pas menaçant et la frappa à la volée. La jeune femme heurta son bureau sur lequel elle s'effondra et il se rua sur elle en l'écrasant de tout son poids, envoyant voler l'ordinateur portable.

— À l'aide ! Au secours !

Elle voulut s'attaquer aux yeux de son adversaire, mais il balaya son bras d'un geste et la frappa à la tempe d'une main tout en arrachant de l'autre son chemisier dont les boutons s'éparpillèrent à travers la pièce.

Elle hurla de plus belle et voulut échapper à son emprise, mais il la prit par le cou avec une force surhumaine et ses cris moururent dans sa gorge. Comme Nora cherchait encore à se débattre, il lui prit les jambes en ciseaux entre les siennes.

— Alors tu te prends pour la patronne, comme ça ? lui cracha-t-il au visage en serrant son cou à deux mains.

La malheureuse lui arrachait les cheveux, lui martelait le dos, mais rien n'y faisait et il l'étranglait de toutes ses forces, son visage couvert de sueur, parcouru de tics, à quelques centimètres de celui de la jeune femme.

— Je vais te montrer un peu qui est le patron, moi.

Nora donnait des coups de poing et griffait tant bien que mal son adversaire, à la limite de l'étouffement, le larynx a moitié écrasé par les mains de fer de Wicherly. Le sang ne parvenait plus jusqu'au cerveau et elle sentit venir le moment où elle allait perdre connaissance. Des millions de papillons lui passèrent devant les yeux et un voile noir la recouvrit, tel un nuage d'encre dans un verre d'eau.

— Alors, pouffiasse, quel effet ça te fait ?

Nora entendit un fracas dans le lointain, un bruit de coups et de bois éclaté, puis elle sentit l'étau des mains de son agresseur se desserrer. Elle nageait encore dans une demi-inconscience lorsque des cris suivis d'une détonation assourdissante la tirèrent de sa torpeur.

Elle roula sur elle-même en toussant et en crachant, les mains posées sur son cou meurtri... Soudain, Menzies était là, qui la prenait dans ses bras en réclamant un médecin. La plus grande agitation régnait dans la pièce, plus particulièrement de l'autre côté du bureau où s'agitait une meute de gardiens qui poussaient des cris...

C'est là qu'elle vit une mare de sang s'étaler sur le sol. Qu'avait-il bien pu se passer ?

— Je n'avais pas le choix, il s'est précipité sur moi avec un couteau ! fit une voix dans le brouhaha ambiant.

— ... un simple coupe-papier, espèce d'abruti !

— ... un médecin ! Vite !

— ... il était en train de l'étrangler...

La cacophonie des voix résonnait furieusement dans la tête de Nora qui commençait tout juste à reprendre ses esprits. Elle toussa, tentant désespérément de faire taire la rumeur qui l'entourait, de ne plus penser à rien, tandis que Menzies la poussait doucement jusqu'à la bergère en lui murmurant des paroles rassurantes à l'oreille :

— Tout va bien, ma chère petite, tout va bien. Le médecin sera bientôt là. Non, ne regardez pas par là… Fermez les yeux, tout va bien… Ne regardez pas, ne regardez pas…

36

Laura Hayward s'attarda longuement sur l'énorme mare de sang dans laquelle avaient pataugé les secours en tentant vainement de réanimer Wicherly, atteint à bout portant par une balle de calibre 9. Les équipes scientifiques de la Criminelle étaient occupées à prélever les échantillons nécessaires à l'enquête avant de les mettre dans des boîtes soigneusement étiquetées.

Hayward ressortit du bureau, laissant les experts essayer de comprendre les raisons du drame. Il lui fallait encore interroger la victime avant qu'elle soit conduite à l'hôpital.

Elle trouva Nora Kelly dans l'une des salles de repos réservées au personnel, en compagnie de son mari, de Hugo Menzies et d'une foule de secouristes, de flics et de gardiens du musée. Kelly refusait manifestement d'écouter les infirmiers qui l'enjoignaient de se rendre à l'hôpital afin d'y subir des examens.

— Faites sortir les gardiens, ordonna Hayward à ses hommes. Je ne veux voir que Mme Kelly et le professeur Menzies.

— Je ne bouge pas d'ici, fit Bill Smithback. Je veux rester auprès de ma femme.

— Alors restez, répliqua Hayward en haussant les épaules.

L'un des secouristes s'employait toujours à convaincre Nora.

— Écoutez-moi, mademoiselle. Vu la manière dont il vous serrait le cou, il peut très bien y avoir une contusion au niveau du larynx. On ne sait jamais comment ça peut évoluer, il faut absolument faire des examens.

— Arrêtez de m'appeler mademoiselle, je suis professeur.

— Ce monsieur a raison, insista Smithback. Tu devrais aller à l'hôpital, tu n'en auras pas pour longtemps.

— Pas pour longtemps ? Je risque d'y passer la journée, oui. Tu sais bien comment ça se passe à Saint Luke.

— Nora, nous pouvons fort bien nous passer de vous aujourd'hui, s'interposa Menzies. Vous êtes encore traumatisée...

— Avec tout le respect que je vous dois, professeur. Vous savez très bien qu'avec le professeur Wicherly... Oh, mon Dieu ! C'est horrible !

Nora étouffa un sanglot et Hayward en profita pour intervenir.

— Je sais que le moment est mal choisi, professeur, mais j'aurais quelques questions à vous poser.

Nora s'essuya les yeux.

— Allez-y.

— Pourriez-vous m'expliquer comment il en est venu à vous attaquer ?

Nora prit longuement sa respiration, puis elle relata les événements tels qu'ils s'étaient déroulés, sans oublier d'évoquer les avances de Wicherly quelques jours auparavant. Hayward l'écouta sans l'interrompre, tout comme Smithback dont le visage s'assombrissait de minute en minute.

— Le salopard, gronda-t-il entre ses dents.

Nora le fit taire d'un geste impatient.

— Il lui est arrivé quelque chose aujourd'hui. Ce n'était pas la même personne. C'est comme si... comme s'il avait fait une attaque.

— Pourquoi vous trouviez-vous dans votre bureau si tôt ? demanda Hayward.

— Parce que j'avais... parce que j'ai beaucoup de travail.

— Et Wicherly ?

— J'ai cru comprendre qu'il était arrivé à trois heures du matin.

Hayward ne chercha pas à dissimuler son étonnement.

— Pour quelle raison ?

— Je n'en ai aucune idée.

— S'est-il rendu dans la tombe ?

Menzies décida d'intervenir.

— En effet. Les relevés électroniques montrent qu'il a pénétré dans la tombe peu après trois heures et qu'il y est resté une demi-heure avant de repartir. Je ne sais pas ce qu'il a pu faire ensuite jusqu'à l'heure du drame. Je l'ai cherché partout, sans résultat.

— Je suppose que vous avez pris la peine de vérifier ses états de service avant de l'engager. Sait-on s'il avait un casier judiciaire ou s'il avait déjà agressé quelqu'un ?

Menzies fit non de la tête.

— Rien de tel.

Hayward se retourna et vit que Visconti se trouvait là. Elle lui fit signe de la rejoindre.

— Je veux que vous preniez les dépositions du professeur Menzies et du gardien qui a tué Wicherly. On prendra celle du professeur Kelly à son retour de l'hôpital.

— Mais non, fit Nora. Je peux faire ma déposition tout de suite.

Hayward l'ignora.

— Où se trouve le médecin légiste ?

— Il est parti à l'hôpital avec le corps.

— Essayez de le joindre par radio.

Visconti s'exécuta et tendit sa radio à Hayward.

— Docteur ? dit Hayward en portant la radio à sa bouche. J'aurais besoin d'une autopsie le plus vite possible. Vérifiez s'il n'y a pas des lésions cérébrales sur le lobe temporal, plus précisément au niveau du cortex frontal ventromédian... Depuis quand je suis devenue neurochirurgien ? Non, je vous expliquerai plus tard.

Hayward rendit sa radio à Visconti et se tourna vers Nora.

— Vous, vous allez à l'hôpital. Tout de suite, insista-t-elle d'une voix ferme avant d'ajouter, pour les infirmiers : aidez-la à se relever et emmenez-la.

Puis, à l'attention de Smithback :

— Il faut que je vous parle en privé. Allons dans le hall.

— Mais je tiens à accompagner...

— Je demanderai à l'un de mes hommes de vous conduire à l'hôpital ensuite. Avec la sirène, vous y serez en même temps que l'ambulance.

La jeune femme échangea quelques mots avec Nora, lui donna une petite tape amicale sur l'épaule et fit signe à

Smithback de la suivre dans le hall où ils s'installèrent dans un coin tranquille.

— Ça fait un moment qu'on ne s'est pas vus, commença-t-elle. Je pensais que vous auriez peut-être un tuyau pour moi.

Smithback, mal à l'aise, détourna les yeux.

— J'ai publié l'article dont je vous avais parlé. J'en ai même publié deux, mais ça n'a rien donné jusqu'à présent.

Hayward hocha la tête.

— Toutes les pistes que j'ai explorées ont tourné court. C'est d'ailleurs pour ça que j'ai fini par... par me rendre dans la maison.

— Quelle maison ?

— Vous savez bien. *Sa* maison. Celle où il retenait prisonnière Viola Maskelene.

— Comment avez-vous fait pour rentrer ? Je ne savais pas que les enquêteurs avaient enlevé les scellés.

Smithback était de plus en plus penaud.

— C'est-à-dire... il y avait toujours de la bande jaune.

— Quoi ? s'écria Hayward. Vous vous êtes introduit dans un périmètre protégé ?

— En fait de périmètre protégé, j'ai juste aperçu un flic.

— Je ne veux rien savoir, monsieur Smithback. Et ne comptez pas sur moi pour vous autoriser à...

— C'est pourtant en fouillant là-bas que ça m'est venu.

Hayward s'arrêta net et lui lança un regard interrogateur.

— Rien de vraiment concluant. Une simple théorie. Au début, je me suis emballé, et puis, en y réfléchissant bien... C'est d'ailleurs pour ça que je ne vous en avais pas parlé.

— Arrêtez de temporiser et crachez le morceau.

— Eh bien, dans une penderie, j'ai trouvé plusieurs manteaux appartenant à Diogène.

Hayward croisa les bras, attendant la suite.

— Il y avait trois superbes manteaux en cachemire et en poil de chameau, des manteaux fabriqués en Italie, et puis il y en avait deux autres en gros tweed rêche. Des manteaux de qualité, mais très différents, comme ceux que portent les vieux profs.

— Et alors ?

— Je sais que vous allez trouver ça bizarre, mais ces manteaux en tweed avaient tout du déguisement. Comme si Diogène...

— Comme s'il avait un *alter ego*, l'interrompit Hayward, pensive, comprenant brusquement les implications de ce que lui disait le journaliste.

— Exactement. Et quel *alter ego* pourrait bien porter ce genre de manteau ? Un universitaire.

— Ou bien alors un chercheur dans un musée.

— Bingo. Alors je me suis dit que Diogène était peut-être l'un des conservateurs du Muséum. Tout le monde est d'accord pour dire que le vol des diamants a été commis avec la complicité de quelqu'un du musée. Comme je vois mal Diogène se faire aider par un complice, pourquoi ne pas imaginer qu'il travaille au Muséum ? Je sais que ça a l'air dingue...

Smithback, pas très sûr de son fait, n'acheva pas sa phrase.

— Si vous voulez mon avis, c'est loin d'être dingue, murmura Hayward, les yeux brillants.

Surpris, Smithback releva la tête.

— Vous êtes sincère ?

— Tout ce qu'il y a de plus sincère. Ça expliquerait même beaucoup de choses. Diogène est l'un des conservateurs de ce musée.

— Il y a quand même des choses qui m'échappent. Pourquoi Diogène a-t-il volé ces diamants si c'était pour les réduire en poussière et les renvoyer par la poste ?

— Allez savoir s'il n'en voulait pas aux dirigeants du musée. On connaîtra la vérité quand on l'aura arrêté. Bon travail, monsieur Smithback. Une dernière chose.

Smithback plissa les yeux.

— Laissez-moi deviner.

— Je vois que vous me comprenez. Cette conversation n'a jamais eu lieu. Et vous n'en parlez à personne tant que je ne vous ai pas donné mon feu vert. Pas même à votre femme et surtout pas au *Times*. C'est clair ?

Smithback hocha la tête avec un soupir.

— Très bien. À présent, il faut que j'aille voir Manetti. Mais avant, laissez-moi trouver quelqu'un pour vous conduire à l'hôpital. Vous l'avez bien mérité, conclut Hayward avec un large sourire.

37

Un profond silence régnait dans le grand bureau lambrissé de Frederick Watson Collopy. Les membres de sa garde rapprochée se trouvaient tous là : l'avocate du Muséum, Beryl Darling, la responsable de la communication, Joséphine Rocco, sans oublier Hugo Menzies. Confortablement installés en face de Collopy, ils attendaient qu'il veuille bien se lancer.

Le directeur du Muséum posa la main sur son bureau et regarda ses visiteurs l'un après l'autre.

— Jamais, de toute sa longue histoire, le Muséum n'a traversé une crise aussi dramatique. Jamais.

Il se tut afin de laisser pénétrer chaque mot.

— Nous avons été ébranlés coup sur coup par une suite de drames dont chacun aurait suffi à abattre des institutions comparables à la nôtre. Le vol et la destruction de notre collection de diamants. Le meurtre de Theodore DeMeo. L'agression inexplicable dont a été victime le professeur Kelly et la mort de son assaillant, le très distingué professeur Wicherly du British Museum, tué par un gardien un peu trop exubérant.

Il marqua une nouvelle pause avant de reprendre.

— Dans quatre jours doit avoir lieu l'une des inaugurations les plus prestigieuses de l'histoire de ce musée. Une inauguration censée effacer des mémoires le vol des diamants. La question que je souhaite vous poser à présent est la suivante : comment devons-nous réagir ? Retarder l'inauguration ? Tenir une conférence de presse ? J'ai reçu les appels d'une vingtaine de membres du conseil d'administration depuis ce matin, et chacun d'entre eux me suggérait une ligne de conduite différente. Dans moins de dix minutes, j'attends la visite d'une capitaine de la brigade criminelle, Mme Hayward, qui exigera sans nul doute le report de notre inauguration. À l'heure qu'il est, la décision repose entre nos seules mains.

Il croisa les mains sur son bureau.

— Beryl ? Votre avis ?

Collopy savait que l'avocate n'avait pas l'habitude de mâcher ses mots.

Darling se pencha en avant, un crayon de papier entre les doigts.

— S'il ne tenait qu'à moi, Frederick, je commencerais par faire désarmer l'ensemble des gardiens du musée.

— C'est déjà fait.

Darling hocha la tête d'un air satisfait.

— Ensuite, au lieu d'organiser une conférence de presse, avec tous les risques de dérapage que cela induit, je publierais un communiqué.

— Pour dire quoi ?

— Un communiqué retraçant brièvement les faits, accompagné d'un mea-culpa et de condoléances adressées aux familles des victimes, c'est-à-dire DeMeo, Lipper et Wicherly.

— Excusez-moi de vous interrompre. Vous placez Lipper et Wicherly au nombre des victimes ?

— Exprimons nos regrets en termes neutres. Le Muséum n'entend nullement jeter la première pierre, laissons la police décider en dernier ressort de la culpabilité des uns et des autres.

Un silence glacial accueillit la proposition de l'avocate.

— Et que faites-vous de l'inauguration ? s'enquit Collopy.

— Annulez-la. Fermez le musée pendant deux jours et assurez-vous que personne, je dis bien *personne*, ne parle à la presse.

Collopy réfléchit quelques instants, puis il se tourna vers Joséphine Rocco.

— Votre avis ?

— Je suis d'accord avec Mme Darling. Il est indispensable de marquer le coup vis-à-vis du grand public.

— Je vous remercie. Et vous, professeur, quelque chose à ajouter ? demanda Collopy en se tournant vers son dernier visiteur.

En dépit des circonstances, Menzies affichait un calme olympien. Collopy aurait aimé pouvoir faire preuve d'autant de sang-froid.

— Je souhaite tout d'abord féliciter Mmes Darling et Rocco de leurs opinions pertinentes que j'aurais volontiers partagées en d'autres circonstances.

— Cela veut-il dire que vous n'êtes pas d'accord ?

— Absolument. Je suis même en total désaccord avec elles, répliqua Menzies dont l'assurance impressionnait Collopy.

— Dans ce cas, donnez-nous votre avis.

— J'avoue hésiter à contredire mes collègues dont l'expérience et la sagesse en la matière sont bien supérieures aux miennes, commença Menzies en adressant à ses voisines un regard plein d'humilité.

— Je vous ai fait venir pour avoir votre opinion la plus sincère.

— Dans ce cas... Il y a six semaines, la collection de diamants du musée était dérobée avant d'être réduite en poudre. Aujourd'hui, un consultant – c'est-à-dire quelqu'un d'extérieur au musée et non l'un de nos employés, je le précise – agresse l'une de nos chercheuses avant d'être abattu par un gardien dans la mêlée qui s'ensuit. Je pose donc la question : quel est le rapport entre ces deux événements ? demanda-t-il en interrogeant les autres du regard.

Comme personne ne répondait, il insista.

— Madame Darling ?

— Il n'y a pas de rapport.

— *Précisément.* Au cours de cette même période de six semaines, soixante et un meurtres et quinze cents agressions ont été perpétrés à New York, sans compter une multitude de crimes et délits divers. Le maire a-t-il barricadé la ville ? Non. Qu'a-t-il fait au contraire ? Il a annoncé haut et fort la bonne nouvelle : le taux de criminalité a baissé de quatre pour cent en un an !

— Dans ce cas, professeur, l'interrompit Darling, quelle « bonne nouvelle » souhaiteriez-vous annoncer ?

— Tout simplement que, malgré les événements récents, l'inauguration du tombeau de Senef aura lieu à la date prévue.

— En somme, vous faites fi du reste.

— Pas le moins du monde. Publions un communiqué en précisant que nous sommes à New York et que le musée occupe une surface de quelque dix hectares en plein Manhattan, que nos deux mille employés accueillent chaque année cinq millions de visiteurs et qu'il est même surprenant de ne pas avoir davantage d'incidents de ce genre entre nos murs. Cet élément me paraît d'ailleurs essentiel : nous avons affaire à des meurtres isolés, sans rapport les uns avec les autres, dont les coupables ont été appréhendés. La loi des séries, rien de plus.

Il s'arrêta un instant avant de conclure.

— Je souhaiterais insister sur un dernier point.

— Lequel ? demanda Collopy.

— Le maire sera présent et compte prononcer un discours important lors de cette inauguration. Il n'est pas impossible qu'il souhaite utiliser cette tribune pour annoncer sa candidature aux prochaines élections.

Menzies se tut, tout sourire, défiant son auditoire de son beau regard bleu.

Beryl Darling réagit la première. Elle décroisa les jambes et tapa de la pointe de son crayon sur le bureau.

— Je dois dire que votre point de vue ne manque pas de pertinence, professeur.

— Pas moi, la contra Rocco. On ne peut pas se voiler la face et faire comme si de rien n'était. Les médias vont nous clouer au pilori.

— Qui parle de se voiler la face ? rétorqua Menzies. Nous disons les choses telles qu'elles sont, au contraire, sans rien cacher au public. Nous battons notre coulpe en reconnaissant notre pleine et entière responsabilité. Les faits abondent dans notre sens en apportant la preuve qu'il s'agit effectivement d'incidents isolés. Quant aux coupables, l'un est mort et l'autre se trouve derrière les barreaux. L'affaire est réglée.

— Que faites-vous des rumeurs ? demanda Rocco.

Menzies posa sur elle des yeux étonnés.

— Quelles rumeurs ?

— Celles selon lesquelles ce tombeau serait maudit.

Menzies partit d'un petit rire.

— La malédiction de la momie ? C'est tout simplement merveilleux ! Dans ce cas, nous sommes assurés de faire le plein.

Joséphine Rocco prit un air pincé, ce qui eut pour effet de crevasser l'épaisse couche de rouge qu'elle avait sur les lèvres.

— N'oublions pas notre intention initiale en procédant à la réouverture du tombeau de Senef : apporter à la ville la preuve éclatante que nous sommes le plus grand Muséum d'histoire naturelle au monde. Cette exposition nous est plus que jamais nécessaire.

Un long silence s'installa, que Collopy finit par rompre.

— Vous êtes diablement convaincant, Hugo.

— Je me trouve dans la position curieuse de devoir changer d'avis, intervint Darling. Je me rallie à l'opinion du professeur Menzies.

Collopy se tourna vers la responsable de la communication.

— Et vous, Joséphine ?

— Je suis dubitative, répondit-elle lentement, mais ça vaut la peine d'essayer.

— Dans ce cas, l'affaire est réglée, conclut Collopy.

Au même moment, la porte du bureau s'ouvrit et une jeune femme apparut sur le seuil, vêtue d'un élégant costume gris au col chargé de galons. Collopy regarda sa montre : sa visiteuse était à l'heure à la seconde près.

— Puis-je vous présenter le capitaine Laura Hayward de la brigade criminelle ? dit-il en se levant. Et voici...

— Nous nous connaissons déjà, le coupa Hayward en posant sur lui ses yeux pervenche. J'aurais souhaité m'entretenir avec vous en privé, professeur.

— Mais bien sûr.

Ses collaborateurs partis et la porte du bureau refermée, Collopy se tourna vers Laura Hayward.

— Puis-je vous proposer de vous asseoir ?

Elle eut une très brève hésitation avant de hocher la tête.

— Volontiers, dit-elle en prenant place dans une bergère.

Le teint pâle, elle semblait épuisée.

— Que puis-je pour vous, capitaine ?

La jeune femme tira de sa poche une liasse de papiers.

— J'ai ici le rapport d'autopsie de Wicherly.

Collopy leva les sourcils.

— Un rapport d'autopsie ? Les conditions de sa mort vous paraissaient-elles suspectes ?

En guise de réponse, elle exhiba un autre document.

— Et voici un rapport médical concernant Lipper. Pour faire court, Lipper et Wicherly souffrent de lésions identiques au niveau du cortex ventromédian du cerveau.

— Vraiment ?

— Oui. En d'autres termes, cela signifie qu'ils sont tous les deux devenus fous *dans les mêmes circonstances.* Ces lésions cérébrales ont brutalement déclenché chez l'un comme chez l'autre des psychoses violentes.

Collopy fut parcouru d'un long frisson. Les deux drames étaient donc liés... Voilà qui invalidait totalement la théorie évoquée quelques minutes plus tôt avec ses collaborateurs.

— Les éléments dont nous disposons donnent à penser que nous sommes confrontés à un phénomène inconnu, probablement dans le tombeau de Senef.

— Dans le tombeau ? Comment pouvez-vous dire ça ?

— Tous simplement parce que les deux victimes se trouvaient dans le tombeau juste avant le déclenchement des premiers symptômes.

Collopy, la gorge nouée, passa un doigt dans le col de sa chemise.

— Voilà une nouvelle bien surprenante.

— Le médecin légiste estime qu'il pourrait s'agir de phénomènes divers : un choc électrique à la tête, des émanations quelconques, un dysfonctionnement du système de ventilation, une bactérie ou un virus inconnus... Nous n'en savons pas davantage pour le moment. Inutile de vous préciser que l'information est confidentielle.

— Vous m'en voyez ravi, balbutia Collopy, de moins en moins à l'aise.

Si jamais l'information devenait publique, tous ses plans s'écroulaient.

— J'ai mis une équipe de spécialistes en toxicologie sur l'affaire dès que l'information m'a été communiquée, mais ils n'ont rien trouvé jusqu'à présent. Il est encore trop tôt.

— Ce que vous me dites est extrêmement inquiétant, capitaine, répondit Collopy. Le personnel du musée peut-il vous être d'une quelconque utilité ?

— Je venais justement vous voir pour cette raison. Je voudrais vous demander de repousser l'inauguration de l'exposition tant que les causes de ce phénomène n'auront pas été établies.

C'était précisément ce que redoutait Collopy et il mit quelques instants à réagir.

— Excusez-moi de vous le dire, capitaine, mais vous tirez des conclusions quelque peu hâtives. Premièrement en affirmant que les lésions cérébrales en question sont le résultat d'une toxine, deuxièmement en concluant que cette toxine se trouve dans la tombe. Il pourrait s'agir de tout autre chose.

— Peut-être.

— Vous semblez oublier que beaucoup d'autres personnes ont séjourné dans cette sépulture autrement plus longtemps que Lipper et Wicherly. Or aucune ne présente le moindre symptôme anormal.

— J'y ai pensé, professeur.

— En outre, l'inauguration a lieu dans quatre jours. Cela devrait nous permettre de vérifier que tout est en ordre.

— Je souhaiterais ne pas prendre de risque.

Collopy poussa un grand soupir.

— Je vous comprends fort bien, capitaine, mais il m'est totalement impossible d'accéder à votre requête. Nous avons investi des millions de dollars dans cet événement, j'ai même fait venir d'Italie une nouvelle égyptologue qui sera là dans une heure. Les invitations ont été lancées, les réponses nous sont parvenues, le traiteur est retenu, les musiciens engagés... tout est prêt ! Une annulation nous coûterait une fortune. De plus, elle nuirait gravement à notre image en donnant l'impression aux habitants de cette ville que nous avons peur et que le musée est dangereux. Je ne peux tout simplement pas me le permettre.

— Il y a autre chose. Je suis convaincue que Diogène Pendergast, l'agresseur de Margo Green et le voleur des diamants, se fait passer pour un employé du Muséum. Il s'agit probablement de l'un de vos conservateurs.

Collopy la regarda avec des yeux horrifiés.

— Comment ?

— Je suis également convaincue que cette personne n'est pas étrangère à ce qui est arrivé à Lipper et Wicherly.

— Ce sont là des accusations extrêmement graves. Qui donc soupçonnez-vous ?

Hayward hésita.

— Personne en particulier. J'ai demandé à M. Manetti de passer au peigne fin les dossiers de tous les employés. Sans lui dire ce que je recherchais exactement, comme vous pouvez vous en douter. Ses recherches n'ont malheureusement rien donné.

— Bien sûr que non ! Tous nos employés sont recrutés sur des critères très stricts, à commencer par nos chercheurs. Je trouve personnellement ces accusations tout à fait déplacées, mais cela n'altère en rien ma position quant à l'inauguration. Une annulation serait fatale à ce musée. Absolument fatale.

Hayward observa longtemps son interlocuteur de son regard aigu. On aurait dit qu'elle était triste, comme si elle s'était attendu à l'échec de sa mission.

— En refusant de reporter l'inauguration, vous risquez de mettre de nombreuses vies humaines en danger. C'est pourquoi je me permets d'insister.

— Dans ce cas, nous sommes dans une impasse, répliqua Collopy.

— Nous n'en avons pas terminé, croyez-moi, conclut Hayward en se levant.

— Je vous rejoins sur ce point, capitaine. La décision sera prise au plus haut niveau.

La jeune femme salua son hôte d'un hochement de tête et sortit du bureau sans un mot. Tout comme elle, Collopy savait que le maire en personne donnerait son verdict, et il en connaissait déjà la nature : le premier magistrat de la ville n'était pas homme à laisser passer une telle occasion de prononcer un discours.

38

Doris Green s'arrêta sur le seuil de la chambre. La lumière de cet après-midi de mars filtrait à travers les stores, dessinant des motifs de soleil et d'ombre sur le lit de Margo. Elle embrassa du regard la forêt des appareils qui ronronnaient paisiblement près du lit et posa les yeux sur les traits pâles et émaciés de sa fille, le front et la joue barrés par une boucle de cheveux. Elle s'avança et remit la boucle en place d'un doigt maternel.

— Bonjour, Margo, murmura-t-elle.

Seul le bip régulier des machines lui répondit.

Elle s'assit sur le rebord du lit et prit la main de sa fille entre les siennes. Une main fraîche, légère comme une plume, qu'elle pressa doucement.

— Il fait un temps magnifique dehors. Le soleil est resplendissant et on dirait que le froid s'en va. Les crocus ont commencé à sortir dans le jardin de la maison, on aperçoit déjà des pousses vertes. Tu te souviens, quand tu étais petite – tu devais avoir cinq ans –, tu ne pouvais pas t'empêcher de les cueillir. Tu m'as rapporté un jour une poignée de fleurs à moitié écrasées après avoir fait une véritable razzia dans le jardin. Sur le coup, j'étais furieuse...

Elle ne put aller plus loin et le silence reprit ses droits. Peu après, l'infirmière pénétrait à son tour dans la chambre et son arrivée apporta une note de gaieté à l'atmosphère douce-amère qui s'était installée dans la pièce.

— Comment allez-vous, madame Green ? demanda-t-elle en arrangeant les fleurs dans leur vase.

— Très bien, je vous remercie, Jonetta.

L'infirmière s'assura que les appareils fonctionnaient convenablement et jeta quelques notes sur un bloc. Elle redressa la perfusion, examina les tuyaux de respiration artificielle et fit un rapide tour de la pièce, caressant un autre bouquet de fleurs et vérifiant l'alignement des cartes de vœux sur la table et les étagères.

— Le docteur ne va pas tarder, madame Green, dit-elle avec un sourire avant de quitter la pièce.

— Merci.

Dans le calme retrouvé, Doris Green caressa les cheveux de sa fille d'une main douce. Des souvenirs d'autrefois lui revenaient par bouffées : elle se revoyait en train de plonger avec sa fille d'un ponton au bord d'un lac, ouvrir l'enveloppe contenant les résultats de ses tests d'entrée à l'université, préparer ensemble une dinde pour Thanksgiving, se tenir l'une à côté de l'autre, main dans la main, devant la tombe de son mari…

Le cœur serré, elle caressait toujours les cheveux de Margo lorsqu'elle sentit une présence derrière elle.

— Bonjour, madame Green.

Elle se retourna et découvrit le docteur Winokur avec sa chevelure noire et sa blouse d'un blanc immaculé. C'était un homme séduisant qui respirait la confiance. Doris l'appréciait d'autant plus qu'elle le savait sincère.

— Cela vous ennuierait de passer en salle d'attente ? Je souhaiterais vous parler.

— J'aimerais autant rester ici. Si Margo peut nous entendre, sait-on jamais, j'aime autant qu'elle soit au courant.

— Très bien.

Il s'installa sur le siège réservé aux visiteurs et posa les mains sur les genoux.

— Je n'irai pas par quatre chemins : je me trouve dans l'incapacité d'établir un diagnostic digne de ce nom. Nous avons pratiqué tous les examens possibles et imaginables, nous avons consulté les meilleurs neurologues et les plus grands spécialistes, aussi bien au Doctors' Hospital de New York qu'au Mount Auburn Hospital de Boston, et nous ne comprenons pas ce qui se passe. Margo est tombée dans un coma profond sans que nous puissions nous l'expliquer. La bonne nouvelle est que les fonctions cérébrales ne semblent pas avoir été affectées. Toutefois, nous ne notons aucune amélioration au plan des fonctions vitales, c'est même plutôt l'inverse. Margo ne réagit pas comme elle le devrait aux traitements habituels. Je vous fais grâce des diverses théories que nous avons échafaudées et des divers traitements que nous avons essayés, nous en revenons toujours au même point : Margo ne réagit à rien. Nous pourrions la transférer dans un autre établissement mais, pour être honnête avec vous, cela n'apportera rien de plus et un transfert pourrait se révéler néfaste.

— J'aime autant qu'elle reste ici.

Winokur hocha la tête.

— Permettez-moi de vous dire, madame Green, que mon métier serait plus facile si les mères de mes patients étaient toutes aussi compréhensives. Je sais à quel point c'est difficile pour vous.

Elle secoua lentement la tête.

— Vous savez, je croyais l'avoir perdue, je l'avais même enterrée. Après ça, rien n'aurait pu être pire. Je sais qu'elle va s'en sortir. *Je le sens.*

Un large sourire s'afficha sur le visage du docteur Winokur.

— C'est peut-être vous qui avez raison. Les médecins ne sont pas aussi infaillibles qu'on le croit et la maladie est un monde encore obscur. Margo n'est pas seule. Il existe des milliers de cas comparables au sien dans le pays, des gens dont on n'arrive pas à comprendre la maladie. Je ne dis pas ça pour vous rassurer, mais pour être le plus honnête possible avec vous. J'ai le sentiment que c'est ce que vous attendez de moi.

— Et vous avez raison.

Mme Green regarda alternativement le médecin et sa fille.

— C'est drôle, ajouta-t-elle. Je ne suis pas croyante, mais je prie tous les jours pour elle.

— Plus le temps passe et plus je crois aux vertus curatives de la prière. Auriez-vous d'autres questions ? Y a-t-il autre chose que je puisse faire pour vous ?

Elle hésita.

— Une chose, oui. J'ai reçu un appel du professeur Menzies. Vous le connaissez ?

— Bien sûr, son patron au Muséum. Il se trouvait avec elle au moment où elle a eu son attaque.

— Exactement. Il m'a appelée pour me dire ce qui s'était passé, en pensant que j'aurais envie de savoir.

— Je comprends.

— Lui avez-vous parlé depuis ?

— Bien sûr. C'est quelqu'un de très attentionné. Il est revenu à plusieurs reprises voir comment allait Margo. Il se fait beaucoup de souci pour elle.

Mme Green eut un petit sourire.

— Ma fille a de la chance d'avoir un chef de service aussi formidable.

— Vous avez raison, répliqua le médecin en se levant.

— Si ça ne vous dérange pas, docteur, je resterai encore un peu avec elle.

39

Trente-six heures avant la cérémonie d'inauguration, le tombeau de Senef ressemblait à une ruche bourdonnante. À la foule des conservateurs et des chercheurs, des électriciens, des menuisiers et autres ouvriers s'ajoutaient à présent des personnes extérieures au Muséum. En traversant le Second Passage du Dieu en direction de la Salle des Chars, Nora fut accueillie par les projecteurs aveuglants des équipes de télévision occupées à installer des micros et des caméras à l'autre extrémité du passage.

— Par là, mon chou, par là !

À l'écart de la meute de techniciens, un personnage élancé au fessier minuscule, repérable à sa veste en poil de chameau et son nœud papillon à pois jaunes, donnait des ordres à un gros preneur de son en faisant de grands gestes. Nora se douta qu'il s'agissait de Randall Loftus, un réalisateur qui s'était récemment fait connaître en signant un documentaire à succès, *Le Dernier Cowboy au monde*, avant de récidiver à plusieurs reprises pour le compte de la chaîne PBS.

Le brouhaha s'amplifiait à mesure que la jeune femme s'enfonçait à l'intérieur de la tombe.

— Test. Un deux, un deux…

— Quelle horreur ! On se croirait dans une grange !

Loftus et son équipe avaient été invités à retransmettre la première du son et lumière en direct le soir de l'inauguration. C'était l'antenne locale de PBS qui couvrait l'événement et l'émission avait été rachetée par la plupart des affiliés de la chaîne publique, mais aussi par la BBC de Londres et la CBC canadienne. Un coup médiatique majeur dont Menzies avait toutes les raisons d'être fier. En attendant, la présence des équipes de télévision ne facilitait pas le travail des organisateurs. Des câbles couraient dans tous les sens, au risque de faire trébucher les employés du musée chargés d'objets précieux. Ajoutée à celle des ordinateurs, la chaleur des projecteurs transformait la tombe en fournaise et le système de climatisation avait le plus grand mal à maintenir la température à un niveau raisonnable.

— Mettez-moi deux Mole Babies d'un kilo dans le coin là-bas, cria Loftus. Quelqu'un pourrait déplacer cette vasque ?

Nora s'interposa.

— Monsieur Loftus ?

Il se retourna et la toisa par-dessus ses lunettes John Mitchell.

— Oui ?

Elle lui tendit une main ferme.

— Professeur Nora Kelly, commissaire de l'exposition.

— Ah ! Bien sûr. Randall Loftus. Enchanté.

Il tournait déjà le dos à la jeune femme lorsqu'elle le retint par le bras.

— Excusez-moi un instant, monsieur Loftus. Je vous ai entendu demander à quelqu'un de déplacer une vasque. Vous le comprendrez aisément, aucun objet ne peut être déplacé, ni même touché, par quiconque en dehors des employés du musée.

— Aucun objet ne peut être déplacé ! Et où est-ce que j'installe mon matériel, moi ?

— Vous l'installez où vous pouvez.

— Où je peux ? !! Personne ne m'a jamais fait travailler dans des conditions pareilles. Ce tombeau est une véritable camisole de force, je n'ai ni le recul ni les angles de prise de vue dont j'ai besoin. Jamais je n'y arriverai.

Nora le gratifia d'un grand sourire.

— Allons, je vous fais confiance pour trouver des solutions ! Un homme de talent tel que vous !

Le sourire s'était révélé inefficace, mais le mot *talent* avait suffi à faire dresser l'oreille du réalisateur et Nora s'engouffra dans la brèche.

— Personnellement, j'admire beaucoup votre travail et je suis très heureuse que vous ayez accepté de réaliser cette émission.

Si quelqu'un peut réussir dans des conditions aussi difficiles, c'est bien vous.

Loftus caressa son nœud papillon.

— Je vous remercie infiniment. La flatterie a toujours fait des miracles.

— En tous les cas, je souhaitais me présenter et vous dire que je me tenais à votre disposition.

Loftus se retourna brusquement afin d'apostropher un technicien perché en haut d'une échelle.

— Pas celui-là ! L'autre spot ! Le LTM Pepper ! Vous m'accrochez ça au plafond sur un 360.

La crise passée, il revint à son interlocutrice.

— Vous êtes adorable, mais je suis un homme *mort* si je ne fais pas déplacer cette vasque.

— Désolée, lui répondit Nora. Même si nous acceptions de la déplacer, nous n'en avons plus le temps. Cette vasque a trois mille ans, elle est d'une valeur inestimable et on ne la déplace pas comme une vulgaire potiche. Pour le faire, nous aurions besoin de matériel spécial et de personnel hautement qualifié. Je vous l'ai dit, vous devrez vous débrouiller en laissant les choses en l'état. Je suis toute prête à vous aider, mais je ne peux rien faire pour vous dans le cas présent. Désolée.

Loftus poussa un grand soupir.

— Comment voulez-vous que je me débrouille avec cette horrible vasque dans le cadre ?

Comme Nora ne disait rien, il fit un grand geste de la main.

— Je vais en parler à Menzies. Jamais je n'y arriverai.

— Je vous laisse, vous êtes sûrement aussi occupé que moi. Et surtout, n'hésitez pas si vous avez besoin de quelque chose.

Le réalisateur lui tourna le dos et tomba à bras raccourcis sur un malheureux technicien qui s'escrimait dans un coin.

— Cette gamelle sur pied va là-bas, là où tu vois ce morceau de scotch. Par terre, sous tes pieds ! Pour l'amour du ciel, tu marches dessus !

Nora ressortit de la Salle des Chars et se dirigea vers la chambre funéraire, abandonnant Loftus à ses gesticulations. Les conservateurs avaient achevé de disposer les collections et Nora souhaitait vérifier que les indications figurant au pied de chaque pièce ne comportaient pas d'erreur. Un groupe de techniciens réglait les machines à fumigène à l'intérieur du sarcophage en pierre. Le son et lumière avait été testé quelques heures auparavant et Nora devait bien reconnaître que le spectacle était réussi. Wicherly était peut-être un crétin à bien des égards, mais c'était un brillant égyptologue et un excellent auteur. Le finale de son scénario, lorsque Senef renaissait à la vie au milieu d'un épais brouillard, n'avait rien de kitsch. En outre, Wicherly avait truffé son spectacle d'informations passionnantes qui rendaient la visite hautement instructive.

Comment un personnage aussi doué avait-il pu perdre la boule aussi soudainement ? Nora se passa machinalement la main sur le cou à l'endroit où elle avait été blessée. Elle tenta de chasser de son esprit ce mauvais souvenir, sachant qu'elle aurait tout le temps de le digérer après l'inauguration.

Quelqu'un lui tapa discrètement sur l'épaule, la ramenant à la réalité.

— Professeur Kelly ? fit une belle voix de contralto avec un fort accent d'Oxford.

Elle se retourna et découvrit une femme de grande taille aux longs cheveux d'un noir brillant, vêtue d'une vieille chemise de travail, d'un pantalon de toile et de baskets. Nora avait l'étrange sensation de l'avoir déjà vue quelque part.

— Oui, c'est moi, répondit-elle. Vous êtes... ?

— Viola Maskelene. Je suis la nouvelle égyptologue associée à l'exposition.

Elle prit la main de Nora. Elle avait une poigne vigoureuse, la paume légèrement rugueuse de quelqu'un qui passe le plus clair de son temps à l'air libre, ainsi que le confirmait son teint hâlé.

— Enchantée de faire votre connaissance, fit Nora. Je ne vous attendais pas si tôt.

— Je suis également ravie de vous rencontrer. Le professeur Menzies m'a dit tout le bien qu'il pensait de vous et tout le monde ici donne l'impression de vous adorer. Menzies est actuellement occupé, mais je tenais à faire votre connaissance au plus vite... sans parler de cette merveilleuse exposition !

— Vous le voyez, nous mettons les bouchées doubles.

— Je suis persuadée que tout va très bien se passer, répliqua Maskelene en regardant autour d'elle avec délectation.

J'ai été très étonnée de recevoir cette proposition du Muséum et je ne saurais vous dire à quel point je suis heureuse d'être ici. Je suis une spécialiste des tombes de la XIXe dynastie, mais, si incroyable que ça puisse paraître, aucune étude n'a jamais été consacrée au tombeau de Senef, alors qu'on y trouve apparemment l'un des textes les plus complets du Livre des trépassés. D'ailleurs, très peu de chercheurs connaissent l'existence de cette sépulture. J'avais toujours cru qu'il s'agissait d'une simple rumeur, d'une légende comme celle qui voudrait que vos égouts regorgent d'alligators. Pour moi, l'occasion est inespérée.

Nora acquiesça avec un sourire tout en observant l'égyptologue anglaise. La rapidité avec laquelle Wicherly avait été remplacé la confondait. Cependant, l'inauguration approchait à grands pas et le Muséum se devait d'avoir un égyptologue sur place pendant la durée de l'exposition.

Viola jetait autour d'elle des regards émerveillés, insensible au brouhaha qui l'entourait.

— Quelle splendeur !

Nora s'était immédiatement prise de sympathie pour cette femme à l'enthousiasme contagieux dont la sincérité tranchait avec le discours pontifiant de beaucoup de ses collègues.

— Je souhaitais m'assurer du bon emplacement des collections en vérifiant les indications portées à côté de chaque pièce, dit-elle. Ça vous ennuierait de m'accompagner ? Vous repérerez les erreurs plus aisément que moi.

— Très volontiers, répondit la jeune femme avec un sourire rayonnant. Mais, avec Adrian, vous pouvez être certaine qu'il n'y aura pas d'erreur.

— Vous le connaissiez ? s'enquit Nora.

Le visage de Viola se rembrunit.

— L'égyptologie est un club très fermé, vous savez. Hugo Menzies m'a raconté ce qui s'est passé. J'avoue avoir du mal à comprendre. Vous avez dû avoir très peur.

Nora se contenta de hocher la tête.

— Je connaissais bien Adrian au plan professionnel, reprit Viola d'une voix plus posée. C'était un égyptologue brillant, mais il avait le grand tort de se croire irrésistible auprès des femmes. N'empêche, jamais je ne l'aurais cru capable de... Quelle histoire épouvantable.

Nora ne répondit pas tout de suite.

— Il laissera derrière lui un bel héritage scientifique grâce à cette exposition, dit-elle enfin. Je sais que ça peut paraître cruel de dire ça, mais *the show must go on*, comme on dit.

— Vous avez sans doute raison, approuva Viola avant d'ajouter avec le sourire : j'ai cru comprendre que le son et lumière était particulièrement spectaculaire.

— Oui, c'est vrai. Figurez-vous que nous avons même réussi à faire parler la momie !

Viola éclata de rire.

— Quelle belle idée !

Tout en poursuivant le tour des collections, Nora vérifiait sur ses notes que tout était en ordre en observant Viola Maskelene du coin de l'œil.

Les deux femmes firent halte devant un splendide vase canope.

— J'ai bien peur que ce vase date de la XVIIIe dynastie, remarqua Viola. Il fait tache au milieu du reste.

Nora ne put réprimer un sourire.

— Je sais. Nous n'avions pas autant d'objets de la XIXe dynastie que nous l'aurions voulu, de sorte que nous avons légèrement triché. Adrian nous a d'ailleurs expliqué qu'il n'était pas rare, même à l'époque des pharaons, de placer des objets anciens dans les sépultures.

— C'est tout à fait vrai. Désolée d'avoir semé le trouble, mais je suis un peu maniaque.

— Vous lisez les hiéroglyphes ? s'enquit Nora.

Viola fit oui de la tête.

— Que pensez-vous de la malédiction surmontée d'un œil d'Horus, au-dessus de la porte ?

— C'est l'une des plus horribles qu'il m'ait été donné de voir, répondit Viola en riant.

— Vraiment ? J'étais persuadée qu'elles étaient toutes effrayantes.

— Pas du tout. Certaines tombes égyptiennes ne sont même pas protégées par des malédictions. C'était inutile. Piller la sépulture d'un pharaon équivalait à voler les dieux.

— Dans ce cas, comment expliquer la présence de cette malédiction ?

— Sans doute parce que Senef, contrairement au pharaon, n'était pas un dieu. Il a dû penser qu'une telle protection ne pouvait pas faire de mal. Cette représentation d'Ammout, quelle horreur ! frissonna Viola. Goya n'aurait pas fait mieux.

Nora approuva d'un air grave en détaillant la fresque.

— J'ai cru comprendre qu'une rumeur circulait déjà au sujet de cette inscription, reprit Viola.

— Ce sont les gardiens qui l'ont propagée. À l'heure qu'il est, les gens ne parlent plus que de ça au musée. Certains employés refusent même de pénétrer dans la tombe en dehors des heures d'ouverture.

Au détour d'un pilier, les deux chercheuses découvrirent une jeune femme en costume gris, à genoux par terre. Elle était occupée à recueillir de la poussière dans des tubes de verre. À côté d'elle, un personnage en blouse blanche récupérait les échantillons et les plaçait dans une valise-laboratoire.

— Mais qu'est-ce qu'elle fabrique ? s'étonna Viola.

Nora, surprise, se demanda un instant s'il ne s'agissait pas de quelqu'un de la police.

— Je vais lui poser la question, répondit Nora en s'avançant. Bonjour, Nora Kelly, commissaire de cette exposition.

La femme se releva.

— Susan Lombardi, de l'Agence pour la santé et la sécurité au travail.

— Puis-je vous demander ce que vous faites ?

— Nous faisons des tests pour déterminer s'il n'y aurait pas ici des microbes ou des toxines.

— Des microbes ?!!

La femme haussa les épaules.

— Tout ce que je sais, c'est que la demande émane du NYPD. Il paraît qu'il y avait urgence.

— Très bien. Je vous remercie.

Nora s'éloigna et la femme reprit son mystérieux travail.

— C'est curieux, remarqua Viola. Ils auraient peur que la tombe puisse abriter des maladies infectieuses ? Il est vrai que des virus et des spores ont déjà été trouvés dans certaines sépultures égyptiennes.

— Peut-être. En tout cas, c'est étrange que personne ne m'ait rien dit.

Viola, oubliant l'incident, s'était approchée d'une vitrine.

— Oh ! Regardez cette boîte à onguent ! Je n'en ai jamais vu d'aussi belle, même au British Museum !

Enthousiasmée, elle se précipita vers une autre vitrine dans laquelle était exposé un objet d'albâtre peint dont le couvercle était orné d'un lion.

— Mais c'est le cartouche de Touthmôsis ! s'écria-t-elle en s'agenouillant afin de mieux examiner la boîte.

Il y avait chez Viola Maskelene quelque chose d'incroyablement spontané. Nora regarda son pantalon de toile usée, sa chemise fatiguée et l'absence de maquillage sur son visage, se demandant si elle était toujours habillée de la sorte, à des années-lumière du cliché habituel de l'archéologue british.

Viola... Viola Maskelene... Ce nom lui rappelait quelque chose... Menzies avait dû lui parler d'elle... Non, pas Menzies, quelqu'un d'autre...

Soudain, elle eut un éclair.

— Mais c'est vous qui avez été enlevée par le voleur des diamants ! s'écria-t-elle sans réfléchir, rougissant aussitôt de son manque de tact.

Viola se releva lentement en s'époussetant les genoux.

— Oui, c'est moi.

— Je suis sincèrement désolée. C'est sorti tout seul.

— C'est aussi bien comme ça. Autant que la chose soit dite et qu'on n'en parle plus.

Nora était rouge comme une pivoine.

— Ne vous inquiétez pas, Nora, je vous assure. C'est d'ailleurs l'une des raisons qui m'ont poussée à accepter ce job. Je souhaitais revenir à New York rapidement.

— Vraiment ?

— C'est un peu comme une chute à cheval. Le mieux est encore de se remettre tout de suite en selle, sinon on ne remonte jamais.

— Vous avez une vision positive des choses.

Nora hésita avant d'ajouter :

— Vous êtes donc l'amie de l'inspecteur Pendergast.

Ce fut au tour de Viola Maskelene de piquer un fard.

— En quelque sorte.

— Mon mari et moi connaissons très bien l'inspecteur.

Viola l'observa avec curiosité.

— C'est vrai ? Comment l'avez-vous rencontré ?

— Je l'ai aidé sur une affaire il y a quelques années. Je suis désolée de ce qui lui arrive.

Nora préféra ne rien dire de l'enquête que menait son mari.

— Pendergast est l'autre raison de mon retour à New York, précisa Viola d'une voix sourde.

Les deux femmes parcoururent les pièces voisines en silence, jusqu'à ce que Nora regarde sa montre.

— Il est une heure. Vous n'avez pas envie de déjeuner ? Nous en avons au moins jusqu'à minuit, alors autant recharger les batteries. Venez, la bisque de crevette de la cafétéria du personnel mérite le détour.

Le visage de Viola Maskelene s'éclaira.

— Je vous suis, Nora.

40

Dans la pénombre de la cellule 44, au cœur du quartier d'isolement du pénitencier fédéral de Herkmoor, l'inspecteur Pendergast reposait sur sa couche, les yeux grands ouverts. La lumière des projecteurs de la prison filtrait à travers l'unique fenêtre de la pièce, projetant un rai de lumière au plafond, et la rumeur sourde des improvisations du batteur, dans la cellule voisine, parvenait jusqu'à Pendergast, tel un adagio mélancolique propice à la concentration.

D'autres bruits arrivaient jusqu'à lui : le claquement d'une porte métallique, un cri angoissé dans le lointain, une quinte de toux récurrente, le pas d'un gardien poursuivant sa ronde. L'immense prison de Herkmoor tournait au ralenti, mais elle ne dormait pas. Un monde à lui tout seul, avec ses règles, ses rituels et ses usages.

Soudain, Pendergast vit apparaître un point vert tremblotant sur le mur opposé. Un rayon laser visant de très loin la fenêtre de sa cellule. Le point vert se fixa, puis il se mit à clignoter. Parfaitement immobile, Pendergast décodait le message à mesure qu'il lui parvenait. Seule une légère accélération de sa respiration vers la fin du message indiqua qu'il en comprenait la teneur.

Le point s'évanouit aussi brusquement qu'il était apparu et le mot « excellent », à peine murmuré, troubla un court instant le silence de la cellule.

Pendergast ferma les yeux. Demain, à quatorze heures, devait avoir lieu un nouveau face-à-face avec le gang de Lacarra dans la cour 4. Pour peu qu'il survive à cette confrontation, une tâche plus difficile encore l'attendait dans la foulée.

Par la grâce d'une forme de concentration asiatique ancestrale connue sous le nom de Chongg Ran, Pendergast parvint à isoler les points de douleur qui lui traversaient la cage thoracique et les fit taire l'un après l'autre. Il passa ensuite au muscle déchiré qu'il avait à l'épaule, à son flanc perforé par un poignard de fortune, à son visage tuméfié. Petit à petit, par la seule force de sa volonté, il éteignit successivement tous les points qui endolorissaient son corps meurtri.

Un travail de concentration indispensable car il lui fallait impérativement préparer son corps à une journée qui s'annonçait rude.

41

La vieille demeure de style Beaux-Arts du 891 Riverside Drive comptait de nombreuses pièces impressionnantes par la taille, mais aucune n'était plus majestueuse que la Grande Galerie courant sur toute la longueur du premier étage. À ses deux extrémités s'ouvraient des portes en ogive entre lesquelles s'alignaient des fenêtres allant du sol au plafond, toutes soigneusement calfeutrées et protégées par d'épais volets. Sur le mur opposé s'étalait une longue litanie de portraits en pied dont les cadres dorés brillaient d'un éclat vif à la lumière des candélabres. Ce soir-là, un air de piano d'une complexité troublante sortait de haut-parleurs soigneusement dissimulés.

Constance Greene et Diogène Pendergast remontaient lentement la galerie, s'arrêtant devant chaque portrait dont Diogène décrivait le sujet et l'histoire à sa compagne d'une voix à peine audible. Constance avait revêtu une robe bleu pâle que rehaussait un jabot de dentelle noire dont les boutons couraient le long de son encolure. De son côté, Diogène avait opté pour un pantalon sombre et une veste en cachemire grise. Tous deux tenaient à la main des verres tulipes.

— Et voici le duc Gaspard de Mousqueton de Prendregast, seigneur du plus grand domaine du Dijonnais à la fin du XVIe siècle, expliqua Diogène en faisant halte face au portrait d'un gentilhomme à la tenue resplendissante dont la moustache canaille contredisait l'air digne. Il s'agit du dernier représentant respectable de la noble lignée née avec le sieur de Monts Prendregast, dont le titre fut acquis en combattant les Anglais aux côtés de Guillaume le Conquérant. Gaspard était une sorte de tyran qui a dû fuir Dijon lorsque les paysans et les serfs qui cultivaient ses terres se sont révoltés. Il s'est alors rendu à la cour de France en compagnie des siens, jusqu'à ce qu'un scandale le contraigne à s'expatrier. Ce qu'il est advenu ensuite de la famille est assez mystérieux, on sait simplement qu'un schisme a eu lieu : une branche s'est établie à Venise tandis qu'une autre, privée de son titre et de son argent, se réfugiait en Amérique.

Il passa au tableau suivant, celui d'un jeune homme aux cheveux filasse, aux yeux gris et au menton fuyant dont la bouche sensuelle ressemblait à s'y méprendre à celle de Diogène.

— Voici le fondateur de la branche vénitienne, le fils du duc, lui-même comte de Lunéville. Un titre parfaitement honorifique, malheureusement. Le comte a sombré dans l'oisiveté et le vice, entraînant à sa suite plusieurs générations de descendants. À vrai dire, notre famille s'est longtemps réduite à peu de chose et n'a renoué avec sa splendeur qu'un siècle plus tard lorsque les deux branches se sont retrouvées grâce à un mariage en Amérique. Mais là encore, cette glorieuse période fut de courte durée.

— Pourquoi donc ? l'interrogea Constance.

Diogène l'observa attentivement.

— Le clan des Pendergast a connu un lent et long déclin. Mon frère et moi en sommes les deux seuls survivants. Mon frère s'est bien marié, mais sa charmante épouse est morte... prématurément avant d'avoir eu le temps de procréer. Quant à moi, je n'ai ni femme ni enfant. Si nous mourons sans descendants, la famille Pendergast disparaîtra de la face de la terre.

Ils passèrent à la toile suivante.

— La branche américaine de la famille a fini par s'établir à La Nouvelle-Orléans où mes ancêtres occupaient une place de choix au sein des milieux patriciens avant la guerre de Sécession. C'est d'ailleurs là que l'ultime héritier de la branche vénitienne, le Marquese Orazio Paladin Pendergast, a épousé Éloïse de Braquilanges lors d'une cérémonie de mariage époustouflante qui est longtemps restée gravée dans les mémoires. Leur fils unique s'est alors pris de passion pour les peuplades et les coutumes de la région des bayous, entraînant la famille dans une direction pour le moins inattendue.

D'un geste, il désigna à sa compagne un personnage de grande taille affublé d'une barbichette, dans un superbe costume blanc auquel un foulard apportait une touche de bleu.

— Augustus Robespierre Saint-Cyr Pendergast, premier-né de la famille réunifiée. Chercheur et philosophe, c'est lui qui a fait l'économie de l'un des R de notre patronyme afin de lui donner une consonance plus américaine. Il a fait partie de l'élite néo-orléanaise jusqu'à son mariage avec une jeune femme d'une immense beauté, originaire des bayous, qui ne parlait pas l'anglais et s'adonnait à de curieuses pratiques nocturnes.

Un instant perdu dans ses pensées, Diogène se mit à rire.

— C'est incroyable, remarqua Constance, subjuguée. J'ai passé tant d'années à scruter ces visages à la recherche de leur nom et de leur histoire. J'avais bien quelques éléments de réponse sur les plus récents, mais quant au reste...

Elle secoua la tête.

— Le grand-oncle Antoine ne vous parlait donc jamais de ses ancêtres ?

— Jamais, non.

— Je n'en suis guère surpris. Il est parti après s'être fâché avec les siens. Tout comme moi.

Diogène hésita.

— Dois-je en conclure que mon frère ne vous a jamais rien dit non plus sur la famille ?

Pour toute réponse, Constance trempa les lèvres dans son verre.

— Je sais beaucoup de choses sur les miens, Constance. Je me suis même astreint à percer leurs secrets, dit-il en jetant un coup d'œil en direction de la jeune femme. Je ne saurais vous dire à quel point je suis heureux de pouvoir partager tout ceci avec vous. Vous êtes la seule personne à qui je peux raconter tout ça...

Elle croisa brièvement son regard avant de se replonger dans la contemplation du portrait.

— Il est normal que vous sachiez, reprit-il. Après tout, vous faites un peu partie de la famille.

Constance fit non de la tête.

— Je suis une pupille, rien de plus.

— Pas pour moi. Vous représentez infiniment plus à mes yeux.

Un autre silence les sépara, que Diogène se décida à rompre avant qu'il ne devienne gênant.

— Comment trouvez-vous ce cocktail ?

— Intéressant. On y décèle une amertume qui se transforme sur la langue en... en tout autre chose. Je n'avais jamais rien goûté de semblable.

Elle le regarda, en quête d'approbation, et il lui répondit par un sourire.

— Continuez.

Elle trempa à nouveau les lèvres dans son verre.

— Je retrouve un goût de réglisse et d'anis, d'eucalyptus, de fenouil peut-être... ainsi qu'une note indéfinissable. De quoi s'agit-il ? s'enquit-elle en baissant son verre.

Diogène sourit et but à son tour une gorgée.

— C'est de l'absinthe. La meilleure qui soit, macérée et distillée à la main. Je la fais venir tout exprès de Paris pour ma consommation personnelle. Légèrement diluée dans de l'eau et du sucre, ainsi que l'exige la tradition. Le goût qui vous échappe est celui de la thuyone.

Constance observa son verre d'un air étonné.

— L'absinthe d'armoise ? Je croyais sa consommation interdite.

— Laissons de côté de genre de bêtise. C'est une boisson puissante qui ouvre l'esprit, et c'est pourquoi les plus grands, de Van Gogh à Monet en passant par Hemingway, en ont fait leur breuvage de prédilection.

Constance avala prudemment quelques gouttes du liquide.

— Regardez à travers, Constance. Avez-vous jamais vu une boisson d'une couleur aussi belle ? Portez-la à la lumière, on croirait regarder la lune à travers la plus pure des émeraudes.

La jeune femme contemplait le liquide, immobile, comme si elle cherchait la réponse à des questions intérieures dans les reflets verts de la liqueur. Elle porta le verre à sa bouche et but une gorgée plus franche.

— Quel effet cela vous fait-il ?

— Je me sens légère, comme parcourue par une onde de chaleur.

Ils reprirent leur déambulation à travers la galerie de portraits.

— Je trouve tout à fait remarquable qu'Antoine ait voulu reproduire à l'identique votre demeure de La Nouvelle-Orléans, dit-elle. Jusqu'aux moindres détails, ces portraits y compris.

— Il les a fait exécuter par un célèbre peintre de l'époque dont il a dirigé le travail pendant cinq ans, reproduisant les visages de mémoire, parfois à l'aide de gravures anciennes.

— Et le reste de la maison ?

— Elle est quasiment identique à la demeure originale, à l'exception des livres de la bibliothèque. Quant aux sous-sols et aux souterrains, il en faisait un usage parfaitement… unique, dirons-nous. La propriété de La Nouvelle-Orléans se trouvait au-dessous du niveau de la mer, de sorte qu'il avait fallu habiller ses sous-sols de feuilles de plomb, ce qui était inutile ici, expliqua Diogène avant de reprendre une gorgée d'absinthe. Lorsque mon frère a repris possession de cette demeure, il a souhaité y apporter de nombreuses modifications. Ce n'est plus vraiment la maison de l'oncle Antoine, mais je ne vous apprends rien.

Constance ne répondit pas.

Ils atteignirent l'extrémité de la galerie où les attendait une grande banquette de velours, dépourvue de dossier, au pied de laquelle reposait l'élégante gibecière du fabricant anglais John Chapman dans laquelle Diogène avait apporté la bouteille d'absinthe. Diogène s'installa confortablement sur la banquette et fit signe à Constance de l'imiter.

Elle obéit et posa son verre sur un plateau d'argent.

— Quelle est cette musique ? demanda-t-elle en évoquant les arpèges virtuoses qui volaient autour d'eux.

— Ah, oui. Il s'agit d'Alkan, un génie oublié du XIXe siècle. Jamais un artiste n'a fait preuve d'autant de virtuosité, de beauté et d'intelligence pure. Jamais. Lorsque ses œuvres ont été données pour la première fois – un événement en soi, car peu de pianistes étaient à la hauteur du défi –, les gens ont dit que le diable en personne l'avait inspiré. Aujourd'hui encore, la musique d'Alkan provoque de curieuses réactions chez ceux qui l'écoutent. Certains croient sentir des odeurs de soufre, d'autres se mettent à trembler ou sont pris de malaise. L'œuvre que nous écoutons actuellement est sa grande sonate *Les Quatre Âges*.

Dans l'interprétation de Hamelin, bien évidemment, le seul capable de doigtés aussi osés, d'une virtuosité aussi sûre.

Il s'arrêta un instant afin de se concentrer sur la musique.

— Ce passage fugué, par exemple. En comptant les mesures à l'octave, le nombre de notes jouées simultanément dépasse les dix doigts du pianiste ! Je ne doute pas que vous sachiez apprécier cette œuvre mieux que quiconque, Constance.

— Antoine n'était pas un grand mélomane. J'ai dû apprendre à jouer du violon entièrement seule.

— Vous êtes donc à même d'apprécier pleinement la puissance intellectuelle et sensuelle d'une telle sonate. Écoutez-moi ça ! Grâce à Dieu, le plus grand des musiciens philosophes était un romantique et un décadent, et non un vulgaire Mozart avec ses cadences puériles et ses harmonies sans imagination.

Constance écouta les cascades de piano en silence avant de répondre :

— Vous vous êtes manifestement donné beaucoup de mal pour rendre cet instant si agréable.

Diogène accueillit la remarque par un petit rire.

— Et pourquoi pas ? Je ne sais rien de plus agréable que l'idée de vous rendre heureuse.

— En cela, vous êtes bien le seul, répliqua-t-elle d'une voix sourde après un temps de silence.

Le sourire s'effaça des lèvres de Diogène.

— Pourquoi dites-vous ça ?

— À cause de ce que je suis.

— Vous êtes une jeune femme aussi ravissante qu'intelligente.

— Je suis un monstre.

Diogène lui prit les mains avec beaucoup de tendresse.

— Non, Constance, déclara-t-il avec ferveur. Pas le moins du monde. Pas pour moi.

Elle détourna le regard.

— Vous connaissez l'histoire de ma vie.

— Oui.

— Dans ce cas, vous devriez comprendre. Sachant comment j'ai vécu, de quelle manière, dans cette maison pendant tant d'années… Vous ne trouvez pas cela étrange ? Et même répugnant ?

Elle se tourna soudain vers lui, une lueur inquiète dans le regard.

— Je suis une très vieille femme enfermée dans le corps d'une très jeune femme. Qui pourrait vouloir de moi ?

Diogène s'approcha d'elle.

— Vous avez eu la chance d'acquérir l'expérience sans payer le prix de l'âge. Vous êtes jeune et belle. Cela peut vous sembler lourd à porter, mais vous devriez voir les choses autrement. Vous pouvez vous libérer de ce poids à tout moment. Vous pouvez vous mettre à vivre à tout instant. Maintenant, si vous le désirez.

Elle détourna à nouveau les yeux.

— Regardez-moi, Constance. Personne ne vous comprend, à part moi. Vous êtes une perle inestimable. Vous possédez la beauté et la fraîcheur d'une femme de vingt et un ans, mais vous avez eu toute une vie... que dis-je ? Vous avez eu plusieurs vies pour satisfaire votre immense curiosité intellectuelle. Il n'empêche que l'esprit a ses limites. Vous êtes une fleur en puissance, une graine prête à germer. Oubliez un instant les choses de l'esprit et laissez-vous aller à une autre forme de curiosité... celle des sens. La graine de votre âme n'attend que cette occasion pour s'épanouir.

Constance, refusant de le regarder, secoua la tête avec virulence.

— Vous vivez cloîtrée ici, comme une nonne. Vous avez lu des milliers d'ouvrages, vous avez entretenu des pensées éclairées, mais vous n'avez jamais *vécu*. Il existe un autre monde que le vôtre. Un monde de couleurs, de saveurs, de délices. Constance, explorons-le ensemble. Ne sentez-vous pas la force de ce lien qui nous rattache ? Laissez-moi vous offrir le monde. Ouvrez-moi votre âme, Constance. Je suis le seul capable de vous sauver car je suis le seul capable de vous comprendre, le seul capable de partager votre souffrance.

Constance voulut lui retirer ses mains, mais Diogène les tenait serrées entre les siennes, doucement et fermement. En voulant lutter, elle exposa brusquement son poignet sur lequel s'étalaient plusieurs cicatrices mal refermées.

Voyant son secret percé à jour, Constance se pétrifia. Incapable de faire un mouvement, elle retenait son souffle.

Diogène s'était également immobilisé. Puis, très lentement, il relâcha l'une des mains de Constance et tendit le bras en remontant la manche de sa veste : une cicatrice identique apparut, plus ancienne mais tout aussi parlante.

Constance, les yeux écarquillés, ne respirait plus.

— À présent, vous savez pourquoi nous nous comprenons si bien, murmura-t-il. Oui, Constance, nous sommes pareils. *Exactement* pareils. Je vous comprends et vous me comprenez.

Très lentement, avec beaucoup de douceur, il desserra les doigts et la main de la jeune femme retomba mollement. Prenant alors Constance par les épaules, il l'obligea à le regarder et elle ne chercha pas à résister. Il lui caressa la joue du revers de la main, puis ses doigts glissèrent jusqu'à ses lèvres, descendirent le long de la courbe du menton qu'il prit délicatement entre ses doigts. Veillant à ne pas la brusquer, il s'approcha du visage de Constance et effleura une première fois sa bouche avant de recommencer, de façon plus ardente.

Avec un hoquet dont on n'aurait pu dire s'il exprimait son soulagement ou son désespoir, Constance s'abandonna entre ses bras.

Changeant adroitement de position sur le canapé, Diogène allongea sa compagne sur les coussins de velours. Une main d'une blancheur irréelle se posa sur le jabot de dentelle de Constance et défit les boutons de nacre, dévoilant peu à peu la courbe de sa poitrine. Tout en la déshabillant, il murmura :

Ei s'immerge ne la notte,
Ei s'aderge en ivèr' le stelle...

Et, tandis que Diogène se couchait sur elle avec la grâce d'un danseur étoile, elle poussa un nouveau soupir en fermant les yeux.

Mais les yeux de Diogène restaient grands ouverts et la contemplaient avec une lueur de désir à laquelle se mêlait un sentiment de triomphe...

Deux yeux : l'un noisette, l'autre d'un bleu laiteux.

42

Gerry rangea sa radio et adressa à Benjy un regard incrédule.

— Putain, tu vas pas le croire.

— Quoi encore ?

— Ils veulent remettre le détenu bizarre en cour 4 pour la promenade de quatorze heures.

Benjy ouvrit des yeux ronds.

— Tu déconnes ou quoi ?

Gerry fit non de la tête.

— C'est de l'assassinat pur et simple ! Pendant notre tour de garde, en plus.

— J'te le fais pas dire.

— Qui c'est qu'a donné l'ordre ?

— J'te le donne en mille : Imhof en personne.

Un silence pesant s'installa.

— Il est deux heures moins le quart, dit enfin Benjy. On ferait mieux de pas traîner.

Les deux gardiens sortirent l'un derrière l'autre dans la cour qu'illuminait un soleil timide. De l'autre côté du grillage, la pelouse détrempée était encore toute jaune et les rares branches qui dépassaient de l'enceinte étaient dépouillées. Ils décidèrent de ne pas grimper jusqu'à la passerelle cette fois, décidés à surveiller les détenus depuis la cour elle-même.

— J'ai pas l'intention d'y laisser des plumes au niveau professionnel, maugréa Gerry. Je te jure, si jamais les mecs de Pocho s'approchent de l'autre, je sors mon Taser. Si seulement on avait de vrais flingues...

Les deux hommes prirent position de chaque côté de la cour en attendant l'arrivée des prisonniers. Gerry s'assura que son

Taser était en état de marche, puis il vérifia sa bombe lacrymogène et tourna la poignée de sa matraque de façon à pouvoir la sortir à la première alerte. Pas question d'attendre que les choses tournent au vinaigre comme la dernière fois.

Quelques minutes plus tard, la double porte s'ouvrit et plusieurs gardiens firent leur entrée avec un groupe de détenus qui s'éparpillèrent dans la cour, les yeux plissés à cause du soleil, l'air abruti.

Le prisonnier anonyme émergea du bâtiment en dernier. Il avait le teint livide et paraissait en piteux état avec son visage tuméfié et son bandage autour de la tête, un œil à demi fermé. Des années d'expérience avaient étouffé bien des scrupules chez Gerry, mais il était scandalisé qu'on puisse jeter le blessé en pâture aux autres. Il avait tué Pocho, c'est vrai, mais en état de légitime défense. Cette fois, c'était de l'assassinat. Et, même s'il s'en tirait aujourd'hui, les autres finiraient par lui régler son compte demain ou après-demain. Coller ce type à l'isolement à côté du batteur et lui enlever ses bouquins, d'accord, mais pas ça. C'était tout simplement dégueulasse.

Gerry se prépara au pire lorsqu'il vit le gang de Pocho investir l'espace en roulant des hanches, les mains dans les poches. Le plus grand, Rafael Borges, faisait rebondir son éternel ballon de basket en décrivant des cercles autour du panier. Gerry jeta un coup d'œil en direction de Benjy et constata que son collègue n'était pas plus rassuré que lui. Les gardiens qui avaient amené les détenus lui adressèrent un signe de la main et rentrèrent dans le bâtiment en refermant la double porte derrière eux.

Gerry ne quittait pas des yeux le détenu anonyme et il se demanda s'il avait toute sa tête en le voyant se diriger vers le grillage d'un pas normal. À sa place, il aurait déjà fait dans son froc depuis longtemps.

Le détenu passa derrière le poteau du panier de basket et s'adossa nonchalamment au grillage. Il leva les yeux et regarda à droite et à gauche, comme s'il attendait quelque chose. Les autres prisonniers tournaient en rond dans son dos sans même le regarder, feignant de l'ignorer.

Gerry sursauta en entendant une voix grésiller dans sa radio.

— Fecteau, j'écoute.

— Inspecteur-chef Coffey du FBI.

— Qui ça ?

— Réveillez-vous un peu, Fecteau, je suis pressé. Si je comprends bien, c'est vous et Doyle qui êtes de service dans la cour 4.

— Oui, monsieur, bredouilla Gerry.

Que pouvait bien lui vouloir cet inspecteur-chef du FBI ? Alors c'était pas des conneries, ce qu'on disait, que le détenu était un fédéral ? Il en avait pourtant pas l'air.

— Je vous attends tous les deux au PC Sécurité. Tout de suite.

— Très bien, monsieur. Le temps de se faire remplacer...

— J'ai dit *tout de suite* !

— Mais, monsieur, on est tout seuls pour garder la cour et...

— Je viens de vous donner un ordre, Fecteau. Si vous n'êtes pas là dans la minute qui suit, je vous jure que je vous fais muter à Black Rock dans le Dakota du Nord et je m'arrange pour qu'on vous colle en service de nuit.

— Mais on...

Un grésillement lui répondit, signalant que son interlocuteur avait mis fin à la communication. Il regarda Benjy. Ce dernier avait tout entendu sur sa propre radio et il s'approcha en haussant les épaules.

— C'est pas notre chef, ce con, s'énerva Gerry. Tu crois vraiment qu'on doit lui obéir ?

— Tu fais ce que tu veux, mais je prends pas le risque. Allez, on y va.

Gerry rangea sa radio, l'estomac noué. C'était un meurtre pur et simple, mais au moins ils ne seraient pas là au moment des faits et on ne pourrait rien leur reprocher.

Dans la minute qui suit... Gerry traversa rapidement la cour et ouvrit la porte blindée, puis il regarda une dernière fois le détenu mystère. Adossé au grillage, il n'avait pas bougé ; quant aux hommes de Pocho, ils commençaient déjà à lui tourner autour.

— À la grâce de Dieu, grommela-t-il à l'adresse de Benjy tandis que la double porte se refermait derrière eux avec un bruit métallique sourd.

43

Juggy Ochoa traversa la cour d'un pas nonchalant en regardant le ciel, le grillage, le panier de basket autour duquel tournaient ses potes. Il se retourna en entendant la porte se refermer bruyamment. Les deux gardiens s'étaient évaporés. Comme ça. Il n'arrivait pas à croire qu'on ait pu leur envoyer l'Albinos, sans protection qui plus est.

L'autre ahuri l'observait tranquillement, appuyé contre le grillage.

Ochoa examina à nouveau les alentours, les paupières mi-closes. Son instinct lui disait qu'il allait se passer quelque chose. Toute cette histoire sentait le coup fourré à plein nez. Les autres pensaient visiblement comme lui, mais personne ne disait rien. Les gardiens haïssaient l'Albinos autant qu'eux. Mais, surtout, quelqu'un de haut placé lui en voulait *à mort* et Ochoa ne demandait pas mieux que de lui rendre un petit service.

Il lâcha un crachat qu'il écrasa avec la semelle de sa chaussure tout en regardant Borges faire rebondir le ballon une fois, puis deux, avant de s'approcher du panier. À ce rythme-là, Borges rejoindrait l'Albinos avant lui, mais c'était un type cool qui n'était pas du genre à s'énerver. D'ailleurs, ils avaient tout le temps de régler ça gentiment, sans se presser, histoire que personne ne sache qui avait fait quoi. Ils se retrouveraient probablement à l'isolement pendant quelques mois, mais qu'est-ce que ça pouvait foutre ? Ils étaient tous condamnés à perpète. En plus ils ne risquaient pas grand-chose, c'était clair qu'ils avaient la bénédiction de la direction.

Il regarda furtivement au mirador le plus proche. Personne ne les observait. La plupart du temps, les gardiens des miradors étaient tournés du côté de l'enceinte et ils n'avaient qu'une vue limitée de la cour 4.

Il s'intéressa à nouveau à l'Albinos et constata avec étonnement que l'autre ne le quittait pas des yeux. Te gêne pas, mon con. Dans cinq minutes, tu seras mort, prêt pour le grand voyage.

Juggy lança un coup d'œil à ses *hermanos*. Ils n'avaient pas non plus l'air pressé. Ce putain d'Albinos savait se battre, pas question de se laisser avoir ce coup-ci. Et puis il était déjà amoché, ce qui ralentirait ses réflexes. Le tout était de le prendre tous ensemble.

Les hommes de Pocho se rapprochaient insensiblement.

Borges se trouvait à la ligne des trois points. D'un mouvement parfaitement contrôlé, il envoya le ballon qui traversa le panier avant d'atterrir... entre les mains de l'Albinos qui avait bondi avec une agilité surprenante afin de le rattraper.

Les autres lui lancèrent des regards assassins. Le ballon entre les mains, il les regardait d'un air impassible et Juggy sentit monter en lui une bouffée de haine.

Il se retourna brièvement. Toujours pas de gardiens.

Borges s'avança et l'Albinos lui adressa la parole à voix basse sans que Juggy puisse saisir un mot de ce qu'il disait. Ochoa s'approcha et tira un poignard de fortune de son slip. Il était grand temps de régler son compte à cet enfoiré.

— Attends, fit Borges en lui faisant signe de s'arrêter. J'ai envie d'en savoir plus.

— D'en savoir plus sur quoi ?

— C'est un coup monté, reprit l'Albinos. Ils comptent sur vous pour me tuer et vous le savez aussi bien que moi. En revanche, vous ne savez peut-être pas pourquoi.

Il les fixa l'un après l'autre, attendant une réponse.

— Qu'est-ce qu'on en a à foutre ? demanda Juggy, prêt à frapper.

— Pourquoi ? s'enquit Borges en tenant Juggy à distance.

— Parce que *j'ai trouvé le moyen de m'évader.*

L'atmosphère était électrique.

— Conneries, gronda Juggy en se ruant en avant, le poignard levé.

L'Albinos devait s'y attendre, car il lui lança le ballon. Surpris, Juggy tenta de l'esquiver et perdit tout son élan. Le ballon rebondit et roula un peu plus loin.

— Vous voulez vraiment me tuer et passer le reste de votre vie dans ce trou à vous demander si je disais la vérité ?

— Il se fout de notre gueule, intervint Juggy. C'est lui qu'a tué Pocho, les gars.

Il se précipita à nouveau sur l'Albinos qui l'évita avec la grâce d'un toréador. Borges en profita pour agripper le bras de Juggy d'une poigne d'acier.

— Putain, il a buté Pocho !

— Laisse-le parler.

— La *liberté*, insista l'Albinos dont l'accent traînant donnait à ce terme une couleur très tentante. Vous avez déjà oublié ce que ça voulait dire ?

— Borges, personne ne s'évade, reprit Juggy. On n'a qu'à en finir.

— Putain, Jug, tiens-toi tranquille.

Juggy détourna les yeux et vit que les autres le regardaient durement. Il n'en revenait pas. Ce salopard d'Albinos était en train de les appâter avec son discours de merde.

— Laisse-lui le temps de s'expliquer, s'interposa Roany.

Les autres approuvèrent.

— Je vous dis que ce salaud a crevé Pocho, répéta Juggy dont la conviction commençait à s'émousser.

— Et alors ? fit Borges. Peut-être que Pocho l'avait cherché.

L'Albinos poursuivit à mi-voix :

— Borges prend la tête, c'est lui qui m'a cru le premier. Jug, si tu es prêt, tu le suis.

— Mais on s'évade quand ? demanda Borges.

— Tout de suite, pendant l'absence des gardiens.

— Mon cul, railla Juggy.

— Très bien. Je te prends à la place de Jug, décida l'Albinos en désignant Roany. Tu es prêt ?

— Tu parles.

— Attends une petite minute !

Juggy n'eut pas le temps de poignarder l'Albinos, celui-ci l'avait déjà désarmé d'une passe éclair qui prit l'autre par surprise.

Ochoa recula.

— Espèce de fils de pute…

— Il nous fait perdre notre temps, continua l'Albinos. Un mot de plus et je lui coupe la langue. Une objection ? demanda-t-il en observant les membres du gang.

Tous gardèrent le silence.

Ochoa, le souffle court, ne disait plus rien. Non seulement ce salaud avait tué Pocho, mais il avait pris le pouvoir, comme si de rien n'était.

— Pour ceux qui auraient encore des doutes, voici la preuve de ce que j'avance.

L'Albinos s'agrippa au grillage au niveau de l'un des poteaux et tira un coup sec. Les mailles s'écartèrent sans difficulté. Il insista et l'ouverture s'agrandit suffisamment pour laisser passer un homme.

Ils le regardaient tous avec des yeux écarquillés.

— Si vous faites ce que je vous dis, vous vous en tirerez tous. Même vous, monsieur Jug. Pour vous prouver ma sincérité, je passerai le dernier. J'ai tout prévu. De l'autre côté du grillage, tout le monde s'enfuit d'un côté différent. Voilà comment on va faire…

44

Pendergast attendit que Jug Ochoa soit passé de l'autre côté du grillage. Les membres du gang étaient tellement pressés de s'enfuir qu'aucun d'entre eux n'avait pensé à s'intéresser à lui. C'était précisément ce qu'espérait Pendergast, sachant qu'ils allaient s'égailler dans toutes les directions en créant le maximum de pagaille à l'intérieur de la prison.

À peine Jug avait-il disparu que Pendergast s'appliqua à élargir le trou pour que les gardiens le voient immédiatement lorsqu'ils débouleraient dans la cour. Il fit quelques pas en arrière et regarda sa montre dont le fonctionnement était infiniment plus sophistiqué que ne le laissait croire son apparence : derrière le cadran se dissimulait un minuscule récepteur réglé sur une horloge satellitaire.

Pendergast déclencha un décompteur réglé sur 900 secondes, puis il attendit sans quitter la montre des yeux.

Lorsque le cadran indiqua 846 secondes, le cri des sirènes déchira l'air. Pendergast se dirigea rapidement vers un coin de la cour où deux murs cimentés formaient un angle droit, glissa la main dans la grille d'égout qui se trouvait là et sortit le tube déposé par D'Agosta quelques jours plus tôt. Il le déroula et, d'un mouvement sec du poignet, lui redonna sa forme originale, celle de deux carrés de toile d'un mètre de côté rigidifiés par un liseré de plastique qui les maintenait écartés à angle droit. Le recto des deux carrés était recouvert d'une fine couche de Mylar réfléchissant. Pendergast s'accroupit dans le coin de la cour, dissimulé à la vue par son paravent de fortune, en veillant à ce que les côtés soient bien collés le long du mur.

Ce système, mis au point par Eli Glinn, n'était qu'une variante d'un ancien procédé d'illusionnisme permettant d'escamoter une personne ou un objet grâce à des miroirs savamment placés. Un procédé utilisé dès les années 1860 par le professeur John Pepper dans son *Cabinet protéen*, ou encore par le colonel Stodare pour son numéro du *Sphinx* qui avait fait fureur sur Broadway. Soigneusement positionné dans le coin le plus sombre de la cour, le procédé de Glinn permettait d'obtenir un effet similaire. En reflétant le mur de ciment de chaque côté, le paravent créait l'illusion que la cour était vide. Pour découvrir la supercherie, il aurait fallu que quelqu'un s'approche, mais le mouvement de panique créé par l'évasion des prisonniers était calculé pour éviter une fouille minutieuse de la cour.

À 821 secondes, Pendergast entendit le clic de la porte électronique. Les battants s'écartèrent et quatre gardiens du poste de garde numéro 7 se ruèrent dans la cour, Taser à la main.

— Le grillage a été découpé ! s'écria l'un d'eux en désignant le trou béant.

À peine les quatre hommes avaient-ils disparu de l'autre côté du grillage que Pendergast se relevait et repliait prestement le réflecteur avant de le glisser dans la bouche d'égout. Sans attendre, il franchit les portes restées ouvertes, se précipita dans les toilettes les plus proches et s'enferma dans l'avant-dernière cabine. Il grimpa sur la cuvette, souleva l'une des dalles du plafond et découvrit le sac laissé par D'Agosta dans lequel il trouva une carte mémoire flash de 4 gigas, une carte magnétique, une petite seringue hypodermique, un rouleau de gros scotch et un tube contenant un liquide brunâtre. Il empocha le tout, sortit des toilettes et se précipita jusqu'au poste de garde numéro 7. Ainsi que l'avait prévu Glinn, quatre des cinq gardiens de permanence avaient quitté leur poste dès le premier coup de sirène, laissant leur collègue seul devant le mur d'écrans vidéo. Paniqué, il donnait des ordres dans son micro et passait à toute vitesse d'une caméra à l'autre, à la recherche des évadés. À en juger par les conversations qui se croisaient sur les haut-parleurs du poste de garde, l'un des prisonniers avait déjà été repéré et repris.

Pendergast se glissa à l'intérieur du poste de garde, passa un bras autour du cou du dernier gardien et lui injecta un soporifique à l'aide de la seringue. L'homme s'affaissa sans un cri et Pendergast l'allongea par terre. Posant la main sur le micro afin de rendre sa voix méconnaissable, il cria :

— J'en vois un ! Je pars à sa poursuite !

Tandis que plusieurs voix lui ordonnaient de rester à son poste, il déshabilla à la hâte le gardien dont il revêtit l'uniforme, veillant à emporter avec lui le badge, la bombe lacrymogène, le Taser, la matraque et la radio.

Une fois prêt, il se dirigea vers les rangées de serveurs informatiques installés à l'écart, à la recherche d'un port d'entrée dans lequel il brancha la carte mémoire, puis il scotcha soigneusement la bouche du gardien inconscient, lui lia les mains dans le dos et lui attacha les genoux avant de le porter sur ses épaules jusqu'aux toilettes. Il pénétra dans la première cabine, l'assit sur la cuvette en lui scotchant le torse au réservoir et ressortit en se glissant sous le battant après avoir mis le verrou.

Pendergast s'approcha d'un lavabo, se regarda dans la glace et arracha ses pansements qu'il jeta dans une poubelle, puis il ouvrit le tube de verre et appliqua la teinture brune sur ses cheveux blonds. Quelques instants plus tard, un Pendergast brun sortait des toilettes et prenait le premier couloir à droite. Au moment où il allait pénétrer dans le champ de surveillance de la première caméra, il s'arrêta et regarda sa montre : 660 secondes.

Des dizaines de gardiens devaient surveiller les couloirs et, même avec son uniforme, le simple fait de s'éloigner de la cour risquait d'attirer l'attention, sans parler de son visage tuméfié. La silhouette élancée de Pendergast était bien connue dans l'unité C, il suffisait qu'un gardien l'aperçoive pour le reconnaître.

L'espace de dix secondes, entre 640 et 630, la caméra allait être piratée par la carte mémoire qui se chargerait de rediffuser les dix secondes précédentes. La carte piraterait alors la caméra suivante, et ainsi de suite, ne laissant à Pendergast que dix secondes pour passer devant chacune des caméras. Son timing devait donc être parfait.

Les yeux rivés sur sa montre, il attendit que le cadran indique 640 et passa sans incident devant la première caméra avant de poursuivre sa route le long des couloirs de l'unité C, désertés par les gardiens retenus ailleurs. Il accélérait et ralentissait le pas en fonction des indications de sa montre, passant devant chaque caméra au moment précis où la carte mémoire prenait le relais. La radio accrochée à sa ceinture n'arrêtait pas de crépiter. Apercevant soudain un groupe de gardiens, il fit semblant de renouer un lacet, tête baissée afin de dissimuler ses traits meurtris, et les autres passèrent à côté de lui sans un regard.

Il traversa la cantine et les cuisines de l'unité C dans lesquelles flottait une forte odeur de désinfectant, puis il bifurqua à deux reprises avant de parvenir enfin au sas séparant l'unité fédérale de Herkmoor de la prison d'État.

Si Pendergast était connu dans l'unité C, ce n'était pas le cas dans le bâtiment voisin.

Il s'approcha du portier électronique, glissa sa carte magnétique dans la fente, posa la main sur le lecteur d'empreintes et attendit.

C'était le moment de vérité et les battements de son cœur s'accélérèrent.

Sa montre indiquait exactement 290 secondes lorsqu'une diode verte s'alluma et que la porte s'ouvrit.

Pendergast pénétra dans l'unité B, traversa un premier couloir et s'arrêta dans un recoin sombre d'un vaste hall. Tirant sur sa joue à l'endroit où s'étalait une longue coupure encore fraîche, il arracha d'un coup sec les points de suture maintenant serrées les lèvres de la plaie. Le sang se mit à couler, qu'il étala des doigts sur son visage, son cou, ses mains. Il ouvrit ensuite sa chemise et découvrit la blessure laissée par le coup de couteau. Il retint sa respiration et écarta la plaie d'un grand coup.

Il s'agissait de donner l'impression qu'il venait d'être blessé.

À 110 secondes, il entendit un bruit de course derrière lui et vit passer à toute allure l'un des évadés. Il eut tout juste le temps de reconnaître Jug, sachant qu'il ne tarderait pas à se faire prendre à l'entrée du bâtiment B. Glinn n'avait jamais voulu que les hommes de Pocho puissent réellement s'enfuir, leur évasion n'étant qu'un écran de fumée.

À peine Jug s'éloignait-il en courant que Pendergast se jeta par terre tout en actionnant le bouton d'appel de sa radio.

— Je suis blessé ! Vite ! Les secours !

45

Ralph Kidder, l'infirmier de service, se pencha sur le gardien qui pleurnichait comme un enfant en criant qu'on venait de l'attaquer et qu'il ne voulait pas mourir. Faisant de son mieux pour le calmer, Kidder vérifia à l'aide d'un stéthoscope que le cœur battait convenablement, puis il s'assura que le blessé n'avait aucun membre cassé avant de regarder la plaie au visage. Une mauvaise coupure, mais rien de dramatique.

— Où avez-vous mal ? demanda-t-il à nouveau, exaspéré. Où êtes-vous blessé ? Répondez-moi, nom d'un chien !

— Il m'a frappé au visage ! hurla le blessé.

— Oui, j'ai vu. Avez-vous mal ailleurs ?

— Il m'a donné un coup de couteau ! Ma poitrine, j'ai mal !

L'infirmier tâta délicatement les côtes qu'il trouva tuméfiées et brisées à deux ou trois endroits. Le gardien avait effectivement reçu un coup de couteau et perdait beaucoup de sang, mais un examen rapide permit à Kidder de constater que la lame avait glissé sur une côte et que la plèvre était intacte.

— Quelques jours de convalescence et ce ne sera plus qu'un mauvais souvenir, dit-il sèchement avant de se tourner vers les deux brancardiers qui l'accompagnaient.

— Mettez-le sur une civière et conduisez-le à l'infirmerie. On lui fait une prise de sang et des radios avant de lui poser des points de suture. Ensuite, on lui fera une piqûre de sérum antitétanique et une injection d'amoxicilline. Je ne vois rien qui mérite de l'hospitaliser ailleurs.

L'un des brancardiers poussa un ricanement.

— De toute façon, personne entre ou sort tant que les évadés ont pas tous été repris. Y a même un fourgon de la morgue qui poireaute devant la porte depuis une demi-heure.

— Ceux-là, jamais pressés, grommela Kidder en notant sur une fiche le nom et le matricule du gardien blessé.

Tandis qu'on installait ce dernier sur la civière, un brouhaha lointain indiqua à Kidder qu'un autre des évadés s'était fait reprendre. Depuis vingt ans qu'il travaillait à Herkmoor, jamais il n'avait connu de tentative d'évasion aussi importante. Il savait d'avance qu'elle était vouée à l'échec, il espérait seulement que les gardiens ne s'acharneraient pas trop sur les évadés.

Les brancardiers soulevèrent la civière et conduisirent le geignard à l'infirmerie. Kidder leva les yeux au ciel. Putains de gardiens. Tous des grandes gueules, mais il suffisait de les bousculer un peu pour qu'ils se liquéfient.

L'infirmerie du bâtiment B, comme celle des autres unités de Herkmoor, était divisée en deux secteurs bien distincts : celui du personnel et celui des prisonniers, soigneusement gardé. Le blessé fut conduit dans le secteur libre où on l'installa sous une couverture pendant que Kidder remplissait un dossier à son nom et demandait à ce qu'on lui fasse passer des radios. Il s'apprêtait à suturer les plaies du gardien lorsque sa radio émit un léger bip. Il la porta à son oreille, écouta et répondit brièvement avant d'annoncer au blessé qu'il devait s'absenter.

— Vous allez pas me laisser tout seul ? s'écria le gardien, paniqué.

— Ne vous inquiétez pas, je serai de retour avec le radiologue dans une demi-heure, trois quarts d'heure maximum. Plusieurs détenus ont été blessés…

— Vous êtes en train de me dire que je passe après les détenus ? geignit l'autre.

— Nous avons plusieurs cas nettement plus urgents.

Ainsi que Kidder le craignait, les gardiens avaient passé à tabac certains des évadés.

— Combien de temps je vais devoir attendre, moi ?

Kidder, au comble de l'irritation, poussa un soupir.

— Je viens de vous le dire, je reviens dans trois quarts d'heure.

Il tenait déjà prête une injection de sédatif et d'antalgique.

— Non ! Ne me faites pas ça ! cria le blessé. J'ai horreur des piqûres !

Kidder faisait de son mieux pour garder son calme.

— Ça vous aidera à avoir moins mal.

— Non ! J'ai plus très mal, je vous assure. Vous n'avez qu'à allumer la télé, ça me fera passer le temps.

Kidder haussa les épaules.

— Comme vous voulez, dit-il en reposant la seringue avant de tendre la télécommande au gardien.

Ce dernier ne tarda pas à trouver un jeu imbécile et monta le son tandis que Kidder s'éclipsait en secouant la tête avec une moue méprisante.

Lorsqu'il regagna l'infirmerie cinquante minutes plus tard, Kidder n'était pas à prendre avec des pincettes. Certains gardiens en avaient profité pour régler leurs comptes avec des détenus particulièrement retors et l'opération se soldait par une demi-douzaine de fractures.

Il regarda sa montre, se demandant comment il allait retrouver son blessé. L'autre n'avait d'ailleurs aucune raison de se plaindre. Dans n'importe quel service d'urgence de New York, il aurait attendu au moins le double. Kidder tira le rideau derrière lequel se trouvait le lit du blessé et trouva celui-ci endormi, le visage tourné vers le mur, malgré le bruit de la télévision.

Vous êtes bien certaine de vouloir choisir la porte numéro 2, Joy ? Ouvrons-la sans attendre ! La porte numéro 2 va vous permettre de gagner...

— C'est l'heure de vos radios, monsieur...

Kidder consulta rapidement son dossier.

— ... monsieur Sidesky.

Pas de réponse.

... une vache ! Une magnifique Holstein comme vous n'en avez jamais vu ! Alors, Joy, que diriez-vous d'un verre de lait frais tous les matins ? Mesdames et messieurs, je vais vous demander de l'applaudir bien fort !

— Monsieur Sidesky ? répéta Kidder en élevant la voix.

Il prit la télécommande et éteignit la télé.

— L'heure de vos radios ! dit-il dans le silence retrouvé.

Toujours pas de réponse.

Kidder prit le blessé par l'épaule et le secoua gentiment. Il sursauta en poussant un cri étouffé. Même à travers les couvertures, le corps était *glacé*.

Non, c'était impossible. Le blessé se portait comme un charme lorsqu'il l'avait laissé là moins d'une heure plus tôt.

— Hé, Sidesky ! Réveillez-vous !

Il avança une main tremblante en direction de l'épaule du patient. Elle était toujours aussi glacée.

Inquiet, il tira la couverture à lui et découvrit un corps nu, violacé et boursouflé. Une odeur de mort et de désinfectant le prit à la gorge.

Il recula en titubant, la main sur la bouche, le souffle coupé, incapable de penser. Non seulement son patient était mort, mais il commençait déjà à se décomposer. Comment était-ce possible ? Il regarda de tous côtés, mais l'infirmerie était vide, il n'avait pas pu se tromper de malade. Il devait y avoir une erreur quelque part…

Kidder prit longuement sa respiration, puis il saisit le corps par les épaules et le mit sur le dos. La tête pivota comme celle d'un pantin, les yeux grands ouverts, la langue pendante, la peau d'un bleu sinistre, un horrible liquide jaune s'écoulant lentement de la bouche.

— Mon Dieu ! s'écria Kidder en reculant.

Ce n'était pas du tout le gardien blessé, mais le corps du détenu mort qu'il avait dû radiographier la veille à la demande de l'administration.

D'une voix qu'il voulait normale, il fit appeler le médecin-chef de Herkmoor par le central. Presque aussitôt, la voix courroucée de son supérieur résonnait dans l'interphone de l'infirmerie.

— Que se passe-t-il ? Je suis pressé.

Kidder ne savait pas comment lui présenter la chose.

— Vous savez, le détenu qui se trouvait à la morgue…

— Lacarra ? On l'a évacué il y a un quart d'heure.

— Eh bien non, justement.

— Qu'est-ce que vous me chantez ? J'ai signé moi-même la décharge et je les ai vus charger le sac contenant le corps dans le fourgon. J'ai attendu une éternité devant la porte qu'on leur donne enfin l'autorisation de venir chercher le corps.

Kidder avala sa salive.

— Je ne crois pas.

— Vous ne croyez pas quoi ? Vous vous foutez de moi, ou quoi, Kidder ?

— Pocho Lacarra…

Il avala une nouvelle fois sa salive et humecta ses lèvres sèches.

— … eh bien… il est encore là.

Trente kilomètres plus au sud, le fourgon mortuaire filait sur la Taconic State Highway en direction de New York au milieu d'une circulation fluide.

Le véhicule ne tarda pas à s'arrêter sur une aire de repos.

Vincent D'Agosta se débarrassa en un tournemain de son uniforme blanc et monta à l'arrière du fourgon où il s'empressa de tirer la fermeture Éclair du sac dans lequel l'attendait Pendergast, nu comme un ver. L'inspecteur se mit en position assise en clignant les yeux.

— Pendergast, mon vieux ! On a réussi ! On a réussi cette putain d'opération !

L'inspecteur l'arrêta d'un geste.

— Mon cher Vincent, je vous en prie. Pour les effusions, nous attendrons que j'aie pu prendre une douche et m'habiller.

46

William Smithback s'arrêta un instant sur Museum Drive afin de regarder la façade illuminée du Muséum d'histoire naturelle. Un tapis rouge avait été déroulé sur les marches de granit du musée, le long duquel se massait la foule des badauds et des journalistes retenus par de gros cordons de soie placés sous la protection d'une meute de gardiens. Les limousines se succédaient au pied des marches, déversant leur flot de stars hollywoodiennes, d'édiles municipaux, de rois de la finance, de bourgeoises de la bonne société new-yorkaise, de top models étiques au regard vide, de présidents d'université, de chefs d'entreprise et de sénateurs, dans une parade ininterrompue aux forts relents de pouvoir et d'argent.

Sans un regard pour la plèbe qui l'acclamait, cette assemblée prestigieuse montait les marches dans une débauche de noir, de blanc et de paillettes avant de franchir les portes de bronze monumentales sous les flashs des photographes. Un calicot géant s'étalait sur quatre étages de la façade néoclassique du musée au-dessus de l'entrée, sur lequel était écrit d'une écriture faussement égyptienne, sous un énorme œil d'Horus :

SOIRÉE INAUGURALE
DU TOMBEAU DE SENEF

Smithback ajusta le nœud de sa cravate en soie et lissa le revers de son smoking. Faute de limousine, il était arrivé en taxi et avait été contraint de descendre cent mètres avant Museum Drive pour se frayer un chemin à travers la foule. Il exhiba son invitation à un gardien méfiant qui crut bon d'appeler un collègue en renfort. Au terme de longs palabres, les deux gardiens le laissèrent passer à contrecœur et il monta les marches dans le sillage parfumé de Wanda Meursault, une actrice qui s'était déjà fait remarquer lors de l'inauguration de l'exposition Images du Sacré. Rose de plaisir à l'idée de côtoyer les grands, Smithback pénétra dans le Muséum.

La direction avait mis les petits plats dans les grands. Le tapis rouge traversait la Grande Rotonde au milieu des squelettes de dinosaures et poursuivait son chemin pailleté à travers la grande galerie de l'Afrique. Smithback franchit une demi-douzaine de couloirs poussiéreux et de salles sentant le renfermé avant de découvrir une batterie d'ascenseurs devant lesquels les invités faisaient la queue. Il attendit son tour, s'étonnant de ce long trajet tortueux, avant de se souvenir que le tombeau de Senef se trouvait dans les entrailles du Muséum. *Ça ne fera pas de mal à tous ces vieux croûtons de marcher un peu*, pensa-t-il.

Un carillon annonça l'arrivée d'un ascenseur et il se glissa péniblement dans la cabine. Serrés comme des sardines, ou plutôt comme des pingouins avec leur smoking, ils descendirent lentement jusqu'au sous-sol. Les portes s'ouvrirent sur la rumeur sourde d'un orchestre et la Grande Galerie des antiquités égyptiennes leur apparut dans toute sa splendeur, avec ses fresques du dix-neuvième superbement restaurées. L'or et les pierres précieuses des collections brillaient de mille feux dans leurs vitrines sur lesquelles se reflétaient les milliers de bougies posées sur des tables somptueusement arrangées. Smithback observa en connaisseur les buffets chargés à craquer de saumon fumé, de jambon cru, de caviar béluga et sévruga dans leurs coupelles d'argent réfrigérées. Des bouteilles de Veuve Clicquot par dizaines, leur goulot tourné vers le ciel comme des DCA, attendaient dans d'énormes cuves à glace qu'on veuille bien les déboucher.

Smithback se frotta les mains, salivant d'avance, sachant qu'il s'agissait d'une simple mise en bouche puisqu'un dîner était prévu en seconde partie de soirée. Il chercha sa femme des yeux. Il l'avait à peine vue depuis une semaine et frissonna à l'idée des plaisirs plus intimes qui ne manqueraient pas de conclure leur soirée, en récompense d'une semaine particulièrement chargée.

Il hésitait encore sur la stratégie à adopter face aux buffets lorsqu'il sentit un bras se glisser dans le creux du sien.

— Nora ! s'exclama-t-il en la serrant contre lui. Tu es ravissante !

La jeune femme portait une robe noire brodée de fil d'argent particulièrement seyante.

— Tu n'es pas mal non plus, rétorqua-t-elle en tentant d'aplatir son épi rebelle, sans y parvenir. Tu es mon beau grand garçon à moi.

— Et toi, ma reine d'Égypte. Comment va ton cou ?

— Il va bien, et arrête de me poser tout le temps la question.

— Cette réception est à tomber par terre. Tu as vu ça ? fit-il, admiratif en embrassant la salle d'un geste. Quand je pense que c'est toi la commissaire de cette exposition... C'est ta soirée.

— Je ne me suis pas occupée de la réception. Ma soirée, ce sera là-bas, tout à l'heure, répliqua-t-elle en posant les yeux sur l'entrée du tombeau de Senef que barrait un ruban rouge.

Un serveur filiforme passa à côté d'eux avec un plateau d'argent débordant de flûtes de champagne. Smithback en attrapa deux au vol et en tendit une à Nora.

— Au tombeau de Senef, dit-il.

Ils trinquèrent.

— On ferait mieux de manger avant la cohue, conseilla Nora. Je n'ai que quelques minutes devant moi. Je suis censée dire quelques mots à sept heures avant les autres discours, puis il y aura l'inauguration proprement dite. J'ai peur que tu ne me voies pas beaucoup, mon pauvre Bill.

— Je me rattraperai cette nuit.

En s'approchant du buffet, Smithback remarqua une belle femme à la chevelure acajou. Grande et mince, elle était vêtue très simplement d'un pantalon noir et d'une chemise de soie grise ouverte sur un rang de perles.

— Je te présente Viola Maskelene, la nouvelle égyptologue de l'exposition, fit Nora. Viola, voici mon mari, Bill Smithback.

— Viola Maskelene ? Celle qui... ? bredouilla le journaliste, interloqué.

Se reprenant aussitôt, il tendit la main à la jeune femme.

— Enchanté de faire votre connaissance.

— Bonsoir, répondit Viola, amusée. J'ai la chance de travailler avec Nora depuis quelques jours. Quel musée extraordinaire !

— Oui, répliqua distraitement Smithback avant d'ajouter, incapable de dompter sa curiosité : Dites-moi, Viola... comment se fait-il que vous vous retrouviez ici ?

— Un peu par hasard. Suite à la disparition tragique d'Adrian, la direction du musée recherchait un spécialiste de la Vallée des Rois. Hugo Menzies avait apparemment entendu parler de mon travail, il a suggéré de faire appel à moi et j'ai accepté le poste avec plaisir.

Smithback s'apprêtait à poser une autre question lorsque Nora lui fit comprendre d'un regard que ce n'était pas le moment. Ce retour soudain à New York, au Muséum qui plus est, lui semblait pour le moins étrange et son instinct l'empêchait de croire à une coïncidence...

— Tout cela a l'air si appétissant, s'enthousiasma Viola. J'ai une faim de loup. Accepteriez-vous de m'accompagner ?

— J'accepterais avec plaisir, répondit Smithback en se moquant gentiment de son accent anglais.

Ils jouèrent des coudes jusqu'au buffet où Smithback, repoussant un chercheur du Muséum un peu trop timoré, saisit au vol une assiette sur laquelle il déposa une louche de caviar, une pile de blinis et de la crème fraîche. Du coin de l'œil, il constata non sans étonnement que Viola Maskelene faisait preuve d'autant d'entrain.

Surprenant son regard, elle rougit légèrement et lui adressa un clin d'œil.

— Je n'ai pas mangé depuis hier soir, expliqua-t-elle. Ils m'ont fait travailler toute la journée.

— Ne vous gênez pas pour moi ! s'exclama Smithback en se versant une deuxième louche de caviar, ravi de s'être trouvé une complice.

Ils furent interrompus par une explosion de musique à l'autre extrémité de la salle et Hugo Menzies, resplendissant dans un smoking blanc, monta sur l'estrade sous les applaudissements.

— Mesdames et messieurs ! J'éviterai de vous infliger un long discours, d'autant qu'un programme autrement plus intéressant nous attend ce soir. Je souhaiterais cependant vous lire le message que je viens de recevoir du comte de Cahors, notre mécène, grâce à qui nous sommes réunis ici ce soir.

Mesdames et Messieurs, Chers amis,

Croyez à mon profond regret de ne pouvoir me joindre à vous en ce jour qui consacre la réouverture du tombeau de Senef, mais mon grand âge ne m'autorise plus à voyager. Que cela ne m'empêche pas de lever mon verre à votre santé, en vous souhaitant une soirée spectaculaire.

Bien à vous,

Comte Thierry de Cahors

La lecture de cette courte missive fut accueillie par un tonnerre d'applaudissements. Menzies dut attendre que le calme soit revenu pour reprendre.

— J'ai à présent le plaisir de vous présenter la grande soprano Antonella da Rimini dans le rôle d'Aïda, accompagnée par Gilles de Montparnasse dans celui de Radamès. Ensemble, ils interprètent pour vous l'aria finale du chef-d'œuvre de Verdi, *La fatal pietra sovra me si chiuse.* Je précise qu'ils la chanteront en anglais, soucieux de ne pas s'aliéner les bonnes grâces de ceux d'entre vous qui ne parleraient pas l'italien.

Une énorme femme lourdement maquillée, boudinée dans un costume égyptien de carnaval, monta sur scène sous les applaudissements, suivie par un chanteur tout aussi opulent, vêtu à l'avenant.

— Je t'enlève Viola, ça va être à nous, murmura Nora à l'oreille de son mari en lui serrant affectueusement le bras.

Tandis qu'elle disparaissait au milieu de la foule en compagnie de Viola Maskelene, le chef d'orchestre rejoignait les musiciens sur scène sous de nouveaux applaudissements. Tout en mâchant un blini, Smithback regarda autour de lui. L'assemblée était exclusivement composée de notables, pour la plupart des visages connus : des sénateurs, des capitaines d'industrie, des dignitaires étrangers, sans compter les huiles habituelles et le conseil d'administration du Muséum au grand complet. *Il suffirait d'une bombe atomique bien placée pour provoquer une catastrophe d'ampleur planétaire*, ricana Smithback intérieurement.

Les lumières s'éteignirent, faisant taire le public, le *maestro* leva sa baguette et l'orchestre entama les premières mesures de la célèbre aria :

La pierre fatale se referme sur moi
Voici ma tombe ! Je ne reverrai plus
La lumière du jour... Je ne reverrai plus Aïda.
Aïda, où es-tu ? Puisses-tu, au moins,
Vivre heureuse et ignorer mon triste sort à jamais !
Quelle est cette plainte ? Un fantôme... Une vision...
Non ! c'est une forme humaine.
Ciel ! Aïda !

À son nom, la diva lui répondit :

Oui, c'est moi.

Smithback avait toujours détesté l'opéra et il s'efforça de fermer les écoutilles. Profitant de l'intermède offert par les cris de la chanteuse, il reprit le chemin du buffet et trouva le moyen d'avaler une demi-douzaine d'huîtres, puis il posa sur son assiette deux énormes morceaux d'un fromage français bien avancé, auxquels il ajouta quelques tranches de jambon italien et deux tranches de langue. Armé de son butin en équilibre instable, il se fraya un chemin jusqu'au buffet voisin et prit une nouvelle flûte de champagne, veillant à ce que le serveur la remplisse à ras bord afin de ne pas avoir à revenir trop vite, puis il alla s'asseoir à l'une des petites tables éclairées à la bougie.

Smithback n'avait pas l'occasion de se goberger tous les jours, et il n'était pas question de laisser passer une si belle occasion.

47

Au même moment, Eli Glinn attendait le fourgon mortuaire devant l'immeuble anonyme abritant sa société. Après avoir chargé l'un de ses employés de s'occuper du véhicule, il entraîna Pendergast à l'intérieur du bâtiment et lui proposa de prendre une douche. Dans le même temps, un technicien en blouse blanche conduisait D'Agosta jusqu'au centre névralgique d'Effective Engineering Solutions. L'immense pièce était plongée dans un silence trompeur. Malgré l'heure tardive, plusieurs chercheurs s'activaient en silence devant des tableaux et des écrans d'ordinateur. En traversant la salle, D'Agosta se demanda combien d'entre eux savaient que l'un des hommes les plus recherchés d'Amérique se trouvait actuellement dans leurs murs.

Le lieutenant suivit le technicien jusqu'à un ascenseur encastré dans le mur du fond. L'homme glissa une clé dans un boîtier avant d'appuyer sur un bouton et la cabine entama sa descente. Au terme d'une longue course, elle s'immobilisa et les portes coulissèrent sur un couloir bleu pâle dans lequel s'engagèrent les deux hommes. Arrivé devant une porte, le technicien adressa un léger signe de tête au lieutenant, puis il fit demi-tour et repartit sans un mot en direction de l'ascenseur sous le regard étonné de D'Agosta.

À peine le lieutenant avait-il frappé à la porte que le battant s'écarta, et D'Agosta se retrouva nez à nez avec un petit personnage jovial au visage rougeaud encadré par une barbe soigneusement taillée. Il s'effaça pour laisser entrer son visiteur et referma la porte derrière lui.

— Vous devez être le lieutenant D'Agosta? demanda-t-il avec un fort accent allemand. Asseyez-vous, je vous en prie. Je suis le docteur Rolf Krasner.

Avec ses tapis gris, ses murs blancs et son mobilier passe-partout, la pièce avait tout d'un cabinet médical. En son centre trônait une table en bois de rose sur laquelle était posé un dossier relié, aussi épais que l'annuaire de Manhattan. Eli Glinn avait déjà positionné sa chaise roulante à l'extrémité de la table. Il salua D'Agosta et lui désigna une chaise.

Une porte s'ouvrit et Pendergast apparut. Un pansement lui barrait la joue et ses cheveux, encore mouillés, avaient retrouvé leur couleur naturelle, mais le pull à col roulé blanc et le pantalon de tweed gris qu'on lui avait prêtés donnaient l'impression d'un déguisement.

D'Agosta se leva aussitôt.

Pendergast l'observa un instant, puis un sourire éclaira son visage.

— J'ai bien peur d'avoir oublié de vous exprimer ma gratitude pour m'avoir extrait de ma prison.

— Vous savez bien que c'est inutile, répondit D'Agosta en rougissant.

— Mais j'y tiens. Merci beaucoup, mon cher Vincent, prononça l'inspecteur d'une voix douce en serrant brièvement la main de D'Agosta.

Émanant d'un personnage aussi peu expansif, ce simple geste avait quelque chose d'exceptionnel et le lieutenant était ému aux larmes.

— Asseyez-vous, les coupa Glinn de sa voix froide et désincarnée qui avait tant irrité D'Agosta lors de leur première rencontre.

Le lieutenant reprit sa place et Pendergast se glissa sur une chaise en face de lui.

— J'ai également une dette envers vous, monsieur Glinn, poursuivit l'inspecteur. Toutes mes félicitations pour l'efficacité de votre plan.

Glinn acquiesça sèchement.

— Même si j'avoue regretter la mort de monsieur Lacarra.

— Comme vous le savez, répliqua Glinn, nous n'avions pas le choix. Il fallait bien que l'un de vos codétenus meure pour que vous puissiez prendre sa place dans le fourgon mortuaire. Nous avons eu beaucoup de chance, si je puis m'exprimer ainsi, de trouver un détenu assez pervers pour « mériter » d'être sacrifié. Un homme qui avait torturé à mort trois enfants sous le regard de leur mère, ne l'oublions pas. À partir de là, il nous était facile d'accéder à la base de données du ministère de la Justice et de modifier son dossier afin de faire croire que vous l'aviez arrêté. Enfin, je me permettrai de remarquer que vous l'avez tué en état de légitime défense.

— Un tel sophisme ne pourra rien changer au fait qu'il s'agissait d'un meurtre prémédité.

— Vous avez raison au sens strict. Mais vous n'êtes pas sans savoir que cette mort servira à sauver d'autres vies, peut-être même de *nombreuses* vies. En outre, tout semblait indiquer que la procédure d'appel de sa condamnation à mort n'aurait pas abouti.

Pendergast se contenta d'incliner la tête.

— À présent, monsieur Pendergast, il est temps de délaisser ces problèmes éthiques négligeables au profit de questions infiniment plus importantes. Il est urgent d'agir contre votre frère. Ai-je raison de penser qu'aucune nouvelle n'a pu vous parvenir depuis votre enfermement en quartier d'isolement ?

— Tout à fait.

— Dans ce cas, vous serez sans doute surpris d'apprendre que votre frère a entièrement détruit la collection des diamants dérobés au Muséum.

D'Agosta vit Pendergast se raidir.

— Absolument. Diogène a purement et simplement pulvérisé ces diamants avant de les renvoyer au Muséum.

Pendergast laissa passer un moment avant de réagir.

— Ses agissements m'échappent une fois de plus.

— Si cela peut vous consoler, nous avons été tout aussi surpris que vous. Cet élément venait contredire toutes nos hypothèses. Nous étions persuadés que votre frère accuserait le coup après avoir vu le diamant qu'il convoitait le plus, le Cœur de Lucifer, lui passer sous le nez. De toute évidence, il n'en est rien.

Krasner intervint à son tour d'une voix enjouée qui tranchait avec le débit monotone de Glinn.

— En détruisant les diamants dont il avait planifié le vol pendant des années, c'est une parcelle de lui-même qu'il détruisait. Il s'agissait d'une forme de suicide. Il s'abandonnait à ses propres démons.

— En apprenant quel sort il avait réservé aux diamants, poursuivit Glinn, nous avons pris conscience que notre profil psychologique préliminaire était largement insuffisant. Nous avons donc recommencé à zéro en analysant tous les éléments dont nous disposions et en veillant à en réunir d'autres. *Voici* le résultat, précisa-t-il en désignant l'épais volume posé sur la table. Je vous épargnerai les détails, il en ressort une seule chose.

— Laquelle ?

— Le « crime suprême » auquel Diogène faisait allusion n'était pas le vol des diamants, ni même la vengeance qu'il accomplissait en tuant vos proches avant de vous faire accuser. Nous n'avons aucun moyen de connaître ses intentions initiales. Il n'en reste pas moins que son forfait principal n'a pas encore été commis.

— Pourtant, cette date indiquée dans la lettre qu'il m'a envoyée ?

— Un mensonge de plus, ou du moins une diversion. Le vol des diamants faisait indubitablement partie de son plan, même si leur destruction relève d'une improvisation plus spontanée. Cela ne change rien au fait qu'il a agi dans le but de vous occuper ailleurs, de vous duper, de conserver une mesure d'avance sur vous à tout moment. Je dois l'avouer, la complexité du plan de votre frère n'est pas sans me laisser perplexe.

— Il n'a donc pas encore commis son forfait, murmura Pendergast d'une voix inquiète. Savez-vous de quoi il peut s'agir, et quand il compte passer à l'attaque ?

— Non, même si tout semble indiquer qu'un drame est imminent. Demain, peut-être même ce soir. D'où le besoin impératif de vous sortir de Herkmoor.

Pendergast resta un moment silencieux.

— Je vois mal comment je pourrais vous aider, dit-il enfin d'une voix amère. Vous avez pu vous en apercevoir, il n'a cessé de me berner.

— Bien au contraire, inspecteur. Vous êtes la *seule et unique* personne capable de nous aider. Et vous savez comment.

Comme Pendergast ne réagissait pas, Glinn continua sur sa lancée.

— Nous espérions initialement pouvoir anticiper les actions de votre frère en établissant son profil psychologique. Cela nous a aidés, mais jusqu'à un certain point seulement. Nous savons qu'il se croit victime d'une injustice profonde et nous sommes persuadés que son crime consistera à infliger un sort comparable au plus grand nombre possible de personnes.

— C'est exact, intervint Krasner. Votre frère veut *généraliser* le tort qui lui a été fait, le rendre public, contraindre les autres à partager sa souffrance.

Glinn se pencha en avant, les yeux rivés sur ceux de Pendergast.

— Nous savons autre chose. C'est *vous* qui êtes à l'origine de cette souffrance. Du moins est-ce ainsi qu'il perçoit les choses.

— C'est parfaitement absurde.

— Il s'est passé quelque chose entre votre frère et vous lorsque vous étiez enfants. Quelque chose de terrible qui a définitivement déstabilisé sa santé mentale chancelante, mettant en branle un processus dont les événements actuels sont la conséquence. Il nous est impossible de mener plus avant notre analyse tant que nous ne saurons pas ce qui s'est passé entre Diogène et vous. Et le souvenir de cet événement se trouve gravé *là*, conclut Glinn en montrant du doigt la boîte crânienne de Pendergast.

— Nous avons déjà évoqué tout cela, rétorqua sèchement l'inspecteur. Je vous ai déjà dit tout ce qui s'était passé entre mon frère et moi. J'ai même accepté de me soumettre au curieux interrogatoire de ce bon docteur Krasner, sans résultat. Je puis vous affirmer qu'il ne s'est rien passé d'atroce, sinon je m'en souviendrais. J'ai une mémoire photographique.

— Permettez-moi de vous contredire : le drame en question a bien eu lieu. C'est inévitable, je ne vois pas d'autre explication.

— Dans ce cas, je suis désolé. Si d'aventure vous aviez raison, je ne vois pas ce qui pourrait faire resurgir le souvenir. Vous avez déjà tenté la chose et l'expérience s'est révélée négative.

Glinn joignit les mains, perplexe. Pendant quelques minutes, le temps sembla s'arrêter.

— Il y aurait bien une solution, dit-il enfin, les yeux toujours baissés.

Comme personne ne répondait, il releva la tête.

— Vous êtes passé maître dans une discipline très ancienne, un art philosophique mystique pratiqué par quelques moines bouddhistes du Bhoutan et du Tibet. L'une des facettes de cette discipline est spirituelle. Une autre, plus physique, implique des mouvements rituels d'une grande complexité rappelant les katas du karaté Shotokan. Mais cette discipline possède une troisième facette, intellectuelle celle-là. Une forme de concentration méditative qui permet à celui qui la pratique de libérer pleinement le potentiel de son cerveau. Je veux parler de la pratique du Dzogchen et de son rituel le plus secret, le Chongg Ran.

— Comment avez-vous appris cela ? s'enquit Pendergast d'une voix qui glaça les os de D'Agosta.

— Inspecteur, je vous en prie. Mon métier est de faire des recherches. Mes collaborateurs et moi avons été amenés à nous entretenir avec de nombreuses personnes dans le but de mieux vous connaître, et par là même de mieux comprendre votre frère. L'une d'entre elles n'était autre que Cornelia Delamere Pendergast, votre grand-tante, qui se trouve internée dans l'unité de psychiatrie criminelle de l'hôpital Mount Mercy. Nous avons également parlé à l'une de vos collaboratrices, Mlle Corrie Swanson, actuellement élève en dernière année à la Phillips Exeter Academy. Elle s'est montrée particulièrement rétive, mais elle a fini par nous dire ce que nous souhaitions savoir.

Glinn fixait Pendergast de son regard de sphinx et l'inspecteur l'observait tout aussi fixement, sans ciller. La tension était à son comble et D'Agosta sentit les poils de ses bras se hérisser.

Le premier, Pendergast rompit le silence.

— Cette intrusion dans ma vie privée dépasse de beaucoup les limites de la mission que je vous avais confiée.

Glinn ne répondit pas.

— Je n'utilise jamais cette plongée dans la mémoire à des fins personnelles, uniquement dans le cadre de mes enquêtes lorsqu'il s'agit de recréer un cadre historique ou bien le lieu d'un crime. Une telle technique n'aurait pas la moindre valeur dans un contexte aussi… privé.

— Pas la moindre valeur, dites-vous ? réagit Glinn avec une moue dubitative.

— Il s'agit d'une technique extrêmement délicate qui ne nous serait d'aucun secours dans le cas présent, croyez-moi. Ce serait pure perte de temps, tout comme le petit jeu auquel le docteur Krasner a voulu me faire participer.

Sans quitter son interlocuteur des yeux, Glinn se pencha à nouveau en avant.

— Monsieur Pendergast, n'est-il pas envisageable que l'événement tragique qui a tant marqué votre frère, au point d'en faire un monstre, ait également laissé chez vous des traces ? N'est-il pas envisageable que vous l'ayez enfoui au plus profond de votre subconscient afin d'en effacer jusqu'au souvenir ?

— Monsieur Glinn…

— N'est-ce pas envisageable ? insista Glinn d'une voix plus forte.

Pendergast posa sur lui un regard d'une intensité presque douloureuse.

— Je suppose que ce n'est pas impossible.

— Si ce n'est pas impossible, si ce souvenir a survécu et qu'il nous permet enfin de reconstituer le puzzle et de faire échec à votre frère en sauvant des vies humaines… l'expérience ne vaut-elle pas la peine d'être *tentée* ?

Les deux hommes s'affrontèrent du regard pendant une éternité, jusqu'à ce que Pendergast baisse enfin les yeux. Ses épaules se voûtèrent et il acquiesça sans un mot.

— Dans ce cas, ne perdons pas de temps, fit Glinn. De quoi avez-vous besoin ?

On aurait pu croire que Pendergast n'avait pas entendu la question. Lorsqu'il émergea de sa rêverie, il finit par répondre d'une voix calme :

— J'ai besoin de calme.

— Le bureau de la Berggasse vous conviendrait-il ?

— Oui.

Il posa les mains sur les bras de son siège et se leva. Puis, sans un regard pour ceux qui se trouvaient là, il se dirigea vers la porte.

— Inspecteur ? l'interpella Glinn.

Pendergast se retourna à moitié, la main sur la poignée.

— J'ai conscience de la difficulté de l'épreuve qui vous attend mais, quel qu'en soit le prix et quelle que soit la réalité, il vous faudra l'affronter. Nous sommes d'accord ?

Pendergast hocha la tête.

— Dans ce cas, bonne chance.

Un sourire glacial effleura les lèvres de l'inspecteur. Sans un mot, il ouvrit la porte du bureau et s'éclipsa.

48

À l'écart de la foule à l'entrée de la Grande Galerie des antiquités égyptiennes, Laura Hayward observait l'assistance d'un air dubitatif. Elle s'était habillée de noir afin de mieux se faire oublier, seul un insigne agrafé au revers de sa veste rappelait son grade de capitaine. Son arme de service, un Smith & Wesson de calibre 38, était discrètement rangée dans un étui sous l'aisselle gauche.

Elle avait sécurisé les lieux du mieux qu'elle le pouvait en postant des agents en civil et en uniforme aux endroits les plus stratégiques. Manetti s'était montré très coopératif et les gardiens du Muséum étaient également présents en grand nombre, beaucoup plus visibles afin de renforcer l'impression de sécurité générale. Hayward avait envisagé tous les scénarios catastrophe possibles – attentat-suicide, incendie, dysfonctionnement du système de sécurité, coupure de courant, panne informatique – et elle avait tout prévu en conséquence.

Le point faible du dispositif était la tombe elle-même car elle ne disposait que d'une seule issue. Les pompiers avaient exigé que le contenu du tombeau soit intégralement ignifugé et la jeune femme avait veillé à ce que les portes puissent s'ouvrir à tout moment, de l'intérieur comme de l'extérieur, manuellement aussi bien qu'électroniquement, même en cas de coupure de courant. Hayward en avait personnellement testé le fonctionnement depuis la petite salle de contrôle voisine de la tombe.

Les équipes des services de toxicologie avaient passé le tombeau au crible à trois reprises sans rien détecter d'anormal. À présent qu'elle se trouvait au pied du mur, Hayward avait peur de ne pas avoir tout prévu.

Le bon sens et l'intelligence avaient beau lui répondre que rien n'avait été laissé au hasard, son instinct lui disait le contraire. Si ridicule que cela puisse paraître, elle en éprouvait presque un malaise physique.

Elle tenta une nouvelle fois de comprendre ce qui pouvait la pousser à réagir de la sorte. Comme à son habitude, elle dressa machinalement une liste dans sa tête. Une liste au centre de laquelle se trouvait Diogène Pendergast.

Diogène était vivant.

Il avait enlevé Viola Maskelene.

Il avait agressé Margo.

Il avait volé la collection de diamants du Muséum avant de la réduire en poudre.

Il était probablement responsable de certains des meurtres attribués à Pendergast.

Il fréquentait quotidiennement le Muséum, sans doute sous les traits d'un chercheur ou d'un conservateur.

Lipper et Wicherly s'occupaient tous les deux du tombeau de Senef, tous les deux étaient devenus fous après avoir visité la tombe. Pourtant, l'examen minutieux des lieux n'avait rien révélé d'anormal. Rien qui puisse provoquer des lésions au cerveau, en tout cas. Diogène pouvait-il être à l'origine des deux drames ? Que pouvait-il bien mijoter ?

La conversation qu'elle avait eue avec D'Agosta dans son bureau quelques jours auparavant lui revint brusquement en mémoire. *Tout ce qu'il a fait jusqu'à présent – les meurtres, l'enlèvement, le vol des diamants – n'est que le préambule d'une opération plus importante. Probablement beaucoup plus importante.*

Elle frissonna. Toutes les hypothèses qu'elle échafaudait, toutes les questions qu'elle se posait au sujet de Diogène... tout était lié. Il ne pouvait pas en être autrement. Diogène avait un plan.

Mais lequel ?

Hayward n'en avait aucune idée, mais son instinct lui disait que le drame aurait lieu ce soir.

Elle parcourut une nouvelle fois la Galerie des yeux en détaillant chaque visage et reconnut le maire, le vice-président de la Chambre des représentants, le gouverneur, au moins un des deux sénateurs de l'État de New York, beaucoup d'autres encore : des patrons de multinationales, des producteurs de cinéma, des acteurs et des animateurs de télévision, sans parler des huiles du Muséum comme Collopy, Menzies, Nora Kelly…

Elle aperçut l'équipe de PBS qui filmait la réception en direct depuis un studio mobile installé à l'écart. Une seconde équipe s'était installée à l'intérieur de la tombe, prête à filmer le premier son et lumière organisé à l'intention des VIP.

Prise de panique, elle comprit que la présence de la télévision faisait partie du plan mis au point par Diogène : la catastrophe allait avoir lieu devant des millions de téléspectateurs. Si Diogène était bien l'un des cadres du Muséum, il avait eu toute latitude de mettre au point un scénario dévastateur. De quoi pouvait-il bien s'agir ? Manetti avait passé au crible les dossiers des employés du musée, en vain. Si seulement ils avaient eu une photo récente de Diogène, ou bien une empreinte digitale, un échantillon d'ADN…

Quel pouvait bien être le plan de Diogène ?

Son regard se posa sur la porte blindée du tombeau que barrait un ruban rouge, ses panneaux d'acier dissimulés sous un habillage de fausses pierres.

Hayward ne s'était jamais sentie aussi seule. Elle avait tout fait pour reporter l'inauguration, à défaut de l'annuler, mais personne n'avait daigné l'écouter. Même son fidèle allié, le préfet de police Rocker, avait refusé de la soutenir.

Et si son imagination lui jouait des tours ? Peut-être la pression de ces derniers jours avait-elle fini par avoir raison de ses nerfs ? Si seulement elle avait pu parler de tout ça avec quelqu'un qui soit capable de la comprendre, qui sache à quel point Diogène était dangereux. Quelqu'un comme D'Agosta.

D'Agosta ! Tout au long de l'enquête, il avait eu une longueur d'avance sur elle, lui prédisant systématiquement ce qui allait se passer. Il avait compris bien avant tout le monde à qui ils avaient affaire. Ne lui avait-il pas affirmé que Diogène était vivant quand tout le monde, à commencer par elle, s'évertuait à lui « prouver » qu'il était mort ?

Sans compter qu'il connaissait parfaitement le Muséum, pour y avoir effectué plusieurs enquêtes. Il en connaissait tous les rouages, tous les acteurs. Si seulement D'Agosta avait pu être là... Pas l'homme, elle savait que tout était fini entre eux, mais le flic.

Elle s'appliqua à calmer sa respiration. Inutile de vouloir l'impossible. Elle avait fait tout ce qui était en son pouvoir, elle n'avait plus qu'à attendre, prête à tout en cas de besoin.

Elle dévisageait à nouveau les invités, à la recherche du moindre signe suspect, lorsque son regard s'arrêta sur la silhouette élancée d'une femme au milieu d'un groupe d'officiels, au pied du podium. Une femme qu'elle connaissait bien.

Tous les sens en alerte, elle s'empara de sa radio, s'efforçant de parler d'une voix calme.

— Manetti pour Hayward. Vous me recevez ?

— Je vous reçois.

— C'est bien Viola Maskelene que je vois là-bas, près du podium ?

— Oui, c'est bien elle, répondit l'autre après un court silence.

Le gorge de la jeune femme se noua.

— Qu'est-ce qu'elle fait là ?

— C'est elle qui a été engagée pour remplacer l'égyptologue décédé, Wicherly.

— Quand ça ?

— Je ne sais pas, au juste. Il y a un ou deux jours.

— Par qui a-t-elle été recrutée ?

— Par le département d'anthropologie, j'imagine.

— Comment se fait-il que son nom ne figure pas sur la liste des invités ?

Manetti marqua une hésitation.

— Je ne sais pas. Sans doute qu'elle est arrivée trop tard.

Hayward aurait voulu crier, l'insulter, lui demander pourquoi personne ne lui avait rien dit, mais il était trop tard et elle se contenta de mettre fin à la communication.

— Terminé.

Le profil psychologique de Diogène confirme tout ce que je t'ai dit. Cette réception était l'occasion rêvée. Oui, mais pour quoi faire ?

Une opération plus importante. Probablement beaucoup plus importante. Les paroles de D'Agosta résonnaient dans sa tête comme un avertissement. Elle aurait donné n'importe quoi pour qu'il soit là ce soir. Il fallait qu'elle le voie. Lui seul pouvait répondre à ses questions.

Elle sortit son téléphone portable et composa le numéro que lui avait donné D'Agosta. Pas de réponse.

Elle regarda sa montre : sept heures et quart. La soirée ne faisait que commencer. Il fallait absolument qu'elle lui mette la main dessus, qu'elle le ramène ici… Où diable pouvait-il bien être ? Une fois de plus, elle repensa à ce qu'il lui avait dit :

Il y a autre chose que tu dois savoir. Tu as déjà entendu parler d'une boîte spécialisée dans l'analyse comportementale criminelle, Effective Engineering Solutions, dirigée par un certain Eli Glinn ? Je passe presque tout mon temps là-bas en ce moment, je fais des piges pour eux.

Peut-être avait-elle encore une chance de le trouver là-bas. C'était toujours mieux que de se tourner les pouces ici. Elle pouvait faire l'aller-retour en moins de quarante minutes.

Elle prit à nouveau sa radio.

— Lieutenant Gault ?

— Je vous reçois.

— Je dois m'absenter un petit moment. Vous prenez le relais.

— Puis-je vous demander…

— Je dois impérativement parler à quelqu'un de toute urgence. S'il se passe quoi que ce soit d'anormal pendant mon absence, je dis bien *quoi que ce soit*, vous avez mon autorisation pour tout arrêter. Compris ?

— Bien, capitaine.

Sans attendre, elle rempocha sa radio et se dirigea vers la sortie.

49

Immobile, adossé à la porte qu'il venait de refermer, Pendergast embrassa du regard le décor qui l'entourait : le divan avec ses précieux tapis persans, les masques africains, la petite table basse, les rayonnages, divers objets d'art étranges.

Il inspira longuement et dut faire un violent effort sur lui-même pour s'approcher du divan et s'y allonger. Les mains repliées sur la poitrine, les chevilles croisées, il ferma les yeux.

Pendergast s'était souvent retrouvé dans des situations difficiles et périlleuses au cours de sa carrière, mais jamais il n'avait été confronté à une épreuve aussi terrible.

Il entama sa méditation par une série d'exercices physiques simples, s'obligeant à ralentir le rythme de sa respiration comme celui de son cœur. Puis il s'enferma à l'intérieur de lui-même en faisant taire toute sensation susceptible de lui rappeler le monde extérieur : le ronronnement du système de chauffage, l'odeur d'encaustique qui flottait dans la pièce, la dureté du divan, jusqu'à son corps dont il s'appliqua à oublier l'existence.

Enfin, une fois sa respiration réduite à un simple murmure et son pouls tombé à quarante pulsations par minute, il fit apparaître dans sa tête un jeu d'échecs dont il caressa les pièces usées. Un pion blanc s'avança, auquel répondit un pion noir et le jeu se poursuivit jusqu'à un match nul. Une autre partie commença, qui se termina de la même façon.

Les parties se succédaient, mais sans le résultat escompté. Le palais de mémoire de Pendergast, cet espace intérieur de savoir et d'information dans lequel il stockait ses secrets les plus intimes et dans lequel il se retirait chaque fois qu'il avait besoin de réfléchir et de méditer, refusait de s'ouvrir à lui.

Pendergast changea de jeu mentalement, passant des échecs au bridge. Mais, au lieu d'organiser la partie par équipes de deux, il choisit d'opposer les joueurs les uns aux autres, avec toutes les subtilités d'alliance et de stratégie que cela impliquait. Il joua un premier rob, puis un autre.

Le palais de mémoire refusait obstinément de se matérialiser et restait hors de portée, insaisissable.

Pendergast s'accorda un temps d'attente suffisant pour ralentir encore davantage le rythme de sa respiration et de son cœur. C'était la première fois qu'une telle mésaventure lui arrivait.

Passant à présent à l'un des exercices les plus ardus du Chongg Ran, il détacha son esprit de son corps et se mit à flotter dans l'espace. Les yeux toujours fermés, il reconstitua la pièce en mettant chaque objet à sa place jusqu'à ce que le bureau lui apparaisse dans tous ses détails. Il observa virtuellement les lieux pendant quelques instants avant d'en retirer les éléments un à un : les meubles, les tapis, le papier peint, les bibelots, jusqu'à ce qu'il ne reste rien.

Mais l'exercice ne s'arrêtait pas là. Après avoir dissous le bureau, il s'appliqua à faire disparaître la ville tout entière. Maison par maison dans un premier temps, puis rue par rue et quartier par quartier, le processus d'élimination systématique s'accélérant à mesure qu'il s'éloignait de son point de départ. Les régions, les États, les pays, les continents, le monde, tout laissait progressivement place au néant.

En l'espace de quelques minutes, l'univers avait disparu. Pendergast lui-même flottait encore dans l'infinité du vide, mais il s'obligea également à disparaître en se fondant dans l'obscurité cosmique. L'univers était à présent dépourvu de toute pensée, de toute souffrance et de tout souvenir, jusqu'à ne plus exister. Il venait d'atteindre l'état connu sous le nom de Sunyata et, pendant un moment, une éternité peut-être, le temps lui-même cessa d'exister.

C'est alors que lui apparut enfin l'immense demeure familiale de Dauphine Street, cette maison de la Rochenoire dans laquelle Diogène et lui avaient grandi. Pendergast commença par l'observer depuis la rue pavée qui longeait la propriété, détaillant les toits mansardés, les fenêtres, les pignons crénelés et le belvédère à travers la grille en fer forgé. De hauts murs de pierre dissimulaient à la vue la luxuriance du jardin sur l'arrière du bâtiment.

Dans sa tête, Pendergast poussa la lourde grille et remonta l'allée centrale avant de s'arrêter sous le porche d'entrée. Les doubles portes blanches étaient grandes ouvertes, laissant entrevoir un immense hall dallé de marbre.

Après une ultime hésitation, il franchit le seuil de la maison. Un imposant lustre de cristal brillait au-dessus de sa tête, suspendu à un plafond en trompe-l'œil. Un escalier à double volée, bordé de rambardes ouvragées, conduisait au premier étage. Des portes dissimulaient à la vue la galerie des portraits sur sa gauche et l'on devinait à droite une bibliothèque lambrissée plongée dans la pénombre.

La demeure des Pendergast à La Nouvelle-Orléans avait disparu depuis longtemps, incendiée par une foule en colère, mais Pendergast s'était astreint à la conserver intacte dans sa mémoire. Un procédé qui lui permettait d'engranger quantité d'observations et de souvenirs, mais aussi d'y enfouir de nombreux secrets de famille. En temps ordinaire, pénétrer dans ce palais de mémoire était une expérience apaisante, chaque tiroir des meubles de la vaste demeure recélant un souvenir, une réflexion personnelle liée à la science ou à l'histoire que Pendergast prenait le temps de savourer à loisir. L'atmosphère était autrement plus lourde aujourd'hui et il lui fallait de grands efforts de concentration pour parvenir à maintenir debout la maison virtuelle.

Il traversa le hall et monta au premier étage. Il hésita un instant sur le palier et finit par se diriger vers un long couloir aux murs roses tapissés de niches de marbre et de portraits dans leurs cadres dorés. L'odeur de la vieille maison l'enveloppait à présent, un mariage olfactif de cuir, de vieux tissu et d'encaustique auquel se mêlaient le parfum de sa mère et le tabac Latakia de son père.

La lourde porte de chêne de sa chambre s'ouvrait au milieu du couloir, mais Pendergast s'arrêta à quelques mètres devant une autre porte identique, curieusement recouverte d'une chape de plomb et scellée à l'aide d'une feuille de laiton clouée au chambranle : la chambre de son frère Diogène. Pendergast l'avait lui-même condamnée dans son palais de mémoire de nombreuses années auparavant, et il s'était juré de ne jamais y remettre les pieds.

Aujourd'hui, il allait pourtant devoir y retourner.

Debout face à la porte, travaillé par ses hésitations, Pendergast remarqua que son pouls et sa respiration s'accéléraient dangereusement. Les murs qui l'entouraient clignotaient à la façon d'une ampoule survoltée, autant de signes que sa concentration mentale faiblissait. Il se calma au prix d'un effort mental considérable et le décor qui l'entourait se stabilisa.

Il lui fallait agir vite car il lui serait impossible de maintenir infiniment un tel niveau de concentration.

Il fit apparaître dans sa main un pied de biche, un burin et un maillet à l'aide desquels il arracha la feuille de laiton avant de s'attaquer au plomb. Il travaillait vite en s'efforçant de ne penser qu'à sa tâche.

En l'espace de quelques minutes, des copeaux de plomb jonchaient la moquette et il ne lui restait plus qu'à démolir la lourde serrure.

Pendergast tenta de tourner la poignée. En période normale, il aurait crocheté la serrure à l'aide des outils qui ne le quittaient jamais, mais le temps lui manquait. Le moindre retard pouvait se révéler fatal. Il recula d'un pas, visa un point précis sous la serrure et donna un violent coup de pied dans le battant qui s'ouvrit et alla cogner le mur intérieur avec un grand bruit. Debout sur le seuil, le souffle court, Pendergast rassembla ses forces et pénétra dans la chambre de son frère.

La pièce était plongée dans une obscurité totale, le chambranle de la porte découpant un rectangle noir dans le rose des murs du couloir.

Pendergast mit de côté le burin et le maillet et une puissante torche électrique surgit dans sa main. Il alluma la lampe et dirigea le faisceau dans l'obscurité, mais le noir avala aussitôt jusqu'à la plus petite parcelle de lumière.

Pendergast voulut s'avancer, mais ses jambes refusaient de bouger et il resta cloué sur le seuil pendant une éternité. La maison se mit à trembler, les murs commencèrent à s'évaporer comme s'ils étaient faits de brume et il comprit qu'il était à nouveau en train de perdre son palais de mémoire. S'il échouait cette fois, jamais plus il ne pourrait recommencer.

Au prix d'un effort de volonté presque surhumain, Pendergast s'obligea à franchir le seuil de la chambre.

Il s'arrêta aussitôt, épuisé, s'efforçant de percer les ténèbres à l'aide de sa lampe. Au lieu de la pièce qu'il s'attendait à trouver, il découvrit un petit escalier en colimaçon qui s'enfonçait profondément à même la roche.

À la vue des marches, un monstre noir qui sommeillait en lui depuis plus de trois décennies se réveilla. L'espace d'un instant, il se crut incapable de poursuivre son exploration et les murs tanguèrent sous ses yeux comme la flamme d'une bougie sous l'effet du vent.

Il se reprit. Il n'avait d'autre choix que d'avancer. La main crispée sur la torche, il entreprit la descente des marches glissantes, s'enfonçant de plus en plus profondément dans un marasme de regrets, de honte et d'angoisse.

50

Pendergast continua sa descente en sentant monter vers lui l'odeur des souterrains de la vieille maison, mélange d'humidité, de moisi, de fer rouillé et de mort. Au pied de l'escalier s'ouvrait un tunnel sombre. La Rochenoire était l'une des rares demeures de La Nouvelle-Orléans à posséder un sous-sol, creusé à grands frais et dans des conditions extrêmement difficiles par les moines qui avaient édifié le bâtiment d'origine. Des feuilles de plomb avaient été clouées sur les parois rocheuses d'une profonde suite de caves où les religieux faisaient vieillir vins et spiritueux.

Depuis, les ancêtres de Pendergast en avaient modifié l'usage. Il poursuivit son périple mental à travers le tunnel et déboucha sur un vaste espace au sol de terre battue surmonté d'une voûte. Les murs, couverts de salpêtre, étaient percés de petites cryptes de marbre sculpté de style victorien et edwardien, séparées par d'étroites allées de brique.

Pendergast comprit brusquement qu'il n'était pas seul en apercevant une ombre de petite taille qui s'adressa à lui avec la voix d'un enfant de sept ans.

— Tu es sûr de vouloir continuer ?

Choqué, Pendergast remarqua une autre silhouette un peu plus loin, celle d'un enfant plus grand et plus mince, aux cheveux d'un blond presque blanc. Glacé jusqu'à la moelle, il se reconnut à l'âge de neuf ans. D'une voix d'enfant, il s'entendit répondre :

— Tu n'as pas peur, tout de même ?

— Non. Bien sûr que non, répondit bravement son petit frère Diogène.

— Très bien.

Pendergast vit les deux silhouettes enfantines se diriger vers la nécropole, une bougie à la main. L'aîné ouvrait le chemin.

Un sentiment de peur monta en lui. Il n'avait gardé aucun souvenir de cette scène, mais il savait pourtant que quelque chose d'horrible allait se produire.

L'enfant aux cheveux blonds lisait à voix haute les inscriptions en latin gravées sur les pierres tombales. Si les frères se passionnaient l'un comme l'autre pour le latin, Diogène s'était toujours montré le plus brillant des deux, au point que son professeur le prenait pour un génie.

— Tiens ! Celle-ci est drôlement bizarre, fit le garçon blond. Regarde, Diogène.

L'enfant s'approcha et lut :

ERASMUS LONGCHAMPS PENDERGAST
1840 – 1932
De mortiis aut bene aut nihil

— Tu as reconnu ce vers ?

— Horace ? suggéra le plus petit. « Des morts… euh… dites du bien ou ne dites rien. »

La réponse de l'aîné tarda à venir.

— Bravo, petit frère, finit-il par dire sur un ton légèrement condescendant.

— Je me demande ce qu'il ne voulait pas qu'on dise sur lui après sa mort, reprit Diogène.

Ils passèrent à une crypte assez tarabiscotée, que meublait un sarcophage de style romain sur lequel reposaient les gisants en marbre d'un homme et d'une femme, les mains croisées sur la poitrine.

— « Louisa de Nemours Pendergast. *Nemo nisi mors* », lut l'aîné. Attends, ça doit vouloir dire : « Jusqu'à ce que la mort nous sépare. »

Mais le plus petit des deux s'intéressait déjà à une autre tombe devant laquelle il s'accroupit.

— « *Multa ferunt anni venientes commoda secum, Multa recedentes adimiunt.* »

Il leva les yeux vers son frère.

— Alors, Aloysius, qu'est-ce que ça veut dire ?

Après un moment de silence, l'aîné lui répondit, pas très sûr de lui :

— « Les années passées nous ont apporté le confort, celles qui s'estompent nous diminuent. »

Le petit Diogène accueillit la traduction par un ricanement.

— Ça ne veut rien dire.

— Bien sûr que si.

— Mais non. « Celles qui s'estompent nous diminuent » ? Ça n'a aucun sens. Moi, je crois que ça veut dire quelque chose comme : « Les années qui passent nous apportent le confort. En s'estompant, elles... » C'est quoi, *« adimiunt »* ?

— Je viens de te le dire. Ça signifie diminuer, répliqua le plus grand.

— « En s'estompant, elle le diminuent », conclut Diogène. Ça veut dire que, quand tu es jeune, les années apportent des bénéfices, mais qu'en vieillissant, elles te reprennent tout.

— Ta traduction ne veut rien dire non plus, rétorqua Aloysius, agacé.

Il s'enfonça dans la nécropole où s'alignaient d'autres cryptes avec leurs inscriptions. Parvenu tout au fond de la salle, il s'arrêta devant une porte de marbre protégée par une grille rouillée.

— Tu as vu celle-là ?

Diogène s'approcha à son tour et examina la porte à la lueur de sa bougie.

— Je ne vois pas d'inscription.

— Il n'y en a pas. Pourtant, c'est bien une crypte. Ça doit être une vraie porte.

Aloysius voulut tirer la grille, mais elle lui résista. Il tira à nouveau, poussa de toutes ses forces et finit par frapper sur les gonds à l'aide d'un morceau de marbre ramassé par terre.

— Peut-être qu'elle est vide.

— Peut-être que c'est la nôtre, suggéra le cadet, une lueur morbide dans le regard.

— Ça résonne !

Aloysius tira de plus belle sur la grille qui s'écarta soudain en grinçant.

Effrayés, les deux enfants ne faisaient plus un geste.

— Oh, ça *pue* ! s'écria Diogène en se bouchant le nez.

L'odeur parvint à Pendergast au plus profond de sa mémoire. Une puanteur indescriptible, pestilentielle, évoquant le relent âcre d'un foie pourri. La gorge serrée, il vit les murs de son palais de mémoire se dissoudre brièvement avant de reprendre leur apparence normale.

Le petit Aloysius éclaira la pièce mystérieuse. Il ne s'agissait pas d'une crypte cette fois, mais d'un vaste espace de rangement aménagé à l'extrémité des sous-sols. À la flamme vacillante de sa bougie, il découvrit d'étranges machines en bois pourvues d'accessoires en verre et en laiton.

— Qu'est-ce qu'il y a dedans ? demanda la voix de Diogène dans son dos.

— Tu n'as qu'à regarder.

Diogène passa la tête dans la pièce.

— Qu'est-ce que c'est ?

— Des machines, affirma son aîné d'un ton sans réplique.

— Tu as l'intention d'aller voir à l'intérieur ?

— Bien sûr, répondit Aloysius qui franchit le seuil sans hésiter. Tu ne viens pas ? questionna-t-il en se retournant.

— Ben... si.

Tapi dans l'ombre, Pendergast les vit pénétrer dans l'immense salle. Les plaques de plomb sur les murs étaient marbrées d'oxydation et l'espace était encombré, du sol au plafond, par un capharnaüm de boîtes ornées de visages grimaçants, de chapeaux, de cordes, de foulards mités, de chaînes rouillées et d'anneaux de cuivre, de miroirs, de capes et de baguettes magiques. Tout était recouvert d'une épaisse couche de poussière et des toiles d'araignées s'étiraient dans tous les sens. Une énorme pancarte peinturlurée de couleurs vives traînait dans un coin, tournée de côté. On y lisait en vieux caractères de fête foraine :

De retour des plus grandes salles
de spectacle européennes

L'illustre et très célèbre disciple de Mesmer
LE PROFESSEUR COMSTOCK PENDERGAST

Présente
son grand théâtre fantasmagorique
de magie, illusion et prestidigitation

Debout dans les coulisses de sa propre mémoire, Pendergast observait la scène en ayant le sentiment de vivre un cauchemar. Il vit les deux enfants explorer prudemment les lieux dans un premier temps, leurs bougies faisant danser sur les murs les ombres grotesques de cet étrange bric-à-brac.

— Tu sais ce que c'est ? demanda Aloysius.

— C'est quoi ?

— C'est tout le bazar de magicien de l'arrière-grand-oncle Comstock.

— C'est qui, l'arrière-grand-oncle Comstock ?

— L'un des plus grands magiciens de l'histoire. C'était le maître à penser de Houdini en personne.

En caressant une grande boîte, le jeune Aloysius découvrit un bouton qu'il tira à lui, dégageant un tiroir dans lequel était rangée une paire de menottes. Il voulut ouvrir le tiroir suivant, mais il résistait, et, lorsqu'il finit par céder avec un claquement sec, des souris s'en échappèrent.

Toujours suivi de son frère, Aloysius s'approcha d'une sorte de cercueil vertical sur le couvercle duquel avait été peinte la silhouette hurlante d'un personnage, le corps transpercé de nombreux trous sanglants. Il tira le couvercle qui s'ouvrit en grinçant et découvrit une forêt de pics tout rouillés.

— On dirait un instrument de torture, commenta Diogène.

— Il y a même du sang séché sur les pics.

Pris d'une curiosité malsaine, Diogène s'approcha aussitôt.

— Mais non, c'est de la peinture, fit-il, déçu.

— Tu es certain ?

— Je sais quand même reconnaître du sang séché.

Aloysius poursuivait déjà la visite.

— Regarde ! s'exclama-t-il en désignant une énorme boîte rouge et or posée dans un recoin sombre. Nettement plus grande que les autres, elle s'élevait jusqu'au plafond et constituait à elle seule une petite pièce. Son couvercle était orné d'un diable ricanant autour duquel flottaient curieusement une main, un doigt, un œil, comme autant de parties du corps dans un océan de sang. Au-dessus de la porte de l'étrange boîte figurait une inscription noir et or disposée en arc de cercle :

LA PORTE DE L'ENFER

— Si je montais un spectacle, dit Aloysius, je lui donnerais un nom beaucoup plus grandiose, du genre *Le Précipice infernal. La Porte de l'Enfer*, ça fait trop banal. En tout cas, c'est ton tour de passer le premier, Diogène.

— Et pourquoi ça ?

— Parce que c'est moi qui suis entré le premier tout à l'heure.

— Alors tu n'as qu'à recommencer.

— Non. J'ai pas envie.

D'un coup de coude, il poussa Diogène en avant.

— Arrête ! L'ouvre pas ! C'est peut-être dangereux, l'arrêta Diogène.

Sourd à ses récriminations, Aloysius entrouvrit la porte et un étroit couloir recouvert de velours noir leur apparut. Une échelle de cuivre disparaissait dans les hauteurs de la boîte à travers un trou percé dans un faux plafond.

— Je pourrais te dire que tu n'es pas chiche d'y aller, reprit Aloysius, mais je ne le ferai pas. Je ne suis pas du genre à jouer comme un gamin. Si tu veux y aller, vas-y.

— Pourquoi tu n'y vas pas, toi ?

— Je te le dis très franchement, ça me fait un peu peur.

Pendergast se sentit envahi par un sentiment de honte en constatant à quel point il s'était montré manipulateur.

— Tu as peur ? demanda Diogène.

— Oui, j'ai peur. Alors si tu veux vraiment savoir ce qu'il y a là-dedans, le seul moyen est d'y aller en premier. Je te promets de te suivre.

— Je n'ai pas envie.

— T'as peur ?

— Non.

Le ton hésitant de la voix enfantine de Diogène indiquait tout le contraire.

À sept ans, Diogène n'avait pas encore compris que la vérité est souvent le plus sûr moyen de mentir et son cœur se serra.

— Alors qu'est-ce que tu attends ?

— Je… j'ai pas envie.

Aloysius poussa un ricanement.

— Moi, je t'ai dit que j'avais peur. Si tu as peur, tu n'as qu'à le dire, on remonte et on n'y pense plus.

— Je n'ai pas peur ! C'est rien qu'un bête train fantôme.

Sous les yeux horrifiés de Pendergast, son double enfantin saisit Diogène par les épaules.

— Dans ce cas, vas-y !

— Ne me touche pas !

D'une main ferme, Aloysius poussa son frère à l'intérieur de l'étroit couloir de velours et s'y glissa à son tour, lui coupant toute retraite.

— Tu l'as dit toi-même, c'est rien qu'un bête train fantôme.

— Je veux pas rester ici !

Les deux frères étaient désormais coincés l'un contre l'autre dans la minuscule entrée de la curieuse boîte.

— Vas-y donc, courageux Diogène ! Je te suis.

Sans un mot, Diogène escalada à contrecœur l'échelle de cuivre, suivi par son frère.

La porte de la boîte se referma automatiquement derrière eux et Pendergast vit disparaître les deux petites silhouettes. Son cœur battait à tout rompre, prêt à exploser, et les murs de son palais de mémoire commençaient à tanguer.

Mais il était trop tard pour renoncer. Il savait déjà qu'un événement terrible était sur le point de se produire, mais le souvenir réprimé de cet instant fatidique n'avait pas encore refait surface et il lui fallait impérativement poursuivre l'expérience jusqu'au bout.

Il ouvrit mentalement la porte, grimpa à son tour à l'échelle et atteignit un espace aménagé dans le faux plafond de la boîte. Les deux enfants rampaient devant lui. Le premier, Diogène se retrouva face à un trou circulaire devant lequel il hésita.

— Allez, vas-y ! le poussa Aloysius.

Le petit garçon regarda son frère par-dessus son épaule, une lueur étrange dans le regard, puis il disparut dans le trou.

Le jeune Aloysius s'approcha à son tour de l'ouverture qu'il examina à la lueur de sa bougie, distinguant soudain des photographies collées le long des parois du petit couloir.

— Alors, tu viens ? l'appela une petite voix, anxieuse et mécontente. Tu avais promis de rester derrière moi.

Pendergast observait la scène en tremblant de tous ses membres.

— Oui, oui, j'arrive.

Aloysius passa la tête dans le trou, mais il n'alla pas plus loin.

— Hé ! T'es où ? fit une voix étouffée dans les ténèbres avant de s'exclamer : Mais qu'est-ce qui se passe ? Qu'est-ce que c'est que ça ?

Un cri strident déchira l'air, tranchant comme une lame de scalpel. À travers l'ouverture, Pendergast aperçut une lumière, puis il vit le sol s'affaisser sous le poids de Diogène qui disparut dans une fosse tout au bout du tunnel. Un grondement animal s'éleva des entrailles de la boîte, des images terrifiantes lui parvinrent de la fosse et l'ouverture se referma brusquement avec un bruit sec, l'empêchant de distinguer quoi que ce soit.

— Non ! fit la voix de Diogène dans les profondeurs du puits. *Noooooooooooon !!!*

Au même instant, Pendergast retrouva la mémoire. La scène lui revint dans toute sa violence, dans ses moindres détails, dans son horreur absolue.

L'événement le plus terrifiant de toute son existence.

Tandis que le souvenir de cet instant atroce s'imposait à lui avec une force insoupçonnée, Pendergast sentit son cerveau se vider, ébranlé sous le choc. La vieille maison se mit à trembler, puis elle explosa dans une pluie de débris, une rumeur assourdissante lui traversa la tête et son palais de mémoire disparut dans l'infini du vide, traversé par des milliers d'échardes aveuglantes. L'espace d'un instant, les cris de Diogène lui trouèrent les tympans, puis ils s'effacèrent à leur tour et le silence reprit ses droits.

51

Le micro de sa radio accroché au revers de sa veste, Gordon Imhof fit des yeux le tour de la table. Son QG de crise avait été installé dans la très spartiate salle de réunion du centre de surveillance de Herkmoor. En dépit des circonstances, la situation n'était pas aussi critique qu'il avait pu le craindre. Ses équipes avaient réagi avec une efficacité redoutable et tout avait fonctionné comme prévu : à peine l'Alerte rouge déclenchée, l'ensemble du centre pénitentiaire avait été bouclé sans que rien ni personne ne puisse entrer ou sortir. Le plan d'évasion des détenus était beaucoup trop improvisé pour réussir et ils avaient erré à travers les bâtiments comme des poulets sans tête. En moins de quarante minutes, ils étaient tous repris et ceux qui ne se trouvaient pas à l'infirmerie avaient été remis en cellule. Les bracelets électroniques confirmaient qu'aucun prisonnier n'avait réussi à s'échapper.

Dans l'administration pénitentiaire où sanctions et promotions dépendent de la capacité de réaction de chacun, rien de tel qu'une situation de crise pour se distinguer et Imhof n'avait nullement démérité, bien au contraire. Le bilan faisait état d'un gardien légèrement blessé et il n'y avait eu ni prise d'otage ni mort d'homme. Grâce à lui, la réputation de Herkmoor restait intacte.

Il leva les yeux sur la pendule et attendit que les aiguilles indiquent 7 h 30 précises. Coffey ne tarderait pas à pointer le bout de son nez. À vrai dire, ce fédéral prétentieux et son éternel faire-valoir commençaient à l'énerver sérieusement.

— Messieurs, je commencerai par vous dire à tous : bien joué.

Un murmure accompagné de bruits de chaises accueillit ce préambule prometteur.

— Herkmoor a été confronté aujourd'hui à un défi de grande ampleur. À 14 h 11, neuf détenus ont découpé le grillage de l'une des cours de promenade de l'unité C avant de se disperser. Un seul d'entre eux est parvenu à gagner le poste de garde de l'extrémité sud de l'unité B. Une enquête est actuellement en cours afin de déterminer les circonstances précises de cette tentative d'évasion. Il semble toutefois que les détenus de la cour 4 ne se trouvaient pas sous surveillance directe au moment de l'évasion, pour des raisons qui restent à établir.

Il s'arrêta et dévisagea longuement ses collaborateurs, les sourcils froncés.

— Il s'agit d'une grave défaillance sur laquelle je vous demanderai de vous expliquer.

Ses traits s'apaisèrent.

— Plus généralement, vos équipes ont su réagir avec toute la rapidité requise, conformément aux procédures établies. Les premières unités se trouvaient sur place dès 14 h 14 et l'Alerte rouge a aussitôt été déclenchée. Plus de cinquante gardiens ont participé à l'opération. À 15 h 01, en largement moins d'une heure, les fuyards étaient tous repris, l'Alerte rouge prenait fin et Herkmoor retrouvait son visage habituel.

Il marqua une nouvelle pause.

— Une fois de plus, je tiens à féliciter tous ceux qui ont participé à cette opération en précisant que la présente réunion est un simple debriefing, ainsi que l'exige le règlement en cas d'Alerte rouge. Je suggère de régler les derniers détails le plus brièvement possible afin que ceux qui ne sont plus en service puissent rentrer rapidement chez eux. N'hésitez pas à poser des questions, seule l'efficacité prime.

Imhof balaya l'assistance du regard avant de poursuivre :

— Je m'adresse en tout premier chef à James Rollo, responsable de l'unité C. Jim, pouvez-vous nous dire ce qui est arrivé au gardien Sidesky ? Tout n'est pas très clair.

Un gardien bedonnant se leva dans un bruit de clés, l'air pénétré de sa propre importance. Il ajusta sa ceinture, faisant tinter de plus belle sa quincaillerie.

— Je vous remercie, monsieur le directeur. Comme vous l'avez dit, l'Alerte rouge a été enclenchée à 14 h 14. Les premiers à réagir ont été les hommes du poste de garde 7. Quatre d'entre eux ont aussitôt quitté le poste qu'ils ont laissé sous la responsabilité du gardien Sidesky. Il semble que l'un des évadés ait réussi à maîtriser le gardien Sidesky et à l'endormir avant de l'abandonner dans les toilettes voisines. Sidesky est encore sous l'effet du produit qui lui a été injecté, mais nous recueillerons sa déposition dès qu'il aura complètement repris ses esprits.

— Très bien.

Un infirmier en uniforme se leva au même moment, visiblement mal à l'aise.

— Infirmier Kidder, monsieur le directeur, en charge de l'infirmerie de l'unité B.

— Oui, Kidder ? fit Imhof.

— Il semble y avoir eu une certaine confusion au sujet du gardien Sidesky. Au cours de la tentative d'évasion, on m'a amené un gardien blessé qui portait l'uniforme et le badge de Sidesky. L'homme en question a disparu depuis.

— C'est facile à expliquer, intervint Rollo. Sidesky n'avait ni son badge ni son uniforme quand on l'a retrouvé. Ils lui ont sûrement été pris par le prisonnier qui l'a assommé.

— Ça me paraît logique, acquiesça Imhof avant d'ajouter d'une voix hésitante : il y a tout de même un petit problème. Les prisonniers étaient tous en tenue carcérale réglementaire quand on les a repris. Aucun ne portait un uniforme de gardien.

Rollo gratta son double menton.

— Le détenu qui a pris l'uniforme de Sidesky n'a pas dû avoir le temps de l'enfiler.

— C'est sûrement ça, approuva Imhof. Monsieur Rollo, je vous demanderai de bien vouloir noter dans votre rapport que l'uniforme et le badge de Sidesky ont disparu. Il est probable qu'on les retrouvera dans une poubelle ou dans un recoin. Il ne faudrait pas qu'un détenu tombe dessus.

— Bien, monsieur le directeur.

— Le mystère est éclairci. Poursuivez, monsieur Rollo.

— Excusez-moi, insista Kidder, mais je ne suis pas certain que le mystère soit vraiment éclairci. L'homme qui se faisait passer pour Sidesky a quitté l'infirmerie pendant que j'étais parti soigner les évadés. Il avait plusieurs côtes cassées, diverses contusions, une lacération faciale, une...

— Épargnez-nous le diagnostic complet, Kidder.

— Bien, monsieur le directeur. Ce que je veux dire, c'est qu'il n'était pas en état de s'en aller. Quand je suis revenu, Sidesky... en tout cas l'homme qui se faisait passer pour Sidesky avait disparu et j'ai retrouvé dans son lit le cadavre du détenu Carlos Lacarra.

— Lacarra ? s'étonna Imhof en fronçant les sourcils.

— Oui. Quelqu'un avait déplacé le corps et l'avait mis dans le lit de Sidesky.

— Vous pensez qu'il peut s'agir d'une plaisanterie ?

— Je ne sais pas, monsieur le directeur. Je me demandais si... enfin, si ça pouvait avoir un rapport avec la tentative d'évasion.

Un silence accueillit sa déclaration.

— Si c'est le cas, reprit Imhof, nous avons affaire à un plan nettement plus sophistiqué que ce que nous pensions. Le plus important n'en reste pas moins que tous les détenus ont été retrouvés. Nous les interrogerons au cours des jours à venir afin de comprendre exactement ce qui s'est passé.

— Il y a autre chose qui me tracasse, reprit Kidder. Pendant la tentative d'évasion, un fourgon mortuaire est venu chercher le cadavre de Lacarra. Il a attendu devant l'entrée jusqu'à ce que l'Alerte rouge soit levée.

— Et alors ?

— Quand l'alerte a été levée, le fourgon a chargé le corps. Le médecin-chef a supervisé lui-même l'opération et il a signé lui-même tous les documents.

— Je ne vois pas où est le problème.

— Le problème, monsieur le directeur, c'est que le fourgon était reparti depuis un quart d'heure quand j'ai retrouvé le corps de Lacarra dans le lit de Sidesky.

Imhof leva les sourcils.

— Dans la panique, ils se seront trompés de corps. Ça peut arriver. Ne vous faites pas trop de mauvais sang, Kidder. Vous n'aurez qu'à appeler l'hôpital pour régler ça avec eux.

— Je l'ai fait, monsieur le directeur. Quand je les ai appelés, ils m'ont dit que la demande d'évacuation du corps avait été annulée peu après notre coup de téléphone initial. Ils prétendent n'avoir jamais envoyé de fourgon mortuaire.

Imhof émit un petit ricanement.

— C'est toujours la même chose avec ces abrutis. Des crétins de fonctionnaires infoutus de retrouver leur trou du cul sans GPS. Passez-leur un coup de fil demain matin, dites-leur qu'ils ont pris le mauvais macchabée et conseillez-leur de le retrouver le plus vite possible.

Imhof secoua la tête d'un air dégoûté.

— C'est bien ça le problème, monsieur le directeur. Il n'y avait pas d'autre cadavre à Herkmoor et je n'arrive pas à comprendre quel corps ils ont pu emporter.

— Vous ne m'avez pas dit que le médecin-chef avait signé les papiers ?

— Si. Il est rentré chez lui une fois son service terminé.

— On lui posera la question demain. On va bien trouver une explication à toute cette histoire. Quoi qu'il en soit, tout ça nous éloigne de notre tentative d'évasion. Reprenons, messieurs.

Kidder, la mine dubitative, jugea préférable de ne pas insister.

— Bien. Je voudrais maintenant savoir pour quelle raison la cour 4 a pu rester sans surveillance au moment de l'évasion. Le plan de service montre que les gardiens Fecteau et Doyle auraient dû se trouver là. Fecteau, j'attends vos explications.

Tout au bout de la table, un Fecteau particulièrement piteux s'éclaircit la gorge avant de prendre la parole.

— Oui, monsieur le directeur. Le gardien Doyle et moi-même étions de service…

— Les neuf détenus ont-ils été conduits à l'heure dans la cour 4 ?

— Oui, monsieur le directeur. Ils sont arrivés à quatorze heures précises.

— Où vous trouviez-vous ?

— À notre poste, comme prévu.

— Que s'est-il passé ?

— Eh bien, peut-être cinq minutes plus tard, on a reçu un appel de l'inspecteur-chef Coffey.

— Coffey vous a appelés ?!!

Imhof n'en croyait pas ses oreilles.

— Racontez-nous ce qui s'est passé, Fecteau.

— Eh ben, il a demandé à nous voir tout de suite. On a eu beau lui dire qu'on était de service dans la cour, il a rien voulu savoir.

Imhof sentait la moutarde lui monter au nez. Coffey avait oublié de lui raconter tout ça.

— Quelles ont été les paroles exactes de l'inspecteur Coffey ?

Fecteau, hésitant, piqua un fard.

— C'est-à-dire, monsieur le directeur, il nous a dit quelque chose du genre : « Si vous êtes pas là dans la minute, je vous fais muter dans le Dakota du Nord. » C'était à peu près ça, monsieur le directeur. J'ai voulu lui expliquer qu'il y avait personne d'autre de garde, mais il a rien voulu entendre.

— Il vous a menacés ?

— Ben... c'est-à-dire que oui, monsieur le directeur.

— De sorte que vous avez laissé les détenus sans surveillance dans la cour, sans en référer à votre responsable ou à moi-même, c'est bien ça ?

— Je suis désolé, monsieur le directeur. J'étais persuadé qu'il agissait avec votre autorisation.

— Mais enfin, Fecteau ! À quoi pensiez-vous ? Vous vous imaginiez peut-être que j'étais d'accord pour laisser un groupe de détenus sans surveillance pendant la promenade ?

— Je suis désolé, monsieur le directeur. J'ai pensé que... que c'était à cause du détenu spécial.

— Un détenu spécial ? Quel détenu spécial ?

— Eh ben..., bafouilla Fecteau. Vous savez, le détenu spécial qui était censé faire sa promenade dans la cour 4.

— Le détenu en question ne pouvait pas se trouver dans la cour 4, il n'a jamais quitté sa cellule.

— Euh, non... c'est-à-dire que si, monsieur le directeur. On l'a bien vu dans la cour 4.

Imhof inspira longuement. L'affaire était nettement plus compliquée qu'il l'avait cru.

— Vous vous trompez, Fecteau. Le détenu en question n'a pas quitté sa cellule de toute la journée, personne ne l'a jamais conduit à la promenade. Je m'en suis assuré personnellement pendant l'alerte. Le relevé des bracelets électroniques indique qu'il n'a quitté le quartier d'isolement à aucun moment.

— Peut-être, monsieur le directeur, mais je me souviens très bien avoir vu le détenu spécial dans la cour.

Fecteau lança un regard désespéré en direction de Doyle. Son collègue se montrait tout aussi perplexe.

— Doyle ? l'apostropha sèchement Imhof.

— Oui, monsieur le directeur ?

— Au lieu de me donner du « monsieur le directeur » long comme le bras, dites-moi plutôt si vous avez vu le détenu spécial dans la cour 4 aujourd'hui.

— Oui, monsieur le directeur. Enfin, je crois m'en souvenir, monsieur le directeur.

Dans l'épais silence qui suivit, Imhof se tourna lentement vers Rollo, mais ce dernier donnait déjà des ordres à voix basse dans sa radio. La communication terminée, il releva la tête.

— Le système de contrôle électronique indique que le détenu se trouve bien dans sa cellule et qu'il ne l'a jamais quittée.

— Envoyez tout de même quelqu'un vérifier, par mesure de précaution.

Imhof était furieux contre Coffey. Et d'abord, où était-il ? Tout ça était de sa faute.

Comme par un fait exprès, la porte de la pièce s'ouvrit et Coffey fit son entrée, suivi de Rabiner.

— Il était temps, grinça Imhof.

— Il était temps, en effet, rétorqua sèchement Coffey en traversant la pièce à grandes enjambées. J'avais laissé des instructions précises pour que le détenu de la cellule 44 fasse sa promenade dans la cour 4, et j'apprends qu'il n'en a rien été. Imhof, vous apprendrez que quand je donne des ordres, c'est pour qu'on...

Imhof, hors de lui, ne le laissa pas achever sa phrase. Il n'avait pas l'intention de se laisser traiter de la sorte par ce connard suffisant, surtout en présence de ses hommes.

— Inspecteur, dit-il d'une voix glaciale. Au cas où vous ne le sauriez pas, une tentative d'évasion a eu lieu aujourd'hui.

— Je ne vois pas en quoi ça...

— Nous sommes en plein débriefing suite à cet incident et je vous demanderai de ne pas nous interrompre. Asseyez-vous et attendez qu'on vous donne la parole.

Le visage de Coffey devint cramoisi.

— Je n'ai pas vraiment l'habitude qu'on me parle sur ce ton.

— Pour la dernière fois, je vous demande de vous asseoir. Si vous vous entêtez à vouloir m'interrompre, je demande à mes hommes de vous faire sortir.

Un silence de mort enveloppa la salle de réunion.

Grimaçant de fureur, Coffey se tourna vers Rabiner.

— Je ne sais pas si vous êtes de mon avis, mais cette réunion se déroulera sans nous. Vous entendrez parler de moi, ajouta-t-il à l'adresse d'Imhof.

— Et moi je peux vous dire que vous n'allez nulle part. Deux de mes gardiens m'affirment que vous leur avez donné des ordres en les menaçant de les faire muter s'ils refusaient de vous obéir, en dépit du fait que vous n'avez *aucune* autorité sur eux. À cause de vous, des détenus restés sans surveillance ont tenté de s'évader. Je vous tiens donc pour personnellement responsable de cette tentative d'évasion. J'insiste pour que cela figure au procès-verbal de cette réunion.

L'atmosphère était électrique. Coffey posa les yeux sur le magnétophone installé sur la table. Ses traits s'adoucirent, comme s'il prenait brusquement conscience de la gravité de l'accusation portée contre lui, et il se laissa tomber sur une chaise en avalant sa salive.

— Je suis persuadé que nous allons pouvoir éclaircir ce... euh, malentendu, monsieur Imhof. Inutile de porter de telles accusations.

Il achevait sa phrase lorsque la radio de Rollo émit un bip. Sous les yeux de l'assistance silencieuse, le responsable de la sécurité porta l'appareil à son oreille, écouta son correspondant, et son visage se décomposa.

52

Glinn observait la forme allongée de l'inspecteur Pendergast sur le divan de cuir bordeaux. Les mains sur la poitrine et les chevilles croisées, il n'avait pas bougé depuis près de vingt minutes. Son teint d'une pâleur extrême comme la finesse de ses traits accentuaient son apparence cadavérique. Seules quelques perles de sueur sur son front et un léger tremblement des mains indiquaient qu'il était en vie.

Son corps fut brusquement secoué d'un spasme, puis il s'immobilisa à nouveau. Les paupières s'ouvrirent très lentement sur des yeux curieusement injectés de sang, les pupilles semblaient de minuscules points noirs au milieu des iris d'un bleu argenté.

Glinn approcha son fauteuil roulant et se pencha vers l'inspecteur. Quelque chose avait dû se produire, l'expérience venait brutalement de prendre fin.

— Restez. Vous seul, murmura Pendergast d'une voix rauque. Demandez au lieutenant D'Agosta et au docteur Krasner de sortir.

Les deux hommes obtempérèrent et Glinn referma la porte à clé derrière eux.

— C'est fait.

— La suite se déroulera sous la forme… d'un interrogatoire. Posez-moi des questions, j'y répondrai. C'est la seule façon…

Pendergast s'interrompit, manifestement sous le coup d'une grande émotion.

— Je suis parfaitement incapable de vous raconter spontanément ce à quoi je viens d'assister, murmura-t-il au terme d'un silence interminable.

— Compris.
Glinn prit le temps de se concentrer avant de poursuivre.
— Il s'est donc bien passé quelque chose.
— Oui.
— Avec votre frère Diogène.
— Oui.
— Un événement important.
— Oui, répondit Pendergast après une courte pause.
Glinn jeta un coup d'œil rapide au plafond dans lequel étaient dissimulés une minuscule caméra et un micro extrêmement sensible. Il glissa la main dans sa poche et désactiva l'enregistrement en appuyant sur une petite télécommande. Son instinct lui disait que la suite devrait rester entre eux.
Il avança légèrement sa chaise roulante.
— Vous étiez là.
— Oui.
— Vous et votre frère. Personne d'autre.
— Personne d'autre.
— Quelle était la date ?
Un nouveau temps de silence.
— La date importe peu.
— C'est à moi d'en juger.
— C'était au printemps. La bougainvillée était en fleurs. C'est tout ce que je puis vous dire.
— Quel âge aviez-vous ?
— Neuf ans.
— Votre frère avait donc sept ans. C'est bien exact ?
— Oui.
— Le lieu ?
— La maison de la Rochenoire, notre demeure familiale de Dauphine Street à La Nouvelle-Orléans.
— Que faisiez-vous ?
— Nous explorions.
— Poursuivez.
Pendergast garda le silence et Glinn se souvint de ses paroles : *Posez-moi des questions, j'y répondrai.*
Il s'éclaircit la voix.
— Exploriez-vous souvent la maison ?

— C'était une demeure très vaste, pleine de recoins secrets.

— Depuis quand appartenait-elle à votre famille ?

— Il s'agissait à l'origine d'un monastère, mais l'un de mes ancêtres en a fait l'acquisition dans les années 1750.

— De quel ancêtre s'agissait-il ?

— Augustus Robespierre Pendergast. Il a consacré plusieurs décennies au réaménagement de la maison.

Glinn avait eu le temps de se familiariser avec le passé familial de Pendergast, mais il préférait le laisser parler afin de le mettre en confiance avant de passer à la suite.

— Quelle partie de la maison exploriez-vous ce jour-là ?

— Les souterrains.

— Recelaient-ils des secrets ?

— Mes parents ne savaient pas que nous avions réussi à nous y introduire.

— Vous aviez donc trouvé le moyen d'y accéder.

— Diogène avait trouvé le moyen.

— Et il vous en avait parlé.

— Non. Je… je l'ai suivi un jour.

— À la suite de quoi il vous en a parlé.

Un silence.

— Je l'y ai contraint.

Glinn préféra ne pas insister en constatant que le front de Pendergast était couvert de sueur.

— Décrivez-moi les souterrains.

— On y accédait par un faux mur dissimulé dans le sous-sol.

— Il fallait ensuite descendre des marches ?

— Oui.

— Qu'y avait-il au bas des marches ?

Nouveau silence.

— Une nécropole, finit par murmurer l'inspecteur.

Glinn tenta tant bien que mal de dissimuler son étonnement.

— Vous avez décidé d'explorer cette nécropole ?

— Oui. Nous déchiffrions les inscriptions sur les pierres tombales de nos ancêtres. C'est ainsi que… que tout a commencé.

— Qu'avez-vous trouvé ?

— L'entrée d'une chambre secrète.

— Qu'y avait-il à l'intérieur ?

— Le matériel de magie de l'un de mes ancêtres, Comstock Pendergast.

Glinn hésita un instant.

— Comstock Pendergast, le magicien ?

— Oui.

— Il avait donc remisé son matériel dans les souterrains ?

— Non. C'est là qu'il avait été caché par ma famille.

— Pourquoi l'avaient-ils caché ?

— Parce qu'une partie de son matériel était dangereuse.

— Vous ne le saviez pas, en partant en exploration.

— Non. Pas au départ.

— Au départ ?

— Certains appareils étaient étranges. On aurait dit des engins de torture. Nous étions jeunes, nous ne comprenions pas…

Pendergast laissa sa phrase en suspens.

— Que s'est-il passé ensuite ? demanda Glinn d'une voix douce.

— Tout au fond, nous avons trouvé une énorme boîte.

— Décrivez-la-moi.

— Une boîte de dimensions impressionnantes, presqu'une petite pièce à elle seule, mais portative. Peinte en rouge et or, dans des tons criards. Avec le visage d'un diable sur un côté. Quelques mots tracés au-dessus du visage.

— Lesquels ?

— La Porte de l'Enfer.

Pendergast s'était mis à trembler et Glinn laissa passer quelques instants avant de poursuivre son interrogatoire.

— Pouvait-on entrer dans cette boîte ?

— Oui.

— Et vous êtes entrés.

— Oui. Non.

— Vous voulez dire que Diogène y a pénétré le premier ?

— Oui.

— De son plein gré ?

Pendergast mit très longtemps avant de répondre.

— Non.

— Vous l'avez poussé à entrer.

— Oui, et je l'ai aussi…

Pendergast s'arrêta à nouveau.
— Vous avez fait usage de la force?
— Oui.
Glinn veillait à rester absolument immobile. Il ne s'agissait pas que le moindre grincement de sa chaise roulante vienne rompre le charme.
— Pour quelle raison?
— Il s'était montré ironique, comme à son habitude. Je lui en voulais. Je souhaitais qu'il passe le premier... au cas où il y aurait eu quelque chose susceptible de lui faire peur.
— Diogène s'est donc glissé à l'intérieur de la boîte. Et vous l'avez suivi.
— Oui.
— Qu'avez-vous trouvé?
Les lèvres de Pendergast s'agitèrent, mais aucun son n'en sortit pendant un long moment.
— Une échelle menant à un conduit tout en haut de la boîte.
— Décrivez-le-moi.
— Un conduit sombre, étouffant, tapissé de photographies.
— Continuez.
— Au fond du conduit, il y avait une ouverture permettant d'accéder à une autre pièce. Diogène s'y est introduit le premier.
Sans quitter Pendergast des yeux, Glinn demanda après une hésitation:
— Vous l'avez forcé?
— Oui.
— Et vous l'avez suivi.
— Je... j'allais le suivre.
— Qu'est-ce qui vous en a empêché?
Un tic violent contracta les traits de Pendergast, mais il ne répondit pas.
— *Qu'est-ce qui vous en a empêché?* insista Glinn.
— Le spectacle s'est mis en route. À l'intérieur de la boîte, là où se trouvait Diogène.
— Un spectacle mis au point par Comstock?
— Oui.
— Quel genre de spectacle?

Nouveau tic.

— Un spectacle destiné à faire mourir de peur.

Glinn se recula légèrement sur sa chaise. Dans le cadre de ses recherches, il s'était intéressé aux ancêtres de Pendergast et Comstock était l'un des plus pittoresques. L'arrière-grand-oncle de l'inspecteur avait été magicien, mesmériste et illusionniste dans sa jeunesse. Il s'était ensuite renfermé sur lui-même au point de devenir misanthrope avant de finir ses jours dans un asile, à l'instar d'un grand nombre de Pendergast.

Voilà donc où sa folie avait conduit Comstock.

— Racontez-moi le début.

— Je ne sais pas. Le sol s'est effondré sous Diogène et il est tombé dans une pièce.

— Dans les entrailles de la boîte ?

— Oui, au niveau du sol. C'est là que le… *spectacle* a commencé.

— Décrivez-le-moi.

Pour toute réponse, Pendergast se mit à geindre. Un gémissement exprimant une telle angoisse et une telle souffrance que Glinn en resta sans voix.

— Décrivez-le-moi, répéta-t-il, une fois remis de son émotion.

— Je n'ai pas vraiment vu. J'ai juste entraperçu. À ce moment-là… ils se sont refermés sur moi.

— Ils ?

— Des mécanismes actionnés par des ressorts cachés. Le premier s'est refermé derrière moi, m'empêchant de m'enfuir, tandis qu'un autre enfermait Diogène dans la chambre.

Pendergast se tut à nouveau. L'oreiller sur lequel reposait sa tête était trempé de sueur.

— Vous avez pourtant eu le temps d'apercevoir brièvement le spectacle auquel assistait Diogène.

Pendergast resta longtemps immobile, puis il inclina la tête avec une infinie lenteur.

— Très brièvement. Mais j'ai *tout* entendu.

— De quoi s'agissait-il ?

— C'était une lanterne magique, murmura Pendergast. Un spectacle fantasmagorique fonctionnant à l'aide d'une cellule voltaïque. C'était… l'une des spécialités de Comstock.

Glinn acquiesça. Les lanternes magiques permettaient de projeter des images dessinées sur des plaques de verre. Montées sur un appareil circulaire, accompagnées de mélodies sinistres et de commentaires inquiétants, elles étaient les ancêtres du film d'horreur à la fin du XIXe siècle.

— Qu'avez-vous vu ?

L'inspecteur jaillit brusquement du divan et commença à faire les cent pas à travers la pièce en serrant et desserrant fiévreusement les poings. Enfin, il se tourna vers Glinn.

— Je vous en supplie, *ne me demandez pas ça.*

Il se reprit au prix d'un violent effort et recommença à tourner comme un lion en cage.

— Continuez, je vous prie, insista Glinn d'une voix neutre.

— Diogène s'est mis à pousser des cris et des hurlements dans la chambre intérieure. Il criait et criait sans s'arrêter. Il a voulu s'échapper en s'agrippant aux murs qui l'entouraient, j'ai entendu le crissement de ses ongles. Puis il y a eu un grand silence… C'est alors que, je ne pourrais pas vous dire exactement quand, a retenti le coup de feu.

— Un coup de feu ?

— Comstock Pendergast avait installé dans sa… chambre d'horreur un petit derringer à un coup. Il laissait ainsi le choix à sa victime : sombrer dans la folie et mourir de peur, ou bien alors se tuer.

— C'est la solution qu'a choisie Diogène.

— Oui. Mais la balle ne l'a pas… ne l'a pas tué. Elle l'a seulement blessé en l'atteignant au cerveau.

— Comment ont réagi vos parents ?

— Ils n'ont rien dit dans un premier temps. Par la suite, ils ont prétendu que Diogène avait eu la scarlatine. Ils ont souhaité garder la chose secrète, par peur du scandale. Ils m'ont dit que la fièvre avait altéré la vision, le goût et l'odorat chez mon frère. Qu'elle lui avait fait perdre un œil. Je comprends mieux, à présent.

Glinn, horrifié par ce qu'il venait d'entendre, éprouva curieusement le besoin de se laver les mains. Il essayait de chasser la pensée terrifiante que l'on ait pu pousser un enfant de sept ans à vouloir se donner la mort.

— L'endroit où vous étiez vous-même emprisonné, reprit-il. Ces photographies dont vous m'avez parlé, que représentaient-elles ?

— Des photographies et des dessins de crimes horribles. Sans doute une façon de préparer la victime à… à l'horreur qui l'attendait.

Un silence douloureux envahit la pièce.

— Combien de temps êtes-vous restés là avant que l'on se porte à votre secours ? demanda Glinn.

— Je ne sais pas. Des heures, peut-être une journée.

— Et vous vous êtes réveillé de ce cauchemar en pensant que Diogène était tombé malade. Cela expliquait son absence à vos yeux.

— Oui.

— Vous n'aviez pas idée de la vérité.

— Non, pas la moindre.

— Diogène n'aura donc jamais compris que vous aviez enfoui le souvenir de ce drame dans votre subconscient.

Pendergast s'arrêta net.

— Vous avez raison, il ne l'a sans doute jamais compris.

— De sorte que vous ne vous êtes jamais excusé auprès de votre frère, que vous n'avez jamais cherché à faire amende honorable. Vous ne lui en avez même pas parlé puisque vous aviez oblitéré de votre mémoire cette journée terrible.

Pendergast détourna le regard.

— Votre silence signifiait tout autre chose pour Diogène. Un refus obstiné de reconnaître votre erreur, de demander pardon. Ce qui expliquerait…

Glinn se tut. Lentement, il recula sa chaise roulante. Il lui faudrait attendre que le logiciel informatique ait complété l'analyse des données pour comprendre pleinement Diogène, mais il en savait suffisamment pour deviner ce qui avait pu se passer. Diogène était de naissance un personnage à la fois brillant et tourmenté, comme beaucoup de ses ancêtres. Sans ce drame, qui sait comment il aurait pu tourner ? Mais il était sorti de la Porte de l'Enfer mutilé physiquement et psychiquement. Tout devenait limpide : Pendergast et son penchant anormal pour les affaires criminelles les plus sordides, marqué à vie par les terribles images de meurtres entrevues dans le réduit ; Diogène se prenant à haïr ce frère qui s'obstinait à taire un drame dont il était responsable… Tout s'enchaînait. Glinn comprenait à présent pourquoi Pendergast avait réprimé un tel souvenir. Ce n'était pas uniquement à cause de la nature du drame, mais *parce que le sentiment de culpabilité qui le rongeait aurait pu le conduire à la folie.*

Glinn s'aperçut brusquement que Pendergast l'observait avec la raideur d'une statue, le teint gris.

— Monsieur Glinn, dit-il.

Glinn haussa les sourcils d'un air interrogateur.

— Je ne pourrai rien ajouter de plus. J'en suis incapable.

— Compris.

— Je vous demanderai de bien vouloir me laisser seul quelques instants, sans aucune interruption. Après cela, nous pourrons… passer à l'action.

Glinn acquiesça après un court moment de silence. Il pivota sur lui-même avec sa chaise roulante, ouvrit la porte et sortit du bureau sans un mot.

53

Toute sirène hurlante, Laura Hayward rejoignit Greenwich Village en moins de vingt minutes. En chemin, elle avait tenté de joindre D'Agosta sur les différents numéros qu'il lui avait donnés, sans succès. Elle avait également tenté en vain de se procurer le numéro d'Effective Engineering Solutions : l'entreprise EES était bien enregistrée à Manhattan, conformément à la loi, mais sans indication de numéro de téléphone et Hayward ne disposait que d'une simple adresse sur la 12e Rue Ouest.

Elle quitta le West Side Highway à hauteur de West Street et s'engagea dans une ruelle étroite bordée de vieux immeubles en brique. La sirène éteinte, la jeune femme roulait au pas en regardant les numéros. La 12e Rue Ouest, au cœur de l'ancien quartier des abattoirs, ne couvrait qu'un seul pâté de maisons. Comme l'immeuble d'EES ne portait pas de plaque, elle dut se fier aux numéros des bâtiments voisins et découvrit avec un certain étonnement une vieille bâtisse d'une dizaine d'étages affichant encore le nom d'un abattoir en lettres délavées. Si ce n'était les fenêtres neuves des étages supérieurs et les portes blindées installées le long de la plate-forme de chargement, rien ne trahissait la présence d'une firme en activité. Hayward se gara en double file, bloquant la rue, et se dirigea en courant vers l'entrée.

Apercevant une petite porte équipée d'une simple sonnette, elle appuya nerveusement sur le bouton et attendit, bouillant d'impatience.

Une voix féminine lui répondit presque aussitôt.

— Oui ?

Elle exhiba son badge, certaine d'être filmée par une caméra.

— Capitaine Laura Hayward, brigade criminelle. Laissez-moi entrer.

— Vous avez un mandat ? lui répondit aimablement la voix.

— Non, je cherche à voir d'urgence le lieutenant Vincent D'Agosta. C'est une question de vie ou de mort.

— Nous n'avons aucun employé du nom de D'Agosta, répliqua la voix sur le même ton courtois et factuel.

Hayward prit sa respiration.

— J'ai un message pour Eli Glinn. Je vous donne trente secondes pour m'ouvrir, sinon je fais surveiller l'immeuble par le NYPD et nous photographions toutes les allées et venues en attendant d'obtenir un mandat de perquisition au prétexte qu'on nous a signalé l'existence chez vous d'un laboratoire de méthadone clandestin. C'est compris ? Le compte à rebours a commencé.

Quinze secondes plus tard, Hayward entendit un léger clic et la porte s'écarta silencieusement.

Elle pénétra dans un couloir sombre qui conduisait à une porte en inox. Le battant s'ouvrit et elle fut accueillie par un personnage tout en muscles vêtu d'un jogging aux armes du Harvey Mudd College[1].

— Par ici, dit-il en lui faisant signe de le suivre.

Ils traversèrent une grande salle, prirent un ascenseur et empruntèrent une suite de couloirs blancs jusqu'à une porte de bois verni s'ouvrant sur une élégante salle de réunion.

Vincent D'Agosta l'attendait, debout au fond de la pièce.

— Salut, Laura.

Hayward se trouva prise de court. Elle avait eu tant de mal à lui mettre la main dessus qu'elle n'avait pas réfléchi à ce qu'elle lui dirait en le voyant. De son côté, D'Agosta ne se montrait guère bavard.

— J'ai besoin de ton aide, Vincent, finit-elle par dire.

D'Agosta ne réagit pas immédiatement.

— Mon aide ? s'étonna-t-il.

---

1. Cette université privée californienne est extrêmement cotée pour la qualité de son enseignement scientifique et technique, très ouvert sur les sciences humaines. *(N.d.T.)*

— La dernière fois qu'on s'est vus, tu m'as dit que Diogène préparait une opération de grande ampleur.

D'Agosta ne disait toujours rien et Hayward se sentit rougir. Jamais elle n'avait imaginé que cette rencontre serait aussi difficile.

— L'opération va avoir lieu ce soir, poursuivit-elle. Au Muséum, pendant l'inauguration.

— Comment le sais-tu ?

— Disons que c'est mon instinct.

D'Agosta hocha la tête.

— Je suis convaincue que Diogène travaille au Muséum sous une identité usurpée. Depuis le début de l'enquête, on est persuadé que le voleur des diamants a bénéficié de complicités à l'intérieur du musée. En fait, le complice, c'est lui-même.

— Ce n'est pas ce que Coffey, toi et tous les autres avez conclu quand…

Elle balaya l'argument d'un geste impatient.

— Tu m'as bien dit que Pendergast et Viola Maskelene étaient amoureux l'un de l'autre, et que Diogène l'avait enlevée précisément pour cette raison-là ?

— Oui, pourquoi ?

— Devine qui se trouve au premier rang ce soir à l'inauguration ?

Ce fut au tour de D'Agosta de rester bouche bée.

— Exactement. Lady Maskelene, engagée à la dernière minute comme experte en égyptologie, en remplacement d'un chercheur mort dans des circonstances pour le moins curieuses.

— Mon Dieu…

D'Agosta regarda sa montre.

— Il est sept heures et demie.

— La réception a déjà commencé. Il faut qu'on y aille, et *tout de suite* !

— Je…

D'Agosta hésita à nouveau.

— Je t'en prie, Vinnie, il n'y a pas une minute à perdre. Tu connais le musée mieux que moi. Tu sais aussi que jamais ma hiérarchie ne voudra rien faire sur de simples soupçons. Je suis seule sur ce coup-là et j'ai besoin de toi.

— Il nous faudrait quelqu'un d'autre, dit-il d'une petite voix.
— À qui penses-tu ?
— À Pendergast.
Hayward lui répondit par un rire amer.
— Super. Tu ne voudrais pas que j'envoie un hélicoptère le chercher à Herkmoor en leur demandant de nous le prêter pour la soirée, tant que tu y es ?
D'Agosta hésita une dernière fois.
— Il n'est pas à Herkmoor. Il est ici.
Hayward le regarda, les yeux écarquillés.
— Ici ? répéta-t-elle.
D'Agosta acquiesça.
— Tu l'as fait évader ?
Il hocha à nouveau la tête.
— Mais enfin, Vinnie, tu es complètement cinglé ! Tu n'es pas suffisamment dans la merde comme ça ?
Hayward se laissa machinalement tomber sur une chaise dont elle se releva aussitôt.
— Je n'arrive pas à le croire.
— Que comptes-tu faire maintenant que tu sais ? lui demanda D'Agosta.
La jeune femme le regardait, comme sonnée, comprenant soudainement l'énormité du choix qu'elle allait devoir assumer. Arrêter Pendergast et appeler du renfort avant de reprendre le chemin du musée, ou bien alors...
Mais avait-elle vraiment le choix ? Son âme de flic lui disait clairement où se situait son devoir et elle décrocha sa radio.
— Tu appelles du renfort ? lui demanda D'Agosta d'une voix sourde.
Elle fit oui de la tête.
— Laura, je t'en prie. Réfléchis bien à ce que tu vas faire.
Mais les quinze années passées au service du NYPD avaient déjà parlé pour elle. Elle porta la radio à sa bouche.
— Capitaine Hayward, pour la Criminelle.
La main de D'Agosta se posa doucement sur son épaule.
— Tu as *besoin* de lui.
— La Criminelle. Code 16. J'ai besoin de renfort pour un évadé...

Elle n'acheva pas sa phrase.

La voix de l'employé du Central s'éleva dans le silence.

— Votre position, capitaine.

Incapable de prononcer une parole, Hayward croisa le regard de D'Agosta.

— Capitaine ? Vous me recevez ? Votre position.

Le grésillement de la radio résonnait seul dans le silence dans la pièce.

— Je vous reçois, dit-elle d'une voix rauque.

— Votre position, capitaine.

Après un silence interminable, Hayward reprit sa radio.

— Annulez le Code 16. J'ai trouvé une solution. Terminé.

54

Hayward démarra, exécuta un demi-tour acrobatique et remonta la 12e Rue Ouest en sens interdit jusqu'à West Street où elle prit la direction du nord. Sirène allumée, elle slalomait entre les voitures qui freinaient en catastrophe pour la laisser passer. Avec un peu de chance, ils seraient au musée vers 20 h 20. Assis à côté d'elle, D'Agosta ne disait rien. Elle leva brièvement les yeux et vit dans le rétroviseur le visage tuméfié de Pendergast, la joue marbrée par une blessure récente. Il portait sur le visage une expression comme elle n'en avait jamais vu auparavant chez quiconque. Le regard d'un rescapé de l'enfer.

La jeune femme se concentra à nouveau sur sa conduite. Elle avait bien conscience d'avoir franchi le Rubicon, d'avoir trahi ce en quoi elle croyait depuis toujours, ce qui avait toujours fait d'elle un bon flic.

Paradoxalement, elle s'en fichait.

Un silence dérangeant régnait dans l'habitacle. Elle se serait attendu à ce que Pendergast la bombarde de questions, à ce qu'il la remercie de ne pas l'avoir dénoncé. Au lieu de ça, il restait là sans piper mot, les traits dévastés.

— Bon, dit-elle. Voilà où nous en sommes. L'inauguration de la nouvelle exposition du Muséum a lieu ce soir. Tout le monde est là, depuis les huiles du musée jusqu'au maire en passant par le gouverneur, des stars de l'écran et un panel de grands patrons. Ils y sont *tous*. J'ai voulu repousser l'inauguration, mais on m'en a empêchée, sous prétexte que je manquais d'éléments concrets. Je dois avouer que je n'en ai pas davantage aujourd'hui, seule mon intuition me dit que c'est pour ce soir et que votre frère Diogène se trouve derrière tout ça.

Elle regarda à nouveau Pendergast dans le rétroviseur, mais il restait sans réaction, totalement détaché, à des millions de kilomètres de là.

Elle fit une queue de poisson à un bus dans un long crissement de pneus et s'engagea à toute allure sur la bretelle du West Side Highway.

— Après le vol des diamants, Diogène s'est évanoui dans la nature. Il avait très probablement une identité de rechange, ce qui lui aura permis de reprendre le cours normal de son existence. À force de fouiner un peu partout avec ce journaliste du *Times*, Bill Smithback, nous sommes arrivés à la conclusion que Diogène travaille au Muséum, sans doute comme chercheur ou conservateur. J'y ai bien réfléchi : il avait besoin de complicités à l'intérieur du musée mais je le voyais mal s'embarrasser d'un complice. Et puis sa couverture lui aura permis de passer à travers les contrôles de l'exposition Images du Sacré et d'agresser Margo Green. Vinnie, tu m'as dit dès le départ que Diogène préparait un gros coup et tu avais raison. Je le répète, mon instinct me dit que c'est pour ce soir.

— Tu devrais peut-être dire deux mots à Pendergast de cette nouvelle exposition, répondit D'Agosta.

— Le Muséum a récemment annoncé la réouverture dans les sous-sols du musée d'une vieille sépulture égyptienne, le tombeau de Senef. Un comte français leur a donné une somme astronomique pour effectuer les travaux. Il s'agissait de faire diversion auprès du grand public après la destruction des diamants, et la réception d'inauguration a lieu ce soir.

— Son nom ? s'enquit Pendergast d'une voix à peine audible qui semblait sortir du fin fond d'un sépulcre.

Il s'agissait de ses premiers mots depuis que Hayward les avait rejoints.

— Je vous demande pardon ? dit-elle.

— Le nom du comte.

— Thierry de Cahors.

— Quelqu'un a-t-il rencontré le comte en question ?

— Je ne sais pas du tout.

Comme Pendergast se murait à nouveau dans le silence, elle poursuivit :

— Au cours des six dernières semaines, deux personnes associées à ce projet sont mortes. Apparemment, les deux affaires n'avaient pas de rapport entre elles. D'abord, c'est un informaticien travaillant dans la tombe qui a tué un collègue. Sur un coup de folie, il a assassiné son copain avant de mettre ses boyaux dans des vases sacrés et il s'est ensuite réfugié dans le grenier du musée où il a attaqué l'un des gardiens qui l'avaient découvert. La deuxième victime était un chercheur nommé Wicherly, un spécialiste en égyptologie venu d'Angleterre. Lui aussi est devenu fou et il a voulu étrangler Nora Kelly. Je crois que tu la connais, Vinnie.

— Comment va-t-elle ?

— Plutôt bien. C'est même elle qui s'occupe de la cérémonie d'inauguration ce soir. Wicherly s'en est moins bien tiré, il a été abattu par un gardien paniqué le jour de l'agression. Mais voilà où ça se complique : des examens ont montré que les deux agresseurs souffraient de lésions identiques au cerveau.

D'Agosta la regarda avec des yeux ronds.

— Quoi ?!!

— Tous les deux s'étaient rendus dans la tombe peu de temps avant de péter les plombs. On a passé les lieux au peigne fin sans rien découvrir de suspect et, comme je le disais il y a un instant, la thèse officielle est que les deux affaires ne sont pas reliées entre elles, mais je ne crois pas aux coïncidences. Diogène mijote quelque chose, j'en ai l'intime conviction. Surtout depuis que je l'ai vue ce soir à l'inauguration.

— Qui avez-vous vu ? demanda Pendergast.

— Viola Maskelene.

Pendergast eut un haut-le-corps.

— Avez-vous cherché à savoir pour quelle raison elle se trouvait là ce soir ? demanda-t-il d'une voix glacée.

Hayward donna un grand coup de volant afin d'éviter un camion poubelle.

— Elle a été engagée à la dernière minute pour remplacer Wicherly.

— Qui l'a engagée ?

— Le responsable du département d'anthropologie, Menzies. Hugo Menzies.

Pendergast sembla réfléchir un instant.

— Dites-moi, capitaine. Quel est le programme de cette réception ?

Il semblait enfin sortir de sa léthargie.

— Hors-d'œuvre et cocktails de sept à huit, inauguration de la tombe de huit à neuf, suivie d'un dîner à neuf heures et demie.

— Je suppose que l'inauguration dont vous parlez comprend une visite ?

— Une visite avec spectacle son et lumière, retransmise à la télévision.

— Un spectacle *son et lumière*, dites-vous ?

— Oui.

La voix de Pendergast, jusqu'alors impersonnelle, retrouva brusquement tout son tranchant.

— De grâce, capitaine, *dépêchez-vous* !

La jeune femme se glissa entre deux taxis qui refusaient obstinément de se laisser doubler, arrachant au passage un pare-chocs qu'elle vit voler en l'air dans son rétroviseur avant de retomber sur la chaussée dans une gerbe d'étincelles.

— J'ai loupé un chapitre ? demanda D'Agosta.

— Le capitaine Hayward a raison, lui expliqua Pendergast. Il s'agit à n'en pas douter du « crime suprême » dont se vantait Diogène.

— Vous êtes sûr ?

— Écoutez-moi bien, fit Pendergast, une hésitation dans la voix. Je ne reviendrai jamais sur l'épisode dont je vais vous parler. Il y a des années de cela, mon frère a été victime d'un grave traumatisme après s'être laissé piéger dans une machine infernale. Une sorte de « chambre de torture » conçue pour faire mourir de peur ou pousser au suicide celui qui aurait le malheur de s'y aventurer. Diogène, qui n'est autre que ce Menzies, a l'intention de faire subir un sort analogue aux participants de l'inauguration de ce soir, par des moyens que lui seul connaît. Eli Glinn nous l'a confirmé, Diogène se considère depuis toujours comme une victime. Il a donc décidé de reproduire à grande échelle sa terrible mésaventure. Quand on sait que cette inauguration est télévisée, vous comprendrez que l'expression grande échelle n'est en rien galvaudée. C'est là le but suprême qu'il s'était fixé, tout le reste n'était que mascarade.

Sur ces paroles, Pendergast s'enfonça dans son siège tandis que Hayward s'engageait sur la bretelle de la 79e Rue à une vitesse vertigineuse avant de poursuivre sa course folle en direction du Muséum. Tout avait l'air calme dans le quartier du musée que n'éclairait ni gyrophare, ni projecteur d'hélicoptère.

Peut-être est-il encore temps...

La jeune femme s'engagea sur Columbus Avenue, fit un crochet par la 77e Rue dans un long crissement de pneus et déboucha en trombe sur Museum Drive où elle freina brutalement en apercevant la cohue des voitures officielles et des taxis qui stationnaient devant l'entrée du bâtiment. Hayward stoppa la voiture à quelques mètres de la foule rassemblée devant les marches et bondit de son siège en exhibant son badge, précédée par D'Agosta.

— Capitaine Hayward, NYPD ! s'écria-t-elle. Laissez-nous passer !

Les badauds s'écartèrent, D'Agosta se chargeant de bousculer les moins rapides, et ils sautèrent par-dessus les cordons de sécurité en faisant tomber un gardien qui leur barrait le passage. Hayward montra son badge dans un éclair aux agents qui montaient la garde devant le bâtiment et ils franchirent en trombe les lourdes portes en bronze du musée.

55

Nora Kelly descendit de l'estrade sous les applaudissements, à la fois soulagée et ravie que son petit laïus soit si bien accueilli. Elle était la dernière à s'exprimer, après George Ashton, le maire et Viola Maskelene. La soirée pouvait désormais prendre son envol avec l'inauguration officielle du tombeau de Senef, une fois le ruban coupé.

— Excellent discours, la félicita Viola en venant la rejoindre. Vous avez vraiment dit des choses très intéressantes.

— Je peux vous retourner le compliment.

Mais Hugo Menzies leur faisait signe de le rejoindre et elles traversèrent la foule des invités. Le professeur, aux allures d'impresario dans son smoking immaculé, était bras dessus bras dessous avec le maire de New York, Simon Schuyler, un personnage à lunettes et au crâne dégarni dont l'allure solennelle dissimulait une habileté politique redoutable. Il était accompagné d'une petite brune au physique sculptural requis de toute bonne épouse d'homme politique.

— Ma chère Nora ! l'accueillit Menzies. Vous connaissez bien sûr notre maire. Et voici madame Schuyler. Simon, je vous présente le professeur Nora Kelly, commissaire de cette exposition et l'une de nos plus brillantes chercheuses, ainsi que le professeur Viola Maskelene, une égyptologue britannique de tout premier plan.

— Enchanté de faire votre connaissance, fit Schuyler en examinant attentivement Viola à travers ses verres épais avant de se tourner vers Nora avec le même intérêt. Votre discours était formidable, mademoiselle Maskelene, en particulier ce détail concernant le pesage du cœur après la mort. J'ai bien peur que mon propre cœur ait pris du poids ces dernières années, à force de gérer les affaires de cette ville.

Il éclata d'un rire franc et tous se crurent obligés de l'imiter. Schuyler avait une haute opinion de son sens de l'humour que ne partageaient pas nécessairement ceux qui le connaissaient. Ce soir, alors qu'il demandait encore la tête de Collopy six semaines auparavant, il semblait d'excellente humeur. Ainsi va la politique.

— Nora, reprit Menzies, le maire et son épouse seraient ravis que vous et le professeur Maskelene acceptiez de leur faire la visite du tombeau.

— Avec grand plaisir, répondit Viola en souriant.

Nora hocha la tête.

— Nous en serons ravies.

C'était la coutume au Muséum, lors des inaugurations, de faire accompagner les personnalités les plus en vue par des conservateurs. Et, si le maire n'était pas l'homme politique le plus important ce soir-là, c'était celui qui tenait les cordons de la bourse, celui surtout qui avait poussé les hauts cris au lendemain du vol des diamants.

— Formidable, déclara froidement la femme du maire que la présence aux côtés de son mari de deux guides aussi charmantes ne semblait pas ravir.

Menzies en profita pour s'éclipser et Nora le vit pousser le gouverneur entre les mains de l'un des sous-directeurs du Muséum, puis confier la charge d'un sénateur au professeur Ashton avant de procéder de même avec d'autres VIP.

— Quel entremetteur ! plaisanta le maire en suivant Menzies du regard. Je devrais l'engager dans mon cabinet.

Son crâne à moitié chauve était aussi brillant qu'une boule de billard sous les lustres de la Grande Galerie.

— Mesdames et messieurs, puis-je avoir votre attention ! fit la voix aux accents patriciens de Frederick Watson Collopy qui s'était posté à l'entrée du tombeau de Senef, armé de l'énorme paire de ciseaux cérémonieusement exhumée lors de chaque inauguration.

Aidé par l'un de ses assistants, il glissa le ruban entre les deux lames.

Sur l'estrade, le joueur de timbales improvisa un roulement de tambour.

— Je déclare officiellement ouvert, au terme de plus d'un demi-siècle d'oubli, le grand tombeau de Senef !

Collopy referma péniblement les ciseaux et les deux extrémités du ruban tombèrent à terre tandis que s'écartaient en grondant les fausses portes de pierre. L'orchestre entamait simultanément l'air des trompettes d'*Aïda* et les invités sélectionnés pour la première des deux visites s'avancèrent dans le rectangle sombre derrière lequel s'ouvraient les mystères de la tombe.

La femme du maire frissonna.

— Je n'aime pas les tombes. Celle-ci est vraiment vieille de trois mille ans ?

— Trois mille trois cent quatre-vingts ans, précisément, répondit Viola.

— Mon Dieu, comment faites-vous pour savoir autant de choses ? s'exclama Mme Schuyler.

— Nous autres égyptologues sommes des puits de science inutile.

La remarque de Maskelene eut le don de mettre en verve Mme Schuyler.

— C'est vrai ce qu'on dit, que cette tombe est maudite ? insista-t-elle.

— D'une certaine manière, avoua Viola. Beaucoup de tombes égyptiennes portaient des inscriptions visant à faire peur à ceux qui seraient tentés d'y pénétrer. La malédiction de celle-ci est assez marquante, c'est vrai, sans doute parce que Senef n'était pas pharaon.

— Mon Dieu ! J'espère qu'il ne nous arrivera rien. Qui était donc ce Senef ?

— On ne sait pas exactement, probablement un oncle de Touthmôsis IV. Touthmôsis était âgé de six ans lorsqu'il est devenu pharaon et Senef a assuré la régence en attendant qu'il prenne les rênes du pouvoir.

— Ce Touthmôsis, c'est Toutankhamon ?

— Non, pas du tout, répliqua Viola. Toutankhamon était un autre pharaon, beaucoup moins important que Touthmôsis.

— Tout ça est *si* compliqué !

Ils franchirent la porte et s'engagèrent dans un couloir légèrement en pente.

— Fais attention à la marche, ma chérie, recommanda le maire à sa femme.

— Nous nous trouvons dans le Premier Passage du Dieu, expliqua Viola en préambule d'une description sommaire de la tombe.

Tout en l'écoutant, Nora se remémora avec une certaine émotion la première fois où elle avait visité les lieux sous la direction enthousiaste de Wicherly, quelques semaines auparavant.

Entourés d'une foule compacte, ils s'approchèrent lentement du premier point prévu pour le son et lumière. Il avait fallu quelques minutes aux trois cents invités du premier groupe pour franchir le seuil de la tombe et les lourdes portes se refermèrent derrière eux avec un bruit sourd. Le silence se fit au-dessus de la foule et les lumières s'éteignirent doucement.

Un bruit de pelle creusant le sable résonna dans la pénombre, rythmé par le bruit des pioches attaquant la roche, puis les premiers murmures assourdis des pilleurs de tombe se firent entendre. En se retournant, Nora aperçut les équipes de la chaîne PBS en train de filmer.

Le spectacle venait de commencer sous les regards de millions de téléspectateurs.

56

Hayward pénétra en trombe dans la Grande Galerie, quelques pas derrière ses deux compagnons, et fit la grimace en constatant que les portes du tombeau de Senef s'étaient déjà refermées sur les premiers visiteurs. Installés à table pour certains, agglutinés devant le buffet pour d'autres, les invités du second groupe bavardaient tranquillement entre eux en attendant leur tour.

— Il faut impérativement faire ouvrir les portes, déclara Pendergast.

— La salle des ordinateurs se trouve par là.

Le trio se précipita dans la direction indiquée par Hayward, sous le regard surpris de quelques invités. Un instant plus tard, ils poussaient la porte du QG informatique.

Plusieurs écrans reliés à des claviers s'alignaient sur une grande table, au milieu d'une forêt de disques durs, d'unités centrales, de serveurs et d'appareils vidéo. La retransmission de l'inauguration était diffusée sur un moniteur muet, branché sur l'antenne locale de PBS, et deux techniciens surveillaient les images retransmises par les caméras installées dans le tombeau. Ils se retournèrent, surpris, en entendant la porte s'ouvrir.

— Où en est le son et lumière ? demanda Hayward.

— Tout marche comme sur des roulettes, répondit l'un des techniciens. Pourquoi ?

— Arrêtez tout et ouvrez les portes de la tombe, lui ordonna Hayward.

Le technicien retira ses écouteurs.

— Pour ça, il me faudrait une autorisation.

Hayward lui colla son badge sous le nez.

— Capitaine Hayward, brigade criminelle du NYPD. Ça vous suffit ?

Le technicien hésita, hypnotisé par le badge, puis il haussa les épaules et se tourna vers son collègue.

— Larry, s'il te plaît. Lance la procédure d'ouverture des portes.

Hayward reconnut Larry Enderby, l'un des informaticiens du Muséum qu'elle avait interrogé quelques semaines plus tôt suite à l'agression de Margo Green, puis à nouveau lors du vol des diamants. Il avait manifestement le don de se trouver au mauvais endroit au mauvais moment.

— Tant que tu en prends la responsabilité, concéda Enderby du bout des lèvres.

Il pianotait sur son clavier lorsqu'un Manetti tout rouge fit irruption dans la pièce, suivi de deux gardiens.

— Qu'est-ce qui se passe ? demanda-t-il.

— Nous avons un problème, lui répondit Hayward. Il faut impérativement arrêter le son et lumière.

— Vous n'arrêtez rien du tout sans me donner une bonne raison de le faire.

— Je n'ai pas le temps de vous expliquer.

Enderby, les mains au-dessus du clavier, s'était arrêté de taper.

— Je me suis toujours montré arrangeant avec vous, capitaine, reprit Manetti, mais cette fois vous dépassez les bornes. Je ne sais pas si vous êtes au courant : on a ici tout le gratin de la ville, sans parler des millions de téléspectateurs qui regardent la cérémonie en direct. Il est hors de question que je laisse qui que ce soit arrêter quoi que ce soit.

— Inutile de monter sur vos grands chevaux, Manetti, rétorqua Hayward sur un ton acerbe. La situation est extrêmement grave et je suis prête à assumer les conséquences.

— Mais enfin, capitaine ! s'énerva Manetti en désignant les écrans de télévision. Regardez vous-même. Tout se passe normalement.

Il tendit la main et monta le son.

Au cours de la cinquième année du règne de Touthmôsis IV...

Hayward se tourna vers Enderby.

— Ouvrez-moi ces portes immédiatement.

— Je vous interdis d'obéir à cet ordre, Enderby, s'interposa Manetti.

Au-dessus du clavier, les mains de l'informaticien se mirent à trembler.

Manetti regarda machinalement les compagnons de Hayward et il écarquilla les yeux en reconnaissant Pendergast.

— Mais qu'est-ce que... Je vous croyais en prison !

— *Je vous ai dit d'ouvrir ces putains de portes !* aboya Hayward.

— Tout ça me paraît louche, grommela Manetti en prenant sa radio.

Pendergast s'avança et se planta devant lui.

— Je suis sincèrement désolé, dit-il d'une voix courtoise.

— Désolé de quoi ?

Le coup était parti si vite que personne n'avait eu le temps de le voir et le chef de la sécurité se plia en deux en étouffant un cri. Sans attendre, Pendergast récupéra l'arme de Manetti dans son étui et la pointa sur les deux gardiens.

— Déposez par terre vos armes, vos matraques, vos bombes lacrymogènes et vos radios, leur ordonna-t-il d'une voix sans réplique.

Les gardiens obéirent sans se faire prier.

Pendergast ramassa l'arme de l'un des deux hommes et la tendit à D'Agosta.

— Surveillez-les.

— D'accord.

L'inspecteur prit l'autre pistolet et le glissa dans sa ceinture, puis il s'approcha de Manetti. À genoux, une main crispée sur l'estomac, le chef de la sécurité hoquetait.

— Je vous fais toutes mes excuses. Nous avons mis au jour un complot visant à anéantir tous ceux qui se trouvent dans la tombe. Nous comptons tout mettre en œuvre pour l'arrêter, que cela vous plaise ou non. À présent, j'ai impérativement besoin de savoir où se trouve Hugo Menzies.

— Vous étiez déjà dans la panade avant, mon vieux, mais ce n'est rien à côté de ce qui vous attend, répliqua Manetti entre deux hoquets.

Il fit mine de se relever et D'Agosta le menaça de son arme.

— Menzies se trouve dans la tombe avec tout le monde, finit-il par répondre.

Pendergast se tourna vers les techniciens.

— Monsieur Enderby ? dit-il d'une voix glaciale. Vous avez entendu ce que vient de vous dire le capitaine Hayward : ouvrez immédiatement ces portes.

Terrorisé, l'informaticien s'escrima sur son clavier.

— Aucun problème, monsieur. Je les ouvre en cinq secondes.

Un silence pesant s'installa.

Les sourcils froncés, Enderby pianota à nouveau sur les touches, puis il attendit.

— On dirait que ça ne marche pas...

57

Au cours de la cinquième année du règne de Touthmôsis IV disparaissait Senef, grand vizir et ancien régent du jeune pharaon. On l'enterra dans une majestueuse sépulture de la Vallée des Rois dont la construction avait été entamée douze années auparavant. Senef n'avait jamais été pharaon, mais il était naturel qu'un tel honneur échoie à celui qui avait eu la charge de l'État tout au long de la régence et dont les pouvoirs avaient à peine été amoindris par la montée sur le trône de son protégé. Le grand tombeau de Senef fut bientôt rempli de toutes les richesses que l'on trouvait alors dans l'Égypte antique : objets d'or et d'argent, de lapis-lazuli, de cornaline, d'albâtre, d'onyx, de granit et de pierre adamantine, mais aussi meubles, mets raffinés, statues, chars, jeux et armes. Rien n'était trop beau pour l'ancien régent.

Au cours de la dixième année de son règne, Touthmôsis tomba gravement malade et son fils, Amenhotep III, monta sur le trône avec l'appui d'une partie de l'armée, contre la volonté des prêtres. La révolte grondait en Haute-Égypte et le Pays des Deux Royaumes tomba dans l'agitation et le chaos.

La période était propice aux pilleurs de tombe.

Un matin, à l'aube, les prêtres qui assuraient la garde du grand tombeau de Senef commencèrent à creuser…

Le commentaire s'arrêta et un bruit de pelles s'éleva dans le couloir du Second Passage où se tenaient Nora Kelly, le maire, sa femme et Viola Maskelene. Le cri étouffé d'un pillard, le son mat des pics sur la roche et des premiers sceaux de plâtre apposés sur la porte qui s'effritent sous les coups de pioche. Autour de Nora, l'élite new-yorkaise attendait passionnément la suite.

Un grondement indiqua que l'on écartait la lourde porte de pierre. Un rai de lumière traversa la pénombre et les premiers pillards apparurent dans leurs costumes d'époque, les yeux brillants de convoitise, des torches allumées à la main. Pour avoir participé aux ultimes réglages, ce n'était pas la première fois que Nora assistait à la projection, mais le réalisme des projections holographiques l'impressionnait toujours autant.

Une nouvelle batterie de projecteurs prit le relais, faisant naître des images sur des écrans savamment disposés à travers l'espace. Sous les yeux des spectateurs médusés, les pillards s'avancèrent. L'un d'entre eux se retourna et fit signe à l'assistance de le suivre, comme s'il s'agissait de complices.

Tout en suivant la foule jusqu'à la Salle des Chars, Nora éprouva un sentiment de grande fierté. Le scénario de Wicherly était absolument remarquable et elle n'était pas non plus mécontente des idées qu'elle avait apportées au projet, sous la direction efficace d'Hugo Menzies. Quant aux techniciens et aux informaticiens, elle leur tirait son chapeau pour le réalisme des visuels. À en juger par la mine de ceux qui l'entouraient, le spectacle ne manquerait pas d'emporter l'adhésion du grand public.

Des lumières habilement disposées derrière des panneaux tremblotaient dans le couloir, donnant l'impression aux invités d'être éclairés par les torches des pilleurs de tombe derrière lesquels ils avançaient en direction du puits.

Les pillards s'arrêtèrent devant la fosse et discutèrent à voix basse du plus sûr moyen de franchir l'obstacle. Ils avaient apporté avec eux de minces troncs d'arbre qu'ils attachèrent ensemble et basculèrent au-dessus du puits à l'aide d'un système de poulie artisanal avant de s'engager l'un derrière l'autre sur le petit pont de fortune. Un cri retentit et l'un des voleurs s'écrasa au fond du trou avec un bruit sinistre tandis que les invités retenaient leur souffle.

— Seigneur ! s'écria la femme du maire. C'est un peu... un peu trop *réaliste* !

Nora jeta un coup d'œil autour d'elle. En dépit de son hostilité initiale envers les effets faciles, il lui fallait bien reconnaître qu'ils prouvaient leur efficacité. Jusqu'à l'épouse du maire qui avait l'air emballée, malgré sa réflexion.

Les écrans holographiques montaient et descendaient à mesure que se poursuivait le spectacle, donnant l'illusion que les pillards se déplaçaient véritablement dans le labyrinthe de la tombe. L'effet était époustouflant, mais le plus étonnant était peut-être l'invisibilité d'un système de projection parfaitement dissimulé à la vue des visiteurs.

Les invités pénétrèrent dans la Salle des Chars à la suite des pillards qui s'égaillaient de tous côtés, subjugués par la beauté des trésors qu'ils découvraient, l'opulence des bijoux d'or, d'argent et de pierres précieuses qui brillaient à la lueur des torches. La foule s'arrêta devant une barrière et le deuxième acte du son et lumière se mit en route :

À l'instar de nombreuses sépultures égyptiennes, le tombeau de Senef recelait une malédiction destinée à ceux qui auraient l'audace d'en violer l'intimité. Mais la peur des pouvoirs divins du pharaon rebutait plus encore les pillards. Ces grands prêtres, en dépit de leur cupidité, croyaient avant tout à la divinité d'un souverain promis à la vie éternelle, tout comme aux pouvoirs magiques des objets du défunt. À moins d'annihiler ces pouvoirs en détruisant ces objets, il leur était impossible de s'emparer des trésors de la tombe.

Sous les yeux des spectateurs, certains des pillards commençaient déjà à s'emparer de tout ce qu'ils trouvaient, jetant à terre et brisant pêle-mêle meubles, vases, statues et armures avec une frénésie destructrice confinant à la folie, dans une débauche de fragments d'albâtre et de pierres précieuses, une cacophonie de cris et de jurons. Dans le même temps, leurs complices ramassaient et mettaient dans des sacs tout ce qui pouvait avoir de la valeur.

Ainsi, tout serait détruit. Les objets volés dans le tombeau seraient ensuite mis en pièces afin que puissent être récupérés les pierres précieuses, les éclats de lapis-lazuli, de turquoise ou de jaspe qui seraient ensuite retaillés, tandis que l'or et l'argent seraient fondus. Ces trésors seraient ensuite expédiés hors d'Égypte, avec l'espoir que les pouvoirs divins du pharaon s'éteignent à jamais.

C'est ainsi que seraient irrémédiablement détruits et perdus, en l'espace d'une seule journée, les trésors que des milliers d'artisans et d'orfèvres avaient mis des années à réaliser.

La frénésie des pillards était à son comble. Du coin de l'œil, Nora vit que le maire et sa femme regardaient la scène, bouche bée. Les réactions des autres invités étaient à l'avenant, jusqu'aux cameramen et aux agents en uniforme chargés de la sécurité qui paraissaient subjugués par le réalisme du spectacle. Le regard de Nora croisa celui de Viola Maskelene qui lui adressa un petit signe du menton et leva le pouce en signe de félicitations.

Nora prit brusquement la mesure de l'énorme succès public qui attendait l'exposition. Son exposition. Menzies avait raison, son avenir professionnel était définitivement assuré.

La voix du commentateur la rappela à la réalité.

Après avoir détruit la Salle des Chars et pillé tout ce qui pouvait l'être, il restait aux pillards à investir le cœur même de la tombe : la chambre funéraire elle-même, baptisée « Chambre au Trésor ». Il s'agissait de la partie la plus riche du tombeau, mais aussi la plus dangereuse. C'est là en effet que reposait la dépouille du pharaon, son corps transformé en momie afin d'échapper à la mort.

Leur torche à la main, couverts de sueur, les pillards s'engagèrent dans le passage voûté. Les barrières s'abaissèrent et les invités les suivirent jusqu'à la chambre funéraire où ils se pressèrent devant une barrière accrochée au plafond, prêts pour le dernier acte d'un spectacle riche en rebondissements.

La chambre funéraire était la dernière retraite du corps momifié du pharaon contenant son âme Ba, le nom donné à la plus importante des cinq âmes du défunt.

Le pillage de la tombe devait intervenir pendant le jour. Il s'agissait là d'un impératif absolu car, selon les croyances égyptiennes, l'âme Ba du souverain quittait son corps afin de suivre le soleil dans sa course à travers le ciel. Le soir venu, l'âme Ba réintégrait la momie, et gare aux pillards qui se trouveraient encore dans la tombe à la nuit tombée, lorsque la momie du pharaon renaîtrait à la vie !

Hélas pour eux, ces pilleurs de sépulture se sont montrés bien imprudents. En l'absence d'horloge, et alors que l'obscurité de la tombe rendait inutile l'usage des cadrans solaires, ils n'ont pas vu le temps passer. Aucun d'entre eux ne se doute qu'au-dehors, le soleil est sur le point de se coucher…

Les pillards se livrèrent à une nouvelle orgie de violence, fracassant les vases canopes et dispersant de tous côtés les organes momifiés de Senef, renversant les paniers débordant de blé et de pain, piétinant la nourriture et les animaux momifiés, décapitant les statues. Leur œuvre de dévastation achevée, ils s'attaquèrent à l'énorme sarcophage de pierre dont ils entreprirent de soulever le lourd couvercle millimètre par millimètre. Au prix d'un effort surhumain, la dalle de pierre finit par s'effondrer à leurs pieds où elle se brisa dans un fracas de fin du monde. Par la magie de l'holographie, la scène était criante de vérité.

Nora sentit une main se poser sur son bras. Elle se tourna et vit que le maire lui adressait un large sourire.

— C'est absolument fantastique, lui glissa-t-il dans un murmure avec un clin d'œil complice. Cette fois, la malédiction de Senef est définitivement levée.

Nora ne put s'empêcher de rire intérieurement en voyant le visage épanoui de son interlocuteur. On aurait dit un gosse, tout comme les autres invités.

Le doute n'était plus permis. Cette exposition allait faire un véritable tabac…

58

D'Agosta, la peur au ventre, regardait les deux informaticiens s'escrimer désespérément sur leurs claviers.

— Que se passe-t-il ? demanda Hayward.

Enderby s'essuya le front d'un geste inquiet.

— Je ne sais pas. Le terminal ne répond plus aux commandes.

— Vous ne pouvez pas le court-circuiter manuellement ?

— J'ai déjà essayé.

Hayward se tourna vers Manetti.

— Prévenez immédiatement les gardiens qui se trouvent à l'intérieur de la tombe. Dites-leur de faire arrêter le son et lumière.

Elle s'apprêtait à donner ses propres instructions aux agents en poste dans la tombe lorsqu'elle vit pâlir Manetti.

— Qu'est-ce qu'il y a ?

— Je n'arrive pas à joindre mes hommes. La communication ne passe pas.

— C'est impossible, voyons ! Ils sont à moins de cinquante mètres d'ici !

— La tombe aura été protégée contre les fréquences radio, annonça Pendergast d'une voix calme.

Hayward reposa sa radio.

— Dans ce cas, nous n'avons qu'à nous servir de la sono normale. Il doit bien y en avoir une, non ?

Enderby pianota de plus belle.

— Elle ne marche pas non plus.

Hayward le regarda avec des yeux incrédules.

— Coupez l'alimentation électrique des portes. Je sais qu'on peut les ouvrir à la main en cas de panne de courant.

Enderby s'exécuta, mais il leva rapidement les bras en signe d'énervement après avoir tenté en vain de débrancher le système électrique.

Soudain, Pendergast montra du doigt l'un des écrans.

— Là ! Vous avez vu ? Revenez en arrière, s'il vous plaît.

L'un des techniciens lui obéit.

— Là ! s'exclama Pendergast en désignant une silhouette floue enfoncée dans l'ombre, à l'écart des invités. Est-il possible d'avoir une meilleure résolution d'image et de la grossir ?

L'image se rapprocha et ils virent un personnage glisser une main dans la poche de sa veste et en retirer un loup noir qu'il enfila avant de se mettre des boules Quies dans les oreilles.

— Menzies, murmura Hayward.

— Diogène, rectifia Pendergast d'une voix spectrale.

— Il faut appeler du renfort, suggéra Manetti. Contactez les brigades d'intervention rapides et dites-leur…

— Non ! le coupa Pendergast. Ils mettraient trop de temps à intervenir. Nous disposons de dix minutes tout au plus.

— Je n'arrive pas à croire que ces portes ne s'ouvrent pas ! s'écria Enderby en s'énervant sur son clavier. On a pourtant installé deux programmes de secours indépendants. Je ne comprends pas…

— Plus rien ne fonctionnera désormais, laissa tomber Pendergast. Quoi que vous fassiez, les portes refuseront de s'ouvrir. Menzies, ou plutôt Diogène, a manifestement piraté l'ensemble des systèmes de pilotage du son et lumière et de l'exposition. Il nous reste peut-être une chance : pourriez-vous me fournir la liste des processus en cours d'exécution ?

— Bien sûr, répondit Enderby en se mettant aussitôt au travail.

Penché par-dessus son épaule, D'Agosta vit apparaître sur l'écran une petite fenêtre dans laquelle défilaient des noms barbares : *asmcomp, rutil, syslog, kcron…*

— Vérifiez-les tous, poursuivit Pendergast. En particulier les processus de système. Certains d'entre eux vous paraissent-ils bizarres ?

— Non… répondit Enderby, plongé dans son écran. Ah, si ! Celui-ci, *kernel_con_fun_o.*

— Savez-vous à quoi il correspond ?

Enderby plissa les paupières.

— À première vue, c'est probablement un dossier de démarrage système. Le zéro à la fin veut dire que c'est une version bêta.

— Essayez de remonter à la source afin de voir à quoi il sert. J'ai malheureusement peur de comprendre, ajouta-t-il à l'adresse de Hayward et D'Agosta.

— Qu'est-ce que c'est ? s'enquit la jeune femme.

— Le dernier signe n'est pas un zéro mais la lettre O. En latin, *confundo* est synonyme de confusion. Il s'agit très probablement d'un programme installé par Diogène afin de pirater le son et lumière.

D'un geste ample, il montra les ordinateurs et les disques durs qui les entouraient.

— Tout ceci se trouve à présent sous son contrôle.

Enderby l'interrompit.

— On dirait que le son et lumière a été pris en relais par un autre serveur situé à l'intérieur même de la tombe. Tout l'équipement qui se trouve ici lui obéit désormais.

Pendergast se pencha vers l'écran du jeune informaticien.

— Existe-t-il un moyen de contre-attaquer, ou bien de le débrancher ?

Enderby entra un code sur son clavier.

— Non, je n'arrive même plus à entrer dans le système.

— Alors débranchez l'électricité de la tombe, lui ordonna Pendergast.

— Le système de secours prendra le relais.

— Débranchez-le également.

— Ils vont se retrouver dans le noir.

— Faites ce que je vous dis.

Les doigts d'Enderby volèrent sur les touches, mais il ne tarda pas à pousser un juron.

— Rien !

Pendergast regarda autour de lui.

— Là-bas, ce boîtier électrique !

Il se précipita vers le boîtier qu'il ouvrit à la volée avant de couper l'interrupteur général.

Les lumières de la petite pièce s'éteignirent immédiatement, mais les ordinateurs fonctionnaient toujours. Quelques instants plus tard, le système de secours s'enclencha et des néons s'allumèrent.

Enderby regardait sa console, l'air éberlué.

— Incroyable ! Il y a toujours du courant à l'intérieur de la tombe et le spectacle continue comme si de rien n'était. Il doit y avoir une génératrice de secours à l'intérieur, je ne vois pas d'autre solution. Pourtant, je suis sûr qu'il n'y en avait pas sur les plans que…

— Où se trouve le système de secours de cette pièce ? l'interrompit Pendergast.

Manetti s'approcha d'une grande armoire métallique grise installée dans un coin.

— C'est là que se trouvent les boîtiers reliant l'alimentation de la tombe au groupe électrogène auxiliaire.

Pendergast recula de quelques pas, pointa l'arme de Manetti sur l'armoire et vida son chargeur dans un bruit de fin du monde. À chaque coup de feu, un trou sombre se découpait dans les portes de l'armoire en projetant une pluie d'écailles de peinture. Une gerbe d'étincelles jaillit de l'armoire électrique et les néons clignotèrent une dernière fois avant de s'éteindre définitivement. Dans l'odeur de poudre et de plastique fondu qui avait envahi la pièce, les écrans restaient imperturbablement allumés.

— Comment se fait-il que les ordinateurs fonctionnent encore ? demanda Pendergast.

— Ils ont des batteries de secours.

— Dans ce cas, éteignez les disques durs en tirant les cordons d'alimentation avant de les rebrancher.

Enderby se mit à quatre pattes sous la console et retira les câbles l'un après l'autre, plongeant la pièce dans le noir absolu.

Hayward venait d'appuyer sur le bouton de sa lampe électrique lorsque la porte s'ouvrit à la volée sur un personnage élancé, un foulard rouge autour du cou et des lunettes rondes à monture noire sur le bout du nez.

— Qu'est-ce que c'est que ce cirque ? hurla le nouveau venu d'une voix aiguë. Je fais un direct devant des millions de téléspectateurs et vous n'êtes pas foutus de réparer une panne d'électricité ? Je ne sais pas si vous êtes au courant, mais mes batteries ne sont pas faites pour tenir plus d'un quart d'heure.

D'Agosta reconnut Randall Loftus. Les traits du réalisateur étaient convulsés par la rage.

— Vous savez ce qu'il vous reste à faire, Vincent ? glissa Pendergast à l'oreille du lieutenant.

— Oui, répondit D'Agosta avant d'ajouter à l'adresse du réalisateur : allons-y, je vais vous aider.

— J'espère bien ! fit l'autre en tournant les talons, aussitôt suivi par le lieutenant.

Dans la Grande Galerie, les invités s'étaient regroupés autour des petites tables sur lesquelles brûlaient les bougies dans leurs photophores. Des gardiens circulaient d'un groupe à l'autre en multipliant les paroles rassurantes. D'Agosta suivit le réalisateur jusqu'à son quartier général où plusieurs opérateurs surveillaient d'un œil inquiet les moniteurs installés devant eux.

— On a perdu le contact avec l'équipe de la tombe, expliqua l'un des opérateurs, mais on dirait qu'ils ont toujours du jus parce que la retransmission nous parvient toujours normalement. Apparemment, ils ne se sont aperçus de rien.

— Dieu soit loué ! s'exclama Loftus. Plutôt *mourir* que de rendre l'antenne à cause d'une coupure de courant.

— Vous dites que la retransmission vous arrive normalement ? Dans ce cas, par où passent les images ? s'enquit D'Agosta.

Loftus lui montra machinalement un gros fil électrique qui traversait la galerie de bout en bout, protégé par un chemin de câble en caoutchouc fixé au sol à l'aide de gaffes.

— Je vois, fit D'Agosta. Et que se passerait-il s'il était sectionné ?

— Dieu nous en *garde* ! répondit Loftus. Le direct s'arrêterait net, tout simplement. Mais ça ne risque rien, quelqu'un pourrait se prendre les pieds dedans que ça ne changerait rien.

— Vous voulez dire que vous n'avez pas de câble de secours ?

— Inutile. Ces câbles-là sont quasiment indestructibles, ils sont gainés de tresse en acier. Désolé de vous avoir fait venir pour rien, lieutenant, s'excusa Loftus en tournant le dos à D'Agosta et en s'approchant d'un membre de son équipe.

— Espèce d'idiot ! s'exclama-t-il. On ne laisse *jamais* un moniteur sans surveillance !

D'Agosta repéra près de l'entrée un poste d'incendie équipé d'une hache et d'un tuyau enroulé sur lui-même. Il se précipita vers le boîtier dont il brisa la glace d'un coup de pied, saisit la hache et s'approcha du câble.

— Hé là ! s'écria l'un des techniciens. Qu'est-ce qui vous prend ?

D'Agosta leva la hache et l'abattit sur le câble, le sectionnant en deux dans une gerbe d'étincelles.

Sans se soucier des hurlements sauvages de Randall Loftus, D'Agosta regagna la petite salle de contrôle où Pendergast et les deux informaticiens s'activaient toujours autour des ordinateurs sans parvenir à reprendre le contrôle du son et lumière.

— Loftus ? demanda Pendergast en le voyant revenir.

— Il est en train de péter une durite.

Pendergast approuva de la tête en grimaçant un sourire crispé.

Au même moment, des éclairs lumineux zébrèrent l'un des moniteurs.

— De quoi s'agit-il ? s'enquit vivement Pendergast.

— Les stroboscopes viennent de se mettre en route, expliqua Enderby, penché sur son clavier.

— Vous voulez dire que le spectacle comprend des effets *stroboscopiques* ?

— Pour les effets spéciaux du finale, oui.

Pendergast se pencha sur le moniteur et des éclairs strièrent à nouveau l'écran, accompagnés par un étrange grondement.

Enderby se dressa sur son siège.

— Hé, attendez une minute ! C'était pas prévu au programme, ça !

À la bande-son du spectacle se mêlaient à présent les murmures inquiets des invités. Pendergast se tourna vers Hayward.

— Capitaine, lorsque vous avez procédé à l'inspection minutieuse des lieux, vous aurez sans doute consulté les plans de la tombe et des environs, n'est-ce pas ?

— Bien sûr.

— En cas de besoin, quel serait le meilleur moyen de pénétrer dans la tombe depuis l'extérieur ?

Hayward ne répondit pas tout de suite.

— Il y a bien le couloir reliant la station de métro de la 81e Rue à l'entrée du musée, dit-elle enfin. Le mur fait moins de quatre-vingts centimètres d'épaisseur au niveau de la chambre funéraire.

— Moins de quatre-vingts centimètres de quel matériau ?

— Du béton armé. C'est un mur porteur.

— Quatre-vingts centimètres de béton armé, murmura D'Agosta, pensif. Autant dire un blindage impénétrable. Pas moyen de tirer à travers ou de le démolir. Pas assez vite, en tout cas.

Un silence de mort s'abattit sur la petite pièce, ponctué par les sons étranges retransmis par les caméras et les murmures de plus en plus inquiets des spectateurs. D'Agosta vit le dos de Pendergast se voûter. *Ça y est,* pensa-t-il. *Diogène a gagné la partie. Il a pensé à tout et nous ne pouvons rien faire.*

Dans un sursaut, Pendergast se tourna brusquement vers l'un des deux hommes de Manetti.

— Vous ! Comment vous appelez-vous ?

— Rivera, monsieur.

— Savez-vous où se trouve le département de taxidermie ?

— Oui, monsieur.

— Filez tout de suite là-bas et trouvez-moi une bouteille de glycérol.

— Du glycérol ?

— Oui, un produit dont on se sert pour assouplir les peaux des animaux avant de les empailler. Vous en trouverez là-bas, expliqua-t-il avant de se tourner vers Manetti. Envoyez deux ou trois de vos hommes dans un laboratoire quelconque. Il me faut de l'acide sulfurique et de l'acide nitrique. Ils en trouveront dans la réserve de produits dangereux.

— Puis-je vous demander à quoi... ?

— Je n'ai pas le temps de vous expliquer. J'aurai également besoin d'une ampoule à décanter équipée d'un couvercle, ainsi que d'eau distillée. Et aussi un thermomètre !

Pendergast chercha des yeux autour de lui, repéra un crayon et une feuille de papier sur laquelle il gribouilla quelques notes qu'il tendit à Manetti.

— Tenez ! Dites-leur de s'adresser à un laborantin en cas de besoin.

Manetti hocha la tête.

— En attendant, faites évacuer la Grande Galerie. Je ne veux plus personne, à l'exception de vos hommes et de ceux du NYPD.

— Je m'en occupe.

Manetti fit signe à ses hommes de le suivre et ils sortirent de la pièce.

— Quant à vous, fit Pendergast à l'adresse des informaticiens, vous ne pouvez plus rien faire. Je vous demanderai d'évacuer les lieux avec les invités.

Les deux techniciens obtempérèrent sans se faire prier.

Enfin, Pendergast se tourna vers D'Agosta.

— Vincent, j'ai une mission à vous confier, ainsi qu'au capitaine Hayward. Rejoignez la station de métro au plus vite et repérez l'endroit précis où le mur est le moins épais.

D'Agosta et Hayward se regardèrent.

— Entendu.

— Vincent, une dernière chose. Ce câble que vous avez sectionné tout à l'heure ?

Pendergast lui désigna l'un des moniteurs.

— Eh bien, Diogène a dû trouver le moyen de le court-circuiter car la retransmission ne s'est jamais interrompue. Faites le nécessaire.

— On s'en occupe, répliqua D'Agosta en s'éloignant avec Laura Hayward.

59

— Ce spectacle est tout simplement extraordinaire ! glissa le maire à l'oreille de Nora.

Après avoir saccagé la chambre funéraire, les pilleurs de tombe, tremblant de peur, hésitaient encore à s'attaquer à la sépulture elle-même. L'un d'entre eux osa enfin couler un regard à l'intérieur du sarcophage ouvert.

— De l'or ! s'écria le pillard. De l'or pur !

À ces mots, la voix du commentateur reprit :

Le moment de vérité est arrivé. Les voleurs découvrent le cercueil d'or pur de Senef à l'intérieur du sarcophage. Pour les Égyptiens, l'or était bien davantage qu'un simple métal précieux. Il s'agissait d'une matière sacrée, la seule capable de résister aux assauts du temps. La substance même de l'immortalité, la peau inaltérable qui habillait les dieux. Le cercueil symbolisait l'immortalité du pharaon, sa capacité à renaître à la vie recouvert d'un habit d'or semblable à celui que Râ, le dieu Soleil, endossait lors de sa course à travers le ciel.

L'action des pillards jusqu'à présent n'a été que le prélude à ce qui les attend ici, au cœur du tombeau.

Sous les yeux des spectateurs médusés, les pillards installèrent un palan de fortune au-dessus du sarcophage afin de soulever le lourd couvercle d'or à l'aide de cordes. Ils poussèrent un cri de triomphe et le précieux couvercle apparut à la lueur des torches tandis que le narrateur poursuivait son commentaire :

Sans que les pillards s'en doutent, le soleil est tombé sur la terre d'Égypte. L'âme Ba de Senef ne tardera plus à réintégrer sa momie où elle rendra la vie à sa dépouille tout au long de la nuit.

L'arrivée de l'âme Ba et la réalisation de la malédiction constituaient le clou du son et lumière. Nora avait beau connaître la suite, elle ne put s'empêcher de retenir sa respiration.

Un grognement sourd monta du sarcophage et les pillards s'arrêtèrent net, le couvercle du cercueil à demi soulevé. Les fumigènes se mirent en route et un brouillard blanchâtre émergea lentement du sarcophage. Nora sourit intérieurement en regardant du coin de l'œil les spectateurs médusés. L'effet était un peu kitsch, mais très efficace.

Les stroboscopes dissimulés dans les recoins de la pièce lancèrent des éclairs dans un grondement de tonnerre. Mais, au lieu de projeter des éclairs simultanés, les stroboscopes envoyaient des flashs irréguliers, mal synchronisés.

Flûte, une panne...

Nora chercha des yeux un technicien avant de se souvenir qu'ils se trouvaient tous dans la salle de contrôle. Pourvu qu'ils puissent réparer rapidement.

Tandis que les lumières stroboscopiques clignotaient follement, une rumeur sourde se répercuta à travers la pièce, à peine audible, émettant des vibrations qui prenaient aux tripes. Voilà que le son faisait également des siennes...

Les invités n'avaient rien remarqué, persuadés que ces artifices faisaient partie du spectacle. À condition que tout rentre rapidement dans l'ordre, l'incident passerait inaperçu.

Mais les stroboscopes, loin de ralentir, émettaient des flashs de plus en plus rapides. L'un d'entre eux projetait même des éclairs d'une telle violence que Nora en avait mal à la tête.

À ce moment précis, la momie se leva de son sarcophage en poussant un grognement sinistre. Les pillards, les traits contractés par la peur, reculèrent en poussant des cris de terreur et laissèrent tomber leurs torches.

Senef !

Pour avoir déjà assisté à cet épisode lors des réglages, Nora comprit immédiatement que quelque chose ne tournait pas rond dans le scénario. La momie semblait plus grande, et surtout plus menaçante. Au grand étonnement de la jeune femme, une main osseuse attachée à un bras immense, presque simiesque, sortit des bandelettes et griffa l'air à hauteur du visage de la momie. Les doigts décharnés arrachèrent les bandelettes, révélant un visage d'une telle monstruosité que Nora recula instinctivement. Cette fois, ça dépassait les bornes. Pouvait-il s'agir d'une mauvaise plaisanterie mise au point par Wicherly avant sa mort ? De toute évidence, il avait fallu programmer une telle horreur, il ne pouvait s'agir d'un simple bogue informatique.

Autour d'elle, les invités retenaient leur souffle.

— Mon Dieu ! s'écria la femme du maire.

Nora se retourna. Les spectateurs chuchotaient entre eux, hypnotisés par le spectacle de cette momie terrifiante. La peur commençait déjà à monter par vagues dans l'atmosphère confinée de la pièce. Viola lança à Nora un regard interrogateur. Un peu plus loin, Collopy était livide.

Les stroboscopes poursuivaient leur ronde infernale à une telle cadence que le mal de crâne de Nora tournait au malaise. Un son grave lui vrilla les entrailles et elle ferma un instant les yeux afin d'échapper aux assauts conjugués des éclairs et des grondements. Les gens commençaient à suffoquer près d'elle et un cri étouffé retentit. Que se passait-il ? Elle n'avait jamais rien vécu d'aussi angoissant.

Les lèvres desséchées de la momie se craquelèrent, laissant apparaître des dents pourries. La bouche n'était plus qu'un grouillement noir et visqueux. Sous les yeux horrifiés de Nora, une armée de cafards jaillit brusquement des lèvres du défunt et un grognement inhumain s'éleva dans une explosion d'éclairs aveuglants qui continuaient de lui vriller le cerveau alors même qu'elle avait fermé les yeux.

Elle rouvrit les paupières en entendant un bourdonnement effrayant et vit la momie vomir un torrent poisseux. Les cafards se métamorphosèrent soudainement en énormes guêpes qui prirent leur envol et se ruèrent sur les spectateurs dans un bruit de mandibules apocalyptique.

Nora tituba, prise de vertige. Elle serait tombée si elle n'avait eu le réflexe de se raccrocher au maire qui n'était pourtant guère plus vaillant qu'elle.

— Mon Dieu !

Elle entendit quelqu'un vomir, un autre crier à l'aide, et la foule s'anima lentement, poussée par une peur panique qui lui dictait la fuite, sous les assauts répétés des insectes virtuels qui fonçaient sur les spectateurs avec un réalisme saisissant, leur dard luisant de venin tendu à craquer. Soudain, au milieu d'un tonnerre de cris tout droits sortis de l'enfer, Nora perdit l'équilibre et se sentit aspirée par un puits sans fond.

60

Constance fut tirée de son sommeil par un coup discret frappé à la porte de sa chambre. Sans ouvrir les yeux, elle se retourna en soupirant, le nez enfoui dans l'oreiller de duvet.

On frappa à nouveau, plus fort cette fois.

— Constance ? Constance, vous allez bien ?

Elle reconnut la voix aiguë de Wren. Il paraissait inquiet.

Constance s'étira langoureusement avant de s'asseoir dans son lit.

— Je vais très bien, répondit-elle avec un soupçon d'agacement.

— Que se passe-t-il ?

— Rien du tout.

— Vous n'êtes pas malade, au moins ?

— Pas du tout. Je me sens parfaitement bien.

— Pardonnez-moi, mais je ne suis pas habitué à vous voir dormir toute la journée de la sorte. Il est huit heures et demie, l'heure du dîner est passée et vous êtes toujours au lit.

— Oui, se contenta-t-elle de répondre.

— Puis-je vous apporter quelque chose à manger ? Du thé vert et des toasts, par exemple ?

— C'est gentil à vous, Wren. À vrai dire, j'aurais volontiers pris des œufs pochés, du jus d'airelle, des harengs saurs, une demi-douzaine de tranches de bacon, un demi-pamplemousse et un scone avec de la confiture.

— Euh… très bien.

Elle entendit le pas de Wren s'éloigner en direction de l'escalier.

Constance s'enfonça à nouveau dans ses oreillers en fermant les yeux. Elle avait dormi d'un sommeil profond et sans rêve, ce qui lui arrivait très rarement. Le vert émeraude de l'absinthe lui revint en mémoire, ainsi que l'impression de légèreté que la boisson avait fait naître chez elle, comme si elle flottait au-dessus de son propre corps. Un sourire fugitif passa sur ses lèvres à la pensée qui venait de l'effleurer. Allongée sur le dos, elle se détendit complètement sous les couvertures.

Petit à petit, elle prit conscience de quelque chose d'anormal dans la pièce. Un parfum étranger.

Elle se remit en position assise. Ce n'était pourtant pas son odeur à *lui*, mais une odeur inconnue. Une odeur pas vraiment désagréable, simplement différente de tout ce qu'elle avait connu jusqu'alors.

Elle regarda autour d'elle, curieuse, et ne vit rien d'anormal sur sa table de chevet.

Mue par une arrière-pensée, elle glissa la main sous les oreillers et découvrit une enveloppe posée sur une boîte oblongue, enveloppée dans un papier à l'ancienne retenu par un ruban noir. L'odeur venait de là, un parfum musqué de sous-bois. Tout excitée, elle sortit le paquet et la lettre de leur cachette.

L'enveloppe était en papier de lin et la boîte juste assez grande pour contenir un tour de cou, ou bien un bracelet. Constance sourit, rougissante.

Elle décacheta l'enveloppe d'un doigt nerveux et découvrit trois feuillets couverts d'une écriture élégante. Elle en entama aussitôt la lecture.

« J'ose espérer que tu auras bien dormi, ma très chère Constance. Dormi du sommeil de l'innocence.

Il est probable que tu n'auras plus l'occasion de dormir aussi sereinement pendant longtemps. À moins que tu ne choisisses de te rendormir très vite, ainsi que je te le conseille plus bas.

En passant avec toi ces heures charmantes, j'avoue m'être longuement posé la question : comment as-tu pu vivre toutes ces années sous le toit de l'oncle Antoine, celui que tu connaissais sous le nom d'Enoch Leng, sachant qu'il avait sauvagement assassiné ta propre sœur, Mary Greene ?

Le savais-tu, Constance ? Savais-tu qu'Antoine avait tué ta sœur avant de la disséquer ? Mais comment aurais-tu pu ne pas le savoir ? Tu as sans doute entretenu quelques soupçons dans un premier temps, de vilaines arrière-pensées que tu auras attribuées à ton esprit pervers. Mais avec les années – et ce ne sont pas les années qui t'auront manqué – tu as dû voir l'inconcevable se transformer en certitude. Une certitude à peine décelable, enfouie au plus profond de ton inconscient. Mais tu n'en connaissais pas moins la *vérité.*

Quelle délicieuse ironie, tout de même, de savoir que cet homme, Antoine Pendergast, avait tué ta sœur afin de prolonger sa propre vie... et la tienne par la même occasion ! Cet homme à qui tu devais tout ! Sais-tu combien d'enfants sont morts pour qu'il puisse mettre au point son élixir de jouvence, pour que tu puisses vivre une jeunesse aussi longue ? Tu étais normale à la naissance, Constance, mais l'oncle Antoine a fait de toi un monstre. C'est bien le terme que tu as employé, n'est-ce pas ? Un *monstre* ?

À présent, chère et naïve enfant, il n'est plus temps de rester sourde à la vérité. Il n'est plus temps de croire à un simple caprice de ton imagination, à l'une de ces angoisses irrationnelles qui t'empêchent si souvent de trouver le sommeil. Le doute n'est plus permis, la réalité est là, implacable. Ta sœur est morte pour que tu puisses vivre longtemps. Je le sais, car l'oncle Antoine me l'a dit lui-même avant de mourir.

Eh oui, Constance. J'ai eu quelques discussions édifiantes avec ce charmant vieux monsieur. Comment ne me serais-je pas intéressé à un personnage aussi pittoresque, à un parent qui partageait ma vision du monde ? La possibilité qu'il soit encore en vie après toutes ces décennies avait décuplé mon envie de faire sa connaissance et je n'ai eu de cesse de le rencontrer. Il a immédiatement perçu ma véritable nature et s'est évertué à ne jamais croiser ma route. C'est pourquoi, après m'avoir arraché la promesse de ne jamais chercher à te voir, il a finalement consenti à évoquer avec moi la solution pour le moins *unique* grâce à laquelle il comptait alléger les misères du monde. Il m'a confirmé l'existence de ce sérum d'éternité qu'il avait mis au point, tout en veillant à m'en cacher la composition, ainsi que tu peux t'en douter. Cher oncle Antoine. Sa disparition m'a beaucoup attristé et sa perte n'aura pas enrichi le monde, mais j'étais moi-même trop préoccupé de mes propres affaires pour l'aider à échapper à son destin.

Laisse-moi te poser la question une fois encore : comment as-tu pu passer tant et tant d'années dans cette maison aux côtés du meurtrier de ta sœur ? Je n'ose l'imaginer. Cela explique sûrement ta fragilité psychique et le souci de ton équilibre mental qui obsède mon frère. Ensemble tous les deux dans cette maison… Aurais-tu entretenu des relations, disons, intimes avec Antoine ? Mais non, je m'égare. J'aurai été le premier à me rendre maître de ton intimité, ma chère Constance. J'en ai eu la preuve physique. Mais tu l'aimais, cela ne fait guère de doute.

Et que te reste-t-il aujourd'hui, ma pauvre et malheureuse enfant ? Mon précieux ange déchu ? Toi, la complice d'un fratricide, la servante du meurtrier de ta sœur ? Car c'est bien à elle, et aux autres victimes d'Antoine, que tu dois l'air que tu respires. Mérites-tu vraiment de poursuivre une existence aussi perverse ? Et qui te pleureras ? Pas mon frère, que ta disparition délivrera d'une lourde responsabilité. Wren ? Proctor ? Permets-moi de rire. Quant à moi, je n'aurai pas l'heur de te regretter car tu n'auras été qu'un jouet, un mystère facile à percer, un coffre-fort si désespérément vide, un spasme animal sans lendemain. Laisse-moi te donner un conseil, le plus sincère et désintéressé des conseils, pour une fois.

Fais ce que tu as de mieux à faire. Mets fin à ta pauvre vie.

À toi pour toujours,

Diogène

P.S. : J'ai été surpris par la naïveté puérile de tes précédentes tentatives. Tu devrais pourtant savoir qu'il ne sert à rien de s'entailler les poignets perpendiculairement, la lame trouvant infailliblement les tendons sur son passage. Non, pour davantage d'efficacité, contente-toi d'une longue entaille, lente et décidée, entre les tendons. Veille surtout à ce qu'elle soit *profonde.* Quant à ma propre cicatrice, que ne fait-on pas avec un peu de cire et de maquillage… »

Constance reposa la lettre et laissa s'écouler un moment interminable.

Enfin, elle déballa le petit paquet avec d'infinies précautions, comme s'il se fût agi d'une bombe, et découvrit un ravissant coffret de bois de rose dont elle souleva le couvercle très lentement.

À l'intérieur, niché dans un écrin de velours violet, reposait un vieux scalpel à la lame longuement polie. De l'index, elle en caressa le manche d'ivoire jauni qu'elle trouva lisse et frais. Saisissant le scalpel, elle le déposa sur la paume de sa main et le porta à la lumière afin d'en examiner à loisir la lame qui brillait comme un diamant.

61

Smithback s'immobilisa, une huître à la main, en voyant les lumières s'éteindre. La Grande Galerie se retrouva plongée dans l'obscurité l'espace d'une seconde, le temps pour le réseau auxiliaire de s'enclencher, et les néons de secours s'allumèrent, baignant l'immense pièce dans une lueur verdâtre hideuse.

Le journaliste regarda autour de lui. Les invités du second groupe attendaient leur tour en s'empiffrant, sans s'inquiéter outre mesure de la coupure de courant.

Il haussa les épaules, approcha l'huître de sa bouche et aspira goulûment le mollusque encore vivant avant de réserver un sort identique à la suivante.

C'est alors qu'il entendit les détonations, six coups de feu assourdis en provenance de l'extrémité de la Galerie, tirés à intervalles réguliers par une arme de gros calibre. Le réseau auxiliaire s'éteignit à son tour dans un grésillement et Smithback comprit que quelque chose de grave était en train de se produire, avec un scoop à la clé. La salle était uniquement éclairée à présent par les centaines de bougies disposées sur les petites tables et un murmure crispé s'éleva de la foule des invités.

Smithback tourna la tête en direction des coups de feu et se souvint avoir vu des techniciens et des gardiens marcher vers une petite porte tout au bout de la Galerie. Sans doute s'agissait-il du PC informatique de l'exposition. La porte s'ouvrit au même moment et il reconnut le lieutenant Vincent D'Agosta, plus flic que jamais malgré sa tenue civile, accompagné du réalisateur Randall Loftus. Les deux hommes avancèrent d'un pas décidé vers l'endroit où étaient installées les équipes de télévision.

Smithback eut un léger pincement au cœur en pensant que sa femme devait se trouver prisonnière du noir à l'intérieur de la tombe. Il se rassura en se disant que les visiteurs du premier groupe étaient accompagnés de gardiens et d'agents. En attendant, il était de son devoir de journaliste de voir de quoi il retournait. Il suivit machinalement D'Agosta des yeux et le vit traverser la salle, briser la glace d'une station d'incendie et saisir la hache qui s'y trouvait.

Smithback sortit un crayon et un calepin de sa poche et nota l'heure : D'Agosta s'approcha d'un gros câble, leva la hache et l'abattit sur le câble. Sans se soucier des hurlements de Loftus, D'Agosta, la hache à la main, reprit le chemin du local technique dont il referma la porte derrière lui.

La tension à l'intérieur de la Grande Galerie était brusquement montée d'un cran.

Smithback ne savait pas ce que signifiait tout ce cirque, mais il flairait quelque chose d'important.

Sans hésiter, il se précipita vers le local technique. Il posait déjà la main sur la poignée de la porte lorsqu'il s'arrêta : s'il faisait irruption dans la pièce sans crier gare, il avait toutes les chances de se faire éjecter. Autant attendre de voir ce qui se tramait.

Son attente ne fut pas longue. Quelques minutes plus tard, D'Agosta, sa hache et le capitaine Hayward sortaient en trombe de la pièce, traversaient la salle en courant et disparaissaient en direction de l'entrée du musée. Au même moment, le responsable de la sécurité, Manetti, grimpait sur l'estrade.

— Mesdames et messieurs ! déclara-t-il d'une voix qui portait mal dans l'immense galerie.

Les invités, inquiets, firent le silence.

— Nous sommes actuellement victimes d'une panne de courant et de divers problèmes techniques. Rien de grave, mais nous allons vous demander de vous diriger vers la Grande Rotonde sous la direction de nos gardiens. Merci d'avance de bien vouloir vous conformer à leurs instructions.

Un murmure de déception s'éleva de la foule.

— Et ceux qui sont déjà dans la tombe ? cria quelqu'un.

— N'ayez crainte. Les invités qui visitent actuellement l'exposition sortiront à leur tour dès que nous aurons ouvert les portes.

— Les portes sont-elles bloquées ? cria Smithback.

— Pour le moment, oui.

Un vent de nervosité parcourut la salle, beaucoup de gens n'ayant pas envie de s'en aller en laissant des amis ou des proches à l'intérieur de la tombe.

— Je vous en prie, dirigez-vous vers la sortie ! les encouragea Manetti. Les gardiens vont vous reconduire et ne vous inquiétez pas, tout va bien.

Certains invités, peu habitués à recevoir des ordres, s'empressèrent de protester.

Mon cul, oui, pensa Smithback. Si tout allait si bien que ça, pourquoi la voix de Manetti tremblait-elle ? Le journaliste n'avait pas du tout l'intention de se laisser « reconduire » au moment où s'annonçait un papier formidable, surtout si Nora était coincée à l'intérieur.

Il chercha du regard une cachette. À l'entrée de la galerie, le grand couloir menant aux ascenseurs était chichement éclairé par des lampes de secours à piles. Un autre couloir, barré par un cordon, s'enfonçait dans l'obscurité perpendiculairement au premier. Des gardiens armés de lampes électriques poussaient déjà les protestataires vers la sortie et Smithback courut jusqu'au deuxième couloir, sauta par-dessus le cordon et se dirigea dans la pénombre jusqu'à une porte sur laquelle était apposée une plaque : *Réserve d'alcool – Rats communs.*

Aplati dans le renfoncement de la porte, il attendit.

62

Vincent D'Agosta et Laura Hayward dévalèrent en courant les marches du Muséum et remontèrent Museum Drive. L'entrée de la station de métro, signalée par un vieux kiosque métallique au toit de cuivre, se trouvait au coin de la 81e Rue. Tout près de là, à moitié dissimulé par la foule des badauds, D'Agosta repéra le camion émetteur de PBS, relié au musée par des câbles qui serpentaient au milieu des pelouses avant de s'enfoncer dans une fenêtre entrouverte. Le toit du camion était surmonté d'une grande parabole blanche.

— Par là !

D'Agosta se tailla un chemin dans la foule, sa hache à la main, tandis que sa compagne exhibait son badge.

— NYPD ! cria-t-elle. Laissez-nous passer !

Comme les gens ne reculaient pas assez vite à son gré, D'Agosta leva la hache au-dessus de sa tête et fit des moulinets. Quelques instants plus tard, ils rejoignaient le camion émetteur et, tandis que Hayward s'appliquait à contenir les curieux, D'Agosta se hissait sur le toit en s'agrippant à la galerie.

Un homme sortit précipitamment du véhicule.

— Hé ! Qu'est-ce que vous faites ! s'écria-t-il. On est en train de faire un direct !

— Brigade criminelle du NYPD, lui répondit Hayward en lui barrant la route.

D'Agosta se mit debout sur le toit, les jambes écartées, et leva une nouvelle fois la hache au-dessus de sa tête.

— Mais vous ne pouvez pas faire ça !

— C'est ce qu'on va voir, répliqua D'Agosta.

Il assena un coup magistral au montant sur lequel était fixée la parabole, faisant voler des boulons dans tous les sens, puis il frappa à deux reprises la parabole du plat de sa hache et elle s'écroula au bas du camion avec un bruit de casserole.

— Vous êtes complètement cinglé ! hurla le technicien.

Imperturbable, D'Agosta redescendit du toit, posa la hache par terre et s'éloigna vers la bouche de métro avec Hayward.

Il n'arrivait toujours pas à croire qu'elle puisse se trouver à ses côtés. Sa Laura, celle qui l'avait fait sortir de force de son bureau quelques jours auparavant. Au moment où il croyait l'avoir perdue pour toujours, elle venait le chercher.

Car c'est bien elle qui est venue me chercher, pensa-t-il, sur un nuage. Mais il y avait plus urgent à faire…

Ils descendirent quatre à quatre les marches du métro et se précipitèrent vers le guichet derrière lequel était installée une employée.

— Capitaine Hayward, brigade criminelle ! s'écria la jeune femme en montrant son badge. Nous avons un problème grave au Muséum, il faut faire évacuer la station. Appelez la direction et arrangez-vous pour que les rames ne marquent pas l'arrêt jusqu'à nouvel ordre. Il est hors de question que le moindre train s'arrête ici. C'est compris ?

— Bien, madame.

Ils sautèrent par-dessus les tourniquets, traversèrent le couloir au pas de course et débouchèrent sur le quai. Il n'était pas encore neuf heures du soir et plusieurs dizaines d'usagers attendaient le métro. Suivie par D'Agosta, Hayward remonta le quai sur toute sa longueur jusqu'a l'entrée d'un couloir au-dessus duquel était fixé un écriteau en faïence :

Muséum d'histoire naturelle de New York
Entrée directe
Fermée en dehors des heures d'ouverture du musée

Une grille en accordéon rouillée, fermée à l'aide d'un gros cadenas, bloquait le passage.

— Il vaudrait mieux avertir les gens, murmura Hayward en braquant son arme de service sur le cadenas.

D'Agosta hocha la tête et fit demi-tour en agitant son badge.

— Police ! La station va être évacuée, tout le monde doit sortir !

Les gens lui jetèrent des regards apathiques.

— Allez, tout le monde dehors !

Dans son dos, une double détonation se chargea de réveiller les voyageurs qui se ruèrent vers la sortie. Dans la confusion, D'Agosta entendit les mots *terroristes* et *bombes*.

— Que tout le monde sorte dans le calme ! leur cria-t-il.

Un troisième coup de feu acheva de vider le quai et D'Agosta courut rejoindre Hayward qui se battait avec la grille. Quelques instants plus tard, ils se précipitaient en avant.

Le couloir menant au Muséum s'allongeait sur une centaine de mètres avant de faire un coude. Sur les murs, des squelettes de mammifères et de dinosaures s'étalaient sur les carreaux de faïence et plusieurs affiches annonçaient l'exposition du tombeau de Senef. Hayward tira de sa poche un plan couvert d'annotations qu'elle déplia sur le sol bétonné.

— Voici la tombe, lui expliqua-t-elle en désignant un point précis sur le plan. Et voici le couloir du métro. Ici, il doit y avoir à peine plus de cinquante centimètres de béton entre le coin de la tombe et le couloir.

D'Agosta s'accroupit à côté d'elle afin de mieux voir.

— Je ne vois pas de cotes exactes du côté du couloir.

— Non, il n'y en a pas. Il s'agit d'un plan approximatif, ils ont uniquement effectué des mesures à l'intérieur de la tombe.

D'Agosta fronça les sourcils.

— L'échelle représente un centimètre par mètre. Ça n'est pas très précis.

— Non, pas vraiment.

Après un dernier examen du plan, Hayward se releva et mesura une trentaine de mètres en effectuant de grandes enjambées.

— Sauf erreur de ma part, l'endroit le plus étroit doit se trouver ici.

La rumeur d'une rame de métro l'interrompit, suivie par un grondement au moment où le convoi traversait la station sans s'arrêter avant de disparaître dans le lointain.

— Tu as déjà visité cette tombe ? demanda D'Agosta.

— Vinnie, ça fait plusieurs jours que je *vis* dans cette tombe.

— Est-ce qu'on entend le métro à l'intérieur ?

— Tout le temps. Ils n'ont pas réussi à l'insonoriser complètement.

D'Agosta colla l'oreille contre les carreaux de faïence.

— Si on entend le métro de l'intérieur, on devrait les entendre d'ici.

— Encore faudrait-il qu'ils fassent du bruit.

D'Agosta se retourna et posa les yeux sur sa compagne.

— Crois-moi, c'est le cas, laissa-t-il tomber.

63

Depuis l'encoignure où il s'était tapi, Smithback vit la foule des invités se diriger vers les ascenseurs sous la surveillance des gardiens. Il attendit quelques minutes que les derniers retardataires se soient éloignés avant de rebrousser chemin, de franchir le cordon et de longer le couloir principal jusqu'à l'entrée de la Grande Galerie. La salle n'était éclairée que par les bougies posées sur les tables et il n'eut aucun mal à rester caché. Tapi dans l'ombre au coin du couloir, il vit un petit groupe émerger du local technique et reconnut Manetti avec son horrible costume brun et sa mèche plaquée sur son crâne dégarni. Il était accompagné de plusieurs gardiens et d'un individu élancé, habillé d'un pull à col roulé blanc. Un pansement s'étalait sur l'une de ses joues. Smithback fronça les sourcils en remarquant la grâce féline avec laquelle l'inconnu se déplaçait. Un peu comme...

L'homme s'approcha d'une énorme bassine argentée pleine de glace pilée dans laquelle reposait une dizaine de bouteilles de champagne.

— Aidez-moi à vider ce récipient, dit-il à Manetti d'une voix doucereuse que Smithback aurait reconnue entre mille.

L'inspecteur Pendergast ! Qu'est-ce qu'il fait ici ? Je le croyais en prison...

La surprise passée, Smithback sentit monter son taux d'adrénaline. Depuis le temps qu'il essayait d'innocenter Pendergast, voilà qu'il le retrouvait au Muséum, parfaitement dans son élément. Il éprouvait en même temps un sentiment de malaise diffus : si Pendergast était là, l'affaire était grave.

Deux gardiens rejoignirent la tombe au pas de course et tentèrent de forcer les portes avec une barre à mine et une masse, sans y parvenir.

Dans sa cachette, Smithback était de plus en plus inquiet. Il savait déjà que les visiteurs du premier groupe étaient coincés, mais pourquoi tant d'urgence à vouloir les délivrer ? Étaient-ils en danger ? Il est vrai qu'une telle concentration de pouvoir et d'argent constituait une cible rêvée pour des terroristes. Il y avait là des dizaines d'hommes et de femmes politiques de premier plan, ainsi que l'élite économique, scientifique et juridique du pays, sans même parler de tout ce que le Muséum comptait de chercheurs réputés.

Le journaliste s'appliqua à faire taire ses craintes en observant Pendergast : l'inspecteur sortait les bouteilles de champagne une à une de leur lit de glace avant de les jeter dans une poubelle. En quelques instants, il ne restait plus que de la glace pilée dans le récipient géant. Puis Pendergast s'approcha de l'un des buffets qu'il débarrassa d'un geste sec, envoyant voler dans tous les sens des montagnes d'huîtres, de caviar, de fromage, de jambon fumé et de pain. Éberlué, Smithback vit une roue de Brie traverser la salle et s'écraser mollement contre un mur.

Pendergast volait à présent d'une table à l'autre afin de récupérer le plus grand nombre possible de photophores qu'il disposait au fur et à mesure sur la table libérée.

Mais qu'est-ce qu'il peut bien fabriquer ?

Un inconnu fit soudainement irruption dans la salle, armé d'une bouteille que Pendergast lui arracha des mains avant de la déposer dans la glace pilée. Deux autres gardiens survinrent presque au même moment ; l'un d'eux poussait une table roulante chargée de cornues, de tubes à essai et de flacons de produits chimiques qui rejoignirent la bouteille dans son bain de glace.

Pendergast retroussa ses manches.

— J'aurais besoin d'un volontaire, dit-il à la cantonade.

— Que comptez-vous faire exactement ? s'enquit Manetti.

— De la nitroglycérine.

Un grand silence lui répondit.

Manetti s'éclaircit la gorge.

— C'est complètement fou. Il doit y avoir un meilleur moyen de pénétrer dans la tombe que de la faire sauter.

— Pas de volontaires ?

— Je vais demander l'aide d'un groupe d'intervention, répliqua Manetti. Il nous faut des professionnels pour pénétrer là-dedans. On ne peut pas se contenter de faire sauter ça n'importe comment.

— Très bien, répondit Pendergast. Et vous, monsieur Smithback ?

Tapi dans l'ombre, Smithback en resta sans voix. Il hésita, regardant bêtement autour de lui.

— C'est à moi que vous parlez ? fit-il d'une petite voix.

— Je ne vois pas d'autre Smithback.

Le journaliste sortit de sa cachette et s'avança lentement. Pendergast, qui lui tournait le dos jusqu'alors, se retourna.

— Euh... bien sûr, bégaya Smithback. Toujours prêt à rendre service à... Hé ! Attendez une petite minute ! Vous avez bien parlé de *nitroglycérine* ?

— Vous m'avez parfaitement entendu.

— Ça peut être dangereux ?

— Étant donné mon manque d'expérience en la matière et la pureté douteuse du mélange que je vais tenter d'improviser, je dirais que nous avons un peu plus d'une chance sur deux.

— Une chance sur deux de faire quoi ?

— De sauter prématurément.

Smithback avala sa salive.

— Alors, c'est que... que vous avez peur de ce qui peut arriver dans la tombe.

— Je n'ai pas peur, monsieur Smithback. Je suis terrifié.

— Ma femme est enfermée dedans avec les autres.

— Raison de plus pour m'aider.

Smithback balaya ses dernières hésitations.

— Dites-moi ce que je dois faire.

— Je vous remercie, fit Pendergast avant de se tourner vers Manetti. Assurez-vous que tout le monde quitte la salle et se mette à l'abri.

— Je réclame d'urgence l'envoi d'un groupe d'intervention et je vous suggère vivement...

Le regard que lui lança Pendergast suffit à faire taire le chef de la sécurité qui s'éloigna avec ses hommes, la radio à la main.

Pendergast posa les yeux sur Smithback.

— Si vous suivez mes instructions *à la lettre*, nous avons une bonne chance de nous en tirer.

Sans attendre, Pendergast se mit au travail. Il commença par tourner les bouteilles dans leur seau géant afin de les refroidir plus rapidement, puis il prit un flacon vide qu'il mit dans la glace avant de glisser un thermomètre à l'intérieur.

— L'ennui, monsieur Smithback, c'est que nous n'avons guère le temps de faire cela dans les règles. Il nous faut mélanger les différents ingrédients assez vite, ce qui n'est pas sans danger.

— J'aimerais tout de même bien savoir ce qui se passe dans cette tombe.

— Je vous en prie, concentrons-nous sur notre tâche.

Smithback tenta de se reprendre. Il n'était plus question de publier un article qui ferait du bruit, mais de sauver sa femme.

Nora est à l'intérieur, Nora est à l'intérieur...

La phrase tournait et retournait dans sa tête tel un leitmotiv.

— Passez-moi la bouteille d'acide sulfurique en veillant tout d'abord à bien l'essuyer.

Smithback trouva la fiole demandée, la sortit de la glace, la sécha et la tendit à Pendergast qui en versa prudemment le contenu dans le flacon réfrigéré. Une odeur d'acide les prit à la gorge.

— Vérifiez la température.

Smithback sortit le thermomètre et l'approcha d'un photophore.

— Il va sans dire que vous devrez veiller à maintenir le mélange le plus loin possible de cette bougie, lui recommanda froidement Pendergast. Et, au cas où vous ne le sauriez pas, ces acides sont capables de dissoudre la peau et la chair en quelques secondes.

Smithback retira brusquement sa main.

— Nous allons répéter l'opération avec l'acide nitrique.

Smithback sécha le bon flacon et le tendit à Pendergast qui en dévissa le bouchon en examinant l'étiquette.

— Pendant que je verserai, je vous demanderai de mélanger la solution à l'aide du thermomètre en m'indiquant la température toutes les trente secondes.

— D'accord.

Pendergast mesura la bonne quantité d'acide dans un tube gradué, puis il le versa presque goutte à goutte dans le flacon réfrigéré pendant que Smithback remuait le tout.

— Dix degrés.

Pendergast poursuivit le goutte-à-goutte.

— Dix-huit... vingt-cinq... Ça monte vite... trente...

Le mélange commençait à mousser et Smithback sentait la chaleur lui monter au visage, accompagnée d'une odeur pestilentielle. La glace avait fondu autour du flacon.

— Ne respirez pas ces émanations, recommanda Pendergast à Smithback, et n'arrêtez pas de remuer.

— Trente-cinq... trente-six... trente-quatre... trente et un...

— Le mélange se stabilise, commenta Pendergast, manifestement soulagé, sans arrêter de verser l'acide nitrique par petites quantités.

Dans le silence, Smithback crut entendre quelque chose et il tendit l'oreille : on aurait dit des cris étouffés. Un coup sourd en provenance de la tombe résonna dans la salle, puis d'autres suivirent, plus rapprochés.

— Mon Dieu, dit-il en se redressant. Ils cognent à la porte de la tombe !

— Monsieur Smithback ! La température !

— Excusez-moi. Trente... vingt-huit... vingt-six...

Les coups sourds redoublaient, mais Pendergast versait toujours avec une lenteur désespérante tandis que Smithback faisait de son mieux pour faire taire son angoisse.

— Vingt ! dix-huit... je vous en prie, dépêchez-vous.

Sa main tremblait et, en retirant le thermomètre pour le lire, quelques gouttes du mélange lui coulèrent sur le dos de la main.

— Eh merde...

— Monsieur Smithback ! Ne vous arrêtez pas de mélanger !

Le journaliste avait l'impression d'avoir du plomb en ébullition sur la main. Un peu de fumée s'éleva des trous noirs creusés par l'acide.

Pendergast avait enfin terminé le mélange.

— Je m'occupe de la suite. Trempez immédiatement votre main dans la glace.

Smithback obtempéra tandis que Pendergast déchirait le carton d'une petite boîte de levure chimique.

— Donnez-moi votre main.

Smithback la sortit de l'eau et Pendergast y déposa un peu de poudre tout en continuant à remuer le mélange.

— La levure va neutraliser le mélange d'acide. Vous conserverez une méchante cicatrice, sans plus. À présent, continuez de remuer pendant que je prépare la suite.

— D'accord.

Le journaliste avait la main en feu, mais l'idée que Nora était prisonnière de la tombe l'empêchait d'y penser.

Pendergast retira de la glace un troisième flacon qu'il sécha soigneusement avant d'en prélever une petite quantité dans une cornue.

À l'intérieur de la tombe, les prisonniers frappaient à coups redoublés en poussant des hurlements.

— Pendant que je verse, vous remuez lentement le flacon dans son lit de glace en l'inclinant, et vous me donnez la température du mélange toutes les quinze secondes. Remuez en évitant surtout de mélanger et veillez à ne pas heurter les parois du flacon avec le thermomètre. Compris ?

— Oui.

Pendergast se mit à verser le liquide avec une lenteur effrayante tandis que Smithback exécutait ses ordres.

— La température, monsieur Smithback ?

— Dix... vingt... ça monte très vite ! Trente-cinq...

Les gouttes de sueur qui perlaient sur le front de Pendergast n'étaient pas pour rassurer Smithback.

— On est toujours à trente-cinq... Pour l'amour du ciel, faites vite !

— N'arrêtez pas de remuer, répondit l'inspecteur d'une voix posée qui tranchait avec le voile de sueur sur son front.

— Vingt-cinq...

Les coups qui résonnaient derrière les deux hommes avaient quelque chose de lancinant.

— Vingt... douze... dix...

Pendergast ajouta quelques gouttes et la température remonta en flèche, les contraignant à patienter le temps d'une éternité.

— Vous êtes sûr de ne pas pouvoir tout mélanger d'un coup ?

— Si nous nous faisons sauter, monsieur Smithback, leur situation est sans espoir.

Smithback s'efforça de maîtriser son impatience tandis que Pendergast poursuivait le mélange chaque fois que la température redescendait suffisamment pour l'y autoriser. Enfin, il vida les dernières gouttes du liquide dans le flacon.

— La première étape est terminée. Je vous demanderai maintenant de prendre cette ampoule à décanter et d'y verser un peu de l'eau distillée que vous trouverez dans ce bidon.

Smithback avisa un tube ventru muni d'un robinet à son extrémité inférieure. Il en souleva le couvercle et le remplit d'eau distillée glacée.

— À présent, maintenez-le droit dans la glace, s'il vous plaît.

Smithback s'exécuta.

Pendergast saisit le flacon avec d'infinies précautions et en vida le contenu à l'intérieur du décanteur sous le regard inquiet de son compagnon. Bientôt, il ne resta plus dans le décanteur qu'une pâte blanchâtre que Pendergast examina brièvement avant de se tourner vers le journaliste.

— Allons-y.

— C'est tout ? Vous voulez dire que c'est terminé ? s'exclama Smithback qui aurait donné n'importe quoi pour ne plus entendre les coups et les cris qui allaient crescendo de l'autre côté de la porte du tombeau.

— Absolument.

— Alors, dépêchons-nous de faire sauter cette porte !

— Non, elle est trop lourde. Même si nous le pouvions, nous serions certains de tuer tous ceux qui sont de l'autre côté. J'ai trouvé un meilleur point d'entrée.

— Où ça ?

— Suivez-moi, fit Pendergast en se dirigeant au pas de course vers l'entrée du Muséum. Il va nous falloir gagner la station de métro en traversant les rangs des curieux. Votre tâche, monsieur Smithback, consistera à me permettre de passer *au milieu de la foule.*

64

Il fallut à Nora un effort surhumain pour reprendre ses esprits et comprendre qu'elle ne tombait pas au fond du puits, qu'il s'agissait d'une impression. Les insectes holographiques avaient dispersé les spectateurs de tous côtés dans une panique indescriptible. Les grondements sourds, tels des tambours infernaux, allaient en s'amplifiant tandis que les stroboscopes émettaient des éclairs de plus en plus rapides et aveuglants, provoquant chez Nora des éblouissements douloureux qui lui vrillaient le crâne.

Elle avala péniblement sa salive et regarda autour d'elle. L'hologramme de la momie avait disparu, mais les fumigènes crachaient à rythme forcé un brouillard qui sortait du sarcophage en bouillonnant. Un nuage emplissait peu à peu la pièce, sur lequel se réverbéraient les éclairs stroboscopiques avec une violence inouïe.

Nora sentit Viola sur le point de s'effondrer et elle lui agrippa la main.

— Ça va aller ? lui demanda-t-elle.

— Non, je n'en peux plus. Mais enfin, Nora, que se passe-t-il ?

— Je... je ne sais pas. Un grave dysfonctionnement, probablement.

— Non, ces insectes ne pouvaient pas être une aberration du système. Quelqu'un les a programmés. Et cette *lumière*...

Viola grimaça en baissant les yeux afin d'échapper aux flashs meurtriers.

Le brouillard leur arrivait désormais à la ceinture et le niveau ne cessait de monter. Nora fut prise de panique en s'apercevant que les fumigènes ne tarderaient pas à les engloutir, elle se voyait déjà périr noyée dans un océan de fumée et de lumière. Autour d'elle, les cris et les hurlements fusaient de toutes parts.

— Il faut absolument qu'on fasse sortir les gens, parvint-elle à dire entre deux hoquets.

— Je sais, Nora, mais je n'arrive plus à penser à quoi que ce soit...

À quelques mètres des deux femmes, un homme gesticulait dans tous les sens. Il tenait à la main un badge qui brillait au rythme des stroboscopes.

— Police ! Que personne ne perde son calme ! Nous allons vous sortir d'ici, mais je demande instamment à chacun de garder son calme !

Le malheureux prêchait dans le vide.

Tout près d'elle, Nora crut reconnaître une voix. Elle se retourna et vit le maire, penché en avant, la tête à moitié dans le brouillard.

— Ma femme ! Elle est tombée... Elizabeth, où es-tu ?

Au même moment, la foule recula brutalement dans un mouvement de panique et Nora se sentit emportée par le courant au milieu des cris. En passant, elle vit le flic en civil se faire écraser par la marée humaine.

— Au secours ! hurla le maire.

Nora tenta de lui attraper la main, mais la frénésie de la foule l'en empêcha et les appels du maire se perdirent dans les grondements des haut-parleurs.

Il lui fallait absolument tenter quelque chose.

— Écoutez-moi ! hurla-t-elle de toutes ses forces. Écoutez-moi tous !

Les cris s'apaisèrent en partie, signe que son appel n'était pas passé inaperçu.

— Il nous faut impérativement agir ensemble si nous voulons sortir d'ici. Vous avez compris ? Que tout le monde donne la main à son voisin et nous allons nous diriger vers la sortie. Ne courez pas et ne poussez pas, contentez-vous de me suivre !

À son grand soulagement, son intervention avait ramené un semblant de calme. Les cris se turent et elle sentit la main de Viola s'agripper à la sienne.

Les vagues de brouillard l'enveloppaient à présent jusqu'à la poitrine. À moins de partir vite, ils ne tarderaient pas à être aveuglés.

— Faites passer le message à tous ceux qui sont derrière vous. Donnez-vous la main et suivez-moi !

Nora et Viola en tête, le cordon humain se mit en branle, mais une fréquence grave plus forte que les précédentes se fit entendre et les invités qui commençaient tout juste à se calmer cédèrent à nouveau à la panique.

— Tenez-vous la main ! hurla Nora.

C'était inutile, les gens avaient définitivement perdu toute maîtrise d'eux-mêmes. Ils se ruèrent dans tous les sens et Nora, à peine capable de respirer, se sentit aussitôt écrasée.

— Ne poussez pas ! cria-t-elle, sans que personne l'écoute.

À côté d'elle, Viola tenta à son tour de faire revenir le calme, mais ses appels se perdirent au milieu des hurlements et des vibrations qui faisaient trembler la tombe. Les stroboscopes poursuivaient leur sarabande infernale, projetant des explosions de lumière sur les nappes de brouillard. Chaque nouvel éclair privait un peu plus Nora de ses moyens. Ce n'était plus uniquement de la peur, mais quelque chose d'indéfinissable qui l'empêchait de penser normalement.

La foule en furie, mue par une panique animale, se dirigeait vers la Salle des Chars. Nora se tenait de toutes ses forces à la main de Viola. Soudain, un son suraigu se mêla aux grondements et envahit l'espace en hululant avec une force terrifiante qui criblait le cerveau de pointes acérées. Sous la pression de la foule, Nora perdit la main de l'égyptologue.

— Viola !

Si la jeune femme lui répondit, elle ne l'entendit pas.

La pression se relâcha soudainement, comme si un bouchon avait sauté, et Nora reprit longuement sa respiration en secouant la tête dans l'espoir de recouvrer ses esprits. Elle aperçut un pilier auquel elle s'accrocha et reconnut un bas-relief. La porte de la Salle des Chariots était tout près… à condition de pouvoir l'atteindre, peut-être pourraient-ils échapper à ce cauchemar infernal…

Elle longea le mur jusqu'à la porte en veillant à éviter la fureur des invités paniqués. À coups de griffe, à coups de poing, les gens se battaient entre eux dans l'espoir de passer plus vite, arrachant leurs vêtements. Autour de la foule déchaînée, les grondements et les sons suraigus poursuivaient leur travail de mort. Prise de vertige, Nora crut un instant qu'elle allait défaillir, la tête prise dans un tourbillon comme sous le poids d'une fièvre brutale. Elle tenta désespérément de garder l'équilibre, consciente qu'elle ne pourrait jamais se relever si elle tombait.

Un cri lui fit tourner la tête. Entre deux écharpes de brouillard, elle vit une femme tomber à terre et se faire piétiner par la foule. Elle tendit instinctivement la main et la tira de toutes ses forces afin de l'obliger à se relever. La femme avait le visage en sang et une jambe cassée, à en juger par l'angle étrange que formait son genou, mais elle était vivante.

— J'ai mal, gémit la malheureuse.

— Mettez votre bras autour de mes épaules, lui hurla Nora.

Ensemble, elles se glissèrent au milieu de la marée humaine et pénétrèrent dans la Salle des Chars au milieu de la foule après avoir manqué être étouffées au moment de franchir le goulot d'étranglement de la porte.

Enfin, de l'air, de l'espace et un semblant de calme…

Autour de Nora, les gens erraient sans but, désorientés, les vêtements en lambeaux, couverts de sang, les traits marbrés de larmes, appelant à l'aide. La femme qui se raccrochait à elle comme un poids mort lui meurtrissait l'épaule. Elle geignait misérablement.

Au moment où Nora croyait avoir échappé au pire, elle constata avec hébétude que le brouillard, les éclairs et les vibrations l'enveloppaient comme dans la pièce précédente, chaque nouveau flash de lumière lui anesthésiant un peu plus les sens.

Viola a raison, pensa-t-elle confusément. Rien de tout ça n'est le fait du hasard, le scénario ne prévoyant ni stroboscope ni fumigène dans la Salle des Chars.

Il s'agissait donc d'un attentat délibéré, soigneusement planifié.

Nora se prit la tête d'une main, dans l'espoir de faire taire sa migraine, tout en poussant de l'autre sa protégée en direction du Second Passage du Dieu et de l'entrée de l'exposition. Cette fois encore, les invités s'agglutinaient au seuil de la pièce.

— Ne poussez pas, passez l'un après l'autre ! cria-t-elle.

Juste devant elle, un invité essayait de se frayer un passage à coups de poing. De sa main libre, elle l'attrapa par le col de son smoking et le tira en arrière. Il pivota sur lui-même et voulut la frapper.

— Espèce de salope ! hurla-t-il. Je te tuerai !

Nora recula, horrifiée, et son agresseur repartit en avant en bousculant brutalement ceux qui se trouvaient sur son chemin. Il n'était malheureusement pas le seul à avoir perdu la tête. Dans tous les coins les gens hurlaient, les yeux exorbités, dans une vision de l'enfer digne de Jérôme Bosch.

Nora elle-même ressentait intérieurement les premiers symptômes d'une agitation anormale, d'une rage incompréhensible, d'une sourde impression de mort. Il ne s'était pourtant rien passé. Ni incendie ni hécatombe qui puisse justifier un tel vent de folie...

La jeune femme repéra dans un coin le directeur du Muséum. Littéralement décomposé, Frederick Watson Collopy titubait comme un zombie en direction de la porte en traînant la jambe : *Ffffft-boum ! Ffffft-boum !*

Il l'aperçut et ses traits ravagés s'éclairèrent. Remontant à contre-courant de la marée humaine, il la rejoignit.

— Nora ! Aidez-moi !

Collopy prit par le bras la blessée que Nora tentait d'aider. La jeune femme allait le remercier de son aide lorsqu'elle le vit projeter à terre la malheureuse.

Nora le regarda d'un air horrifié.

— Mais... qu'est-ce que vous faites ?

Elle s'avança pour aider la femme, mais Collopy la prit à bras-le-corps, s'agrippant à elle en la griffant avec le désespoir absurde d'un naufragé sur le point de se noyer. Nora voulut se dégager, mais il la retenait de toutes ses forces. Emporté par sa folie, il lui passa un bras autour du cou.

— Aidez-moi ! hurla-t-il à nouveau. *Je ne peux plus marcher !*

Nora lui envoya un coup de coude dans le plexus solaire et il recula sous le choc sans la lâcher pour autant.

Une silhouette furieuse se rua vers eux et Nora, à moitié étouffée, reconnut Viola qui martelait de coups de pied les tibias du directeur. Collopy lâcha prise avec un hurlement et s'effondra sur le sol en se tordant de douleur, une bordée d'injures à la bouche.

Nora mit à profit cet instant de répit et entraîna Viola au fond de la salle, loin de toute cette fureur. Au même moment, l'une des vitrines de la pièce s'écroula dans un fracas de verre brisé.

— Ma tête ! Ma tête ! gémit Viola en se protégeant les yeux avec les mains. Je n'arrive plus à penser.

— On dirait qu'ils sont tous devenus fous.

— Moi aussi, j'ai l'impression de devenir folle.

— Ce sont les stroboscopes, suggéra Nora en toussant. Et le bruit... ou alors un produit chimique dans les fumigènes.

— Que voulez-vous dire ?

À cet instant, une spirale apparut au-dessus de leur tête. Une immense spirale en trois dimensions qui tournait lentement dans un grondement de fin du monde. Un bruit strident troua l'air, puis un autre un quart de ton plus bas, et encore un autre, qui vrillaient les tympans de façon dissonante. Hypnotisée, Nora ne parvenait pas à détacher le regard de la spirale. Il ne pouvait s'agir que d'une projection holographique, mais elle était d'un réalisme saisissant... Jamais Nora n'avait rien vu de semblable et la spirale tournait de plus en plus vite, l'attirant à elle dans un tourbillon de démence.

Elle s'obligea à détourner les yeux.

— Viola, ne regardez pas !

L'égyptologue, tremblant de tous ses membres, semblait magnétisée par la terrible vision.

— Arrêtez ! s'écria Nora en la giflant.

Mais Viola se contenta de secouer la tête, les yeux exorbités.

— Le son et lumière ! hurla Nora en la secouant de toutes ses forces. Il est en train de nous rendre fous !

— Comment... ? demanda Viola d'une voix endormie.

Elle posa sur sa compagne des yeux injectés de sang et Nora crut revoir le regard halluciné de Wicherly.

— Le son et lumière est en train de nous rendre fous. Ne le regardez pas et bouchez-vous les oreilles !

— Je ne... comprends pas, répondit Viola, les yeux révulsés.

— Couchez-vous par terre ! Bouchez-vous les yeux et les oreilles !

Comme l'autre ne réagissait toujours pas, Nora déchira un morceau de sa robe et banda les yeux de sa consœur. Elle allait se voiler les yeux à son tour lorsqu'elle aperçut fugitivement dans un recoin sombre de la pièce un personnage en smoking blanc. Étrangement calme, un masque sur le visage, les mains croisées devant lui, parfaitement immobile, Menzies attendait.

Nora se demanda un instant si elle n'avait pas rêvé.

— Bouchez-vous les oreilles ! cria-t-elle en s'accroupissant à côté de Viola.

Recroquevillées sur elles-mêmes dans un coin, les paupières serrées, les doigts dans les oreilles, les deux femmes faisaient de leur mieux pour échapper à l'horrible spectacle de dévastation et de mort qui les entourait.

65

Smithback courait derrière Pendergast à travers les salles désertes du musée, la lampe de l'inspecteur suivant les cordons disposés le long du chemin. Quelques minutes plus tard, ils traversaient la rotonde, l'écho de leur course se répercutant autour d'eux, et débouchaient enfin en haut des marches à l'entrée du musée. Des voitures de police arrivaient sur Museum Drive par dizaines dans un concert de sirènes et de coups de frein. Un ballet d'hélicoptères tournait au-dessus de leur tête.

Des policiers en tenue essayaient de contenir la foule, repoussant les badauds et les journalistes le plus loin possible. D'autres, agglutinés au pied du grand escalier, installaient à la hâte un QG de campagne. Des cris et des ordres fusaient de toutes parts, rythmés par les flashs des photographes.

Pendergast hésita un instant en haut des marches avant de se tourner vers son compagnon.

— Celle-là ! dit-il en désignant la bouche de métro que l'on apercevait à l'autre bout de Museum Drive.

— Nous en avons au moins pour vingt minutes à traverser la foule, rétorqua Smithback. Sans compter que quelqu'un risque de faire tomber le flacon à tout moment.

— Nous ne pouvons nous offrir un tel luxe.

Tu parles d'un euphémisme... pensa Smithback.

— Que suggérez-vous ? demanda-t-il.

— Nous allons devoir écarter les gens le plus rapidement possible.

— Oui, mais comment ?

Tout en posant la question, Smithback vit Pendergast sortir son arme.

— Ne me dites pas que vous allez vous en servir !

— Ce n'est pas moi qui vais m'en servir, c'est *vous.* Tirer avec ce que j'ai dans ce flacon relèverait du suicide. La déflagration risquerait de tout faire sauter.

— Vous ne pouvez pas me demander de...

Smithback se retrouva avec le pistolet dans la main.

— Tirez en l'air, le plus haut possible, du côté de Central Park.

— Mais je ne me suis jamais servi de...

— Il suffit d'appuyer sur la détente. C'est un Colt 45 modèle 1911, avec un recul terrible. Tenez-le à deux mains, les coudes légèrement repliés.

— Je peux prendre la nitroglycérine...

— J'ai bien peur que non, monsieur Smithback. Maintenant, allons-y.

Smithback s'avança vers la foule à contrecœur.

— FBI ! dit-il d'une voix mal assurée. Laissez-nous passer !

L'avertissement passa totalement inaperçu.

— Bon sang ! Laissez-nous passer !

Quelques regards bovins se posèrent sur lui.

— Ils ne feront attention à vous que lorsque vous aurez commencé à tirer, lui conseilla Pendergast.

— Poussez-vous ! s'écria Smithback en levant le pistolet. Vite !

Dans les premiers rangs, quelques personnes commençaient à comprendre et un premier mouvement de recul s'amorça, mais la majorité des curieux continuait à leur bloquer le passage.

Les nerfs tendus, Smithback appuya sur la détente, sans que rien se produise. Il appuya plus fort et le coup partit, assourdissant.

Des hurlements s'élevèrent de la foule qui s'écarta devant lui comme la mer Rouge face à Moïse.

— À quoi vous jouez ?!!

Deux flics s'approchaient en courant, l'arme à la main.

— FBI ! leur cria Pendergast en s'engouffrant dans la brèche. Il s'agit d'une intervention fédérale d'urgence. Laissez-nous faire.

— Dans ce cas, montrez-nous votre badge.

Les rangs se resserraient déjà devant eux et Smithback comprit qu'il n'était pas au bout de ses peines.

— Poussez-vous ! hurla-t-il en avançant et en tirant simultanément, histoire de montrer qu'il ne plaisantait pas.

Un chemin s'ouvrit miraculeusement devant eux dans un tonnerre de cris.

— Espèce de sale con ! cria une voix. Vous êtes pas un peu fou de tirer comme ça ?

Smithback se mit à courir, suivi tant bien que mal par Pendergast qui ne pouvait se permettre de secouer son dangereux fardeau. Derrière lui, la foule s'était déjà refermée, empêchant les deux flics de les suivre. Smithback les entendit jurer en tentant vainement de se frayer un chemin.

Peu après, ils parvenaient à l'entrée du métro. Pendergast reprit la tête en descendant le premier les marches avec une souplesse remarquable, le flacon serré contre lui, puis les deux hommes longèrent le quai en courant et s'engagèrent dans le couloir menant au Muséum où les attendaient D'Agosta et Hayward.

— Où se trouve le point d'entrée ? leur cria Pendergast de loin.

— Entre ces deux lignes, répondit Hayward en désignant deux droites tracées au rouge à lèvres sur les carreaux de faïence.

Pendergast s'agenouilla et déposa lentement le flacon contre le mur entre les deux marques rouges. Il se releva et se tourna vers ses compagnons.

— Si vous voulez bien reculer jusqu'au quai ? Monsieur Smithback, mon arme, je vous prie.

Smithback s'exécuta et les deux hommes rebroussèrent chemin en direction du quai d'où leur parvenait un bruit de course.

— *Police !* fit une voix à l'autre bout du quai. *Lâchez vos armes et levez les mains en l'air !*

— Reculez ! cria Hayward en agitant son badge. Opération de police en cours !

— Identifiez-vous !

— Capitaine Laura Hayward de la brigade criminelle !

Les deux flics eurent du mal à cacher leur étonnement.

Pendant ce temps Pendergast, aplati contre le mur de la station au coin du couloir, avait levé son arme.

— Montrez-nous votre badge, capitaine ! cria l'un des flics.

— Baissez-vous ! répondit-elle.

— Vous êtes prêts ? demanda la voix calme de Pendergast. Je compte jusqu'à trois. Un…

— Capitaine, je vous *demande* de montrer votre badge !

— Deux…

— Et moi, je vous dis de vous baisser, bande d'idiots !

— Trois.

Une détonation retentit, immédiatement suivie par un tremblement de terre. Le souffle de l'explosion projeta Smithback à terre et la station se trouva instantanément recouverte d'une épaisse couche de poussière. Allongé sur le quai, le souffle coupé, Smithback vit une pluie de gravats s'abattre autour de lui.

— Putain de merde ! fit la voix de D'Agosta, invisible dans le nuage de poussière.

À moitié groggy, Smithback entendit des cris à l'autre bout du quai. Il se mit en position assise, crachant et toussant, les oreilles bourdonnantes. Une main rassurante se posa sur son épaule.

— Monsieur Smithback ? lui glissa Pendergast à l'oreille. Nous allons pénétrer dans la tombe et j'aurais besoin de votre aide. Arrangez-vous comme vous voulez, mais trouvez le moyen d'arrêter ce son et lumière. Arrachez les câbles, brisez les lampes, démolissez les écrans, ce que vous voulez, mais arrêtez tout. C'est la première chose à faire, avant même de secourir les gens. Vous avez compris ?

— Demande du renfort ! cria quelqu'un à l'autre extrémité du quai.

— Vous avez compris ? répéta Pendergast d'une voix anxieuse.

Smithback hocha la tête entre deux quintes de toux et l'inspecteur l'aida à se relever.

— Maintenant ! murmura Pendergast.

Ils se précipitèrent dans le couloir, suivis par D'Agosta et Hayward. La poussière commençait tout juste à retomber, dévoilant un énorme trou dans le mur d'où s'échappaient des écharpes de brouillard zébrées par les éclairs des stroboscopes.

Smithback prit sa respiration et se rua à l'intérieur.

66

Ils franchirent le trou laissé par l'explosion et s'arrêtèrent net. Un épais brouillard s'échappait de la brèche et remplissait peu à peu le couloir du métro. À l'intérieur de la tombe, le niveau des fumigènes commençait déjà à baisser et Smithback, se souvenant des descriptions faites par sa femme, reconnut immédiatement la chambre funéraire. Des éclairs stroboscopiques d'une intensité douloureuse fusaient de tous côtés et des grondements inquiétants faisaient vibrer la pièce, amplifiés par des sons stridents qui mettaient les nerfs à rude épreuve.

— Qu'est-ce qui se passe, là-dedans ? fit la voix de D'Agosta derrière le journaliste.

Pendergast s'avança sans un mot, écartant de la main les écharpes de fumigènes qui l'enveloppaient, et s'arrêta devant l'énorme sarcophage de pierre. Il leva la tête, visa un recoin du plafond et tira sur un appareil qui s'écrasa à terre dans une pluie d'étincelles et d'éclats de verre. L'inspecteur pivota sur lui-même et répéta l'opération avec chacun des stroboscopes disséminés à travers la pièce. Des éclairs aveuglants et des vibrations inquiétantes continuaient pourtant de pénétrer dans la chambre funéraire depuis la pièce voisine.

Le petit groupe s'avança lentement dans le brouillard qui s'estompait. Smithback baissa les yeux et eut un haut-le-cœur en apercevant des corps qui bougeaient faiblement sur le sol maculé de sang.

— Oh, non ! s'écria-t-il en jetant autour de lui un regard désespéré. Nora !

Il se précipita en avant, s'efforçant de balayer le brouillard des mains. L'arme de Pendergast aboya à nouveau et un larsen strident traversa l'air tandis qu'un haut-parleur s'écrasait sur le sol en provoquant un arc électrique, sans faire baisser pour autant l'intensité sonore de la pièce. Apercevant des câbles qui couraient le long d'un mur, Smithback les arracha rageusement.

Un agent en civil s'approcha d'eux en titubant comme s'il était ivre. Il portait des marques de griffures sur le visage et sa chemise était en lambeaux. Le badge qu'il portait à la ceinture pendait lamentablement, tout comme l'arme qu'il tenait machinalement à la main.

— Rogerson ? fit Hayward, éberluée.

Le regard du flic se posa brièvement sur son visage, puis il lui tourna le dos et s'éloigna d'un pas mal assuré. Hayward le rejoignit et lui retira son arme des mains sans qu'il oppose le moindre mouvement de résistance.

— Qu'est-ce qui a bien pu se passer ? questionna D'Agosta en contemplant d'un air abasourdi la scène de carnage qui les entourait.

— Ce serait trop long à vous expliquer, répondit Pendergast. Capitaine Hayward, je vous demanderai de vous diriger vers l'entrée de la tombe en compagnie du lieutenant D'Agosta. Vous y trouverez la majorité des invités rassemblés près des portes de la tombe. Ramenez-les ici et évacuez-les par le trou du mur. Mais prenez garde, nombre d'entre eux auront certainement perdu la tête et peuvent se montrer violents. Veillez surtout à éviter tout mouvement de panique. Quant à nous, ajouta-t-il à l'adresse de Smithback, il nous faut impérativement trouver la génératrice qui alimente l'ensemble de ces appareils.

— Pas question. Je dois d'abord m'occuper de Nora.

— Vous ne retrouverez personne tant que nous n'aurons pas arrêté cette machine infernale.

— Mais...

— Faites-moi confiance, l'interrompit Pendergast d'une voix ferme. Je sais ce que je fais.

Smithback hésita, puis il hocha la tête à contrecœur.

Pendergast sortit de sa poche une autre lampe électrique qu'il tendit au journaliste et les deux hommes reprirent leur progression à travers le brouillard. Le spectacle était difficilement soutenable. Le sol était couvert de tessons de poteries et des blessés gisaient dans tous les coins. Plusieurs corps, dans des positions grotesques, ne bougeaient plus, piétinés pour la plupart par les invités pris de panique. Smithback avait du mal à contrôler les battements de son cœur.

Pendergast fit courir le faisceau de sa lampe au plafond et s'arrêta sur une moulure de pierre. Il tira et fit éclater un coin de la moulure, mettant à nu un câble électrique qui fit des étincelles en émettant un panache de fumée.

— Comme il n'était pas question de faire des saignées électriques dans les murs du tombeau, il aura veillé à dissimuler les câbles derrière un habillage de plâtre.

Lentement, il fit courir le rayon de sa lampe sur la moulure qui en rejoignait une seconde, plus importante, à travers le mur.

Les deux hommes enjambèrent plusieurs corps étendus sur le seuil et pénétrèrent dans la pièce voisine. Smithback plissa les yeux afin de se protéger des stroboscopes que Pendergast neutralisa rapidement de quatre coups de feu bien placés.

L'écho de la dernière détonation ne s'était pas encore éteint qu'un personnage émergea du brouillard en traînant les pieds comme s'il portait des fers. Il donnait l'impression de parler avec animation, mais Smithback n'entendait rien dans le vacarme ambiant.

— Attention ! cria le journaliste en voyant l'inconnu se ruer sur Pendergast.

L'inspecteur fit un croc-en-jambe à son agresseur qui roula lourdement sur le sol, incapable de se relever.

Toujours guidés par la lampe de Pendergast, ils pénétrèrent dans une troisième salle. Les fausses moulures convergeaient toutes vers un pilier qui tombait du plafond et s'arrêtait à mi-hauteur sur le mur du fond, au-dessus d'un coffre lourdement ouvragé datant de la XXe dynastie, posé dans une vitrine miraculeusement intacte.

— Là ! s'écria Pendergast en s'approchant du coffre.

Il ramassa une roue de char brisée et la projeta contre la vitrine qui vola en éclats. Reculant de quelques pas, il braqua le canon de son arme en direction du vieux cadenas de bronze qui fermait le coffre et tira. Il écarta d'un geste les morceaux de verre, arracha le cadenas et souleva le couvercle. À l'intérieur de la lourde caisse ronronnait doucement une génératrice de grande taille. Pendergast tira un couteau de sa poche, glissa la main à l'intérieur du coffre et sectionna un câble. Le moteur de la génératrice toussa à plusieurs reprises et s'arrêta, plongeant la tombe dans le noir.

Les fréquences meurtrières s'étaient tues, mais une cacophonie de cris et de gémissements montait des premières salles de la tombe et Smithback fouilla frénétiquement les alentours avec le rayon de sa lampe.

— Nora ! *Nora !*

Le faisceau de sa torche s'arrêta sur une silhouette à moitié dissimulée dans une alcôve et il découvrit avec étonnement un personnage vêtu d'un smoking immaculé, les yeux bandés, un casque sur les oreilles. Une télécommande à la main, il se tenait si immobile que Smithback aurait pu croire à une projection holographique si l'homme n'avait brusquement retiré son masque.

À côté de lui, Pendergast sursauta violemment et son visage, habituellement d'une pâleur extrême, devint cramoisi.

La réaction de l'homme au smoking fut plus spectaculaire encore. Il commença par se ramasser sur lui-même, prêt à bondir, puis il sembla se reprendre et se redressa.

— Toi ! s'exclama-t-il, pétrifié.

D'une main fine et nerveuse, il arracha son casque et le laissa lentement tomber sur le sol avant de retirer ses boules Quies.

Éberlué, Smithback reconnut Hugo Menzies. Le responsable du département d'anthropologie était pourtant méconnaissable, ses yeux lançaient des éclairs et il tremblait de tous ses membres, le visage convulsé par la rage.

— Diogène… prononça Pendergast d'une voix étranglée.

Au même instant, une voix prononça le nom de Smithback dans leur dos. Ils se retournèrent et virent une Nora chancelante tenter de se relever avec l'aide de Viola Maskelene.

Menzies, profitant de cette seconde d'inattention, jaillit de son alcôve et s'évanouit dans l'obscurité. Pendergast hésita un instant à se lancer à sa poursuite avant de se tourner à nouveau vers Viola.

Smithback s'était précipité vers les deux femmes et Pendergast ne tarda pas à le rejoindre. Il prit Viola dans ses bras.

— Mon Dieu, bégaya-t-elle entre deux sanglots. Mon Dieu, Aloysius…

Smithback l'entendit à peine. Un bras serré autour des épaules de Nora, il caressait doucement son visage couvert de sang.

— Comment te sens-tu ? demanda-t-il.

Elle fit la grimace.

— J'ai très mal à la tête. À part ça, rien que des égratignures. Si tu savais le cauchemar qu'on a vécu…

— On va vous sortir de là, la rassura Smithback en se tournant vers Pendergast.

L'inspecteur tenait Viola serrée contre lui, les yeux perdus dans le sillage de son frère.

Les radios des renforts envoyés par la police leur parvenaient depuis la chambre funéraire, assourdies. Des lumières trouèrent le brouillard et une dizaine de policiers fit irruption dans la Salle des Chars, l'arme à la main, ahuris par le spectacle qui les attendait.

— Que s'est-il passé ? s'enquit leur chef, un lieutenant. Où sommes-nous ?

— Vous vous trouvez dans le tombeau de Senef, lui répondit Pendergast.

— Mais… et l'explosion ?

— Il nous fallait bien trouver le moyen d'entrer, lieutenant, lui expliqua Hayward en s'avançant, son badge à la main. Mais on parlera de ça plus tard. Nous avons pas mal de blessés sur les bras par ici et il y en a d'autres plus loin. On va avoir besoin de secours et d'ambulances. Compris ? Le lieutenant D'Agosta se trouve à l'entrée de la tombe, il ramène les victimes par ici pour les faire sortir, mais il va avoir besoin d'aide.

— Bien, capitaine.

Le lieutenant donna des ordres et ses hommes s'enfoncèrent dans la tombe, précédés par les rayons hésitants des torches. On distinguait au loin les gémissements et les pleurs des blessés, ponctués de hurlements étranges.

Pendergast avançait déjà vers la chambre funéraire en soutenant Viola. Smithback passa le bras autour des épaules de Nora et ils prirent à leur tour la direction de la brèche. Quelques minutes plus tard, ils retrouvaient les lumières vives de la station de métro où ils furent accueillis par un groupe de secouristes armés de civières pliantes.

— Nous allons nous occuper de ces dames, proposa l'un des infirmiers tandis que ses collègues se précipitaient vers le trou béant.

En l'espace de quelques instants, Viola et Nora remontaient vers la surface, sanglées sur des civières. Pendergast ouvrait la voie, le visage aussi pâle et impassible qu'à son habitude. Quant à Smithback, il ne quittait pas sa femme des yeux.

Elle lui prit la main avec un sourire.

— Je savais que tu viendrais, dit-elle simplement.

67

— Le petit déjeuner est servi à partir de six heures, monsieur, fit l'employé des wagons-lits à l'adresse de l'élégant voyageur installé dans un compartiment privé.

— Je préfère le prendre ici, si cela ne vous dérange pas. Merci d'avance.

L'employé jeta un coup d'œil rapide au billet de vingt dollars qu'on venait de lui glisser dans la main.

— Aucun problème, monsieur, aucun problème. Y a-t-il autre chose pour votre service ?

— Oui, apportez-moi un verre préalablement rafraîchi, de la glace pilée, une bouteille d'eau minérale bien fraîche et quelques morceaux de sucre.

— Très bien, monsieur. Je vous apporte ça tout de suite.

L'employé fit une courbette en souriant et referma la porte du compartiment d'un geste presque obséquieux.

Diogène Pendergast entendit la lourde portière du wagon se refermer. La rumeur de Penn Station lui parvenait comme dans un brouillard, mélange de conversations et d'annonces sur les haut-parleurs de la gare.

Il tourna la tête et observa d'un œil distrait l'activité sur le quai. Un contrôleur bien en chair donnait patiemment des indications à une jeune femme qui tenait un bébé dans les bras. Un banlieusard passa à côté d'eux, son attaché-case à la main, marchant d'un pas rapide pour ne pas rater le Midtown Express à destination de Dover qui attendait sur la voie opposée. Puis ce fut au tour d'une vieille femme toute menue d'apparaître dans le cadre de la fenêtre. Elle s'arrêta pour regarder le train et reprit sa route à pas comptés.

Diogène les voyait sans vraiment les voir. C'est à peine s'il les considérait comme des éléments de décor, de simples prétextes propices à chasser ses idées noires.

Les premières minutes passées, l'angoisse, l'incrédulité et la fureur domptées, il s'était efforcé de ne plus penser à son échec. À bien y réfléchir, il ne s'en était pas trop mal tiré, étant donné les circonstances. Diogène tenait toujours en réserve plusieurs scénarios de fuite et il s'était contenté de suivre le premier. Après avoir fui le Muséum moins d'une demi-heure auparavant, voilà qu'il se trouvait en sécurité à bord du Lake Champlain, en route pour Montréal. Un train de nuit extrêmement commode puisqu'il faisait halte à Cold Spring, dans la vallée de l'Hudson. Il fallait changer de motrice, la ligne n'étant plus électrifiée au-delà, et les voyageurs disposaient de trente minutes pour se dégourdir les jambes.

Une demi-heure que Diogène entendait mettre à profit pour rendre une ultime visite à sa vieille amie Margo Green.

La seringue était déjà prête, cachée dans un paquet-cadeau soigneusement enrubanné, rangé au-dessus de sa tête dans un sac de voyage contenant ses souvenirs les plus précieux : des albums de coupures de journaux, sa pharmacopée personnelle d'hallucinogènes et d'opiacés, ses babioles et autres jouets monstrueux que personne d'autre que lui n'avait jamais vus, sinon quelques indiscrets dont la curiosité avait été fatale. Quant à la housse accrochée dans la minuscule penderie à l'entrée du compartiment, elle contenait assez de déguisements pour lui permettre de rentrer chez lui en toute tranquillité. Mais surtout, Diogène portait sur lui tous les passeports dont il pourrait avoir besoin.

Il voulait penser le moins possible à ce qui s'était passé et décida de se distraire en pensant à Margo Green.

Tout au long de la préparation minutieuse du son et lumière, Margo avait été le seul plaisir qu'il s'était accordé. La jeune femme était une poire pour la soif, un amusement auquel il mettrait un terme le moment venu.

Pourquoi avait-il choisi Margo, au lieu de s'intéresser à William Smithback, Nora Kelly, Vincent D'Agosta ou Laura Hayward ? La question méritait d'être posée, mais Diogène n'était pas certain d'en connaître la réponse. Sans doute Margo évoquait-elle à ses yeux tous ces vieux croûtons pontifiants, didactiques, sordides, rébarbatifs et désuets au milieu desquels il s'était enterré vivant pendant tant d'années, dans le costume étriqué de Hugo Menzies. Une imposture indispensable, mais une torture de tous les instants. Si son plan avait fonctionné, le monde aurait été débarrassé définitivement de tous ces fossiles anémiques et il ne serait plus resté que Margo. Il avait échoué avec eux, mais il n'avait pas l'intention d'échouer avec elle.

Malgré la subtilité des dosages qu'il lui fallait administrer à chacune de ses visites amicales, il avait pris un malin plaisir à prolonger le calvaire de Mme Green en maintenant sa fille aux portes de la mort le plus longtemps possible. Le calice de souffrance de la mère de Margo était pour lui une coupe délicieuse dont l'amertume l'aidait à entretenir son propre goût morbide de l'existence.

Quelqu'un frappa à la porte.

— Entrez, dit Diogène.

L'employé des wagons-lits pénétra dans le compartiment en poussant une table roulante dont il déposa le contenu sur une petite desserte avant de s'enquérir :

— Autre chose, monsieur ?

— Pas pour le moment. Vous n'aurez qu'à préparer mon lit d'ici une heure.

— Très bien, monsieur. J'en profiterai pour prendre la commande du petit déjeuner.

Sur ces mots, il se retira avec une courbette.

Diogène resta un moment immobile à contempler le quai. Puis il sortit de sa rêverie et tira de la poche intérieure de sa veste une flasque d'argent. Il en dévissa le bouchon et versa dans le verre qu'on venait de lui apporter une longue rasade d'un liquide dont la couleur vert émeraude échappait à sa perception grise du monde. Il se leva et tira religieusement de son sac de voyage une cuillère en argent partiellement fondue, au manche orné des armes du clan Pendergast. Il la plaça délicatement au-dessus du verre avant d'y déposer un morceau de sucre, puis il prit la cruche d'eau glacée et la fit couler goutte à goutte sur le sucre. L'eau sucrée se répandit autour de la cuillère et s'écoula dans le verre à la façon d'une fontaine où elle se mêla à l'alcool dont la couleur passa lentement d'un vert laiteux à un jade lumineux.

Diogène procédait lentement, minutieusement.

L'opération terminée, il retira précautionneusement la cuillère et porta le verre à ses lèvres, prenant le temps de savourer pleinement le liquide légèrement amer. Il reboucha la flasque et la glissa dans la poche de sa veste. Il s'agissait de la seule absinthe de fabrication récente aussi riche en armoise qu'au XIXe siècle, une spécificité méritant que l'on sacrifie au rituel traditionnel.

Il avala une deuxième gorgée et se cala confortablement sur la banquette. Qu'avait dit Oscar Wilde au sujet de l'absinthe, déjà ? « Au départ, il s'agit d'une boisson comme les autres. Dans un deuxième temps, elle vous fait voir des monstres et des atrocités mais, à condition de persévérer, elle finit par vous révéler la beauté de vos propres désirs. »

Diogène avait beau boire beaucoup d'absinthe, il n'avait jamais dépassé le deuxième stade, ce qui lui convenait parfaitement.

Une voix sortant d'un petit haut-parleur installé dans le plafond du compartiment interrompit ses pensées.

Mesdames et messieurs, bienvenue à bord du Lake Champlain. Il desservira les gares de Yonkers, Cold Spring, Poughkeepsie, Albany, Saratoga Springs, Plasttsburgh, Saint Lambert et Montréal. Notre train partira d'ici quelques minutes. Nous invitons tous les visiteurs à descendre de voiture…

Un sourire effleura les lèvres de Diogène. Le Lake Champlain était l'un des deux derniers trains de luxe encore en service chez Amtrak. En réservant deux cabines de première classe contiguës, et une fois ouverte la cloison qui les séparait, il disposait d'une suite à peu près confortable. Comment les hommes politiques de ce pays avaient-ils pu laisser le réseau ferroviaire américain, autrefois le premier au monde, s'enfoncer dans un tel état de décrépitude et d'abandon ? Heureusement, il ne tarderait pas à retrouver l'Europe où l'on savait encore voyager dans des conditions de confort dignes de ce nom.

Une grosse femme passa devant sa fenêtre de toute la vitesse de ses petites jambes, un porteur chargé de bagages à sa suite.

Diogène leva son verre et le remua doucement. Le train n'allait pas tarder à partir. Avec la prudence d'un dompteur confronté à un animal dangereux, il s'autorisa à réfléchir aux événements récents pour la première fois.

Le seul fait d'y repenser était douloureux. Quinze années de préparation, d'intrigue, de déguisements et d'ingéniosité réduites à néant. Ne serait-ce que pour donner corps à son personnage d'anthropologue, il lui avait fallu inventer un passé à Menzies, se familiariser avec le métier de chercheur, travailler durement pendant des années, participer à des réunions et des colloques insipides, écouter les péroraisons imbéciles de conservateurs décatis… Rien que d'y penser, il en avait le tournis. Et puis, il avait dû imaginer son chef-d'œuvre, dans toute sa formidable complexité médicale et technique. Un chef-d'œuvre capable de pousser à la folie des gens ordinaires, de faire d'eux des tueurs sociopathes. Au terme de longues et minutieuses recherches, il avait mis au point un système de lumières et de fréquences sonores qui créait des lésions au niveau de certaines régions cérébrales et court-circuitait les fonctions inhibitrices du cortex entorhinal, et dont il avait testé les vertus sur Lipper et ce crétin de Wicherly…

Il avait tout prévu dans les moindres détails. Jusqu'à la malédiction placée à l'intérieur de la tombe dont il avait tiré le meilleur profit en effrayant délibérément les gens afin de mieux les mettre en condition avant la terrible expérience qui les attendait. Normalement, tout aurait dû marcher comme sur des roulettes si un grain de sable n'était pas venu gripper la mécanique. Mais aussi, comment aurait-il pu prévoir que son frère s'évaderait de Herkmoor ? Et d'abord, comment s'y était-il pris ?

Aloysius dans toute sa splendeur. Aloysius avait passé sa vie à détruire tout ce qu'aimait son cadet. Aloysius, de dépit de se savoir surpassé intellectuellement, qui l'avait sciemment condamné au pire en le soumettant à cette terrible épreuve dont il ne devait pas sortir…

La main de Diogène s'était mise à trembler et il s'obligea à ne plus penser à ce jour funeste. Qu'importe. Il comptait bien se venger en laissant un cadeau d'adieu à son cher frère : la mort de Margo Green.

Un crissement de freins, une dernière annonce et le train s'ébranla lentement dans le grincement des roues sur les rails. Ça y est, il était parti. Cold Springs, le Canada, l'Europe, et il serait enfin chez lui.

Chez lui. L'idée de se retrouver bientôt dans sa bibliothèque, au milieu de ses trésors les plus précieux, dans un cadre conçu pour satisfaire jusqu'à sa moindre envie, contribuait à l'apaiser. C'était chez lui qu'il avait peaufiné son projet, année après année. C'était là qu'il mettrait au point le suivant. Encore relativement jeune, il avait tout le temps d'imaginer un autre chef-d'œuvre, plus grandiose encore.

Il avala une longue gorgée d'absinthe. Sous l'effet de la fureur, il en arrivait à oublier le principal. En blessant aussi durement son frère, il avait partiellement atteint le but qu'il s'était fixé. Accusé du meurtre de ses propres amis, Aloysius avait été humilié publiquement avant d'aller croupir dans un cul-de-basse-fosse. Pour quelqu'un d'aussi secret et renfermé, la prison avait dû être une expérience terrible. Et, s'il était temporairement libre, il avait toutes les polices à ses trousses, son évasion n'ayant fait qu'aggraver son cas. Jamais plus il ne connaîtrait la sérénité, jamais plus il ne pourrait respirer en paix. Il passerait le reste de sa vie traqué comme une bête.

Au moins Diogène avait-il touché son frère en son point le plus sensible. Et pendant qu'Aloysius moisissait dans sa cellule, il avait séduit sa protégée. Il en avait retiré un plaisir à la fois délicieux et abominable. En y réfléchissant bien, c'était assez remarquable de trouver autant de fraîcheur, d'innocence et de naïveté chez une enfant plus que centenaire. Diogène avait éprouvé une joie indicible à l'embobiner, lui mentant avec le plus profond cynisme. Il conservait un souvenir particulièrement ému des dissertations interminables qu'il lui avait servies sur les couleurs du monde. À l'heure qu'il était, elle devait baigner dans son sang. Avec elle, Diogène touchait à la perfection. Car si le meurtre est cruel, le suicide l'est plus encore.

Il but quelques gouttes d'absinthe en voyant défiler le quai derrière la fenêtre du compartiment. Il approchait de la deuxième phase évoquée par Oscar Wilde et voulait garder à l'esprit, en guise d'onguent sur la blessure de son amour-propre, l'image de son frère debout à côté du corps de Constance, plongé dans la lecture de sa lettre. Cette vision réconfortante suffirait à l'apaiser jusqu'à ce qu'il retrouve sa maison…

La porte du compartiment s'ouvrit. Diogène se redressa et glissa une main dans la poche de sa veste afin de sortir son billet, mais, en fait de contrôleur, il découvrit la vieille femme aperçue quelques minutes auparavant sur le quai.

Il fronça les sourcils.

— C'est un compartiment privé, dit-il sèchement.

Au lieu de répondre, la vieille femme s'avança.

Mû par une sorte de sixième sens, Diogène eut le pressentiment d'un danger en la voyant fouiller à l'intérieur de son sac à main avec une agilité qui n'était pas celle d'une personne âgée. Avant qu'il ait pu faire un geste, la visiteuse braquait sur lui un pistolet.

Diogène se figea. L'arme était vieille et rouillée, presque une antiquité. Il leva lentement les yeux et les posa sur le visage de la femme : sous la perruque, il reconnut immédiatement le regard froid et sans expression qui l'observait.

Elle leva le canon de son arme.

Diogène bondit de son siège, renversant son verre d'absinthe sur sa chemise et son pantalon, et recula machinalement au moment où elle appuyait sur la détente.

Rien ne se produisit.

Diogène se redressa, le cœur battant, comprenant qu'elle n'avait pas enlevé le cran de sûreté, faute d'avoir jamais tenu une arme dans ses mains. Au moment où il se ruait sur elle, il reconnut le bruit caractéristique d'un cran que l'on relève et une détonation assourdissante retentit dans le compartiment. Il se jeta de côté et vit un trou se dessiner dans le plafond de la cabine.

Il se releva précipitamment, mais elle s'avançait déjà vers lui, tel un spectre au milieu de la fumée et de l'odeur de poudre. Elle le visa à nouveau avec le même calme terrifiant.

Diogène se rua sur la porte du compartiment voisin et s'aperçut que l'employé des wagons-lits ne l'avait pas encore déverrouillée.

Une deuxième détonation retentit et la moulure qui se trouvait à quelques centimètres de son visage vola en éclats.

Il lui fit face, le dos à la fenêtre. Peut-être qu'en se jetant sur elle, en la repoussant loin de la porte... Cette fois encore, elle pointa le canon de son vieux revolver sur lui avec une lenteur et un sang-froid proprement effrayants.

Il esquiva de justesse la troisième balle qui fit exploser la fenêtre à l'endroit précis où il se tenait une seconde plus tôt. L'écho de la détonation s'éteignit dans le martèlement des roues. Le couloir du wagon résonnait à présent de cris et de hurlements. À l'extérieur, le train atteignait l'extrémité du quai. Même s'il parvenait à la maîtriser et à lui enlever son arme, c'en était fait de lui.

Sans réfléchir plus longtemps, il pivota sur lui-même et sauta par la fenêtre fracassée. Il atterrit brutalement sur le quai en béton et roula deux fois sur lui-même dans une pluie de poussière et d'échardes de verre. Il se releva à moitié sonné, le cœur battant à tout rompre, et vit le wagon de queue disparaître dans l'obscurité d'un tunnel.

Diogène restait là, hébété, choqué, apeuré, meurtri, avec une seule image devant les yeux : celle de Constance le visant froidement, le regard dénué de toute expression, sinon celle de sa détermination à le tuer...

68

Quiconque aurait pris le temps d'observer le personnage très digne qui franchissait l'un des portiques de sécurité du terminal E de l'aéroport Logan de Boston aurait vu un sexagénaire aux cheveux grisonnants, la barbe poivre et sel soigneusement taillée, élégamment vêtu d'une chemise blanche au col ouvert et d'un blazer bleu que soulignait une pochette rouge. Un regard bleu vif, des pommettes saillantes, l'homme arborait un visage couperosé à l'expression enjouée. Il portait sur le bras un manteau de cachemire noir qu'il déposa sur le tapis roulant en même temps que ses chaussures et sa montre.

Après avoir passé les contrôles de sécurité, le passager traversa le terminal d'un pas alerte, prenant le temps de faire une halte dans une librairie Borders proche de la porte 7. Il s'approcha du rayon des romans policiers et découvrit avec bonheur qu'un nouveau James Rollins venait de sortir. Il en prit un exemplaire, saisit le *Times* du jour et les tendit à la caissière avec un bonjour allègre coloré par un accent australien indiscutable.

Le voyageur ressortit de la librairie, s'installa sur l'un des sièges disposés face à la porte 7 et déplia son journal. Il commença par les nouvelles nationales et internationales, tournant les pages avec la familiarité d'un lecteur assidu. Parvenu aux pages locales de New York, son regard s'arrêta sur un entrefilet intitulé : « Coups de feu mystérieux dans un train Amtrak. »

D'un simple coup d'œil, il apprit qu'un passager s'était fait tirer dessus au moment où le Lake Champlain quittait la gare de Penn Station. Les témoins de la scène avaient vu une vieille femme tirer, la victime s'étant quant à elle jetée par la fenêtre d'un compartiment avant de disparaître dans un tunnel. Malgré tous ses efforts, la police n'avait pas réussi à identifier l'agresseuse, ni même à retrouver l'arme, et l'enquête se poursuivait.

Le voyageur passa à une autre page et fronça brièvement les sourcils en lisant un éditorial avec lequel il semblait en désaccord.

Un observateur averti n'aurait probablement pas regardé à deux fois cet Australien fortuné occupé à lire le journal en attendant l'heure de son vol. L'expression anodine du voyageur n'en était pas moins trompeuse, car des pensées contradictoires se bousculaient dans sa tête, entre colère, incompréhension et fureur contre lui-même. Son plan de fuite, si minutieusement mis au point, se trouvait brusquement chamboulé. Rien n'avait fonctionné comme il le voulait. Son remake de la Porte de l'Enfer s'était soldé par un fiasco, Margo Green était toujours en vie, son frère était libre et, pire que tout, Constance Greene était ressuscitée.

Un léger sourire aux lèvres, il arriva aux pages sportives.

Constance ne s'était donc pas suicidée. Comment avait-il pu la juger aussi mal ? Sa parfaite connaissance de la nature humaine lui disait pourtant qu'elle aurait dû mettre fin à ses jours. Une fille complètement anormale et instable, au bord de la folie depuis des décennies. Normalement, le premier coup un peu rude aurait dû suffire à l'y précipiter. Comment avait-elle pu résister à ce qu'il lui avait fait subir ? Il avait pourtant veillé à détruire tous ses repères, à scier toutes les béquilles auxquelles elle se raccrochait, à miner jusqu'à la moindre de ses convictions, à la noyer irrémédiablement dans le vide de son inexistence.

La jeune fille en fleur, brusquement déflorée,
Si tendre et sans défense, aisément terrassée[1].

Protégée des péripéties du monde, Constance avait toujours mené une course hésitante, ne sachant quel sens donner à son existence. Avec amertume, Diogène comprit brusquement que

---

1. Ovide, *Les Métamorphoses* (Livre VI).

ses manœuvres avaient eu un effet contraire à celui recherché. En abaissant Constance, il lui avait donné une raison de vivre et fourni un but : celui de le tuer.

Dans d'autres circonstances, cela ne lui aurait pas posé problème. Tous ceux qui s'étaient placés sur son chemin jusqu'alors – et ils avaient été un certain nombre – n'avaient pas eu le temps de s'en vanter, mais il sentait bien que Constance serait une adversaire autrement plus redoutable. À moins de l'avoir suivi à sa sortie du Muséum, comment avait-elle pu retrouver sa trace jusqu'à Penn Station ? Diogène était encore secoué par la froide détermination avec laquelle elle lui avait tiré dessus, le forçant à sauter par la fenêtre, à s'enfuir comme un malpropre en abandonnant derrière lui son précieux sac de voyage.

Fort heureusement, il avait sur lui ses différents passeports, ses papiers et ses cartes de crédit. Grâce à ses bagages, la police remonterait sans peine jusqu'à Menzies, mais jamais elle ne parviendrait à identifier Gerald Boscomb de South Penrith, Sydney, en Nouvelle-Galles-du-Sud. Il était d'ailleurs temps d'arrêter de ressasser toute cette histoire, de faire taire les murmures et les tics plus ou moins volontaires qui dessinaient son paysage intérieur. Il était surtout temps de réfléchir à un plan d'action.

Le bien et le mal n'ont plus leur place,
Seule compte la rage qu'elle a de se venger[1].

Constance Greene était la seule à pouvoir le reconnaître, elle représentait donc un danger inacceptable. Tant qu'elle serait à ses trousses, il lui serait impossible de regagner sa retraite et de se ressourcer. Tout n'était pas encore perdu. Il avait échoué, tout du moins en partie, mais il avait des années devant lui pour fourbir un autre plan, imparable cette fois.

Mais, elle vivante, il ne serait jamais tranquille.

Constance Greene devait mourir.

Gerald Boscomb prit le roman qu'il venait d'acheter, l'ouvrit et se mit à lire.

1. Extrait des *Métamorphoses* d'Ovide.

Tuer Constance ne serait pas chose aisée. Il pensa à l'adversaire le plus redoutable du chasseur, le buffle du Cap. Lorsqu'il se sent en danger, ce terrible animal adopte une stratégie bien particulière, s'efforçant de transformer le chasseur en gibier.

Tout en lisant, un plan commençait déjà à se mettre en place dans sa tête, dont il peaufinait peu à peu les détails, à la recherche du lieu idéal pour le mettre à exécution. Il entamait la lecture du sixième chapitre lorsqu'il trouva ce qu'il cherchait : il suffisait de diriger contre elle l'énergie que mettrait Constance à vouloir l'abattre.

Il inséra un marque-page dans son livre et le glissa sous son bras. Pour commencer, il fallait qu'elle le voie, au cas où elle aurait réussi à le suivre jusqu'ici. Mais il ne s'agissait plus d'improviser, il n'avait plus le droit à l'erreur.

Il se leva pour faire les cent pas à l'intérieur du terminal, regardant d'un œil éteint la masse humaine qui vaquait à ses médiocres occupations. En passant devant la librairie, il repéra du coin de l'œil une femme sans charme, un exemplaire de *Vogue* à la main. Elle portait un chemisier blanc sur une jupe de laine brune avec des motifs africains, un foulard bon marché autour du cou. Ses cheveux sombres lui tombaient en mèches sales sur les épaules et elle portait un petit sac à dos en cuir.

Diogène poursuivit son chemin jusqu'au Starbucks voisin, à la fois déçu que Constance ait fait si peu d'efforts pour se déguiser et choqué qu'elle ait réussi à le suivre.

Non, elle ne pouvait pas l'avoir suivi…

Et pourtant si. C'était la seule solution, à moins qu'elle ne lise dans ses pensées.

Il s'acheta un thé vert et un croissant avant de regagner son siège en veillant à ne pas regarder la femme au magazine. Il aurait pu la tuer là, rien de plus facile, mais il lui aurait été impossible d'échapper aux agents de sécurité de l'aéroport. De son côté, oserait-elle l'attaquer ici, devant tout le monde ? Tenait-elle encore à la vie ou bien se fichait-elle de se faire prendre ?

Il n'aurait pas su le dire.

Gerald Boscomb but son thé et grignota son croissant avant d'épousseter les miettes accrochées à sa veste, puis il se replongea dans la lecture de son roman policier en attendant qu'on appelle les passagers de première classe de son vol. Au moment de tendre sa carte d'embarquement à l'hôtesse, quelques minutes plus tard, il se retourna, mais la femme avait disparu.

— Bonjour, dit-il d'un ton enjoué avec son accent australien en récupérant le talon de sa carte d'embarquement.

69

Vincent D'Agosta s'arrêta sur le seuil de la bibliothèque du 891 Riverside Drive. Un feu flambait dans l'âtre, les lumières étaient allumées et la pièce avait tout d'une ruche. Les chaises avaient été repoussées le long des rayonnages et des piles de documents s'entassaient sur la grande table au centre de la pièce. Proctor téléphonait et Wren, encore plus échevelé qu'à son habitude, était plongé dans la lecture d'ouvrages posés sur un petit bureau. Jamais D'Agosta n'avait trouvé le petit homme aussi démodé.

— Vincent. Entrez, je vous en prie, l'accueillit Pendergast d'un geste sec.

D'Agosta s'exécuta, surpris de voir l'inspecteur aussi bouleversé. Depuis qu'il le connaissait, jamais il ne l'avait vu si débraillé, mal rasé, la veste déboutonnée.

— J'ai pu obtenir les détails dont vous aviez besoin, fit D'Agosta en brandissant une enveloppe de papier kraft. Grâce au capitaine Hayward.

Il posa l'enveloppe sur la table et l'ouvrit.

— Continuez.

— Les témoins prétendent avoir vu tirer une vieille dame. Elle est montée dans le train avec un billet de première pour Yonkers. Acheté en liquide sous le nom de Jane Smith, précisa-t-il avec un ricanement. Au moment où le train quittait Penn Station, elle a pénétré dans le compartiment de première classe d'un certain... Eugene Hofstader, puis elle a sorti un revolver avant de faire feu à quatre reprises. Les équipes de la Criminelle ont retrouvé deux balles de calibre 44.40 fichées dans les parois de la cabine et une autre à l'extérieur, au niveau des voies. Mais écoutez le plus beau : il s'agit de balles anciennes, probablement tirées à l'aide d'un revolver datant du XIXe siècle, peut-être un Colt.

Pendergast se tourna vers Wren.

— Allez voir si un Colt Peacemaker ou un revolver du même type n'a pas disparu des collections, avec des balles de 44.40.

Sans un mot, Wren se leva et quitta la pièce. Pendergast posa les yeux sur D'Agosta.

— Poursuivez.

— La vieille femme semble avoir disparu, bien que personne ne l'ait vue quitter le train dont les issues ont été bloquées immédiatement après les coups de feu. Si elle portait un déguisement et qu'elle s'en est débarrassé, on ne l'a pas retrouvé.

— L'homme a-t-il laissé des indices derrière lui ?

— Plutôt deux fois qu'une. Un sac de voyage et une housse contenant des vêtements. Aucun papier, rien qui puisse permettre de l'identifier. Toutes les étiquettes des vêtements avaient été soigneusement découpées au rasoir. Quant au sac de voyage…

— Eh bien ?

— Il a été saisi par les équipes de la Criminelle qui l'ont ouvert après avoir obtenu un mandat. Apparemment, le flic qui a regardé le premier a dû être mis sous tranquillisant et il a fallu faire appel à une brigade spécialisée. Depuis, le contenu du sac a été mis en lieu sûr quelque part, personne ne sait exactement où.

— Je vois.

— Je suppose qu'il s'agit de Diogène, continua D'Agosta, agacé que Pendergast l'ait envoyé à la pêche aux renseignements sans vraiment éclairer sa lanterne.

— C'est exact.

— Et qui donc est la vieille dame qui lui a tiré dessus ?

L'inspecteur lui montra d'un geste la grande table.

— À son retour hier au soir, Proctor a constaté la disparition de Constance et de certains de ses vêtements. Dans sa chambre, il a retrouvé sa petite souris blanche morte, la nuque brisée, ainsi que cette lettre et cette boîte en bois de rose.

D'Agosta prit la lettre qu'il parcourut rapidement.

— Mon Dieu... Oh, mon Dieu, quelle ordure malade...

— Ouvrez la boîte.

Il obéit d'une main hésitante et trouva le vieil écrin vide. Son lit de velours avait manifestement contenu un objet allongé. Sur une étiquette jaunie, il lut les mots : *Compagnie d'instruments chirurgicaux Sweitzer.*

— Un scalpel ? demanda-t-il.

— Oui, pour inciter Constance à se taillader les poignets. Je crains qu'elle ne l'ait emporté avec elle dans un but tout différent.

D'Agosta hocha la tête.

— Je commence à comprendre. La vieille dame, c'était Constance.

— Oui.

— Je lui souhaite de réussir.

— Je frémis à la seule pensée que leurs routes puissent à nouveau se croiser, répondit Pendargast, le visage grave. Je dois absolument la retrouver. Diogène prépare sa fuite depuis trop longtemps pour que nous puissions espérer retrouver sa trace... à moins, bien sûr, qu'il ne le *veuille.* À l'inverse, Constance n'a aucune raison de chercher à brouiller sa piste. Je compte me lancer à sa poursuite... avec l'espoir ténu de retrouver la trace de Diogène par la même occasion.

Pendergast se pencha sur un iBook et pianota sur le clavier. Au bout de quelques minutes, il releva la tête.

— Constance a pris un vol à destination de Florence ce jour à dix-sept heures à l'aéroport Logan de Boston. Proctor ? ajouta-t-il en se tournant vers le chauffeur. Veuillez préparer mes affaires et prenez-moi un billet pour Florence, je vous prie.

— Je vous accompagne, réagit aussitôt D'Agosta.

Pendergast, le teint terreux, plongea son regard dans celui du lieutenant.

— Vous pouvez m'accompagner à l'aéroport. Quant à venir avec moi, Vincent, c'est impossible. Vous devez préparer votre audition par le conseil de discipline. En outre, il s'agit d'une affaire... d'une affaire de famille.

— Je pourrais vous aider, insista D'Agosta. Vous avez besoin de moi.

— Vous avez raison sur ce point, mais je dois m'occuper seul de cette affaire. Il le faut.

Il s'était exprimé sur un ton si tranchant que D'Agosta jugea inutile d'insister.

70

Sous les traits du très respectable Gerald Bascomb, Diogène Pendergast passa devant le Palazzo Antinori et s'engagea dans la Via Tornabuoni, respirant avec un pincement amer l'air humide et froid caractéristique de Florence en plein hiver. Tant de choses s'étaient produites depuis son dernier passage, quelques mois auparavant. À l'époque, il avait des projets grandioses plein la tête alors qu'il n'avait plus rien à présent, pas même ses vêtements, abandonnés dans le train.

Pas même son précieux sac de voyage.

Il dépassa Max Mara, se souvenant de l'époque où la vieille Libreria Seeber se dressait là. Il fit une halte chez Pineider afin de se procurer divers articles de papeterie et acheta de nouveaux bagages chez Beltrami, faisant livrer le tout à son hôtel, puis il se procura un imperméable et un parapluie chez Allegri, payés en liquide. Il se rendit ensuite chez Procacci, trouva une petite table dans le café bondé et commanda un sandwich à la truffe accompagné d'un verre de vernaccia qu'il dégusta d'un air songeur en observant les passants dans la rue.

Fourmillante cité, cité pleine de rêves
Où le spectre en plein jour raccroche le passant[1].

Le ciel était menaçant, les rues étroites et sombres. Sans doute était-ce pour cette raison qu'il avait toujours aimé Florence

1. Extrait des *Fleurs du mal* de Charles Baudelaire.

en hiver, avec ses teintes monochromes, le gris clair des bâtiments se détachant sur le décor plus foncé des collines surmontées de cyprès, l'Arno coulant paresseusement sous les ponts noircis par les siècles.

Il déposa un billet sur la table et quitta le café afin de poursuivre sa promenade. Il s'arrêta un instant devant chez Valentino, profitant des reflets de la vitrine pour observer le trottoir opposé. Il poussa la porte du magasin et acheta deux costumes, l'un en soie, l'autre un *completo* noir à rayures dont le côté gangster l'amusait, et fit à nouveau livrer ses emplettes à l'hôtel.

De retour dans la rue, il se dirigea vers l'austère Palazzo Ferroni, une bâtisse imposante surmontée de tours et de remparts crénelés qui servait de siège à la marque Ferragamo. Il traversa la petite piazza, au milieu de laquelle se dressait une colonne romaine de marbre gris, et il s'apprêtait à entrer dans le palais lorsqu'il vit du coin de l'œil la femme démodée de l'aéroport pénétrer dans l'église de la Santa Trinità. Elle...

Rassuré, il poussa la porte de Ferragamo et passa un long moment à regarder les chaussures avant d'en acquérir deux paires, puis il compléta sa garde-robe en achetant des sous-vêtements, des chaussettes, une chemise de nuit et un maillot de bain. Comme à son habitude, il demanda qu'on apporte le tout à son hôtel et sortit de la boutique, armé de son seul parapluie et de son imperméable.

Il rejoignit le *lungarno* et admira les arches du Ponte Santa Trinità, œuvre d'Ammanati, dont la courbe improbable avait confondu les mathématiciens de son temps, puis il contempla longuement les statues des quatre saisons posées aux deux entrées du pont.

Pourtant, il n'en éprouvait aucun plaisir. Tout lui semblait futile, parfaitement inutile.

Les eaux de l'Arno, gonflées par les pluies hivernales, ondulaient devant lui comme un serpent et il entendait distinctement le grondement de la chute à hauteur du *pescaia*, quelques centaines de mètres en aval. Une goutte s'écrasa sur sa joue, puis une autre, et des parapluies noirs apparurent comme par enchantement au-dessus des têtes, qui avançaient en sautillant sur le pont, semblables à des lanternes noires...

E dietro le venìa sì lunga tratta
Di gente, ch'i' non averei creduto
Che morte tanta n'avesse disfatta [1].

Il enfila son imperméable dont il serra la ceinture autour de sa taille, déplia le parapluie et se mêla à la foule des passants qui empruntaient le pont, le dos parcouru d'un frisson dégoûté. Il s'arrêta de l'autre côté afin de regarder l'Arno, bercé par le tic-tic de la pluie sur la toile du parapluie. Il ne la voyait pas, mais il savait qu'elle était là, derrière lui, noyée quelque part dans la mer des parapluies.

Il tourna les talons et traversa d'un pas nonchalant la petite piazza au bout du pont, puis s'engagea à droite sur la Via Santo Spirito et tourna tout de suite à gauche sur le Borgo Tegolaio. Là, il s'arrêta pour regarder les bougies dorées, les salières en argent et les natures mortes dans la vitrine arrière de l'un des magasins d'antiquités de la Via Maggio.

Multipliant les coups d'œil dans les reflets de la vitre, il attendit d'être certain qu'elle l'avait vu. Elle tenait à la main un sac Max Mara, comme n'importe laquelle des touristes américaines qui déambulaient en troupeau à travers les rues de la ville.

Il tenait Constance Greene à sa merci.

La pluie s'arrêtait déjà et il replia son parapluie sans quitter son poste d'observation tout en feignant de s'intéresser aux antiquités dans la vitrine. Il surveillait de loin le reflet de la jeune femme, attendant qu'elle le perde de vue au milieu des parapluies.

À la première occasion, il remonta le Borgo Tegolaio au pas de course en faisant voler dans son sillage les pans de son imperméable. Il changea brusquement de trottoir et s'enfonça dans une ruelle étroite, le Sdrucciolo de' Pitti, qu'il remonta sur toute sa longueur avant de prendre la Via Toscanella à gauche, puis il traversa une petite piazza en courant, emprunta la Via dello Sprone et se retrouva à l'entrée de la Via Santo Spirito, cinquante mètres *avant* la devanture de l'antiquaire qu'il avait quittée quelques minutes plus tôt.

---

1. Extrait de *L'Enfer* de Dante.

Là, il s'arrêta pour reprendre son souffle.

Manteau de rat, peau de corbeau, bâtons en croix
Dans un champ[1].

Il s'en voulut de se laisser déconcentrer, furieux contre ce murmure intérieur qui ne le laissait jamais en paix. En constatant sa disparition, elle croirait *nécessairement* qu'il avait tourné à droite dans la ruelle située juste après le magasin d'antiquités, la Via dei Coverelli, s'imaginant qu'il était devant elle alors qu'il avait réussi à inverser les rôles. Comme le buffle du Cap.

Diogène connaissait parfaitement la Via dei Coverelli, l'une des ruelles les plus étroites et les plus sombres de Florence. Même par temps clair, elle échappait aux rayons du soleil, protégée par les arceaux de pierre qui reliaient les vieilles maisons entre elles au-dessus de la tête des piétons. En outre, la venelle longeait l'église Santo Spirito et deux coudes successifs à quatre-vingt-dix degrés lui permettaient de retrouver la Via Santo Spirito.

Diogène comptait sur l'intelligence de Constance et sur ses connaissances. Il la connaissait suffisamment pour savoir qu'elle aurait longuement étudié le plan de Florence, à l'affût du *momento giusto* pour lancer son attaque. La ruelle Coverelli était l'endroit idéal pour un guet-apens et elle ne laisserait jamais passer une aussi belle chance de le surprendre. Il lui suffisait d'emprunter la ruelle à rebours et d'attendre Diogène au premier tournant, dissimulée dans l'obscurité.

Diogène avait profité du vol transatlantique pour fourbir son propre stratagème. Jamais Constance ne pourrait se douter qu'il avait anticipé chacun de ses mouvements et que les rôles étaient inversés.

De chasseur, la jeune femme était devenue la proie.

---

1. Extrait de *The Hollow Men* de T.S. Eliot.

71

La Rolls emprunta à toute allure la chaussée supérieure du Triborough Bridge, laissant derrière elle la silhouette encore endormie de Manhattan. Proctor se faufilait d'une main sûre entre les voitures au milieu d'un concert de coups de klaxon furieux. Il était quatre heures du matin et la circulation était déjà dense.

Pendergast, déguisé en banquier d'affaires, était installé sur la banquette arrière. Glinn lui avait fourni tous les papiers nécessaires en prévision de son voyage à Florence. Assis à côté de lui, D'Agosta arborait une mine renfrognée.

— J'ai du mal à comprendre, finit-il par dire. Pourquoi Diogène parlait-il du crime suprême ?

— J'ai fini par comprendre, mais trop tard, répliqua Pendergast sur un ton amer. Ainsi que je vous l'ai expliqué hier soir sur le chemin du Muséum, Diogène comptait faire souffrir autant qu'il avait souffert. Il s'est donc appliqué à recréer à sa façon le... l'événement qui l'a traumatisé. Si vous vous en souvenez, je vous ai parlé de cette machination sadique dont il avait été victime. Eh bien, le tombeau de Senef n'était qu'une variante sur le même modèle, à grande échelle.

La Rolls ralentit au péage avant de reprendre sa course une fois la barrière franchie.

— Mais que s'est-il passé exactement dans la tombe ? Qu'est-il arrivé à tous ces gens ?

— Je ne connais pas tous les détails, mais vous aurez peut-être remarqué que certaines victimes avançaient d'un curieux pas traînant. Cela m'a tout de suite fait penser à un symptôme connu des neurologues. Certains patients atteints d'inflammation cérébrale éprouvent des difficultés à lever la jambe et à marcher. Lorsque le capitaine Hayward fouillera la tombe, je suis persuadé qu'elle y découvrira de puissants lasers dissimulés parmi les projecteurs stroboscopiques. Sans parler de fumigènes beaucoup plus nombreux que ce qui était initialement prévu. Diogène a manifestement imaginé un système à partir de stroboscopes, de lasers et de sons provoquant des lésions dans certaines parties du cerveau. Le cortex ventromédian, censé inhiber nos pulsions les plus violentes, aura été agressé par ce système, faisant perdre tout contrôle d'elles-mêmes aux victimes.

— J'ai du mal à croire que des lumières et des sons stridents suffisent à affecter le cerveau.

— Les neurologues vous diront que la peur, le stress, la douleur ou la colère peuvent suffire à détruire les neurones. Dans sa forme la plus extrême, l'état de stress post-traumatique dont on parle beaucoup depuis quelque temps est lui-même à l'origine de lésions cérébrales. Diogène n'aura fait qu'amplifier ce phénomène.

— Tout était donc prévu depuis le début.

— Oui. Le comte de Cahors n'existe pas, c'est Diogène qui a envoyé au Muséum l'argent nécessaire à la restauration de la tombe. Quant à la vieille malédiction, elle constituait le genre de détail dont se délecte mon frère. Il a procédé en secret à l'installation de son système, à l'insu des techniciens et des informaticiens. Il l'a testé une première fois sur Jay Lipper avant de récidiver avec cet égyptologue anglais, Wicherly. Souvenez-vous, Vincent. Son but ultime n'était pas de nuire aux visiteurs du tombeau, mais à tous ceux qui regardaient l'inauguration sur leur petit écran. Son stratagème aurait pu traumatiser des millions de gens.

— C'est incroyable.

Pendergast baissa la tête.

— Malheureusement, non. C'était même tout à fait logique, puisque son but était de recréer le terrible événement dont il avait été victime… et dont j'étais responsable.

— Ce n'est pas le moment de vous en vouloir.

Pendergast redressa la tête, ses yeux comme deux trous noirs dans son visage tuméfié.

— C'est pourtant moi qui ai créé le monstre qu'est mon frère, répliqua-t-il dans un souffle, comme s'il se parlait à lui-même. Et je ne l'ai jamais su pendant toutes ces années. Je ne me suis jamais excusé, je n'ai jamais cherché à me faire pardonner. Je porterai le poids de cette culpabilité jusqu'à la fin de mes jours.

— Désolé de vous contredire, mais vous dites n'importe quoi. Je ne connais pas tous les tenants et les aboutissants de cette histoire, mais Diogène a été victime d'un simple accident.

— Je suis la seule raison d'exister de Diogène, poursuivit Pendergast d'une voix plus sourde encore, comme s'il n'avait pas entendu la remarque de son compagnon. Qui sait si ma seule raison d'exister n'est pas Diogène ?

La Rolls approchait de JFK. Proctor s'engagea sur la bretelle d'accès à l'aéroport et se dirigea vers le terminal 8. La voiture était à peine immobilisée que Pendergast se précipitait dehors, D'Agosta sur ses talons.

L'inspecteur récupéra sa valise et prit la main de D'Agosta dans la sienne.

— Je vous souhaite bonne chance lors de votre audition, Vincent. Si jamais je ne revenais pas, Proctor prendra soin de gérer mes affaires.

D'Agosta sentit sa gorge se nouer.

— À propos de revenir, je voulais vous poser une question depuis longtemps.

— Oui ?

— C'est-à-dire... c'est difficile à demander.

Comme la suite ne venait pas, Pendergast demanda :

— De quoi s'agit-il ?

— Vous savez comme moi qu'il existe un seul moyen de s'occuper de Diogène.

Le regard argenté de Pendergast se durcit.

— Vous me comprenez, n'est-ce pas ?

Pendergast ne répondait toujours pas, mais son regard était d'une telle froideur que D'Agosta faillit détourner les yeux.

— Le moment venu, si jamais vous hésitez... sachez que lui n'hésitera pas. Alors, j'ai besoin de savoir si vous serez capable de...

D'Agosta n'eut pas la force d'achever sa phrase.

— Vous aviez une question à me poser, Vincent ?

D'Agosta, les yeux plongés dans ceux de l'inspecteur, ne répondit pas. Alors Pendergast lui tourna brusquement le dos et disparut à l'intérieur du terminal.

72

Diogène Pendergast s'engagea sur la Via Santo Spirito à hauteur de la Via dello Sprone. Constance Greene avait disparu dans la Via dei Coverelli, ainsi qu'il s'y attendait. Elle devait l'attendre au premier tournant, tapie dans l'ombre.

Il remonta d'un pas alerte la Via Santo Spirito afin de s'en assurer et s'arrêta à l'entrée de la ruelle, plaqué contre la façade de *sgraffito* d'un vieux palais endormi. Enfin, il coula un regard prudent à l'intérieur de la venelle.

Parfait. Elle avait disparu, probablement cachée par le premier coude, prête à lui fondre dessus.

Il tira de sa poche un boîtier de cuir duquel il sortit un scalpel au manche d'ivoire identique à celui laissé sous l'oreiller de la jeune femme. Il le soupesa d'un air satisfait, puis il laissa passer quelques instants, ouvrit son parapluie et remonta la ruelle, l'écho de ses pas se répercutant sous les arceaux de pierre. Il était inutile de se cacher, elle ne risquait pas de se retourner pour voir qui venait dans son dos, trop occupée à surveiller *l'autre* côté. Jamais elle ne s'attendrait à le voir débouler derrière elle.

Il avançait d'un pas alerte dans une forte odeur d'urine et d'excréments canins, de vomi et de pierre mouillée, autant de relents irrémédiablement attachés au passé médiéval de Florence. Le scalpel bien ancré dans sa main gantée, il parvint au premier coude, imaginant déjà dans sa tête la scène qui allait suivre. Elle lui tournerait le dos et il l'approcherait par le flanc, lui attraperait le cou à l'aide du bras gauche tout en visant avec le scalpel un point bien précis juste au-dessous de la clavicule droite. La lame du scalpel avait juste la longueur voulue pour trancher l'artère brachiocéphalique à l'endroit où se rejoignaient la carotide et les artères sous-clavières. Elle n'aurait pas le temps de dire ouf. Il se voyait déjà la tenant serrée contre lui tandis qu'elle pousserait son dernier soupir, le sang de la jeune femme s'épanchant sur lui comme cette autre fois... dans des circonstances bien différentes...

... puis il l'abandonnerait dans la ruelle en laissant son imperméable derrière lui.

Il allait tourner le coin. Plus que cinq mètres, quatre, trois, *maintenant...*

Il s'arrêta net dans son élan, surpris et tendu à la fois, en constatant que la petite portion de ruelle au-delà du premier coude était déserte.

Il regarda de tous côtés : personne. C'était lui qui se trouvait coincé à présent, prisonnier des quelques mètres sombres entre les deux coudes.

Un léger vent de panique s'éleva en lui. Il s'était manifestement trompé dans ses calculs. Où pouvait-elle bien être ? Aurait-elle réussi à le prendre au piège ? Non, c'était impossible.

Il prit le temps de réfléchir. S'il poursuivait son chemin jusqu'au Borgo Tegolaio et qu'elle se trouvait là, elle ne manquerait pas de le voir et il perdait l'avantage qu'il avait sur elle. Mais il courait le risque de tomber sur elle en rebroussant chemin, ce qui n'était pas beaucoup mieux.

Immobile, Diogène cherchait vainement une solution. Le ciel se faisait de plus en plus sombre, et pas uniquement à cause des nuages : la nuit était en train de tomber sur Florence et il ne pouvait pas rester là indéfiniment, il lui fallait prendre une décision.

Malgré le froid, il transpirait sous son imperméable. Il allait devoir renoncer à son plan et revenir sur ses pas, abandonner sa manœuvre de contournement. C'était encore la meilleure solution. Il avait dû se passer quelque chose. Elle aurait sans doute tourné ailleurs et il avait perdu sa trace, c'est tout. Il lui faudrait mettre au point un nouveau plan d'attaque. Le mieux était peut-être d'aller à Rome et de l'entraîner à sa suite dans les catacombes de Saint Calixte. Un site touristique très fréquenté, mais aussi un dédale regorgeant de culs-de-sac et de recoins, idéal pour se débarrasser d'elle.

Il reprit la Via dei Coverelli en sens inverse, prenant garde de ne pas se laisser surprendre au moment de franchir le premier coude. Mais la venelle était déserte devant lui. Il venait de s'y engager lorsqu'il aperçut du coin de l'œil un léger mouvement au-dessus de sa tête, sur l'un des arceaux de pierre. Il se jeta instinctivement de côté à l'instant où une ombre se ruait sur lui tandis qu'un méchant coup de scalpel déchirait son imperméable et son costume avant de lui entailler la peau.

Il se retourna en poussant un cri et eut le réflexe de se précipiter à terre tout en fendant l'air à l'aide de son propre scalpel, cherchant à l'atteindre au cou. Son expérience en la matière et la rapidité de sa réaction s'avérèrent payantes car la lame s'enfonça dans la chair en faisant gicler le sang. Dans sa chute, il eut le temps de voir qu'elle avait tourné la tête au dernier moment et qu'au lieu de lui trancher le cou le scalpel l'avait simplement blessée au visage.

Il se laissa tomber sur le pavé, encore tout ahuri de l'attaque, exécuta une roulade et se retrouva debout, le scalpel à la main, mais elle avait déjà disparu.

C'est à cet instant qu'il comprit enfin le plan de la jeune femme. Ce n'était pas un hasard si elle s'était déguisée aussi maladroitement. Depuis le début, elle voulait qu'il la repère, tout comme il s'était lui-même laissé repérer. Elle s'était ensuite ingéniée à inverser le cours des choses en l'entraînant dans un guet-apens.

L'intelligence de la jeune femme laissait Diogène pantois.

Immobile dans la ruelle déserte, il leva les yeux en direction des arceaux de pierre et aperçut la saillie usée de la *pietra serena* sur laquelle elle s'était perchée. Très loin au-dessus de sa tête, un minuscule carré de ciel plombé se dessinait entre deux gouttes de pluie.

Il fit un pas en avant en titubant.

ὤμοι, πέπληγμαι καιρίαν πληγὴν ἔσω !

La sensation de brûlure qui lui vrillait les côtes s'intensifia. La tête lui tournait, mais il n'osait pas inspecter sa blessure de peur de salir ses vêtements et d'attirer l'attention sur lui. Il serra la ceinture de son imperméable dans l'espoir de maintenir la plaie fermée.

Le premier moment de faiblesse passé, il comprit que l'incident n'était pas aussi grave qu'il y paraissait. La coupure qu'il lui avait infligée devait saigner abondamment et, même en se protégeant à l'aide d'un foulard, elle pouvait difficilement le poursuivre à travers les rues de la ville, le visage ensanglanté. Elle allait devoir se cacher quelque part afin de laver la plaie, ce qui lui laissait toute latitude de s'échapper et de la semer pour de bon.

C'était le moment ou jamais de rejoindre sa destination finale sous une nouvelle identité. Une fois chez lui, jamais elle ne le retrouverait. Jamais.

Il décida de gagner la station de taxis du Borgo San Jacopo d'un pas qu'il voulait le plus naturel possible. Tout en marchant, il sentait le sang traverser ses vêtements et lui couler le long de la jambe. La douleur était raisonnable, la lame avait égratigné la cage thoracique sans atteindre d'organe majeur, mais il lui fallait au plus vite faire quelque chose pour empêcher le sang de continuer à couler.

Il s'arrêta dans un petit café au coin du Tegolaio et de Santa Spirito, commanda au bar un espresso et une *spremuta* qu'il vida l'un derrière l'autre, posa un billet de cinq euros sur le comptoir et se dirigea vers les toilettes. Il verrouilla la porte derrière lui et ouvrit son imperméable. Il saignait abondamment et il s'empressa de tâter la plaie afin de s'assurer que le péritoine n'avait pas été transpercé. Il épongea le plus gros à l'aide de serviettes en papier, puis il déchira en lanières les pans de sa chemise rougie de sang et les serra autour de son torse afin de comprimer la blessure et de stopper l'hémorragie. L'opération terminée, il se lava soigneusement les mains et le visage, enfila son imperméable, se donna un coup de peigne et sortit.

Sa chaussure était pleine de sang et il constata en se retournant que la semelle laissait des empreintes rouges sur le trottoir. Mais il ne s'agissait pas de sang frais, l'hémorragie ralentissait déjà. Quelques minutes plus tard, il rejoignait la station de taxis et il se laissa tomber sur la banquette arrière d'une Fiat.

— Vous parlez anglais, mon vieux ? demanda-t-il au chauffeur avec un sourire.

— Oui, lui répondit l'autre d'une voix peu amène.

— Formidable ! À la gare, s'il vous plaît.

Le taxi démarra en trombe et il se laissa aller sur la banquette, le ventre perlant de sang, la tête bourdonnante de pensées diverses, de bribes de souvenirs et de voix discordantes :

Entre la volonté
Et la réalité
Entre le geste
Et l'action
Se glisse une ombre[1].

1. Extrait de *The Hollow Men* de T.S. Eliot.

73

Dans le couvent des Suore di San Giovanni Battista, au cœur du quartier Gavinana à Florence, une douzaine de sœurs présidaient aux destinées d'une école paroissiale et d'une chapelle, ainsi que d'une *pensione* ouverte aux touristes de confession chrétienne. Alors que la nuit achevait de tomber sur la ville, la *suora* de permanence à l'accueil vit rentrer la jeune femme arrivée le matin même. Elle revenait de promenade trempée et transie, le visage enfoui dans une écharpe de laine, la tête baissée pour mieux se protéger du mauvais temps.

— Vous comptez dîner, signora ? demanda-t-elle, mais l'autre la fit taire d'un geste si brusque que la *suora* n'insista pas.

Dans la petite pièce spartiate qui lui servait de chambre, Constance Greene retira son manteau d'un geste courroucé, se dirigea vers la salle de bains et fit couler l'eau chaude. Tandis que le lavabo se remplissait, elle retira son écharpe de laine devant la glace et découvrit un foulard de soie détrempé de sang qu'elle déplia lentement.

Elle examina attentivement la blessure, sans pouvoir en évaluer la gravité à cause du sang coagulé qui lui maculait la joue et l'oreille. Elle trempa un gant de toilette dans l'eau chaude, l'essora et le posa doucement sur sa joue, puis elle le retira peu après, le rinça et répéta l'opération. En l'espace de quelques minutes, le sang s'était suffisamment ramolli pour qu'elle puisse nettoyer l'entaille et examiner la plaie.

Ce n'était pas aussi grave qu'elle le redoutait. La lame du scalpel lui avait profondément entaillé l'oreille, mais la blessure à la joue n'était qu'une égratignure. Elle la tâta doucement et vit que la coupure, très nette, lui laisserait à peine l'ombre d'une cicatrice.

Une cicatrice! Elle éclata d'un rire amer en jetant le gant de toilette souillé dans le lavabo.

Elle se regarda à nouveau dans la glace et constata qu'elle avait le teint brouillé, des poches sous les yeux et les lèvres gercées.

Dans les romans qu'elle avait lus, les poursuites semblaient faciles. Les héros qui se lançaient aux trousses de leurs adversaires traversaient la planète sans froisser leurs vêtements, en restant frais comme une rose. La réalité était nettement plus brutale. Constance avait à peine mangé et dormi depuis qu'elle avait retrouvé sa trace au Muséum, et cela se voyait.

Mais le pire était peut-être le monde de cauchemar qu'elle avait découvert au-dehors. Un monde bruyant, laid, chaotique et parfaitement anonyme, sans rapport aucun avec le monde confortable, délicat et rassurant qu'elle connaissait à travers la littérature. L'immense majorité des êtres dont elle avait croisé la route étaient pitoyables et bêtes, d'une vénalité affligeante, au point qu'elle peinait à trouver les mots justes pour décrire leur médiocrité. Sans parler des frais qu'elle avait dû engager. Par manque d'expérience et de temps, aussi parce qu'elle était une proie facile aux yeux des aigrefins en tous genres qui se bousculaient sur sa route, elle avait dépensé plus de six mille euros en moins de deux jours. Il lui en restait deux mille en tout et pour tout, et aucun moyen de se réapprovisionner.

La blessure qu'elle lui avait infligée, sans doute aussi bénigne que la sienne, ne suffirait jamais à ralentir sa fuite et il allait s'appliquer à la semer pour de bon. Rien de plus simple. Il lui suffisait de changer une nouvelle fois d'identité et de rallier la cachette qu'il tenait prête depuis des années.

Elle avait pourtant failli le tuer à deux reprises. Si elle avait su tirer et si elle avait été plus rapide avec le scalpel, il serait mort à l'heure qu'il était. Elle l'avait suivi contre vents et marées au cours des quarante dernières heures, et voilà qu'il lui échappait, la privant définitivement de toute chance de se venger.

Les doigts agrippés au rebord du lavabo, elle regarda dans la glace ses yeux injectés de sang. Elle avait la certitude que la poursuite s'arrêtait là. En taxi, en train, en avion, il allait franchir des dizaines de frontières et sillonner l'Europe en tous sens avant de rejoindre sa tanière sous une identité soigneusement étudiée. Elle était convaincue que son refuge se situait en Europe, mais cette certitude ne l'avançait guère. Il lui faudrait toute une vie pour le retrouver... peut-être même plus.

Mais elle était sûre de le reconnaître le jour où elle croiserait sa route. Il aurait beau se déguiser, jamais il ne parviendrait à la duper car elle le *connaissait.* Il pouvait tout changer – son visage, sa façon de s'habiller, ses yeux, sa voix, ses gestes –, mais jamais il ne pourrait varier deux éléments essentiels : sa taille, bien sûr, et une chose à laquelle Diogène ne penserait jamais, son odeur. Une odeur unique et entêtante, mélange de réglisse et de fer, qui resterait à jamais gravée dans sa mémoire.

Toute une vie... Elle se sentit submergée par une vague de désespoir qui fit tanguer la pièce autour d'elle.

Dans sa précipitation, aurait-il pu semer derrière lui un indice quelconque ? Mais cela voulait dire retourner à New York, perdre du temps, lui laisser tout le loisir de brouiller les pistes.

Ou bien alors aurait-il pu laisser incidemment échapper quelque chose en sa présence ? C'était peu probable. À moins d'avoir été moins vigilant qu'à son habitude, persuadé qu'elle se donnerait la mort.

Elle quitta la salle de bains et s'assit sur le bord du lit. Elle commença par se vider l'esprit, puis elle passa en revue leurs premières conversations dans la bibliothèque du 891 Riverside Drive. L'exercice était douloureux, un peu comme si elle arrachait un pansement sur la plaie vive de sa mémoire, mais elle s'obligea à persévérer, s'appliquant à se remémorer chacune de ses paroles.

Rien.

Elle repensa ensuite à leurs dernières rencontres, aux ouvrages dont il lui avait fait cadeau, à ses dissertations décadentes sur la sensualité. Toujours rien qui puisse lui fournir un indice sur sa destination finale.

Chez moi, dans ma vraie *maison, la seule qui compte à mes yeux, j'ai une bibliothèque...* lui avait-il déclaré un jour. S'agissait-il une fois de plus d'un mensonge, ou bien pouvait-il y avoir un soupçon de vrai dans son affirmation ?

Je vis au bord de la mer. Le soir, toutes lumières et bougies éteintes, je passe des heures à écouter la rumeur du ressac et je me transforme en pêcheur de perles…

Une bibliothèque, une maison au bord de la mer, c'était bien vague. Elle repassa dans sa tête à plusieurs reprises le film de leurs rencontres, mais il avait veillé à en gommer tout détail personnel, sinon pour glisser des mensonges soigneusement étudiés, notamment les cicatrices de ses prétendus suicides.

Les cicatrices… Elle s'aperçut qu'elle refoulait inconsciemment l'épisode le plus marquant de leur relation, mais, avec la meilleure volonté du monde, elle ne parvenait pas à revivre leurs derniers moments. Repenser aux heures au cours desquelles elle s'était donnée à lui aurait été aussi insupportable que relire la lettre trouvée à son réveil…

C'était pourtant la seule solution. Très lentement, elle s'allongea sur le lit et fixa le plafond dans l'obscurité, se remémorant chaque détail d'un moment aussi voluptueux que douloureux.

Emporté par la passion, il lui avait murmuré à l'oreille quelques vers en italien :

Ei s'immerge ne la notte,
Ei s'aderge in vèr' le stelle.

Il plonge dans la nuit,
Il attrape les étoiles[1].

Elle avait reconnu un poème de Carducci et elle ne risquait pas grand-chose à tenter d'en savoir davantage.

Elle se redressa brusquement et une violente douleur à l'oreille lui rappela sa blessure. De retour dans la salle de bains, elle nettoya la plaie à l'aide d'un antiseptique avant d'y appliquer le pansement le plus discret possible, puis elle se déshabilla, prit un bain rapide, se lava les cheveux et enfila une tenue propre. Elle jeta ensuite le gant de toilette, la serviette et ses vêtements ensanglantés au fond d'un sac poubelle déniché dans l'armoire de la chambre, rassembla ses affaires de toilette et les

---

1. Extrait de *La Légende de Théodoric* de Giosuè Carducci.

mit dans sa valise, puis elle prit un foulard propre dans lequel elle s'emmitoufla.

Elle ferma sa valise, la sangla, prit le sac poubelle en passant et descendit à l'accueil. La sœur se trouvait toujours derrière son bureau et elle parut presque effrayée de voir apparaître la jeune femme devant elle.

— Tout se passe comme vous voulez, *signora* ?

Constance sortit son portefeuille.

— *Quanto costa ?* Combien ?

— Si la chambre ne vous convient pas, *signora*, nous pouvons vous en proposer une autre.

Sans répondre à la religieuse, elle posa sur le comptoir un billet de cent euros tout fripé.

— Mais c'est trop. Vous n'avez même pas dormi...

Avant même qu'elle ait achevé sa phrase, Constance s'était évanouie dans la nuit humide et froide.

74

Deux jours plus tard, Diogène Pendergast se tenait accoudé au bastingage d'un *traghetto* qui fendait les eaux bleues de la Méditerranée, en route vers le nord. Le bateau venait de dépasser le promontoir rocheux du Capo di Milazzo sur lequel se dressaient un phare et les ruines d'un château. Derrière lui, la Sicile s'enfonçait lentement dans la brume, la silhouette bleutée de l'Etna dressée vers le ciel, un panache de fumée s'échappant du cratère, et l'on apercevait à tribord la côte tourmentée de la Calabre. Mais la destination de Diogène se trouvait beaucoup plus loin en mer.

L'œil gigantesque du soleil couchant venait de disparaître derrière le cap, nimbant le vieux château d'une couronne dorée et dessinant sur l'eau des ombres allongées. Le bateau se dirigeait vers les îles Éoliennes, patrie des Quatre Vents à en croire les Anciens.

Diogène serait bientôt chez lui.

Chez lui. Il se demanda non sans amertume ce que ces mots pouvaient bien signifier pour lui. Un refuge, un lieu de retraite et de paix. Il tira de sa poche un paquet et sortit une cigarette qu'il alluma, protégé du vent par la cabine de pont. Il avala une longue bouffée. Cela faisait plus d'un an qu'il n'avait pas fumé, depuis son dernier séjour chez lui, et la nicotine lui faisait du bien.

Il repensa aux deux journées éprouvantes qu'il venait de vivre. Florence, Milan, Lucerne où on lui avait fait des points de suture dans un dispensaire, Strasbourg, Luxembourg, Bruxelles, Amsterdam, Berlin, Varsovie, Vienne, Ljubljana,

Venise, Pescara, Foggia, Naples, Reggio de Calabre, Messine et enfin Milazzo. Quarante-huit heures de train qui le laissaient au bord de l'épuisement.

En regardant le soleil disparaître à l'horizon, il sentit revenir sa résolution. Il l'avait blessée à Florence, elle ne pouvait matériellement pas l'avoir suivi jusqu'ici. Il avait changé d'identité à plusieurs reprises et s'était si bien appliqué à brouiller les pistes que jamais personne ne pourrait le retrouver. L'ouverture des frontières à l'intérieur de l'Union européenne, son entrée en Suisse sous une identité et sa sortie sous une autre, autant d'éléments propres à semer le limier le plus averti.

Jamais elle ne retrouverait sa trace. Son frère non plus. Et dans cinq ans, dans dix ou dans vingt, il referait surface avec un plan soigneusement mûri.

Debout sur le pont, respirant l'air du large, il sentit un semblant de paix s'emparer de son esprit. Pour la première fois depuis des mois, la voix sèche et moqueuse qui résonnait constamment dans sa tête cédait la place à un murmure que noyait presque la rumeur de la proue sur les vagues :

Bonne nuit mes dames, bonne nuit douces dames :
bonne nuit, bonne nuit ![1]

1. Cette réplique d'Ophélie dans *Hamlet* de Shakespeare (Acte IV, scène 5) vient conclure la deuxième partie du poème *The Waste Land* (*La Terre vaine*) de T.S. Eliot. *(N.d.T.)*

75

L'inspecteur Pendergast descendit du bus sur le Viale Giannotti et s'enfonça dans un petit parc de sycomores au milieu duquel tournait un vieux manège. Loin des États-Unis, il avait enfin pu quitter son déguisement et retrouver son allure habituelle. Il prit à gauche sur la Via di Ripoli et s'arrêta quelques mètres plus loin devant les grilles du couvent des sœurs de San Giovanni Battista. Une petite pancarte indiquait seulement : Villa Merlo Bianco. Une rumeur d'enfants en récréation lui parvenait de l'autre côté des grilles.

Il appuya sur la sonnette. Au terme d'une longue attente, les grilles s'écartèrent automatiquement, dévoilant une grande villa ocre au pied de laquelle s'étalait une cour de gravillon. Une porte latérale, surmontée d'un écriteau, annonçait l'accueil.

— Bonjour, dit-il en italien à la sœur rondelette installée derrière un bureau. Vous êtes sans doute sœur Claudia ?

— Oui, c'est moi.

Pendergast lui serra la main.

— Enchanté de faire votre connaissance, c'est moi qui vous ai appelé tout à l'heure. Ainsi que j'ai eu l'occasion de vous le dire au téléphone, la personne dont vous avez reçu la visite, Mlle Mary Ulciscor, est ma nièce. Elle s'est enfuie de chez elle et ses parents sont extrêmement inquiets.

La grosse bonne sœur soufflait péniblement.

— Oui, *signore.* J'ai vu qu'elle n'était pas dans son assiette dès son arrivée et figurez-vous qu'elle n'a même pas passé la nuit ici. Elle a déposé ses affaires le matin, elle est revenue en fin d'après-midi avant de repartir...

— Est-elle repartie en voiture ?

— Non, à pied, comme elle était venue. Elle aura sûrement pris le bus, pour la bonne raison que les taxis s'arrêtent toujours dans la cour.

— À quelle heure est-elle repartie ?

— Elle est rentrée vers huit heures, trempée comme une soupe. J'ai même cru qu'elle était malade.

— Malade ? s'inquiéta aussitôt Pendergast.

— Je n'en suis pas certaine, mais elle avançait toute repliée sur elle-même, le visage à moitié dissimulé.

— Le visage dissimulé ? De quelle façon ?

— À l'aide d'une écharpe bleu marine. Je l'ai vue redescendre avec sa valise moins de deux heures plus tard et elle m'a donné trop d'argent, surtout pour une chambre dans laquelle elle n'avait même pas dormi, et puis elle est partie.

— Portait-elle les mêmes vêtements ?

— Non, elle s'était changée et elle avait un foulard rouge cette fois. Je vous assure, j'ai tout fait pour la retenir.

— J'en suis bien persuadé, ma sœur. M'autoriseriez-vous à jeter un coup d'œil dans sa chambre ? Inutile de m'accompagner, donnez-moi la clé.

— Mais... la chambre a été faite depuis, il n'y a rien à voir.

— Je préférerais m'en assurer personnellement, si cela ne vous ennuie pas. On ne sait jamais. La chambre a-t-elle servi depuis ?

— Pas encore, mais nous avons demain un couple d'Allemands qui...

— Je prendrai la clé, si cela ne vous dérange pas.

La bonne sœur s'exécuta et Pendergast la remercia avant de se diriger vers l'escalier.

La chambre, très modeste, se trouvait au fond d'un long couloir. Il referma la porte derrière lui et se mit immédiatement à genoux. Il commença par examiner attentivement le sol avant de regarder sous le lit, puis il entreprit de fouiller la salle de bains à quatre pattes. Déçu, il constata que la pièce avait été soigneusement nettoyée. Il se releva et observa d'un air pensif le décor qui l'entourait. Enfin, il se décida à ouvrir l'armoire. Elle était vide, mais un examen scrupuleux lui révéla l'existence d'une petite tache sombre dans un coin. Il se mit à nouveau à genoux et la gratta d'un ongle précautionneux : du sang séché, mais relativement frais.

Il retourna à l'accueil où l'attendait la sœur Claudia, toujours aussi préoccupée.

— Elle n'avait pas l'air bien et je me demande vraiment où elle a pu aller à dix heures du soir. J'ai tout fait pour la retenir, *signore*, mais...

— J'en suis absolument persuadé, lui répéta Pendergast. Encore merci de votre aide.

Quelques instants plus tard, il rejoignait la Via di Ripoli, le front soucieux. Constance s'était donc enfuie de nuit, sous la pluie... Où avait-elle bien pu se rendre ?

Il pénétra dans un petit café situé au coin du Viale Gionnotti et commanda un espresso au bar, plus perplexe que jamais. Constance et Diogène s'étaient rencontrés à Florence, il en avait la certitude. Ils s'étaient battus et elle avait été blessée, ce qui était un moindre mal, connaissant le triste palmarès de son frère. De toute évidence, Diogène avait sous-estimé la jeune femme. Tout comme lui-même, d'ailleurs. Constance avait infiniment plus de ressources qu'elle ne le laissait croire.

Il vida sa tasse, se procura un ticket de l'ATAF au comptoir, sortit du café et traversa le *viale* jusqu'à l'arrêt de bus le plus proche, décidé à retourner au centre-ville. Un bus finit par arriver dans lequel il monta à la suite des autres voyageurs, puis il tendit un billet de cinquante euros au chauffeur.

— Je ne prends pas d'argent, vous devez poinçonner votre ticket, grogna le machiniste en démarrant brutalement, tournant le lourd volant de ses énormes bras.

— Je voudrais un renseignement.

Le chauffeur continua à ignorer le billet.

— Quel genre de renseignement ?

— Je cherche ma nièce. Elle est montée dans un bus de cette ligne vers dix heures du soir il y a deux jours.

— Je ne fais pas les nuits.

— Pourriez-vous me donner le nom et le numéro de portable du chauffeur de nuit ?

— Si vous n'étiez pas étranger, j'aurais juré que vous étiez un *sbirro*, un flic.

— La police n'a rien à voir là-dedans. Je cherche ma nièce, je ne suis que son oncle, répliqua Pendergast avant d'ajouter d'une voix douce : je vous en prie, *signore*. Ses parents se font un sang d'encre.

Le chauffeur négocia un virage avant de répondre sur un ton plus conciliant :

— Il s'appelle Paolo Bartoli, vous pouvez le joindre au 333-662-0376. Reprenez votre argent, je n'en veux pas.

Pendergast descendit du bus à la Piazza Ferrucci, sortit le portable qu'il avait acheté à son arrivée en Italie et composa le numéro. Bartoli était chez lui.

— Je ne risque pas de l'oublier, lui répondit le chauffeur de nuit. Elle avait la tête tout emmitouflée dans une écharpe, on ne voyait que ses yeux et c'est tout juste si on comprenait ce qu'elle disait. Elle parlait un drôle d'italien, comme autrefois. Elle m'a même donné du *voi*, c'est vous dire. Je n'avais plus entendu ça depuis l'époque fasciste. On aurait dit un fantôme, je me suis même demandé si elle n'était pas un peu folle.

— Vous souvenez-vous où elle est descendue ?

— Oui, elle m'a demandé de l'arrêter à la Biblioteca Nazionale.

La bibliothèque était assez éloignée de la Piazza Ferrucci, de l'autre côté de l'Arno, l'élégance de sa façade baroque brune jurant avec la piazza sale le long de laquelle elle s'élevait. Dans une immense salle de lecture sonore, Pendergast finit par dénicher une employée qui se souvenait aussi bien de la jeune femme que le conducteur de bus.

— Oui, je travaillais de nuit, lui expliqua la bibliothécaire. Il n'y a pas grand monde à cette heure-là, elle avait l'air si triste et perdue que je ne la quittais pas des yeux. Elle a passé plus d'une heure plongée dans un ouvrage, rivée sur la même page en se parlant à elle-même à voix basse comme une folle. Vers minuit, j'allais lui demander de sortir pour pouvoir fermer quand elle a sursauté avant de se jeter sur un autre ouvrage…

— Quel genre d'ouvrage ?

— Un atlas. Elle l'a consulté pendant une dizaine de minutes en prenant des notes sur un petit carnet, et puis elle est partie en courant comme si le diable était à ses chausses.

— Quel atlas, précisément ?

— Je n'ai pas fait attention, l'un de ceux qui sont en libre service sur l'étagère du fond. Elle n'a donc pas eu besoin de remplir de fiche. En revanche, je dois toujours avoir celle qu'elle a remplie pour l'autre livre, celui qu'elle a regardé pendant des heures. Attendez un instant, je devrais pouvoir la retrouver.

Peu après, Pendergast se trouvait à la même place que Constance, plongé dans la lecture du même ouvrage, un mince recueil de poésies de Giosuè Carducci, un auteur italien récompensé par le prix Nobel de littérature en 1906.

Pendergast commença par poser le recueil devant lui sans l'ouvrir, puis il le prit délicatement et le laissa s'écarter tout seul, dans l'espoir qu'il s'ouvre à la page où il avait été lu en dernier, comme c'est souvent le cas. Mais l'ouvrage était trop rigide et seule la couverture s'écarta.

Pendergast tira alors de la poche de sa veste une loupe et un cure-dent, puis il entama l'examen minutieux du livre. À chaque nouvelle page, il passait lentement le cure-dent le long de la pliure centrale avant d'observer à la loupe les poussières, fibres et autres cheveux recueillis de la sorte.

Il mit plus d'une heure à trouver ce qu'il cherchait, à la page 42 : trois minuscules fibres laineuses rouges enroulées sur elles-mêmes, provenant d'une écharpe tricotée.

Le poème qui s'étalait là s'intitulait *La Leggenda di Teodorico*, écrit en l'honneur du célèbre monarque ostrogoth.

Il entama sa lecture :

Su 'l castello di Verona
Batte il sole a mezzogiorno,
De la Chiusa al pian rintrona
Solitario un suon de corno...

Au-dessus du château de Vérone
Brille impitoyablement le soleil de midi,
Depuis les monts de Chiusa, à travers la plaine
Résonne le bruit tant redouté du cor...

Les vers suivants évoquaient la mort de Théodoric et Pendergast les lut à deux reprises, sans comprendre ce qui avait pu attirer l'attention de Constance. Il reprit la lecture du texte plus lentement. Théodoric était l'un des premiers grands souverains barbares dont le royaume s'était bâti sur les restes de l'Empire romain. Au nombre de ses victimes figurait notamment le consul et philosophe chrétien Boethius. Théodoric était mort en 526 et, à en croire la légende, un saint ermite vivant dans les îles Éoliennes, au large des côtes siciliennes, avait vu l'âme tourmentée du roi s'enfoncer dans la gueule du Stromboli, un volcan qui figurait l'antichambre de l'enfer aux yeux des chrétiens de l'époque.

Le Stromboli... la Porte de l'Enfer... Soudain, Pendergast comprit.

Il se leva précipitamment, se dirigea vers les rayonnages sur lesquels reposaient les atlas et choisit celui de la Sicile. De retour à sa place, il l'ouvrit à la page des îles Éoliennes. La plus éloignée était Stromboli, un volcan surgi de la mer au pied duquel s'accrochait un village battu par les flots. L'île était d'accès difficile et le volcan avait la particularité d'être le plus actif d'Europe, en éruption quasi constante depuis plus de trois millénaires.

Pendergast essuya lentement la double page de l'atlas à l'aide d'un mouchoir de lin blanc plié qu'il examina ensuite à la loupe : emprisonnée dans la trame se trouvait une fibre laineuse rouge.

76

Depuis la terrasse de sa villa, Diogène Pendergast observait les maisons badigeonnées de blanc du village de Piscità en contrebas, éparpillées le long des plages de sable noir de l'île. Le vent de la mer apportait avec lui des odeurs d'iode et de genêt en fleur. À plus d'un kilomètre de là, le phare érigé sur l'énorme rocher de Strombolicchio envoyait ses premiers signaux dans l'obscurité naissante.

Diogène dégustait un verre de sherry, attentif à la rumeur de la vie à ses pieds – une mère appelant ses enfants pour le dîner, l'aboiement d'un chien, le bourdonnement d'un trois-roues, unique mode de transport automobile sur l'île. Les vagues commençaient à se lever avec le vent, la nuit serait agitée.

Derrière lui, le volcan grondait en sourdine.

Là, à l'écart du monde, Diogène se sentait en sécurité. Jamais *elle* ne le retrouverait dans son sanctuaire, il était ici chez lui. Il avait découvert l'île quelques décennies plus tôt et rares étaient les années où il n'était pas venu s'y ressourcer, veillant toujours à rester discret. Les quelque trois cents îliens le connaissaient sous les traits d'un universitaire anglais excentrique et irascible, venant périodiquement chercher ici la sérénité pour la rédaction de son grand œuvre, et ils avaient appris à ne pas le déranger. Il évitait d'ailleurs la saison touristique bien que l'île, distante du continent d'une centaine de kilomètres et souvent inaccessible du fait des caprices de la mer, fût moins visitée que beaucoup d'autres.

Un nouveau grondement se fit entendre. Le volcan était agité ce soir.

Il se retourna et contempla ses flancs escarpés et sombres. Des nuages menaçants étaient accrochés au cratère, près d'un kilomètre au-dessus de sa villa, et les lueurs orangées qui s'échappaient à intervalles réguliers du cône déchiqueté faisaient penser aux éclairs intermittents d'une ampoule défectueuse.

Un dernier rayon de soleil éclaira le Strombolicchio et la mer se retrouva plongée dans le noir. Des rouleaux argentés déferlaient sur la plage avec un bruit sourd et monotone.

Depuis vingt-quatre heures, Diogène s'était efforcé d'effacer de son esprit les événements récents. Un jour, lorsqu'il aurait retrouvé un peu de sérénité, il prendrait le temps de s'asseoir et d'analyser les raisons de son échec. Pour l'heure, il avait besoin de repos. Après tout, il était encore jeune et disposait de tout le temps nécessaire pour planifier et exécuter sa prochaine attaque.

Et pourtant résonne dans mon dos
Le chariot ailé du temps arrivant au galop[1]

Il tenait le verre si serré entre ses doigts qu'il se brisa. Il se débarrassa du pied en le jetant rageusement par terre et se rendit à la cuisine afin de se servir un autre sherry. Un amontillado de sa réserve personnelle dont il détestait gâcher la moindre goutte.

Il en avala une petite gorgée afin de se calmer et reprit le chemin de la terrasse. On sentait le village se préparer pour la nuit, les cris se faisaient moins fréquents. Un bébé pleurait quelque part, une porte claqua, et toujours le bourdonnement du trois-roues, plus proche à présent, dans l'une des rues tortueuses grimpant vers la villa.

Il posa son verre sur le parapet et alluma une cigarette, avala la fumée avant de la recracher lentement dans le crépuscule. Il posa un regard sur les rues en contrebas. Le trois-roues montait dans sa direction, sans doute par le Vicolo San Bartolo… Le bruit de moteur s'approcha et, pour la première fois, Diogène ressentit une certaine appréhension. Il était bien tard pour qu'un trois-roues se promène en ville, surtout dans les hauteurs du

1. Extrait du poème *To His Coy Mistress* d'Andrew Marvell (1621-1678).

village. À moins qu'il ne s'agisse du taxi de l'île, mais on était seulement au début du printemps et les touristes étaient rares. Il n'y en avait aucun sur le ferry qui l'avait amené de Milazzo, uniquement des provisions pour les îliens. En outre, le bateau était reparti depuis longtemps.

Il sourit, se moquant de lui-même. À force de multiplier les précautions, voilà qu'il devenait paranoïaque. Cette poursuite échevelée, immédiatement après un échec aussi cuisant, lui avait mis les nerfs à fleur de peau. Il avait besoin d'une longue période d'étude et de réflexion afin de se ressourcer au plan intellectuel. Le moment idéal d'entamer la traduction d'*Aureus Asinus* d'Apulée à laquelle il pensait depuis longtemps.

Il aspira une nouvelle bouffée et ses yeux se posèrent sur la mer. Les lumières d'un bateau venaient d'apparaître à hauteur de Punta Lena. Il rentra dans la maison, à la recherche de ses jumelles, les dirigea sur les lumières et aperçut la silhouette d'un vieux bateau de pêche en bois s'éloignant de Stromboli en direction de Lipari. Voilà qui était curieux : jamais personne n'irait pêcher à une heure pareille, surtout avec ce temps. Il devait s'agir d'une livraison.

Le bruit du trois-roues s'était encore rapproché et Diogène comprit qu'il remontait la ruelle conduisant à la villa, de l'autre côté de l'enceinte protégeant la propriété. Il entendit le moteur ralentir au moment où le triporteur s'arrêtait le long du mur. Il reposa ses jumelles et se rendit sur la terrasse latérale qui surplombait la ruelle. Le temps d'arriver, le trois-roues avait déjà fait demi-tour et son passager, s'il y en avait un, était hors de vue.

Son cœur battait si fort qu'il en avait des bourdonnements d'oreille. La ruelle ne desservait que sa propriété. Le vieux bateau de pêche n'avait pas effectué de livraison, il avait amené un *passager*, et ce passager était venu en triporteur jusque chez lui.

Il passa aussitôt à l'action. Dans le plus grand silence, il rentra à l'intérieur de la maison et entreprit de fermer les volets des différentes pièces les uns après les autres, veillant à éteindre les lumières et à fermer les portes à clé. Comme la plupart des villas de l'île, la sienne avait tout d'une forteresse, avec ses épais volets en bois et ses vieux verrous. Les murs eux-mêmes avaient près d'un mètre d'épaisseur, sans parler des améliorations apportées par ses soins à la sécurité de la maison.

En peu de temps, il avait fini de se barricader et il se réfugia dans la bibliothèque, le souffle court. Il s'en voulut à nouveau d'avoir cédé à la paranoïa. Tout ça parce qu'il avait aperçu un bateau et qu'il avait entendu un taxi. C'était ridicule. Jamais elle n'aurait réussi à retrouver sa trace. Surtout aussi vite. Il n'était là que depuis la veille. Tout cette histoire était absurde.

Il s'épongea le front à l'aide d'un mouchoir et commença à respirer plus librement. Il se comportait comme un idiot. Cette affaire l'avait affecté davantage qu'il ne voulait bien le reconnaître.

La pièce était plongée dans l'obscurité et il cherchait l'interrupteur à tâtons lorsqu'on frappa plusieurs fois à la porte avec une lenteur désespérante, presque comique, l'écho de chaque coup se répercutant longuement à travers la villa.

Il se figea, le cœur battant.

— *Chi c'è ?* demanda-t-il.

Pas de réponse.

D'une main tremblante, il chercha des doigts les tiroirs aménagés dans la bibliothèque, trouva celui qu'il cherchait, tourna la clé et saisit son Beretta P×4 Storm. Il retira le chargeur, s'assura, plaqué au sol, qu'il était plein et le remit en place. Dans le tiroir inférieur, il prit une puissante lampe électrique.

Comment ? *Comment ?* Il étouffait littéralement de rage. Pouvait-il réellement s'agir d'elle ? Sinon, pourquoi n'y avait-il pas eu de réponse lorsqu'il avait demandé qui était là ?

Il alluma la torche et regarda autour de lui. Par où entrerait-elle ? Sans doute par la porte de la terrasse latérale, la plus proche de la ruelle et la plus aisée d'accès. Il s'en approcha à pas de loup, la déverrouilla silencieusement et posa la clé en équilibre au-dessus de la poignée en fer forgé, puis il reprit sa place dans le noir et mit un genou à terre en visant la porte, prêt à tirer.

Il attendit.

Aucun bruit ne pénétrait les murs épais de la maison, sinon le grondement épisodique du volcan. Tous les sens aux aguets, Diogène attendait.

Cinq minutes s'écoulèrent, puis dix.

Soudain, il entendit la clé tomber sur le sol et tira aussitôt à quatre reprises à travers la porte, dessinant un losange dans le battant. Les balles de 9 mm n'avaient eu aucun mal à traverser le bois, sans rien perdre de leur pouvoir destructeur. Il entendit un cri étouffé, un bruit, puis plus rien. La porte entrouverte s'écarta de quelques centimètres, poussée par le vent.

Normalement, elle aurait dû être morte, mais il en doutait. Elle était trop fine pour se laisser prendre aussi facilement, elle pouvait très bien avoir anticipé sa réaction.

Comment en être sûr ? Et comment être sûr qu'il s'agissait bien d'elle ? Il avait très bien pu tuer un voleur ou un livreur.

Il s'approcha lentement, courbé en deux, et parcourut les derniers mètres en rampant. Il s'arrêta, les yeux rivés vers l'interstice sous la porte. Il lui fallait pousser légèrement le battant s'il voulait s'assurer qu'il y avait un corps de l'autre côté. À moins qu'il ne se soit fait piéger.

Il profita d'un nouveau coup de vent pour entrouvrir un peu plus la porte et voir ce qui se passait sur la terrasse.

Deux coups de feu éclatèrent au même instant. Les balles traversèrent le battant juste au-dessus de sa tête dans une pluie d'échardes. Il roula à l'abri sans demander son reste. Le battant s'était écarté d'une trentaine de centimètres et chaque bourrasque l'ouvrait un peu plus. Elle avait fait feu très bas, persuadée qu'il était accroupi, mais le fait d'être allongé sur le ventre lui avait sauvé la vie.

Les impacts de balles dans le bois de la porte prouvaient qu'elle avait réussi à se procurer un semi-automatique de calibre moyen. Probablement un Glock, à en juger par les déflagrations. Elle avait surtout trouvé le moyen de s'initier au maniement des armes à feu.

Un coup de vent plus violent acheva d'ouvrir la porte entièrement et le battant buta violemment contre le mur avant de se rabattre légèrement en grinçant. D'un coup de pied bien placé, il la referma, exécuta une roulade, se retrouva en position assise et repoussa le verrou. Il venait de se mettre à l'abri lorsqu'une balle fit un trou dans le bois à quelques centimètres de son oreille, l'arrosant d'échardes.

Allongé par terre, le souffle court, il mesurait enfin l'inconfort de sa position. Barricadé dans la maison, il lui était impossible de voir au-dehors, de savoir où elle se trouvait. La villa était relativement bien protégée contre les intrusions intempestives, mais il n'avait pas voulu attirer l'attention sur lui en y installant un blindage comparable à celui de la maison de Long Island. Rien de plus facile pour elle que de faire sauter les serrures et les volets de quelques coups de feu bien placés. Non, le mieux était encore de l'affronter à l'extérieur, sa connaissance du terrain jouant en sa faveur.

Il se demanda si quelqu'un avait pu entendre les coups de feu. Si c'était le cas, les gens du village risquaient d'appeler la police, ce qui pouvait se révéler dangereux. Comment le savoir? Avec la tempête qui se levait, le bruit du vent dans les figuiers et les oliviers, sans même parler des explosions fréquentes à l'intérieur du volcan, les détonations avaient très bien pu passer inaperçues. En outre, la présence policière sur l'île en hiver se limitait à celle d'un *maresciallo* des carabiniers qui consacrait ses soirées à jouer à la *briscola* au bar de Ficogrande.

De rage, Diogène tremblait de tous ses membres à l'idée qu'elle ait réussi à percer le secret de son refuge. Cette maison était son antre, sa tanière. Il avait toujours la possibilité de s'enfuir, mais pour aller où? Jamais elle ne lui laisserait le moindre répit. Et même s'il parvenait un jour à lui échapper, il mettrait des années à trouver une autre retraite, à se bâtir une nouvelle identité.

Non, il fallait en finir, et tout de suite.

Trois coups de feu rapprochés claquèrent et il entendit s'ouvrir l'un des volets de la pièce où il prenait habituellement son petit déjeuner. Il se releva précipitamment et s'enfuit, courbé en deux, afin de se réfugier derrière la demi-cloison séparant la cuisine de la salle à manger. À travers la fenêtre ouverte, un courant d'air faisait battre le volet.

Se trouvait-elle à l'intérieur?

Il contourna la cloison à quatre pattes, se releva brusquement et fit courir le faisceau de sa lampe dans la cuisine. Elle était vide. Il courut jusqu'à la salle à manger et s'aplatit contre un mur. Le tout était de ne jamais rester longtemps au même endroit...

Trois autres détonations, cette fois du côté de la bibliothèque dont l'un des volets se mit à battre au vent.

C'était donc la tactique qu'elle avait choisie : battre en brèche son système de défense, une pièce après l'autre, jusqu'à ce qu'il se retrouve sans protection. Pas question de se laisser faire, il devait reprendre l'initiative en choisissant lui-même le cadre de leur confrontation finale.

Il lui fallait impérativement trouver le moyen de sortir de la maison et de l'entraîner sur les pentes du volcan dont il connaissait les moindres recoins. Elle était de constitution frêle, il s'agissait de la fatiguer. Dans la montagne, en pleine obscurité, l'avantage serait de son côté à lui, y compris dans le maniement des armes à feu. Il se promit néanmoins de ne plus la sous-estimer, contrairement à ce qu'il avait fait jusqu'à présent. Il se trouvait clairement face à l'adversaire le plus déterminé et le plus dangereux de toute sa carrière criminelle.

Il était temps de fourbir un plan. Le vieux sentier permettant d'escalader le volcan avait été tracé près de trois mille ans auparavant par des prêtres grecs désireux d'offrir des sacrifices au dieu Héphaïstos. À mi-course, le chemin se séparait en deux : un sentier plus récent grimpait jusqu'au sommet le long du Bastimento, tandis que le plus ancien se poursuivait en direction de l'ouest où il se trouvait interrompu depuis plusieurs siècles par la Sciara del Fuoco, une coulée de lave incandescente, large de plus d'un kilomètre, qui dévalait les pentes du cratère avant de s'enfoncer dans la mer au milieu d'un torrent de vapeur et d'explosions. Le bord de la Sciara était un lieu dantesque, unique au monde, battu par de terribles courants d'air chaud provoqués par la lave en fusion.

La Sciara del Fuoco… voilà la solution ! Tout corps emporté par la coulée était assuré de ne jamais refaire surface.

En attendant, l'opération la plus délicate était encore de sortir de la maison. Elle ne pouvait pourtant pas l'attendre de tous les côtés à la fois et, quand bien même elle aurait surveillé le bon endroit, elle avait peu de chances de le toucher dans le noir s'il faisait vite. Tirer dans l'obscurité n'était pas un art accessible à une débutante.

Diogène s'approcha silencieusement de la petite entrée s'ouvrant sur le côté de la villa. Il s'arrêta brièvement, donna un grand coup de pied dans la porte et s'enfonça dans la nuit. Les coups de feu auxquels il s'attendait lui résonnèrent aux oreilles, le manquant de peu. Il se précipita à couvert et fit feu à son tour afin de la faire taire, puis il se rua vers la grille, prit à droite et escalada quatre à quatre les marches de pierre volcanique qui reliaient la ruelle au sentier serpentant le long du volcan en direction de la coulée de feu.

77

L'inspecteur Pendergast avait à peine bondi sur le quai de Ficogrande que le bateau de pêche faisait moteur arrière afin d'échapper aux vagues qui se brisaient sur la jetée. Il resta un moment immobile sur le béton craquelé à observer les alentours. Éclairée par un quartier de lune bienvenu, l'île dressait sa masse au milieu de l'eau, tel un pilier sombre dans la nuit. Il leva les yeux sur les reflets orangés qui s'échappaient du cratère couronné de nuages, les grondements du volcan se mêlant au sifflement du vent et à la rumeur des vagues dans son dos.

Avec sa silhouette conique pelée, c'est tout juste si Stromboli mesurait trois kilomètres de diamètre. Un univers désolé dont l'austérité semblait avoir déteint sur le village lui-même, constitué de quelques maisons blanches accrochées au rivage.

Pendergast huma l'air salin et referma le col de son manteau pour mieux se protéger de l'humidité. De l'autre côté du quai, le long de la rue étroite bordant la plage, s'alignaient quelques bâtiments de stuc collés les uns aux autres. L'un d'entre eux abritait un bar dont l'enseigne aux couleurs passées, malmenée par les bourrasques, avait perdu sa lumière depuis longtemps.

Pendergast traversa le quai d'un pas alerte et poussa la porte du café.

Un épais nuage de fumée l'accueillit. Plusieurs personnages, l'un revêtu de l'uniforme des carabiniers, jouaient aux cartes en fumant, un verre de vin devant eux.

Il s'approcha du bar et commanda un *espresso completo.*

— La jeune femme qui est arrivée sur un bateau de pêche en fin d'après-midi... ? demanda-t-il en italien au patron.

Sans répondre à la question, l'homme essuya le zinc à l'aide d'un chiffon humide et posa un espresso devant Pendergast avant d'y ajouter une rasade de grappa.

— Une jeune femme mince avec une écharpe rouge, insista Pendergast.

Le patron hocha la tête.

— Où est-elle allée ?

Le patron laissa passer un long silence avant de répondre avec un fort accent sicilien :

— Chez le professeur.

— Ah ! Et où habite ce professeur ?

Pas de réponse. Dans son dos, la partie de cartes s'était interrompue. Pendergast connaissait suffisamment cette région du monde pour savoir qu'il n'obtiendrait aucune information à moins d'en donner lui-même.

— La pauvre petite est ma nièce, dit-il. Ma sœur est effondrée à l'idée qu'elle se soit entichée de ce bon à rien, de ce prétendu professeur qui refuse de régulariser la situation après l'avoir séduite.

L'argument avait fait mouche, le code d'honneur des Siciliens prenant le dessus. Un bruit de chaise derrière lui indiqua à Pendergast que quelqu'un se levait. Il se retourna et se retrouva face à face avec le carabinier.

— Je suis le *marasciello* de Stromboli, se présenta le policier sur un ton officiel. Je vais vous conduire chez le professeur. Stefano, ajouta-t-il en se retournant, emmène ce monsieur avec ton triporteur, tu n'auras qu'à suivre mon *motorino*.

Un personnage très velu se leva à son tour. Il adressa un signe de tête à Pendergast et lui fit signe de le suivre dehors. Le trois-roues était garé devant le café et Pendergast s'y installa à côté de son guide tandis que le carabinier démarrait sa moto. Quelques instants plus tard, ils roulaient sur la route bordant la plage, accompagnés par le fracas des vagues dans la nuit.

Ils ne tardèrent pas à quitter le bord de mer et s'enfoncèrent dans un labyrinthe de ruelles étroites qui montaient à l'assaut de la montagne à travers des vignes, des potagers et des champs d'oliviers protégés par des murs de lave. De rares villas apparaissaient çà et là sur les hauteurs du village. La plus éloignée, entourée d'un haut mur de pierres volcaniques, semblait accrochée à la pente.

On n'y apercevait aucune lumière.

Le carabinier gara sa moto devant la grille. Le trois-roues l'imita et Pendergast en descendit prestement, les yeux rivés sur la maison. C'était un bâtiment austère ressemblant davantage à une forteresse qu'à une résidence. Plusieurs terrasses l'entouraient et celle qui donnait sur la mer était ornée d'une colonnade de marbre. Au-delà du mur d'enceinte s'étendait un superbe jardin tropical dans lequel poussaient des cactus géants. Le volcan dominait la propriété de toute sa masse, des éclairs orangés se reflétant sur les nuages de façon menaçante.

En dépit de l'urgence de la situation, Pendergast ne bougeait pas, hypnotisé par la villa. *Voici donc la maison de mon frère*, se dit-il.

Le carabinier s'approcha d'une démarche pompeuse de la grille entrouverte et appuya sur la sonnette. Brusquement rappelé à la réalité, Pendergast pénétra dans le jardin sans attendre et se précipita, courbé en deux, en direction de la terrasse dont la porte battait au vent.

— *Signore*, attendez !

Pendergast sortit son Colt 1911, se plaqua contre le mur de la maison et bloqua la porte au passage, entre deux bourrasques. Le bois était criblé de balles. Il regarda autour de lui et constata que le volet de la fenêtre de la cuisine battait également sous l'effet du vent.

Le carabinier le rejoignit, tout essoufflé.

— *Minchia !* s'exclama-t-il en apercevant la porte, et il dégaina son arme sans attendre.

— Qu'est-ce qui se passe, Antonio ? s'enquit le propriétaire du triporteur dont la cigarette rougeoyait sur le chemin conduisant à la maison.

— Reste où tu es, Stefano. Ça pourrait être dangereux.

Pendergast tira de sa poche une lampe torche qu'il alluma en pénétrant dans la maison. Des éclats de bois jonchaient le sol. Le faisceau de sa lampe éclaira un immense salon aux murs blancs et au sol carrelé, meublé à l'ancienne de façon étrangement sévère. Au hasard d'une porte ouverte, il découvrit une superbe bibliothèque aux murs d'un vert pâle irréel. Il entra prudemment et remarqua que l'un des volets avait reçu des impacts de balle.

On n'apercevait pourtant aucune trace de lutte.

Il regagna l'entrée et surprit le carabinier en train d'examiner les trous dans la porte. Le policier se redressa.

— Je vous demanderai de bien vouloir vous retirer, *signore.* Pour les besoins de l'enquête.

Pendergast obéit sans se faire prier et observa les alentours.

— Y a-t-il un chemin par là ? demanda-t-il au propriétaire du trois-roues qui restait là, les bras ballants.

— C'est un sentier de montagne, mais jamais ils ne seront partis par là. Pas de nuit.

Le carabinier ne tarda pas à les rejoindre, une radio à la main. Il comptait appeler en renfort ses collègues de la *caserna* de l'île voisine de Lipari, à cinquante kilomètres de là.

Pendergast ressortit de la propriété et remonta la ruelle jusqu'à son extrémité. Un vieil escalier de pierre grimpait le long de la pente où il rejoignait un très vieux sentier. L'inspecteur se mit à genoux et examina le sol à l'aide de sa lampe, puis il se releva, gravit les marches jusqu'au sentier qu'il inspecta minutieusement.

— N'allez pas par là, *signore* ! C'est très dangereux !

Il s'agenouilla à nouveau. Dans la poussière, à l'abri d'une contremarche, il reconnut la forme d'un talon de petite taille. L'empreinte était toute récente.

Un peu plus haut, il retrouva une empreinte semblable, posée sur celle d'une chaussure plus imposante : Constance s'était lancée à la poursuite de Diogène.

Pendergast se releva d'un bond et leva la tête en direction du volcan. La nuit était si sombre qu'il ne voyait rien, sinon quelques éclairs rougeoyants au milieu des nuages.

— Ce sentier mène-t-il au sommet ? demanda-t-il au policier.

— Oui, *signore.* Mais je vous répète qu'il est très dangereux. Je peux vous assurer qu'ils n'ont pas pu s'enfuir par là, seuls des randonneurs expérimentés osent s'y aventurer. Je viens d'appeler les carabinieri de Lipari, ils ne pourront venir que demain. Et encore, si le temps le permet. À part fouiller le village, je ne vois pas ce qu'on pourrait faire de plus ce soir. Il est probable que votre nièce et le professeur se seront réfugiés là-bas.

— Non, vous ne les trouverez pas au village, répliqua Pendergast en s'engageant sur le petit chemin.

— *Signore !* N'allez pas par là ! Vous allez tomber sur la Sciara del Fuoco !

La voix du policier se perdit dans le vent. Sa lampe dans une main et son arme de l'autre, Pendergast grimpait le long du sentier aussi vite qu'il le pouvait.

78

Diogène Pendergast filait le long d'une ancienne coulée de lave à plus de 800 mètres d'altitude. Le vent soufflait avec une force démoniaque, fouettant les épais buissons de genêts qui lui barraient en partie la route. Il s'arrêta un instant pour reprendre son souffle. C'est tout juste s'il distinguait la surface de la mer en contrebas, seules quelques taches grisées signalaient la présence de moutons sur l'eau agitée. Le phare du Strombolicchio se dressait sur son rocher battu par les vagues, envoyant inlassablement son signal sur une mer déserte.

Le regard de Diogène se posa sur le bas de l'île. De l'endroit où il était perché, il apercevait un bon tiers du rivage, depuis Piscità jusqu'à la plage du Schiocciole sur laquelle s'écrasaient de puissants rouleaux, et des points lumineux signalaient les maisons du village. Le volcan dominait le paysage à la façon d'un palétuvier gigantesque dont le tronc rugueux portait le nom des corniches de lave successives : Serra Adorno, Roisa, Le Mandre, Rina Grande... Il se retourna et aperçut, en levant la tête, l'épine dorsale du Bastimento derrière lequel s'étalait la Sciara del Fuoco. La crête remontait jusqu'au sommet du volcan perdu dans les nuages, qui continuait de tonner au rythme de ses éruptions.

Le sentier se séparait en patte-d'oie quelques centaines de mètres plus loin : le chemin de gauche s'éloignait vers l'est et rejoignait le cratère à travers les pentes du Liscione ; quant à la piste de droite, l'ancienne sente grecque, elle traversait le Bastimento et s'arrêtait brutalement au bord de la Sciara del Fuoco.

Il avait escaladé les marches à toute vitesse et couru tout le long du chemin, de sorte qu'il avait dû gagner quinze à vingt minutes sur *elle*. Physiquement, elle n'avait pas pu le suivre à un tel rythme, ce qui lui laissait le temps de voir comment il allait procéder, maintenant qu'il la tenait à sa merci.

Il s'assit sur un petit muret à demi écroulé. Le plus facile était encore de l'attendre, dissimulé derrière les buissons touffus qui bordaient le sentier. Caché dans les genêts, il lui suffisait de la guetter et de l'abattre dès qu'elle passerait à sa portée. Un plan qui avait l'inconvénient d'être un peu trop simple pour qu'elle se laisse piéger. Les buissons étaient si épais qu'il serait difficile à Diogène de s'y enfoncer sans laisser de trace, d'autant que rien ne semblait échapper à sa poursuivante.

Elle ne pouvait pas connaître les lieux puisqu'elle s'était rendue directement chez lui en débarquant dans l'île. Quant aux cartes, la plus précise n'aurait pas suffi à traduire les difficultés du terrain. Il connaissait un endroit un peu plus haut, juste avant l'embranchement, où le sentier passait juste en dessous d'un promontoire de lave durcie. Il lui suffisait de l'attendre là car elle serait forcée de passer à ses pieds.

L'endroit idéal pour un guet-apens.

Il poursuivit sa route et rejoignit le promontoire dix minutes plus tard. Il cherchait des yeux une cachette lorsqu'il repéra un endroit encore plus approprié. À bien y réfléchir, elle aurait pu voir le bloc de lave et s'en méfier, alors que quelques mètres plus bas, dans l'ombre du surplomb, se trouvait un endroit rêvé pour une embuscade, parfaitement invisible depuis le sentier.

Soulagé d'arriver bientôt au terme de son calvaire, Diogène se tapit dans sa cachette et attendit. Dans l'obscurité, personne n'aurait pu se douter qu'il existait une anfractuosité derrière le rocher qui le protégeait. Elle serait là d'ici un quart d'heure, il n'aurait qu'à la tuer avant de jeter son corps dans la Sciara où elle disparaîtrait à tout jamais.

Les quinze minutes qui suivirent furent les plus longues de toute son existence. Au bout de vingt minutes, son impatience était à son comble, mais Constance n'était toujours pas là. Vingt-cinq minutes s'écoulèrent, puis une demi-heure…

Diogène échafauda toutes sortes d'hypothèses. Elle n'avait matériellement pas pu se douter qu'il était là, le problème se situait nécessairement ailleurs.

Peut-être n'avait-elle pas trouvé la force de grimper aussi haut ? Il avait cru que sa haine serait un moteur suffisant, mais il avait pu se tromper. Ses forces avaient pu la trahir, d'autant qu'elle le poursuivait sans relâche depuis plusieurs jours, sans prendre le temps de manger ni de dormir convenablement. En outre, elle avait perdu du sang à cause de sa blessure. Une telle randonnée à même les flancs escarpés d'un volcan, sur un chemin dangereux qu'elle ne connaissait pas... Ou alors elle s'était fait mal. Le sentier était périlleux, les cailloux roulaient sous les pieds, les parties les plus raides étaient constituées de marches glissantes et usées, elle avait très bien pu se tuer.

Se tuer... Après tout, c'était possible, d'autant qu'elle n'avait pas de lampe électrique.

Il regarda sa montre. Trente-cinq minutes s'étaient écoulées et il se demanda ce qu'il devait faire. Le plus probable était encore qu'elle se soit fait mal. Il lui suffisait de rebrousser chemin et de s'en assurer. Si elle s'était cassé la cheville ou qu'elle s'était écroulée d'épuisement, il n'aurait plus qu'à l'achever.

Non, ça n'allait pas. Qui sait si elle ne faisait pas semblant d'être blessée pour le forcer à revenir sur ses pas et lui tendre une embuscade ? Un sourire amer étira ses lèvres. C'était donc ça... elle attendait quelque part qu'il redescende, mais il n'avait pas l'intention de se laisser piéger. Il préférait l'attendre. La haine finirait bien par lui faire reprendre son ascension.

Dix minutes passèrent et il se sentit à nouveau assailli par le doute. Allait-il rester la nuit là ? Avait-elle renoncé à l'affronter sur un terrain aussi dangereux ? Était-elle retournée au village avec l'intention d'avertir la police ?

L'attente lui devenait insupportable, il lui fallait en finir définitivement. *Ce soir.* Si elle refusait de venir à lui, c'est lui qui irait vers elle.

Mais comment faire ?

Inconfortablement allongé sur le sol, les yeux usés par la nuit, il commençait à perdre son sang-froid, s'efforçant de deviner ses intentions. Pas question de la sous-estimer une fois de plus.

Je me suis enfui par le sentier. Elle est au pied des marches, à se demander ce qu'elle va faire. Que décide-t-elle ? Elle savait qu'il avait entamé l'escalade du volcan dans l'intention de la piéger sur le terrain de son choix.

Que décide-t-elle ?

La réponse lui apparut soudainement, comme une évidence : elle aurait pris un autre chemin, un raccourci, avec l'intention de lui couper la route. À ceci près qu'il n'y avait pas d'autre chemin...

Il se souvint brusquement d'une vieille légende qui courait dans l'île. Au VIIIe siècle, les Sarrasins s'étaient lancés à l'attaque de Stromboli et ils avaient débarqué à Pertuso, une crique éloignée, avant d'escalader les pentes du volcan. Au lieu de passer par le sentier grec, ils avaient opté pour un autre chemin afin de surprendre les villageois.

Aurait-elle pu passer par le même chemin que les Sarrasins ?

Son esprit tournait à toute vitesse. Il n'avait jamais prêté qu'une attention distraite à cette histoire, croyant qu'il s'agissait d'une simple légende dans une île qui n'en manquait pas. Quelqu'un connaissait-il le sentier sarrasin, s'il existait vraiment ? Et comment Constance aurait-elle pu en entendre parler ?

Il étouffa un juron dans la nuit et se creusa la cervelle en tentant de se souvenir de cette fameuse histoire. Par où pouvait bien passer ce satané sentier ?

La légende voulait que les Sarrasins aient perdu plusieurs des leurs dans le Filo del Fuoco, une gorge voisine de la Sciara. Si c'était vrai, leur sentier devait longer la Sciara jusqu'au Bastimento.

Diogène se releva précipitamment. *Il venait de comprendre !* Habituée à mener des recherches complexes, elle se serait procuré un vieil atlas de l'île dont elle aurait mémorisé jusqu'au moindre détail. Elle avait commencé par le faire sortir de sa tanière, comme un vulgaire animal, pour le pousser à prendre le chemin qu'il connaissait, persuadé qu'il menait la chasse... Pendant ce temps, elle empruntait l'autre chemin plus à l'ouest et le dépassait pendant qu'il perdait de précieuses minutes à l'attendre, de sorte que c'était elle qui se trouvait désormais en embuscade.

Il fut pris d'une sueur froide. Constance avait une fois de plus un train d'avance sur lui, anticipant chacun de ses mouvements pour mieux lui tendre un guet-apens le long du Bastimento qui…

Il tourna un regard horrifié vers la crête sinistre au-dessus de sa tête. Entre deux explosions du volcan, une trouée dans les nuages éclaira d'une lueur orangée le Bastimento, révélant une silhouette blanche qui *dansait dans la nuit…* Malgré le bruit du vent et les grondements venus des entrailles de la terre, il entendit clairement un rire démoniaque parvenir jusqu'à lui…

Ivre de fureur, il visa la silhouette grotesque et vida son chargeur, aveuglé par les éclairs de ses propres coups de feu. Il baissa l'arme en jurant. Au-dessus de lui, la crête était déserte, le fantôme blanc avait disparu.

C'était le moment ou jamais de régler ses comptes. Il reprit l'ascension à grandes enjambées, persuadé qu'il faisait trop sombre pour qu'elle puisse lui tirer dessus, et ne tarda pas à rejoindre l'embranchement. Le sentier normal s'éloignait dans la nuit sur sa gauche. Une barrière de barbelés rouillés bloquait le chemin de droite et une pancarte en deux langues avertissait les randonneurs, grinçant sous l'action du vent :

Sciara del Fuoco !
Pericolosissimo !
Vietato a Passare !

Coulée de lave en fusion !
Attention danger !
Passage interdit !

Il sauta par-dessus les barbelés et prit la direction du Bastimento d'un pas décidé. Il n'y avait pas d'autre issue possible, l'un d'eux ne redescendrait pas vivant au village et finirait dans la Sciara.

Restait à savoir lequel.

79

Aloysius Pendergast fit halte à hauteur de l'embranchement, l'oreille dressée. Moins de cinq minutes plus tôt, il avait distinctement entendu des coups de feu au milieu des grondements du volcan. Dix coups de feu, très précisément. Il posa un genou à terre, examina le sol à l'aide de sa lampe électrique et parvint rapidement à la conclusion que Diogène, et lui seul, avait franchi la barrière.

De nombreux éléments lui échappaient encore, il était loin d'avoir percé tous les mystères de cette course poursuite dans le noir. Il n'avait relevé que quelques empreintes, disséminées ici et là dans de rares poches de sable parmi les rochers, mais il avait pu constater que celles de Constance disparaissaient très vite alors que Diogène continuait à gravir le sentier. Pendergast avait du mal à se l'expliquer et il lui avait bien fallu faire un choix : suivre les traces de Constance, ou bien celles de Diogène. Il n'avait pas hésité un seul instant, c'était Diogène qu'il fallait trouver au plus vite car c'était de lui que venait le danger.

Et puis il y avait eu ces coups de feu. Des coups de feu tirés par qui ? Et pourquoi autant ? Seule une personne sous l'emprise de la panique était susceptible de tirer dix fois de suite sans s'arrêter.

Pendergast franchit les barbelés et poursuivit sa route sur le vieux sentier abandonné. Le sommet de la crête se détachait cinq cents mètres plus loin, nimbé d'une lueur rougeoyante inquiétante. Il fallait agir vite, mais avec prudence.

Le petit chemin laissa place à des marches taillées à même la lave. Des marches escarpées, usées, qui l'obligèrent à rengainer son arme et ranger sa lampe afin de pouvoir se servir de ses deux mains. Au moment d'arriver en haut, il sortit à nouveau son arme et tendit l'oreille, en vain : le rugissement du volcan et les hurlements du vent couvraient tout.

Il rampa jusqu'au sommet de la crête, le visage fouetté par les rafales, et s'arrêta afin d'observer les alentours. Le sentier longeait la crête avant de disparaître derrière un bloc de lave figée. Il se releva, traversa en courant l'espace dégagé et se réfugia derrière le bloc de lave. Il passa prudemment la tête et vit que le chemin s'arrêtait un peu plus loin, sans doute à l'endroit où coulait la Sciara del Fuoco. La lumière orangée qui illuminait la scène lui aurait permis de voir si quelqu'un se trouvait là. Il s'avança et la Sciara lui apparut soudain sur sa droite : un ravin large d'un kilomètre, aussi à pic qu'une falaise, au fond duquel bouillonnait une mer de feu. Des bouffées d'air brûlant s'échappaient du ravin, emportant avec elles des cendres tourbillonnant au milieu de vapeurs sulfureuses. Au-dessus de la rumeur du volcan, Pendergast distingua les craquements des énormes blocs de lave incandescente qui s'échappaient du cratère et roulaient jusqu'à la mer où ils soulevaient des geysers de fumée blanche.

Dominant les courants d'air qui le repoussaient en arrière, il s'avança jusqu'au bord du gouffre à la recherche de traces, mais le vent avait tout emporté. Il longea le ravin en courant, plié en deux, se mettant à couvert derrière des blocs de roche volcanique chaque fois qu'il le pouvait. Le sentier courait le long de la crête jusqu'à un amas de blocs de lave qu'il contourna en frôlant le ravin.

Il s'accroupit, l'arme au poing, protégé par l'amas rocheux. S'il y avait quelqu'un sur le sentier, il se trouverait au-delà, au bord du gouffre.

Il dépassa l'amas de lave, les poings serrés autour de la crosse de son arme, et découvrit un spectacle terrifiant : là, prêtes à basculer dans la rivière de feu, deux silhouettes se découpaient à la lueur du volcan. De loin, on aurait pu croire à une étreinte passionnée s'il ne s'était agi d'ennemis engagés dans un combat mortel, sourds aux rugissements du vent, aux grondements du volcan, à l'appel du vide.

— Constance ! hurla-t-il en se ruant en avant.

Il avait à peine parcouru quelques mètres que les deux protagonistes perdirent l'équilibre, décidés à s'entraîner respectivement dans l'abîme.

Dans un silence pire que le plus terrible des cris, Pendergast les vit brusquement disparaître.

Il se précipita au bord du ravin où la force du vent faillit le projeter à terre. À genoux, se protégeant les yeux de la main, il tenta de distinguer quelque chose au fond du précipice. Trois cents mètres en contrebas, des blocs de lave rougeoyante aussi gros que des maisons roulaient le long de la pente comme de vulgaires cailloux en laissant derrière eux des traînées d'étincelles, dans un fracas de fin du monde. Hypnotisé par ce spectacle dantesque, pleurant sous l'effet des rafales qui lui fouettaient le visage, Pendergast ne bougeait plus.

Il n'arrivait pas à comprendre la scène à laquelle il venait d'assister, encore moins à accepter que quelqu'un d'aussi fragile que Constance ait pu trouver la force de poursuivre son frère jusqu'au bout du monde avant de se jeter avec lui dans un volcan...

Il s'essuya les yeux d'un mouvement rageur, tentant à nouveau de distinguer quelque chose dans le chaudron diabolique qui bouillonnait sous lui, lorsqu'il vit soudain une main pleine de sang moins de cinquante centimètres plus bas, désespérément accrochée à une maigre saillie rocheuse.

Diogène !

Les dernières paroles de D'Agosta résonnèrent dans sa tête : *Vous savez comme moi qu'il n'existe qu'un seul moyen de s'occuper de Diogène. Le moment venu...*

Sans l'ombre d'une hésitation, Pendergast tendit la main, décidé à secourir son frère. Il lui saisit le poignet d'une main, agrippa son avant-bras de l'autre et tira de toutes ses forces.

Le visage échevelé qui apparut n'était pas celui de son frère, mais celui de Constance.

Quelques instants plus tard, il l'aidait à reprendre pied sur le sentier. Elle s'allongea sur le dos, les bras écartés, peinant à reprendre son souffle, sa robe blanche en lambeaux balayée par les bourrasques.

Pendergast se pencha sur elle.

— Diogène… ? balbutia-t-il.

— Il a *disparu* ! répliqua-t-elle en laissant échapper de ses lèvres couvertes de sang un rire terrible, aussitôt emporté par le vent.

80

La salle d'audience B se trouvait au vingtième étage du One Police Plaza. Assis sur un banc dans le couloir, D'Agosta prenait son mal en patience dans une atmosphère confinée de parfum rance, de transpiration, de fumée de cigarette, d'eau de Javel, d'ammoniaque et de peur.

Chez D'Agosta, la crainte avait cédé le pas à la lassitude depuis longtemps. Au terme de son audition, le conseil de discipline devait décider s'il serait autorisé ou non à retravailler dans la police. La décision pesait sur sa tête telle une épée de Damoclès depuis des mois et il allait enfin être fixé sur son sort.

Assis à côté de lui, Thomas Shoulders, l'avocat désigné par le syndicat, croisait et décroisait les jambes.

— Vous souhaitez revenir sur un dernier détail avant d'y aller ? lui proposa-t-il d'une voix métallique. On peut revoir votre déclaration, ou alors les questions qu'ils risquent de vous poser, si vous voulez.

D'Agosta fit non de la tête.

— Non, c'est bon, merci.

— Je me suis renseigné sur le type chargé de défendre les intérêts du service au nom du NYPD et on aurait pu tomber plus mal. Kagelman n'est pas un tendre, mais c'est un gars honnête. Le mieux est encore de vous montrer le plus direct possible ; évitez de tourner autour du pot, contentez-vous de répondre à ses questions par oui ou par non, sans fioriture. Vous n'avez qu'à vous en tenir à ce que je vous ai dit : vous êtes un bon flic, mais vous vous êtes retrouvé dans une situation difficile et vous avez fait de votre mieux. Si on arrive à rester sur ce terrain-là, je suis relativement optimiste.

Relativement optimiste. Dans la bouche d'un pilote d'avion, d'un chirurgien ou d'un avocat, ça voulait toujours dire que le pire était à craindre.

D'Agosta repensa au jour fatidique, l'automne précédent, où il était tombé sur Pendergast dans la propriété de Jeremy Grove. L'inspecteur était en train de donner à manger aux canards. Six mois seulement s'étaient écoulés depuis, mais tant de choses avaient changé dans sa vie...

— Vous tenez le coup ? s'enquit Shoulders.

D'Agosta regarda sa montre.

— Je voudrais bien qu'on en finisse. J'en ai marre d'attendre que le couperet tombe.

— Ce n'est pas comme ça qu'il faut voir les choses, lieutenant. Un passage en conseil de discipline n'est pas différent d'un procès normal. Vous restez innocent tant qu'on n'a pas établi la preuve de votre culpabilité.

D'Agosta soupira. Il détourna la tête et aperçut Laura Hayward à l'autre bout du couloir.

Elle avançait d'un pas décidé, comme à son habitude. Avec son pull en cachemire gris et sa jupe de laine bleue, elle apportait une touche de vie bienvenue à ce couloir sinistre. D'Agosta aurait donné cher pour qu'elle ne le voie pas dans une situation pareille, parqué sur un banc comme un mauvais élève devant le bureau du proviseur. Si ça se trouve, elle passerait sans même lui jeter un regard, comme le soir où il s'était retrouvé au poste à Madison Square Garden.

Mais, loin de les ignorer, elle se planta devant les deux hommes.

— Salut, fit D'Agosta, la gorge sèche.

Il se sentit rougir de honte et s'en voulut aussitôt.

— Salut, Vinnie, répondit-elle de sa belle voix de contralto. Tu as une minute à m'accorder ?

Le temps donna l'impression de s'arrêter.

— Bien sûr, répondit enfin D'Agosta avant d'ajouter à l'intention de Shoulders : j'en ai pour une seconde.

— Ne vous éloignez pas, ça va être à nous.

Hayward conduisit D'Agosta à l'écart et le regarda en époussetant machinalement sa jupe. D'Agosta, suivant son geste du regard, sentit son cœur battre plus vite en voyant ses jambes. Il avait beau se creuser la cervelle, il ne savait pas quoi lui dire.

Le front barré d'une ride, Hayward n'avait pas l'air plus à l'aise. Elle ouvrit son sac et fourragea machinalement dedans avant de le refermer.

Debout l'un en face de l'autre, ils restèrent là un moment, sans parler, au milieu des collègues qui passaient à côté d'eux sans les voir.

— Tu es venue déposer? demanda enfin D'Agosta.

— Non, je l'ai déjà fait il y a plus d'un mois.

— Et tu n'as rien à ajouter?

— Non.

D'Agosta se sentit brusquement plus léger. *Elle a donc décidé de ne rien dire au sujet de Herkmoor et de l'évasion de Pendergast*, pensa-t-il. *Elle n'en a parlé à personne.*

— J'ai reçu un coup de téléphone d'un type que je connais au ministère de la Justice, poursuivit-elle. L'inspecteur Pendergast a été officiellement blanchi par les fédéraux. De son côté, le NYPD a demandé à la Criminelle de rouvrir l'enquête, mais j'ai cru comprendre qu'on allait également laisser tomber les charges qui pesaient sur lui. Les éléments retrouvés dans le sac de voyage de son frère ont permis de lancer un mandat au nom de Diogène. J'ai pensé que tu voudrais être au courant.

D'Agosta poussa un soupir de soulagement.

— Il a donc été mis hors de cause. Dieu soit loué.

— Il a été innocenté, mais il ne s'est pas fait de nouveaux amis au FBI.

— Pendergast ne s'est jamais battu pour avoir un fan-club.

Hayward esquissa un sourire.

— Il a obtenu un congé de six mois, mais ne me demande pas si c'est lui qui l'a demandé ou bien si c'est le Bureau qui le lui a donné d'office.

D'Agosta secoua la tête.

— Je me suis dit que ça t'amuserait aussi d'avoir des nouvelles de l'inspecteur Coffey, poursuivit Hayward.

— Et alors?

— En plus d'avoir royalement bâclé l'enquête sur Pendergast, il est impliqué dans un scandale à Herkmoor. J'ai cru comprendre qu'il avait été rétrogradé avec un blâme avant d'être muté à Black Rock, dans le Dakota du Nord.

— Là-bas, il va avoir besoin de caleçons longs.

Hayward sourit et un silence gêné s'installa à nouveau entre eux.

Le vice-président du conseil de discipline sortit de l'ascenseur au même moment, accompagné par le fonctionnaire chargé d'instruire le dossier de D'Agosta. Ils saluèrent brièvement ce dernier en passant et pénétrèrent dans la salle d'audience.

— Maintenant que Pendergast a été blanchi, tu devrais t'en tirer sans trop de problèmes, fit Hayward.

— Ce n'est pas la même administration, répondit D'Agosta en fixant ses mains.

— Oui, mais quand…

Elle s'arrêta brusquement. En relevant la tête, D'Agosta vit le capitaine Singleton à l'autre bout du couloir, habillé avec son élégance coutumière. Officiellement, Glen Singleton était toujours le supérieur hiérarchique de D'Agosta et il avait sans doute été convoqué comme témoin. Il ne chercha pas à dissimuler son étonnement en apercevant Hayward.

— Bonjour, capitaine, dit-il d'un ton sec. Que faites-vous là ?

— Je suis venue assister à l'audience, répondit la jeune femme.

Singleton fronça les sourcils.

— Ce n'est pas un spectacle, que je sache.

— J'en suis bien consciente.

— Vous avez déjà témoigné. Le fait que vous soyez venue en personne, en l'absence de tout élément nouveau, pourrait laisser penser…

Singleton s'arrêta sans achever sa phrase.

L'insinuation fit rougir D'Agosta. Du coin de l'œil, il observa la jeune femme et fut surpris par son calme. On aurait dit qu'elle avait fini par prendre une décision délicate après avoir longuement hésité.

— Pourrait laisser penser ? demanda-t-elle d'une voix douce.

— Eh bien, que vous n'êtes pas impartiale.

— Je ne comprends pas très bien, Glen. Vous ne souhaitez pas voir notre ami Vinnie s'en tirer sans encombre ?

Ce fut au tour de Singleton de rougir.

— Si, bien sûr. Bien évidemment. C'est même la raison de ma présence ici, je souhaitais attirer l'attention de l'accusation sur certains événements récents. Simplement, je n'aurais pas voulu qu'on vous reproche un manque de... *d'impartialité.*

— Trop tard, je ne suis plus impartiale, répliqua-t-elle sèchement en prenant ostensiblement la main de D'Agosta dans la sienne.

Singleton la regarda quelques instants avec des yeux ronds, muet de saisissement. Soudain, un sourire éclaira son visage et il posa la main sur l'épaule de D'Agosta.

— À tout à l'heure à l'audience, lieutenant, déclara-t-il en insistant sur le mot *lieutenant* avant de s'éloigner.

— Qu'est-ce que ça signifie ? interrogea D'Agosta.

— Connaissant Glen, ça veut dire que tu auras un allié à l'audience.

D'Agosta sentit une bouffée de joie monter en lui, comme si on venait de lui retirer un poids dont il n'avait jamais vraiment soupçonné l'existence.

— Écoute, Laura, dit-il brusquement en levant les yeux sur elle. Je...

— Non, c'est *toi* qui vas m'écouter, l'interrompit-elle en posant son autre main sur celle de D'Agosta. Je me fiche de la décision qu'ils prendront tout à l'heure. Tu comprends, Vinnie ? Parce que, quoi qu'il arrive, je serai à tes côtés.

La gorge nouée, il eut du mal à répondre.

— Je t'aime, Laura Hayward.

Au même instant, la porte de la salle d'audience s'ouvrit et l'huissier appela son nom. Thomas Shoulders se leva et fit signe à D'Agosta d'approcher.

— Allez, mon grand, murmura Hayward en lui serrant une dernière fois la main, un sourire aux lèvres. C'est le moment d'entrer en scène.

81

C'était un après-midi radieux et le soleil nimbait d'or les collines voisines de l'Hudson dont les eaux paresseuses brillaient d'un bleu profond. Les premiers bourgeons étaient apparus sur les arbres de Sugarloaf Mountain et de Breakneck Ridge, et toute la région des Highlands avait revêtu son habit de printemps.

Nora Kelly, installée dans un transat sur la terrasse de la clinique Faversham, observait distraitement le village de Cold Spring, au-delà duquel on apercevait la silhouette de brique rouge de West Point. Son mari faisait les cent pas, s'arrêtant régulièrement pour admirer la vue ou jeter un coup d'œil en direction de l'hôpital.

— Tu sais quoi, Nora ? Ça me rend nerveux de me retrouver là. C'est la première fois que je reviens depuis que j'ai été soigné ici. Je ne sais pas si je t'en ai déjà parlé, mais les brusques changements de temps réveillent des douleurs dans le dos à l'endroit où le chirurgien…

— Je sais, mon chéri, soupira Nora d'un air faussement agacé. Tu me l'as déjà dit mille fois.

Une porte s'ouvrit derrière eux et une infirmière en blouse blanche passa la tête.

— Vous pouvez venir. Elle vous attend dans le salon.

Nora et Smithback suivirent l'infirmière à l'intérieur du bâtiment et traversèrent un long couloir.

— Comment va-t-elle ? s'enquit Smithback.

— Beaucoup mieux, grâce à Dieu. La pauvre petite chose nous a fait très peur. Elle fait des progrès de jour en jour, mais elle se fatigue encore très vite. Je vous demanderai de ne pas rester plus d'un quart d'heure.

— La *pauvre petite chose*, glissa Smithback à l'oreille de Nora qui lui répondit par un coup de coude dans les côtes.

Le salon était une grande pièce semi-circulaire qui rappelait à Nora l'atmosphère des chalets de la région des Adirondacks, avec ses poutres en bois verni, ses lambris de pin et ses meubles en bouleau. Des paysages sylvestres étaient accrochés aux murs et un feu flambait joyeusement dans une immense cheminée de pierre.

Margo Green, assise dans un fauteuil roulant au centre de la pièce, les attendait.

— Margo, s'exclama Nora.

À côté d'elle, Smithback retint son souffle.

La Margo Green qu'ils découvraient n'était plus que l'ombre de la collègue de Nora. Terriblement amaigrie, la peau sur les os, elle était d'une pâleur extrême qui tranchait avec le bleu de ses veines. Elle se mouvait avec lenteur, comme quelqu'un qui a perdu l'usage de ses membres depuis longtemps, mais ses beaux cheveux bruns n'avaient rien perdu de leur éclat et son regard était toujours aussi vif. Diogène Pendergast l'avait entraînée aux portes de la mort, mais on sentait bien qu'elle commençait à remonter la pente.

— Bonjour, tous les deux, dit-elle d'une petite voix endormie. Quel jour est-on ?

— Samedi, répondit Nora. Le 12 avril.

— Super, j'espérais bien qu'on soit encore samedi, sourit la malade.

L'infirmière les rejoignit et s'affaira un petit moment autour de Margo, s'assurant qu'elle était confortablement installée sur sa chaise roulante, puis elle fit le tour de la pièce en prenant le temps d'ouvrir les rideaux et d'arranger les coussins des fauteuils avant de s'éclipser. Le soleil qui pénétrait à flots dans le grand salon auréolait d'une lumière dorée la silhouette de Margo. On aurait dit un ange.

— On t'a apporté quelque chose, Margo, déclara Smithback en tirant de la poche de son manteau une enveloppe de papier kraft. On a pensé que ça te ferait plaisir.

Margo saisit l'enveloppe et l'ouvrit lentement.

— Mais... un exemplaire de mon premier numéro de *Muséologie* !

— Regarde à l'intérieur, il est dédicacé par tous les membres du département d'anthropologie.

— Même Charlie Prine ? demanda Margo, l'air malicieux.

Nora éclata de rire.

— Même Charlie Prine.

Ils approchèrent deux fauteuils et s'installèrent à côté de la jeune femme.

— On s'ennuie au Muséum sans toi, Margo, poursuivit Nora. Il faut que tu reviennes vite.

— C'est vrai, ajouta Smithback qui retrouvait déjà sa bonne humeur. Il faut bien que quelqu'un mette un peu d'animation dans ce repaire de vieux fossiles.

Margo lui répondit par un petit rire.

— À la lecture des journaux, j'ai cru comprendre que le Muséum n'avait pas vraiment besoin de publicité supplémentaire en ce moment. C'est vrai que quatre personnes sont mortes écrasées le soir de l'inauguration ?

— Malheureusement, avoua Nora. Sans parler d'une soixantaine de blessés, dont une douzaine grièvement.

Elle échangea un regard avec Smithback. La version officielle, rapportée au lendemain des faits, quinze jours auparavant, parlait d'un dysfonctionnement dans le programme informatique ayant provoqué un mouvement de panique. Seuls quelques rares initiés connaissaient la vérité.

— Et c'est vrai que le directeur fait partie des blessés ? s'enquit Margo.

Nora fit oui de la tête.

— Collopy a fait une attaque. Il se trouve actuellement en observation dans le service psychiatrique du New York Hospital, mais le pronostic est encourageant.

C'était vrai sans l'être tout à fait. À l'instar de beaucoup d'autres, Collopy avait été rendu à moitié fou par le son et lumière de Diogène. Nora aurait subi le même sort si elle n'avait pas veillé à se protéger les yeux et les oreilles, ce qui ne l'avait pas empêchée de faire des cauchemars toutes les nuits pendant une semaine. Grâce à l'intervention de Pendergast, l'expérience n'avait pu aller à son terme et les victimes de Diogène finiraient par s'en remettre, contrairement au malheureux Jay Lipper.

Nora se promit de tout raconter à Margo lorsqu'elle sortirait de convalescence. Il était encore trop tôt.

— Quelles pourraient être les conséquences pour le Muséum ? s'inquiéta Margo. D'autant que cette tragédie intervient si vite après le vol des diamants.

Nora secoua la tête.

— Au début, tout le monde a pensé que le musée ne s'en remettrait jamais, surtout que la femme du maire faisait partie des blessés, mais c'est tout le contraire qui s'est produit. Le tombeau de Senef est devenu l'endroit le plus couru de New York en ce moment. Les réservations affluent à un rythme incroyable et j'ai même vu un type qui vendait des tee-shirts *J'ai survécu à la malédiction* sur Broadway ce matin.

— Il est donc prévu de rouvrir la tombe ?

Smithback hocha la tête.

— Et même très vite. La plupart des objets exposés n'ont pas été endommagés et l'exposition sera à nouveau prête avant la fin du mois.

— Notre nouvelle égyptologue s'est chargée de réécrire le spectacle, ajouta Nora. Elle a retiré les passages les plus douteux tout en conservant l'essentiel du son et lumière original. C'est une fille super. Elle est drôle et pas prétentieuse pour un sou, on a eu de la chance de tomber sur elle.

— Les journaux ont parlé d'un agent du FBI qui avait joué un rôle de premier plan. Il ne s'agirait pas de l'inspecteur Pendergast, par hasard ?

— Comment as-tu deviné ? demanda Nora.

— C'est simple. Quand il se passe un truc bizarre, tu peux être sûre que Pendergast est aux premières loges.

— Tu parles, approuva Smithback d'un air grave en se frottant machinalement la main à l'endroit où l'acide avait laissé de vilaines cicatrices.

La silhouette de l'infirmière s'encadra dans la porte.

— Margo, je reviens d'ici cinq minutes pour vous reconduire dans votre chambre.

— D'accord, acquiesça la jeune femme avant de se tourner à nouveau vers ses visiteurs. Pour en revenir à Pendergast, je suppose qu'il doit passer ses journées au Muséum à poser des questions aux gens de l'administration.

— Eh bien, figure-toi que non, répondit Nora. Il a disparu au lendemain des événements et personne ne l'a revu depuis.

— Vraiment ? C'est étrange.

— Et même très étrange, approuva Nora.

82

Le mois de mai touchait à sa fin. Assis sur la terrasse d'une jolie maison blanche, un homme et une femme regardaient la Méditerranée depuis les hauteurs de l'île de Capraia. Au bas des falaises, les vagues venaient se briser sur les rochers volcaniques noirs, des mouettes cerclant inlassablement au-dessus de l'écume.

Des victuailles étaient posées sur la vieille table en bois de la terrasse : une miche de pain, des tranches de saucisson sur une assiette, un flacon d'huile d'olive, des olives et du vin blanc. Les citronniers en fleur exhalaient un parfum entêtant auquel se mêlait une forte odeur d'iode et de romarin. Des rangées de vignes s'étageaient sur les collines avoisinantes, apportant une touche de vert tendre au paysage aride. Seuls le cri des mouettes et le murmure du vent dans le treillis de bougainvillée troublaient l'air.

L'homme et la femme, installés l'un en face de l'autre, discutaient à voix basse en buvant du vin. La tenue de la femme – un vieux pantalon de travail et une chemise de grosse toile – tranchait curieusement avec la finesse de ses traits et la distinction de sa longue chevelure acajou. Quant à l'homme, aussi apprêté que sa compagne était décontractée, il portait un costume noir de coupe italienne, une chemise immaculée et une cravate d'une élégance discrète.

Leurs regards se tournaient régulièrement vers une ravissante jeune femme en robe jaune pâle qui déambulait sans but précis dans le champ d'oliviers jouxtant les vignes. De temps à autre, elle prenait le temps de cueillir une fleur avant de reprendre sa promenade, égrenant les pétales entre ses doigts d'un air distrait.

— Je crois avoir toutes les clés à présent, fit la femme de la terrasse. À un détail près : comment diable avez-vous pu vous débarrasser du bracelet électronique que vous portiez à la cheville ?

Son compagnon accueillit la question par un geste désinvolte.

— Enfantin. Le bracelet de plastique contenait un fil conducteur. En arrachant le bracelet, le fil se rompait et l'alarme se déclenchait.

— Justement, comment avez-vous fait ?

— J'ai gratté le plastique à deux endroits afin de dégager le fil conducteur, je l'ai court-circuité à l'aide de papier métallisé, et puis j'ai arraché le bracelet. Élémentaire, ma chère Viola.

— Je vois. Mais comment avez-vous fait pour vous procurer du papier métallisé ?

— Je me suis servi d'un emballage de chewing-gum. Le plus dur aura été de mâcher le chewing-gum, car j'en avais besoin pour fixer le papier sur le fil conducteur.

— Et le chewing-gum ? Comment vous l'êtes-vous procuré ?

— Il m'a été fourni par le détenu de la cellule voisine, un jeune homme très talentueux qui m'a ouvert les portes d'un univers jusqu'alors inconnu, celui du rythme et des percussions. Il m'a offert l'un de ses précieux paquets de chewing-gums en échange d'un petit service.

— Lequel ?

— Avoir su l'écouter.

La jeune femme sourit.

— Comme quoi un bienfait n'est jamais perdu.

— Sans doute.

— En parlant de prison, vous ne pouvez pas savoir à quel point j'ai été heureuse de recevoir votre télégramme. Je craignais qu'on refuse de vous laisser quitter les États-Unis pendant une éternité.

— Diogène a laissé suffisamment de preuves dans son sac de voyage pour que je sois blanchi des meurtres dont on m'accusait. Je restais toutefois coupable de trois délits : le vol du Cœur de Lucifer, l'enlèvement du malheureux Kaplan, le gemmologue, et mon évasion. Le Muséum n'a pas souhaité porter plainte, pas davantage que Kaplan. Quant au directeur de Herkmoor, il n'avait aucune envie qu'on lui rappelle les failles de son système de sécurité, de sorte que me voici.

Il s'interrompit pour tremper les lèvres dans son verre.

— À mon tour de vous poser une question. Comment se fait-il que vous n'ayez pas reconnu mon frère derrière Menzies ? Vous l'aviez pourtant vu déguisé à plusieurs reprises.

— J'y ai beaucoup réfléchi, avoua Viola. C'est vrai que je l'avais vu sous les traits de deux personnages différents lors de mon enlèvement, mais jamais sous ceux de Menzies.

Un silence accueillit sa réponse. Viola posa à nouveau son regard sur la silhouette de la jeune femme dans le champ d'oliviers.

— Quelle fille étrange…

— Plus étrange encore que vous ne l'imaginez, répliqua son interlocuteur.

Ils la suivirent des yeux alors qu'elle continuait à errer entre les arbres, tel un spectre.

— Comment se fait-il qu'elle soit votre pupille ?

— C'est une longue histoire, Viola. Un jour, je vous promets de tout vous raconter.

La jeune femme esquissa un sourire et but une gorgée de vin tandis que le silence reprenait ses droits.

— Comment trouvez-vous mon dernier millésime ? demanda-t-elle. J'ai voulu l'étrenner en votre honneur.

— Eh bien, je le trouve aussi fameux que le précédent. Il vient de vos vignes, je suppose ?

— Bien sûr. J'ai cueilli le raisin de mes blanches mains avant de le fouler au pied afin d'en extirper le jus.

— Je ne sais si je dois me montrer honoré ou horrifié, plaisanta-t-il en prenant sur la table un petit saucisson qu'il examina longuement avant de le couper en tranches. Vous avez aussi tué le sanglier qui a servi à fabriquer ceci ?

Un sourire éclaira le visage de Viola.

— Non, mon savoir-faire a des limites.

Soudain sérieuse, elle ajouta :

— Vous faites visiblement des efforts surhumains pour vous montrer d'humeur légère, Aloysius.

— Cela se voit donc tant ? J'en suis sincèrement désolé.

— Vous êtes préoccupé et vous n'avez pas l'air particulièrement en forme. Vous avez des soucis ?

Il hésita quelques instants, puis il finit par hocher la tête.

— J'aimerais tellement pouvoir vous aider.

— Votre présence est déjà beaucoup, Viola.

À nouveau souriante, elle tourna la tête en direction de la jeune fille à la robe jaune.

— Il est étrange de penser qu'un meurtre ait pu avoir sur elle une influence aussi libératoire... car c'est bien d'un meurtre qu'il s'agit, n'est-ce pas ?

— Oui, mais je crains qu'elle n'en garde des séquelles, dit-il avant de poursuivre d'une voix hésitante : je comprends maintenant à quel point j'ai eu tort de vouloir la tenir enfermée dans cette maison à New York. Elle avait au contraire besoin de sortir et de voir le monde. Diogène a su en tirer parti. Telle fut d'ailleurs mon autre grande erreur, la rendre si vulnérable face à lui. Je porterai jusqu'à la fin de mes jours le poids de ma culpabilité et de ma honte.

— En avez-vous parlé ensemble ? Lui avez-vous dit ce que vous ressentiez ? Cela pourrait vous aider tous les deux.

— J'ai tenté de le faire, et même à plusieurs reprises, mais elle a repoussé toutes mes tentatives avec la plus extrême virulence.

— Sans doute faut-il laisser agir le temps, conclut Viola en secouant son épaisse chevelure. Que comptez-vous faire à présent ?

— Nous avons déjà visité la France, l'Espagne et l'Italie où elle s'est passionnée pour les ruines de la Rome antique, soit dit en passant. Je tente par tous les moyens de lui faire oublier ces moments terribles, mais elle reste distante et préoccupée, ainsi que vous pouvez le constater.

— À mon avis, Constance a surtout besoin de conseils.

— Que voulez-vous dire ?

— Je pensais aux conseils qu'un père peut donner à sa fille.

Pendergast changea de position, mal à l'aise.

— Je n'ai jamais eu de fille.

— Vous en avez une à présent. Quant à ce tour du monde dans lequel vous vous êtes lancé avec elle, je n'y crois guère.

— J'en étais arrivé à la même conclusion.

— Vous avez tous les deux besoin d'oublier.

Pendergast resta un moment silencieux.

— J'envisageais de me retirer du monde pendant quelque temps.

— Vraiment ?

— Je pensais à ce monastère tibétain où j'ai longtemps résidé à une époque de ma vie. Un endroit éloigné de tout. Je me disais que je pourrais tenter l'expérience avec elle.

— Combien de temps seriez-vous parti ?

— Le temps qu'il faudra, dit-il avant de porter son verre à ses lèvres. Quelques mois, probablement.

— Je suis certaine que ça vous ferait le plus grand bien. Ce qui m'amène à autre chose. Que comptez-vous faire ? Je veux dire… à notre sujet ?

Il reposa lentement son verre.

— Tout.

Elle ne répondit pas tout de suite.

— Mais encore ? insista-t-elle d'une voix sourde.

— Tout nous est désormais permis, répondit lentement Pendergast. Une fois réglé le problème de Constance, nous pourrons penser à nous.

Elle lui prit la main.

— Je pourrais peut-être vous aider avec Constance. J'aurais pu l'emmener en Égypte avec moi lorsque je reprendrai mes fouilles dans la Vallée des Rois l'hiver prochain. Elle pourrait m'aider dans mes recherches. L'existence d'une archéologue est à la fois rude et aventureuse.

— Vous parlez sérieusement ?

— Tout ce qu'il y a de plus sérieusement.

Un sourire se dessina sur le visage grave de Pendergast.

— Formidable. Je suis convaincu que cela lui plairait beaucoup.

— Et vous ?

— Eh bien… je crois que ça me plairait également.

Ils se turent en voyant Constance les rejoindre.

— Alors ? Comment trouvez-vous Capraia ? lui demanda Viola au moment où elle prenait pied sur la terrasse.

— Magnifique.

Constance s'approcha de la balustrade et jeta dans le vide les restes d'une fleur avant de s'accouder à même la pierre brûlante, le regard perdu dans la mer.

Viola adressa un sourire à Pendergast avec un léger coup de coude.

— Vous devriez lui parler de vos plans, suggéra-t-elle dans un murmure. Je serai dans la maison.

Pendergast se leva et s'approcha de la jeune femme, immobile face au panorama grandiose qui lui faisait face. Seuls ses longs cheveux bougeaient au vent.

— Viola se proposait de vous emmener avec elle en Égypte l'hiver prochain afin que vous l'aidiez dans ses fouilles de la Vallée des Rois. Ce serait pour vous un excellent moyen de parfaire vos connaissances, et surtout de caresser l'histoire de vos propres mains.

Constance secoua la tête, les yeux perdus à l'horizon. Un long silence s'installa, meublé par l'appel des mouettes et la rumeur étouffée du ressac en contrebas.

Pendergast s'approcha.

— Il est temps d'oublier, Constance, dit-il. Diogène est mort, vous êtes en sécurité.

— Je sais, répondit-elle.

— Dans ce cas, vous savez que vous n'avez plus rien à craindre. Tout cela appartient au passé. Définitivement.

Mais elle ne disait toujours rien, le bleu de son regard reflétant l'immensité de la mer. Après une éternité, elle se tourna vers lui.

— Non, dit-elle. Pas définitivement.

Pendergast fronça les sourcils.

— Que voulez-vous dire ?

Comme elle ne répondait pas, il insista.

— Que voulez-vous dire ?

Lorsque Constance se décida enfin à parler, elle le fit sur un ton si las, si froid qu'il en eut la chair de poule.

— Je suis enceinte, dit-elle.

DES MÊMES AUTEURS
CHEZ LE MÊME ÉDITEUR

RELIC

Une équipe d'archéologues massacrée en pleine Amazonie... Les caisses contenant leurs découvertes acheminées au Muséum d'histoire naturelle de New York... et oubliées dans un sous-sol.

Meurtres
au Muséum d'histoire naturelle de New York

Quelques années plus tard, le musée annonce une exposition consacrée aux superstitions et croyances mystérieuses des peuples primitifs. Mais les préparatifs sont troublés par une série de crimes aussi sanglants qu'inexplicables.

Le criminel : un homme ou une entité inconnue ?

Une menace terrifiante hante les couloirs et les salles du Muséum, un meurtrier d'une force et d'une férocité inouïes. On parle même d'un monstre. De quoi éveiller la curiosité d'Aloysius Pendergast, du FBI, expert en crimes rituels...

Avec ce premier roman, adapté au cinéma par Peter Hyams, Douglas Preston et Lincoln Child faisaient une entrée remarquée parmi les auteurs de thrillers fantastiques. Ils n'ont depuis cessé d'enchaîner les succès. Les éditions de l'Archipel ont publié six de leurs romans, dont Le Livre des trépassés *(2008).*

« Le mariage d'*Alien* et de *Jurassic Park.* »
Publishers Weekly

Traduit de l'américain par Jean Colonna
ISBN 978-2-8098-0048-7 / H 50-5581-9 / 462 pages / 22,95 €

LA CHAMBRE DES CURIOSITÉS

En creusant les fondations d'un immeuble, les bulldozers d'une entreprise de construction mettent au jour les restes de trente-six adolescents, savamment mutilés. L'œuvre d'un certain Dr Enoch Leng, un tueur en série célèbre dans les années 1880.

Le premier *serial killer* de l'histoire sévissait à Manhattan.

Peu après la découverte de ce charnier, de nouveaux meurtres surviennent, qui plongent New York dans l'angoisse. Pas de doute : le mode opératoire est bien celui du Dr Leng. Se peut-il que l'assassin ait découvert le secret de la jouvence éternelle ? Ou qu'il ait fait des émules ?

Cent vingt ans plus tard, il rôde encore...

C'est cette énigme que doivent résoudre l'inspecteur Pendergast, du FBI, l'archéologue Nora Kelly et le journaliste William Smithback. Rapidement. À moins qu'ils n'aient, à leur tour, envie de servir de cobayes...

*Après avoir entraîné leurs lecteurs jusqu'à la barrière de glace (*Ice Limit, *l'Archipel, 2002), Douglas Preston et Lincoln Child – les maîtres du suspense scientifique, avec Michael Crichton – situent l'action de leur nouveau thriller au Muséum d'histoire naturelle de New York, qui servait de cadre à* Superstition *(Laffont, 1996), leur premier succès.*

« Haletant... Un thriller qui vous tient éveillé jusqu'à l'aube. »
Library Journal

Traduit de l'américain par Sebastian Danchin
ISBN 2-84187-496-6 / H 50-2781-8 / 616 pages / 23,95 €

LES CROASSEMENTS DE LA NUIT...

Au milieu d'un champ de maïs, une clairière. Sur des flèches indiennes, une vingtaine de corbeaux empalés. Un cercle macabre au centre duquel gît le corps mutilé d'une femme. Selon toute vraisemblance, l'œuvre d'un dément...

Les croassements de la nuit...

Pour l'inspecteur Pendergast, du FBI, ce crime est le premier d'une étrange série. Bientôt, les habitants de Medicine Creek, paisible bourgade du Kansas, sont victimes d'un tueur au mode opératoire indéchiffrable, laissant augurer un scénario évolutif.

... lorsqu'on les entend,
il est déjà trop tard...

Pendergast aurait-il affaire à un *serial killer* d'un nouveau genre ? Quel crédit accorder à la Légende des 45, selon laquelle le fantôme de Harry Beaumont, mort en 1865, hanterait encore la région pour se venger ? À moins que l'inspecteur n'ait à redouter un adversaire plus mystérieux encore, aussi insaisissable qu'un spectre...

« Les fans – et ils sont de plus en plus nombreux – seront ravis.
Pendergast, digne héritier de Sherlock Holmes,
est au sommet de son art. »
Publisher's Weekly

Traduit de l'américain par Sebastian Danchin
ISBN 2-84187-710-8 / H 50-2061-5 / 528 pages / 23,95 €

LE VIOLON DU DIABLE

Une chaleur suffocante, une insoutenable odeur de soufre et, surtout, reconnaissable entre toutes, cette empreinte de pied fourchu, suggérant l'intervention du diable… Quelle autre explication à la mort de Jeremy Grove, dont le corps calciné gisait dans le grenier de sa vieille demeure… fermé de l'intérieur ?

Le violon du diable…

Quand, peu de temps après, un deuxième cas tout aussi mystérieux de combustion spontanée est signalé, le doute n'est plus permis. Sauf pour l'inspecteur Aloysius Pendergast, du FBI, dont l'esprit acéré ne peut se satisfaire d'hypothèses aussi peu rationnelles.

… ses accords ressemblent à un cri d'effroi…

De New York à Florence, Pendergast, épaulé par le sergent D'Agosta, se lance dans une aventure mêlant intrigue policière et complot scientifique, à la poursuite d'un démon de chair et de sang, puisque mélomane. À moins que le Stradivarius convoité ne le soit en raison de ses pouvoirs maléfiques…

… et Pendergast pourrait être sa prochaine victime !

« Érudit et haletant, fourmillant de personnages hauts en couleur…
Un thriller intensément diabolique. »
Publishers Weekly

Traduit de l'américain par Sebastian Danchin
ISBN 978-2-84187-837-6 / H 50-3839-3 / 594 pages / 23,95 €

DANSE DE MORT

Imaginez Sherlock Holmes...

« Mon cher Vincent, si vous lisez ces lignes, cela signifie que je n'ai pas survécu... » L'inspecteur Pendergast du FBI est donc mort ! Et c'est d'outre-tombe qu'il confie à son ami, le lieutenant D'Agosta, la mission d'empêcher un être démoniaque de commettre le forfait suprême, l'apothéose de sa carrière criminelle...

engagé dans un combat à mort...

Mais comment D'Agosta pourra-t-il seul, et en sept jours, déjouer un crime dont il ignore tout ? Et comment lutter contre un adversaire supérieurement intelligent : Diogène, le propre frère de l'inspecteur ?

... contre un frère plus malin que lui...

Par chance, Aloysius Pendergast se propose de revenir du royaume des défunts pour contrecarrer les desseins de son cadet – qui lui voue une haine sans égale – et se lancer dans une danse de mort... Qui le premier quittera le bal ?

« Preston et Child campent leurs personnages avec brio, que ceux-ci œuvrent pour le bien ou soient entièrement voués au mal. »
AudioFile

« Un finale brillantissime ! »
Booklist

Traduit de l'américain par Sebastian Danchin
ISBN 978-2-84187-943-4 / H 50-4863-2 / 528 pages / 23,95 €

Cet ouvrage a été composé
par Atlant' Communication
aux Sables-d'Olonne (Vendée)

Impression réalisée sur CAMERON par

CPI
Brodard & Taupin
La Flèche

en avril 2008
pour le compte des Éditions de l'Archipel
département éditorial
de la S.A.R.L. Écriture-Communication

Imprimé en France
N° d'édition : 2047 – N° d'impression : 47140
Dépôt légal : mai 2008